U0945163

白玉兰文学丛书

主 编 王安忆 孙 颙

白玉兰文学丛书

正常人

沈善增 著

東方出版中心

序一

听——黄浦江的涛声

上海市作协党组书记　孙　颙

王安忆与东方出版中心商讨出一个很好的设想，那是祝君波先生主持东方出版中心之后的事情，他们商定，为新时期以来上海专业作家的创作，出版一套代表性的丛书。安忆说，想尽量选择各位作家处于创作巅峰期的作品。当然，不是说以后就不再有更好的作品。山外有山，天外有天，假如有超越巅峰之作，肯定是被热烈欢迎的好事。安忆希望，我也关注此事，于是就有了一点感慨。

前些日子，我有事去五原路，那是我小时候居住的地方。忽然童心大发，决定去穿越一条小弄堂。那是从我的老家旁边通往安福路的狭窄的弄堂。让我惊讶不已的，是那条弯曲的窄弄，竟全然不顾外面世界的翻天覆地，甚至淡漠地应对身边的明显的变迁。比如，乌鲁木齐中路与安福路一带建造的众多豪华的大厦，它依然简陋而安静地蜿蜒着，那破旧的墙壁，那杂乱的树木，乃至那废弃的老井，与五十年前我读小学时几乎一样，连呼吸到的潮湿而带点霉味的空气也与半个世纪前的记忆相似，时间在这里好像凝固了。

当我穿过小弄堂，面对安福路沿街高档的建筑群，据说，那是香港地产巨商的得意之作，星空下，亮丽的灯光从众多窗户喷射出来，我才长长地透过气，明白毕竟已经过去了五十个年头，我也早就从一个天真无知的少年，演变为品味过人世沧桑的感叹者。

这套书的作者，有比我年长的，也有年轻几岁的，大体算同代人。听着差不多的黄浦江的涛声成长起来，体味着大同小异的上海人的甘苦走上文坛。上海，有着她的变与不变，我们也有着自己的变与不变。丛书中的小说，记录着各种各样的变，街景的变，风俗的变，时尚的变，乃至人物内心、社会世态的变等等；同样，这些小说还证明着许多的不变，梧桐树、老洋房、石库门之类，是外在的保留，上海人的精神世界，是否也有许多难以改变的基因存在？我想，肯定有不少，上海的文化可以区别于其他地方的，除了特别的方言之外，肯定相当丰富。至于比较优劣长短，那就很难简单说清楚了。文化方面的情况，当然比数学物理的公式要模糊得多。

对于时代和社会的变迁，小说家们的记录，各有侧重不同。程乃珊与王小鹰均从所谓的大户人家走出来，但是，《金融家》与《丹青引》，是主旨、人物、艺术很大不同的作品；沈善增与阮海彪都在反映底层的生活，不过，其角度、思考的差距也是相当大；陈村和孙甘露，在先锋文学方面全有过引领风尚的美誉，但他们的创作特点，也真难归类。正是作家们散漫的观察与书写，把城市的画像丰富起来。作家的个性张扬与社会的前进脚步，在丛书里无意识地和谐起来。

在我的记忆中，有一张照片始终很新鲜，可能是某个西方商人或旅行者拍摄的，那是一百多年前，上海刚开埠的时刻。黄浦江畔，没有高楼大厦，没有马路栏杆，只见沿江排列的帆船和连接船与陆地的长长的木跳板，泛着暗光的江水奔流不息，苦力们扛着沉重的货物艰难地跋涉在那狭窄的木板上……

今天繁华的上海，源于黄浦江上的那些木跳板。我曾经为一百多年前的照片产生灵感，有过写一部小说的冲动。后来因为懒惰而没有动笔。因此我感激这套丛书的作者们记录下来的上海的昨天与前天，由此，我们还能联想到上海的明天。

序二

七月在野，八月在宇

上海市作协主席　王安忆

这套丛书所收的是上海作家协会中，绝大部分写作小说的专业作家的长篇小说，希望能够代表我们的写作。上海作家协会专业作家制度始于一九八五年，那是一个文学的繁荣时期。经过荒芜的十年，又经过百废待兴的几年，其时，停刊的期刊复刊了，关于文学本质的论争突破了最初的关隘，老作家重新拿起笔，新的一代则初露锋芒，文学奖项诞生，批评日益活跃……十年的彻底沉寂，恰形成有力的反弹，不仅释放着十年里压抑着的声色，还将之前十七年里被删节的思想与情绪一并迸发出来。上海作家协会，这所殖民风格的楼房，在它长年失修而斑驳的穹顶与四壁之间，穿梭往来着脚步声、话语声、笑声，年轻狂妄的声音冲击回荡着。那就是我们的声音。

专业作家制度将我们这些分散在各处的写作者纠集于作家协会麾下，以防流失，谁知道呢？方才崭露的那点点征兆，许是脆弱得很，稍不谨慎，略有风吹草动，便销声匿迹，从此不再。在这一支新创的队伍里，大多是初习者，被新时期文学的浪涛推波助澜，登上舞台，同时又承当起新时期文学的主力，振兴高潮，那就是知青作家。所以专业作家制度的建立，不只在于对写作者负责，还是对新时期文学负责。叶辛，竹林，赵长天，王小鹰，陆星儿，沈善增，蒋丽萍，陈村，我，倘要算上后知青时代的阮海彪和孙甘露，在此长篇小说丛书，占到百分之七十以上，可见出知青作家人数之众、比例之高、在文学图景中身影之活跃。

二十世纪七十年代与八十年代交替之际，也是新时期文学发轫之初，叶辛的《我们这一代青年人》和竹林的《生活的路》，可说是领知青文学风骚。如今回过头看，或可看出认识与表现上的浅陋，然而，一场规模巨大的政治运动，终于显现出较为具体的细节。知识青年上山下乡，覆盖在政治意识形态话语之下，其中个体的生活形态及命运，只是流传于坊间巷里，此时，却诉诸文字，以小说的形式，生出另一种叙述，是更为生动、更接近事实的真相，也更包含同情心。这场背景于"文革"大时代，波及全社会的运动，人们的遭际多少具有着普遍性，于是，便在极大范围内引起共鸣。每个人都在小说里找到自己的影子，听到自己想说的话，反应是极其热烈的。在这普遍性底下，更深刻的差异，也就是这场运动所涉及历史、社会、人的复杂性，则要等待之后更长时间的开掘，在此，事情刚刚开头。

这两部作品并没有入我们的丛书，叶辛，选的是他后一部知青题材的长篇《蹉跎岁月》；竹林，则根据她本人的意见，选《女巫》，这又汇入了另一个文学潮流，将在后面谈到。其实，叶辛的写作，基本不出知青生活的领域，我说的"知青生活"，不仅指描写知青自身，还是指插队所在乡村里的人和事。一九八〇年，我与叶辛同学于中国作协第五期文学讲习所，也就是后来的鲁迅文学院，常听他讲述下乡的故事，讲述中有一个情景，一再出现在眼前，那就是他在山村小学上课，教学生们朗读普希金的抒情诗，他读一句：秋风来了！孩子们跟一句：秋风来了！——他一直非常遗憾他教不会他们普通话，他们是用山地话念：秋风来了！一位十九世纪俄国诗人的诗篇的中国译文，被贵州山地话朗朗地吟诵，是经过何种途径传递的启蒙啊！这情景可象征知识青年上山下乡运动最富理想的一面。在最初的伤痛与控诉平静下来以后，我们多少获得了理性，能够较为客观地看待我们的经验，我们的经验随之扩大，面向更为广阔的生活。

《蹉跎岁月》里那一伙上海学生，背负着他们各自的历史，这历史包括父辈遗下的阶级地位、家庭出身，自小生长的城市给予的教化养育，以及“文化大革命”中的遭际，来到了百万大山的腹地，安家落户。主人公柯碧舟的负荷尤为沉重，他的父亲是一名“历史反革命”。这一个污点使他在他们的集体户内当然也受到了歧视，但是却远不如邻大队的上海知青杜见春来得反应强烈，因为杜见春出身于干部家庭，将自己视为革命的正传，社会的主流。尽管对柯碧舟有特殊的好感，也不能使她跨越阶级的隔阂。而对出身于同样阶层的苏道诚，她却本能地趋于认同，并不计较他道德上明显的缺陷。这于柯碧舟无疑是摧毁性的打击，他本来寄希望这个看来不同寻常的姑娘能带给他不同寻常的际遇，事情却并无转机。可是，非常戏剧性地，这一种肤浅的阶级观念很快被接踵而至的厄运质疑了，杜见春的父亲在进一步深化的运动中被逐出革命队伍。于是，她的地位急转直下，处在了社会的负面，原本为理想主义驱动的插队落户，此时变成惩罚。从处境到认识，她的世界分崩离析。先后来拯救这两个沉沦的男女的人是谁呢？是山村姑娘邵玉蓉。在这个偏僻的山村里，固然也有着象征性的阶级斗争，以大队革委会主任左定法为代表，但起主导性作用的依然是质朴的世故人情，即便是阶级斗争，最终还是归为善与恶的对决。邵玉蓉无疑是一个完美的体现，她的人生观——“劳动换来蜜甜的生活”，对柯碧舟、杜见春身处不得已的境遇，不谓不是化被动为主动的良药；她的道德观，其实是最基本的，却被政治斗争搅混了，这时发现还是她最辨是非；她的感情也是最自然，那些城里来的人，不已经不自然了吗？就靠她去伪存真。小说的结尾是杜见春的父亲官复原位，他们一家重新回归社会的正统，可杜见春经历了嬗变，毅然追随柯碧舟，回到贵州山村，“驶向初现春意的大自然中……”

这是一个浪漫的结局，很难用现实去检验它的合理性，事实上，多年后，叶辛又写了《孽债》。那被遗弃在西南乡村，长大了来上海寻找生身父母的孩子中间，不定就有柯碧舟们的儿女。然而，那一份青春热血依然是可纪念的。我并不以为叶辛矫情，我们这些知青作家中，他是最迟归来的，他对异乡异土最为认同。有一回，“收获”笔会，登峨眉山，人们挽袖掖襟，扶杖牵绳，他只在上衣胸袋插一柄牙刷，抱了胳膊对群山说一声：我们贵州有的是！插队的生活在他许是得了柯碧舟们正面的教育，留存下温煦的记忆，也不排除对命运的驯服。相比之下，陈村的知青写作，则要尖锐得多。

陈村最先引起注意的小说，就是描写知青生活的《我曾经在这里生活》。这一个短篇小说在当时知青文学的宏大叙事里，以个人经验的视角呈现独特的面貌。它并不负起对这场运动的价值评定和社会批判，它关心只在其中的人，个别的渺小的人，在他们根本无法知情的历史中，微如草芥的欢喜悲哀，生活的严肃性并不因此放过他们，他们依然面临了爱、生存与死亡的大事情。这是对知青生活的审视中一双别样的目光，它着眼点不大，但是深邃。陈村收入丛书的长篇《从前》，看起来有些像是从《我曾经在这里生活》扩展出来的，无论是哪一种元素：故事，情节，细节，思想，观念，感情，都由小至大，由轻至重，由简至繁，体量的增加最终改变了存在的性质，它的面貌变得庄严和肃穆。我还注意到《我曾经在这里生活》的结尾是凄楚的，留在农村结婚成家的昔日恋人小文死了，“我”在小文墓前发誓：“永远不再踏上这块土地”；而在四年之后写成的《从前》，女生小风最终还活着，与“我”温柔地告了别，

“我”乘船离开曾经生活的地方，心中涌起的感情是悲悯的：“在这块不甚富饶的土地上，生活着千万个后财，他们在这里繁衍生息。”“后财”是“我”插队村庄里的乡人，在这充满怨怼的经历过去多年之后，我们终于可以平静到留意乡人们的生活。我们在那里只是“曾经”，他们却是过去和将来。

《从前》里，所有的人物只分成两类，乡下人和城里人，其他的社会属性都退去了，或者说变得不重要。“我”这个城里人正在向乡下人蜕变，身心都起着抵抗。他经不起一点诱惑，略有提醒便奔回上海，不顾车马劳顿。在上海，他过的是一种知识的生活，一群年轻人，拉帮结伙地，聚集着谈诗论文。这些诗与文，于他目下的处境，其实是轻佻的，可正因为此，才可缓解现实的沉重。还有爱情，也许都谈不上是爱情，只是朦胧的一些儿吸引，也可疏松一下结实的生活。在那个非常时期，这城市谈不上华丽了，可依然是光滑与润泽。柏油马路，掩在灯影里的小楼，嵌着洁白的纤巧的闺房，而他们又还没有走进人生，这城市便以它表面的亮度来蛊惑人心。对照于此，乡下的景象就是灰暗的。贫瘠的田地，泥泞的村路，凌乱的屋舍，狡黠的乡人；劳动是艰苦的，农具似乎从天工开物之始再没有变革过，挑战着文明进化以后的人体；超负荷的承重，水土不服，身上长着疮；没有电，没有娱乐，没有书籍……可是，不期然地，大自然崭露出壮观的景象，那就是田地里的收成——“大地真够奇异的，那一粒粒谷子，居然真的长成了稻子”，他写道：“我向来的大地概念，是用来承载重物。比如房子、汽车、人。”但是这些并不是从大地长出来的，现在他看见大地里长出了稻子。这稻子又不单是自己长出来的，而是经过人的驯化，它们与人“相依为命”。这也是文明，这文明比上海城市里的文明更为本质，更接近起源，也更感性。乡下终于给城里人上了一课，在抗拒中完成，它最终也没有驯化城里人，这一种异质的动物，但是，它裸露出生存的严肃性，还是震撼了城里人。当“我”病重，在公社卫生院暂缓危急，然后送回上海，乡人们前一晚便来到镇上，在黎明时分抬“我”走向码头，打着马灯，“就像一支出殡的队伍”。这个场面无比庄严，带了一种神喻，那就是，生命不可轻薄。

从时间上说，《从前》写作的一九八三年已是在知青文学大潮的余波上，现实中，知识青年多已回城，四散于社会，汇入更广大的人世，继续积累各自的历史。上山下乡的记忆，在我们的生活中，渐渐被新的经验覆盖，同样，在我们的写作中，它也趋于弱化。比如沈善增的《正常人》，这一部自传性质的小说中，知青的经历是作为成长的一个阶段，置于“我”从儿时到成年，再到结婚生子，也就是从人子到人父的过程。和个人经验和性格有关，也和其时文学写作面向开阔有关。在这部小说中，知青的生活并未被着力渲染，在它身前背后，是连绵一片的城市市井的风俗图景，那是生机勃勃、意趣盎然的图景，里面有着一种比任何时期的意识形态都更为长久的价值，它的生动性甚至超过这长篇的成长主旨。在这片图景之下，知青生活不是说褪色，而是融入进日常状态之中，成为人生的一种遭际。市井就是有这种通融的能力，以不变应万变。小说中的阿爷，可说是一名市井英雄。

我很喜欢写阿爷的那一笔，就是阿爷对《浮士德》的评价：“这本书好，这是经，句句都是箴言。”这个老头，出身于宁波小商贩之家，念过私塾，抗战时候跑过单帮，富裕时积攒下全堂红木家具，三年困难时期全部卖光，已经历练得能够融会贯通各路知识和理论，虽然他无法将自己的一生安排得更妥帖一些，他安排儿女的生活也终是事与愿违，可他有信仰呀！他信奉观世音，他相信人到绝处自有救星，天无绝人之路。阿娘呢，就像是阿爷精神的实践者。“我”中学毕业，分配去崇明农场，由于家庭出身问题，被取消领取棉花票补助，大吵一场无果，回到家中诉苦，阿爷嘱咐阿娘陪“我”

去学校说理。阿娘梳头洗脸更衣，隆重出门，走到中途却要求歇脚，坐在台阶上，然后与“我”商量，是不是不去了？意思是阿娘去了，兴许会气倒，反而不划算，留得青山在，不怕没柴烧。于是，祖孙俩又返上归途。这样变通的人生哲学，是小人物的生存之道，多少有一些苟且，可是没有失大节，基本保持精神完好。阿爷的葬礼，很有些象征性，那些琐细的礼数和差错，造成一种滑稽的效果，像是对命运的自嘲。而“我”的母亲，则有一些异数的意思，她不服命，总是在挣，却又挣得不彻底，往往半途而废，反使事情更加糟糕，人受了苦不算，最后还得在父母的荫护下过活。这是市井里失败的人生，也是市井的哀容。“我”呢，出于年轻的心，总是向往外面的大世界，于是，知识青年上山下乡，在某种程度上，成了救赎，将“我”引出逼仄狭隘的市井，使“我”的“正常人”命运里增添了一些未知的变数。

就这样，知青生活渐渐淡出我们的写作，可是这知青的身份，却成了一种宿命，背负在身。赵长天的《不是忏悔》，里面那一个饱受情欲折磨的中年男人，每当欲望受阻，便发出一声喟叹：“我们这一代人！”是指“我们这一代人”的伦理道德观念，还是“我们这一代人”特殊的经历遭遇，作者没有多加解释，似乎是不言而喻。而我们所看见的这个中年人，形貌精神都离“我们这一代人”相距甚远。“我们这一代人”已经定格为风华正茂的面目，而眼前的卞海亮，却是如此疲惫倦怠。他在所任职的工厂，是一个单纯的事务主义者；家里，亦琐事缠身。既没有社会理想，对个人幸福也不存指望。人在中年，虽然谈不上有什么远景，但要打发日子也还很漫长。于是，邂逅叶磊，旁开一个空间，急骤地蓄积起行将殆尽的激情。事实上，激情的储量已经有限，是因为压力而变得汹涌。有一个细节令人动容，就是有一次分手时，叶磊看着人流中卞海亮的背影，恍惚想：“这个挎着过时的旧包，步履缓慢的人，就是刚才和我睡在一起，和我做爱的男人吗？”于是，情欲里生出了哀悯，这哀悯是向着人生和人世的，也因此，就像小说中人物感叹的，本来是为缓解生活的重压，结果呢，又添一份负荷。小说中还有一个情景富于隐喻，两人做爱以后，裸着身体各自给单位里的下属打电话。这是一个游戏，戏谑自己的社会身份，事实上呢，受戏谑的却是对方，领指示的下级职工。游戏的策划者将他们的权力形象换一个形式重新认识一遍，于是很微妙地享用了一回。他们已不是年轻的男女，即便是情欲，也不可能多么纯粹了。他们携着各自的历史，这历史不谓不是成功，可是其中无论人还是事，都已陈旧，灰暗了颜色，令人心生倦意。假如生活从头再来一遍，结果也是如此。因此，“我们这一代人”又不止是“我们这一代人”，更是许多代，甚而可能是每一代必将经过的周期。与赵长天年龄相差一轮，几近后半代的孙甘露的小说《呼吸》里的一代，他们还没有开始生活，在开放的年代里成长，也没有道德的禁锢，可他们并不快乐，也很倦怠，似乎疲惫期提早来临，是周期缩短，抑或变形？这是下一个话题了。总之，“我们这一代人”，在此涉入多事之秋，时代的特性已被更加普遍性的人生遭际同化。与《不是忏悔》形成鲜明对照的，是陆星儿的写作，她坚持“我们这一代人”最富积极意义的特性，她始终抱着知青作家的情怀，面对社会、时代、个人的无常变故，难免陷于困惑，就是因这困惑，她的写作才变得较为复杂。

在这套丛书中，我选陆星儿的是她最近也是最后的长篇《痛》。令人欣慰的是，陆星儿在这部小说中，最大规模地表现了她的复杂性，完成了她的写作和写作中的她的告别演出。陆星儿崇尚英雄，知识青年上山下乡运动可说正是一个英雄的舞台：青春，热情，离乡，受苦，奋斗，牺牲，小我服从大我……相比之下，前一个青年运动——红卫兵运动，有着太多的政治色彩，尤其经历过了潮起潮落，多少带着一些创伤和阴影。而这一回，性质单纯许多，背景则更为宽阔，宽阔到山川大地——就连陈村这样染着虚无的人生观，都不能不注意到大自然的神力，于是，陆星儿的浪漫主义便和历史风云际会。然而，就像方才说的，陆星儿的英雄渐渐走出青春岁月，走出大革命时代，进入平庸的日常人生，昔日里壮阔的幸和不幸，全平均分配成琐细的事务，就是赵长天《不是忏悔》里卞海亮所应对的那些，最能磨蚀英雄气概了。在陆星儿更早的长篇小说《精神科医生》里，那一名野路子出身的精神科医生，为病态人格包围，社会的痼疾被病人们进一步畸化，他的常识都被质疑着，更何况改良社会的雄心，处境颇为尴尬，显得十分滑稽可笑。雨果的《巴黎圣母院》里，那丑陋的卡西摩多，其实是埃及的神祇，沦落在芸芸众生之间，就像圣母院梁壁上的一条爬虫。英雄在俗世里的遭际总是孤独的，他们被逐出人群，处于边缘。而陆星儿的，胚胎于特定历史中青年运动的英雄，和真正古典意义的英雄又不同，他们具有主流阶级社会的属性，这种属性阻碍他们往异体变形，他们终还是现实中人，这就注定陆星儿写作的现实性，她必须关注现实。

《痛》里的主人公邱大风是当代英雄——感谢这一个激变的时代，社会模式还在摸索中，没有最后成形，依然需要由一些个人来承担进步的代价，于是就有了邱大风这样一个角色——社会主义意识形态之下，公有制体制内的企业家，以国家政府的身份，循资本经济规律，创现代化图景。无论理论还是实践，都有着过不去的关节口，就看邱大风如何来变通。说实在，这并不是一个英雄的合适舞台，空间太过逼仄，处处掣肘，不得不屈抑人格，面目变得鄙俗了。就是在这里，陆星儿的浪漫主义遭遇现实主义，这一个挑战，是对观念也是对写作能力。终于，我们看见了什么？我们看见这一位弄潮儿，纵横于各种对立的关系之间，有时玩权，有时弄术，有时攻城，有时攻心，竟然左右逢源，一路披荆斩棘，直逼目的——

将这城市最为经典的沐恩路翻新改造为现代城市消费型大街。这条新街规划体现了邱大风新生资产阶级式的价值观——邱大风，就是一个世界后发展地区的新贵典型，鄙俗却生气勃勃，有着粗野的活力。这个人物的诞生，可视作理想和现实协商的结果，而我宁可理解为相持不让，这符合陆星儿的性格，也是她的愿望之实现。

可以见出，知青文学具体到个人的写作，早已经分流成不同的道路，向着各自方向发展而去。作为一整个文学潮流，它却酝酿成又一场新时期文学史上的革命，就是寻根运动。这场运动，可说东西南北合围，燃起烽火遍地，即成燎原之势。我以为这是上山下乡经历不期然的馈赠。我们这些城市孩子，带着半生不熟的书本知识去到农村，与乡土邂逅，不自觉间，戒除着教条主义。山川河流乡村，藏匿着另一本历史的大书，以隐秘的符号记录，更合乎生命存在的本义。知青文学开发了政治意识形态的地表，掘进到人类文明发生的地质层，那是更接近真相的一层，许多故事从它发端，由它塑造形象，我想，这大约就是寻根文学的来由。比较中原和西部，应承认上海是“寻根”的弱镇，这或许可归因于这城市的地理和历史。上海地处长江三角洲平原，成陆较晚，文明史开端便推迟了，时至四百年前，还只是个荒凉的渔村。一旦开埠，一蹴而就近代都市，省略了自然发展的过程。作为文学创作，难免“寻根”的资源不足，缺乏材料。但这只是从狭义上看，在广义上，“寻根”的影响深远，不是单就题材可以概括。在我私心里认为，多年后“上海”这一写作的惊现，亦和“寻根”的思想精神有关，这又是后面的话题了。现在，我还是来谈与“寻根”关系比较直接的作品，就是竹林的《女巫》。

我原本打算选《生活的路》进丛书，因前面提过的理由，《生活的路》几可说开知青文学先河，在当时引起极大的回响，证明上海作家在新时期文学中的位置不容小视。但竹林本人坚持要选《女巫》，自有她的道理，我最后服从的原因是，《女巫》这部长篇，正可填补“寻根”在丛书中的空缺，体现上海作家在新时期文学版图上占据的面积，纵向上则体现上海作家写作的发展源流。虽然，从时间上说，《女巫》写作的一九九一年，寻根运动已过了高潮期，我亦很难断定竹林是追寻行踪而来，她完全可能有着自己独立的取向。但是，《女巫》又确实表现出寻根文学的特质，那就是它将一个乡村的社会发展史融解在风土民俗的传说之中，使其完全脱离政治意识形态的解释，呈现出某一种不可知力量的神秘定律。

《女巫》为我最重视的是它的体量，在四十五万字的篇幅里，密密匝匝、层层叠叠、扣中扣、套中套，网络着大量民间的传说志异，这就不再是风土性的装饰色彩，而是成为整部作品的结构，以及结构后面的关照世界的方法。小说开头，那一行放学的孩子鼻梁上顶着柳枝，乡俚称作“仙人挑担”，摇摇歌行而来，犹如点灯引路的童子，带入“太虚幻境”。“太虚幻境”有一个特质，就是它虽然在世外，但是决定着世上的事理人情。《红楼梦》里荣宁两府的兴衰起伏都是写在“太虚幻境”的册子里，尘世中人的真实身份也是在这里。当然，《红楼梦》里都是贵人，照民间说法，就是有仙缘的；《水浒传》一百零八将，则是天上有星宿；《女巫》却是草民，演绎的故事要粗粝得多，所来自“太虚幻境”里的前世，也要阴暗得多，不是风月情怨，也不是英雄气概，而是关乎生存繁衍。这冤孽虽不像“石头记”，一演几万年，不过区区数十载，可难也就难在事端的具体靠实：抗战，内战，建国，人民公社合作化，“文化大革命”……竹林将这铁打的事实以虚幻的方式历历写来，一直坚持到底，没有松懈和中断，终于自圆其说，建构了另一部历史。

王小鹰的写作也是从知青文学起步，在知青文学中留下了抒情的笔触。我觉得王小鹰对写作有一种节制的态度，她从不无度放任个人情绪，她的写作几乎不涉入自身经验，难免会损失感性的独到之处，但却有另一般好处，那就是写作面向广阔。王小鹰很早就脱开与自身经验最有关的知青文学，另起章节，这也表明她有能力处理客观性质的题材，我以为《丹青引》就是她写作观念和创造性能力的极优表现。《丹青引》的结构非常奇妙，看似繁复，千头万绪，但其实很单纯，线头一抽，贯彻全局。

《丹青引》的线头我想应是韩此君这个人物，要借陆星儿的英雄观来论的话，韩此君也可算一名英雄，但要是将他和《痛》里的邱大风作比较，就看出邱大风是入世英雄，韩此君则是出世英雄。画圣韩无极被现代旅游业重新开发出来，自此便有无数人攀附：据传韩氏家世早已式微，嫡系里只一名第十代孙女，却已是疯人；于是女婿陈亭北尽占传人风头，眼见得要成无极掌门人；忽然间又冒出一个韩疏林，自称韩无极次子韩细布的后裔，事实上呢，韩无极的正宗后人，长子韩细舟的子息，就是韩此君，默默无闻于市井坊间，由无极门下生出的恩怨情仇都与他无关。韩此君人在小学校做一名教师，他的画却兀自在世上流传，遭遇各种，或被画界泰斗扣下，以防盖己名声；或被画界少壮当参照，取其精华，又别开生面，创出新流派；画商瞿老板瞄准他的是生意眼，低价收购，囤积居奇……无论画坛政治市场经济风起云涌，他一概木知木觉。再说到情爱，也是功名利益的连环套，美协主席魏了峰的情人由美协艺术办公室主任马青城善后为妻子，只得放弃所爱陈良渚；陈良渚本是对韩此君有爱，无奈他不接茬，要知道陈良渚不是别人，正是陈亭北的女儿，被他当作圣女仰慕；韩此君爱的姑娘辛小苦置他于陷阱不说，还投别人怀抱，此人为中国画研究所所长安子巽——真是当爱不爱，不当爱偏爱，如此轰轰烈烈，最后还是女工花木莲伴他的惨淡日月，度柴米人生。要是用《红楼梦》里妙玉说法，韩此君就是位“槛外人”，这位“槛外人”一旦涉入“槛内”，立即祸从天降。他到底经不起世人撺掇，动了凡心，举办个人画展。那画展说来也可怜，借了旧文化馆的遗址；由他任职的小学校和瞿老板的“小蓬莱字画贸易公司”主办；开幕式程序颠倒，七零八落，靠花木莲的小姊妹和街坊邻居充场子；美术界的头面人物倒是送来了花篮，夹在其中，并没有增添庄严感，反显得不伦不类；开幕式结束，已是曲终人散，一片萧条，就在当夜里，一场大火，连人带画，统统烧为灰烬。这也有些像《巴黎圣母院》，地牢门一开，卡西摩多和爱斯美拉达两具搂抱着的尸骨，立刻灰飞烟灭，无形无影。神祇是不能在人世间存身的，韩此君其人其画，本来只应天上有。陈亭北的仕女图，最后的点睛之笔，墨遮笔洇，好比天机不可泄漏。凡此种种，都好像有一双天眼俯瞰，俯瞰人间百丑，活活糟蹋神赐，然后一网打尽，全部收回。

我还觉得有意味的是，韩此君的世外，那一个市井社会，似乎并不全是“小隐隐于野，中隐隐于市”的意思，一条天池街，可说藏污纳垢，却接近生活的实质。当韩此君逝去后，辛小苦来到天池街，看见公用自来水龙头底下，蹲着韩此君的遗孀——花木莲——“两条粗壮的胳膊在搓衣板上使劲搓着衣服，肥皂泡沫白花花地溅了一地，她的脚边还放着菜篮和淘米箩。”此情此景映照下，那些纸上春秋，无论《红粉君子图》、《城春草木深》、《山龟图》，都显得如此苍白，早已淘空了内瓤，众声喧哗也难以掩饰凋敝的事实了。而韩世家九涵妙姑的真迹《观音出道图》，却是在天池街花木莲做工的成衣车间的壁上，那是当年玄黄庵的佛龛。就此看来，最后的大败局并非天意，实是人事。

蒋丽萍也是一个有效地脱离私人经验的写作者。她同样有着知青的经历，早期也写过一些知青生活的小说，但很快就越行越远。这或许和她曾经从事记者职业有关，使她锻炼成向外的眼光，对客观世界比较关心。更可能是领新时期文学真谛，那就是历史批判和现实批判精神。她的长篇小说《女生·妇人》，与“五四”老人程俊英先生合作，所写是程先生们的故事，与她的时代相距有半个多世纪，人和事都已泯灭在时光的烟云之中，必须有历史的目力，还有对他人生活的想象力，但其实都是出于对恒定意义的认识，那是无论何时何地都不会大改的人世人生的本义。生活再是演绎出多少种戏剧，外形中的内核就是一个。

依蒋丽萍自序中介绍，《女生·妇人》前半部，是将庐隐的《海滨故人》重写一遍，后半部，则是将程先生所写的续《海滨故人》重写。而程先生的续《海滨故人》严格说是本人的回忆录，虽然沿用了《海滨故人》里主人公的名字。《女生·妇人》呢，继续沿用这四个人物的名字。这看起来很像是一场接力赛，一棒传一棒，蒋丽萍当然是最后一棒，她跑到终点，完成全程。但事实上，更像是领了火种，重新开垦一片田地，长出自己的庄稼。无论怎么说，这都是一次有风险的出发，因有着太多的据实的人物和材料，又与自己的经验隔阂着，稍不留心，便会滑入记录性写作，可说走在纪实的边缘，蒋丽萍终于走到彼岸，完成了虚构的旅行。我说它虚构，是因为它的完整性，真实的生活不负责给我们结尾，也不负责提升意义，这就是我们所以需要虚构的理由。

就像方才说的，《女生·妇人》是以《海滨故人》里的人物为故事展开，那是北京高等师范学校的四个女生，人称“四公子”，从这雅号就可看出她们是风流人物。那是在二十世纪初，一个旧到底的中国生出新气象，青年也生出新向往。青年，向往所在总会是爱情和婚姻，这与个人幸福关系最紧密，“个人”和“幸福”的概念都是“五四”启蒙的果实。尤其是女生，这里面就又有男女平权的争取，所以才会有“四公子”的称谓。在“女生”的日子，闺阁和书斋里，革命还处于理论阶段，比如李大钊先生的“伦理课”，她们很大胆地提出将来孩子可不可以从母姓，还提出男性是否也有贞操的问题，各人的恋情也在朦胧的初期。总之，新生活是在务虚中。然而，就是这务虚，为她们勾画了一个新人类的摹本，这摹本在现实中则成为妄想。“四公子”中，露沙是最坚执这妄想的，其他人，或是比她命好，像宗莹，与师旭的师生恋，是新型婚恋，可总归不伤大雅，两人相携相契，妇唱夫随，虽遭子殇，亦是乱世中的寻常事故，终不失为“五四”一段佳话；玲玉的婚姻实际只抄袭了个新式的“外壳”，内里仍然是旧式的陈规，旧式的男人和旧式的性观念，倒是那“外室”柳蝶依有新人类的气息——出身小公务员家庭，职业女性，裸露的情欲，理直气壮地挑战“正室”，有趣的是这新气息并不是来自“五四”，而是来自上海这近代城市的市民阶层；再有云青，她似乎是在家庭中承起了男孩的角色，养家糊口，抚育弟妹，但方法则是嫁个有资财的先生，当然，先生受的是德国教育，有强国思想，这些至少合乎“五四”精神的某些符号。当她们进入现实的命运之后，大时代给予的人生蓝图都变形了，惟有露沙，以一种近乎偏执的坚决，牢牢守着这蓝图，结果是，飞蛾扑火。

回望二十世纪初反封建的男女，女性总是全力以赴，男性呢？颇令人寻味地，他们多是先向封建制度交了差，然后再革命。好像贾宝玉先科考，再出家。甚至于鲁迅，也有朱氏；还有萧军，认识萧红之前也完成了父母之命、媒妁之言。新女性常是处在半妻半妾的位置，多少有些孤军奋战的意思，露沙就是其中一名。她终于争到了梓青，却只是一半，而且名不正言不顺。梓青患结核病早逝，倒使得这段尴尬婚姻获有悲剧的了结，合乎了时代的名义。她的第二段情爱，比第一段更大胆，与年轻自己许多的寄尘相恋，在世人舆论中，难免是不伦的垢病，一旦进入实际生活，则更有无穷的麻烦。露沙和寄尘真是位置颠倒，无论物质还是精神，露沙都承起了男性的角色。她有事业，在社会挣得地位，因而得经济自主，还为寄尘筹谋生计。但这似乎又并不真正意味着男女平等，寄尘虽然样样靠露沙，却依然持有男性的特权。就比如她们在李大钊课上讨论过的，男性应不应有贞操的观念，即便孱弱如寄尘，都可以不遵守贞操。女性独立最终似乎只是更给男性方便，而且这情景一直延续到今天。赵长天《不是忏悔》中，那一对中年邂逅的男女之间有这样一段对话，关于叶磊要不要做全部的女人的讨论。叶磊说："因为你太好了，所以，我不敢在你面前做得完全像个女人。"卞海亮客气了一番，诚邀叶磊放纵她的女性属性，但同时他又肯定了她没有女性的一般弱点，这弱点被他归结为"会使男人有不安全感"，于是，叶磊就有了这样的疑惑："如果我一半是女人，另一半也是女人，你吃得消吗？"从"五四"以来，女性始终没有放弃成长，却使得男性越来越怠惰。然而，强悍如露沙，最终死于难产——萧红也是死于难产，这是积贫积弱的二十世纪初，无论独立不独立的女性共同面临的危难。这一个最具革命性的女性，还是落入了传统的命运窠臼。

现在，我应该提到我们的一位前辈作家，白桦先生。我很感谢白桦加盟上海作家协会专业作家队伍，让我们上海的这批知青作家与前承的关系变得具体和直接。新时期文学是由白桦一代，也就是人称"右派作家"作率先，他们经历了共和国的坎坷，最具批判力——感谢上苍，当政治生活终于进步到正常的时代，他们尚年富力强，而且，没有丧失信心。照理说，他们最有理由不信任生活，可反倒是我们，对诸事生疑，这使得我们在批判中，有时会模糊正面的观念。他们年长于我们，阅历也丰富过我们，伤痛更深于我们，为什么恰恰是他们，保持着积极性？那或许是出于一种性格，我将它称作"共和国性格"，长在新朝开元时候的人格，往往清明开朗。而白桦先生又是一位诗人，我觉得，在白桦先生，"诗"不只意味一种文体，更是世界观，从白桦先生眼睛看出去的，总是有一种光明。经过如许世事艰历之后，很难说是天真，这更可能是一种辨析力，从氤氲、阴霾、浊尘中辨析出光的穿透。这辨析力也许不是出于唯物史观辩证法科学社会学，而是诗情洋溢。

白桦先生的这部长篇小说《每一颗星都照亮过黑夜》，以第一人称写给儿子的二十二封书信构成。他带着一种诉求，诉求子辈倾听，倾听父辈的历史。事实上，无论听与不听，都是子辈的前承与后传，可说是宿命。你听了，就可能有自觉性；不听，便身陷盲目，这是有责任心的父亲们所不忍的。小说中的第五封信，他写家乡被日本军队占领的日子里，从他家门口经过一小队日本宪兵，押解着一个受伤的青年往城门外行刑，一群小孩呼啸尾随而去，他也夹在其中，忽然间却被街坊王大娘拖出人群，斥道："你起什么哄？你爹被他们活埋才几天？"我想，白桦们要告诉我们的，就是这个！还有，第一封信，也是小说开篇之际，写到与儿子发生的第一次冲突，那是在儿子三岁的时候，儿子要求买一挺玩具机枪，"我"不同意，因为"我"对枪从来没有亲近感，生气的儿子突然挥起小手在父亲脸上掴了一掌，使"我"无比伤心，这又是白桦们要告诉我们的——我知道他说的不是伦常之理，而是有关于"我"是谁，"我们"又是谁的话题。

"我"是谁呢？一个中原古城里开明绅士之家的子孙；还是拒不做汉奸、最终死于日本宪兵屠杀的冤魂之后世；是在天主教堂躲空袭时候，从修女指下的琴键，与舒伯特邂逅的小男孩；是抗日队伍里的少年兵，抗美援朝的志愿军；然后是一名右派；再然后是摘帽右派……"我们"是谁呢？是呵斥"我"不许跟人起哄的豆腐坊王大娘；是卑微地活着又卑微地死去，用死魂灵吓死一个日本鬼子的冯二；是没出息了一世，在"文革"的冬夜，登临废墟疾奏京胡"夜深沉"的柳家大少爷；是"笑话"，一个纨绔、玩世的人生，在急等着点火起炊的日本兵跟前，戏耍地将干火柴一根根划着，再一根根吹灭，结果脑门吃了子弹，闹了个天大的笑话！还有小蚂蚱、六指儿媳妇、静云寺的妙聪师父……"我"和"我们"又有一个总的命名，就是“诗人”，他们将历史演绎成了诗。在动荡与莫测的世事中，许多正义的观念变得模棱两可，模糊着判断，然而在诗的境界中，边缘却明晰着。“诗”这一个华界，以一种说来虚无其实却肯定的标准鉴别着优劣是非，那就是美和高贵。小说里的“我”，这一个父亲，就这样从昏晦的经验中析出光明，企图开启儿子的知性，他几乎是以谦卑的目光，注视儿子，等待回应。

这是历史讲述中的个人性，不只是经验，还是情感。新时期文学逐渐拓进个人主义领域，白桦先生一代人可说是先行者，为争取个人在公共写作中的合法性，付出了代价。我们都是受益者，他们打开禁地，我们在其间嬉戏，不晓得底下藏着什么样的牺牲。所以我庆幸有白桦在我们的队伍中，他可时常提醒——就像小说中提醒那儿子，我们究竟是什么人。

这样，我就要想到孙甘露。孙甘露大约正是与那儿子同龄，我方才称他作“后知青作家”，是指他的成长正处于知识青年上山下乡运动末潮，而教育体制还未重新建立，因此，他的命运在另一部分与知青汇合，就是中学毕业即走上社会。其时，青年运动早已平定，日常生活也恢复秩序，所以，历史又进入了下一个阶段。在变化的时日，相距五六年就可能划为另一代人。我想，孙甘露开始写作的时间，许多激烈的意识形态纷争基本经纬清浊，白桦们的遭遇倘要写入小说，就是归荒诞派一类，新时期文学已经进步到“先锋”的阶段，开始文本的实验，孙甘露就是在这一节上登场了。

对于先锋文学，我个人以为是一次输入的革命。在离群索居数十年之后，其时敞开了空间，八面来风。外面世界一百年里演变和积攒的思想一夜间涌进，那么多新鲜的概念，充满耳目，我们都来不及攫取。形势难免是混淆的，但是，就是这混淆，酝酿成了本土的又一次文学浪潮，它几乎全面性冲击着汉语言写作的成规。当然，在所难免地，泼洗澡水将澡盆里的婴儿一并泼了出去。在它们企图突破限制的时候，将叙述艺术的形式也取消了；拆除了藩篱，同时失去了自己的领地；破除迷信，将“信”也破除了，这将使以后的进取陷入困境。但是在当下，它如此令人激动，号召着年轻的叛逆心，义无反顾地向前奔腾。屡次文学运动已为它铺平道路：题材的禁区几呈全面性打开，文学有效地脱离意识形态，获有自主权，个人主义不仅合法，还是进步的表征……还有什么可顾忌的呢！由于这一切反传统的特征，先锋文学更像是一场青春文学，它无拘无束，自由自在，轻松上马。

孙甘露是先锋文学的一名翘楚，虽然他写作量并不大，以短篇为主。说实在，你很难想象如他这样，纯粹依赖语言文字自身的逻辑推动叙述，能够充实多少篇幅。孙甘露小说中的人物，面目往往是模糊的，社会身份不明，没有清晰的历史来源，行动也没有一定目的，总之是暧昧。这就是人和事完全脱去意识形态的结果。他将他的人物放在纯粹的语言环境中活动，这在理论上无疑是极有挑战性的实验，但在事实上困难重重。尤其是孙甘露连语言，这人和事惟一的寄存也要颠覆，他要以唯美的方式重新组织叙述。而语言其实是比任何存在都更社会化的物质，它没有一刻能够脱离公共性的叙述活动，在约定俗成中规定和改变形状，不是孙甘露单枪匹马可以推倒重来的。所以，他在颠覆中不断需要作出妥协，就像一场拉锯战。在这拉锯战下，也确实生出一种别致的文体，语言从讲述的事实浮上最表层，你甚至可以放弃叙述的内容，单纯享用语言。这是危险的蛊惑，因为不知觉中，思想消失了，作为小说质地的生活状态也消失了。孙甘露又为什么要执迷于小说，而不是继续做一名诗人——他曾经写过新诗，总归还是小说的某些特性吸引着他，让他舍弃不下，那是什么？我想，还是人和生活。

《呼吸》是孙甘露迄今为止惟一的长篇，字数长达十三万多，对于这么一种纯化了的叙述方式，几乎可看成巨作了。在此，他不得不遵循某些小说的纪律，比如有人物和故事。《呼吸》里的故事主要讲的是罗克的爱情。罗克是谁？一个年轻男人，据称曾在军队短期服役，然后回到城市，不固定地从事橱窗设计工作，这样，罗克就可能社会关系极简，同时解决生计来源问题。这样的人物特别适合孙甘露的文体，或者说是孙甘露的文体适合这样的人物，因为得以赦免社会生活的客观叙述。就这样，孙甘露赦免了罗克的社会生活，放任他独自一人，于是，他镇日相守的就只剩下他自己的身体，而他的身体又是怠惰的，兴奋不起来。与赵长天《不是忏悔》里那中年男人饥渴的身体相反，罗克的身体就像患了厌食症，是被过于丰饶的美食败了胃口。一个一个女性走进他的生活，来不及消化上一个，下一个就已经赶到，而他，并没有因此成长起来，获得什么样的嬗变，因为这些女性的面目也是暧昧的，很难给她们规定意义——这就是罗克的故事，一切戒律消失，意义也消失，在无节度的自由中，没有什么决定我们和谁在一起，又和谁不在一起，结果是，究竟谁和我在一起？当女性们滑溜地穿行过罗克的生活，罗克也在滑溜地穿行过她们的生活。小说中写道："尹楚个人历史上的这场情感大混乱花去大约十年时间。她意识到从出了中学校门到现在几乎没干别的事：'真他妈的不上算。'"要是拿罗克的身体与《死是容易的》里的身体相比，罗克的感官生活是多么奢华啊！需要是剩余需要，满足也是过剩，也因此，陷于虚无。

阮海彪的《死是容易的》，写一个患血友病的孩子，就是小说中的"我"，也叫"弟弟"。身体对于弟弟，是个需要时刻警惕的存在，必须防止碰撞、创伤，甚至于少许的震动，因为一旦出血就很难止住。屡次为止血而做的治疗，已耗尽家中所有的财物，使这个温饱家庭陷入赤贫。因此，出血，发病，不仅给肉体带来苦痛和危险，还危及整个家庭的经济财政，增添了精神的压力。弟弟的身体不像罗克的，是一种附丽，而是巨大的现实，关于身体的疑问：身体究竟是什么？生存究竟是什么？如何维系？究竟又有什么必要维系？对于弟弟是具体的日常生活，对罗克，则是纯精神活动。在《死是容易的》里面，身体的戏剧就是那么残酷，它时时上演着生存和死亡的较量，这种较量又并不完全以力量的强弱优劣为胜败，似乎是有一个更加巨大的意志在操控局面。那相邻的于家伯伯，前一日夜里还推出黄鱼车，让弟弟去医院急诊，隔日晚上回来，他却上吊自尽，死亡如许不期然地降临了。再有那剽悍的“外国人”，主张优胜劣汰，言称像弟弟这样的孱弱者，不值得怜恤，应统统消灭，可是，偏偏是他死于盛年，弟弟却活着。当然，更大量的死亡因循着普遍的规律发生，比如他的病友肖虎，死于酒后脑血管出血。所以说，对于生命，我们既不能放松责任，但也只能尽力而为，至于结果，就听凭上天的选择了。弟弟，以及弟弟的家人，就是在这未知中全力以赴，争取生存。父亲从劳改农场请假归来，将病危的弟弟连夜移出医院，决定自救的一幕，真是无限的惨烈，可说是全书的高潮，那是孤注一掷，背水一战。

弟弟的父亲，有点像沈善增《正常人》里的祖父呢！我想，在上海老城厢，那些旧式的房屋里，住着无数的祖父和父亲。他们来自周边乡镇，宁波或者绍兴，有过短促的发家史，然后在战乱和灾荒中破产，来到新开埠的上海，虽不像传说中遍地黄金，挣一份嚼吃还是有的。他们洞察世事，人情练达，狡黠里藏着乡下人的耿劲。就像《正常人》里的祖父一样，弟弟的父亲想必也读过一些旧书，他的主攻方向在《黄帝内经》。当父亲将弟弟移回家中，自己在阁楼上翻检医书，煎制草药，就像一个古代的炼丹师，这也让我想起《正常人》里祖父读《浮士德》的情景。这大约就是民间和经学的关系，也是上海市井的知识景象。当我写到此处，不禁想起法国作家普鲁斯特的《追忆似水年华》，那一个病人出身于贵族阶层，生活优渥，疾病将他锁在床上，限制了外部行动，迫他在精神中漫游，搜索记忆和思绪，构成空中楼阁，灿烂辉煌。这里的弟弟也是在病痛的禁闭中，可他无法纵容他的精神在虚空中漫游，温饱，治疗，就业，立足社会，都是具体的困难，如何来应对，占据了所有的闲暇。在他的周围，都是同他一样的市民，柴米生涯。这城市里的老住户，物质与精神都已式微，小说写到那天夜里，父亲向医院签下生死状，将弟弟从病房移出，回到家中，“我忽然发觉，我的家竟然这样低矮，破旧，凌乱，潮湿。我闻到了一股蟑螂味，那是从那只没有抽屉的抽屉洞里发出的”。于是，弟弟的病苦似乎不只是病苦，而是象征了整个人世的悲哀。

编这套丛书的时候，我发觉在我们上海作家的写作中，常常有一个绰约的背景，就是市井。比如叶辛的《蹉跎岁月》，在柯碧舟插队的那一个集体户，成员多来自上海中下层市民家庭，从某一方面来说，他们要比那两位主角更显其生动，表现出他们所来自的城市的价值观和性格；陈村的《从前》，也有一个集体户，扁头，阿发，女生小风——她考虑自己的归宿，是否要嫁给乡下人之前，她对上海的男生说：“你们最凶的是张嘴，他最强的是一双手。”这种面对现实的态度，正是华丽的城市表面之下的芯子；前面已经说过，《正常人》是正面表现市民阶层的生活；陆星儿《痛》里的那个邱大风，更是真正出身市井的现代新贵；王小鹰的《丹青引》则有着一条喧喧腾腾的天池街……若干年以后，我们或许会发现，这是与“寻根运动”某种方式的遭遇，又迎来关于上海写作的热潮，在当时却多出于不自觉，但这不自觉也是在新时期文学的开放思想中发生。上海的市井生活，最早多出现在民国小说“鸳鸯蝴蝶派”写作中，到了一九四九年以后，就渐渐淡出，偶尔地，就像阴魂不散，突然在某一隅闪出。比如，二十世纪六十年代有一部话剧改编的电影《小足球队》，里面有一个社会青年，诨号“爷叔”。这个形象何其有趣，都市浮华里的坊间人生，他吸引了一帮小萝卜头在弄堂进出，当然，是作为颓废的代表而遭到社会的唾弃。凡这类人和事，在那时多是以负面的形象登场。胡万春先生的小说《家庭问题》，后来改为电影，其中那一个青工，穿毛料裤，买绸缎被面，受到父亲——一个产业工人家庭的家长的严厉批评。这种日常生活的趣味，来自安居乐业的人生，其实是含有普遍性的人道价值。

胡万春先生属上海二十世纪六十年代崛起的工人作家队伍中的一名，他们多是以描写产业工人的劳动与生活而活跃文坛，然而我觉得，当我们强调他们社会主义写作身份的时候，往往忽略了他们另一个也许更加鲜明的特质，就是他们的本土性。胡万春先生是工人作家中领先的一名，他的短篇小说《骨肉》和《过年》，引起过热情的反应。小说中描写的城市底层生活，在阶级矛盾与阶级斗争的观念之下，人和事都被简化了，但它们依然以人间常情打动了读者。这一回，入丛书的是胡万春先生写于一九八三年的自传体长篇《苦海小舟》，顾名思义，写的是穷人的飘零生涯。小说中这一个穷人的履历却是复杂的，若是按社会各阶层分析的划分，他可先后占据多个阶层。大约从清代算起，他家便是失地农民，到了祖父，则在宁波一带经营小本买卖，渐渐积累资财，成家立业，也有了教育的意识；所以父亲先读私塾，再上公学，接受强国思想，决心做一名海员，学习航海；结果是被骗子卖了猪仔，去到外国轮船做水手，其间参加了一次海上罢工，算是还了革命的夙愿；然后，带了一口洋泾浜英语回到家乡，接下了祖父一个行将倒闭的小百货公司，却无起色，只得将生意盘给舅丈，收拾收拾来到上海；所剩最后的一点资金投进米行生意，还是血本无归，这一回彻底死心，从此息了发家的念头，做杂役糊口，家中一贫如洗，于是，小说中的“我”，这上海城市的无产者降生了——经历逃难，乞讨，跑单帮，打工，学生意，间歇地上小学，读《圣经》，唱圣诗，终于在十六岁时进工厂学徒，走入产业工人队伍——看起来，不怎么合乎共运史中作为革命力量的无产阶级形象，可是，历史却呈现出丰富性。农村萧条，小型经济崩溃，资本型城市崛起……这些政治社会经济概念全演化成具体可感的生活状态。

小说中那个英国人戈尔门先生，是父亲做杂役的爱文义路救火会的职员，应属上层社会，可事实上，却也为生计困扰，他甚至娶不起本国的女人做妻子，也娶不起会说英语的中国妻子，只能娶不会说英语的中国女人。在张爱玲的小说里，我们常能见到这些帝国公民，多是落寞的表情，他们是殖民地占领者，同时呢，也是寄人篱下，身份颇为尴尬。比如《红玫瑰与白玫瑰》，有一日，振保和娇蕊一同上街，遇到艾许太太，张爱玲写道："艾许太太是英国人，嫁了个杂种人，因此处处留心，英国得格外道地。"还有《桂花蒸·阿小悲秋》里那个住公寓的单身外国人，悭吝又落魄，还滥交。当然，戈尔门先生是个好人，是父亲的知交，可自身难保，援助也有限。上海市井的戚色里，也有着异族人的面容。还有那些连环画家们，作坊样的生产方式，小说写到"我"去拜师傅学手艺，来到沪上著名的大师府上，境况竟十分窘迫，不只是贫寒，而且潦倒。作者写道："他们夫妻俩年纪都不大，只能算作年轻人吧！可我却感到他们都很老了。"就是这样黯淡的营生，却发源成日后绘画的一个重要门类，多少可见出海派文化形成过程现象之一斑。我们可以在《苦海小舟》中找到《过年》和《骨肉》的故事轮廓，就像是这两篇小说的素材，显露出感性的面目，过去的生活这一回以私人经验的性质进入胡万春先生的写作，不期然地，展现出更为宽广的社会场景。

程乃珊的《金融家》则面向上海中产阶级社会。说来很有意思，《金融家》中，华行董事长总经理祝景臣也是浙江人氏，出身贫寒，父亲在杭州大户封家当差，封家老爷开恩，让祝景臣、祝景文兄弟在封家开办的洋学堂开蒙读书，这一步便将他们推上事业人生的康庄大道。祝景文考上庚子赔款公费生出洋留学，祝景臣通过封家的交好——华行开山祖魏久煦进华行做练习生，之后一路攀爬，坐到高位。封家则已衰落，后人封静肖，只得在外国人诊所挣月薪，自糊自口，最后给祝家做女婿，多少有些像吃软饭的。与祝景臣同时进华行做练习生的范先生则终身只是个小职员，但儿子范仰之却是才俊，走上另一种人生道路，成长为另一路精英，终于能与祝景臣平起平坐，相辅相成，共渡民族危难。所以，上海这地方其实是英雄不问出身，公平竞争的场所。各人时运不同，资源占有也不同，但终究是以才智心气为决定，不断重新调整划分阶层。在这些跌宕起伏的命运之下，更普遍的还是平凡的人生，就像祝景臣的公子隽人和儿媳芷霜，由父辈们荫护，从战乱中挣出一份安稳且道德的日子。这些保守的人生，经过了危亡的时日，既没有错过生活，也没有损失良心，因循时令开花结果，不由要感慨祝景臣们的栉风沐雨。先是业内倾轧，华行遭遇大挤兑，道高一尺，魔高一丈；再是日本占领军要挟融资华行，逮捕银行职员，一波未平，一波又起；祝景臣几方受制，又要保人，又要保节，几回山重水复，又柳暗花明——在这潮起潮落时节，育秀女塾的女生们，也就是祝景臣们的女儿们，度着她们的娟阁时代。

这群女生使我想起蒋丽萍《女生 · 妇人》里的“四公子”，“四公子”是她们的先驱。她们显然要轻松得多，没有“四公子”的思想的重任。她们生活在“五四”新思想运动发生的二十年之后，又是在新开埠的上海，领风气之先。对异性的态度相当开放，甚至有几分佻仫。小说里也写了一堂课，题目是“小儿疾病预防”，老师就是那位没落世家的大少爷封静肖，身材颀长，穿一身白夏克斯西装，谈吐活泼，引得她们都不安分了。他在上面讲课，女生在下面传字条，内容关于这一位是不是理想中的“黑漆板凳”。沪语“黑漆板凳”与英语“HUSBAND”谐音，然后就有人在字条上写：“这不是只黑漆板凳，是张沙发，起码要替这张沙发做一套沙发套，还要配上靠垫……太奢侈了。”联想《女生·妇人》里，李大钊给女生们上的“伦理课”，上海和北京多么不同，上海的女生和北京的女生又多么不同，它是现实的人生，缺少庄严感，甚至带几分粗俚，可也是积极的。

《金融家》写于一九九〇年，这个年份对于这部上海题材的小说，很不幸地过于早了，没有人注意到它的地域性。倘若晚上几年，“海派”写作起篷，它是可拔得头筹的。一九九〇年，是探索小说形式的先锋文学热潮时节，贯穿整个新时期文学的批判现实主义继续向深处掘进，这一部在形式上并无新奇，思想上也不以尖锐为胜数的小说，很自然地被忽略了过去。等到上海话题成为时尚，那些充满上海想象的写作且又潮涌，遮蔽了大众的阅读，这部小说依然没有进入潮流。所以我寄希望这套丛书，能让它再次登场亮相，让“海派”写作认识它们的前辈；我还寄希望《金融家》能以它的沉重来改变“海派”的轻佻气质，它所描写中国民族工商业者，从积贫积弱的社会挣扎起来，在这城市的流光溢彩底部，是命运多舛，时事艰厉。

本人写于一九九五年的长篇《长恨歌》，可说迎头赶上风潮，但又带来另一种不幸，它被安在潮流的规限里，完全离开小说的本意。在此，趁作序近水楼台，当为自己辩解几句。我想说的是，小说的第一部应是不尽如人意，小说家陈村曾批评过，这一部里尽是想当然，片厂试镜想当然，“沪上淑媛”想当然，选美胜出想当然，上海小姐当然要被金屋藏娇，藏娇人当然要遇不测……但恰是这一部最为看好，因最合乎大众的上海想象，而这一部我又跨越不过去，大量的交代任务要在这里完成，否则便无法开展故事。重要的情节是发生在第三部，王琦瑶和她的下一辈人邂逅，就如苏青说的，在人家的时代里，就好比寄人篱下。第二部是一个过渡，可是我却自觉得这一部写的最称心，这就和感性有关了。二十世纪六十年代，在我是知觉初醒，人和事渐渐浮向水面，轮廓绰约，气息悠然弥散，无处不至。这一部，一旦开头便从容而下，就像自己会生长一样，枝叶藤蔓盘错。这是写作中最好的状态，所有的人物都在自由活动，主动走向命运。我被自己所感动，在程先生身体落地后的那一节，我至今能背诵出来："你有没有看见过卸去一面墙的房屋，所有的房间都裸着，人都走了，那房间成了一行行的空格子。"故事到这里似已倾向终止，事实上，我的目标还未抵达，于是，重振旗鼓，再向第三部进发，是第三部里的情节决定我写这个小说。女主角的结局十分不堪，损害了她的优雅，也损害了上海的优雅，可是倘没有这结局，故事就将落入伤感主义，要靠结局来拯救，却又力量单薄，所以，略一偏，就偏入浪漫爱情小说，与时尚合流。我选它入丛书，期待的是新一轮的阅读，能归回我的初衷。

孙树棻先生的长篇小说《末路贵族》，大约可称作海派写作的实至名归，它有着奇峻的人物和情节，以及社会风俗风貌。小说所写的是"二战"时期，上海这远东城市，有些像北非的卡萨布兰卡，各国各系的政治军事的力量在此侵入，然后交织。英国、美国、日本的谍报人员，以各种身份为掩饰，围绕着流亡上海的白俄姑娘娜塔莎，演绎出爱恨情仇的戏剧。这多少令人联想起上世纪四十年代徐訏先生的《风萧萧》，记得里面有一个化装舞会的场景，各路间谍在此汇合，面具底下的人究竟是谁？真好比《红楼梦》的玄机："假作真时真亦假，无为有处有还无"。这场面实是华丽，流光溢彩，又扑朔迷离。我想孙树棻先生就是看《风萧萧》长大的一代人，新小说对于他一定有潜移默化的影响。但同时，我又觉得他接受了批判现实主义思想，那应当来自于俄国文学，这也是孙树棻们的时代声音。就在这本《末路贵族》小说中，奇情异志之间，不时浮现起日常景象，透露出了生活的严峻。那位"萨巴罗夫上校"，在犹太人开的酒吧做门童，住就住在弄堂房子中的一间，过着寂寞的生活。他让我想起小时候，与我们家相距一百米的弄堂口，住着的一位白俄，以教授英语为生。父母亲曾经带我们去过他家谈话，想把我和姐姐交给他。他那房间是处于房屋的末端，正是一个尖角，于是，便呈斗状，是真正的“斗室”。屋内家具简陋，临时居住的样子。他站在我们跟前，内心却不知在什么遥远的我们完全不了解的地方。小说详细地描绘着这些被祖国放逐的人，如何谋生计，如何在异国建立起社会关系网络，彼此依赖生存。那个“卡特琳娜·康斯坦诺维奇伯爵夫人”有些让人想起陀思妥耶夫斯基的小说《白痴》里的交际花，她年老色衰，流亡异乡，如《末路贵族》里写道：“在市区北部租下了一幢房子，又搜罗了几个白军军官和士兵的女儿，在那里开设了一家妓院，当起了鸨母来。”由于和萨巴罗夫上校特别的乡谊，她将他的女儿娜塔莎，安排在办公室工作，不让她涉入风尘。为了取得保护，伯爵夫人不得不为日本人提供情报，故事就这样从日常的图景走向传奇，可是依然没有放弃生活的严肃性。日本特务蒙索洛夫——真正的俄国贵族，而不是像“上校”和“伯爵夫人”，这些头衔都是杜撰出来唬人的，命运难料，这位真正的贵族沦落到给日本人当差。他向日本人去领旨，态度卑微，内心想的是：“当你们还在吃奶的时候，老子已经在马背上冲锋陷阵了……”娜塔莎与英国军官劳伦斯的邂逅是好莱坞电影的套路，灰姑娘遇见王子，但其间纠葛着的种种细节，却不再是童话的性质，而是艰难人世的意味。娜塔莎和劳伦斯最终走出危境，所受援助多来自她那个白俄侨民社会：鲍德罗斯基叔叔，马思罗夫先生——他们从各自的经历走来，汇集在这个城市，这也就是上海这个国际化都市隐匿着的世界史。

看起来，我们这批写作者，主要的特征是现实主义，但已含有现代主义的变征。我们前后大约跨越两代，远至“五四”新文学，近到新时期文学，可说是我们共同的养料，我们都怀有对生活和人的关怀。同时，在我们之间，还包含着承继的关系。从一九八五年七月吸纳第一批专业作家，到一九八九年的最后一批，上海作家协会集合起我们。我们的写作，大致可以勾画一个文学时期，这个文学时期，蓬勃兴旺。我们在新时期文学的背景下成长，又汇入进新时期文学的图景，且带着我们自己独有的表情。然后我们一同走入下一个时期，面临着丰富却复杂的新挑战：价值观急剧变化，消费时代起来，市场经济蔓延各个角落，再迅速纳入全球化；文学观念也在变化，经典取消，大众审美上升为主流，文学不再呈运动浪潮式地前进，而是分散为各个局部……而我们渐渐告别激情洋溢的青年时代，我们的队伍不断减员，胡万春，陆星儿，孙树棻，相继离去，情景多少有些凋敝。在这时刻，重新回顾走过的道路，检阅我们的写作，不只是为缅怀，更是振作精神，坚定决心，这就是编辑这套丛书的用意所在。

2007 年 9 月　上海

是诸法空相，不生不灭，
不垢不净，不增不减。

——般若波罗蜜多心经

上　部

序

《辞海》中没有对“正常”，更没有对“正常人”的诠释。

序　二

看我非我,我看我,我亦非我;
妆谁像谁,谁妆谁,谁即像谁。

——扬州古戏台楹联

序　三

我本来记得很清楚，那是一九六四年，因为那年我考进中学——我总喜欢说“考进中学”而不说“小学毕业”，好像这么说便有了点纪念的意思，纪念自己第一次以自己的力量去扳了一下生命航船的舵把。尽管这第一次扳得并不成功，我想考一所区重点中学，结果进了一所普通中学。但就因为不成功，所以我记得更牢。人就喜欢记住不幸的事，翻开任何一本名人传记，里面都是一连串的不幸，我也一样。然而，我想了一下，不禁大为吃惊。一九六四年，我还不满十四足岁，难道我已经成熟到了这样的程度？也许应该在这之后的二三年或四五年吧？但是，当我细细地琢磨了在这以后的几年里与此相关和不相关的一些事，我发现那是不可能的，因为越到后来我好像显得越不成熟。我当然更不愿意把我的成熟期再往一九六四年以前推。这样，一九六四年竟成了我一生成熟的一座高峰。经过严格的验证，我已然不可能推倒这座高峰，不过我明白它更多的是我心造的一个幻影。这个幻影的产生，也许正与我是在那一年“考进中学”、我想纪念那一年有关。我的所有努力与一切释梦的努力一样，只能以自圆其说作为一种安慰。既然事件的发生总需要一个年份，既然我制造不出一个更适宜的年份，我只能确信那件事是发生在一九六四年。

这年夏日的一个下午，我在自己家的后间洗澡。

我家住的是石库门房子。上海的石库门是那么有名，就跟北京的四合院一样。但我敢说我对石库门的研究，要超过以前任何一个描写过它的作家。石库门为什么就该出名呢？每当我踏进破庙似的灶披间，看见被十几只炉子熏得像古旧的泼墨山水画似的墙壁；每当我像瞎子一样，凭着裤管的感觉，摸索着走向那道被我的朋友戏称为“煤矿”的楼梯时，我总要问，石库门为什么那样的出名？它既不是上海数量最多的民房，更不是水准最高的住宅。艺术上平庸得简直谈不上风格，从居住条件来说又非常的不实惠，而且不像四合院那样找得到考古学、民俗学、历史学、社会学、建筑学、美学、心理学、伦理学等等方面的特殊价值。可一提起上海的房子，首先想到的便是它，真要把那些典雅秀美的花园洋房气死。某天，我忽然悟出了两条有力的根据。一、兴业路“一大”会址是典型的三上三下石库门。二、石库门是旧上海小康人家居住的房屋。要住上这样的房子，往往得付一根两根“条子”的订费，赤贫的扛包子、拉车子、扫垃圾、倒马桶之士无力问津。小康之家，我们叫小资产阶级，国外现在叫中产阶级或“白领”。这部分人，是整个社会中最叽喳的芸芸众生。对地位更高的人们，他们有眼羡也有不满，想进身又怕失身；对地位更低的人们，他们有同情也有鄙夷，想援手又怕湿手。他们鼓鼓噪噪，叫叫嚷嚷，时而如此，时而那般，结果在有意无意中，把属于他们的一切宣传成天下最中庸、最合理、最实际、最理想的东西。更阔的人们，很乐于鼓励这种安分守己的陶醉；更穷的人们，则不敢嫉恨这点可怜巴巴的优裕。因此，属于这一层次的生活标准、享用物品、兴趣爱好，往往得到全社会的公认，获得一种全民的知名度。与石库门情况相仿的，上海还有老城隍庙奶油五香豆。它比三北盐炒豆要高级，却又不像巧克力圣代、掼奶油那么高贵，所以曾是沪上第一名特产。现在大白兔奶糖等有取而代之的趋势，那是水涨船高，它们是今天小康之家的尤物。

我家住的石库门也是三上三下，与“一大”会址同样格局，是石库门中结构最为庞大的一种。一幢房子里共有十二家住户，还不包括被隔壁一家弄堂工厂蚕食去的东边底层的边厢。我家是除了二房东以外最早的住户，租的是公私合营时成为“倒挂户”的二房东原先住的二楼西一个统厢房，朝南朝东，还有全堂齐顶的护壁板，是整幢房子里面积最大、条件最好的一个单元。而我家又一度是整幢房子里经济最拮据的一户，这一度至少度了十五六个春秋。在其他十一家欣欣向荣、蓬勃发展的邻居相形之下，一间大大的空屋加上两个文物般的老人，总使人对我们产生一种衰落大家的幻觉。

屋子由一排镶有车料毛玻璃的木门隔成前后两间。后间约占总面积的五分之一，是个堆杂物的地方。进门右首靠板壁就是一只煤球炉。与那只炉子相对，靠在玻璃门那边的是一只巨大的黑漆八仙桌。桌面是由三块已经裂缝的两公分厚的木板拼成的。桌腿呈八字形向外脈开①，是那么孔武有力，最大限度地承担着它的使命。桌面上挤放着热水瓶六个、钢精锅一套、砂锅数只、陶钵几尊，还有酱油瓶、油瓶、醋瓶、料酒瓶、盐罐、糖罐、味精袋、漱口搪瓷杯、牙刷几支、固齿灵牙膏一枚、大碗两叠、小碗一幢、筷筒、瓷匙、饭勺、锅铲、铁爪篱、红药水瓶、紫药水瓶、消治龙软膏、明星牌花露水以及抹布。桌面底下桌腿的横档之上还搁着板，内放铁锅、肥皂、肥皂粉、榔头、斧头、柴刀、旋凿、老虎钳、废旧电线、漆包线、保险铅丝、橡皮膏、木衣夹子、完好的与半截的塑料的或木头的梳子、百雀灵面油、蛤蜊油、浸梳头刨花水的

① 脈：音如 pè，动词，分开，撕开。见《简明吴方言词典》第 246 页。

小碗、旧的铁钉与木螺丝、大大小小的旧软木塞子等等，等等。再下面，着地放着煤球箱、柴爿、引火的废纸、留着扎拖畚的碎布、铅桶、木盆等等。正是这张桌子，对我一生性格的形成有着重大的影响。在我的一生中，惟有一个堪与伟大导师媲美的习惯。保尔·拉法格在《忆马克思》中写到，“他（马克思）放置书籍时并不注意外表的整齐”，“他从来不允许任何人去整理，或者更确切地说，去弄乱他的书籍和文件。它们只是表面上混乱而已，实际上，一切东西都在一定的地方，不需寻找，他就能很快拿到他所需要的任何书籍或笔记簿”。少年时代的我，在图书馆里读到这段话时，欣喜若狂。后来，我就要求母亲为我买了一本《回忆马克思恩格斯》，这本书就成了我最早的藏书之一。尽管从名义上说，我从小学四年级开始就有了零用钱，但直到初中毕业，我买书都得去请示母亲，要她投资。我的零用钱都是聚起来准备年底上交，以博得阿娘夸一声“好小囡”的。

在那只炉子与那张伟大的桌子之间狭窄的过道里，正放得下一只小小的木盆，我就坐在那只木盆里洗澡。这木盆是白胚的，每年夏天用来洗澡之前，都要放在晒台上，用水浸泡一天一夜，让它漏个痛快以保证此后没有胃口再漏。不过几十年来，它还没有被箍过一次。阿娘总是在浸水泡盆那天向隔壁邻居夸耀说，到底是老货好，这是她告别宁波到上海时带出来的。这木盆也似乎真与阿娘有着特别的缘分。一九七三年，阿娘归天，那年夏季，照例把木盆放到晒台上去浸泡。隔宵早起一看，晒台上流了满地的水，铁箍不知什么时候崩断了，木爿一块块仰天躺着，像一朵盛开的莲花。

一九六四年夏日的这个下午，我在自己家的后间洗澡。我把木盆在炉子与桌腿之间安顿好以后，就去把后门关了，又把玻璃腰门也关了。在关腰门时，我听见阿娘说：“关腰门作啥？热哦？”我没有回答，心尖上像拍电报似的颤了几下。阿娘没有再说，阿爷正在前间睡午觉。我坐进木盆，清冽冽的水涨上来刚浸没我的胯部。我用毛巾带水漉漉地安抚了几下肌肤，觉得心房也融融地舒张开来，于是，开始按计划做我的实验。

在近些日子里，我已经知道，从那神秘的去处，流出一股神秘的浆液，会产生一种神秘的快感，但我不知道这神秘的浆液是不是尿。凭手感，好像并不是尿。但那类事多数发生在深夜，我无法判定。这件事搅得我心神不宁。

实验进展非常顺利。

一条条闪着莹光的亮线，从血液里涌现出来，急速地向那个聚焦点游去，在富有弹性的绒实的血管壁上摩擦出星星火花，生出一股雷雨前青草的好闻的腥味。周身的血管与毛细血管的网络被越来越亮的奇异的莹光照耀得近乎透明。一股热气将身子托得飞升起来。盆里的水在快乐地翻卷，跃起来拍打我光滑的背脊和腹部，像翱翔在空中的一块魔毯。一圈调皮的光斑在心的周围跳来跳去，像霓虹灯一样变幻着色彩，挑逗地眨着眼睛。心像冰一样融化了，又像水银一样凝固起来，光亮如镜。从那里反射出来的一束强光，使我微微有些眩晕，我闻到一股奇异的醉人的芳香。眼球发胀，仿佛有毛茸茸的鸡雏要从中破壳而出。我眨了眨眼皮，一股无形的雾障从此消失了。我还不知道多少年来原来有这层雾障遮着我的双瞳，我看见了其实却没有看见。现在我看见了！这世界是多么的令人惊异，令人敬畏啊！生命是一个比最瑰丽的童话还要瑰丽的童话，比最大胆的想象还要大胆的想象。一座耸天的山峰在顷刻间拔地而起，山顶上开满灿烂的鲜花，花丛中蒸腾着五光十色的氤氲之气，氤氲里若有若无地传来叮叮咚咚的优美悦耳的声音。是谁发出这咒语，是谁创造了这奇迹，是谁给最普通的物质、最寻常的细胞注入了神力？是我吗？它们已经不是物质，不是细胞，不是骨肉肌肤这种凡俗的东西。它们无可名状！如果闪电可以丈量，如果意志可以着色，这就是它们。这是对一切不可思议的思议，对一切不可预期的预期。这是给风套上缰绳，这是给雷驾上车辕。这是一切活的希望的天使，也是一切死的恐惧的精灵。在这奥秘中的奥秘面前，我的理智慵懒地在门槛上躺下，打了个呵欠，不愿再作徒劳的徘徊。我的身子在愉快地颤栗，在颤栗中膨胀分化。我看见一个小男孩，两腮帮鼓鼓囊囊地下垂，像火鸡似的，那分明就是我，我满月的照片上就是那副模样——我吮吸着大拇指，起先小心翼翼，继而摇摇摆摆地走进一个仙境般的花园。非人间的四季景色在我身边交替呈现。春风如梳，一点点金黄色的蝴蝶在鲜红的珊瑚丛中翻飞。夏阳如织，一条条巨蟒纠结着翻过身来，银色的腹部鳞甲一片片地绽开，散发出麝香一般浓烈的香气。秋雨如泣，一只天鹅吞下最后一团雷火，浑身的羽毛顿时化作灰烬飘散，它安详地舔着周体玫瑰色的新肉，发出一声声满足的舒缓的唳鸣。最后，千万只白兔从黑土层里奔涌而出，蔚成一片无垠的白雪。白雪是滚烫的，一泻千里。宇宙在瞬间与一个卑微的个体生命同一，火山口上显现一轮佛光。

我盘腿而坐，溶入了生命甘露的浴水滋润着我的体肤。我明白自己的身体里真是多了一样新东西。这种新的液体，一定要比唾沫金贵。阿爷阿娘说，不可吐涎唾，这是精神化成的，所以发粘，可以粘东西。这液体要比涎唾粘得多。这么一想，我觉得肚里有点饿。以后还能不能用这种方式来快活一下呢？这浆液也许每个男人都有，但那么简便的办法就不一定每个男人都知道。这样做会不会伤精神呢？我回忆一下，以往快感来潮后，只有精神焕发，周身舒坦，没有丝毫被伤的感觉。但是，多吐涎唾，也没有感觉到伤神呀。伤精神到底有些什么症候呢？为了这种看不见摸不着的危险，从此牺牲我的“发明”，我真有点舍不得。

我不能去问任何人，惟有这点，我无须去问任何人。

我不知不觉地唱了起来。

当我意识到时，我发觉自己在哼一支自己也不知道名字的曲子。好像在哪里听到过，又好像是自己编的。歌声是绿色的。池塘生春草，园柳变鸣禽。一阵风不知从哪里吹来，在我湿漉漉的表皮上，激起一点一点通透的凉意。我听见那曲调里有个甜润的声音在对我说，生出来，生出来，我看见自己的身体里又有一样新的东西像鲜笋一样破土而出——我有作曲的天赋！我说不出的愉快，就唱得更响了，耳边听见一个庞大的乐队在为我伴奏。阿娘的声音穿过这层音幕传过来：“快点汏，不要猫咪念经——呜哩呜哩了。”

我走进前间时，阿爷已经醒了，正仰脸躺在那张瘸腿的单人改良棕绷床上，两眼望着天花板。那床非改良不可，原来的棕绳已经烂断，只能用打包的铁皮重新绷了一下。我坐在桌子前，拿出本书来似看非看。过了一会，阿爷起来了，趿着鞋走到窗边。他常年穿一双圆口黑布鞋，在家时，又总是把后跟踏倒当拖鞋趿着，磨得那地方油光光发亮。阿爷往玻璃杯的剩茶里添了点水，然后就在一张靠背椅上坐下，敛神静气，两掌相叠，像打瞌眈似的。他往日也这么默默坐着，可以一动不动地坐个把钟点。他说这是读书人的坐法，眼观鼻，鼻观心，心无邪念，气沉丹田。阿爷念过私塾，是年七十有四，人精瘦，皮肤白得如同象牙雕成一般，毫无血色，下颏上养着一蓬三角形的粉丝样的胡须，凛凛然有股仙气。他在路上走，腰背笔直，神气清朗，谁也看不出他是个委顿之家的过时家长。

那天，阿爷这么端坐片刻，忽然睁大眼睛，问："方才啥人在后间？"

"我。"

"你在后间做啥？"

"汏浴。"

阿爷深深地看了我一眼，看得我头皮一阵发麻。难道刚才的秘密实验被阿爷察觉了？难道干这种事会在脸上或者身体的什么地方留下痕迹？

又沉吟了一会，阿爷突然说："方才我做了一个梦。我就睡在这张床上，眼睛面前白花花白花花的。我醒过来了，心里想，这是哪能搞的？我看见，这光一闪一闪是从后间映过来的。我从床上起来，后间锃亮锃亮的一片。我想，不要是炉子火着了？我跑到后间门口。热呀，额角上的汗像落雨一样流下来。我伸手去推门，横推竖推推不开。我心里倒笃定下来，一点也不急，急也来不及了。我想到了，这腰门应该是往里拉的。一拉，门被我拉开了，里面有股风扑出来，风里有股像茉莉花茶一样的香气。有只通亮通亮的光球落在后间。球有几层楼介高，照得人眼睛也睁不开。我想，介小的后间怎容得下呢？……后来，我就醒了。”

阿爷端起玻璃杯来吹了吹，慢慢呷了一口。放下杯子，他又回复到入定的状态。我发现自己的嘴巴张开着，连忙闭拢。我觑了一眼阿娘和弟弟、妹妹，从他们的脸上，看不见丝毫的反应。阿爷好像根本没有说过什么。

此后，阿爷再也没有提起过这个梦。

这天下午前后发生了这么两件事，它们互不相关，但我总觉得它们是事先约好的。当然，严格地说，它们还构不成事件。不能说有什么事发生了，尽管确实发生过什么。

你将要看到的小说，也是这样。

一

不知道别人上山下乡想些什么，我就想打第三次世界大战。

我是真的想，不是幽默，那时候我还不会幽默。

一九七〇年四月，我从农场巴巴地赶回来，送弟弟去插队。除了正在批判的“天降大任于斯人”云云，我找不出什么话来勉励他。本来我去了农场，按“两丁抽一”的政策，弟弟可以稳留上海。后来“一二·二一”指示发表，一批红卫兵到市革会门口贴大字报，争来了一个“一片红”。这“红”的概念其实很可研究，非但“一月革命”的发源地上海市区算不得“红”，连市郊也算不上“红”，要“红”非得出上海的版图不可。当时掌管上海的“红刀笔”，倒不去抠这个字眼。但他们顾不上抠，还是有人抠的，我国有八亿人口呢。就我知道，有一个便是敝同窗，男性，穿鞋才一米五八高，绰号“小木克”。

“小木克”的那张嘴在班里是有点名气的。一九六九年春节前夕，突然通知毕业班全体未落实去向的同学是晚到校集中，学习讨论分配问题，还附带通知，饭吃饱些，衣穿暖些。“小木克”当时就觉得有些不对头。但精怪如他，还是舍不得不去。七点整，工宣队在学校东楼小礼堂点过名，立刻命令大门紧闭。然后端出一只只盘子，盘里堆满用大红纸剪成的拳头般大小的“忠心”，要每人拿一颗，往上写好自己的名字，朝献忠栏里一贴，再去领一张工宣队长签署的出门条回家。全场哗然。百把条身子扭来摆去，像躲蛇一样躲避着那些“心”。工宣队长对着话筒吼读最高指示，从“革命不是请客吃饭”直读到“坦白从宽，抗拒从严”，还是不能将本能的反抗压服下去。工宣队实行第二套方案，把十几个教室打开，按班级分组，一个工宣队员对十来个学生。“小木克”在分组后向带班的老吕挑起了辩论。他列举班级分配中的种种不公平、不合理，大叫想不通。老吕说，以前种种，即使再不公平、不合理，也都过去了，现在是毛主席要大家上山下乡。你们别人的话可以不听，对工宣队的错误可以提，毛主席的话你们要不要听？老吕这一说，驳得“小木克”哑口无言。老吕是条山东汉子，矮墩墩、黑苍苍，像个带缆桩。刚来时他说话含着胡桃，没说几句脸就转成猪肝色，仿佛有先天性心脏病。“小木克”原是欺他这一点，才敢发动进攻，没想到老吕半年多来也操练得很可以了。旁边的同学窃窃地笑起来，“小木克”一时血往上涌，就说，那个“一片红”的“红”是反动的！此言既出，老吕立时又心脏病发作。“小木克”只顾翻本，奇语连射，老吕脸色越来越灰暗，终于仓皇朝教室门外逃去，教室里立时静得像太平间。过了一个“世纪”，老吕回来了，在门口向“小木克”招招手。“小木克”撸一撸分头向门外走去，同学们像目送江姐去就义似的望着他。工宣队长在老吕背后等着，对他一笑。到工宣队办公室，队长让“小木克”把刚才的观点复述一遍，然后说，你看怎么办呢？如果你坚持你的观点，那我们只能上报。也许让你撞中了，你路线斗争觉悟高。但是，你要是造反造错了，后果考虑过没有？“小木克”说没有，工宣队长就让他好好考虑考虑。

“小木克”放回来了，眼睛里没有了邪念，十来个同学都望此息心。老吕喝光了两茶缸水，也开始节约唾沫。到十二点，大家都有些昏昏欲睡。十二点半，发现“鲁宾逊”失踪了。“鲁宾逊”是留级生，本来应该是六五届，小学、中学各留一级，结果留出报应来了。估计他是翻墙跑回家去了，老吕又去向工宣队长汇报，回来也没下文。到一点，“大姨妈”从怀里掏出一只大饼来咬。他是班里最有特色的一个同学。整年穿一件黑不溜秋的布袍，一条叠腰大裆宽筒裤子，真像个从苏北农村逃荒到上海来的妇女。他平常总笑嘻嘻的，但发起火来，乱踢乱咬不休。因为他有个患精神病的母亲，同学们跟他逗乐也都适可而止。那天晚上，却是“大姨妈”与大家逗乐。许多人嚷起肚子饿来。老吕毫不动容地说，本来就通知大家吃得饱些，再说，没人拦着不让你们回去，主动权操在你们自己手里。到一点三刻，有几个同学熬不住了，领了颗红心，在上面尽可能潦草地签了个名，拍拍屁股回家了。“小木克”叫住与他比较要好的“哈密瓜”，托他去家里报一声平安，再取点吃的和穿的来。“哈密瓜”半夜两点敲开了“小木克”家的门。“小木克”的母亲正在甜睡，知道自己儿子只是关在学校里，更加放心，用食品袋装了大半袋炒面粉，足足两斤，另加一件丈夫的工作棉袄，交“哈密瓜”带去。“哈密瓜”兴冲冲送进学校，已经凌晨三点。炒面粉成了马后炮，“小木克”们已吃过工宣队发的小枕头面包。面包是一角二分，二两粮票，“小木克”等声明没带钱与粮票，结果同意先吃后付。“大姨妈”也拿了他这份面包，叫原来以为他有点神经不正常的同学不禁对他刮目相看。“哈密瓜”交割了炒面粉与棉袄，却忘了再领一张出门签证，结果被门岗拦住，费了大量口舌，直到四点才获准出门。到五点，工宣队又把各小组集中到礼堂，对剩下的三四十个花岗岩脑袋说，献忠心只是表示拥护毛主席的指示，拥护上山下乡政策，不等于插队落户报了名。“小木克”闻言叫了起来：“操那！这不早就好说了吗？早知道是这样，啥人高兴屏到现在？”

六七届其实只算轧住了尾巴，六八届才是整个身子全被关进“一片红”的笼子里。对六九届，话说得更绝了：这是长期的政策，直到要实现共产主义。除了瘸腿断手瞎眼哑巴驼背痴呆，谁也别做梦留上海，留一个，就对不起早先走的。已经上山下乡的听了都百感交集。

“一片红”方案一宣布，弟弟就拣了个淮北插队，报名到走才一个月，在他们学校是第一批动身，与我当年一样爽气。待在家里吃老米饭没出息，再说家里也没有老米饭可吃。在一九六七年到一九六八年当逍遥派期间，我钻研过象棋，读过几本棋谱。读谱的最大收获，就是知道，对方叫“将”，而你的老将又只有一个方向可走，你就应该想也不想把将移动一步。哪怕形势再危急，要绞脑汁也留到下一步棋去细绞。

我回到家里的时候，弟弟的名字已经从户口簿上勾去，大件行李也已打好送到了集中站，火车票放在他新买的塑料皮夹子里，里面还有一张崭新的十元钱与二十斤全国粮票，这是关照他留着遇到万不得已时逃命用的。到这时，是可以考虑下一步棋了。

我把弟弟引到人民广场去。人民广场是上海最大的一块天。去农场一年多，我回上海休假就觉得气闷，在家一定得把两扇南窗打开，就是打开了还觉得气闷。这种肺部新鲜空气综合征，直要到我日后调回上海才不治而愈。人民广场是上海最大的一块天，到那里去对话，心情才会豪迈。“无为在歧路，儿女共沾巾。”这首诗在当时的利用率最高，已被我抄过几十遍送人，无怪乎中华书局一九五九年编印的《唐诗一百首》要把它列在第二。那位编辑的目光可真邪乎！这本小册子，第一首是骆宾王的《在狱咏蝉》。“无人信高洁，谁为表予心？”运动初期的牛鬼蛇神走资派，稀里糊涂倒霉，真心诚意忏悔。第二首便是王勃的《杜少府之任蜀州》，小将们，意气风发地充军去吧。第三首陈子昂的《登幽州台歌》，“前不见古人，后不见来者，念天地之悠悠，独怆然而涕下。”人人都在轰轰烈烈中感到孤独，事情好像不对劲了。第四首贺知章的《回乡偶书》，“少小离家老大回”，罢官的回来了，插队的回来了，就是青春年华回不来了。第五首孟浩然的《过故人庄》，“绿树村边合，青山郭外斜。”人心思定，小康生活多么诱人。第六首孟浩然的《春晓》，“春眠不觉晓，处处闻啼鸟，夜来风雨声，花落知多少。”人们逐渐取得了一种对历史的超然态度。六首诗，整整一部大转折史。今天，有人说早从佛经或推背图里看到关于“文革”的谶语，不知道是不是这类东西。

那时，我喜欢引用王勃这两句诗，只是怕哭。我最怕生离死别时见人哭，因为我在那种时候往往挤不出一滴眼泪来。我不是不会哭，而是该哭的时候哭不出来。不仅哭不出来，而且心窝里也像一团糨糊似的波澜不兴。这样我就很羞惭，恨不能往头上套个龇牙咧嘴的爷胡脸。

不过那天晚上我是做好哭的准备的。我们兄弟的感情毕竟比一般的同胞手足要深得多。小时候，阿爷阿娘坚决认为楼下弄堂是堕落的深渊，一跌进去就变野蛮小鬼，于是我们就成了笼子里形影相吊的一对鸟。我们在直径一米的吃饭的圆桌上打乒乓，用铁皮垫板吊来吊去，可以打上个把钟点。我们称之为“宇宙式乒乓赛”，并制定了不少与“地球式乒乓赛”不同的规则。这日子一直持续到我小学毕业。中学是全日制，我回家又特别卖力，功课做到九、十点，基本上是把他撇下了。不过要好同学家里，我有时还是把他带去。后来运动开始，我一度被学校放逐，就带着他一起到社会上去串联，反正那时坐车不用买票，进任何单位不用介绍信。我们一起到过复旦大学、交通大学、同济大学、华东师大、上海师院、外国语学院、天马电影制片厂、海燕电影制片厂、译制片厂、美术电影制片厂、作家协会、美术家协会、上海越剧院一团和二团、上海沪剧团、爱华沪剧团、勤艺沪剧团、上海评弹团、上海滑稽剧团、大公滑稽剧团、大众滑稽剧团、交响乐团、音乐学院、上海杂技团、上海魔术团等等，见过许多名望赫赫的牛鬼蛇神，知道了许多内幕。一个电影剧本的最高稿酬五万，某演员讨过三个老婆，还有什么叫“扒灰”等等，眼界大开。再后来，我到闵行上海电机厂去工学串联（不是学工），也把弟弟带去，自备铺盖、钱粮，混了一个多月，眼看混不到一分钱工资，也就心满意足地回来，总算把人生的足迹扩大到了上海市区之外（那时闵行尚未划入市区版图）。弟弟一直叫我“大阿哥”，在妹妹出生之前，阿爷阿娘就要他这么叫，尽管他之上只有我这么个哥哥。成年后，我才知道这“大”里面涵义丰富，包含有长兄代父的意思。因此，我的心里必须同时翻腾着两股感情浪潮，兄长的与家长的，这样的实力，大概足够使我那别扭的泪腺屈服一下。我试抽了一下鼻子，两眼间似乎真有点酸叽叽的，我放心了。我预备弟弟哭出来，那时我就抽抽鼻子，然后效学双枪老太婆对江姐那么说，在亲人面前，你就痛痛快快地哭一场吧。

可那晚的谈话一上来就不对劲。弟弟看不出有一点要哭的意思。他的话特别多，常常接住我半截话就说他自己的了。一会儿说他能把钢版斜过来，在蜡纸上刻一笔漂亮的仿宋体；一会儿又说他打金针已经敢往人肚皮的穴位里戳了。我提醒他要习惯吃山芋，他说他准备把山芋晒成干，炒一下，挑到城里跟人换大米吃。在那种时候我不能多泼冷水，就说，我带他到人民广场来还有个更重要的原因。出去后有要紧的话，不能在房间里说。在农场，大家都到旧大堤或者干脆到田野里去说。而且，哪怕要对三个人说，也不能三人一起说，要一个一个地分开来说。两人以上就能成立证据，两个人就死无对证。你尽可以全部赖掉，再反咬一口。这是经验，切记切记。我说这话，心里是很悲凉的，有点“西出阳关无故人”的意思。弟弟若听出这弦外之音，是能哭的，我也能陪着掉几滴眼泪。但他只是随随便便地点点头，说早知道了。然后，又兴致勃勃地说起他上午在中央商场淘到了一只旧的万用电表壳子，准备到乡下装个半导体。

我有些恼火了。不说我还有长兄代父这一重权威，就凭我过去一直到东到西带他去玩，现在我又到农村去熬了一年多，熬出了一肚皮的宝贵经验，他也该在这样的晚上，表示要多听听我对他说些什么是不是？他太自以为聪明了。我要拿出些厉害的观点来镇镇他。于是我说：“我们不会一辈子在农村的，我不相信我们会一辈子呆在农村……”这话我已说过多遍，此刻我把它们当火镰火石，希望能打出些思想的火花来。果然，我的脑子没有像弟弟那么辜负我，在我重复两遍之后，那里蓦地闪出一道电光。我的舌头赶紧像火绒一样把这点能量接住。“我们这一辈子不会永远在农村，因为我们这一辈子肯定会轮上打仗，我们这一代人是逃不了第三次世界大战的。”此语一出，我看见弟弟的两颗瞳仁也顿时亮了起来，我知道这下他给捏住骱门了。“现在到处抓紧挖防空洞，沿海的许多工厂迁到山沟沟里去，国家发痴啊？把大笔大笔的钱扔到黄浦江里？听说就在我们的脚底下，人民广场底下，是上海最大的防空洞，四辆‘解放牌’可以并排开进开出。你再看，召开‘九大’，为啥要搞得这么秘密？开会日期到大会闭幕后才公布，上千名代表分期分批偷偷溜进人民大会堂，这是史无前例的。就怕苏联掼原子弹！我们中国的情报是世界第一。听说苏联、美国的间谍厉害，比不上我们中国的间谍更厉害。文化大革命一乱，我们这里斗反革命分子家属，有的其实是我们派到台湾去的间谍。后来斗得太凶，公安局看不下去，悄悄出来保护。一保护，反倒暴露了目标。台湾方面马上把这几个人抓起来枪毙，都是掌握要害实权的高级将领。你看，文革查得这么彻底，台湾的间谍还那么凶，但他们再凶，我们的人在那里也潜伏了几十年，本来还要潜伏下去。所以毛主席说‘备战备荒为人民’，完全是有的放矢。”

弟弟知道我的厉害了，我就在他的扑楞扑楞的目光的照耀下，分析天下大势。中东、越南、柏林墙，六十年代的古巴导弹危机，“燕子低飞，天要下雨”的最高指示，山本五十六奇袭珍珠港，库图佐夫火烧莫斯科，都从东南西北奔到我的舌底下来，汇成一股滔天的巨浪。弟弟在这浪潮里浮沉挣扎，表示愿意信服我的结论——三次大战少则一两年，多则七八年，一定会爆发。到那时，不管你眼睛近视不近视，成分过硬不过硬，个个要参军，人人气昂昂，战争面前人人平等，这样的日子多令人神往。

“这场战争空前残酷，据毛主席估计，世界人口大概要死掉三分之二。”这时，我已被自己脑子里的光辉耀得目眩神迷，就把眉头庄严地蹙了拢来，“一打起来，我们要联系也来不及。今天，我就跟你约好了——等战争一结束，如果人还活着，就从那天开始，在当地报纸上连登一个星期的寻人启事。等局势安定以后，我们就到图书馆去查各地报纸。查到寻人启事，相互联系。查不到，就说明人死了。你说好不好？”

“要是当地没有报纸呢？”

“报纸怎么会没有呢？只可能来不及恢复……这样，从战争结束一个月以后开始登，连登一星期。”

“连登一个月吧。”

“不用，连登一个月钱太贵。登个启事很花钱的，再说是大战刚结束。登一个星期够了。当时看不到，以后到图书馆里可以查到。一星期里总能查到一张的。”

“那隔天登，登七次，可以有半个月。”

“不要！不要太繁琐。隔天还要记单双日，记得太多要忘记的。我们就记住，大战结束后一个月，连续登一个星期，你记住了吗？”

“记住了。”

我发觉弟弟嘴角上有一丝笑意。仔细看了一眼，这是兴奋的笑，不是讥笑或苦笑。弟弟也回看了我一眼，表明绝不是开玩笑。

二

读者千万不要以为我当时思想很反动。我从小就尝过“反动”的滋味，对这份光荣绝不敢再沾边。小学二年级的某一天，老师和同学突然都对我神秘起来了。后来，母亲也对我特别关心起来，星期天带我去看电影，好像是《党的女儿》什么的。她一再教我辨认，什么是好人，什么是坏人，什么人本来是好人后来变成了坏人，共产党里的坏人不等于共产党等等，我以为这些早就全都明白，答应得很快。后来，阿娘审问我，到底说了什么反动话？我说我不知道。我真不知道，我要说反动话干什么？阿娘很着急，说你小孩子不知道，乱话三千，别人还以为是大人教的。后来，老师把我找去正式谈话，我开始怕起来，因为同学们都说这是要记档案的。老师说：“你到底说过什么，要老实。”我说：“我没有说过反动话。”“我问你说过什么，怎么说的就是怎么说的，同学们会瞎说你吗？”正在这时，一个同学跑来，说另一个同学摔一跤把胳膊摔断了。老师心急火燎地跑去救他，而这个同学倒从此把我救了，以后老师再没找过我。

像我这样的人还会反动吗？但不“反动”不等于没有“思想”。长期以来，我一直被自己也被不少认识我的人认为是很有思想的。

有一次，我跟一个同学辩论上山下乡的意义。那位同学叫熊时杰，严格地说，或许应该称为校友，因为我跟他同校同届而不同班。但我与熊时杰的交往要超过任何一个同班同学。友谊的发展，全在于我的主动。进校不过一个月，我就听到语文老师讲评他的作文《剃了马桶头以后》。我的班与他的班合一个语文老师，那老师一开始为了壮大优秀作文的阵容，就把两个班的成果放在一起讲评。我的作文也被讲评了。他或许对我的作文会有些印象，而我却主要对他的名字发生兴趣，总像在什么地方见过。后来我知道了，原来他曾是上海市优秀少先队员，事迹登过六月一日《解放日报》头版的。而且在三个事迹登报的最优秀的少先队员中，惟有他是以学习优秀出名的。虽然他结果还是被一所市重点中学刷下来，落到与我同样的境地，但我还是非常希望能交上这样的朋友，结果我达到了目的。

毕业分配，他比我落得更惨。同样是老大，他连市郊农场也没捞到。让他落到这个地步的，正是他的班主任，曾对他的作文赞赏备至又让他当中队主席、团小组长的语文老师。到此时，他才告诉我，语文老师还跟他母亲有过一段同事关系。他自忖对语文老师没有什么过火行为，所以他一直想不通，一直赖在家里不走。

我从农场回上海休假，总要抽出半天到他家去。他顶过了风头最紧的日子，当“小木克”们被圈到学校里去献忠心时，他正靠在家中皮色发红的藤躺椅上，潜心研究《人体解剖》。他的智慧让他没有去自投罗网。后来，罗网张到家门口来了，他又跑到南京舅舅家去避了一阵。但是，逃得了和尚逃不了庙。“和尚”是他的身子，“庙”是他的心。风头过了，学校、里委鬼都不上门来了，家里也允许他吃一口饭，他却越来越不安生了。

一九七〇年的夏天，我到他家去，他前两天才从苏州老家回来。他这次回老家是去实地考察的，考察结果叫他肝火大增。

“知识青年到农村去，根本就没有必要。”他说，“你到乡下去看看，地少人多，贫下中农根本就不欢迎你去。再说，去接受什么教育？苏州郊区是鱼米之乡，又紧靠大城市，但那里的农民愚昧，又刁滑，一根稻草也要往家里拿。农民意识，自私、落后……”

到那个时候，像这样的言论，在下乡知青中已经司空见惯。农场里，发这种牢骚，完全不必到大堤上去。一九七〇年以后，打小报告的人，也不好意思用这种话去向上讨好。所以我看到他说话时五筋狠出六筋的样子，觉得有点好笑。

但我仍对他不满，这样的话别人可以说，他熊时杰不能说。我刚看了范文澜的《中国通史》（那是当时惟一能看的中国历史书），中唐有个叫李泌的宰相对皇帝(唐德宗)说，天命，一般人可以说说，只有君和相不可说。君、相是造命的人。你也不该这么说，因为这是一般见识。你不能跟人一般见识，因为你本来是个不一般的人。

“你这话不对。”我就这么说了起来。我常常是这样，在发表我的独到见解的十秒钟之前，那见解在脑子里还是天地玄黄，混沌一片。我的舌头就是盘古，跳出来大斧一挥，天地分开了，日月星辰山川一点点生出来。“你说的都是事实，这些我在农场里早就看到了。但是，毛主席号召上山下乡有更加深远的意义。农村人多地少，农民意识，这些他不会不知道，但他还是要叫知识青年到农村去。他不能说让贫下中农受知识青年的教育，这样农民更加反感，更要阳奉阴违。以前毛主席是说‘农村是一个广阔的天地，在那里是可以大有作为的’，不说什么再教育。现在大批大批开下去，就要给农民戴戴高帽子。为什么要叫知青上山下乡？是城市里劳动力安排不了？以前城市里年年在安排，年年都安排了。就算上海人口密度太高，也可以叫上海人支援三线，支援甘肃、青海的工厂，不必要搞全国范围的上山下乡。上山下乡国家的投资也不少，插队每个人安家费就几百元，还有车费、单位补助，也要几亿元钱。为啥要这样劳民伤财，明知农民不欢迎，知青又不肯走，一定要把知青塞到农村去？毛主席这是煞费苦心。他要缩小三大差别。哪怕苏州乡下、上海郊区，农民生活还是跟城里人不能比，所以一根稻草也要往家里拿。农民为啥苦？农副产品价格太低。我们种稻，一斤毛稻只卖一角一分。去年阴雨，稻要发热变霉，送到县里烘一烘，每斤六分，还不算运输费等等。烘一烘就要烘掉一半多价钿，农场怎么不蚀本？农场蚀本要超过职工工资，就是种一斤稻蚀几分钱，不种反而不蚀。但国家要粮食，‘手中有粮，心中不慌’，蚀本也要种。农场蚀本国家贴钱，农民种田没人贴，还要交公粮，摊到每人头上的田又比农场少得多。我们是一个人三亩，崇明公社里是三个人一亩，他们的口粮、零用钱、造房子讨娘子都要靠在这座山上，我真服帖他们。这叫工农业产品剪刀差。（我说那话时，还没有全民普及政治经济学知识。）我们工人赚的钱，实际上是赚了农民的钱。过去国家要提高粮食收购价，城里人就不情愿。人都是只看眼前利益，只看自己利益的。要发文件下来，横解释竖解释。现在毛主席想出办法，要让你们城里人平均一家有一个在农村，这样，城里人和农民就血肉相连、痛痒相关了。每个月给插队的儿子女儿五元十元地寄去，还要寄吃的用的包裹去，城里人对乡下人的苦就有感性认识了。以后，再要提高农副产品价格，城里人就无话可说。工农真的变成一家人了。”

这番话，说得他心悦诚服，说：“像你这样解释，倒是能够接受的。照报纸上那么宣传，越来越没人要听，为啥报纸上就不能说点实实在在的话呢？”

“报纸也有报纸的难处。”我说。

这年秋天，他报了个黑龙江农场，走了。其实只要再赖半年，到一九七一年，七〇届分配，就不再实行“一片红”。以后，前几届坚持在上海抗战的知青，也陆陆续续以病残的名义，安排进街道工厂与生产组。他本来就由攻文学改为攻医学，走与鲁迅相反的道路，凭他那点水平，要给自己制造点病史，还是绰绰有余的。他的那点医道，要到十年后，在那片“神奇的土地”上刮回城风的时候，才发挥了一点作用。不过没有医道，迟几个月他也照样能回来。回来后，他来看我，说：“现在回来了，觉得当初出去还是值得的，只是年代太长了一点。”

三

一九六八年初秋，毕业分配正式开始前的一个星期，我们班的两个班主任之一金老师突然得急性肝炎住进了医院。病毒是针对他的肝脏的，而宿命的第一顿排炮却是针对我的。

要皈依宿命，我本来有很深厚的根基。但这以前，我一直坚守在惟物主义的阵地上，到这一刻，我被轰得晕头转向了。

阿爷、阿娘都是极虔诚的观世音信徒。我从前以为他们是佛教徒，他们每天都至少要背诵一遍《般若波罗蜜多心经》，就是唐僧辛辛苦苦从西天取来的真经之一。他们膜拜观音，彻底相信她大慈大悲，救苦救难，能够逢凶化吉，遇难呈祥，赐福赐寿给她的弟子们。近来我读了《金刚经》，“如是我闻”，佛在那里说不可以有“我相人相众生相寿者相”，“不可以身相得见如来”。就是说，要向佛祈福、祈寿、祈消灾弭祸、祈多子多孙、祈金玉满堂、祈鹏程万里、祈诸事顺遂，都是与佛的本性背道而驰的。佛不会保佑你在尘世的任何幸福，满足你对人间的任何欲求，包括你对来世的任何冀望。佛只能叫你看破红尘灭度你进入虚空。佛灭度众生又不灭度众生，因为众生只能自灭度之。说来说去，阿爷、阿娘拜了近一世的佛，念了近一世的经，岂不是越拜离佛越远了吗？我想观音菩萨一定有另外的规矩，否则真是太冤枉了。

他们对观音信仰的坚贞，实在是无与伦比的。在“扫四旧”风声最紧的时候，他们也只是把一幅观音的立轴卷起藏好，把观音的瓷像从小搁板上转移到屋子中部一口黑漆的玻璃橱顶上。本来，在我家前间的西北角上，齐画镜线的地方，钉有一块尺半见方的小搁板，权充佛龛，供奉观音的立轴和瓷像。立轴贴着墙挂，瓷像还罩在一个玻璃方盒里，从下面看全被搁板挡住了视线，只看见那一方天花板被香烛烟火熏得焦黑，在我们几个孩子的心中神秘得不得了。阿爷、阿娘谢世以后，几年里没人去动这般神物。直到我结婚布置新房，家具全面大调整，我才见到了立轴和瓷像。立轴是印在低档宣纸上的十分粗劣的木版画，瓷像也比那时在地摊上已经有买的观音像要逊色得多。虽然我知道偶像崇拜并不在乎具象物体的优劣，但阿爷、阿娘一辈子对着这样的观音顶礼膜拜，我心里总有些惭愧。我甚至想去买尊精美的彩瓷观音像来，放在五斗橱上，也算是对他们二老的一种纪念，但当然只是想想而已。那搁板后来又供过阿娘、阿爷的骨灰盒，也是到布置新房的时候拆掉的。

在那时候，每天凌晨五时许，阿爷就起来了，脸不洗，尿不解，就像做气功那样，积蓄着一夜的元气，向观音进香。他是直立式。点燃三炷“印度奇南线香”（后改名为“大众卫生香”），揄一揄，划一道弧线，将红火揄熄，飘起一股悠悠白烟。然后，他双手执香合十，埋下头默默地祷告。有时我早醒，总是看见南窗熹微的晨光，映衬出他的黑黑的侧影，像一棵老树，我特别记得他夏天穿一件小格子纺绸中式罩衫的样子。那时，他的嶙嶙的骨架，飘飘的衣袂与淡淡的幽香，就在我心底里勾起一片朦胧的音响。看着看着我觉得通体清凉，常常又迷迷糊糊地睡了个还魂觉。

阿娘的功课要晚些。她要等买完小菜回来，把家里收拾停当后再拜菩萨，大约要到八点左右。因此，她的膜拜礼式给我们留下的印象就更深。她是跪式，不停地念，不停地磕头。她有一套用具。一块薄薄的黄绫垫子；一串油漆已经磨蚀的姜黄色木念珠，据说是檀香木的；还有一张糊在报纸上的有画像有字的经文。她跪在垫子上，手握念佛珠，把那张经文摊在眼前。长大以后，我一直对那张经文的作用疑惑不解。阿娘不识字，就是识字，念了几十年的经，难道还会背不出吗？里面肯定有一段缘故，可惜我不知道。

我不是不能知道，而是不想知道。那时，我就怕阿爷、阿娘跟我讲观音菩萨、白衣大士。我一心想要完成人生三件大事，入队、入团、入党。我怕自己会落入母亲那种尴尬的境地。母亲一解放就入了团，虽然一九五五年她超龄退团，但一直不断地打入党报告。然而，她又跟着阿爷、阿娘吃白衣素。白衣素是一种每个月有几个特定的日子要吃素的持斋方式。每个月的日子都不同，阿爷跟我说过，我没记住。我只记得阴历的二月十九、六月十九、九月十九——观音的三个生日要吃素。我曾问过阿爷，观音怎么会有三个生日？阿爷说，她是菩萨。我还知道我家的白衣素与别家相比要多一个日子，那是太婆——阿爷的母亲的生日。这白衣素就是从太婆那里传下来的。太婆为了孝她的娘吃白衣素，阿爷为了孝他的娘也吃白衣素，母亲为了孝她的爷和娘只能跟着吃白衣素。（阿爷、阿娘其实是我母亲的父母，并非照一般叫法是称父亲的父母。）后来，我从范文澜的《中国通史》里读到，佛教本来是反对孝道的，把尘世看作家狱，讲究出家，一出家就斩断尘缘，六亲不认，这话把我吓了一大跳。但阿爷、阿娘恰恰是希望我看在他们的面上，长大也吃白衣素。我没有继承这个传统。母亲说，我已经吃了，就不要叫他们再吃了。他们以后总要出去工作的，总要吃食堂的。食堂里哪怕炒只青菜都用的是荤油，他们不能坚持的。不坚持比不吃还不好，就算了吧。母亲这么说，阿娘即表示同意。阿娘同意了，阿爷也就同意了。

但阿爷并不甘心。直到死，他都在想方设法打动我，希望跟我直接达成协议。他的一个办法，就是给我讲故事。故事有两类。一类是现成的，他从《聊斋》或《三言两拍》里看到有因果报应、得道遇仙的故事，就演说给我听。这大概在我小学三四年级，还不喜欢看直排版繁体字的书之前。这类故事，我是听着玩的，阿爷也没有特别显出要用这来点化我的意思。我后来自己看这些书时，总觉得有些故事面熟陌生，想起来也许阿爷曾给我讲过，但我那时听到的好像跟书上写的并不是一回事。不过即使这样，那些故事他也一点没有白说。有一度我以为他是彻底白说了，结果并没有。

还有一类故事，就是阿爷的亲身经历。这样的故事我记得只听到过两个。我想我的记忆不会出差错，这种故事听过就忘记不了。而这从逻辑上推理是说不通的。因为他说这样的故事，有明确的宣道的宗旨。既然他是那么希望俘虏我，既然这故事又那样的有魅力，那他应该多说、多多地说才是，可他偏偏只说两个。难道这样的经历他没有了吗？不，我清晰地记得，那天他说还有许许多多，以后还要告诉我，可他从此就再也没说过。也许，还是因为我听故事时作出的勉强的样子，刺伤了他的自尊心。

我记得那天我是生病，不是发烧，就是身上什么地方痛——牙痛或肚子痛之类的，反正是哼哼唧唧地躺得不太平。阿爷过来说："我来教你念念经吧，念念经就好了。"我挤眉弄眼做了个很不屑的样子。阿爷笑着说："哎，你不相信是哦？我知道你不相信。这东西（宁波话里的"东西"是个广义的中性的词，不像普通话里的"东西"常常有贬义。阿爷称佛业为"东西"，丝毫没有不敬的意思。）你信就有，不信就没有，心诚则灵。阿爷是从小就相信的。我现在讲两只我的故事给你听听好哦？观世音是救过阿爷命的。"

他在我的床边坐下，脸上带着踌躇满志的笑容，就像他跟我下象棋，眼看我要被将死，让我悔两步棋时的那种神态。

故事之一，发生在抗战时期，他在宁波与上海之间跑单帮。跑单帮照阿爷说也是把头夹在胳肢窝下，简直跟干游击队一样危险。我问他那时怎么没去打游击？他说共产党四明支队的大队长姓黄，是他家隔壁锡箔店的伙计，而他是盒子店的小开。他们是"总角之交"。阿爷说，"总角之交"就是小朋友，书读到现在都不知道，今朝小学六年不及老早私塾一年。黄大队长从小总拖两条黄脓鼻涕，是一班小朋友中最蹩脚的一个。他还是没说他怎么没去打游击却去跑单帮，我也没有再问。我怕他说下去话出了格，让隔壁邻居听到。阿爷跑单帮跑的是白货黄货。这是最危险的一种，抓住便就地枪决。那一次，他乘长途汽车进上海，车子开进停车场，他在车上一望，荷枪实弹的日本宪兵已经封锁了大门，乘客个个要搜身。他身上前胸后背用麻绳紧紧绑着二十四根“银鱼”，这时要甩都没法甩。车停了，乘客一个接一个地下车，他磨磨蹭蹭地拉在最后，拉在最后也至多不过拖迟一分钟时间。他情急无奈，想到救苦救难的观世音菩萨，就默诵起《般若波罗蜜多心经》来。就在他搬腿跨下踏板的那一刻，听到门口那边传来一片啰唣，人叫狗吠，接着“乒”的一声闷响。这一响像有人对他的小肚皮打了一掌，他只觉膀胱往下一坠，胀得快要爆裂开来。这就是菩萨显灵！阿爷说。那时，他一个转身旋向车屁股后，兜到车的另一侧。车上卖票的看了他一眼，他做了个解裤带的手势，卖票就不再顾他。在他前面的乘客，门口的日本宪兵（汽车离门至多一百码），居然再没有一个人看到。车的另一侧靠围墙，墙根竟有个一尺来宽的洞，正好够他的身躯从里钻出。他出了围墙，人刚站直，就见不远处来了辆空黄包车。他招呼车子，谈好价钱，坐上便走。走了一程，天渐昏暗，地方越来越落乡。他发觉苗头不对，是不是黄包车夫看见了他从围墙里逃出，准备拉到僻静处谋财害命。这时，他一面念经，一面悄悄从身上解下一根“银鱼”。这“银鱼”七八寸长，晾衣竹竿那么粗细，两头略尖，一头还带个小钩。他把银鱼藏在右手袖筒里，作好万一的打算。又跑了一阵，前面出现一个铁路的道口。阿爷连连蹬脚，叫车停下，即此便下车。车夫说目的地还没到，他付了车钱，扭头便走。走了一段，不见有人追来，他才松了口气。后来他去问路，知道黄包车夫果然是绕了道，又知道原来那条路上新近增设了哨卡。

第二个故事更加玄乎。方才那回乘车，这回他坐船；那回他孤身一人，这回他挈妇将雏，一行三人；那回他把货物全绑在身上，这回是分装在几只箱笼里，弃之，倾家荡产几回也赔不上，死路一条；不弃，码头上日伪军层层把守，一条死路。船离码头越来越近，阿娘与母亲已吓得缩成了一团。阿爷有了上回的经验，又开始默诵心经。船靠岸了，一个舱里的乘客都已络绎走完，他们三人还厮守在一堆念经。这时，菩萨化身出现，一个穿黑衣的警察向他们走来。“怎么？为啥还不上岸啊？”“她头晕，”阿爷点点阿娘，“等一歇，等一歇。”阿娘那时脸上血色全无，也真像休克一般。“你们到什么地方啊？”阿爷见问，心头豁然一亮，忙答道：“到周家银楼。”“到周家银楼找谁？”“找周大糊。”阿娘说。“找周老板。”阿爷说。“大糊”的意思就是“糊涂虫”、“马大哈”，是周老板的雅号，阿娘其时糊涂了，才这么脱口而出。“周老板是你什么人？”“亲眷。”那个警察点点头，然后说：“这点行李都是你的吗？你们把东西归归拢，坐着不要动。再有人来问，就说过巡长叫我们等在这里的。我去去就来。”隔了会儿，又来一个警察，问为什么还不走。阿爷如此奉告，那警察说：“什么过巡长，跟我来！”阿爷他们只得提行李跟着，从舱面下到底舱。过巡长却在底舱里等着。宁波航船的底舱窗门很大，用杆子向外撑出。过巡长撑开一扇窗，探出半个身子去，唿哨一声，只见从对岸飞快摇过一条舢板来。过巡长就叫阿爷把行李统统传上舢板，然后人从窗洞里钻出去跳上舢板。阿爷踏在舢板上，看到河道里有小火轮卟卟开来，他的两腿开始簌簌乱抖，险些同双手接住的母亲的小身子一起摔到河里去。舢板划离大船，驶到没有军警把守的地方，让阿爷等上岸。到周家银楼后，他跟周大糊说起过巡长，周说并没有这样一个朋友。

“咦？”

“嘿嘿，你猜得透哦？阿爷活到这把年纪，尚且许多事情猜不透，你脚趾头介大的人，倒敢说这个不相信，那个不相信。别人会骗你，阿爷会骗你哦？”

我惊讶得不知云何。我不是说这样一来我就有点信观世音了。她的忠实信徒就摆在我眼前，他们除了一头白发可以骄傲外，其余一无所有。然而，我心头纠结着一团不安，我说不清不安些什么，好像一团毛茸茸的烟在我的胸廓里忽儿飘到东，忽而飘到西。这不安，直要到许多年后才会变得清晰起来。

当时，阿爷又说：“怎么样，你现在还难过哦？好点了对哦？”

我立刻又感到了难过，但又不好意思马上就叫唤。这时，阿娘插上来说："你跟他说这些陈年宿古董的事干什么？小孩不懂，又要到外面去乱讲。现在没有啥菩萨不菩萨了，阿娘这点比你阿爷开通。现在菩萨不显灵了，现在是星宿下凡……"

"好了，还讲比我开通，一讲就豁边。星宿下凡好讲啊？我这讲讲倒不要紧的。我是讲讲故事，让他思想分散分散，就不难过了。"

他们哇啦哇啦争了起来，争哪个好讲哪个不好讲。我朝板壁那边望望，听到隔壁有人按着手帕打了个喷嚏，我就大声哼唧起来。

阿爷阿娘那个时候还算是有政治头脑的。后来年纪越大，政治观念就越淡薄。一面在"扫四旧"时把观音像藏起，叩头念经时把门关上；一面阿娘指着膝盖上茶盅那么大的老茧对邻居们夸耀说，这是拜菩萨拜出来的。一面怕我得罪了"红卫兵"，引小鬼上门来抄家，挂牌子，剃阴阳头；一面阿爷对二房东老太说，江青就是蓝苹，唱"王老五，真命苦"的，他还哼那曲调。真叫人替他们急煞！

四

马克思主义的道理，千头万绪，归根结底，我最信服一句话，就是“人们的社会存在决定人们的意识”。你看，阿爷苦心孤诣要灌输给我的，无非是两个字——“畏命”。他还算是我一生中对我有巨大影响的第一人，但他的全部说服力，还不及金老师往肝炎病房里一躺。真理就这么叫人害怕。

不过真理也有怕的东西。它天不怕地不怕，只怕自己糊里糊涂多跨出一步。有一次，我就差点被多跨出一步的真理给绊倒。那是在我临上调的一年，这对我可是开不起玩笑的年头。那年我结识了离我们队不过二里地的场部小学教语文的郝老师。当时我已经在上海一张日报上发表了一首三十二行的“长”诗，在场里有点小名气，而郝兄的一篇儿童小说，出版社来信表示修改后可用，离有名气也相差不远了。我戴一副眼镜，六百度，他也戴一副眼镜，五百度近视加一百度散光。反正我们门当户对一见如故。一见如故就意味着我们可以面对面聊上两三个钟点而不喝一口水。农场的开水金贵，每人每天一瓶，还不能保证一定是到沸点的，包括洗脸、洗脚、洗碗、喝水在内。所以哪怕再知己也不泡茶待客。那时候，我们都以青年时代的毛泽东为榜样，羞于谈吃谈穿，吹的都是正儿八经的政治、学问。有一回，吹到乌烟瘴气时，我说，人人向往上调，这是自然之理，城乡差别、工农差别乃客观存在，这就叫存在决定意识。我这人有个大毛病，就是不知道自己脑袋里生出的东西，哪些是值钱的，哪些是不值钱的。那天他把头颅啄得起劲了些，我便以为这话值钱，也就记住了。事隔一两个月，我到场部去，政宣组的小林告诉我一件新闻，说郝兄跟政宣组副组长老郑开辩论了。事因皆出于郝想上调，到场政宣组叹苦经（小学归政宣组垂直领导），老郑要他安心扎根，他不知怎的就搬出“存在决定意识”来了。老郑是个半本正经的人，他平时从不跟人开句把粗俗的玩笑，也不来勾肩搭背称兄道弟那一套，但别人有些胡闹出格的言行，他也总是眯起眼睛只作没看见。这回郝兄是上门叫关，他也不得不出来应战。那天争得很凶，老郑气得连拔胡子的铅角子也捏不牢。郝兄一走，他连连叫道，这怎么行呢，这怎么行呢！现在矛盾转化了。这不是你一个人的事了。你要上调，你可以摆困难嘛。这种理论无论如何不能让它站住脚。一定要驳倒它，一定要驳倒它！小林对我说，郝这个人有点书呆子气，还死认这个理硬撑到底。他只看到物质对精神的决定作用，没有看到精神对物质的反作用，是机械惟物论。小林知道我已经把《哥达纲领批判》读过一遍，问我还有什么新的角度可批。我那时要把自己的言论忘记还来不及，坚持又没勇气，只觉得舌根一阵阵发麻，说，是的，就是这样，存在决定意识嘛，还有主观能动性，对的，事物的两重性，矛盾的主要方面，不错，扎根本来也是存在，农场需要扎根，就产生了扎根思想，这就是存在决定意识，嘿嘿，他真是的……回队以后，我痛苦得把帐子踢出了一个洞。只怕那老兄死不买账，使矛盾扩大，只怕他把我给拖出来。我从此没再往他那里去，心里又觉得有点对不起他。虽然是他捅的娄子，但我也没叮嘱他此话不可与外人道。我是以宣扬真理的姿态对他说的，他当然有权再向别人去宣扬，说到底好像还是我坑了他。他挺枪冲了上去，我掉枪逃了下来，行为实在不那么高尚。我暗暗下了决心，只要他抬出了我，我一定把全部责任揽到自己身上，并且勇敢地承认错误，狠挖世界观的根子。我打了好几遍的检讨书的腹稿终于没有用上，那年我还是清清白白地上调了。郝兄以实际行动认识了错误，扎根在农场里，次年与同校的一个女教师结了婚。现在是场党委委员、宣传科长，成了老郑的顶头上司，两人处得很和睦。

我所以提起这条真理出过的那么一次小洋相，不是说它不可靠，而是说它对我的影响有多么的深。

金老师住院的消息，是“姑娘”带来的。

那天，我们约好在“老太”家打牌。我们这一伙共六个人，“老太”、“大姨妈”、“阿明”、“蜢头”、“姑娘”和我，我那时的雅号叫“阿未”。“老太”、“阿明”、“大姨妈”与“姑娘”原来是一个组织的，这组织的名称叫“上海市捍卫毛泽东思想红卫兵总司令部”。总司令部设在校外，一共八个人，大家都是司令，还没有推举出一致公认的总司令与副总司令，班里就开始归口复课闹革命了，他们的组织便响应毛主席号召自动解散。他们四个还经常在门户之间串联，自然而然形成了一个小团体。我是因为“阿明”的关系才加入到这个小团体中去的。“蜢头”是因为打牌的缘故才发展进来的。打牌日益成为我们这个团体聚会的中心议题，而“大姨妈”和“阿明”都不喜欢，我们常常闹三缺一，“蜢头”被邀以后还有一定的积极性，经过几次考验，我们就请他入了伙。

那天下午，“大姨妈”缺席。他已经公开表示我们打牌是浪费光阴，浪费光阴就是变相自杀。当然他这么说时仍像弥勒佛那样笑嘻嘻的。他有许多要紧的事必须在毕业分配前赶着做完。一件是要完成一本中国连环画人物刻纸集锦，从江姐、成岗、双枪老太婆到水浒一百零八将等等，反正只要他能搜罗到的连环画，都用单面复写纸把绣像复到香烟壳纸上，然后用双面剃须刀刻下来，单面的削铅笔刀片绝对不能用。那刀功着实惊人，有的线条真只有头发丝那么粗细，看的时候要屏住呼吸，只怕呵气重了水汽会把那线浸断。据他说往往要刻十来张才能得到一张完好的，他夹在一本旧的硬面账簿里的张张是原胚，没有一处是断了粘起来的。他说经过多次试验，是红“牡丹”的壳纸质量最好，蓝“牡丹”次之，“大前门”又次之，“青鸟”、“黄金龙”尚可，“飞马”、“勇士”则绝对不能用。他说的都是“文革”前的纸壳子，“文革”后出品的香烟壳纸都不能用。他隔壁的阿三头以前曾玩香烟牌子，他用一本铅印的《“百万雄师”覆灭记》跟阿三头换了一抽屉香烟牌子，故而暂时还有备货。但他怕刻五百个人物不够，要我们再替他留心弄一点来。那时市面上早已不风行刻纸，而风行收集像章了，他想叫刻纸重新风行起来。他计划凑满五百罗汉数，到那时开个展览会，然后再卖给工艺美术工厂翻成模子成批生产。

他干的第二件是要发明一种中国式的速记法，已经进入实验阶段。他要我们也试试，保证只要学两天，练习两个星期，就能熟练掌握这种本领，决不会比录音机逊色。我们宁可打牌，也不肯跟他学学这门新技术，他只能对我们宽容地摇摇大脑袋。

他还要发明简易裁剪法，只要念几句口诀，就什么衣服都能裁，据说也有了初步的框框；还要研究针灸，寻找一个专门治癌的新穴位，这项研究因为缺少买针与药棉的经费，暂时还只能纸上谈兵；还要克服摩擦系数的障碍，创造一种永动机。我想他今天要是活着的话，一定是UFO协会的理事、野人考察团的干将，说不定还能从自己身上发掘出一种特异功能。

总之他把自己的日程排得满满的，要是他知道两年以后就要自己结束自己的生命，他一定会把日程排得更紧。他也有一条最信奉的语录：“抓而不紧，等于不抓。”

“大姨妈”是我们联盟中的一个独立性很强的自治区，我们有时叫他为“克什米尔”。

“阿明”本来也可以不在场，但他几乎没有拒绝朋友要求的能力。我们希望他到场观战，他也就来了。他不喜欢亲自上阵，对观战当然更不会兴趣盎然，但他总能在一旁默默地看到底。有时候我们觉得不好意思，就让“老太”借给他一本书坐在旁边翻翻，或者给他几张白纸一段铅笔，让他给我们画画速写。他的画很好，是乐小英的私淑弟子，凭他这一手，小学里是大队墙报委员，中学里是中队墙报委员，尽管他的父亲还活在劳改农场里，而他的母亲又没有以离婚来同他父亲划清界限。他那时画好速写，结果总是捏成一团丢掉，涨红着脸连声说不好不好，弄得我们也不好意思去看。

那天，我们坐在“老太”家后门的弄堂里，专候“姑娘”一个人。“老太”家是新式里弄房子，三层里他家占了两层。底层是他姐姐的，前面还有个小园子，他与母亲住二楼。按“老太”那时在家中的地位，还只能在灶间或后门外接待朋友。虽然这样，他家还是我们学习“五十四号文件”最理想的场所。我家是根本反对打牌，阿爷、阿娘认为一拿牌就非成赌徒不可，令人惊异的是，我妻子今天也持同样的观点。“阿明”家晚上搭铺还要搬动家具，并且必须扣除两个妹妹睡觉的地位，让她们常年在邻居家小姐妹的床上过夜。“姑娘”对到他家打牌表示欢迎，不过希望在他妈妈与隔壁的爷叔不做夜班的时候，而他妈妈与隔壁爷叔的班次又是错开的，三个星期里只有五天有可能，计算起来又太复杂。到“老太”家还有一大优点，夏天可以喝到冷开水冲橘子粉的饮料，冬天碰巧可以嗑到他哥哥从新疆带来的香瓜子。那天是夏日，“老太”已经把一包橘子粉和满满一吊子冷开水摆到弄堂里，表示他这天要豪放一下。不料约定时间过了半小时，还不见“姑娘”来，我们（除了“阿明”）都有些火了。这次的牌赛本来是划时代的。“老太”去觅来了一张桥牌贴点记分表，这样可以使我们的桥牌从此进入正轨。“姑娘”也去学来了一套大梅花叫牌法，有虚叫的，灵得不得了，他和我练习了几次，正想在实战中显显威力。我们原说好那天下午要打三轮四十八副，被他这么一耽搁，也许只能打二轮三十二副了。我们都说要罚他，但我们都是老实人，想来想去，夹木夹、刮鼻子、喝生水、钻桌子，只要到时“姑娘”笑嘻嘻地说：“你们也来这一套了？”我们的措施就彻底破产。后来“老太”提出，干脆罚他在旁边干瞭一下午，让“阿明”顶上来打。我一下子意识到这是“老太”的诡计，他怕我们的“大梅花”，但我又不好意思拒绝跟“阿明”结对子。好在“阿明”不肯顶替，千推万辞，这样我就能随和着屡屡邀他。又过了十分钟，“阿明”好不容易答应先来凑几副四十分。他刚落座，“姑娘”

就来了。在二十公尺以外，他就叫唤起来："算了，算了，你们还打牌啊？今天牌打不成了！"

我们都不理他，他到牌桌边，将刚发好的牌一撸说："我跟你们说这两天要到学校里去看看的，有事没事总要去兜一次。今天亏得我去了一下。金中强昨天下午关进去了，你们知道不知道？"

"什么地方，公安局还是文攻武卫？"我问。

"他肯定跟'机关枪'，""老太"说。"机关枪"是我们班原来的少先队五小队副队长，后来她跟金老师在一个组织里，同学中有些传说。

"不会的，""蜢头"说，"现在什么时候？他是有脑子的，上个月一个老师猥亵女生判二十年徒刑。"

"他要刹车也来不及了。""老太"说，"到风头上刹车还来得及？对哦，'阿明'？"

"阿明"笑笑不吭声。他总是笑笑，笑得非常谦虚。

"姑娘"等我们傻够了，才告诉我们，金老师关进去的地方是隔离病院，在虹桥。

"喔，""老太"显得很失望，"这有什么大惊小怪。他关他的，我们照样斩我们的。"

"我不打了，""姑娘"说，"今天我到学校里，'狐狸'、'猪脑子'、'带鱼'、'小皮匠'都在，他们现在就到金中强那里去了。我想还是来通知你们一声，没跟他们去。"

"他们热闹点啥，金中强跟他们又不是一派的。""老太"说。

"他们两派的也去了，我们不是更加应该去吗？""姑娘"说。

"我不去。好咪，现在去拍马屁也来不及了。临时上轿抱佛脚，分配方案内部早就定好了，再去得积极也没用。"

"你们去不去？""姑娘"向我们呼吁。"老太"是"两丁抽一"。他一个六七届的哥哥已经报名去崇明农场，他拿稳是上海工厂。

我实在想去。就在两个星期以前，我找过金老师，谈过我的困难。他说，我都知道了。依照六六届的分档条件，你是可以轧进工厂的，六七届的分配方案还不清楚。我想去问问他，他这话现在还有没有用。因此我立即表态："随便。"

"蜢头"看了"老太"一眼说："那就不要打了。"

"那你们去去去，""老太"开始收拾东西，"现在去有什么意思？这么多人去轧闹猛，这又不是排队买小黄鱼，越早越好，排在后面买不到。"

"这也对的，""蜢头"说，"他刚刚住院，也要休息休息，吊吊盐水什么的，他也不希望很多人哄去。"

"你说再打吗？""姑娘"问我。

我又说："随便。"我说不出的想去，但又不想让"老太"不高兴。他是我们这个小圈子的头，不过这点我是不承认的。

"老太"说："听我话，今天笃悠悠在这里打牌，等两天，等献忠心都去过了，你们要去再去。肝炎我知道，没有半年不会上班。金中强这次是算数了，他也管不到我们分配了。"他说着挖出一元人民币来，"'阿明'，谢谢你跑一趟，买五根雪糕来。来，开始，我们斩！今朝贴点，斩得你们服服帖帖。什么大梅花、大黑桃，我们不管的！我们就是自然叫，瞎叫，高兴怎么叫怎么叫，'蜢头'对不对？我们是自然主义。自然主义战无不胜！来，迁牌，开始。"

就是这么个鲜龙活跳的家伙，我们这个圈子里的幸运儿，十年以后，笃悠悠地自杀了。

当日，我们还是打了三轮四十八副，直打到弄堂里的路灯亮了起来。这是有史以来最晚的一次。原因是大梅花输得落花流水，我们不甘心。

五

那天回去我把这事告诉阿爷、阿娘时神色一定有些过火，一半是因为回家吃饭太晚了。我要叫他们相信下午我与几个同学一直在讨论这个严重的问题。我的表演很成功，一半是因为我平常有不说谎的美名。

“不要慌，不要怕，”阿爷说，“没有啥了不起的。哎，阿爷早就对你说过，没有事情不要惹事情，有了事情不要怕事情。先吃饭，吃了饭阿爷给你想想办法。”

然后他就笑嘻嘻地盯着看我吃饭。我只能忍着腹饥，尽量把饭扒得慢一点。两碗饭吃了十分钟，平时只要五分钟就能解决问题的。

吃罢饭，他让我在他的杯子里喝两口茶，免得我忧忧郁郁地吃下去不消化。平时我从他杯子里喝茶，总是要背着阿娘的。阿娘见了总要责怪我不卫生。但我从六岁起就这么不卫生过来，已经养成了习惯。在茶与白开水之间，我总觉得茶有点滋味，而我又没到每天自己泡杯茶喝喝的年纪。

他让我坐在他的对面，笑嘻嘻地看着我，花白的头颅似乎以难以察觉的摆度与极快的频率在微微地震颤，好像燃烧的煤球发出一片若有若无的热气。我觉得屁股下的凳脚在扭曲变形，好像透过这层热气看出去似的。

“你东老师家认得吗？”

我以为他说错了，是说金老师，就说：“认得，我去过，在金陵东路。”

“那好，”阿爷说，“你买两样东西送去。我想想，干脆，剪一段料子去。我不知道现在全毛麦尔登有没有。剪一件女的短大衣料子去，最多五十元吧。我来出。先借一借。从下个月开始，我退休工资的九角六分零头不要了。我还有大衣可以到旧货店去卖掉。对，剪一段大衣料子去！”

我这才知道他正是说的东老师。我吓得倒吸一口气，把一条清涕吸进了脑门里，酸得差点儿掉下眼泪来。

“你啲，你啲——”阿爷那留着长指甲的右手食指与中指，差半公分就点到了我的脑门上，“你这个人哪能介呒做！你又吓煞了，吓啥呢？我真弄不懂。平常嘴巴说起来老唻！叫你去送东西，不是叫你去做贼，你怕啥？”

送东西？送东西难道比做贼罪名轻？

“我不认得她的家。”

“你刚刚不是说认得的吗？”

“那是金老师的家。”

“金老师，哎，金老师。金老师这里你去看他一次，送袋葡萄糖或者奶粉，不要多去了。你不是说金老师与东老师有矛盾吗？”

“这是有的同学在说，我看他们没什么。”

“你看，哼，你看！你这个人啊，魂灵什么时候可以生进啲！人笨不要紧，说话只要肯听。人笨还要自作聪明，那你苦头要吃到阿末年。现在你听我说话，赶快去看东老师，你还来得及。”

我坚决地摇了摇头。

阿爷恨不得跳脚，“你呀你呀，”长指甲在我眼睫鼻尖前乱划。这时阿娘出来替我解围：“你按着牛头吃水做不到的。你还要看看他是啥相貌人，教来曲子唱不响的。”

“这事情再便当也没有了，又不难。难哦？难喔，难唻！”

阿爷抿紧嘴像闷住一声咳嗽似的“哃哃”地笑了一阵，“这点点事情也介难，你今后出去怎弄弄！”

“现在的世道作兴不兴这一套。”阿娘一字不识，对天下大势倒好像比天天读报的阿爷明瞭。

“啥世道？天下的事情百事全穿，马屁不穿。从古到今没有不吃马屁的人的，连阎罗大王也吃马屁。叫‘在它屋檐下，不得不低头’。清朝、太平天国、民国、日本人到现在，我都见过。现在是啥时世？现在批海瑞……好，不讲开去，你去！去把东老师地址问来，你陪我去。你不敢送，我来！”

我真不明白，他送和我送有什么两样。

“怎？我给你出场都不行？那你讲，你讲怎弄弄？”

“东老师没有用的。”

“你怎晓得她没用？”

“她是民主党派，美国留学生，以前一直靠边的。”

“现在有没有靠边呢？”

“现在工宣队也不会依靠她的，不会听她的。”

“你又要自作聪明。金老师住医院了，不听她听啥人？”

“还有班级毕工组，我们马上要选了。”

“选啥人？选学生？呸，有屁用。”

阿爷这个论断我深表同意，但我死也不能承认东老师说话管用。

“工宣队还是要去征求金老师意见的，金老师在医院里也可以发表意见的。”

阿爷沉吟了，捋着三角胡子。

“今天对立一派同学已经去看他了，都是班级里门槛最精的几个人，他们为啥要趁现在去拍金老师马屁？”

“你叫他把金老师撂开总是不对的，人太势利不对的。”阿娘插言道，“不可以有事有人，无事无人。这样金老师要记恨的。”

“我几时叫他不去看金老师，”阿爷说，“毛主席说，要一分为二，两个老师方面都要照顾到。他本来是死认着一个金老师。‘嗷，我同他是一派的’，‘嗷，我同金老师讲得来’，‘嗷，东老师说话不起作用的’。对人，尤其是你对他有点芥蒂的，面子上一定要客气，特别客气。他是独幅心思！俗话说得好，‘害人之心不可有，防人之心不可无’，要‘佛一样敬他，贼一样防他’，‘见人只说三分话，不可抛却全片心’……”

阿娘深有远见地打断说：“你同他讲这些，都是对牛弹琴。”

这时，母亲从店里开会回来了。她听了全面的情况介绍，对阿爷说：“随他去吧，阿爸。现在送礼是行不通的。分配也有政策条文的，你放心好了。”

第二天早晨，阿爷趁母亲出门上班、阿娘在楼下洗菜之际，悄悄把我推醒。我昨晚寻思到半夜，故而一觉睡到那刻，还兴犹未尽。睡眼惺忪之中，我看见他捏着一沓钞票，有“元”头也有角票，“元”头少角票多，知道事情不妙，骨碌起身想躲开。他已经把钱直塞到我手心中，压低声音说：“拿好！”我拼命推开，他咬牙肉切嘴唇地像要把我吞下去。他的满口牙齿早已掉得一颗不剩，并且坚决一颗不装。据他说是装了假牙吃东西不香，其实他对吃的要求历来很低，只要醉麸、麻油盐拌生豆腐、虾糊、花生酱之类就相当满意了，保留节目是咸菜豆瓣沙。现在回想起来，他也许是舍不得装假牙的那笔钱。他塞给我的那点钱，都是从每月退休工资零头里抠下来的。这九角六分，他要用来买烟，买茶叶，剃头，灌异丙嗪气雾剂，有时还要奖赏我们吃根雪糕等等。这叠钱大约有十元，真不知道他怎么积起来的。我与他推来推去，结果把他的右手小指上的长指甲扳断了，而我的手上则沾上了一点棉絮。他的钱是压在破棉花胎底下的，他的床上终年垫着破棉花胎。

阿爷张大嘴巴准备调节气量镇服我，忽听见门外传来阿娘粽子小脚落地结结实实的“得得”声。他立刻悻悻地瞪了我一眼，把那叠钞票又藏回破棉花胎底下去。

对于送礼，我总怀有一种恶心。小学六年级的时候，我曾经为了赢回班主任的欢心，在春节时给那位老师送过一只空心玻璃丝编的花篮，这段痛苦的历程，深深地踩在我的脑沟里。不过，这可能还不是我这种变态心理的源头。在那个时候，我已经深以送礼为很可耻的勾当。我想来想去，也许十岁左右时的一个印象，使我对人类这种交际方式产生了深深的成见。那时，阿娘常常带我们到一个老邻居家去玩。那门老邻居的主妇，我们称她“田家阿娘”，与阿娘胜似姐妹。我们家的亲戚本来就不多，而这门老邻居则走动得比亲戚还要勤，所以上田家去是对我们的最大刺激。阿娘每次去，总要带上两色礼品，一盒“邵万生”的火车蛋糕配一包印糕，或者一袋“三阳”的小麻饼加一包苔条油馓子，总之一定要成双，价值总在两元左右。那时上海市的最低生活水准是每人每月十元，低于此标准即可补助。我家一直在补助线附近挣扎，但阿娘送礼是绝对不肯马虎的。有时我们逼催阿娘去，阿娘就对我们说没钱买礼物，不能去。母亲带我们去走同事家从来不拎东西，阿娘说这是新派，我们就希望长大以后社会上全部兴新派，这样走动走动多自在。有一次，阿娘又带我们上田家去，这回礼物买得比往常多，而钱又是硬凑起来的，我们觉得有点弄不懂。到了田家，那里已有一个阿婆在，是田家阿娘的堂弟媳。阿娘叫我们出去玩。这中间我到屋里去喝水，推开门看见阿娘、田家阿娘与那个阿婆三个头凑成一堆。我听见“利息”、“自家人好商量”、“市面上”等只言片语，我立刻直觉到阿娘是来向那个阿婆借钱的，是田家阿娘牵的线。我看过《星星之火》这部电影，听老师讲过“高利贷”、“印子钱”什么的，她们既谈到利息，我想一定是高利贷了。母亲向单位或同事借钱从来没听她提起过利息。这一来，那个阿婆的灰黄色的丝瓜脸在我眼中就变得十分的可憎，简直是黄世仁的狗娘那一路货色。那天，那个阿婆先走，阿娘一定要把一包油枣塞到她手里。推来推去之间，那个阿婆咧开嘴，露出两只被香烟熏得金黄的犬牙，我胃里立时打了个嗝。

离开农场后，我一直认为我们连队的古书记——这个老头是个大好人，就因为在上调之前，我从来没有给他送过一次礼，也没有作过一次要用物质来报答他的暗示。上调后当年的五月一日，我回农场去，第一次到他在公社的老家，我送了一包饼干，两斤白砂糖，他请我吃了一顿饭，有鸡，有鱼，有蛋，有大块的红烧肉，核算下来我还稍许便宜了点。后来，当我听到他接受了我们队上调的一个团总支委员送的一块涤卡中山装衣料时，不禁大为震惊。我就在我们同时上调的一批朋友中调查，有三个人知道有这事，而且是那女生亲口对他们说的。我当即给古书记写了一封长信。信上说，那女生送了您衣料，又在外面到处跟人讲，造成的影响很坏，我想还是把这情况告诉您为好。您一定是推辞不了才收下这份礼物的，但现在这样，请您考虑，是否将衣料还给她。如果您将衣料退还了，请告我一声，我负责替您在上调的人中肃清影响。不几日，我收到了古书记的回信，说谢谢我对他的关心。那女生送他衣料，他事先不知道，她是托别人转交的。现在衣料已经寄还给她了，肃清影响也不必了，她也是一片诚心。接信当晚，我便到知情的三个朋友处去把信展示一番，并从此与那女生没了来往。我更觉得古书记是个好老头。这样的好人，我愿意为他赴汤蹈火。

六

那天我没找到“姑娘”。

两年以后，送“姑娘”去吉林插队的时候，他对我说，想不到东伊人有那么辣手，那时，他是想到应该跟东去拉拉关系，但他看到我们(其实就是我和“阿明”，“老太”是超然物外，“大姨妈”是另一种超然，“蜢头”除了打牌与我们就很少通信息。)一如既往地追随金，他也不好意思“改换门庭”了。那天，我和“老太”一起到火车站去送他，在东站。东站是货站，临时改成集中运送上山下乡知青的客站，虽然也增设了糕点饮料的供应点，摆上了几个暖水桶，用芦席搭起了临时的厕所，虽然北火车站也没有多少富有人情味的设施，但跑进这里，总觉得已经被人一脚踢出了上海。这里赤裸裸的钢架与粗糙的水泥柱子，显出了上海对被剥夺了户籍的子弟的全部的冷冰冰。从这里开出的列车，月台上哭声也要少得多。人在这样的环境里，一两个钟点下来，觉得哭也是一种虚伪，任何感情的流露都只是一种虚伪。那天整列车都是去吉林的，月台上到处是海虎绒帽子与草绿的军大衣。“老太”说了一句：“还有那么多人啊！”这话引起了“姑娘”与我的明显的不快。他便跑开去买汽水，这时“姑娘”就对我说了这番话。

我心里想，要是那天——金老师住院的第三天中午我能找到他就好了。俱往矣，我对他说：“君子报仇，十年不晚。”

他说："听说延边还是吃大米的，真的就好了。"

那天他到哪儿去了呢？

我要是问他，他也肯定想不起来。我敲了好一会门，又叫了几声，怕他或他家人在晒台或什么地方，结果把他家隔壁爷叔的老婆敲了出来："没人，敲啥？"我从他家里不见底的楼梯摸下去时，似乎听到背后有人咕哝一声："有毛病的！"我很恼火。我一下子断定他是到金老师那里去了，同时肯定他没想到来叫我，而且说不定是跟"狐狸"、"猪脑子"他们一起去的，甚至可能到东老师那边去，这样我就更恼火了。但我又不能根据不足就怀疑一个朋友，这是我理性定出的一条规矩。

于是我到"大姨妈"家去。"大姨妈"家离开"姑娘"家只有两分钟的路，但往常我总不一个人去。我怕他的患精神病的母亲。虽然阿明深入到他家去过，说他母亲只是文痴，除了有时莫名其妙地对你笑笑或挥挥手外，绝无妨碍，但我总有点怕。每当我走到他家的大门口，对着二楼他家的窗口仰起头来，我就觉得有股肃杀之气从那个暗洞洞的朝西窗口里落下来。但那天，我隐隐怀有一种恶意。要是"姑娘"没有去把这么重要的消息告诉"大姨妈"，那就多少证实了我对他的猜疑。同时，也能证明我对朋友是多么的忠心。

"大姨妈"也不在。

我到"阿明"家，已经下午一点了，他才吃罢饭。我邀他一起到金老师那里去，他答应把剩菜热完就走。我说起"姑娘"、"大姨妈"都找不到，"阿明"说他知道"大姨妈"的游击根据地。我说，那我们是先去找他？"阿明"说，好呀。

"大姨妈"倒真会找地方。他就躲在离我家不远的原街道"少年之家"里。运动初期，这里曾做过街道青年造反司令部，后来造反的街道青年多数得进工厂，这里就空关着。不知什么时候门口挂出了"毛泽东思想宣传阵地"白底红字的牌子，我经常在那里走过却没有留意。"阿明"推开门，我跟着进去，才知里面是别有洞天。外面一大间足有八九十个平方米空晾着，角落里有几只绿色棕色的大小箱子，箱子上有锣鼓钹铙之类的响器，也许是给文艺小分队排节目用的。里面一间至少有七八十平方，一角用两只玻璃橱隔出一个借书处，橱内陈列着马列与毛主席著作的多种版本。靠墙还有三只报架，是为当月的《文汇报》、《解放日报》与《工人造反报》。我们去时"阵地"上寥落得很，只有两三个退休的老头聚在一个阴凉角落里嘁嘁嚓嚓交头接耳，中间的一大片空白中央就突出"大姨妈"一个灰黑色的身影。他手肘下垫着一册借来的单行本《反对本本主义》，埋着头不停地写。我蹑到他背后，猛地用双手蒙住他的眼睛。不知为什么，见到他我就想返老还童一下，尽管我童年时大人都夸我少年老成。他掰开我的手，出声地笑了起来，一团天真，然后说："你怎么找到的？"他随即看到了"阿明"，说："喔，你把他带来的。"似有责怪的意思。我一点也不生气。"阿明"说："金中强生肝炎住医院了，我们来告诉你。"他说："喔，他生肝炎了？"我说："我们去看他，你去吗？"他说："我不去，我有事情。"我说："你这种事情有什么要紧，'狐狸'、'猪脑子'他们都去了，你怎么不去？"他说："去干啥？他们都是什么东西！我劝你们也不要去，肝炎要传人的，谁高兴谁去。"

我就给他陈说利害关系，那神情就像昨晚阿爷对我。

"大姨妈"含笑听完，说："金中强生病正好，他也不是好东西。东伊人更不是个东西！毕业分配被他们操纵就完了，他们都要营私舞弊。我已经起草了一份材料，准备给工宣队，我要揭开这个盖子，粉碎这种阴谋。现在金中强自动退出历史舞台了，对付东伊人一个人就更容易了，她的底牌工宣队都清楚。这样我的建议就更加有把握了。"

他说着从桌上一叠纸中抽出几张来。我凑上去一看，整整齐齐的像芝麻那么大小的文字，不像隶书，不像草书，又像英文，又像日文，我知道这定是他发明的速写文字了。果然，他看我迷惘的样子，笑得眼睛都不见了，说："我来读给你们听。"

这份材料很长，改用中文写的话，大概起码二十张报告纸。哪怕写得他这么小，五张纸总少不了。而他只写了两张，我暗暗佩服他的发明的厉害。前面引用了大量的马列与毛主席语录，都是关于发扬民主和群众是真正的英雄之类的，大概足够编一本马恩列斯毛论民主的小册子。这肯定是他从各种版本的马恩列斯毛语录及传单上收集来的，工程浩大。他一丝不苟地读着，读完后说，他要一上来给工宣队一个认真负责的印象。接下来的正文，开始详细论述了他对无产阶级民主重要性的认识，读了一段，见我们东张西望，就略去。以后是回顾班级“文革”情况，也略去。最后是建议。他提出，毕业分配名单既不能让老师插手来定，也不要从学生中选什么毕业分配小组。他引用了《人民日报》介绍美国选举总统制度的一则材料。先由选民选出选举人，再由选举人去选总统，这是“虚伪的民主”。“先选毕业分配小组，再由毕业分配小组来代表群众的意见，性质是相同的。”他在材料中大声疾呼，“要警惕重蹈运动初期选举班文革的覆辙，我们不要保姆！防止派性死灰复燃！防止有人挑动群众斗群众！！！”他还反对搞“背靠背”评议，“有问题摊到桌面上来谈，不要在台下做小动作！”因此，他强烈要求在毕业分配中采取完全公开完全民主的办法，每个人当着全体同学的面摆自己的条件，报自己的档子，然后无记名投票。他还在后面附上选举的注意事项和选票的格式。

他站着给我们朗读，一点也没感到借书处阿姨投来的惶惑的目光。他这么自信，阿姨也就低下头去没出言干涉。我一直在走神，总觉得他像什么。后来给我想出来了，他像一只头戴四方帽，身披黑大氅的母鸡，一个母鸡法官。是母鸡而不是公鸡。我想，我要有“阿明”这点绘画才能，就一定要把它画出来，在旁边题上五个字：“真理的斗士”。

他读完还很得意地让我们提意见，我说：“工宣队理都不会理的。”

“为什么？”

“怎么能搞选举呢？民主还要集中。选举时搞地下串联怎么办？符合条件的没选上，不符合条件的倒上去了，这怎么处理？你怎么保证搞选举不会派性死灰复燃呢？”

“我相信大多数群众。一个人真要他挑起主人翁的担子，他做事也要凭凭良心的。”

“这是利害冲突，谁没有私心呢？”

“至多他把自己的名字写到工档里去，对别人总要实事求是一点。”

“你想得太美了，人人要像你就好了。”我心想，就是你也对人抱有太深的成见。两个老师不见得高大完美，但也不见得“不是东西”。

“正因为这样，更加应该把自己的命运掌握在自己手里。我们去求这两个老师？去弄个毕工组骑在我们头上？”

我一看墙上的电钟，还是一点一刻，就知道它是坏的。我连忙去问借书的阿姨，已经快两点了。不能再陪“大姨妈”辩论下去了。

“大姨妈”显出很伤心的样子。他说他原打算再改一稿后让我给他润色润色的。“‘从来就没有什么救世主’，你们不要指望金中强，”他诚挚得快要哭出来了，“工人阶级要比知识分子大公无私，我们应该去找工宣队。我宁愿试试这个碰得头破血流，也不情愿去向谁磕头求告。”

我和“阿明”并不为之所动，一起离开了他。

走了一程，“阿明”说：“我本来就猜想他大概不会去。”

我想，我本来也没打算来叫他一起去。我们两个不知怎么一来，把对方的意思都理解反了。我说：“他怎么对金中强和东伊人有那么深的成见？怪就怪在‘文革’当中他又没去贴他们一张大字报。”

“这我知道，”“阿明”说，“他说那些大字报都是胡搞，没有击中要害，所以他不高兴挤到里面去。他特别看不起‘狐狸’、‘猪脑子’他们，就因为过去他们总是东老师长东老师短，运动一开始，贴东伊人的大字报又是他们最起劲。”

“现在他们又围着东伊人团团转。”

"是呀，我真佩服他们。"

"他们靠什么本事？"

"谁知道。"

我心头忽然闪出一念："听说他们送礼给东伊人？"

"我也听说了，"我的心膨胀了一下，但"阿明"接着感慨道："这套我们干不来。"

"对！"我一下子泄了气，就高声强调说，"这套我们干不来！"

七

中国第一份民间口头专业性普及刊物就这样诞生了，是为《蜜饯》。我和“阿明”一致决定远征到虹桥去，而把车钱省下来买蜜饯吃。恩格斯乘一趟海船，就写出一本关于航海的著作（见我最早的藏书之一《回忆马克思恩格斯》），我们当然也不该为吃蜜饯而吃蜜饯。那时，在中学生中开始行吃五分一包的咸橄榄，上面有一层雪白的盐霜。据说吃这东西有很大的好处，清火、消暑、治喉咙痛。不过要治喉咙痛，先得让喉咙火辣辣地猛痛一阵。快感也正是在这种灼痛之中。这是我们花钱买来的，我们随时可以让它不痛，但我们现在就乐意让它痛，在这适度的痛楚中意志力体验到一种愉悦，恐怕让弗洛伊德解释起来，也与性什么的有关系。后来我的一位农场同事，曾经说过这样一段名言：“给你钱的你总不高兴，让你花钱的你就喜欢。出工给你钱，你做做就叫苦唻苦唻；打乒乓要你出钱，一个钟头四角，好一点桌子一个钟头六角，你会几个钟点打下去，打得汗流浃背像河里捞起来一样。过去练哑铃，手臂酸得举也举不起，还要补营养，高兴；现在打锹，不是好比练身体？就是恨不得逃走。人都是蜡烛！”

人都是蜡烛。

我与“阿明”从吃五分一包的咸橄榄开始，升级到一角一包的拷扁橄榄、辣橄榄、杏话梅、话李、青津果、九制陈皮等等，也曾狠狠心买过二角一包的话梅与苹果脯。买话梅是因为那时此物十分稀少。听一些老吃蜜饯的讲起来，它真是蜜饯中的第一珍品，酸咸甜诸味俱全，经得起反复咀嚼，能引来无穷回味。听吃蜜饯的怀念话梅，就像听越剧迷怀念尹桂芳、徐玉兰一样。那天正巧被我们撞见，不能不忍痛多牺牲一角钱。因为有牺牲，结果就特别失望。先是咸得像咸橄榄一样叫喉咙挨了一刀，好不容易才从咸中品出些隐约的酸味，味觉细胞已十分疲软，麻麻木木地开始怠工。我问“阿明”：“你觉得味道怎样？”“唔，又咸又酸，就是这种味道。”“是啊，我们到底算尝到话梅味道了。”“好像跟话李也差不多。”“对，”我高兴地叫道，“也不过如此。名气好听，也不过如此。”我们多花一角钱买到了一个真知灼见，情绪十分高涨。

那天晚上，我把省下的一只话梅给母亲吃。她不像我们囫囵吞下，而是咬了一点，含在口中慢慢吮吸。我问她滋味，她说不错，话梅就是这味道。我没有再问，暗想，也许我们的吃法错了。但我们绝对不能像她那么吃，我们是男人。所以，话梅是女人吃的蜜饯。

后来我们干脆下决心买了包苹果脯，因为它贵，不尝尝总不甘心。一尝以后，我们一致大叫上当。甜腻腻的，既不咸又不酸，不会去吃糖吗？那时我们认定蜜饯的正宗滋味就应该又咸又酸，咸得喉咙痛，酸得牙齿痛。

很快，我们的味觉已能辨出一元二角一斤的话李与一元四角一斤话李的区别，这点水平，不办一份蜜饯刊物实在浪费。要是那时还在“上海市捍卫毛泽东思想红卫兵总司令部”里，有一架油印机和取之不尽、用之不竭的蜡纸、白报纸，办这样一份内部刊物实在是容易得很。现在，我们只能在路上用吴语“谈”出这份杂志来。用吴语，因为“阿明”的母亲是苏州人，有一半苏州血统，而我从小收听“广播书场”，说苏州话要比家乡宁波话还要像些。一用“倷”呀“伲”呀说起来，就有一片清清的溪水将我们包围，空气也被滤得格外纯净。吴语里的旖旎韵味，被我们发挥得淋漓尽致，我们是全身心地浸在里面嬉戏。今天，我看到一些老翁老妪，在公园假山背后，甚至就在街心花园的当中，掂着一角手绢，翘起半截兰指，咿咿哑哑唱着《盘夫》、《葬花》，用细纹密布的半黄老眼来个飞白，我总希望有一队绑红箍、拖铁矛的“文攻武卫”来把他们驱散。他们在败坏我青少年时代美好的回忆。被他们这面镜子一照，我们的吴语世界不只剩下一团疯疯癫癫吗？我们评议最经济实惠的蜜饯，评议出售蜜饯的最佳专柜。最经济实惠的蜜饯还是咸橄榄，最不经济实惠的当然是苹果脯了。蜜饯最佳专柜在延安路上沪光电影院旁边的一家单开间的食品店，该柜有“专营蜜饯”四个大字。最差专柜在食品一店，搭足大店架子，包头要比外面大一倍，不利于我们一次多尝几个品种。我们还开辟“蜜饯与文学艺术”专栏。研究结果，认为“耐咀嚼”一说，肯定与吃蜜饯有关。鸡鸭鱼肉耐咀嚼么？瓜果菜蔬耐咀嚼么？何以耐嚼，惟有蜜饯。这说明我国吃蜜饯的历史非常悠久，说不定比喝茶还要悠久。因为喝茶的习惯还没有总结出像“耐咀嚼”这么精辟形象的话，变成古代文艺批评的标准。由此看来，蜜饯还是中华民族优秀文化遗产的结晶，应该大力向国际上推广，这样可以换回大量外汇。

那么多的经验和学问，就是在往返于我们家与虹桥的路上积累起来的，可见我们在这条路上往返了多少次。

当然，路上的收获不仅限于蜜饯方面。从地理学方面来说，我们知道了延安路要比南京路长得多得多，当我走到南京西路被延安西路并吞的那个地方，就像哥伦布发现新大陆一样高兴。从社会学方面来说，我们体验到只要张嘴肯叫人“阿姨、叔叔”，在上海没有找不到的地方。从人类学方面来讲，我们的实践证明，直立行走与大脑发达的关系大可怀疑。我们集中走了出生以来从未走过的那么许多的路，大脑一点也没有变得聪明起来。从心理学方面说，我们认识到等待是人类最有害的一种心理状态。它比懒惰、贪婪、偏执、悲观都要有害。时光在等待中白白地耗掉，而你总是乐滋滋地觉得自己已经干了些什么，或者可以心安理得地一点不干什么。

不过，等也还能等到些什么的。我等到了一张崇明农场的通知，“阿明”等到了去乡下找个不知什么的亲戚“投亲插队”。

我以前一直说，毕业分配前我这一派的老师突然病倒，另一派的老师上台，把我们这派差不多斩尽杀绝。我不是派里的骨干，以打牌逍遥度日，那老师对我成见不深，还算放我一条活路，让我每月好歹有固定工资收入，还可以“生老病死有依靠”。其实，我是在有意无意地粉饰自己。

宿命，历来认为是一种突然改变事件进程的偶然因素。一个新娘去赴婚宴时被掉到头上的爆竹炸死，人们说这就是命。或者认为是先有征兆但无力抗拒无法逃避的事件，像俄狄浦斯弑父娶母。其实这只是低层次的宿命。这样的宿命虽然专横，却也干脆。当它的号角吹响时，结局也像磐石一样落到人的头上。它是个喜怒无常的君主，人们只是它随赏随罚的奴隶。但是，宿命在更多的时候，取一种更加悠然的态度来玩弄人。它像一个狡诈而又无聊的老头，把人找来做游戏的对手。它把人引到一个十字路口，给你选择的自由，看你在几条路之间转得天昏地黑。其实它早把你的秉性估摸得十分透彻，就像诸葛亮猜准曹操必往有烟火的华容小道上逃遁。它让你走出的每一步都受你自由意志的操纵，这样，当你落入陷阱的时候，它已预先剥夺了你抱怨它残忍的权利。宿命的这套把戏，我是在久经忧患之后才看穿的。这是宿命成熟的表现。它要统治有思想的人类，必须既让每一个人处于它的控制之下，又不能让他们彻底地对自由灰心。人驯狗的手段，一定是暗中受到宿命支配人的伎俩的启示。自由意志，在宿命手里，相当于人们用来引诱狗的肉块。它正是用每个人的相对的自由，来维持一个它安排的秩序世界。

像我这样高层次的人，一上来就受到宿命的高层次对待。因此我抱怨不得任何人，也怨不得宿命，要怨只有怨我自己。从金老师生病到我去崇明农场，一步步全由我自己按自己的意愿走过来的。东老师应该说对我还是非常宽宏大量的。在此期间，我不殚劳苦每次往返三四个小时一次一次地往金老师那里跑，而她家的门槛朝东朝西我至今还不知道。倘若换我做老师，我也要觉得自尊心受到了极大的伤害。况且东老师是个自尊心非常强的人。她也早就直言不讳地告诉过我，她是个自尊心非常强的人。那是在一九六五年，初二的上学期，一天下午的第二课大休息时间，她郑重其事地把我叫到教室外楼梯口。她将身子靠在紫檀色的楼梯扶手上，给我翻开《毛主席语录》读了一段。那时《毛主席语录》还非常金贵，只有像她那样有身份的民主人士才能拥有一册。母亲在书店里工作，也只能借回一本来让我们分头抄写。那天她读哪一段我实在回忆不起来了。她读完以后就严肃地说，金老师现在去参加社教工作队了，就不再是你们的班主任了。本来我就是正班主任，金老师是副班主任。现在金老师从乡下回来休息，许多同学都拥到他家里去，这样很不好。他家里本来就很小，这样影响他的休息，也影响他家里人的休息。而且，还要影响班里同学之间的团结。你们不懂，现在我给你们指出了，你们要注意了。

我确实不懂，她指出以后还是不懂。岂但当时不懂，三年以后我还是不懂。因为不懂，我就把这件事记住了。我对人生的理解力永远落后于我的年龄，大约总要落后五到十年，这就注定我这一辈子别指望做官。那是许多人用扑克牌或看手相得出的一致结论，这就是我的命。

八

一九八六年一月的一个夜晚，将近九点时分，我敲开了“小木克”家的门。两个十多年不见的同学，又面对面地被箍在一个电灯的光圈里。正是这天晚上，我听到了那个献忠心的故事。

我与“小木克”住得不远，相距不过五六分钟的路程，可这点路就把我们阻隔了那么多年，这回，要不是“姑娘”说起，那道长江天堑还不知道要到何年何月才能突破。“姑娘”先去吉林插队，熬到一九七五年，才算熬出了头，上调到当地的县办电厂，不料一九七八年回城，他又被卡住了脖子，按政策不能当作下乡知青对待。他是班里少数几个回不得家乡、见不得亲娘的游子之一，却又是跟我来往最多的同学。“姑娘”又与“小木克”保持着热线联系。那晚，我是去拜访回沪探亲的“姑娘”的。“姑娘”说，“小木克”跟我提起你，他看过你的作品，印象很深，他想几时和我一起来看看你。我说，那么我们现在就去看看他吧。

站在“小木克”的家门口，我像回国观光的老华侨一样感慨万千。没变，一点也没变！我到这里大概来过三四回。还是那么个过街楼，靠弄堂左侧用酱黑色的木板拦出一道窄窄的楼梯。门未开，就听到“小木克”那沙哑的声音。开门的那一刹那，时光倒转了二十年。他穿一件茄克式蓝卡其工作服，一条草绿的军裤，乱蓬蓬的小分头，心满意足的肉鼻子，滴溜溜的嵌着两粒黑葡萄的大眼睛，活脱在中学时代！我的心禁不住收缩了一下，不知道从那两片薄器器的嘴唇里，会喷射出什么叫我难堪的话来。对那张嘴的畏惧，使我对他一直敬而远之。

“啊呀，”他略一停顿，显然是把冲到口边的我的绰号挡了回去，换上了我的尊姓大名。听他的沙喉咙称我的名字，我反倒有些不习惯，“你这么胖，走在路上真认不出来了。”

我松了口气，然后发现，在他馒头似的额上，已经有了几条淡淡的纹路。

他很高兴，这天晚上对我尽说恭维的话，当然恰到好处，一点也不俗。他确实读过我的作品。一篇是我一九七三年写的收在一本当时出版的短篇小说集里，今天我已羞于向人提及。但当年他读这篇小说还是花了一定功夫的。“我寝室里的人借来在看，我偶尔一翻，看到了你的名字。啊呀，我说这个人我认得的。会不会同名同姓？没有这么巧。况且你的名字是很少见的，不像我的名字大路货。这本书第二天要还的。我就到图书馆去借来。这以前，连队图书馆我是从来不去的。连看两遍，我吃准了，肯定是你写的，是你一贯的风格。”听到“风格”，我很惊讶。

还有一篇是我不久前发表在一个青年刊物上的三千字的小报告文学，模拟被采访者的口气，是我随便涂涂混稿费的。“写得好！我一看，还是这个风格，就是比那时候更加成熟了。所以我跟‘姑娘’说几时要来找你谈谈。”

我再也忍不住了，便问：“你看出来，我写东西有什么特点呢？”

他眨巴眨巴眼睛。我知道这么问法很不好，但我多么急于要发现我的风格啊！

“简练，”他说，“不大喜欢用形容词，朴素，通顺，你过去写作文时就喜欢这样，忻老师就一直这么评论的。”

我赶紧点点头。我实在记不得语文老师对我的文风还有过评论，我只记得当时特别喜欢在作文里嵌进一些四字成语，把一本《汉语成语小词典》翻得掉了封面。

“怎么样？”他的肉鼻尖上放出萤光来，“我写不会写，看到底会看的。不容易。现在想想，你当时是比我们高出一着棋子。你眼光是看得远。”

“啥闲话啥闲话。”

“真的，我不是当你面这么说，我在‘姑娘’面前也一直这么说。有的事情，我们当时没有看到，被你看到了。你有些话我今天还记得清清楚楚。”

我真感动。没想到自己还有“语录”。

“你当时说，局势总要稳定下来的，不会一直这么乱下去的。到那时候学的知识就可以派用场了。你读的书总是你自己的，火烧不掉，强盗抢不走……”

是的，这话像是我说的，符合我的风格。但是，我没想到那时自己会对“小木克”去说这样的话。在我的记忆里，这几年我正处于生命的最低潮中。我瞠着一双张皇的眼睛看着世界，世界就像巴尔扎克笔下的《人间喜剧》，每一扇窗户里都酝酿着阴谋，每一个灵魂里都蹲伏着魔鬼，每一次谈笑都在暗暗较量，每一个行动都被复杂的算计所操纵。不可测的人心构成了一片汪洋大海，我在汹涌的波涛中挣扎，张开嘴惊恐地喘着气，不知道哪个浪头打来，会把我从此吞没。但是，我居然在这样的时候还去对这样的同学发表这样的观点，这只能说，我的“好为人师”的习性，要比我自己估计的顽劣几百倍。或者说，即使在我自以为最受命运作弄的时候，命运其实还是相当照顾我的。

那天中午，我从学校回来，一进那道玻璃腰门，就看见阿爷阿娘并排坐在窗下。他们的中间夹着一张假红木茶几。他们的脸背光，一时看不清是什么表情。但是，他们的身姿已经显出有点不同寻常。尤其是阿娘，两只手搭在两只膝盖上，两条腿并拢，两只粽子样的小脚脚尖微微踮地。这种姿态，我只有在过去拍的合家欢上看见过。我走到离他们还有三步远的地方，阿爷就发问说：“你回来了？”

“我回来了。”

“上半日你在啥地方，在学校里？”

“在学校里，真的在学校里，啥事情？”

“通知来了。”

听到那么平板的语调，我的脑子深处发出“嗒”的一声。

从此，我就落下了一个奇怪的毛病。以后二三年里，我走着走着，脑子深处突然会格嗒格嗒地响起来。步子快了它也快，步子停了它也停。那声音好像有人在揿手指关节，又好像一小段线上系一颗小珠子，晃荡起来敲在骨头上。我真怕脑子出毛病！就是不死，落成个痴呆或瘫痪，那也够难受的。幸好，这个奇怪的声音后来又不知不觉地消失了。但我也从中得到了一个教训，以后再遇上猝不及防的事，脑子绝对不能屏气运动。脑子是思想的器官，不是用力的器官。

那天，我的脑子里嗒的响了一下，我的灵魂就从脑门心中跳了出来，悬浮在空气中，审视着我躯体的各部分肌肉做着各种复杂的动作。首先灵魂看到眼部肌肉急速地运动起来，牵着眼球来来回回，做出看通知的样子。其实，只要“农场”两个字，我就已经明白了一切，而其他的字，对灵魂只是一些毫无意义的方块。但灵魂对眼部肌肉的卖劲还是欣赏的，它不满意的是泪腺没有做出积极的响应。泪腺应该分泌出一点点液体来，最好像黄豆似的一粒，半藏半露地倚在眼角上。太多了有失风骚，而一点没有却又难以表达出心潮在剧烈地翻腾。心潮在剧烈地翻腾！灵魂对泪腺失望了，把希望的目光投向喉结。上下运动，一下，二下，三下，很好！嘴巴，张开；声带，绷紧；几秒钟的停歇——突然发出一个声音，再颤一点，语调急促些，透气粗些，不错！手指攥紧，注意，可以把通知揉成一团，但不要捏破了……

我生平第一次体验到，我被分成了两半——一个导演，一个演员，我第一次意识到我要在生活里扮演一个角色，或者表演一种情绪。不知道别人有没有这样的经验，抑或这就是我具有艺术天赋的证明。反正，这一次表演，把我推向人生一个新的阶段。从那一刻起，我省悟到从今以后我要开始“做”人了。我要依照社会制定的我向往成为的那种人的理想模式来雕琢、塑造我自己了。我从后台走向前台，我不再是本色的我，而是我化妆成的那个角色。人们也不再根据我来评价我，而是依我扮演的那个角色来评价我。当然，这些“省悟”还是以后的事。在那一刻，我的省悟只是一种盲目的内驱力，一种非那么办不可的选择。在那一瞬间，真正浮现在我意识里的反应只有两条：一、难道我从此就要离开家了？二、我怕阿爷嘲讽我、责备我，这一切就是我一趟趟跑金老师那儿得来的结果？但是，我断定这些反应都不能流露。它们都不正常。正常的反应应该对分配去农场这个事实表明一种态度，但是，我偏偏对这个事实没有反应。正常的反应该是怎样的？我迫切想知道阿爷阿娘的态度。但是，从他们坐的样子看，显然我很难办到这一点。他们受到打击的最初的情感波澜已经平复。我错过了机会，当我在学校里蹓来蹓去跟这个那个同学交换分配动态的时候，通知从邮局寄到了家里。现在，我的任何看法，只要与他们的看法不同，就会显得幼稚可笑，使他们对我大失所望，更不要说以我的看法去影响、改变他们的看法。因此，我惟一能做的，还是要摸清他们的看法，不让自己出乖露丑。

我的灵魂听到我的声音在嚷嚷：“怎么搞的？怎么可以这样！怎么这样！我要去问，我要去吵的……”

我看见阿爷嘴角上牵出一丝笑，就立刻止住话头，粗粗地喘气，做出眼泪一触即发的样子，让他不忍心恶语相加。

阿爷笑笑：“你先吃饭。事体已经来了，你先吃饭。”

我犟着。

阿娘说：“吃饭去。介晏回来，你肚皮不饿？”

我斟酌着，我是不是该表示听话了？

阿爷说：“好的，还算是好的，还算额角头！我一直在为你担心。好，崇明！崇明还是上海，只不过隔一条江。还是菩萨保佑。要紧要慢阿爷阿娘也喊得应。靠工钿吃饭，总不至于饿死。不要气，只要记。以后的路还长，还要靠自己去走的。阿爷阿娘不能养你一辈子，你有这样一个去处落脚，阿拉也放心了。”

阿娘说："哎，九九归源，你是命苦。总希望你以后能够时来运转。薛仁贵还有别寒窑的光景。这种家里也呒啥蹲头。"

"好哦，好哦！"阿爷亲切地叫了一声我的名字，"阿爷细细到到从头至尾给你想过了，这桩事情是桩好事情。塞翁失马，焉知非福。你去，早点生心找个对象，就在那边安家落户。现在不是提倡安家落户吗？你就早点安个家。在上海还要提倡晚婚，乡下就松了。听阿爷一句话，阿爷就希望看见你早点抱儿子。"

"你生儿子了，阿娘还活着，到乡下来替你弄小人。"

"到你成家了，阿爷阿娘都来，农村里空气好，阿爷阿娘也只要弄点蔬菜吃吃。"

"你阿爷是只要有点豆腐拌拌就可以了，到辰光阿娘也吃长素。"

"你去，你只要想办法早点找对象，早点成家，这就是毛主席讲的，坏事变好事！"

"走！男子汉大丈夫。来，现在先吃饭。"

我没料想话题会转到那个方向去，尴尬得脸部肌肉不知如何活动，我的灵魂也导演不了了。妹妹在一旁对我吃吃地笑，我瞪了她一眼，也趁势笑了一下。反正再僵着是没有意思了。但我一下子弄假成真，对饭一点也没有兴趣了。邮局送信到家最早九点吧，怎么不到三个钟点的时间里，他们二老的思想全都那么开通了呢？怎么一点也没有要挽留我的表示呢？哪怕空口白话地说两句也好呀！

我立刻明白，他们也是迫不得已。家中已出现了新的因素，母亲有了新的丈夫。虽然他另外有个窠，也有老有小，结婚时说好各立门户，谁的户口也不动；虽然他不会对我的去留发表任何意见，但是，有了这个因素，阿爷阿娘就决计不能留我。

我发觉，我有点像火烧赤壁时的曹操，许多其实早就应该想到的事，却偏偏一直没有想到。

但我还是有点怨恨他们。这话为什么不早对我讲呢？早讲，我说不定干脆写张血书到井冈山插队去。混个拍照登报，市革会首长握手欢送，倒或许能闹出点轰轰烈烈的名堂来呢。

九

以后的日子是条白色的光带，我想从高楼上往下摔时看到的一定就是这样。其间只有一件事深深地镂刻在我的记忆里。那天，我到学校里去申请领补助棉花票。校毕工组的小周，一个二十五六岁的小白脸，把花名册哗啦哗啦翻了几下，然后对我将嘴一撇：“你没有！”“我为什么没有？”“这你自己还不知道？你还要来问我？”这话叫我透心一凉，我知道，一定是我亲生父亲的这个疮疤又发作了。难道我当初冒着吃皮带头的危险，跟班里的红五类顶撞、辩论是白顶了？难道我以前一次次跑市委接待站、上海市人民公社接待站、市革会接待站都白跑了？难道我千方百计地参加红卫兵也白参加了？“你一定要说说清楚，”我一把拖住他，“你要跟我说清楚！”“哪能？”小周眼乌珠一弹，“你要闹是吗？你不要以为通知到手你就凶了。现在是无产阶级专政的天下，你档案还在我手里，我一只电话就可以取消你的分配。”“你取消好了，你取消好了！”我的泪腺突然积极起来，向外喷射出滚烫的酸泪。接到通知那天没有挤出来的眼泪，经过发酵后成倍成倍地向外冒。我要把龙头关掉，我不能对这样的白无常去哭，明天这件丑闻就会传遍全班，那些促狭鬼不知怎样要调排我。但是开关失灵，泪水反而越冒越汹涌。毕工组里的几个老师站在五六米外的地方往这儿探头探脑。我站的地方是原来的教导处，一百多平方米的一大间，中央摆一只乒乓台。过去开教工会议就围着这张乒乓台。写字桌都放在走廊搭建的房间里。办公间与大房间有一条门槛隔开。工宣队进驻后，房间的格局未变，就是换了些标语和人。这时，我透过泪帘望出去，依稀看见教过我平面几何的郁老师、教过我地理的杨老师，还有教过我生物的牛老师，都一脚进一脚出地跨在门槛上，远远地望着我。他们都曾当众表扬我今后肯定大有作为，如今他们看见我像个小姑娘似的痛哭流涕，他们该有多么失望。我羞愧得连话也说不成一气了。“你，你不说清楚，我，我不走……我不去，不去了！”“这是你自己的事，后果你自己负责。”小周说完就扭身走了。我赶紧擦干眼泪，跑回家去。我把事情原原本本向阿爷阿娘一说，阿爷站起来兜了几圈，对阿娘说，你到他学校里去一次吧。这样欺人太甚了！他们再蛮不讲理，就真的不走了。我来养他，我一个人的退休工资，二十五元九角六，再要养个他还是养得活的。已经养到他十九岁了，再养他几年总还是好养的。养到我死，我死以后他总还会有办法的。共产党不怕凶只怕穷，社会主义不会有饿死的人的。

阿娘被阿爷催促着梳头换衣服。在家里，阿爷是从来不出访的，任何亲戚家里都不去，学校开家长会也不去，而母亲又忙于单位里的事务，因此家庭的主要外交就由阿娘出面。阿娘换了一件士林蓝布的大襟罩衫，一条玄色的印度绸裤子，这是阿娘一年四季惟一一套出客穿的衣服。“文革”开始，阿娘狠狠心把梳了几十年的发髻绞了，但她梳头依然要用刨花水。看阿娘把那只老式的黑漆描画梳妆盒捧到茶几上，取下盒盖竖直靠好，对着盖子里层的那面黄迹斑斑的小方镜，仔仔细细地用骨针挑理鬓脚，我不知不觉地出了神。阿娘从镜子里看到我呆呆的目光，问：“你看啥？”我两腮一热，赶紧涎着脸躲了开去。我还从来没有留意到阿娘梳头的动作是那么的有艺术性。临出门时，阿娘又找了块男式的大麻纱手帕，挂在大襟左角的琵琶纽上。我觉得这块手帕挂着不太入眼，但到了这种地步，我也自动放弃了批评的权利。

从家里到学校平常我步行要走二十分钟，阿娘小脚伶仃，总得半个多小时。这时已过了十点，上午的时间剩下不多了。我们走到四川中路现在的新华书店上海发行所的大楼门口，大约走了全程的三分之二，阿娘忽然说走不动了，要歇一歇。那幢大楼过去是一家外国洋行，有很神气的花岗岩砌的台阶与花坛。我过去放学回家，也常常与几个同学跃上花坛小坐片刻，两条腿晃来晃去，看夕照在对面大楼的窗玻璃上反射出一个个金黄的光圈，品味着归巢前的珍贵的自由。阿娘不能爬到花坛上去，只能在台阶上坐下。我就站在一边。我不明白阿娘怎么会走不动的。她不是一直说，她能拎着满满一只菜篮子，从水产公司走到北京路菜场，再兜到宁波路菜场，然后回家。那个圈子，决不会比从我家到学校的路程短。我举起手掌在那毛拉拉的花岗石墙面上擦了一下，一种又痛又痒的感觉立刻叫我着了迷。我擦了一下又一下。每当手掌贴着墙面，我就仿佛看到掌心里开出一星星的血花来。我重重地擦过去，丝毫不减力度。那种跳跃的烧灼感，像一个穿着红衣服的女妖，我无法抗拒她的诱惑。我想到一个很久之前听到过的故事。有个小学生，他两指一点，打倒了一个来抢他东西的坏人。他那了不得的本领，就是每天上学、回家的路上不停地用手指戳砖玩而练成的。这是多么容易啊！可惜我白白地让手指闲着在路上来来往往，错失了练本领的大好时机。要是我今天也有这两根铁指，小白脸早就趴在地下了。一想到刚才泪流满面的耻辱，我恨不得把手掌心的一层皮全部擦去。

这时，我听到阿娘叫我。我忙攥起麻辣辣的手掌转过眼去，只见阿娘仰起脸望着我，正午的太阳在她高高的额头上泛出一片莹莹白光。她那两只细长的单眼皮，连同眼角条理清晰的扇形细纹，像山羊的眼睛，散发出蔚蓝色的柔情。她是那样地看着我，好像不是她躺在病榻上，就是我关在铁窗里。“阿拉不去了吧，啊？”她说。我注意到她的两片嘴唇是淡紫的，不知道往常就是紫的，还是这会儿变成紫的。“算了，阿拉回去吧。棉花票另外想办法。人也已经到这种地步，这口气就咽下去算了。去了也是加气。阿娘年纪大了，有胃气痛，气不起的。结果他们倒呒啥啥，我倒跌倒了。让阿娘多活两年，你们也好少吃点苦头。你就是出门了，阿娘阿爷在，总还有只后脚好伸。阿拉回去，爽爽气气！树争一层皮，人争一口气。”阿娘说到最后几句，有点咬牙切齿的。她和阿爷正相反，满口牙齿一颗也不缺，直到死还是一口能啃得动盐炒豆的雪白的牙齿。那口白森森、齐崭崭的牙齿上下咬起来，真有点铁骨铮铮的味道。

阿娘站起来了，两手拍拍屁股上的尘灰。现在轮到我没有力气了。但我不能再窝囊。我努力地搬动软绵绵的双腿，走了几步，不由得回过头去看看。那幢大楼对我的一生有重大的历史意义。我的冠礼就是在它的廊柱之下台阶之上举行的。我望望这幢楼房，这幢房子也真不错，也能对得起我。它的墙上原来有两个石刻的裸体卷发巨人，大概出自希腊神话。他们头顶着屋顶，手臂、腿脚、胸腹部都是暴突的栗子肉，身子有八九米长。运动开始，温和派把他们的阳具遮了起来，而激进派干脆将他们的身子全扳了下来。失去巨人的房子，命运把一切给我安排得多么的好啊！

十

从那一刻起，我真正知道，阿爷的预言要实现了，我要吃苦头了。从那一刻起，我的全部心思都调动起来，与阿爷的预言作斗争。我要让这个预言像杜勒斯的预言一样的破产。

我记得最早大概是在弟弟虚岁三岁、我六岁的时候，阿爷就作出了这样的预言：我长大以后是要吃苦头的，弟弟不会。三岁怡戚看到老。弟弟懂鉴貌辨色，我一点也不懂。故而阿爷就特别地宝贝我，他大概希望尽其可能让我一生吃苦的总量不至于创世界纪录。然而这样一来就引起了阿娘的不快。她看不惯，她的天性最喜欢公平，平日里在邻居中也喜欢抑强扶弱，说几句公道话，倘若家里不公平的话，她在邻居们面前说话就不硬了。因此她就表示要特别地喜欢弟弟。于是他们的生活中就多了一份拌嘴的乐趣。我和弟弟早就看破，他们只是闲中偷忙，热闹热闹，因为我们谁也不感到自己多占了便宜或多吃了亏。有时，当我们为一件玩具发生争夺时，也会做出很懂得投靠谁的样子，而当他们二老为调解我们的纠纷争吵起来，我们就拖着眼泪鼻涕躲到旁边去看白戏。每回阿爷跟阿娘为了“谁有偏心”辩论一场后，他总要埋怨我不懂鉴貌辨色，长大非吃苦头不可。重复多了，我便知道，鉴貌辨色是人生头一件要紧的本领。但在好长一段时间里，我总以为阿爷说的是“剪毛变色”。我想一定是鸡鸭什么的剪掉了毛皮肤会变颜色，阿爷以此形容人在剪刀一样厉害的目光下也要善于变颜色。直到后来我知道了这四个字原来是这么个写法，是句成语，而且还是句带些贬义的成语，心中不免恓惶了一阵。阿爷还说，不识字不要紧，不识人苦头要吃到阿末年。我小小年纪，还没有卷入人间利害冲突的漩涡之中，阿爷从哪点看出我有不识人头的毛病，这点一直是个谜。因此我不得不敬畏阿爷，哪怕在我后来觉得他过时、落伍、偏执的时候，还是敬畏他。有一次，大概是在我小学三四年级的时候吧，我认真地向他请教，到底怎么个“剪毛变色”法。他也试图传授给我一些经验，但说了半天，他发觉我都领会到岔道上去了。也难怪我领会错，他忘了先给我正名，教我这几个字的写法。子曰，名不正，言不顺，那是颠扑不破的。他没发觉自己的过错，叹了一口气，说，这个是教不会的，这是天性。只巴望你日后福至心灵。福至了，心自然会灵的。说完，他就趿着鞋去躺到了床上。片刻后我从床边走过，偶尔发现仰天躺着的阿爷，眼梢上汪着一滴泪水。我一慌，赶快逃得远远的。我不知道这是阿爷眼睛酸了渗出的泪液还是哭了，但我确确实实从不记得看见阿爷哭过，所以这一次多数也是我大惊小怪。

从那以后，阿爷就逐渐减少说“鉴貌辨色”，而多以“福至心灵”来代用了。

阿爷对我的期望要真的仅此那么一点点，倒也好了，可惜人多数是看得穿想不穿的，他也如此。他说是只巴望我“福至心灵”，其实又暗暗存侥幸于“事在人为”；他说什么不识字不要紧，不识人怎么怎么的，其实把全部梦想都寄托在我的书包上。我虚岁六岁，他就教我认字、识数、写毛笔、打算盘，等到我虚岁九岁入小学读书，翻开课本，觉得已经没啥可学的了。入学那天，阿爷亲自送我到学校里去。那天以后，他就把陪送我穿过南京路上学的任务交给了阿娘——在礼仪规格方面，阿爷是很有些讲究的。那特别的一送果然有神效。当天只是开学典礼，师生见面，两节课就放回家了。临走前，不知怎的一只课桌翻倒，压在我的脚背上。我猛皱了一下眉头，没好意思哭出来。此情正让班主任陆老师看到，她立刻对我的勇敢大大地夸奖了一番。第二天，任命班干部，她就宣布我为班主席。这是迄今为止我当过的最大的一个官，且是正职。这个任命，一定是大大刺激了阿爷阿娘与母亲积郁着的种种希望。奈何他们高兴了不到两天，我就得到了生平第一个也是最后一个“2”分。第一堂算术课，老师布置作业，要在算术方格簿上一点一划一点一划地画满三行。我没听清楚，每行只画了三个点划。结果算术老师很耐心地用红笔为我把这些点划添满，又很不耐烦地给了我一个占据三行的“2”分。捧着这么大的一个“2”分回家，我的样子就像把屎撒到了裤裆里，一进门就让阿娘“拔”出了苗头。幸好长辈们还沉浸在我前两日带给他们的喜庆气氛之中，觉得打主席的屁股需要特别的慎重。母亲还循循善诱地替我分析原因。关键是我骄傲了，自以为都懂了，一骄傲上课听讲就不用心了。她还带我去重看了一遍动画片《骄傲的将军》。这样模范的教育法，自然把骄傲的坏处深深地烙到了我的灵魂上。我这一辈子，不自信常有，骄傲则可以说从此再也没有。我也惟有这点值得骄傲。

那时不像今天那么重视儿童的早期智力开发。像我这样的水平，只要不骄傲，在同学中出类拔萃好像并不费力。拿五分如同探囊取物，除了体育。对体育，阿爷阿娘决不来计较我，谁让他们不放我到下面弄堂里去蹦蹦跳跳、“骑骆驼”、“逃江山”的。况且，他们根本没有想过要把我培养成为一个运动员，身坯结结棍棍的未见得比干瘪枣子似的他们长寿。他们只希望看到我练习本上的“5”分、“5”分。为了这一点，弟弟没少吃屁股。至今，我还对他的臀部皮肉深表歉意。弟弟从小就表现出重实践的倾向，喜欢摸摸弄弄，敲敲打打，阿爷就给他起了个诨号：“小木匠”。我呢，很小就有点文艺天才，在旧靠背椅掉下的木档上，钉上一个香烟罐头的盖子（这当然要请阿爷或“小木匠”代劳），绷上几条牛皮筋，叶咚叶咚地当三弦弹，咿咿呀呀地学说书。不过我并没有个“说书先生”的诨号，在家里，弟弟妹妹都有号，惟独我没有，我只有“大阿哥”的尊号。这与长幼尊卑有关。我家虽不是书香门第，我也从来没听阿爷追述过家谱，提到他的前十七八代祖宗有什么名人，但这些暗规矩还是有的。在上海，总听人说宁波人家的规矩大，据我的观察，我家的规矩不见得比广东籍或苏北籍或山东籍或本地籍的人家更大些，这也许跟我家没什么根基有关。我记得阿娘从小谆谆教导我们的规矩，一是逢年过节或阿爷、阿娘与母亲过生日时，要给他们磕头，做羹饭时，要给祖宗磕头；二是做客或请客吃饭时，大人没有上桌小孩不能先入座，大人没有动筷小孩不能先吃；三是大人说话小孩不能插嘴，大人训话小孩不准还嘴。除此之外，我再也想不起什么来。后来我到农场去，旁边人发现我吃饭时发出咀嚼声，他们惊讶得简直怀疑我这个“籍贯宁波”是不是冒充的。我也弄不懂，被他们这么隆重对待的规矩，像阿爷、阿娘这样正宗的宁波人，怎么会不对我们从小就严加管教。一个苏北籍的同学(其实应为农场同事，农场的知青同事，习惯上相互称同学，以怀念再也没有的学校生活)告诉我，他小时候吃饭若发出声音，是要让妈妈掴嘴巴子的。他说话时的那副神态，又自得又嫉妒又诚恳又虚伪，真是奥妙无穷。从那天开始，我就发愤认真研究怎样吃东西可以没有声音。首先我要弄明白这声音到底指的是什么。人的耳朵对外界的声音与自己发出的声音感觉是不同的。人耳美化主体自己的声音。譬如我一直觉得自己的嗓音浑厚、高亢，几乎跟广播喇叭里听到的贾思骏、马国光的音色不相上下。对总没有人夸我的声音好，请我去做独唱或大合唱的领唱什么的，我常有些怏怏不平。后来，我好不容易争取到了一次在场广播台里朗诵一段诗的机会。当录音机把我录在磁带上的声音重新播出来时，我吓了一大跳。这是我吗？又低又哑，像焐雪天灰白色的稠云。我耳朵过去一向听惯的那金光闪闪富有魅力的音色到哪儿去了？

录音是我在农场最后一年的事，而我研究咀嚼的声音，则是我刚到农场那一年的事。其时，我对人耳朵美化主体的作用还没有那么深的认识。我只是觉得，我并没有听到自己吃饭时发出与众不同的怪声。如果说只有声音轻重的差异，那么应以多少响度为宜呢？不得已，我只能悄悄地不耻下问，央这位苏北籍同学向我这个正宗宁波籍人示范一下正常的与不正常的吃饭声音。这个央求使他的两颊红了好一阵。起先是以为我嘲弄他，后来，又因为他一时学不像那种怪声，觉得有些难为情。嘴巴子实在厉害，以致他的嘴巴已几乎彻底忘了那种坏习惯。好在他聪明过人，努力几次，总算把压抑到潜意识里的嘴巴动作勾沉了出来。于是，我便躲到帐子里，照他的声音、口型反复琢磨。功夫不负苦心人，我到底是钻出来了。咀嚼声不是指的牙齿相磕声，这声音几乎谁也免不了，除非阿爷，满口肉牙，仔细听，牙床骨跟牙床骨相磕都有声。被视为异端的是一种类似称奇的“啧啧”声。我反复试验，乃是嘴唇、舌头与上腭综合作用的结果。真理一旦被发现就显得十分简单，只要吃饭时把嘴唇闭紧即可。令我自卑那么长久的咀嚼声，原来只有那么一点点花头，哪里用得着什么嘴巴子，又哪里有什么可以值得傲人的？不过，我对自己的研究成果还是感到欣慰。一是证明了我有很强的研究能力；二是可以为我的儿子省却许多嘴巴子，倘若我生儿子的话。而今我真的生了个儿子。

弟弟有重实践的倾向，对理论思维的兴趣就不如我，做作业就容易粗心，结果有时会弄个“4”分回家来。在我的一连串一连串“5”分的高压之下，他往往想做点小小的隐瞒。练习簿在书包里说是没有发下来，有一次用橡皮想把学生手册上的“4”擦去。不用功加上说谎，他就要受苦了。他越受苦，我在我心目中的地位就越高。慢慢地，我就铸成这样一种感觉，我长大非但不用顾虑吃苦头什么的，倒还要考虑怎么干一番事业。我生来就是要干大事的。大事是什么，我不及细想，反正不是一般人干得了的就是了。

一年级下学期，陆老师调走了，来了一个程老师。她白白胖胖，又高又大，眼睛圆滚滚的，鼻梁高高的，很有点俄罗斯的风味。这位程老师跟我是前世的冤家，一来就把我横竖看不入眼。“看得眼睛出血！”她几次在办公室里当着我与其他教师的面悻悻地说。奈何她是个代课老师，因此她容忍了我差不多有半个学期，其间她还费心在许多教师面前造了许多舆论，总算是时机酝酿成熟，她宣布一次班会改为民主生活，让同学们一个个自告奋勇地帮助我，最后在集体的民主要求下，把我的班主席给罢免了。直到今天，我还始终想不明白，我身上有哪一点叫她如坐针毡。当然，我不好是肯定的，否则她为什么不恨别人，独独要钟恨于我。问题是人对真正是他毛病的缺点往往毫无知觉，至少我是这样。我不顽皮，这点我有十二分的把握，可以说班里再也没有比我更不顽皮、更胆小、更安分守己的男生了。一天到晚关在家里，就是老虎也关软了。我的功课又不差。程老师总不见得因为这些恨我。我记得有两次程老师对我大光其火，当然对我光火不仅仅这两次，但这两次快三十年了我还清晰地记得。一次是在课间休息时。我们的小学在一幢大楼里。这大楼本来是用作公司写字间的，走廊及活动场所的设计原没有为几百名精力过剩的小学生着想。课间休息，学生们没什么地方可去，就在狭窄的走廊里尽可能地做市面。教师办公室在“厂”形走廊的转角上，原意一定是扼住咽喉，便于向两头出击弹压学潮。但这样一来，也使办公室门口一下课就混乱不堪。本来就是交通要冲，再加上小学生都有好奇心，想看看老师下了课在干些什么，或者同学被老师叫到办公室去怎么听训，其人口密度不亚于放焰火的国庆之夜的人民广场。那天，我鬼使神差也涌到办公室门口去了。平时我是不大去那里挤热闹的，老师说过课间到那里去不好。我不去则已，一去惊人。居然被推在最前面，让后面的人潮一拱，我的一只脚就跨进了办公室的门槛。这时，后面又有声音叫起来：“出血了！出血了！”我回头一看，隔开两三个人处，我的一个同班同学鼻子流红了。这时，程老师闻声像飞来峰似的落到我的面前，厉声问：“怎么搞的？”我想为自己辩解，说我并不知道后面发生了什么事，那同学鼻子出血跟我没有关系；可慌乱中，我一张嘴竟说：“我不知道，我背后又没生眼睛啰！”“啊？”程老师大叫一声，像被洋辣子螫了一口，白脸涨得喷喷红，似乎也要迸出血来。此刻，鼻子出血的同学已被人推到了我的背后，于是，我的罪名就全部坐实，叫他鼻子受伤者非我没生眼睛的后背不可。这样我就被关了第一次夜学，让阿娘前来保释。

后来，根据母亲的分析，我所以会说出这种大逆不道的话来，乃是多听《说说唱唱》节目的后果。我是受了杨华生、笑嘻嘻、姚慕双、周柏春之流的毒害。母亲通过阿娘关照阿爷再也不要让我听《说说唱唱》节目，连《广播书场》也要少听，评弹里也时常要放噱头。她要我多听听音乐。可惜我音乐不要听。轰隆轰隆，呜哩呜哩，半天不知道响些什么名堂。哪怕唱歌，也是咿哩哇啦一句也听不懂。我被停听了一段时间的滑稽与评弹，日子黯淡，皮肤也失去了光泽。阿爷见我实在可怜，加之他自己也喜欢听，就又悄悄地开了禁。

然而，这件事并不是程老师恨我的起因。在这以前很久，她就对我屡使白眼了。这件事，不过让她有了依据，可以理直气壮地来恨我。所以不是滑稽演员害我，倒是我连累了那些滑稽演员。

另有一件事更可以证明她恨我的烈度。那也是在课间。课间是我容易受魔鬼作弄的时刻，故而后来我听从阿爷的劝告，下课除了跑厕所，就坐在自己位子上翻翻课本，预习下堂课的内容。那天课间，魔鬼附在班里一个患软骨病同学的身上，要我去背他，从一排课桌的头走到尾。我将他背到半途，气力不支，突然一个趔趄仆倒在地，那同学便压在我的身上。魔鬼又非常及时地把程老师召来，并使唤几个同学叫起来，说我把那同学摔倒了。小学生里决不乏聪明伶俐之辈，他们本能地会迎合世态炎凉。这点做小学老师甚至幼儿园、托儿所老师的都要特别地当心。根据我的沉痛教训，“童言无欺”很难说是一条真理，甚至不是普遍现象。像我这样恪守不说谎的孩子，可以说是一个怪物，遭到同学骨子里的反感。那天，当程老师虎着脸蹬蹬走到我们身边时，有好几个同学主动证明说他们看见我把那同学摔倒在地，那种残酷简直像二十年后我才听说的拘留所里老囚徒合伙制服新犯人的伎俩。那个匍伏在我背上的同学，也赶紧说是我提出要背他的，而我虽然趴在地上，却不肯不说是他提出要我去背。于是，问题的严重性转移了，怎么把同学摔倒的还是次要，重要的是我摔倒了同学还要强词夺理，说是他让我去背。“难道他会说谎吗？”程老师指着那位患软骨病的同学问我。那位同学腿呈内八字形，站也站不稳，模样确实令人可怜，叫我也不敢说他扯谎。但他不说谎就是我说谎，按照阿爷、阿娘制定的道德标准，说谎是第一条大罪。况且，我真的没说谎；我要是承认说谎，我倒真是说谎了。我无法应付这样的局面，只有犟着，眼泪在睫毛下打转。程老师见我用泪弹来威胁她，更加按捺不住，喝道："放学留下来！"

以上就是革掉我班主席的主要罪状。我的其他罪状还有，在玩游戏时把同学当坏人，将他们的手扭在背后，用手指当枪点着，很凶地说："走，走！"还有骂同学"你这个坏蛋"，也是在游戏时。同学们一个个站起来发言，程老师让我始终站着好好地听。她对这些揭发很满意，说："这样的同学还能当班主席吗？"同学们齐声说："不——能！"抑扬顿挫，拉腔扯调，像念课文似的。在这样的于别种场合听来可以叫人引起无限美好遐想的琅琅童声中，我进入了"无官一身轻"的境界。

那是一九五九年。

程老师对我还是很宽大的，第二天阿娘找到学校里去，她答应不把这件事记入档案。这样我虽然小小年纪就犯下了免去职务的罪行，但历史上还是清白的。

在程老师之后，我又遇到过好些老师。我不记得哪个老师特别地喜欢我，对我恩宠有加，视若亲生。凭我一贯的优秀成绩与安分老实，要取得这样的地位原也不难。这说明我个性中确实有不能讨人喜欢的成分。在小学里，老师的喜欢不喜欢与我还是痛痒相关的。只要老师稍稍表现出对我的冷淡、遗弃，一些称霸的同学就会肆无忌惮地欺负我。他们可以公然在体育课上请我吃冷拳，我向老师哭诉，老师调查结果，往往还怪我的不是。我小时候在班里的境遇有点像陈景润，是块吸引拳脚的磁石。所不同的是我比陈景润要少些心肺，始终没有养成内向的性格。徐迟的《哥达巴赫猜想》发表后，我真有点感激这位老先生。他的文章叫我相信，小时候窝囊的大来未必窝囊。阿爷也曾经教过我摆脱困境的办法，要我以强制强，以毒攻毒。"凶的不要怕，弱的不要欺，"阿爷说，"有人来惹你，你就要凶过他的头。毛主席也讲'人不犯我，我不犯人，人若犯我，我必犯人’。你给我打，悖命打，打出事情来有我。”遵照他的教导，有一回我也悖过命。我用“三角夹子”把一个绰号叫“汪狗”的同学狠狠地夹紧，夹得他两只耳朵像烧炭一样的红，红得皮肤几乎是透明了。然后我就使脚把他摔倒在地。我同“汪狗”打是有选择的。他比我高半个头，但身子比较单，是高个子中比较“缩”的一个(上海人称差劲、不中用为“缩”，孬种为“缩货”)。“汪狗”倒地后，我就得意洋洋地放开手。没想到他完全不“费厄泼赖”，猛地蹿起又扑上来，一下子用三角夹子卡住了我的脖子，又攥紧拳头，朝我的眼球上狠揍。这才叫悖命打呢！打得我两眼像要爆裂开来。我的手乱抓。我听说过，只要往裆里抓一把，就可以叫对方立时翻白眼。但真到了关头上，我害怕，抓不下去，手软得像没骨头似的。没有办法，我只能放声大哭，哭声把我从“汪狗”的“三角夹子”里救了出来。“汪狗”甩着两只红得晶莹的耳朵，忿忿地说：“哼，你下回再打吗？再要打吗？”那回，我的右眼球被打出了芝麻大的一粒血斑，由母亲陪我到医院去看。我好不难为情，医生一看就知道这是打架的收获。阿娘甚至没到学校里去要“汪狗”赔医药费。他们说，让“汪狗”家长赔钱的话，这小子今后还会阴损我。悖命了这一回，我不得不对阿爷的教导重新加以考虑。像“汪狗”那样的打，我是不敢的。我要是把别人打伤了，别人的家长未必会不上门来兴师问罪。而阿爷、阿娘早就有话在先，只要人来告状，他们就不分青红皂白先打自己的小孩，以示他们家教很严。因此，阿爷说的打出事情来有他，实在非常可疑。不能像“汪狗”那样的打，还不如干脆不打，把全部希望寄托在老师的明察秋毫上。这些道理，我不是用脑子想的，而是用骨头，用我差点碎裂的眼球悟出来的。故而，在小学里，我对老师待我的态度十分敏感。阿爷说我不会“鉴貌辨色”，至少有一半是冤枉了我。

但是，这一切，包括革掉班主席与以后零零碎碎吃的苦头，都没有让我对自己必干大事的前景泄气。因为我很早就有了另外一根精神支柱，那就是书，小说书！

十一

小学二年级的一个普通的日子，我受到了诱惑。

我竟心血来潮地读起一本连环画的文字来。

在这以前，我看连环画是从来只看图不看字的。阿爷阿娘只要我安安静静地坐在家里看书，就大加鼓励。母亲源源不断地借连环画来，反正她在书店工作，近水楼台。那时，一等刺激是古代的武将骑马舞刀，二等刺激是现代打仗机关枪大炮。看这样的图画，脑屏上可以变幻出多少惊心动魄的故事，一边看，一边嘴里还要“得勒得勒”“乒乒乒”“嗖嗖嗖”地帮腔。什么戴纱帽着裙袄的，穿燕尾服着跳舞衣的，还有穿长袍马褂中山装列宁装的，通常我翻一翻就丢开了。那天，我看的一本是讲一个红领巾到一个外地亲戚家去过暑假的故事，属于最最没劲的一种。我怎么会有心思去细读文字，不是诱惑无法解释。一读之后，我就被粘住了。这样没味道的小书，把字一念，居然也变得那么的好看起来，我心里真是高兴。有一道光从书页上照到我的心窍里。我被一种喜悦搔得心头痒酥酥的，对阿爷阿娘母亲弟弟同学到处地去宣布，从今以后我看小人书要看字了。四年级，我自豪地向大部头进军。只要把大段的风景描写跳过去，我对中国现代长篇还是很能胜任愉快的。一个新鲜华丽的世界展现在我的眼前。有了这个世界，对阿爷阿娘除了上学就把我关在家里，也不再觉得那么痛苦了。我急切地向书的世界深处走去。我读的都是好书，其中绝对没有一本武侠、公案、言情小说，母亲以她书店营业员的专业知识为我严格把关。而我当时又不耐烦看翻译小说，除了《一千零一夜》。这样，就保证了具有革命性或人民性的我国优秀的民族文化，率先进驻我心灵的城堡。它们是《战斗的青春》、《烈火金刚》、《敌后武工队》、《铁道游击队》、《林海雪原》、《红日》、《红岩》、《欧阳海之歌》、《风雷》、《艳阳天》、《三国演义》、《水浒传》，等等，等等。它们真是好书啊！在这些书里，现实经过纯化，变得那么简单、那么透明。论善恶像武松打虎，辨是非如王婆卖瓜。要成功也容易，只要决心做个好人。“剪毛变色”等等在这个世界里没有市场，这使我对自己的将来大大地放了心。我别的自知之明没有，做个好人有绝对的把握。

我几乎是顶着小说书成长起来的。我那时有一句名言，看小说比看电影还有劲。看电影要花钱，时间也有限，看小说不要钱，你高兴尽可以白天黑夜地看下去。我近视眼的屈光度就是在一天连续十几个钟点看书的努力下突飞猛进的。到四年级下学期，我没有可能再不戴眼镜了。这件鼻梁上的装饰品，使我在同学中显得更加与众不同。它叫我更不愿意跟小朋友们同流合污而更愿意与书相濡以沫。我脱离了自然。鲁迅先生是多么怀念他的“油蛉低唱，蟋蟀弹琴”的百草园和从六一公公田里偷摘来的蚕豆。我在中学里抄写《从百草园到三味书屋》，得了年级钢笔书法第一名，其实我肚里觉得那篇东西实在一点劲也没有。我长期以来不喜欢读散文。我是为了作文成绩好，才硬着头皮去读杨朔的《东风第一枝》的。读后写作的窍门是被我找到了——就是每篇要有一个中心比喻，如把祖国的儿童比茶花，把劳动人民比园丁、蜜蜂、浪花什么的；然后在说到那个中心比喻前，要尽可能地拉扯些带形容词的废话，一触及到中心思想，立刻“啊”几声刹车，这叫余音绕梁，回味无穷——窍门找到了，散文我就更不屑看了。散文里只有秦牧的《艺海拾贝》还可看，因为里面是一个个的小故事。没有故事的文字，在我看来，简直不是文字。大概小时候故事看得太多，现在我一看到功架十足的故事就反胃。但是，我的对诗意非得用理性去把握的毛病，恐怕是一辈子也改不过来了。要是我小时候少看点小说书，多到自然里去浸染浸染，在诗意方面也许就不至于像现在那么别扭。

不过诗意不诗意到底不是太要紧的事，我原本也没有打算一定要做个作家。脱离自然在我人生经验方面造成的缺陷，要百倍于诗意。我的自然就在我家隔壁的那条水泥铺面的弄堂里。那里没有油蛉或蟋蟀，除非从摊上买来，但那里有许多活生生的小朋友。都市里的儿童的大自然就是与他年龄相仿的人群。而伙伴又惟有在脱离学校模式的状态下，才能显出自然的本色。所以说，哪怕课外小组都不是自然，它只是课堂的简化与缩小，只有弄堂里才有自然。阿爷阿娘在这点上肯定是错了。弄堂决不是除了跌破膝盖打开头，不会有什么好事生出来的地方。儿童在游戏中了解社会，在“官兵捉强盗”里演习将来的角色。一代人就是这样一同成长起来的，他们的相互关系，往往从游戏开始就逐渐积淀下来。我就从来也没有在“官兵捉强盗”里做过司令。强盗我是死也不肯做的，哪怕给我做强盗头子，但官兵中最大也不过做到参谋长，那还是看在我年龄排在第二的份上。现在，参谋长的影子就深深地投射在我的意识深处，只有在生活中扮演类似这样的角色，我才觉得心里踏实。长期以来，我一直被一个梦魇缠绕着。我总觉得自己先天地缺少什么，我的脑筋一定有什么地方断路了。一件事情，我从远处去把握它，可以看得清清楚楚；别人请我给出主意，我也能说得头头是道；他们若按我说的去做，十之七八可以达到预期的目的。但是，只要我亲身卷到矛盾漩涡中去，我的理性磁场立刻紊乱。事后来看，我总像被鬼牵住鼻子似的，选择最下策的做法，怎么不利就怎么干。我不能给自己拿主意！

最能说明问题的，就是我小学时代的绰号。我的绰号叫“老嘎”。老嘎在上海方言里，就是少年老成、口气大、吹牛、摆花架子等等的意思，总之是个贬义词。小学生有绰号不是件丢脸的事，当然也有就是没绰号的；但别人的绰号即使再难听，也是被强加的，譬如姓汪的叫汪狗，姓俞的叫芋艿头，高高瘦瘦的叫甜芦粟，矮矮胖胖的叫冬瓜，至多可以怨爹娘，怨不得自己。而我的绰号，却好像是我本性的概括，得到同学老师邻居甚至家长的一致认可，叫一声就像揭一下我心上的疮疤，其痛烈至今想起来心尖上还会颤抖。后来，我知道这“老嘎”不仅是“上海粮票”，而是全国通用，《小兵张嘎》，“嘎子”就是“老嘎”的意思。有了这么一位上银幕的同志，我竟一点也没感到光荣，反而在明白“嘎”字的含义后，再也不想去看这部电影，见了电影海报也远远躲开，只怕身边的小朋友们有同样的发现。我真不想老嘎，但又实在不知道自己老嘎在什么地方。记得有一次，我在楼下的邻居家里玩，跟那家的儿子说着说着，不知怎的我说了一句“并肩战斗”，正巧让他父亲听见。他父亲是当小学语文教师的，就问我，“并肩战斗”是什么意思。那年我五年级，这个词的意思我是明白的，但一时说不清楚，在他的一本正经的追问下，我更说不清楚，还觉得也许说清楚了倒不好。于是，我就支支吾吾地说，并肩就是肩膀碰着肩膀。他父亲听了笑起来了，他母亲就说，这小孩说话就是老嘎嘎，怪不得别人都叫他老嘎。我这老嘎的名号在周围三四条弄堂里是越来越响，不光同学叫，我从那边走过，还有一群五六岁七八岁的小孩跟在屁股后面连连欢呼。我想，有人能帮我去掉这个老嘎，我磕头拜他做师傅也行，给他十元钱也行。好不容易熬到小学毕业，进中学，有个小学的同班同学又与我同班。报到那天，我在路上请他吃了根棒冰，然后提出，到中学后绝对不能叫我老嘎，也绝对不能让同学知道我叫老嘎。可老嘎还是叫人发现了。一天，金老师跟我说：“原来你小学里的绰号叫‘老嘎’啊，怪不道。你要注意一下，改一改。”我也老实地坦白说：“我到底什么地方老嘎呢？我不知道，我真的不知道。你告诉我，我一定改。”“你不知道？”金老师两眼从眼镜片后向我愣看了好一会，然后说，“恐怕养成习惯改也不容易。怎么说呢？你不知道，是的，你是不知道。譬如说你说话时用手搭在我的肩膀上……”“还有呢？”“还有你说：‘金老师，我有件事要找你谈谈。’”“还有呢？”“还有我一时也说不上来，你多听听同学的意见，自己留心留心。”说完，金老师就撇下我逃走了。我站在那里仔细琢磨，至少弄懂了跟老师说话不应该把手搭到他肩上去，但对那句话为什么算是老嘎，我一个字一个字地抠过来，终究还是没有弄明白。

那就是小说书塑造我的结果。

至于我替别人出主意为什么往往奏效，我想，我说的都是些听来看来的笼统的原则，别人在接受这些原则时，融汇了自己的经验，才成功的。教语文的老师可以不会写小说，道理是一样的。躬身实行，关键不在原则，而在要处理好许多微妙之处。人跟水一样，有欺生的本性。凭几条游泳动作要领，下水一定要吃苦头。据我所知，“汪狗”也只有那么一次，下手敢如此的凶狠。还有如本地人作弄客边人，城里人鄙视乡下人，比比皆是。人的这种好画地为牢、欺生凌弱的本性，比有组织的煽动起来的仇恨，譬如派性，还要顽固，还要深刻，还要可怕。任是草莽出身，像朱洪武是个小和尚，一当上皇帝，就非得黄袍加身，全副銮驾，受三叩九跪之礼，还要叙家谱，编异兆，等等等等，无非要向每个有欺生本能的百姓证明，他是个老手，十分懂得做统治者的那一套。

我身上缺的，就是那么一点点东西。

十二

洪流来过了。阿爷说。

洪流来过了？他怎么会来的？他怎么会想到这时候来的？他说点什么？

他也分到崇明了，阿娘说，他来看看你。

他也分到崇明了？他也是老大，也分到崇明去了？他怎么知道我分到崇明？

他姆妈昨天来查卫生，她现在在里弄卫生站里打针。她认得我，我倒不认得她。她说，我是洪流的妈妈。我说，噢，怪不得面熟咪。她说，洪流现在是校革会委员了。他们几个头头中排档子，他只能排到崇明去。

他现在是校革会委员了？

好像是的，反正是个小头头。

嘿，他倒怎么一下子做校革会委员了！

他说，等会再来看你。

怎么昨日不告诉我？我去看他。

急啥个急？阿爷开口说，听见一眼眼事体，你又要投五投六去投了。你投点啥呢？

我连忙投出门去，不再听阿爷的嘀咕。他对洪流有成见，认为他门槛精。而洪流的门槛精，原是我告诉他的。我说洪流门槛精，那又是根据小学里别的同学的说法。无论怎么说，人家当了头头，还主动登门来看我，这样的朋友现在到哪里去寻？

从我家到他家的窗下，只有一分半钟的路，算上三层楼四十四级磨石子楼梯，至多三分钟。在这一分半钟里我粗粗一算，哟，居然一晃有两年多没上他家去了。我很惭愧，决定不像往常那样站在马路上对着三层楼窗口吆喝几声，直接登楼。他家住的是大楼房子，是旧大楼中最蹩脚的一种。解放初够不上资格做机关，才改作民房的。四层楼高，原来就没留电梯的位子，还不像有的作民房的大楼，是把电梯拆去，留下两条直贯上下的钢轨和一个空窟窿；它连这点气派都没有。可住在这种大楼里的人还要看不起住石库门的。洪流和我曾为这事吵过一次。他说我们马桶放在房间里，臭气熏天；我说他们一层楼七八户人家合用一只抽水马桶，腹泻起来叫救命。他说我们烧煤球炉又脏又费力；我说他们烧煤气要煤气中毒；他说他们四层楼上有个大平台，可以去吃饭、乘风凉；我说我们家里大得很，用不着到外面去吃饭，夏天也风凉，用不着到外面乘风凉。他说石库门不是间间房子大，也有很小很小像鸽棚一样的；我说他家面积只有我家的一半，房租却几乎跟我家差不多，不实惠。这一条原是他以前告诉我的，叫他难过得不得了，就偷打了我一下。不巧这下正撩着了我的眼镜，飞出去掉在水泥地上，发出金属般的声音。镜片质量好安全无恙，镜框中间却断裂了。他看见眼镜飞出去，人比眼镜飞得还快。从我二百五十度近视眼里望出去，迅速消失在一片灰白蒙蒙的墙壁中。我到同学家讨了条橡皮膏，把镜框粘好，鼻梁上白白的一块，到他家去告状索赔。他在楼梯口看见我，转身就逃。我跟他从正门扶梯到太平扶梯，上上下下追了几圈，始终没逮住他。后来我干脆厮守在他家门口，等他父母回来。过了一会，我见他从三楼半的太平扶梯上嬉皮涎脸地探出头来——他家的门口正对着太平扶梯——我不去理他。他慢慢地从太平扶梯上走下来，伸出两只手指，连连喊：“奥斯开，奥斯开！”（这不知是哪国的舶来语，上海小学生们都懂，是暂时退出比赛的意思。）我把包在橡皮胶里的镜框脱离关系的两头使劲往一处摁了摁，不开口。他又往下走了几步，到最后一级梯级处站住了。我“呼”地从他家门框上向他那边弹射过去。他并不逃走，只是把两只手指举得更高，高过头顶，像个屋顶上的风向标似的。脸上现出一种夸张的笑容，嘴巴大得几乎一口可以吞进一只大饼去。“奥斯开，奥斯开！”那只奇大的嘴巴叫我着了魔，已经够着他衬衫门襟的手竟垂了下来。“我们和好吧，算了！”他向我伸出右手来。我没想到他会来这一手，脑子里一下子保险丝断路。等我重新把思路接通，发觉右手已落到他的掌握之中。“眼镜是赛璐珞的，我有办法帮你粘好。我们和好吧。”“你把我的眼镜粘好，粘不好我要你赔。”“眼镜我马上帮你粘，你答应，我们和好！”“……”“刚才我们都不好，你也不该骂我‘操那’。”“我几时骂你？”“你骂的，你说：‘操那，你们大楼房子房钱这么贵，有啥好？’”我脑子里又断路了。我记不清刚才是否漏出过一个“操那”，这下问题严重了。不知何时，我染上了这个恶习，对此，阿爷阿娘与母亲的态度都相当严厉。同样，他父母对他有这口头禅也很严厉。我俩曾经约定，彼此互相提醒，甚至可以动用耳光与头拓。要是双方家长一接头，洪流把这个理由端出来，那我是彻底完蛋了。“我们和好吧。”他又握了握我的手说。“好，”我说，“不过你一定要把我眼镜粘好。”“放心笃定。”他快活地说，随后掏出钥匙来开门。他的办法是用火柴来烧。他划火，让我捏住镜框两头，使劲往里摁。他说是曾经用这办法修过他自己的眼镜，但看来这话至少有七分虚头。火柴划了一根又一根，赛璐珞难闻的气味直冲我的脑门，断裂处边缘上皱起了波浪形的黑黑的焦边，然而镜框还是粘不好。划了几十根火柴后，他发现，这是火力不足。想了一会，就两根三根四根地一起划。直到满满一盒火柴快用尽时，镜框才勉强粘住了。可是接头处隆起黑黑的一道疤，照样瞒不过阿爷阿娘去。洪流叫我不要马上戴，要搁过一夜，才会真正结牢。我两眼迷迷糊糊地回家去。到门口，终究还是把眼镜摸出来戴上了。阿爷见了问我怎么回事，我说是自己不小心摔断的，不过我已经修好了。说着，我耸了耸鼻梁两侧的面颊肉，岂知耸得太猛了些，镜框立即从中一分为二，荡开来分别挂在两只耳朵上。我悔不该没听洪流的话，白白浪费了两个小时与一盒火柴。我听了几句埋怨，换了一副新镜架。几天后，不知哪个同学到阿爷阿娘面前搬嘴，他们又对我进行严厉地审问。我只得将洪流的前前后后交代出来，只是隐去了“操那”一节。阿爷听后指甲戳到我脑门上：“你这人嗷，人家门槛多少精，你怎学不会？老古话说，吃一亏，长一智，那你以后要记牢了，门槛介精的人少轧道。”我心里想，这怎么能算他门槛精呢？你还不知道有“操那”这回事呢。想想精明的阿爷到底也被我瞒过了，我觉得门槛精的还是我。

我这么温习着那些年来我们之间的友情，结果裤管带翻了一只不知盛着什么东西的纸盒子，又跟着一脚“啌隆啌隆”踢走了一只空的马口铁罐头。这大楼走廊原是为办公室设计的，又狭又暗。如今原有的走廊顶灯统统是空有灯头惹蛛网，两边人家又装上了煤气灶，堆满了房间里不便堆又舍不得送废品回收站的准垃圾，真是步步有陷阱。我那在石库门更黑的楼梯上锻炼了十多年的近视眼，本来倒能适应，偏巧我在思想开小差。“啌隆啌隆”声招来背后的一阵物议。我心里暗暗觉得应该高兴。小不顺利则有大顺利，只要在出小错后把这话在心中默念三遍，必有应验，这是我不久前听到的一个掌握命运的秘诀。

洪流不在。他的父母甚至不知道他已经来看过我了。“喔？他已经到你家去过了？”他母亲说，“你们真是好朋友。现在命运又把你们安排到一处了，到了乡下，大家相互多照应照应。”这话我听了十分受用，天下到底还有识货的人。他父亲转眼间给我泡来了一杯茶，黄澄澄的，茶叶有三分之一杯。我心里一动。把我当一个成人、一个客人来对待的，他是第一个。我用双手去接，这也是阿爷教的规矩。然后坐下，并坐得像阿爷说的“似钟”一般。他父亲问我：“这一向小花园不看见你，你在哪儿练啊？”我说：“分配烦呀，没心思再练，人静不下来。”“就是，就是。”他父亲点点头。说起来，洪流的父亲跟我还是拳友。我们习一个拳种，杨式太极八十八式；在同一个圈子里，福州路湖北路转角上的小花园。他跟的老师与我的老师是老朋友，他俩推起手来功夫不相上下。我和他是差不多时候投到师门下，都在一九六七年下半年，那时在公开场合打太极拳已不再有人来干涉。不过我的进步要比他快得多，现在，我已经能跟他的老师盘上十来分钟，可以粘得住劲了；而他，照他老师的说法，就是乌龟壳还没打开，还是铁板一块。他老师说，练拳先得把周身关节打开，这样气血才会畅通无阻，随心所欲。他当场表演起来，两块背胛骨"壳壳壳"地乱响，像说数来宝的用两块牛胯骨敲打一般。别的骨头没听他响过。据说最难响的是这两块背胛骨，故称乌龟壳，此骨一响，周身即无骨不响。我已练得左肩窝里能发出"吧嗒吧嗒"的脆响，不过目前还只有自己能听到；而他连这"吧嗒吧嗒"也没有。想到这一层，我放心大胆地喝了一口茶。

我和洪流的父亲交流了一会拳经，洪流回来了。一进门，他就戳起右手的食指，对着我直晃，像里弄大扫除摇铃似的："哈哈，你呀，你呀，你怎么搞的？我们怎么又会碰到一起去了？我刚才去看过你，你知道吗？"

乍一看，我觉得他变多了，变得不太像了。仔细看看，原来他脸上缺了样东西，缺了副眼镜。我们彼此鼻梁上的装饰品，也是我们之间友谊的一个基础。小学班级里只有我们两个有。不过他一再声明是得自母亲的遗传，比不上我完全是自力更生的。而今，不知为什么他把眼镜去掉了，两年前他的眼睛就有五百度。他的两眼吃力地向外暴突着，像癞蛤蟆的眼睛似的，使脸容整个地走了形。原来很细气的带着些女性秀美的瓜子脸，现在晒得黧黑，再加上那对鼓鼓的瞳仁灰不溜秋的眼睛，似乎多了些男性的蛮劲。可惜他的个子没有迅速高大。这且不论，反正我觉得他倒真有了些头头的威风，也许是我的心理作用。

半年后我才知道，他不戴眼镜是因为那时他在闹恋爱。这是爱神丘比特的力量，而不是战神玛斯使然。

"这下子好了，"他耸在我的面前说，"我们在一个农场，一个区的都在一个农场。到了乡下我们要多联系。这两年我又交了很多朋友，三教九流的都有。我把他们介绍给你，也把你介绍给他们。在家靠父母，出门靠朋友，以后就靠我们彼此相帮了。前两年我一直在学校里搞运动，忙得昏头碌冲，也不知忙些什么名堂。以后好了。到农场以后，我打算要静下心来读书，还要练练身体。我们之间多跑跑，真的。讲读书，我主要就你这个朋友可以谈谈。到农场去要好好读书，你是这样想的吗？”

我点点头。我还没来得及去想这些。我只听说崇明农场风气坏得不得了，都是流氓阿飞在撑市面。我听见流氓阿飞比听见鬼还怕。我的一些顽皮刁钻的同学，还够不上流氓阿飞的水平，已经叫我在将近十年时间里吃足了苦头，碰到真价实货的流氓阿飞，我难道要当狗在地上爬吗？秀才碰到兵，有理说不清，我的笔头功夫在拳头面前算是白搭了。我已经在小花园里求人教了我几下心意八卦，抓紧在练，不过对这样临阵磨刀的效果实在不敢乐观。现在他若无其事地跟我大谈读书，倒给了我许许多多的安慰。

洪流见我愣着，便说：“喂，你相信不相信我的话？真的，我现在真的要开始读书了。我到农场去主要准备带书去，吃的什么我都不带。那时，你关在家里学数理化，我劝你去参加运动，回过头来看看还是你实惠。你现在学到哪一步了？”

“马马虎虎把高中代数都学完了，以后我也没学。”我说。跟着一句到了嘴边让我及时咽了回去，学过的也差不多都忘记了。

“好极了，好极了。”他嚷道。他的嗓门比以前大多了，而且说话时总伴着许多抓、劈、挥、切的手势，尺骨筋腱呈紧张状态，似乎在皮下作条状突起。我不由得想起两年前在眼前那张桌上见到的一本没封面的纸质发黄发脆的书，比三十二开小，比六十四开大，据他说是演说指南，他视之如同珍宝。书里有一幅幅插图，表明演说手势的意义。我至今还记得其中的几幅：举起右手，竖起一根食指朝天，眼睛似看非看地眇向指端，那是“请听我说”；身子前倾，右手弯过来横渡过胸廓，手指成直角点着左肩肩窝右下一寸半的地方，仿佛宣传画上画的列宁在红场上演说的姿势，那是“我认为”；右手往外往后伸直，伸得越直越好，头颅则向左侧偏转，后脑勺与右手食指形成一条绷硬的直线，此乃“不要听他的”。那天我上他家来，他正对着图在镜子前练习“请听我说”“我认为”“不要听他的”，一遍又一遍，像牵线木偶似的十分滑稽，所以我记住了。如今看来，这些动作图解毕竟已化为他的习惯，我真有点佩服他。

我们能成为好朋友，就因为我们相互佩服。在我心中暗暗佩服他的时候，他正在嘴上明明地佩服我：“你几时来跟我说说，自学有什么窍门。我也要把高中数理化都自修完。到现在我更相信你的话，一个人掌握高中毕业的知识，那是最起码的要求。”

“这是一个大科学家讲的，我记得是……”

“反正我记得是你。你读书是没话说的，就是聪明，这个没办法。真的，我现在非常需要你，你也到农场是太好了。我们今后一定要多联络。你不要懊丧。听你阿娘说你很不高兴，不要！农场也有好的地方，非常空。工厂里八小时是相当相当忙的。真的，我都打听过。这对别人也许是坏事，但对我们却是好事。”

我觉得洪流真应当刮目相看才是。他的水平简直跟我阿爷差不多了，他们都深通坏事变好事的辩证法。

洪流接着说了个故事。一个人与一个富翁打赌，只要有书看（当然也要有饭吃），他可以待在一间屋子里十年不出来。到十年后决定胜负的那天前夜，富翁派人去那间屋子要把那人杀掉。到那里，那人刚才离开，桌上留着一张纸条，说十年读书使他获得了世上最丰富的财产，因此决定放弃打赌将赢得的那一大笔钱。你不知道这个故事吗？洪流惊讶地问，那是契诃夫写的呀！契诃夫我知道，小学里读过他的《万卡》，后来也看过他的《变色龙》。我还知道他是个有人民性的进步作家，但属于资产阶级批判现实主义，对资本主义有批判性，可是看不到光明前途，看不到人民的力量。他的作品目前只有少数几篇可供选择看，等等等等。但是我不知道他还写过这样一个故事，好像还挺有名的，瞧洪流的神气。

这时，我冲口而出，作出了一生中迄今为止最重大的选择，也可以说是惟一一次最完整的选择。因为另外的一些选择其实都早已安排好了，我就像现在一些厂职代会代表似的，只要举举手投投票就可以了。这一次，完全是我的自作主张改变了事件的进程。

“那我调到你学校里去，我跟你一起走。”

洪流迟疑了一下。但他的迟疑决不会超过五秒钟。因为超过五秒钟我便会受不了，我的自尊心就会迫使我说：“我是说着玩玩的。”到那时，哪怕他再挽回，我也决不会回头，这点脾气我知道。幸而这样的后果没有发生。

“好啊，好啊，这样就太好了！”他笑着，拍拍我的肩膀，“你调来，没问题。”

“我……”我的肩膀被他拍得有点酸不溜叽的，“我这次班里连我去四个，他们都跟我合不拢，是两派的……”我利用我的不说谎的美名，稍稍扯了个谎。班里去三男一女，两个男的都与我一派。

“没问题，没问题，你去办手续。”

“调个学校不知行不行？”

“这有什么不行？又不是不去，只是调个队，不让调你就不去。我们学校接收肯定没问题，这次是我带队。”

“不过，调起来也许很麻烦……”

“这有什么？要不要我给我们学校工宣队说一声，跟你们学校工宣队打个招呼。他们跟我很好的。”

“不要，不要。”我听见工宣队就想起那个小白脸，我的心就毛拉拉的变成了一把猪鬃刷子。再说，我也不能被他看得太低能。以后我们要共同生活，也许要一辈子，不能让他觉得我是去投靠他，像历史教科书上说的“徒附”。

他见我还在游移不定，有些不高兴了。其实，我私心里只是希望他能再热烈地发出一些邀请。对我来说，这毕竟是个重大决定，像诸葛亮下卧龙岗一样，出来了就再也回不去了。可是他不再说这事，却又说起书的事情来，跟我讨论应该带哪些书下去。哪些书我带了他可以不带，哪些他带了我可以不带，哪些非得每人都带。他以为这事就这么完了，我可没完。乘他说话的间隙，我又插进一句去：“这事我考虑考虑再告诉你。”

“你还考虑什么呀？”他眉头一皱大叫起来。

“这样的事，你怎么能不让别人考虑考虑，”他妈妈插言道，“他还要回去征求征求家长的意见。”

“哎——”他叹了口气，“征求什么？现在我们已经踏上社会了，凡事都去征求家长意见还了得，以后到了崇明怎么办？再说，他阿爷阿娘姆妈又不是不知道我，他跟我一起走他们还会不放心？你说对不对？”

他最后一句冲着我问，我大幅度地点了点头，而我正是对这点有些吃不准。

我回家对阿爷一说，阿爷倒没有跳起来。我是准备他跳起来的。刚才洪流在他父母面前也照样指手画脚的样子，使我很有触动。我从批《论共产党员的修养》知道，儒家讲究修身齐家治国平天下，看来要到外头神气，还得在家里先神气起来。反正这个家我也待不上十天半个月了，我想试试神气神气。

奈何阿爷不跳，也不露出惊讶的样子。他含着一截麻将牌那么长短的“工字牌”小雪茄喺了又喺①，然后幽幽地说：“我晓得你要出花头，我看你不要多花头了。”

对阿爷的神机妙算我实在吃慌。我在作出那个选择之前，自己还一点未曾想过，而他倒早已给我料到了。

我被洪流鼓起来的那点豪气一下子消失得无踪无影，只得又哼起我惯用的“呜哩呜哩”调：呜，我跟班里去的几个同学搭不拢；呜，学校带队的头头跟我是两派；呜，我已经都跟洪流说好了；呜……

阿爷不动声色地听我呜呜完，然后把嘴里雪茄烟小心地搁在玻璃烟灰缸的缸壁凹陷处，说：“你一定要跟他一道去也是可以的，

① 喺，音如 sò，动词，吮吸。见《简明吴方言词典》第 239 页。

你只要肯答应听我一句话。”

我浑身一凛，像被桶冷水激了一下。这句话一定非同小可。

“你跟乖人轧道，要能认吃亏。不要想占便宜。吃亏的事总你来，你就笃定好了。”

我很失望。我掩饰不住内心的失望。我还以为是什么惊天动地的话呢。

不过这一关倒意想不到顺利地通过了。

我真高兴。我看到了希望。我争取到了一个机会，可以斩掉我以前种种的纠葛和烦恼。我将重新开始，在踏上社会的那一天，真正的一切从零开始。我相信，只要给我这样的一个机会，以前的种种窝囊屈辱都见鬼去吧！

十三

运动一开始，我就被抛出了轨道。

我写不来批判老师的大字报。

从一九六六年五六月到八九月，学生们主要忙的是揪老师。谁写老师大字报越早越多越挖空心思，谁就越积极，在同学中的威信就越高；反过来也一样。我偏偏在这第一步棋上就憋住了。本来这对我倒是个大好机会，班里、甚至包括年级里的许多同学对我寄予厚望。我的笔头好是有点小名气的。语文专栏里经常贴我的作文。一九六六年四五月间学校里排一出《葵花朵朵向太阳》的大型舞蹈——摹仿音乐舞蹈史诗《东方红》的，这是学校当局被彻底砸烂前苟喘的最后一口粗气——就特邀我参加编写串联词。写串联词的五个秀才中，惟有我是初中生，而后来又是我唱的主角。党培养了我那么多年，让我肚里存了那么些墨水，本来应该好好贡献出来，也为自己博个好名声。可惜我辜负了同学们的期望，也辜负了我自己。我不知怎的会一下子傻掉，竟一点看不出老师们放的毒来。其实我看不出也不要紧，自有许多同学拿着大字报底稿来希望我修改，希望我誊抄(我的毛笔字在班里也屈指可数，尽管我的腕始终提不起来)，希望我联合署名，甚至表示可以让我把名字签在最前面。自从“聂元梓等”的大字报在全国打响后，学生们都开始注意到大字报签名的顺序很有讲究，渐渐地生出不少计较与规矩来，特别是为首的那个。然而我不识抬举，差不多的上门生意都被我拒绝了。这样我又得罪了不少好人。后来，当要给我套上“狗崽子”帽子的时候，有许多过去我以为跟我过从甚密的同学，都幸灾乐祸乃至下井落石，也许这是一个重要原因。这都要怪我。那时我不肯同人合作，一是觉得那些大字报质量太次，帽子吓人，内容空洞，老师有的言论明显是人民内部矛盾，够不上写大字报批判的资格。“对于人民的缺点是需要批评的……但必须是真正站在人民的立场上，用保护人民、教育人民的满腔热情来说话。如果把同志当作敌人来对待，就是使自己站在敌人的立场上去了。”那时我不知道对待最高指示也要“辩证地”理解，自以为在立场问题上见识高人一头，故而不肯随俗。二是资产阶级个人主义名利思想作怪，一门心思要出人头地，写大字报也想一鸣惊人。那时传说毛主席住在上海，半夜十二点带着大口罩到南京路上看大字报。我暗自希望能写出一张引起震动的带全局意义的大字报来，在我的大字报前人头攒动，像排队买处理商品似的，引得他老人家也慕名到校园里来。那我的大字报就要进中国革命历史博物馆了。

每个时代的少年都做梦，不过梦境不同罢了。二次大战中犹太小姑娘梦见仙女到焚尸炉里来搭救她，我则梦见自己坐在大字报的飞毯上直冲九霄，跟“巴格达窃贼”一样。梦都是美好的。

那时同学最不满意我的，是我死不肯写教语文的忻老师的大字报。忻老师，这个干干瘪瘪的小老太婆，自有一种魅力，能叫学生都怕她。“鲁宾逊”是班里一等一的天不怕地不怕的角色，有时东老师上课他也敢捣乱捣乱，见到忻老师却是一帖药。有回，他是存心好了要给姓忻的难堪，结果忻老师走到他课桌前一站，厉声说：“站起来！”他赖在座位上不动，但脸却泛成了死白色，眼睛也不敢同忻老师对视。忻老师连喊两遍“站起来”，间歇了一分钟，然后一板一眼地说：“你给我出去！”我那时真为忻老师攥把汗。她的脸已经涨得血红，直红到两根筋扳着的脖子根上。要是“鲁宾逊”还不动怎么办，总不见得她去拖拽他。他的身坯一个顶她两个还嫌多。从小学到中学，我见到过多少老师，都在这个关头上败下阵来。哪怕她(他)去把班主任或教导主任或校长请来，最终把捣蛋胚请出课堂，她(他)的威信也从此完了。我觉得忻老师是中了“鲁宾逊”的圈套。可是真出鬼了。“鲁宾逊”在沉默了半晌之后，竟然从课桌肚里抽出书包来，然后把书包像件破布衫似的往肩上一甩，佝着背，拖着鞋皮，脑袋一得一得的，像悠然自得的拾垃圾老头，径直往门口走去。当他快到门口时，课堂上爆发出一阵抑制不住的哄笑，包括我在内。他头也没抬，在笑声中跨出门去。忻老师在他身后“砰”地把门关上，然后铁板着脸回到讲台上，非但不感激同学们为她捧场，反而狠狠地把大家训了一顿。说这笑是非不分，是刺激他，给他助威；即便是嘲笑也不应该，我们不应该嘲笑一个犯错误的同学，而应该满腔热情地帮助他。把别人训得怎样我不知道，我的头像挂牌似的终其课没能抬起来。我想，忻老师要对我有看法了。我还是课代表呢，连这点道理都不懂。

像这样的怕，到运动中转化为恨，原是十分自然的。但大家又数不出忻老师多少严重罪行。像把“鲁宾逊”赶出教室跟迫害工农子弟就挂不上钩：一是他父亲是个修钟表的个体户，二是他本人不愿人提这段斗争史。于是大家就寄希望于我。我是忻老师最中意的学生，我的语文课代表就是她亲自点名让我从英文课代表换过来的。那时，有多少人明里暗里来劝我不要当保守派，反戈一击有功，包括我为了争取入团，在读书时惟一与之私下谈过几次心的女生——中队主席兼团支部书记。后来我顶不住了，搜尽肚肠拼凑了一张批判忻老师的大字报贴了出去。大字报贴出后，同学们的普遍评价是“小骂大帮忙”，而我却见到忻老师的影子就远远逃开，像蔺相如躲廉颇似的。直到后来我听熊时杰说忻也不是个好东西，在毕业分配时狠狠地做了他一下，我这才大大地松了口气。

我不敢写老师的大字报，还有一条更隐秘更重要的原因。我怕我自己的问题被揭发出来。我这个问题高级呢，只要一张大字报，立时进牛棚是丝毫不用担心的，弄得好还可能进提篮桥。那时，我们学校已经有两个学生因为记的反动日记被抄出来，一个进了提篮桥，判十二年；一个在学校扫厕所，像秦桧铁像那样挨唾沫。我看见他们葛醪丝白的面孔和阴阳头①，眼皮就会被心肌牵得突突地跳起来。我的言论不会比他们轻，直接针对伟大领袖毛主席，打着红旗反红旗，虽然是出于无知。但无知不是理由，反动是不管你无知不无知的。那是在一九六六年春节以后，学校召开史无前例的首届师生代表大会，共商教育革命大计。我们班的学生代表，除了那位中队主席兼团支书，便是我。指定我是因为我的功课实在好，已经进行过的六次期中期末考试，三门主课总分我都是全班第一。学生代表呀，一个班四十八人中只有两名，可以和校长、教导主任坐在一条板凳上讨论问题，我一戴上那顶桂冠，头脑已经失去重量了。一开会，每个代表发到一份油印的文件，就是后来公开出版的《毛主席论教育革命》中的一部分语录。那时可是保密的，只有代表才有资格学习，规定不准随便对外说。一保密我更以为这代表是真的了，这待遇明显比看《参考消息》还要高。其实召开这样的会议，本是冲着那几条语录来的。但学校当局对最高指示精神也没吃透。第一天教导主任作的学校工作报告中，就大谈升学率，大谈调动学生的学习积极性。几个因素一合拢，我就把小学一年级时看的《骄傲的将军》统统忘记，在小组讨论时大放厥词。我说，我觉得"考试方法把学生当作敌人，搞突然袭击"没什么不好。我就常在复习时把自己当作敌人，突然袭击。解放军练兵讲从难从严从实战出发，胸中要有敌情，我们读书也一样。要使学到的知识牢固，就得像对敌人那样去考，考来考去考不倒，这才是硬本领。我说这话时，教导主任对我眯眯地笑，我还看见旁边有老师往会议记录上不停地记。别人发言没那么受重视，我很得意。后来对修正主义教育路线的批判越来越深入，我对自己错误的严重性认识也越来越深刻。班里的同学除了中队主席没别人听到，她好像也忘了这件事。但当时在场的还有别的班的学生代表，没准他们会想起来。那个中队主席也可能再想起来。运动中人的记性都变得出奇地强，就像神经衰弱者脑子里的声像一样。还有那本会议记录，不知道还在不

---

① 醪：音如 liáo，苍白。葛醪丝白，是指像未经染色的葛与丝那样的灰白。

在，想来是要锁在档案柜里的。要是被谁拿出来一翻，白纸黑字，我要赖也白搭。运动深入到砸烂修正主义教育路线的黑窝——学校党支部时，我差点要向白衣大士祷告了。一个学生代表，居然敢在师生代表大会上公开跳出来攻击毛主席指示，可见党支部等等等等，一切是多么顺理成章啊！如果这个人不是我，我也觉得这个突破口是选得太好了。但我没有董存瑞的境界，为冲垮资产阶级司令部的全面防线，甘愿自我爆炸。况且我牺牲了也绝对当不了烈士。揣着这么一块心病，我写老师的大字报手就发抖。给他们上多高的纲，等于以后别人给我上多高的纲。我少给别人上纲，好像别人以后也会对我实事求是，多加照应。我还怕知情者看到大字报上我的签名会突然触发，把一切回忆起来。反正我觉得我的脑子复杂透了，远远超过了初中生的复杂。这事又不能对任何人说，连阿爷阿娘母亲都说不得。我就一个人闷在肚子里反复盘算，一旦事发，是活赖好，还是老实坦白好；若坦白，怎么能把阿爷阿娘母亲都撇清。小学二年级，为了那句我自己也不知道的反动话，已经叫他们大大受了惊吓。这回，“史无前例”时期，无论如何不能让他们受连累。我心思一空闲就想，故而那段时间整天像便秘似的神气郁郁的。

后来档案室也冲了，黑材料也烧了，校长与教导主任们没有我也照样名字上被打了红的黑的大叉，总不见有人揭发这件事，我的胆子便慢慢地大起来。我这人，只要肩头没事，心里就转念头要出名。这时，金老师来找我，说三班有一批同学要甩一个重磅炸弹，邀请我们六班派人去参加。他让我去，另一个人选由我找。我就找了“狐狸”，“狐狸”那时还没加冕“狐狸”这个绰号。我以为他跟我不错，并且他是写大字报的快手，在同学中的威信蒸蒸日上，我暗暗想跟他套套近乎。

三班的那批同学都是原来的“红人”，有中队主席、大队宣传委员、团员什么的，跟他们围着一张由十来张课桌拼成的大桌子讨论问题，我也觉得挺有面子。他们要甩的重磅炸弹，就是要把他们的班主任政治老师查某某揪出来。查某某也是教工中的运动活跃分子，是他第一个贴大字报声援学生炮轰党支部，又在教师中组织了第一个战斗队——“不争春”战斗队。他们给他的帽子是“深山老虎”、“阶级异己分子”。首要根据是他出身富农，一九六四年被部队精简到了地方，而他恬不知耻地说是“转业”。其次就是他们七拼八凑起来的他的反动言论。我与查某某素无瓜葛，我是被请来对他的反动话上纲上线的，所以我特别卖劲。这是个好机会！可惜我卖力过了头，在一次发言时用了个我不太熟悉的形容词：“赤裸裸”。亏得我当过两年语文课代表，没把它念成“赤果果”，但把它念成“赤棵棵”了。我还“赤棵棵”“赤棵棵”地频频说了三四次，说得旁边一个同学耳痒难熬，纠正说：“赤裸裸，不是赤棵棵！”一桌子人哗地笑了起来，我顿时觉得舌头缩到了肚脐眼里。这还不算，两天后我遇见班里的一个同学，他突然兴高采烈地喊道：“喂，赤棵棵。”我听见差点窒息了过去。从此，我看透了“狐狸”的为人，跟他怎么也热络不起来了。

这回一炮打哑，叫我对校园风云失去了兴趣，就跑到几所大学去看大字报。那时学生串联乘车已经不用买票，这都是北京来的红卫兵的功绩。北京来的红卫兵当时有两大功绩我是很拥护的，一条是学生乘车不买票，到哪个上层建筑单位都能大摇大摆地进去；另一条是改造了上海的弄堂小便池。过去的弄堂小便池，都是一面靠墙，一面敞口，两侧只有半米来宽的胸墙。女同胞走过那里，一律要目光转移，作出特别正经的样子。我曾用这小便池作过例子，说明约定俗成的力量。矮矮的胸墙对目光其实只有象征意义，像孙悟空用金箍棒在地上划的圈，它用无形的道德力量来抵御邪恶。红卫兵是惟物主义者，对这种惟心主义的力量当然不能放心，故而一来就对那些伤风败俗的小便池开刀。我看到有一处，用竹篱笆与砖块把小便池堵起来，在旁侧墙上用墨汁画了个大大的箭头，并书：“这是厕所还是牲口圈，有没有一点无产阶级的耻辱，勒令二十四小时里彻底革命！北京红卫兵”。好家伙！有一百多年历史的上海弄堂小便池，几天之内全部改观。胸墙砌得高过头顶，并且两边包抄过来，把敞口的一面遮住，只留下一道窄缝。后来又有改进，让一面胸墙像加长围巾似的甩到另一面，把那道人进出的窄缝开在旁侧，利用目光不能拐弯的物理原理，把小便池包得严严密密，万无一失。到这样的小便池面前，一切有露阴癖与窥阴癖者望此息心，立地成佛，性犯罪率顿时直线下降。“文革”过去了那么多年，北京红卫兵建立的这些丰碑，到现在还在上海的深弄小巷里耸立着，看来是否定不了了。

近来我读到周予同先生早在一九二九年就写的《“孝”与“生殖器崇拜”》一文，恍然大悟，原来红卫兵的这一革命行动不是没来由的，自有深厚的民族文化基础呢！怪不得要万年流芳。

一九六六年的八月上旬，学校里除了正统的红卫兵外，又出现了造反红卫兵。造反红卫兵的司令，说起来与我还有过一段小交情。他姓秋，六六届高中生。秋司令读了三年高中，在班里一直没冒尖，连个团员也没混上；而他们班恰恰又是全校又红又专的标兵班，两个学生党员都出于斯(后来都是正统红卫兵的头头)，百分之五十以上是团员。秋司令胸怀韬略，一直装傻。外号“丘吉尔”，据说是因为他姓秋而又有个牛脖子，但他毫不介意，当时高中生中有接受这种带贬义绰号的雅量的并不多。一九六六年寒假刚过，他从旁门左道获悉了毛主席关于教育革命的指示精神，就是有关“考试把学生当敌人，搞突然袭击”，“上课允许打瞌睡”云云，便敏感到机会降临了。他马上给党支部写了一封长信。信中称，即将离开母校，不禁“浮想联翩，夜不能寐”，对教育革命问题想得很多很多，怀着对党对祖国对人民对社会主义的一腔热血，“豁出去了”。(此乃徐寅生在著名的关于乒乓球报告中的卷首语，当时在学生中非常流行，动不动就“豁出去了”。)他的思考成果，就是“考试”不能“把学生当敌人”，“上课”应该“允许打瞌睡”，等等，学校当局也接到了毛主席指示，随即收到这样恳切的长信，如获至宝，立即全文转抄公布，又在校广播台里一天播送几遍。紧接着召开师生代表大会，他理所当然地上了主席台。我们学校是全区第一所召开师生代表大会的学校，党支部书记的白醾醾的病容，在那段日子里也熠熠生辉，简直拍新闻照片可以不用闪光灯。可惜记者没来采访我校，却去报道了后于我们召开这种会议的一所区重点中学，就是我当初想考而没有考进的，因此我也替党支部书记气了一阵。但秋司令却是一发而不可收拾，会议休息期间，有多少女学生代表，尤其是初中的，捧着笔记本围着要求他签名。他一概谢绝，讷讷地说，他认为这是小资产阶级情调。消息传开，更增添了人们对他的景仰。他和我编在一个小组。一次讨论中他知道我家藏一本手抄的《毛主席语录》，希望能借他读几天。我战战兢兢地回家和母亲商量，把他大大地吹嘘了一番，母亲破例表示同意。借给他后我天天在担心，要是他长期不还该怎么催讨。一星期后，他守信地把那手抄本还给了我，并指出原来书页里就有个酱油渍印，而非他所为。我斗胆希望他在这上面题几个字。他犹豫了一会，拔笔在扉页上题道："学习毛著不动摇，红色江山万年长。"我一看这字，就知道他今后必做大官——金蛇狂舞，没点气派不敢写得那么胝脚胝手的。亏他读了一遍，否则我休想认出来。

在一九六六年八月上旬的时候，造反红卫兵在校园里还是鬼鬼祟祟的。秋司令本来是稳坐正统红卫兵的第一把交椅的。他率先贴出炮轰党支部的大字报，轰的就是党支部召开伪师生代表大会，对毛主席指示阳奉阴违，挂着教育革命的羊头，贩卖修正主义的狗肉。由他这个坐大会主席台的人来揭这个问题，当然非常具有权威性。可惜的是他老子实在不争气，临解放了还去开了爿小五金店；开小五金店犹可，又去参加了蒋经国的"打虎队"；参加"打虎队"也罢了，偏偏跟隔壁邻居兼姐夫的吵架；跟邻居兼姐夫的吵架还说得过去，万不该一封信告到供电局，说他姐夫在大火表上做手脚。惹得姐夫火起，把检举信投到他单位，大字报糊到他门上，"打虎队"的老底抖落得一干二净，害得他儿子秋司令只好另拉人马，在校园外头打野食。为了表示他们的存在，像地下党贴传单似的，三天两头派人悄悄在校园里贴出几张"通告"、"海报"，声明要于某月某日某时杀回学校闹革命，同正统红卫兵共同促进学校运动迅猛发展，弄得正统红卫兵草木皆兵，神经衰弱。我那时不知道种种内幕，皆因为第一批红卫兵没有发展我，对正统红卫兵的路线很有点不满。看到造反红卫兵的通告，想到同秋司令的小小交往，我的同情心就自然偏向了他。这天，我到学校里去，又见到造反红卫兵的一纸声明，但已经被正统红卫兵用大字标语覆去了大半。从露出的尾巴看，是批判修正主义教育路线的，声明保留一周，下署的日期才过去三天。我想起在复旦校园里所见，两派论战虽然激烈，嬉笑怒骂，尖酸刻薄，但写好保留几天，对方决不会提前盖去，以示自己的虚弱。这么一想，我觉得正统红卫兵做得太过分了点，不禁想出头仗义执言。我就坐在东大楼外花园的石沿上，将纸放在膝头，一挥而就草成了一篇呼吁团结起来，把矛头对准走资派的大字报。然后，我就去找纸笔。偏偏从来敞开供应的纸笔这一天全部断档。我找了一个多小时，结果在沙坑里拣到两根拔去头的光笔杆，一支上粘有已干硬的米粒，大概是被用来当筷子的，白报纸一张都没有。这张大字报到底没能贴出去。

两天后，对"狗崽子"的专政就开始了。要是我的这张大字报露了头，正统红卫兵非把我的脑袋打起几个包不可，真是好险啊！

险事还在后面。

就在"红色恐怖"后的第三天傍晚，我奔秋司令家去。这是我在床上啃着指头想了两个晚上做出的决定。我瞒过了阿爷阿娘。好在他的家离我家不远，就在洪流家大楼斜对面的弄堂里，过去只要五分钟。我随身带着用传单空白的反面订成的一个本子，大三十二开，封面上是我自己用蓝色圆珠笔画的毛主席像，画得还不至于被当作丑化领袖形象而抓进去。宝像下面是用毛笔蘸红墨水写的两个楷书："剑缨"，这是我研究了毛主席诗词后，找出来的两件武器，拼起来做我的笔名。本子里收有那篇没能贴出的大字报底稿，以作为献给秋司令的联络图。秋家我没有去过，但我想，小小一条弄堂，张嘴一问肯定能找到，"秋"不是个大路的姓氏。后来我走进弄堂，不问就找到了他的家，大字报还在门口贴着呢。这是他姑父写的续篇，实行斩草除根的政策，连秋司令的名字、劣迹一并囊括在内。大字报的一只角已被风揭去，看来贴出有些日子了，秋司令还让它保留着，并不撕去或覆盖，磊落的政治家风度，相比之下，我更觉得正统红卫兵的做法有些“鸭屎臭”。他家门口有几个人围着张春凳在吃饭。我打个问讯，有个头发灰白的老太婆抬起头来：“你找他干啥？你是哪里的？”“我是他学校里的，我是初中的，我跟他认识，我……”“他不在，他好久没回来了。”“噢。”我非常失望。我听说正统红卫兵正派出小分队抓他，小分队里有原校田径队、射击队、篮球队、击剑队、乒乓队的成员，他不回家本来也是应该想得到的事。我正打算回去，一抬头，看见二楼的小窗里探出个赤膊的身影，正是他。我叫了起来：“咦，他不是在吗？”那老太婆，估计是他的母亲，忙说：“不对，你看错了，这是他哥哥。”我相信自己没有看错，戴眼镜我的矫正视力有1．5，但对方的苦心我也能体谅。于是我说：“我是他的朋友，他认识我的。”我大声地报出自己的名字，还道地的一个字一个字地说明写法。我是说给楼上的他听，希望他能主动出来。可是他不出来，我伤心了，搭头搭脑地往回走。快走到弄堂口时，突然听见后面有人叫：“小弟弟，你等一等。”我站定一看，另一个老太婆从后面追上来。我想，这大概才是他母亲吧，他叫她来唤我回去。她跑到我跟前，说：“小弟弟，你找他，他是在家里。现在他从后门出去了，大概去乘电车，你快追上去。”我觉得这简直有点像电影里的地下斗争，兴奋得还没跑就喘了起来。我刚要开步，她又一把抓住我手臂，压低声音问：“他在学校里到底出了什么事？是不是反革命？”我一看她神色，就知道自己全盘弄错了。那老太婆不是他妈妈定是里弄干部什么的。我感到一阵恶心，挣脱手就跑。

我一口气跑到车站，见秋司令还在。他倚在一家商店的檐下，绞着脚，军帽的帽檐拉得低低的。我走到他面前，自尊心突然叫我失去了招呼他的勇气。刚才他实在不够意思。我能原谅他，不过他得主动来叫应我。我就站在他面前死盯着他看。我看到他抬起眼来，我感到我们的目光磕地一碰，我心头一颤。紧接着，他的目光

"嗖"地避开去，直望着行道树的叶子。我的心尖痛起来，心痛变成了胃痛。这就是我准备弃家出走，跟他去闯荡江湖的人吗？英雄？狗熊！连我这样的老实头也不识，还干屁的事业。我愤愤地掉过身，朝着家走去。走了一段，又听见有人喊："小弟弟，你的东西掉了。"我回头一看，《剑缨》掉在身后七八步远的地方。我过去拾起来，只见封面上的宝像已被人踩上了一只鞋印。我吓得哭了起来。立刻有人围上来问我。这回我"福至心灵"，没有把哭的原因说出来。

秋司令后来是校革会副主任，是到崇明去的领队。我领到通知后的数日，在校园里与他邂逅相遇，他先笑着同我打了个招呼，又说了几句不咸不淡的话。他已经知道我将是他的部下。我后来参加的组织，与他是对立的，但他的姿态表示他既往不咎，希望我在他马前效力。

这也是叫我起念割断母校脐带的一大原因。

十四

因为跟洪流走，就得提早十来天，这样我离开上海的日子就相当紧迫了。一有空隙，我就趱到洪流家去①。我要抓紧时间了解他。他已经不是我过去熟悉的他，这点是肯定的，否则他不会当头头。我得要搭得够他。他也忙得很，十回总有七八回不在家。候到他回来，也常常是酡颜酒色，又跟着五六个同学，挤挤的一屋子。他把他的这些朋友都慷慨地介绍给我，但他们都并不到崇明去，所以我也记不住。他说这次同去有几个他最要好的同学。一个姓汪，叫铭全，与他同班，绰号“汪精卫”，简称“老精”。一个姓郑，叫国梅，也与他同班，是女的，也有绰号，叫“汤婆子”，或者叫“汤司令”。这两个都是红卫兵排长，是他们一派中的铁杆，共过生死的，都是为朋友两肋插刀的角色。四年后，我从农场回来，听见谁表白他甘为朋友两肋插刀，我就立刻从骨子里断定他不是坏蛋就是傻蛋，而那时我听到他有这样的朋友真是五脏六腑地佩服。洪流自己也有绰号，叫“绣花枕头”，不过一般只知道叫“阿花”或“花花”。他问我中学里的绰号，我不肯透露。为了使中学里的绰号从此不像影子那么追随着我，这也是我毅然提出跟

---

① 趱：音如 sè，宁波、嘉兴等地方言。动词。匆忙地去某处转一下；乱跑乱窜。见《简明吴方言词典》第 377 页。

他走的一个重要原因。他笑着说，他认为“老嘎”这个绰号不错，别致，叫得响，他希望我能同意他把这绰号传播开来。我火了。难道能允许开历史倒车么？我向他严正指出，绝对不能让他的同学、我今后的农场同事知道我叫“老嘎”，连偶尔漏一句嘴都不行。如果他不能保证做到这一点，我就立刻离开他。他笑了，然后发誓，决不在任何场合，哪怕说梦话，漏出“老嘎”来。要是漏出来，他就当众让我掴他十记耳光。不过他又很诚恳地说，他也讨厌叫绰号，然而一般的人水准低，他们喜欢叫绰号，琅琅上口，有趣，一记就记住了。他们不懂尊重别人的人格。你要同他们打成一片，你就要习惯这一套，否则你就把自己孤立出来了。毛主席叫这是“为渊驱鱼，为丛驱雀”。你只要不认真就可以了，只要在自己内心保持尊严就可以了。你就把绰号看作一种符号，一种没有什么意义的符号。名字也不过是一种符号，叫一、二、三、四都可以。你管他们叫什么！国民党把共产党叫共匪，毛主席他“胸中自有雄兵百万”。你要是一下子不习惯，就自己挑个好听点的，先叫出去。只要有了绰号，就像茶叶冲了一遍水，再多冲就没啥味道了。对他这番金玉良言，我还是不能接受。果然，几乎是到农场的第一天，我就有了个新绰号。我想到洪流的忠告，多少坦然了些。

洪流总是说要同我到“老精”与“汤司令”家里去，或者说“老精”与“汤司令”等会就要来，但我总是见不到他们，惹得我心里痒痒的。为了弥补，洪流介绍我认识了他的长胡子的朋友，四号里的爷叔。在洪流嘴里，爷叔是个了不得的人物。文武双全，智勇皆备。他当过红色工人造反总司令部区分部的头头。红色工人者，即临时工也。爷叔所以长期以来做临时工而没有转正，就因为他的一手车钳刨技术实在太出色，做固定工是大大浪费了。不要看临时工，洪流说，临时工工资高，要比固定工多一倍，而且人自由，想在哪儿在哪儿，不受头头的气。他干过的单位，都几次要求他转正，他不干。后来“文革”来了，看看势头不对，想转正了，于是他参加了红色工人造反总司令部。“一月风暴”后，这个总司令部作为经济主义组织被吹掉了。目前他找不到活干，也不急于找活干，赋闲在家，靠老婆的工资过日子。他老婆是毛纺厂挡车工，工资很高。老婆出钱养活他，还在家里供他驱使。他说一句是一句，每顿都有几样好菜可以扳扳老酒。这才叫男子汉大丈夫呢，洪流对此佩服得不得了。爷叔文的可以下象棋，武的可以打相打，都是名望赫赫的。他还有些朋友更为了得。一个牛老师会拉锯琴，这是我生耳朵以来头一回听到。还有个皮老师八卦掌得自武当山和尚的真传，曾一掌打断人家的一根廊柱，可是能经得起这一掌的地方不多，故而他现在是宁肯挨人家的耳光也不出手的。拉锯琴的牛老师十分佩服皮老师的八卦掌。洪流见过牛老师的锯琴，当然对没见过的皮老师的八卦掌仰慕不已。洪流有空就要到四号爷叔那里去，听他吹吹在社会上闯荡的诀窍。据洪流说，“老精”他们也跟爷叔熟得不得了，佩服得了不得。我第一次到爷叔那里去，爷叔就邀我下棋。我不敢献丑。爷叔说，琴棋书画，是过去读书人的基本功，下棋，可以看出一个人胸中通透不通透。我为了让他看看我的通透，第一盘执先，竭尽全力，把读谱看来的王嘉良顺手炮横车对直车的套路如数用上，结果大获全胜。他不知道这是王嘉良赢他，而不是我，不由得大惊失色。他连说，二十年没有碰到过这样的对手，这次我要用心，要用心。第二盘由他先走，当头炮，我应了个屏风马，走到十步光景，我又套上了屠景明的《开局入门》里的一套变着，骗到了他的一只大车。两盘赢下来，洪流在话里暗暗向我甩翎子。其实我那时已没套路可用，实在黔驴技穷了。奈何爷叔这只老虎经不起吓，这一盘撑仕上相，棋子都固守在自己河界这一边不肯过来。后来我同他斗子，七斗八斗，斗了个平局，他松了口气。三盘弈完，日当正午，他老婆把他的酒菜端上来了。他邀我陪他小酌几杯，我忙说不会，洪流也替我证明。他于是对我的额角看了又看，说：“你这个人聪明，我还没见过像你这样聪明的人，你以后有大出息的。洪流，不是我贬低你，你这个同学今后出息肯定要超过你，你这个朋友是轧着的。”从爷叔家出来，洪流连连对我说：“怎么样？你放心了吧。我说你来事的，我一直就说你来事的。爷叔现在也这么说。我介绍给他那么多同学、朋友，还没听见他这么夸奖过人。好了，你放心好了。前一阶段你运动参加太少，所以对外界有点隔膜了。不要紧的，这种东西我们熟悉起来很快很快的。巴尔扎克的小说你是看过的，怎么，没有？我以后想办法借给你看，你一看就知道了。真的，这很容易，你不要不相信。跟那班人混，只不过是第一步，就像屁弹过。以后我们要干大事的。你以后有了出息，不要忘记拉兄弟一把。”洪流这么说，我觉得更应该把王嘉良和屠景明暂且保密一下。人多点本领看来总是好的，可惜我的本领不多。我想起来还记得一套杨官璘的“仙人指路”，回家演习演习，再让爷叔见识见识。

但回家以后，我心潮难平，不能回忆“仙人指路”，倒诌出了一首不合平仄的七律，题曰《赴崇前夕咏怀赠友人》。后面半首是：“漫步无心谈雄略，革命有志成大事。莫道前程多泥泞，冬雪便是春雨丝。”我用毛笔抄好，要送给洪流。这诗还没送到他的手里，洪流却已同我分道扬镳了。

除了到洪流家去，我就是准备行装。

我的行装太简单了，所以直到今天我还能记得清清楚楚。一只皮箱，真皮的，不是合成革的，然而是东洋人来逃难时阿爷随身携带的，因此它的皮张比重磅牛皮纸还脆些是不足为奇的。送行李前用稻草绳结结实实地捆了几百道，总算安全运抵目的地。皮箱有士林蓝布的衬里，箱盖的衬里上还缝有一只有漂亮皱褶的半月形袋袋。这个袋袋里藏有我的贵重物品，一张十元票面的人民币，五张三斤票面的全国粮票，一块肥皂，一包火柴与一个阿娘自制的棕色灯芯绒的大针线包。当初出门时，听说乡下最匮乏的是肥皂与火柴，到农场，才知此言大谬。场部小卖部里别的没有，肥皂火柴倒尽有。由此强烈感到崇明确实隶属于上海，还在天堂的边缘。不过那时有传说要把崇明仍划回江苏去，因此这上海的肥皂与火柴我也不敢轻易动用，放着放着，渐渐熟视无睹，好像东海龙宫里的镇海针一样。一直镇到四年后上调，发现这两件宝贝还留着，觉得又生出了纪念价值，便放在原处完璧归赵，反正回来的行李也不用自己搬。十五斤全国粮票是准备万一打起仗来，上海与崇明的水路不通，从海门方面辗转逃难时用的，后来仗一直没打又一直说准备明天就打，这粮票当然始终不敢拿去换鸡吃。那时十五斤全国粮票可以换一只不小的鸡。十元钱更不用说了。后来我读《田中角荣传》，看到田中的母亲在他第一次出外谋生时关照说，一个男子汉身边随时要拿得出十元钱，我发觉这十元钱一下子使我同这位日本首相平起平坐，心里真是高兴。在伟人身上发现我也具有的品质，这是有一个时期我特别爱读名人传记的原因。

这几件中惟有针线包的用途最大，那是不必赘言的。

在我所有的衣服中，只有三件是没有补丁的。一件是蓝卡其中山装，这是一九六二年过世的舅公生前穿的。舅公就是阿娘的嫡亲弟弟。他死于胃癌，阿娘说癌不传人，就把这件衣服要来了。这衣服阿爷曾穿过几次。但舅公将近一米八十，阿爷则一米七十不到，虽然阿爷穿衣服很不讲究，但总嫌太空，且他又穿不惯中山装，后来就一直没穿。那时我才一米四十几，但阿娘对我在发育期里一窜头抱有充分的信心，就把那衣服包好樟脑丸垫在箱底耐心地等待着。结果我还是没有达到这衣服的标准，勉勉强强才一米六五。下乡去，要出客的衣服，阿娘没奈何把这件中山装翻出来，把袖子和下摆摺进寸把。她不舍得摺进太多，她总认定我还会再长。后来见我不长，就连连叹息说是让担子压矮了。

还有一件是母亲后来的丈夫的旧工作服改的，细帆布的。若干年后他跟母亲闹翻，提出曾经付出过多少多少，倒把这一件重要的礼品给忘了。在我与他发生过关系的十来年中，我只记得受过他这么一件恩惠，也许还有几包饼干什么的，记不得了。但“滴水之恩，自当涌泉相报”，所以我是不该把这件衣服的重要价值忽略不提的。这是我在农场期间穿得最多也最经得起穿的一件衣服。穿这件衣服，用不着特别当心，结果我的肌肉就最放松。穿好衣服肢体拘谨自不必说，穿破衣服肌肉也紧张，稍不留神，动作幅度过大，背部或肘部说不定会“嗞”地撕开一大片，特别是在出汗的时候，这我有经验。这件衣服虽然后来背部与两肘都贴上了两大块，但毕竟老底子是细帆布的，尽可以放心大胆地动作。那衣服早先是藏青的，给我的时候已呈斑驳浅蓝色。我要求阿娘将它染成棕色，因为棕色最接近泥土的颜色，一沾上土就能拍掉。我再要求将纽扣改成拉练，开两个斜插内贴袋，下摆处装一条寸把阔的宽紧带，这样就成了茄克衫。我以为茄克衫要比旧工作服像一件时装。但是，无论怎么洗怎么染，左胸口原来印有“安全生产”字样的印子总是抹不去。我心里嘀咕了好些时日，后来才发现原来这四个字是这件衣服最值钱的部分。那年月，哪怕你穿得再挺括、再时髦（当然不可能是西装革履），与一件皱不拉叽的印有“安全生产”的正宗工作服一比，苗头立刻被比了下去。街上“皮子”（衣服）挺的都是插兄，穿“呢中（山装）”什么的都是插兄，真正上海户头都随随便便地穿件工作服。工作服后来盖过了黄军装，这点上海的青年都知道。我真后悔当初将它染一染改一改呢。

对这件衣服说了这么多，我想是对得起它了。

我还有件衣服是比较高级的，海虎绒里子的短大衣。那是母亲的一件海虎绒大衣改的。不是为我改的，是为我的亲生父亲改的。大概在一九五七年与一九五八年之间，是母亲与父亲复婚以后。那时流行男的穿蓝卡其驼毛夹里双排纽列宁装短大衣，父亲提出这海虎绒大衣反正穿不出去（穿出去像资产阶级少奶奶似的），挂着也要蛀掉，让他改短大衣穿吧。母亲同意了。为了这件事，阿娘总嘀咕，说母亲同人好起来“就像头扚落一样”①。后来他们再度离婚，父亲也没把这件短大衣带走。当十年后为我取出来时，蓝卡其面子已经闷㷓②，再说双排纽列宁装早已没人穿了，于是再扯了本白的龙头细布来，染成棕色，重做面子。虽然面子是比沙卡还低档的龙头细布的，但里面是真价实货的海虎绒。看上去毛没有买来做领子的新海虎绒长与柔软，但阿娘说，到底老货硬扎，不会脱毛。我仔细看看，果然有七彩的光晕蕴藏在毛丛中，像水面上飘浮着一

① 扚：音如 diè，动词。用手指使劲掐。见《简明吴方言词典》第 85 页。

② 㷓：音如 sū，朽坏的意思。见《简明吴方言词典》第 328 页。

层油花似的。穿上这样的衣服，就可以冒充败落大家的子弟。在中国，败落大家的子弟，无论表面上怎么被人看不起，骨子里是很受人尊重的。冬天罩在这件衣服里面，我从骨子里感到这一点。

其余的衣服，无论当初阿娘母亲与我怎么费心为它们打过补丁，今天都不值一提了。

除去衣服，我带的就是书，满满一旅行袋的书。被洪流一鼓动，我真把崇明农场当“昭明书院”了。

在那段日子里我闷头读过书，这是后来说起来最值得我自豪的事。倘若给宣传起来，还真有点先知先觉的味道。到一九六六年十月后，红卫兵差不多都串联去了，“红色恐怖”连执行者也觉得乏味了。我也蠢蠢欲动想免费去游历祖国大好河山，阿爷阿娘千方百计加以阻挠。关键还在我。我被红卫兵整过一阵，怯懦的本性像染二遍的衣服的本色一样泛了出来，怕出去让人查问成份怎么办。一些好朋友，像洪流、熊时杰等，都不打个招呼，跟他们的同学一起开路了，这使我伤心得很，更觉世态炎凉，人心难测。所以心底里我还希望阿爷阿娘能阻拦阻拦，这样我可以把责任推到他们头上。除了和弟弟一起跑市内的文艺团体、大专院校权作补偿外，我只有读书。“无聊才读书”，鲁迅早就点穿了。

我攻读初三及高中的数理化。“学会数理化，走遍天下都不怕”，这话从一九六四年就开始批判了，所以印象特别深。我们读中学的时候，已经重理轻文，科学家、工程师都是一个男子的追求目标，文学家与医生、教师，那些留给女孩子去憧憬。我是到农场后看看数理化实在没戏可唱，才改行搞文学的，一改就再也改不回来。那时候，我还期望高考制度能够恢复，故而愣攻数理化。开始书由母亲从市工人文化宫图书馆借来，没多久，图书馆关门清理，我就断了书的来路。母亲店里有这种书，但她一向公私分明，上柜的书她从来不会开口去借。她以前借给我看的连环画与小说书，都是职工图书馆里的。数理化教科书职工图书馆里没有，况且这个图书馆也封了。当然可以去买，但一本书旧的也要八角一元，总不舍得。这样的书，习题做完，知识学到，放着还有什么意思呢？我从小学五年级起，就用隔年的旧课本或印刷厂的处理课本，这样每本可以省一角来钱，但至少要有一个星期得借同桌的书看。故而我直到今天不敢用笔在自己的书上划划写写什么的，总好像这书以后还能卖出去，别人买到这样的旧书会不至于觉得原来的主人太讨厌。同时，我还不大肯买书，我宁可借书来抄，觉得抄一遍抵得上读两遍，又练了字，真是十分合算的事。我当时不肯要求母亲买，还有一个不可告人的目的，我不敢保证我准保能将买来的书啃完。我心里还惦记着运动，也对这样地走白专道路有些不安。母亲从图书馆借回《数理化自学丛书》的《代数(三)》来，我啃了两个月没有啃完。买了书就有经济责任，我不愿承担这样的责任。

我找到了一个可以上门去看书的地方，就是河南路福州路转角上的“中国图书发行公司门市部”。这里一贯实行开架售书，到一九六六、一九六七年还照样开架。七十年代好像闭架过一段日子，但不久又开架了。这里真是个“世外桃源”。

我是多么怀念那段日子里那地方弥漫着的宁馨的气氛啊！

雪白的屋顶，赭红色的磨石子地坪，奶黄的书架，满架满架琳琅的书。那时，那里人迹稀少，整个大厅里连营业员不过二三十人，像浩淼大海里星星点点的几座岛屿。没有人高声说话，没有人噔噔踏步，喇叭里没有进行曲，门口没有锣鼓口号。走进这里，就像大暑天走进一片浓荫里，舌根会分泌出甜津津的汁液。又好像从大海里游泳归来，躺在金黄的沙滩上，毛孔能摄入无穷的意味。耕植这块绿洲的好人们，我今天向你们的惨淡经营致以姗姗来迟的崇高的敬意。

当然，这一切只有在回忆起来的时候，才显得那么恬静，那么完美。回忆就是诗。那时，我发现了这个好地方，随即又害怕起来，怕被营业员看破我并没有买书的愿望，把我轰赶出去。我在书架前装模作样地徘徊了良久，才抽出一本早已看准的《代数(三)》来，随便翻看了两页，向四周瞧瞧，没人注意，便从书架旁挪开几步，将身子斜靠在离书架一米远的玻璃柜台上，翻到我要看的章节，瞪着眼看了起来。一刻钟左右，我又向四周瞧瞧，再从柜台边走到书架旁，继续往下看。就这样一刻钟换个地方，在柜台与书架之间移来移去，居然让我看了两个小时，看到了打烊铃响，看完了整整一章。第二天，我口袋里装了钢笔和自订的笔记本，大模大样地推开玻璃门，直奔书架。经过半夜的逻辑推理，我得出结论，越是大大方方就越不会引起别人的注意。我这回一气看了半个小时，正想伸手到裤袋里去掏本子出来做习题，突然发现有两只眼睛在盯着我看。这是个又胖又大的女人，滚圆的脸，滚圆的眼睛，敞开的领口里露出滚圆的脖子，滚圆的胳膊上紧绷着紫红色的营业员袖标。我心头一慌，手忙脚乱地把书往架子上一插，赶紧离开。没走几步，只听后面一声喊："回来！"声音那么洪亮，在空寂寂的大厅里听来真像打雷一样。

"叫我？"

"你过来！"

"干什么？"

"你看你把书弄成什么样子？"胖大嫂把书扬了扬。我插得太急，封面的下角像鸟翅膀似的向外翘了起来。

我下意识地把裤袋摁住。我怕胖大嫂铆牢我要我赔。而我那只瘪瘪的塑料票夹里，除了学生证，只有张珍藏了三个月的五角零用钱。

"你口袋里藏的是什么？"

"没什么。"

"把东西拿出来！"

我突然弄明白她的意思，满腔的热血沸腾起来。有生以来还没人怀疑我做贼，这个胖女人竟敢这样怀疑我。"啪！"我把裤袋里的笔记本、钢笔、塑料票夹重重地摔在玻璃柜台上。她拿起我的笔记本来看了看，说："噢，你带这个。"我一把夺了过来。要不是慑于文攻武卫的威力，我早一巴掌掴上去了。打在这样厚的肉膘上一定非常响亮，像放炮仗一样！我在回家的路上细细地想。

第二天我又上书店去。不去倒像是怕她了，好像书店是她开的了。偏要去！

一进门，我就看见胖大嫂站在书架旁，胖大嫂也看见了我。我犹豫起来，到底值得不值得跟这种人去斗？

“你过来。”胖大嫂老远地向我喊。我的两条小腿肚像装了马达似的不争气地突突抖了起来。我与小腿肚斗争着往前走，胖大嫂也迎了上来：“喂，你来看书是不是？”

“不许看？”

“没人跟你吵架，犟头倔脑干什么？”滚圆的脸上滚动着一团笑，“看书要懂得爱护书，书弄坏了我们卖给谁？”

真是不打不相识。后来我的地位与日俱增。开始我把书摊在柜台上站着看，以后升级到坐在营业员拿书用的踏凳上坐着看，再以后坐在胖大嫂端给我的方凳上，把书摊在柜台上看。在两个多月的时间里，我自学完了平面几何与高中代数，并开始向三角进军。罗曼·罗兰说：“因为生活的时间不多，你倒反过了双倍的生活。”因为读书的条件不好，我倒反读了双倍的书。

到临下乡的时候，我是发狂般地买书。不仅以前舍不得买的要买，就是已经在河南路书店里读过的，也统统再买。我配齐了一套自学丛书，还买了樊映川编的《高等数学》。据说樊编的本子最好，当时旧书上下册也要一元一，加习题集要一元五，我也狠狠心买下了。文科的书我带了一本《唐诗三百首》，一本周振甫的《诗词例话》。毛主席的诗词里也引用唐诗，周振甫又注释过毛主席诗词，估计这两本书不会出问题。还有一至九评苏共中央公开信，姚文元的《评〈海瑞罢官〉》，等等。后来又添了范文澜的《中国通史》与《红楼梦》。

在我所有的行李中，其实最有特色、最值得写一写的是一顶圆顶帐子，它真正可以说是我的亲生父亲留给我的惟一遗物。

十五

我恨我的父亲。

我从懂事起就恨他，直恨到他死，本来打算恨他直到我死。

我恨他，是因为我对他的一切恨，统统都是白搭。我多少次声明我恨他，说明我为什么恨他，听我话的人总是不相信。而又正是他们要求我声明我恨他，说明我为什么恨他；我真这么声明了，说明了，他们就不相信。他们可以表示相信，表示接受，这要看他们高兴，看他们是不是跟我有交情，看他们有没有兴趣同我作对，但实质问题丝毫没有改观。到另一个场合，对另一批人我又要从头再来一次，又要再看他们的颜色。我终于发觉，他对我就像真理，就像列宁说的一千次宣称它被批倒了，又一千零一次地去批它的真理。我被他引进了一个迷宫，在这里面，无论我怎么走，结果总是疲惫不堪地兜回到原地。这个迷宫就是他，他就把我生在这个迷宫里。我实实在在的，对他了解得极少极少。我能说得出的有关他的一些成条理的情况，都是后来阿爷阿娘母亲告诉我的。我直接从他那里获得的，只有极可怜的一点零碎而又模糊的印象。我尚且如此，弟弟妹妹当然比我更不如。母亲与他第一次离婚时，妹妹的胚胎细胞还在母亲的子宫里游荡，他对她只是一个没有面目的幽灵。妹妹当然见过他的本来面目，然而我确信她一点也没有印象。她最后一次见到他，是在她五岁的时候。我五岁那年，正是母亲与他第一次分手，对这样重大的变故，我丝毫印象也没留下。我对他的最初印象，是在我六岁的时候。我只记住他不住在家里，住在厂里的单人宿舍里。但他常来，一星期至少一次，来了就有话没话地坐一阵。我记得他的话不多，或许在家里他话不多，或许他生性话就不多，或许他只是在我的印象里话不多，这我无从查考。我与阿爷阿娘母亲总是避免谈他，迫不得已时才谈。没有红卫兵，我对他的情况就知道得更不详细。谈起他来总有些别扭，称呼就成问题。阿爷阿娘直呼其名，母亲说他干脆什么也没有，只以目光示意，我们小孩呢，大人们既不让我们直呼其名，又不高兴听见我们称他“爹爹”，这样，我们就只能叫“他”或“那个人”。说起这个“他”来，舌头上就像生了个疮似的。我记得有一次他带弟弟到公园里去玩，回来当着阿爷阿娘的面问弟弟叫什么名字。我是一生出来就跟母亲姓的，严格地说，是跟阿爷的姓。阿爷说，父亲不算是招女婿，但结婚前说好的，倘若头胎生下儿子，就要过寄给母亲的哥哥——阿爷的儿子，算是阿爷的孙子。“红色恐怖”时，阿爷把这里的区别详细地告诉我，他认为这么一来，我同父亲的干系就可以撇得更清。但这种说法似乎有出卖弟弟的味道。那时只求逃脱一个算一个，顾不得许多了。三个小孩中，似乎弟弟跟父亲的联系最多。他先有一个跟父亲姓的名字，母亲与父亲离婚后，他又有了一个跟母亲姓的名字。那天，据父亲说在公园里买雪糕给弟弟吃，弟弟就说跟他姓。回家再问，弟弟自然又复姓归宗了。父亲很欣赏弟弟的狡猾，呵呵直笑。这事我想大概是发生在他们又复婚之后。复婚之前，他怕是不敢开这样的玩笑的。

阿爷的儿子，我叫他阿爸的那个人，早在抗战前一年得伤寒症死了，死时才十七岁。为了叫他阿爸，我就叫父亲为爹爹，以示区别。阿爸虽然死得早，但只要我们几个小孩有不合阿爷阿娘意时，他就复活了。还有即使我们并没不合二老之意，是生活不合他们的意，他也复活。他终年站在一张发黄的“合家欢”里，频频复活在阿爷阿娘尤其是阿娘的嘴上，就像我们家的灶老爷似的，故而我对阿爸不见得比爹爹陌生。听二老说起来，他真是天底下极顶老实又极顶聪明的孩子。从来不开口讨东西吃，想吃大饼不过用鼻子拼命嗅嗅芝麻的香气而已。读私塾是没被戒尺打过手心的记录惟一保持者，读小学又几次从学校里领回一支毛笔、一方砚台什么的奖品来，后来又跳了一级。我在家里写毛笔字用的那个五寸见方的大砚台，据说就是他凭本事挣回来的奖品。这方砚台，经过抗战逃难与三年解放战争，从宁波辗转到上海，解放后，又搬了三个地方，始终完美无缺，结果却被我一失手将砚盖跌成两爿。阿娘满面血红，手已经高高扬起，阿爷连忙说："好呃，好呃，百病消散，百病消散。人家话磨穿铁砚，希望你书包翻身。"接着他又讲了个故事。宁波当年有个七岁神童，父亲让他骑在脖颈上去应乡试。县官看他人小好玩，就说不用入场，出两个对联，对得好就是秀才。县官说："骑父作马，"神童接口应道："望子成龙。"县官又说："小童生蓝衫拖地。"神童立刻道："老大人红顶朝天。"县官哈哈大笑。县官一笑，就没事了。敲碎砚盖也就这么混过去了。从此，我就生心要挣件什么奖品回来或跳一级让阿爷阿娘高兴高兴，可是轮到我读书这些都没有了。阿爸他是那么地完美，上帝不忍让他在人间多受劫难，况且马上中日就要开战，便早早地把他召回天上去了。他是在上坟途中乘船遇雨受寒得病死的。那天雨头里，他把自己的布衫让阿娘兜着，自己抱紧双臂硬挺，为了这件事，阿娘在他死后带着母亲浑浑噩噩地跑进礼拜堂去听"讲耶稣"，差点由白衣大士改宗基督。在他死前的两天，病情曾有好转。阿娘说，我不知道这是回光返照(后来我知道，这很难说就是回光返照)，他叫饿死了，提出要吃红烧肉。他活到十七岁还没提过要吃什么，阿娘忙去烧了一大碗肉，看他合着两大碗粳米饭狼吞虎咽地吃了下去。当晚他又发烧昏迷，稍许清醒一点的时候，他说听见屋面上有人在走动，有人在喊口令。阿娘说，他是提早一年知道东洋人要打进来，死前特地给家里人报个信的。照片上，他是长袍马褂小滴子帽子，脸蛋圆圆的倒跟我有几分相像。这又是件绝顶奇怪的事。我跟他一点血缘关系也没有。母亲不是他的亲妹妹，是出生不到一个月，被遗弃在路上，由阿爷阿娘抱回家来的。我第一次知道这件事，是在十三岁那年，我去翻母亲的纸夹子时偶尔发觉的。母亲有个纸夹子，里面夹着些空白的道林纸、账册纸什么的，也有几张她当年写过只言片语的字纸，她也夹在当中早忘记了。我看到的文字，若干年后我才知道，是她写的离婚诉状的引言部分的部分。我还看到一封信的后半段，上面写着，这两天父母用各种手段逼我结婚，我的压力非常非常的大，我心里痛苦万分，希望你能来救我。我一看就知道了，这是她在向她的一个恋人呼救。我不知道自己怎么会对这封信具有超常的判断力。信中的措词，也可以作别种的解释，那个“你”也可能是她的一个小姐妹。但我一下子就认定“你”是个男的，这个人有可能成为母亲的丈夫，这么一来，我这个人就没有了，母亲与他生出来的就不是我了。真是好险啊！不知怎的一来，这个“你”没有骑着白马赶到。母亲落到父亲的陷阱里，结果就生出了我。围绕我的生命曾经进行的那场战争，把我的背脊吓出了一层潮涩涩的冷汗。我为什么要知道我的出生曾有那么多的风险呢？我觉得自己的心荡了起来像荡秋千一样。别的孩子，爸爸妈妈，阿爷阿娘，外公外婆，甚至阿爷阿娘的阿爷阿娘，外公外婆的外公外婆，都可以说得清清楚楚，我却疙里疙瘩地说不清，我有点像“宝莲灯”里的沉香了。我真后悔为了刻花，到母亲的纸夹子里去翻高级纸头。我要是不知道这一切是多么幸福啊，本来我不想知道的事情已经知道得太多了，偏偏还要让我知道，知道了就不能再不知道。以后几天，我暗暗观察阿爷阿娘与母亲，看看有没有以前我不曾留心到的异样的地方，不像亲生的地方。没有。母亲照样买好吃的东西回来先要敬两个老的；阿爷阿娘照样把好菜省给我们小的；他们照样对母亲与我们要骂就骂，要打便打(这是针对我们屁股的)，毫不客气；母亲照样对他们百依百顺，吃白衣素，看不出有什么不满。一切像真的一样，我放心了。

若干年后，为了让我到上红总部、市委接待站等地方去问成分时能把问题充分地说清楚，母亲不得不将第二份离婚诉讼书的副本向我公开，对弟弟妹妹还是保密的。我在读这个文件时，眼梢眇过去，见母亲看着我的目光像破棉花胎一样又黑又硬又重。在这一刹那间，我觉得她脸色枯黄，额头与两颊的老年斑骤然增多。我睁了睁眼睛，幻象消失了，母亲还是显得非常年轻的，在她的同代人中，看上去要比实际年龄年轻得多。照理，我应该这么对她瞧上几个滴答，以表示文件的某些内容引起的我内心的惊恐。但看到她那样的神情，我不忍心再演戏去吓她。我无动于衷地读下去，她一定在心里奇怪，我怎么能这么沉得住气。我将报告纸掀过一页，她起身走开了。她起身时，我似乎听到她发出的一声极微极微的叹息，好像是浑身瘫软地喘了一口气，我明显感到从她腰部传过来的一阵酸痛。也许，我这样的平静比大惊小怪更叫她感到可怕，也许我应该做出些恰如其分的表示。没有人教我该怎么掌握好表情的分寸，在几分钟里表演出我在三年里感情出血结疤脱痂的全过程，所以结果我还是什么也没有做。

“爹爹”是“阿爸”的小学同学，现在我连他的确切年纪也不知道，属相什么也不知道。告诉过我的，我都忘记了，反正好像要比母亲大十来岁。他的父亲是个中医，据说在宁波城里还是有点小名气的。不过这位老先生活着时就不让他的儿子们跟他吃这碗饭，说是医生难免要贻误人的性命，是伤阴骘的。我想不是他的医道不太高明，就是做过什么亏心事，往最好处猜度也是有“道德神经衰弱症”。派着这么一个祖父，并不令我高兴，故而我至今没有到“天一阁”去查过家谱。父亲在抗战胜利后到四川去跑单帮，那时他父亲已经死了，但他也高中毕业了。一个高中毕业生去跑单帮，那时的高中生就像今天的研究生那么稀少，他的读书不及我聪明似乎是可以肯定的，我想想也替他惭愧。然而他连单帮也没跑好，途中遇盗，东西尽数掠去，人却打发回来。强盗不肯留他在山寨做王或做军师，对他的自尊心一定是个不小的打击。据说他在肚皮饿得咕咕叫时，看到招考宪兵的告示，因此发愤，这山不留爷自有留爷处，强盗不做就做官兵去。哀兵必胜，他考取了。长期以来，我弄不懂宪兵是个什么玩意儿。说说也是兵，但好像比一般的兵不知要坏几等。一般的给国民党抓壮丁去当的兵非但没事，弄得好还可以忆苦思甜，而宪兵，早在《公安六条》公布前六七年，我就知道它不是好东西。大概小学一二年级时，我有一次对同学说，我父亲只是国民党的宪兵。我原意是说他不是当官的，只是个兵，宪兵大概跟炮兵、步兵、坦克兵一样是一种兵，不料那些同学就“宪兵”“宪兵”地乱叫，阿爷阿娘知道后狠狠地把我训斥了一顿。从此，我就立志自己弄明白宪兵的意思，不问人，结果越弄越糊涂。给赵一曼上老虎凳的是日本宪兵，但是，给江姐钉竹签的并不是国民党宪兵呀！我想，区别大概在于一是被迫抓去的，一是自愿考进去的。进中学后，我稍有了点世故，又想，他当初就不能说在路上遇到抓壮丁吗？他说是考进去的，我也只能跟着说考进去的，这话在他档案里记着呢。因此，我在恨他反动之余，又添一层恨他的愚蠢。

父亲当了两年宪兵，据说是个文书，没有上过战场，也没有血债。这点是我以后多次反复重申的。尽管我唾弃他，但我也不希望他双手沾满人民的鲜血。两年后，他不知是调防还是探亲到上海来，凑巧遇见了阿爷阿娘。阿爷不知看中了他哪一点，这是阿娘后来同阿爷争吵起来总要反复地责问的。你讲你眼光不错的，那现在呢，他有啥好？你说他人老实，靠得住，阿拉家里的祖坟也晓得，以后可以上上坟，现在呢？每当这种时候，阿爷总是敛神静气，眼观鼻，鼻观心，显出种不屑一辩的样子。那副高深莫测的架势，到今天我还不曾学会。总之，是阿爷坚决主张让父亲退伍回来，同母亲成婚的。不过，有一次在阿娘责备阿爷时，母亲驳阿娘说：“你也劝我的。”轻轻一句，阿娘像被击中一拳，立刻不再说下去。后来，我在离婚诉讼书里读到，阿娘曾对着母亲下跪，哭哭啼啼地以死相胁，母亲才不得不屈从了。联系到日后阿爷阿娘对父亲的鄙夷，这点我无论如何想不通。与死去的儿子同学，并非很深的关系。据二老说，结婚的一切费用都由他们承担，父亲只光身进来一个人，以后父亲又失业了好长一段时间，都由阿爷养他，而父亲还不算是招女婿，交换条件只是把我过寄到“阿爸”名下，天平的两端看来太不平衡。难道上坟真有那么要紧，要阿娘用下跪用死去断送母亲的幸福？这个千古之谜，或许只能留待研究我作品的专家们去考证了。

到我开始考虑选择终身伴侣组织神圣家庭时，除了一般的条件外，我其实还有两条自己也不太清楚然而十分要命的条件：一、我绝不做上门女婿，哪怕不是招女婿，哪怕这家的条件与我家有天壤之别。二、女的若有交往两年（后来放宽到三年）以上的男朋友，哪怕这女的再三声明她对那男的已毫无感情，我也不敢领教。同物质一样，感情也是不灭的。它只会从一物转移到另一物，从一种形态转换到另一种形态，或者暂时打个瞌睨；但你绝对不要相信一种感情会被你彻底窒息了，一个你爱过恨过的人会被你从心灵上干干净净地抹去。我见过沉睡的感情醒过来的样子，它就像一个孩子从午睡中醒过来，往往会莫名其妙地大哭大闹一阵。看到孩子的这种哭闹，我的幽默感就荡然无存。别的时候他哭，哪怕他——我的儿子是让我打屁股打哭的，他哭得十分认真、十分伤心，我从这种认真与伤心中会突然发现一种美，一种童稚的说不出的可爱，我会忍不住想笑出来。但是，儿子在午睡醒来后乱哭，我的心就会悸动，烦躁擦得我心壁具有很高的静电压，我看见黑暗的胸腔里火星直冒，呈一条条抛物线地洒下来，带着一股铁锈味。倘能忍住不揍他的话，我就只能自己走开去。人啊，一辈子就被感情的鞭子抽着像陀螺似的不停打转，想停也停不下来。孩子的这种无端的发泄，就是人的不能自拔的境遇的缩影。陀螺与陀螺的区别，就是有的重心正一些，低一些，转得平稳一些；有的重心歪一些，高一些，转得摇晃一些。转得稳的就是好陀螺，正常的陀螺；转得不稳的就是不正常的陀螺，坏陀螺。陀螺，上海的儿童们叫它“贱骨头”，上海人是多么的聪明啊！

我五岁那年，母亲向法院提出离婚起诉，理由是“政治上”的分歧越来越大，两人的感情裂痕已无法弥补。据阿爷阿娘说，还有别的理由。他糊涂，不顾家，好在外面充大好佬。阿爷曾经推荐他到一个开私营厂的朋友那里去当会计，没干几个月，他就挪用公款，说是接济一个有急难的朋友了，后来还是母亲拿了阿爷的钱去填补了亏空，但那个老板再也不好意思用他。以后他又有一两个月工资拿回家来不足数，再以后又查出来奖金什么的也让他私吞了。母亲盘问他，他支支吾吾地说不出钱的去处。不过，他不赌不嫖，这点似乎阿爷阿娘与母亲都没有疑问。这些理由，我稍有分析头脑后，就不相信。这些事发生在我五岁之前，真为这些事闹翻，应该离得更早，这倒是我所盼望的。我曾希望他们在我出生之前就离了，前提当然是只要保证我能生下来，否则就缺了个表示希望的主体。再说，倘是因为经济问题闹离婚，那就贬低了母亲。母亲虽然一生没有富过，但也一生不大看得起钱。这点阿爷阿娘也一样。他们再穷也不抠钱。他们最大的骄傲，就是三年自然灾害时期，把家里全堂红木家具统统卖光，但五角一只的鸡蛋没有少买，蹄膀、肋条肉没有少买，糕饼券、点心券一张也没有过期或送人，自始至终没有亏待过我们三个小孩的肚皮。这么豁达的阿爷阿娘，比起母亲的豁达来，他们还吃不消。阿爷常当着母亲的面对我们说："你们娘，钞票不要的。'阿爸阿爸，你不要总是钞票钞票。'她不讲钞票的。"阿娘也一直怪母亲，说她的大度助长了父亲的狡猾与贪心。她还帮父亲瞒蔽过阿爷阿娘，所以阿娘说她同人好起来"像头扚落介"。不，不是为了几个钱，真是为了"政治"。正因为是政治，法院就爽爽快快地批准了。

二十多年后，母亲同她的第二个丈夫离婚，那才叫"打"离婚——"打"官司呢。旷日持久，两三年的工夫，反反复复，像吹泡泡糖似的，要嚼半天才"卟"的吹出个泡泡，泡泡破了又要嚼半天，总舍不得吐掉，叫旁边看的人都牙根发痒。到了终于出头的时候，母亲就像喜儿从大山里回来，老得不堪入目。皆因为这次的离婚没有政治。

离婚一年之后，他们又复婚了。为这件事，我很怨过母亲一阵。她使原来已经够复杂的问题更加复杂。在我竭力为她脸上贴金的时候，在我反复向同学说明她是解放后不说最早也是相当相当早的青年团员的时候，在我宣传她为了政治大义灭亲的时候，到这个地方，我的唾液分泌就会增多。话泡在过多的唾液里，就像饼干一样失去了骨子。母亲当然是有理由的。妹妹的出生，为家里多添了一张嘴，而且她是女的，我们穿剩的衣服她就不能再穿。阿爷恰在这个时候由私营加入国营。毛主席带头减薪，他跟着一下子减掉了三十多元。这时，父亲又一次次上门来表示悔过。母亲通过组织到父亲单位去了解，证明他确实旧账已清，并且立了新功，被评为扫盲先进教师，还奖到一本三十二开的活页簿。母亲还可以拿出出版局副局长的亲笔信，信中这位领导也鼓励她破镜重圆，教育帮助每一个愿意跟共产党走的人。组织的意见是促成这次复婚的主要动力。但是，她把那封信拿出来的时候，那个副局长已作为叛徒在接受审查。叛徒嫌疑犯的亲笔信，我考虑再三，还是不拿出去为好。反正，复婚是多此一举，有百弊而无一利，后来事实也证明了这一点。

不过，它也使我对另一个把我接到这世上来的人，稍许有了些印象。这印象跟灾民喝的粥汤一样稀薄。我要挖空心思地想，才能想起他曾带弟弟到公园去玩过，回来还乐呵呵地开了个玩笑。我还记得他把我带到他的单位去玩过一次。好像是家弄堂厂，因为到他办公室去的楼梯狭得很，办公室似乎是在个阁楼上。有几个钟点他把我一个人丢在那里，给我一张白纸一段铅笔，让我照着香烟壳子画飞马。我画来画去画不像，后来他来了，一画就画像了。下午他带我去看电影，他说是香港片，很好看的。我只看见不断地有各式各样的女人掏出手绢来捂住鼻子。我觉得很有劲，但回家阿娘问我，我忽然觉得应该说没劲。我这么说了，阿娘撸撸我的头。

然而有件事我却记得清清楚楚。那是在我的前世冤家程老师当道的时候。这天，程老师又发性要把我关夜学，正巧换父亲来接我。程老师以为他在家里有权威，就啼啼哆哆向他告了一状，然后开恩发配我回家。他呢，也难得有机会过瘾，为了在老师面前显示他的确是我的父亲，就在出校门的时候朝我屁股来了一脚，象征性的，同时说：“操那，回去！”我们小学的校门开在一幢大楼的二楼，从二楼到一楼是一道一米来宽的水磨石梯子。我当时被他一脚踢得晕头转向，以为自己的问题真有多么严重，连一向在家里没有声音的“他”竟也对我这么凶起来。我吓坏了，就像兔子似的往正在下楼的另一个班级的队伍里一钻。待我窜到楼下，回头不见他跟下来，逃亡的念头立刻像片云似的遮住了我的心窍。我飞快地往弄堂口奔去。出弄堂朝右一拐，就是虹庙。我背着书包直奔右侧的偏殿去。那里有各种各样奇形怪状的神道，现在想来，大概是罗汉堂。我们小学生都喜欢到那个殿里去，老太太则喜欢到对面的观音殿里去。在这个殿里，每个神道的面前都有一块木牌，标明是几岁属什么的。我们总去看自己这年龄的木牌放在哪个神道面前，算算自己的运气怎么样。据说面目慈善的运气即好，面目凶恶的运气就差。但是供在这个堂里的神像，长得像我那样清秀的实在不多。那天，我去看时，我命运的木牌搁在一个眼睛里生出手来手掌里又生出眼睛来的菩萨面前，跟我前两天看的一样，没换。眼睛里生手，这面貌当然不会标致，但算不算凶恶，我吃不准。我将他与别的菩萨比较了半天，还是吃不准。我从罗汉堂出来，又到大雄宝殿，又到观音殿。我只是看看，磕头是不敢的。万一让别的同学看到，汇报给程老师，又是极严重的罪名，这点我懂。虹庙要关门了，我出来。天渐渐暗了，肚皮也格外早地饿起来，但我不敢回去，我还在想着眼睛里生手手掌里又生眼睛是什么意思。我朝有许多同学住着的 14 路车站旁的那条弄堂走去。我想，我的逃亡一定谁都知道了。也许有哪个同学要跟我结拜兄弟，他看见我，会给我一点钱和粮票，让我去买一副大饼油条。我在那条弄堂里走来走去，奇怪的是不见到一个同学在弄堂里玩。一股豆油的香味提醒我，他们都在家里吃晚饭。这时，我的思想也饥饿起来，再也分泌不出一点关于流亡生活的灵感。我从这条弄堂转到那条弄堂，转呀转呀，我越来越害怕。我想，阿爷阿娘一定气坏了，爹爹一定添油加酱地拼命触我壁脚，他们从此不要我了。这时，我听见阿娘在哇啦哇啦地叫我名字，我连忙大声答应着，朝那头飞奔过去。到那条支弄口一看，原来是个不认识的宁波老太在叫。顿时，我觉得眼窝里贮满了水，轻轻一晃就要溢出来。我想，我这样回家去，一定能哭得出来，这样阿爷阿娘也许又会收留我的。我端着脑袋紧赶慢跑地往家里走。进灶间门，上楼梯，从邻居们目光的丛林里穿过，把自家的房门一推开，我听见阿爷从暗洞洞的前间传来一声问：“寻到哦？”房里没有开灯。我连忙把眼窝里的水收回去，我知道这可以不派用场了。

阿娘、母亲与父亲一个个先后回来了。他们兵分三路去找我，不知怎的会没有和我碰到。阿娘问我为什么要逃走，我朝父亲看看。阿娘说，你老实讲，不要怕！我说，爹爹踢我一脚，骂我“操那”……我还没说完，阿娘就指着父亲训斥起来，你哪能可以这样对小人，小人不要给你吓坏？他胆子小煞的，经得起你皮鞋脚一脚？你穿老虎皮的样子又拿出来了？小人坏，回来打屁股，你路上不要打。千年难得叫你去领一趟！他吓得不敢回来怎办？被拐子拐走怎办？父亲被阿娘训得两眼朝我白瞪白瞪的，好像要报复我，我可一点也不怕他报复。

从此，我脑子里就留下一个深刻印象。他不爱我们，他待我们很凶，他根本不像个父亲的样子。

我九岁那年，母亲又提出同他离婚。还是他不好。据说又来了一个什么运动，他突然说还有个历史问题没有交代，好像是临解放时替一个朋友窝藏过手枪什么的。母亲听到他还是在政治上要花招欺骗人，毫不迟疑地同他一刀两断，这本来是复婚时说好的。后来阿娘教训弟弟的时候，曾说过，你说谎，说谎，还说谎哦？说谎就跟你爷一样，有好结果吗？在我们家里，说谎是原罪的第一条。只有弟弟敢触犯，我和妹妹都不敢。

那一天，是夏天，我头一回看到大人哭的样子。那才真正叫哭呢。父亲和母亲坐在吃饭的圆桌边，他们好像各自在写什么东西。他们都穿着短袖的白衬衫，素静而庄重，像两座雪山那样遥遥相对。泪水像瀑布一样从他们的脸颊上哗哗哗地挂下来。脸颊在泪水源源不断地冲洗下，变得透明起来，好像滂沱的大雨淋浇下的窗玻璃。尽管泪水那么粗那么长，但他们都没有发出一声号啕或抽泣。我要是哭出那么多的泪水，一定是喉头哽塞，头皮发麻，手指抽筋了。但他们照样说话，照样握笔往纸上写什么。我只记得他说：“看在三个小孩的面上，你最后再郑重考虑考虑。”“不要讲了，不要讲了，”母亲拼命地摇头，泪珠似乎呈圆弧状地飞洒开来，“就是因为三个小孩，只能这样，只能这样。”我真是看得如痴如醉。大人哭起来是那么的文雅，那么的安详，那么的美，就像电影里看到过的江河融冰一样。父亲这哭的样子，倒叫我有点佩服他了。

这天以后父亲又搬到厂里宿舍去住了。对我们小孩来说，他在与不在毫无两样。我们本来就习惯不把他放在眼里。大约半年以后，他就离开上海到一个劳教农场去了。据阿娘说，本来并不要他去，他一个人待在宿舍里闲闷得难受，主动提出要劳教去。后来到文化大革命中，母亲通过组织去他单位调查，在那次运动(我至今不知道是什么运动)中他得到的结论是“监督劳动，不戴帽子”，看来阿娘的话有几分道理。不过我说给红卫兵听，他们没一个相信。后来我想，换我做红卫兵也不会相信，再说下去有为他辩护之嫌，我就学乖不说了。阿娘还说，他要求到农场去是存心不良，他要赖掉贴补我们三个小孩的抚养费。法院本来判决他每月要贴我们一人十元，总共三十元，直要贴到我们参加工作。他到了农场，就不再将钱寄来。后来他的单位出面来说，他的工资革掉了，再无能力支付这笔钱，告也没用。而阿爷恰又在此前不久从单位里退休了，是年六十九岁，工资一下子又减去三十元。这件事，以后阿娘跟阿爷吵起来没少翻老账。说来也是阿爷不好，自我吹嘘说单位领导本来还要留他干两年，但他不愿再干下去。他吹什么呢？一吹就吹出报应来了。精明如阿爷，也有失误的地方，看来骄傲与虚荣真是做人的大敌。从此，我们家与国家同步进入困难时期。三年后国家逐渐好转了，我们的家境却迟迟好转不起来，至少要迟四五个三年。

害人精！良心刻毒！没有好结果！每当钞票变不出来的时候，阿娘骂过阿爷，就要骂父亲；或者骂过父亲，再去骂阿爷。我们在骂声中成长，对父亲的仇恨与日俱增。

到我十一岁的时候，这个害人精忽然给家里来了一封信，说是要到上海来采购东西，顺便要来看看我们三个小孩。不供养我们，居然还要来看看，这么无耻的要求，叫阿爷阿娘与母亲都慌乱起来。他们背着我们研究了半天，然后正式向我们宣布，他要来了。

我们是多么的不希望他来。他不是好人，跟不是好人的人多见一面总不会是好事。我们不知道阿爷阿娘与母亲这么恨他，为什么又不直截了当地拒绝他。他们不拒绝，我们也没有办法。但我肚子里拿定了主意，我决不去理他，我要大义灭亲。

那天他出现得太突然了。

黄昏，我与弟弟获准到弄堂里去玩十分钟，我们刚走到门口，忽然看见楼梯口冒出他的头来。两年不见，我闭起眼怎么也想不起他的样子来，但居然让我一眼就把他认了出来。我觉得奇怪。他也一眼看见了我们，就对着我们嘻嘻地笑。我一下子被一种神秘的东西牵住了，忘记回身进去告诉阿爷阿娘。他朝我们走过来。在这一瞬间，我脑袋昂起，嘴唇翕开，像个白痴似的——我着了魔。他的目光像一管针，把多少年的恨与革命教育，都从我脑袋中抽空了。我竟然顺应着他嘻嘻的表情，作出一种献媚的样子来。我倚在那道油漆像蛇壳一样皵起的门框上①，脸上浮出讨好的笑容，活脱一个乞丐。两只手还不知所措地捏在一起，而我的脖子上挂着红领巾，左臂上划着二道杠。我望着他的嘴唇。他的嘴唇薄薄的，人中处微微翘起，比我的漂亮得多。他还没有启口，我就怯怯地叫了一声“爹爹”。我一叫，弟弟马上跟着叫唤。他伸出右手拍拍我的肩膀，伸出左手摸摸弟弟的头发，说：“你们还认得我啊？”我们对着他嘿嘿地傻笑。这时，阿娘听到门口有动静，走了出来。我这才如梦初醒。刚才有多么傻，站在门口，我的那些软骨头的举动，都被别人看去了。

他在上海大概呆了一星期。头两天住旅馆，每天到家里来吃饭。以后照顾他，就让他在家里睡，晚上用一张方的红木台与一张圆桌子拼起来当铺。我记不得他是否带我们出去玩过，但肯定他没

---

① 皵：音如 kò，动词。东西晒干以后，中间鼓起来。见《简明吴方言词典》第 311 页。

有和母亲一起带我们出去过。既然第一炮打哑，叫开了头，我就只能一直叫他爹爹，因此我希望他早早离去。终于，他走了，并且，上帝遵照我的愿望，没让我再见到他。

这件事，我一直对老师和同学保密。在红卫兵的铜皮带头子面前，我还是咬定说自从九岁以后再也没有同他有任何联系。我想好了，要是被人揭发出来，我就说忘记了，吃皮带也说忘记了。但它总是一块闩在我胸口上的心病。他总是给我带来灾难，我怎么能不恨他呢?

他回家的一年以后，一个深夜，我合扑睡在床上，突然醒过来。那时候，我半夜醒来是极罕见的，而且没有做噩梦，什么梦的影子也没有。一睁开眼就十分新鲜。本来我早晨醒来还要迷迷糊糊地睡个还魂觉。我发觉枕头湿了一片，我以为是自己流涎，很难为情。我翻了个身，想用后脑勺去把它焐干。这时，我看见阿娘坐在我身边，觉得非常奇怪。阿娘抓过我的臂膊，轻轻地撸了一会，说："他死了。"我一下子没有明白过来。阿娘又说："刚才电报来了，说他淹死了。"我明白"他"是谁了，也明白枕头上大概是阿娘的泪水，但我不明白阿娘为什么要哭。我只觉得臂膊在阿娘手掌的抚摸下十分舒服，好像有朵云在身下托着我。"你们今后要苦了，哎，你们命苦……"阿娘还在说。我还是不明白，他死了我们为什么要"苦了"呢?他活着倒总是叫我们提心吊胆的。我要睡了，又翻过身去。阿娘忙把我的身子扳过来："叫你不要合扑困、合扑困，他就是合扑困，结果死在水里。"我这才心中大怖，知道发生了一件了不得的事。我马上闭起眼睛来装睡，一装很快就装成真的了。

以后两天，大人们都在紧张，他们怕他是自杀。后来农场的信与验尸报告都寄来了，证明他是洗澡时淹死的，这样大家才松了口气。阿爷阿娘与母亲商量决定不到农场去，也不给他戴黑纱。关于后者我是发自心底地拥护。四年后，我至少能响当当地对红卫兵们说："他死的时候我连黑纱都没带！"红卫兵们不敢绝对地把我定为"狗崽子"，这是一条十分关键的理由。因此，他死的日子，我也没有记住。他对我，是一个没有生日没有忌日的影子。他彻底地附着在我的身上，我的生日就是他的生日，我的死日就是他的死日，他就是我的生父。

若干年后，我看到报上的一篇小说，写一个受迫害的老干部，临终前将她的孤女托付给病房里的一位护士，那小姑娘懂事地上前叫那护士一声："妈妈！"我看了心里就不舒服。后来我遇到这位作者，我对她说，这里小姑娘不应该是懂事地上前叫一声妈妈，而是不肯叫一声妈妈。我说这我有经验。下面的话我没有告诉她。尽管我有这么一个父亲，但我还是不肯喊其他的任何一个男人为爸爸。或者叫伯伯，或者叫叔叔，或者不厌其详地叫某某某的爸爸。我忌讳这个词。这个词已经被一个男人攫去了。也许这个男人对这个世界的惟一贡献，就是参与产生了我。这样，我就不得不为他一个人保留这个称号。为了我这个古怪的习惯，我的一个女朋友就吹掉了。在母亲与她的第二个丈夫结婚之后，我坚持斗争了几个钟点，在三个大人的集体压力下，才同意改口叫他"阿爸"。我那时想，"阿爸"原是用来称呼那个对我来说从来没有活过的过房爷的，那是个死人，既然那个人喜欢，就让他戴一顶死人的帽子吧。所以当他第一次一本正经地答应的时候，我仿佛看到他头上戴着那顶发黄的瓜皮小帽，我满怀恶意地忍住了没笑。

不管我怎么地恨我的父亲，怎么地怕他的影响，他的遗产还是寄到家里来了。我们是他的惟一继承人。一只破箱子，几件破衣服，其中最值钱的就是那顶圆帐子，还缺了个竹圈。

到现在我还说不清楚，下乡时我怎么会对那顶圆帐子表现出异乎寻常的热情。我主动提出不买配给供应的七元多钱的方帐，在这方面，我显示了不必要的勤俭节约观。我是一个理智型的人，几乎每一个行动，哪怕极其愚蠢的行动，都能说出一定的理由。但是，这件事上，我似乎全被一股潜在的冲动所左右。从理性上说，我选择这顶圆帐是绝对的不利，因为它立刻可以联系到我的父亲，而我是绝对不希望让周围人想到有他的存在。更不要说，这顶圆帐使我在一群陌生人中立刻就显得非常的古怪。他们一下子就调动一切器官来打量我、审度我，当他们发现我这个与众不同的家伙不是个征服者而是个傻蛋时，他们就肆意地来作弄我。这顶圆帐叫我吃足了苦头，而我在吃苦头时又似乎获得一种满足。它好像一块丝瓜筋，在我精神的表皮上狠擦，擦出一种火辣辣的快感。我甚至还说不清楚，是为了追求这种潜在的快感，才选择这顶圆帐；还是选择了这顶圆帐，才生出一种快感来作为阿 Q 式心理补偿。反正，我是自讨苦吃，在这一点上我倒继承了他的秉性。

十六

电车又来了，又开走了。一件黑衣服在它的屁股后面一闪，消失在对面那扇青灰色的铁皮小门里。

“乌鸦！”

我立刻闻到胃里发出的一股蛋黄的气味，我明白这是命运给我拍来的电报。

“乌鸦！”从毕业分配开始，我三日两头到学校里来，就是没有见过她的影子。今天，我不是到学校里来的，更不是找她来的，却偏偏让我撞上了。如果不是冥冥中有谁存心安排好的，那么这一切实在是太巧了。“乌鸦”——“大姨妈”在初一下学期就叫她“乌鸦”，真深刻，到如今我才一点点体会到其中的意味。好极了，我不会放过这个机会，管它是命运安排的还是偶然巧合。我要找到她——东伊人，迎上去，让她从今以后认得我，一辈子也忘不了我。

我向那道青灰色的小门走去。我站在马路对面已经对它看了多少时间了？我不知道，我没有表。我只觉得心里像发疟疾似的一阵热一阵冷，已经循环了好几遍。我正奇怪，为啥傻乎乎地愣在这里，可是脚就不肯移开。原来我在等她。我的脚比我的大脑更早接到了命运的指令。

我向那道青灰色的小门走去。现在我理直气壮，义无返顾。不是我要进去，我没有那么贱，还来跟母校告别什么的——母校，现在我要叫它母校了？！不，是命运派遣我去的，我去执行它的任务。

我推开了那道小门。那个驼背老头像嗅到了什么，从那个像牢房一样的传达室的小窗里探出半个脑袋来。他看见我，眼睛里露出一丝笑，表示他还认识我。那丝笑像块油腻腻的抹布在我心上揩了一下。我在他黄浊的瞳仁里照见了我自己，一团黑糊糊的影子。我过去一直看见他就笑，就点头。我不是尊敬他，这个驼背老头子第一面就让我大吃一惊，以后也从未引起过我的好感。我朝他笑，只是想叫他对我有好感，从他面前经过时省得摸学生证。我的笑一定比他对我的笑更令人恶心。学生证现在还在我的塑料票夹里藏着，我准备一到崇明，领到了工作证，就划根火柴把学生证烧了，纸船明烛照天烧！我要把我这种卑微的笑也烧了，我真想把培养我生出这种笑脸的那个鬼地方统统烧了！

进了这道门，眼前就是操场。时光过得真快，四年前，我第一次走进这里的印象，还历历在目。我一进门就被操场四周那五棵法国大梧桐给迷住了。墨绿色的枝叶铺满了天，太阳变成了绿毯子上的一个个小金钱。知了在枝叶里喳喳地欢叫，那股旺盛的劲头像要托着你飞起来。我奔过去，张开两只手臂去拥抱树干。梧桐树一个个凸起的瘤子擦着我的白衬衫，擦着我胸口的肌肤。我拼命地贴近它，把手指往前伸，往前伸。我的脸歪过来贴在树皮上，皱起的树皮蹭在脸上有种异样的感觉。我的眼睛望不见我的指尖，我嘟起嘴像鱼嘴巴似的，喊“喂，多少，多少？”我听不见同伴的回答。我就用手指在树干上狠命地抠，指尖火辣辣的好像磨破了。我退了出来，往两头去看看，似乎有两个浅浅的印子，似乎连树围的一半还不到。我不甘心，想再来一次，低头看见白衬衫前襟上几条深深浅浅的印子，我害怕了。我去寻同伴，原来他在喝沙滤水。五个锃亮的铜龙头，龙头朝上，每只龙头上凑着一张鲜润的小嘴。女生凑上去时先要掏出花绢头来擦一擦。轮到我了。我一边把嘴凑上去，一边去掰开关。一股水柱急射向我的上颚，上颚被冲得细雾弥漫，珠玉乱溅，发出轰轰的回声，水流像瀑布一样泻进喉咙的深潭。喉咙里顿时腾起一条白龙，窜向鼻腔。白龙到此又化为两条小龙，一条直冲脑门，搅翻了那里贮存着的九十九缸酸醋；一条从鼻孔中奔突而出，在夏日的阳光下变成一道彩虹。我连忙松开嘴巴，把头昂起。从金光闪闪的铜龙头里飞迸出来的水柱又全部射到我的前胸上。红领巾红得滴血，白衬衫白得像融雪，露出里面的胸脯，像氽在水面上的一段嫩藕。

我还能听见自己的笑，格格格格，刚变声，像我小时候玩的竹管机关枪。

眼前呢？梧桐树只剩下光秃秃的枝丫，枝丫还被截去了许多，露出白森森的伤口。在树根周围少得可怜的一点泥土上，还沾着几片黄叶。黄叶被北风吸尽了汁液，像纸灰一样，干枯，焦黄，仿佛吹口气就会化为粉末。只有一片黄叶是湿润的，也许被谁浇了一泡尿，黄得像紫铜皮一样，也似乎可以闻到一股甜津津的铜锈味。几只灰白色的麻雀在灰白色的水泥地坪上一跳一跳的，它们也懒得展动翅膀像个蜷缩着苟延残喘的老人。一只麻雀跳在一段漏落在地上的梧桐残枝上，耐心地啄着上面的小球果。篮球圈上早就没有了红白相间的篮网，如今连篮板也被风雨剥蚀得不堪，像一只生蛆的疮口。我不敢走到沙滤水池那边去。沙滤水断流已经两年多了，我能想象出那副惨象。尤其惨的是印在浅赭色磨石子水池边上的一摊摊水痕。那是些白乎乎的粉尘，用手指可以擦去。这种呈波纹形的粉尘，是水的残骸，生命的僵尸，以往岁月的木乃伊。它还残酷地提醒你，这里流动过活泼的生命。它要逼你承认，你的一部分生命，一段黄金时代，青春的一半时光，已经像它一样，枯萎了，尘化了；也像它一样，还徒然要保留生命的表象，结果显得那么的丑陋。

母校，这就是母校！我记起阿爷曾经对我说过，菩萨为了点化一个凡人，就让他半夜一觉醒来，发现枕头旁躺着的年轻的女人，变成了一个干瘪老太婆，一眨眼又变成了一具骷髅。我不知道现在是谁要点化我，又要点化我悟出些什么，引我神使鬼差地走到这里来，让我欣赏这副凋败的景象。其实是多此一举，我早已对它毫无留恋。母校，母校给了我什么？给了我一堆敲得粉粉碎的偶像，又给了我屁股上狠狠的一脚，在那里打上了一个青紫色的皮鞋印。什么春天，它的那股霉蒸气叫我的天真变馊；什么花园，它让凶恶的野草蔓延旺长，差点窒息了我的一点良心。它给了我真善美吗？弱肉强食是真，溜须拍马是善，皮笑肉不笑是美。什么知识、友谊、园丁、蜜蜂、温暖的阳光、和顺的细雨，统统都是卖老鼠药的“酱油皮肤”嘴角上飞出来的白沫。比那种白沫还可恶，它是麻醉药，叫你在受到暴力宰割的时候毫无抵抗能力。母校，母校，或许有一天我会再来。我回来的那天，一定是自己觉得不再像现在那么窝窝囊囊，木头木脑；我一定已经在这世上混出了点名堂。我回来，不是要把什么光荣归功于它，而是要让它看看，还有一个没有被它完全败坏的生命，他又恢复了尊严，恢复了智慧，恢复了健康。那股霉味已经被他从骨髓腔里驱逐了出去，他的血液又变得鲜红；创伤已经平复，他的肌肤又重新焕发出光彩。

面对着那几只抖抖瑟瑟的麻雀，我又做起梦来。梦在我脑子里飞旋，发出嗡嗡的声音。我被我未来的形象陶醉了，像卖火柴的女孩痴迷地看着那一豆火光。在这个片刻里，我把我的使命忘了。我变成了一个失败的将军，对着遍地横尸，抚着臂上流血的伤口，向苍天叫嚣，我还要卷土重来。

那是在我临出发前三天的下午，是一个冬季常见的阴天。天空中布着一层看不出形状的稠云，像芝麻糊似的，间或露出一条或一团透明的油光光的胶体。风不大，西北风三到四级，吹到脸上手上像猫爪子在轻轻地搔一样，不容易感觉到。所以我能做上片刻的梦，风再大一些，做梦的那点能量就不容易在脑壳里存起来。后来我在农场冬天的田野里做白日梦，就要戴上厚厚的棉帽子，再拉下两边的海虎绒帽耳，把大半张脸包得严严实实。

隔天我拿到了去崇明的船票，上面印着“大达码头 6 时 30 分开船”。大达码头在什么地方？我问洪流，他说，就是十六铺。十六铺怎么改名叫大达码头了呢？也许本来就叫大达码头，他说，十六铺是俗称，像有的人小名叫阿二头一样。他显然对这个问题毫无兴趣(我不久就将知道，他的心思其实在别的地方)，说，那天早晨五点半他来叫我，他保证我不会误船。他见我眉头还结着，又说，就是脱班也没啥大不了，最多过几天买张船票自己去，这样还可以在上海多玩些日子。我被他这么一说，更加吃慌，但又觉得不能表现出吃慌，应该显得原本和他一样洒脱。想不到临时洒脱，准备不足，竟连一句完整的台词也说不上来。他咯咯地乐了，像母鸡叫，说，你不用担心，我是带队的，怎么能脱班呢？诸葛一生惟谨慎，我做事还是很稳的。我被他笑得有点恼，他是诸葛亮，我是什么呢？我把恼怒埋在心里，回家后，又问了不少人。对大达码头知道的很少，然而都说上崇明船在十六铺。我熬过一夜，还是决定亲自到十六铺去看一看。十六铺对我如雷贯耳，但我却从来没有去过。马上要告别上海了，趁白天去浏览浏览，也不算太浪费。我的心底里，暗暗希望大达码头最好在提篮桥或杨树浦，这样，我就可以好好地提醒一下洪流，要他戒骄戒躁。

我的愿望未能实现。大达码头虽然不是十六铺码头，但却和它紧挨着，也许一百年前是一家，我很遗憾。更遗憾的是十六铺这个商业区实在经不起浏览。几家像样点的大商店的门面，被我目光一瞥，立刻化为焦土。我是从南京路文化圈来的，眼光厉害得像火焰喷射器。但我总要让此行多一点意义，眼下的时间，真是一寸光阴一寸金，我要对得起自己。我决定沿黄浦江走回去，让我的目光把那些巍巍高楼统统烧一遍，看看它们是不是经得起烧。

我沿江走了不多久，那道熟悉的黑灰色的园墙就扑进我的视野里。于是，我就像掉了魂似的站在它的斜对面对它不知看了多久，看得火焰喷射器里的燃料全部用尽。这时，那件黑衣服又来诱惑我，把我带进了这块像墓地一样凄凉的地方。

我终于从梦中冷醒，发现在那么大的一个封闭的空间里，只有我一个人。周围没有一点声息。我想，等一会我义正词严地骂起东伊人来，声音一定是很响的。我应该看好退路，不要让他们堵在这院子里。这一想，我似乎看见小白脸他们从楼梯上冲下来，从地下冒出来，把我团团围困在中央。我的背脊上霎时燥热起来。我看见自己一掌把驼背老头打歪在一旁，夺门冲到马路上，跳上一辆将要起动的电车。我觉得手腕有些隐痛，那是在驼背突出的脊梁上磕的。我摇了摇手腕，又回到现实中。到哪儿去找东伊人？现在的老师都神出鬼没，没有固定的办公室办公桌。她也许在原来的教导处现在的工宣队办公室里，但我不能到那里去自投罗网。惟一可行的办法，我只有在这儿等她。等她多少时间呢？半小时？一小时？我没有表。我跑到传达室去看电钟，九点缺三分，不知是哪年哪月的九点缺三分。我只能用传统的办法。我计算一下，一分钟六十秒，一小时三千六百秒，我就数二千吧。蜡烛一样插在路中央也不像，我走上西大楼的台阶，装着看一张残破不全的枪毙人的布告。二千，命运你真是要借我来惩罚这个恶人，就让她在二千之前跑到我的面前来。

她果然来了。

那件黑衣服在转角处一出现，我的心就别别别地乱跳起来。我迎上去，只觉得一股热气从脚心里升起，沿着坐骨神经往上爬，到肛门那里盘旋了几圈，然后转道向前经肚脐直冲到胸膈，在那里像鸟翅膀一样地扑腾。她看见我了，脸上闪过一丝惊讶的表情。一定是我的脸严肃得可怕。你多看看，多看看，我要这张脸深深地烙在你的脑子里，让你闭起眼睛就能见到！我琢磨着第一句话。怎么称呼她？叫她名字？让她血压一下升高五十毫米水银柱？叫她东主任，让她永远记住这个尖刻的讽刺？她已经停下来不走了。她害怕了，这个开头不错。我要干下去，这是天赐给我的出口恶气的机会。

“你怎么来了？”她先开口了。

太好了，她先开口了，省却了我在称呼上的一切麻烦。“我要到崇明去了，你知道吗？”

“噢！”她这声感叹很有点洋味，让人想到她到大西洋彼岸去啃过面包，“是吗？几时走啊？”

“为什么把我分到崇明去？”

“噢！”她又叫了一声，“这我可不大清楚。我身体一直不大好，这一切都是工宣队决定的。”

“你把我摆在哪一档？”

“我忘了。真的，我血压高，很高，头发昏，很多事情都记不住。我都是如实反映情况，按照每个人的条件，怎么摆都是工宣队决定的。他们告诉过我，我忘了。我都记不住，我经常头昏，头昏……”

她比我想象的还要老练。她竟能面不改色心不跳地把责任推得一干二净。不说毕业分配的实际结果，就说分配进行的办法，事先既不公布工厂、郊农、外农的具体名额，又不公布谁按条件排在什么档子，通知一张张悄悄发到家里，让你总是满怀希望地等待着，等你醒悟过来，一切木已成舟，生米煮成了熟饭。这种与众不同的可恶的心计，很难说出自工宣队员老吕。连我这样迟钝的人，也能闻得出其中带有她常抹的那种外国香水刺鼻的气味。她头昏，她坑害了多少人的青春！

我要骂她，用最严厉的话来骂她！但是，我忽然觉得一口丹田气再也提不上来。我记起评话里说的，程咬金三斧头，难道我像这个戆胚？我急得手心里攥出滑腻腻的汗来。还是骂不出来，声带松掉了，像断裂的自行车链条。我瞪着她，希望那张可恶的伪善的脸会给我引爆力。我看见她的两只鼻孔，发觉它长得非常奇怪。颜色和脸部其他地方的肤色都不一样，蜡黄蜡黄的，像鸟喙似的，好像原来调好颜色的捏脸的材料不够用，临时把别的颜色的橡皮泥贴一块上去凑数。这只鼻子在我眼光的逼视下发酵开来，占据了整个面部，与她那双暴突的贯着血丝的眼睛，那张尖尖的紫红色的嘴巴，真凑成了一副鸟的嘴脸。“乌鸦”！听说“乌鸦”是吃人和动物的尸肉的，所以是不祥的鸟。我忽然想笑，像杨子荣对着座山雕那样呵呵呵地冷笑。我骂不出口，笑总能笑吧，只要一笑出来，我就能骂了。

笑，笑，笑！只要嘴角向两边一牵，颏部往下垂，把那个洞扩大，然后发出一点不管什么的声音，太容易了，太简单了，太……

那蜡黄蜡黄的鸟喙似的鼻翼叫我着迷。我看见上面黑黑的毛孔，一粒一粒的，像显微镜里看到的细菌。我还没有这么打量过她，纤毫毕现。我突然又觉得这是一件非常庄严的事情。我不能笑。我不能让她觉得我变怪了，在她的打击下神经出了点小毛病，这样会减轻她良心的重负。我要结结实实地给她一下，让她心上永远压着块石头。

"你几时走？"她开口说，"东西都收拾好了吗？"

"收拾好了，行李送走了。"

"噢，真快。好在崇明还不远，你去了以后，多回学校来走走，不要忘记我们。"

"好的。"

"你还有什么困难需要我帮助吗？"

"没有。"

"你妈妈身体好吗？两位老的身体好不好？"

"都很好。"

"你在学校里各方面还是不错的，农村是一个广阔的天地，在那里是大有可为的，希望你作出新成绩来。"

"……"

"还有事吗？噢，我还得到医院去，我的高血压又犯了。对不起，再见！"

她走了。我竟然就这么放她走了，我是怎么了？我进来，我等着，就为了听她说这么几句话？

我还能追上去，喊住她，还能叫她的血压再往上升，但我自己的血先已枯竭，我觉得自己没有倒下，只是靠着骨头的弹性。

我第一次真正看清，我是多么的差劲。

我的软弱是骨子里的，是我的意志所无法战胜的。

两年后，我又一次试图战胜自己的软弱。我跳上一辆公共汽车，打定主意要逃一次票。我挑了一辆很挤的车子，又是从中门上车，留有的余地是很充分的。我一上车就喊“挤呀，挤呀”，“怎么这么挤”，为以后查到逃票先造好了舆论。谁也没有跟我过不去，前后门的售票员都不是积极分子，连“上车请买票”这样的招呼都懒得打。惟一跟我过不去的只有我自己。我的背开始发痒，额角开始冒汗，心里怔忡，舌根发苦。我开始发觉自己的愚蠢，为什么要平白无故地糟蹋自己的形象？我这是在锻炼自己的胆量吗？这种胆量有什么意思，难道我想违法吗，想去做间谍吗？我不懂，我刚才怎么会产生这个怪念头的。我努力去回想，但我像患了健忘症，除了那个念头，以前的一切都变成了白糊糊的一片，像一块磨砂玻璃。我倒想起了很久很久以前的一件事，是我上小学五年级的时候。我和一个同学走进一家食品店，欣赏玻璃罐里的糖果饼干。我们站的旁边就是冷饮柜，当街一只红色的冰箱，旁边的柜台上放着一瓶瓶橘子水和鲜牛奶。一个胖女人手里捏着贰角票子走到放牛奶的柜台旁，她见营业员在冰箱前忙着售冷饮，屁股对着她，就不慌不忙地从格子里取出一瓶鲜奶，拉去蜡线，掀去纸盖，慢慢地呷起来。她捏瓶的姿势很优雅，翘起兰花指，食指和中指始终夹着那张贰角票子。是她那种悠然的姿态吸引了我们的注意力。我们觉得她的办法真好，用不着一遍又一遍地去喊营业员。她喝完奶，又把奶瓶放回格子里，然后朝前走去。我们以为她去付款，谁知她一脚踏出店堂，一转眼就消失在人流中。我们紧张起来，还没有见过那么大胆那么漂亮(干得漂亮)的贼骨头。愣了有一分多钟，我们才想起去告诉营业员。等营业员问明情由，转出冰箱来看，哪里还有这个胖女人的影子。也许，我起念要逃票，是受了这个胖女人的潜移默化的影响。是的，我一直佩服她的策划周密，态度从容不迫。但是，她可能一点也不知道旁边有注视着她的两双眼睛。如果换上两双老练的眼睛，她可要当场出彩了。偷吃一瓶牛奶跟偷一辆汽车一样，人格上都是个污点。想到悄悄注视着的眼睛，我觉得头颈僵硬起来，像落枕一样，再不能灵活转动。我身上的标志太明显了。皮肤黑黑的，肩上膝上都打着补丁，一看就不像上海工厂户头，不会有月票。说不定下一站就上来一个查票；说不定我要下车时有只手搭住我的肩，我回头一看，是一张像杨白劳一样的皱皮疙瘩的脸，他抖动着花白胡须对我说："人穷志不穷，你可丢尽了我们穷人的脸啊！"危险正在向我逼近，"黑云压城城欲摧"，我必须当机立断，"苦海无边，回头是岸"，"天若有情天亦老，人间正道是沧桑"，毛主席教导我们，"我们应当尽量地减少那些不必要的牺牲"。电车开得真慢，一个站还没到。乌龟和兔子赛跑，乌龟睡着了，兔子不停地跑。不，兔子睡着了。不，谁也没有睡着，乌龟爬到兔子的头顶上，它把头颈往前伸出，先触到了终点线，乌龟赢了，乌龟有根长头颈。我这个童话比伊索的有趣多了。我有个多么天才的头脑，我不能稀里糊涂把它毁了。难道我在众目睽睽之下，光天化日之下，去向一个满面阴笑的查票低下我的高贵聪明的头颅吗？何苦呢？难道为了去对农场的同事说，去对昔日的同学说，去对我以后的老婆和孩子说，我曾经勇敢地逃过一次票？电车还没到站，我还有机会，还有从愚昧中走出来的时间。认识到愚昧就不再愚昧，"古人贵朝闻道而夕死"，"吾日三省吾身"。你投降了？这不是投降，这是投奔真理，是灵魂的升华。"买票，这里一张，四分！""摆个渡，谢谢！"我像个在沙漠里走了三天三夜的人终于喝到了一口清泉，通体的阴凉。我在心里长长地吐了一口气。我知道我这辈子是完了，再别想干什么惊天动地的事。连逃一回票都经受不起，算了吧，兄弟，你能永远有一碗白米饭加两块红烧肉，就是你的福气了。

那天，我把东伊人放走以后，才出校门不多远，忽然遇见了"老太"、"姑娘"、"大姨妈"、"阿明"一行四人。他们看见我，就叫了起来。一问，原来他们是来拍照的，刚才特地到我家去找我，扑了个空。是"老太"出相机，出胶卷，还要免费印放。他已经到厂里报到了，是家仪表厂，很不错。母亲答应不要他贴家里饭钱，他一下子变成了大富翁。他们意外地遇见我，很高兴。我们这伙人，除了"老太""工厂"，我"崇明"，其余的都是"外农"，说不定什么时候要走，说不定什么时候再见面。

我足未出过上海，听到江西、安徽已觉得关山阻隔，路途遥遥，不要说是云南、黑龙江了。即使他们那些出门去串联过的人，说起来心中也是戚戚的，同样含有生离死别的味道。他们特别想到要在我走以前聚在一起拍几张照，我很感动。我们又走到校门口，“老太”领头往那道青灰色的小门走去。我突然激动起来，问：“到这里边去？”“我们到东大楼花园里去，”“老太”说，“那里有几个镜头不错的，站在台阶下面，石扶梯……”“不，”我说，“我不要到这里面去拍，我对它毫无感情。”“老太”一下子很尴尬，他是“工厂”，他当然体会不到我那种感情。“大姨妈”立刻响应我的号召，对的，我也对它毫无感情，我看也不想看它。“阿明”表示随便，“姑娘”想了想说，对，不要在这里拍。“老太”显得很失望，他表示宽容地笑了笑。我这才明白，他们原来是说好到学校里来拍照的，所以才撞上了我。我破坏了这个计划！我很得意，“大姨妈”、“姑娘”、“阿明”都有这个想法，他们说不出，让我说出来了。我还有号召力，我不是绝对的不行。

这一来，我觉得自己成了主角。虽然我从来没碰过照相机，但对如何取景，向“老太”贡献了不少意见。后来，我还让“老太”校准了光圈、速度、距离，亲自动手拍了两张。结果这两张冲出来，像不戴眼镜看的立体电影，有几重人影。“老太”说这是我揿快门的时候太用劲，拿相机的手同时抖了一下。据说要抖到这一百分之一秒内的频率，还不是件容易的事。

我心里高兴，直照到五点半才回到家里。一进门，阿爷的长指甲差点戳到我的鼻尖上：“你魂灵荡到哪里去了？你苦啰！哎，叫你不要出花头，出花头——洪流刚刚来过了，讲他不去了，行李也抽回来了，你怎弄弄？”

我一点反应也没有。一下午的感情反应太多，我心中的蓄电池用光了。

十七

一九八四年五月廿一日晚十一点卅八分，黄海南部海面发生六点二级地震，波及上海。

第一次震动就把我从梦中摇醒。我先听到窗玻璃与菜橱里叠着的碗盏发出格愣愣的声音，以为是街上有载重卡车什么的开过去。这是常有的事，不过这辆卡车特别厉害，像坦克一样。虽然我只有在电影里见过坦克，但我还是想到了这个比喻。没等我意识到这个比喻的不合规则性(应该用熟悉常见的事物比喻不熟悉不常见的事物)，紧接着又摇动起来。这回，我觉得身下的床变成了汽车，可惜这辆汽车的驾驶员酒醉糊涂，往前往后往左往右不知往哪个方向开才好。我马上明白这是怎么回事。水平方向震荡！自从唐山死了几十万人后，这样的知识深入人心。这种震荡比船的颠簸要舒服多了，摇得心瓣像蒲公英那样散洒开来。我没有动。我想，动也来不及了，房子塌下来，钻到床底下未见得比躺在床上更安全些。我一点也不相信房子会塌下来，一点也不能想象顷刻之间我会被压死。我感受着那种摇动，像体味着一首小夜曲。温文尔雅地，很轻柔，整个身子好像躺在一张巨大的电动按摩垫上。月光很好，满屋子有无数只银萤在飞舞。死有这么美吗？我不相信。还在摇，我想，传统的摇篮应该改一下，如果也作水平方向的摇动，婴儿一定更加安宁。还在摇，我觉得露在被外的手臂有点凉飕飕的，难道老天爷真跟我开玩笑，就这么把我召回去了？这时，摇动停了，说停就停，跟启动一样的突然。我斜眼看了一下妻子，她背朝着我，乌溜滴水的马尾辫散开在枕头上，露出一段优美的脖子，在很好的月光下呈浅浅的紫葡萄色。我忽然想到，应该把她唤醒，让她在飞来横祸面前自己作个选择，免得稀里糊涂地死了怨我。我好不容易把她的脸扳了过来，她未睁开眼睛，就紧张地问："铃响过了？"我差点笑出来。她有一次，大概两个月前，闹钟铃响没听见（也可能没响），差半分钟上班迟到，真是一朝被蛇咬，三年怕草绳。等她弄明白是地震了，倒镇静下来，问："不会弄错吗？""不会。""我一点也不知道。""我是震醒的。""厉害吗？""不太厉害。""还会震吗？""不知道，不知道还震不震。""那怎么办？""没什么办法，我不想逃。我们这房子塌了，这一带的房子都要塌，说不定躺在家里倒不死，逃出去倒压死。我想，我们三个人就这么睡着，不要动，要死就死在一起。""好的。"她一秒钟也不加迟疑，随即在我的左边脸颊上亲了一口，表示对我用这种方式来披露对她的爱的忠贞十分赞赏。

我忽然想起，我也应该叫醒睡在后间的母亲，让她也有一个作选择的机会。我叫起来，母亲拉亮了灯。她问明了事由与我们的态度，也立刻表示同意。她旋即又熄了灯，以示她对死亡不比我们不超然。

这样，我们一家都静静地躺着，惟一没有醒的只有儿子。他还太小，一周岁半，不会思想，否则我也会让他选择，相信他也一定跟我一样。

街上开始有踢踢踏踏的脚步声了，有人在喊："地震，地震"，在黑绸般的空气中擦出一种金属般的韵味，像唱歌一样。妻子推了推我，我摩摩她的手背，我们的意思都很丰富。一幢房子里也有人起来了，可以听见下楼的声音与隐隐约约的碰上后门的声音，都蹑手蹑脚的，可以听出他们不想让人听出是谁来。谁也没有惊慌失措，大呼小叫，举家逃难。我暗暗庆幸自己及时作出了一个英明的决策，否则第二天就会成为邻居们的笑柄。到十二点半，还没有再震的迹象，妻子熬不住了，说要睡了，然后半枕着我的手臂迅速地入了梦乡。要是这时天崩地裂，到再发掘出来时，我们那种安详、甜蜜的样子一定令人不胜惊羡。其实我们不习惯在睡着的时候这么亲昵，要是这样，世上就又多了一个谎言。我想着，大睁着眼睛。我并不是害怕，只是想多听见一些外面混乱的声音。我很失望，街上很少有人走动、喧哗，只有中国足球队四比二战胜沙特阿拉伯队或者中国女排取得世界杯冠军的那种狂热的千分之一。大家在死亡面前都那么安之若素，叫我的哲学境界大大地贬了值。到一点半，有开后门与上楼的声音，我知道今晚再没好戏可听，也就很遗憾地睡了去。

第二天，议论地震的烈度大大超过我的预期。原来外面还是有不少好戏，可惜太远我听不见。据说人民广场上挤满了避难的人，江湾那里有人从二层楼窗口跳下来摔断了腿。南市一条弄堂里的居民涌到街上，有人看到柏油马路中央有一道裂缝，说是地裂，许多有识之士站在地裂带的边缘上直研究到天明。一个丈夫震醒后连忙跳起来开抽屉把存折、现钞都塞在自己的贴身口袋里，妻子醒来见状与他大吵，结果打起来，劝的人也没有，住在隔壁的里委治保主任一家都出门避风头去了。一个年轻的母亲生肝炎，把三岁的儿子暂寄在婆婆家里，她被震醒以后立刻去看儿子。街上电车停驶，停在路边的空车上挤满了人，跟上班高峰时差不多，好像外国报纸报道车厢特别抗震似的。她走了一个多小时，赶到了婆婆家，婆婆早已抱着孩子到她那边去了。还有一个聪明的丈夫，在床铺的头与脚各置一条长凳，然后与妻子孩子挤在这长凳的宽度内，以备房梁震落下来，让长凳首当其冲。类似这样的奇闻逸事层出不穷，整整三天走到哪里听到哪里。每听到一则，我心里就增添一分自豪。有机会我就要向人提一句，我平静地躺在床上，几乎一动也没有动。也几乎马上有人呼应，说他跟我一样的醒着不动，跟睡着一样。同时又一定有人紧接着说，他(她)昨晚一宵酣睡，连梦都没有一个。

人在命运的超常打击面前那种超常的镇定，可以解释我小时候从幼稚的头脑里产生出来的幼稚的问题，为什么当成百成千的犹太人被几个持枪的德国兵赶进毒气室去时，居然会不反抗？当然德国兵会开枪，会打死几个人，但他们决来不及打死所有的人。即便所有的人都要被打死，但他们至少也能打死或者打伤几个德国兵。对他们来说，只是早死几分钟或晚死几分钟的问题，未见得这几分钟就那么宝贵，未见得枪弹比毒气要舒服得多。或者说德国兵最初使用欺骗的手段，说是要给他们淋浴杀菌。但这种手段很快就失灵了，当后来的犹太人排队向那间密封的屋子走去时，都明白等待他的是什么，然而还是没有人反抗，至少我从来没看到过一则记载这种暴动的资料。在杨白劳还要打三扁担而死的年代，要是有这样的资料，我想一定会从尘封中发出特别的光华来。比这更不可理解的是活埋。日本兵给每人一把锹，让他们挖坑，然后把他们推到坑里，然后向他们填土，这种死的滋味无论如何要比吃花生米痛苦得多吧，为什么就没人用足力气把锹往小日本鬼的胸口铲过去呢？从医学上说，人在紧急关头肾上腺素会激发出来，会变得力大无边，蔡永祥就靠着这股力量把平时根本休想搬动的木头推出了道轨。死总是人的最紧急的关头吧？为什么这些人的肾上腺素都没有最后地充分利用一下呢？肾上腺素留给灵魂（倘若死后有灵魂的话）又有什么意思呢？

后来我想通了。也许不能说是“想通”。我还是说不出道理，这不是逻辑的胜利，而是禅宗说的“顿悟”。反正我一下子明白这个问题提得非常幼稚，成熟的人不会去想这种问题，成熟的人就应该像以前绝大多数人那样去对待命运，对待死亡。我是什么时候“悟”到的，也说不清楚。人的成熟就跟人睡着一样，怎么也说不出那道门槛在哪里，更不用说怎么跨过门槛去的。总之我在不知不觉中“顿”了一下，“悟”了过来。不过这顿悟肯定可以说是在洪流突然不去崇明之前，就像我肯定可以说某天晚上我在两点以前睡着了，因为我听见隔壁的三五牌台钟敲了一下，没听见它敲两下。我在听到洪流不去崇明的消息之后，还坐下来吃了两碗饭，就是我已经顿悟的明证。

我到洪流家去，路上别的不怨，只怪他隔天见面说船票时还不向我漏点口风。及至见了面，我连这点怨气也不高兴表露。反正那么回事了，多说几句对谁也没好处。洪流连连向我道歉，说这事上午才临时决定，工宣队一定要他留下来再处理些毕业分配的事，他不太情愿，然而毕工组马师傅一向待他很好，他不能拗了她的面子。他还是要下来的，只不过需要推迟些日子。他的最要好的同学都在这个队里。他还隐隐约约地向我暗示他同郑国梅的关系非同一般，让我可以放心。他还说关于我的事已经全部安排妥帖，他马上陪我到“老精”那里去，我完全可以像信赖他一样信赖“老精”。他的话总使我有些不安。几个月后，他告诉我，那时他没有把全部真相对我说。事实是马师傅想帮他暗度陈仓到工厂去。不过他说他也同样没有告诉“老精”，甚至没告诉同他正在恋爱的“汤司令”，但他们都猜出了一点。我是完全蒙在鼓里，而且帮着他把自己蒙在鼓里。那天晚上，顽强地在我意识里冒出头来的，只有一句话，好马不吃回头草。在地震的那天夜里，我时时想到的是要有大将风度，不能让人笑话。

“老精”家在凤阳路同济医院斜对面的一幢公寓里，是那种还够不上大楼称号的公寓，冷冰冰的水泥墙面与楼梯让人觉得像一个仓库。一道自制的屏风把一个十八平方米的房间隔成两间。前间四五个平方米，摆着一张老式小方桌，一个碗橱和四只面上油漆已磨去若干部分的方凳，收拾得十分干净，绝无油腻。墙上还挂着几个镜框，一只里面中央是张发黄的合家欢，周围是一圈大大小小新新旧旧单人双人半身全身证件艺术风景照片，呈众星拱月之势；其余几只都是奖状。我看见其中一只，是奖给初一某班三好学生汪铭全同学的，不禁有种找到了同类项的亲切感。洪流还告诉我，那道屏风也是“老精”的手艺，个个榫头做得天衣无缝，正宗木匠看了也大为赞叹。屏风那边的十三四个平方，要睡他母亲与四个孩子，二女三男。晚上等九点以后，确定不会再有客上门，屏风就要撤去，前面的铺位将延伸到后间，因此这屏风的设计思想首先是非常精彩的。“老精”不在，不然我不会有那么多余暇来打量这间居室。

先从屏风后转出来接待我们的是他的姐姐，她给我们倒了两杯放白糖的开水，陪我们说了一会，在洪流与我的要求下，又到屏风后面去忙她自己的事了。我与洪流对坐着，看来洪流在这里真是混得熟透，主人可以放心委派他作代表来招待我。到九点，“老精”还没来，洪流对我皱眉头，磨牙齿，作出种种苦相，后来又对我说了关于屏风的那些话，使我十分内疚。但想到两天后即要动身，倘若这之前不能与我的陌生的保护者见上一面，心里总不踏实。虽然可以像介绍朋友那样彼此先看照片，而且即使不看照片到时候也总能问得到，况且见面不见面我其实都已打定主意一条道上走到黑，然而我还是想见一见。这里也有个外交方面相当微妙的问题，我要让他们感到对前途我还是保留选择的权利，不能让他们觉得我是投靠过来，寄人篱下，舍之不可。因此我硬着头皮坐着，假装对九点钟撤屏风的规矩没有在意。到九点一刻，“老精”来了。这时，洪流正吞吞吐吐地似乎提出要走，一见他进门，立刻怒气冲冲地连声责问他到什么地方去了。“老精”对着他很优雅地一笑，说：“滑稽哦？你又没说好晚上要来。”“我怎么没说呢？我明明跟你说的，我记得清清楚楚，明明跟你说好的。”“你记得清清楚楚，我也记得清清楚楚，你肯定没有说。”“你，你，你这个人就是喜欢狡辩，”洪流脸红脖子粗起来，“我肯定对你说的，要么你心不在焉，没有听见。”“嘿嘿，我狡辩还是你狡辩，平常是我记性好还是你记性好？”“这跟记性好不好没关系，你又偷换概念。”“你又要用帽子来套我了，”“老精”这时向我看了一眼，说，“好了好了，就算你说了，我没听见，结果不是一样么，还争什么呢？”洪流很激烈地连连摇头，似乎对他的不肯承认错误深感痛心。这时，“老精”说：“这位是不是你说的那个要好同学？”说着向我伸出手来。我没有准备，慌乱把手从裤袋里拉出来时，把袋口撕开了半寸长的小口子，不免有点尴尬。洪流马上转嗔为喜，郑重地为我们两人作了介绍。“老精”给我的印象不错。鹅蛋脸，除了两条眉毛略有些倒挂，五官长得都很匀称。肉里眼，笑起来眯成一条线，给人一种很慈善的印象。他就是那个后来告诉我吃饭发出声音要被母亲掴嘴巴子的苏北籍同学，不过他把自己的籍贯隐蔽得很彻底，说话一丝不带方言口音。也许他的鹅蛋脸型就具有典型的扬州风味，然而上海人对苏北籍的敏感还没有研究到那么精深的地步。他说话前喜欢先把嘴唇撮起，像吹笛子似的，这种小动作像含羞草似的一下子就能博得别人的好感。三方会谈在亲切友好轻松和谐的气氛中进行，只是到结束时出现了一点小小的分歧。洪流一定要“老精”在那天早晨五点半到我家来叫我，“老精”却感到上我家要兜个圈子，拿着随身的包囊，很不方便，希望到候船室或船上碰头。洪流又跟他争了起来，指责他偷懒，“老精”始终笑嘻嘻地，但相当坚持原则。我不能沉默，就站出来声明自己认识大达码头，完全可以自己去。“老精”表示对大达码头还不及我了解，我就将地形向他介绍了一番，这样大家皆大欢喜。

回家路上，洪流再三向我解释，“老精”待人非常热情，尤其对他的要好同学，绝不会亏待。他有时偶尔要要点小滑头，这是他的脾气，闹着玩玩的，叫我不要当真。我倒觉得洪流大可不必这么认真。我隐隐感到，洪流在我面前，要显出他对“老精”很有权威的样子。他的初衷当然是为了宽慰我，但“老精”不像是个对他俯首帖耳的人，虽然当面看得出对他很谦让。我以后同“老精”相处，绝不可狐假虎威，相反倒要撸撸他的顺毛，这点我是有些吃准了。

回到家，已经十点半了，这在当时已经是非常的晚了。阿爷半靠在床上等着我。他问我结果，我把洪流带我上“老精”家去的事简略说了一下，并表示我还是不改弦更张。他听了对我冷笑几声，笑得我汗毛全体肃立。我问他怎么了，他对我挥挥手，叫我去睡，明天再说。

我钻到被筒里，见阿爷还是那么半躺半靠着，就闭紧眼睛，一点不敢动弹，这样一会儿，我就睡着了。

第二天早晨醒来，我想到隔天与“阿明”等约好，到人民公园去把剩下的几张胶片照掉，不知现在的形势还能不能去。但不去让他们干等着也不行。我硬着头皮提出来，果然遭到阿爷的几句训斥，然而结果还是放我出笼，不过关照我要赶快回家，魂灵多生进一点。那天我果然魂灵很多，玩得索然无味，十点钟就到了家门口。

我走进前间，眼前豁然一亮，阿爷满面春风，难得看见他有这么高兴的时候。他劈头对我说："现在你放心笃定去好了，不要怕，胆子尽管放大，呒没事体了，你放心好了！"我不明白他怎么会顷刻间来了个一百八十度的大转弯，我看着他好像在看变戏法。"我到洪流那边去过了，"他继续神采飞扬地说，下巴上的三角粉丝胡子像奔马的鬃毛一样蓬起，"我碰到过那个四号里的爷叔了。我同他几句口一校，他就叫我，喔，老爷叔，老爷叔，他叫我老爷叔！你放心去好了。洪流，还有那个'老精'，不是都拜在他的门下吗？他晓得你是我的孙子，不敢对你怎样的。他不过一个起码角色，一个流氓，呒啥大不了的。这人我看见过了，校过口了，我放心了，你尽管跟他们去。"

我这才注意到阿爷今天换了一身打扮，这也是叫我眼前一亮的缘故。他上身穿一件棕黄色粗花呢的中式对襟夹袄，一排密密的琵琶纽，一股浓浓的樟脑丸气味。下身一条玄色直贡呢裤子，尚有七八成新，用淡雪青的缎带牢牢扎紧裤脚管，浅灰色的长筒老式纱袜，黑帮白底的圆口布鞋。这么一打扮，跟平时拥着一件宽大的油污斑斑的蓝靛色缎面丝绵袄，松松系一条旧棉裤，踏到后跟趿一双灰不溜秋的蚌壳棉鞋的样子，真是判若两人。这副样子，还有几分英武余气，叫人相信半个世纪前也许是条好汉（是年阿爷七十八岁）。不过，我对他的这种乐观实在不敢乐观。他这么个干瘪老头，虽说不是风也吹得倒，但又有什么威势去制服一个流氓，就算四号里爷叔是个流氓的话。我知道他绝对没有点穴神功，又不是像目下一些撑市面的，能叫出一大批兄弟来。即便他当年在此道中混过，能够活着的兄弟也硕果仅存，我也从未听见他有哪个江湖上的朋友，七八十岁还能像杨老令公那样去闯幽州。我猜想他一定用几句当年跑单帮时学到的过时切口去吓唬人家，别人看他胡子雪白，附附他的调，其实心里在取笑他。想到他一本正经地去出了我一个洋相，让别人知道我有这么个旧货阿爷，我真是酸甜苦辣，不知道心里是怎么个滋味。

阿爷又沉下气来对我说："现在我对你讲的话，你要记牢了，再不记牢今后吃苦头是你自己的事体，阿爷不能跟在你屁股后面一生一世。流氓阿飞不要怕，流氓阿飞也是人，而且是人当中蹩脚的人，这种人是最好弄的。你只要记住我两句话。第一，天下的事情乖人一半，笨人一半，不是乖人板煞数占便宜，笨人一定吃亏。笨人也有便宜的地方，乖人也有吃亏的地方。故所以你人笨，就笨到底，索性笨也不会大吃亏。笨人切忌学乖。笨人学乖学不像就变半吊子。半吊子最可恶，这是真正苦头要吃到阿末年了。第二，事不求人品自高。凡事要有独立性。朋友再好，不可依赖。现在国家与国家都要讲平等互利，大国小国要一样，做人也是一样。不要好起来头扚落一样，一翻面孔眼睛'地牌'。君子之交淡如水，小人之交甜如蜜，切记，切记！"

十八

我走了。

我走到玻璃腰门的时候，忽然觉得应该回头看一看。虽说到崇明去以后毕竟还要回来，但从今天起，我就正式不是这个家的一个成员了。以后回来，不过是短暂的做客。能否再“复辟”归来，实在渺茫得很。毛主席说，从最坏处设想，向最好处努力，从此刻开始就是我的座右铭。最坏处就是一辈子在祖国第三大岛上修地球，最好处就是回到这个金窠银窠都不如的草窠里来。我应该对它多看一眼，希望再留下一点特别的印象，也能为我今后的奋发图强多添一份动力。我转头有些困难。右肩前后各搭着一只旅行袋，两只袋的襻用一根细麻绳结着，正扣在右边脖根处。一只袋里装着几件替换衣服与牙刷、牙膏、搪瓷茶缸、毛巾之类的东西，一只袋里装着一瓶咸菜炒肉丝、一瓶川湘辣酱、两只鸡蛋甜面包、肥皂、草纸与几本书。据说大件行李除铺盖可以保证随人抵达外，其他箱笼都可能脱期，最多的要脱一星期，这期间的生活用品最好自带备足。我本来打算不带一点小菜与零食下去。我认为带吃的东西非常无谓。到崇明去，哪怕吃糠，也要能吃惯，就是要跟旧家旧我彻底决裂。然而考虑到这次打交道的都是陌生人，他们也许没有那么高的觉悟，都要带吃的下去。到时他们若请你吃，你不吃，显得见外；吃，显得太刮皮，只有也带些吃的去彼此彼此。权衡之后，我决定不带零食、点心、水果等等(两只面包是船上的午餐)，只带些菜。菜是经过我精心挑选的。咸菜肉丝是阿娘的保留节目，又有浓郁的甬帮风味，自不必多说；川湘辣酱则是我早就听人介绍，说在大串联中有的上海学生带它一瓶走遍大半中国，战胜了一切没油少盐寡鲜极淡的菜肴汤水，堪称第一经济实惠的调味佐料。后来我又在鲁迅的文章里找到旁证，他说到北京以后吃不惯菜就多用辣，看来辣是个宝贝。上海正宗的川湘辣酱据说只有市工人文化宫旁侧的一家南货店里有。我跑到那里去窥察，看见排着长长的队伍，始坚信不疑，马上回家取瓶。半小时后我气咻咻地排入队伍中，又向那些老主顾们打听这经济实惠的辣酱中又是何种最为经济实惠。队伍中男女老少各抒己见，发言踊跃，简直是川湘辣酱使用价值与价值关系的理论研讨会。三刻钟时间很轻快热闹地打发了过去。待我排到柜前，决定还是买最便宜的豆瓣辣酱。我把辣酱买回家中，略尝一滴，满嘴火烧，直烧到肚脐。我被烧得非常满意。我用此物去与人彼此，让他们贪婪去吧。

再说我被前后两只旅行袋一夹，转头困难，像戏里演的带枷一样，要转就要整个身子转过去。但从腰门向里两公尺，另有一道薄板隔出一条一米来宽的走道，薄板那边是母亲睡的一张四尺半床与一只“古”得不能在公开场合露面的简易衣橱。两块接天垂地的湖绿色聚氯乙烯塑料布，拼起来遮住了这个空间。我小时候经常把母亲的床当舞台，把这两块塑料布当大幕，在那里自己对自己演出孙悟空闹天宫、哪吒闹海、武松大闹快活林什么的，这是我最早的艺术活动。此刻，我不在那广阔的舞台上，而在这狭窄的走道里，转身旅行包就要磕碰到两边板壁，盛川湘辣酱与咸菜肉丝的五十年代的光明牌奶粉瓶就有可能敲坏。这种光明牌奶粉，据说是我断奶以后主要的营养来源，一直吃到三岁，不知吃掉了多少瓶。这种瓶子，玻璃很厚，瓶颈和瓶底还有一圈像华夫饼干似的小格子。形式这么考究，里面的内容可以料想。我有这样的奶粉“垫底”，对自己的智商就一直信心不衰。如今这种瓶子也仅存三四只了，据说又都是让我当汽车开给滚坏的。阿爷那时的工资八十多元，养一家五口，好像富得走油，居然能叫我奶粉吃得吐出来。解放初是阿爷的黄金时代，也是我的黄金时代，可惜我对这段大好时光毫无记忆。从我懂事起，家道就逐渐开始走下坡路，越往后越快，作匀加速直线运动，直到我不得不离家，原来指望撑大梁的一根柱料抽到他乡去做铁锴柄，还不知道这种加速运动会不会就此打住。“无端更渡桑乾水，却望并州是故乡。”与云遮雾断的前程相比，我记得的那段滑坡的岁月也许又是黄金时代，我无论如何得再好好地看一眼，哪怕打破瓶子也在所不惜。

我把身子侧转过来了，瓶子没有磕着，是个好兆头。我看见日光灯亮着，灯管两头黑黑的，白光在以很高的频率发抖。在这样的灯光下，阿爷阿娘望着我的眼睛似乎有些糊。我不相信他们会哭，一定是光线加我的心理再加近视眼的综合作用。他们刚才说的那许多讨口彩的话还在我的耳廓里发热作痒。阿娘四点钟就起来了，她捅开了煤球炉，给我煮了六只水浦蛋。“六六顺溜”，这是常挂在他们二老嘴上的一句口彩。不知出典是什么，反正有“六”就好，“六”是我们家的幸运数字。我在中学里的座位号是二十六号，我分解了一下质因数，十三乘以二，含有十三，叫我心头戚戚的。后来想到这里面有“六”，与吉祥沾边，又稍感安慰。也许我是个有福气的傻瓜，这总比没福气的聪明人要强。从我十岁以后，每年生日，总要让我在那天里吃足六只鸡蛋。也就是说，在一九六〇年我生日的那天，光蛋我就吃掉了三元钱（自由市场价），这是阿爷退休工资的十分之一强，是我们家当时计划平均菜金的三倍。从中可以看出，阿爷阿娘讨口彩是不遗余力的。他们这么重视口彩，也是我不相信他们的观世音的一大原因。口彩人人能讨，只要注意一下自己的嘴巴，还有肯花钱买蛋什么的。如果降福这么容易，还要吃吃力力拜菩萨行善干啥？或者说讨口彩只是为了避邪，如果邪有那么厉害，反过来还是说明菩萨的低能。在阿爷阿娘的熏陶下，我很早就对因果报应、宿命前定、祈福禳灾、积阴功、讨口彩等等宗教理论进行过思索，发现漏洞百出，自相矛盾，因此不得其门而入。若干年后，我跟一个比我年轻五六岁的虔诚的基督教徒说起，他说这是因为我没有缘根。我前世修得不够。他说像我那样胖，上一生也许是个杀猪的。有缘根的人，一听见宗教的说法就兴奋得浑身发抖，从骨髓里抖出来。宗教只讲信，不讲理，信则灵。理性只能把握上帝创造的世界，不能把握上帝，与上帝接近惟有心灵。他这话说得我骨髓里也似乎有些抖起来。后来，我碰见洪流，又把这话告诉了他。其时他对宗教已颇有研究，曾经准备去考宗教研究生。他听了哧哧一笑，说这位仁兄不是跟我在开玩笑，就是自己跟自己开玩笑。什么缘根、前世，都是佛教的说法。基督教也有天堂地狱，但没有轮回投胎，它讲的是末日审判，而且是一次性处理，不是毁灭就是永生，非常干脆。不过讲宗教摒弃理性，倒是所有宗教的一种共通的说法。然而，所有宗教又都有很讲理性的派别。这个问题非常复杂。被他这么一说，我的骨头里就抖得更厉害了。

阿爷阿娘是有缘根的人，在他们，因果、宿命、修行、讨口彩浑然一体，像什锦火锅一样各式荤素相得益彰。他们这么重视口彩，就绝对不会让眼泪跑出泪囊。他们还在笑。我听见了阿爷呵呵的笑声，从全漏风的嘴巴里发出来的笑声，有一种雾湿钟声的韵味。今天他很满意。他四点一刻起来，摸索了一会儿，才来把我推醒。我其实早就醒了，几乎一夜好像没有睡过，但我怕他又多耽一份心事，就装作刚从梦里神游归来。我一撑起来，阿爷就把我拉到顶上放着观音瓷像的那口黑橱面前。橱前又特意摆了一只假红木茶几，几上放着一只生满锈的香烟听改成的香炉，旁边是一盒线香，已经取出三支放好在盒盖上。我瞥了一眼盒盖，还是“印度奇南线香”，一定是阿爷囥下的一盒陈货，留着紧要关头时用的。虽然阿爷总说“大众卫生香”只是“印度奇南线香”换个牌子，但看来他对新生事物还是有所保留的。阿爷向我指指那香，我毫无准备，不禁犹豫了一下。在这一瞬间，他脸上变换了多少表情，使本来就羸弱的几条面部肌肉不胜重负。就看那几筋肌肉的份上，我也要屈服一下。我想，意思意思吧，这不过是向阿爷阿娘表示一点心意。从一九六五年开始，阿爷阿娘每回做羹饭，都要在邻居面前作出

“维新”的表示，说是纪念纪念，尽尽活人的一点心。我也尽一点心吧。我把三支线香点着，照阿爷的样子揄熄，作揖三下，然后合掌通神，再把香插入香炉，再揖三下。阿爷看我做得有板有眼，像模像样，十分满意。他若知道我通神的内容，一定更加喜欢。我祈求菩萨保佑阿爷阿娘长命百岁。我看过《不怕鬼的故事》，里面有一则说，先有一人把一个木偶神像搁在沟上当桥践踏，接着有一人看见，连呼“罪过”，把木像又扛回破庙里去。艾子经过那庙，听神道在与旁边的小鬼议论，说要责罚把木像扛回庙里的那个人。小鬼问为什么，神道说，前面的家伙不信神，怎么去惩罚他，要责罚只有责罚后面信的那个家伙。我想，我一直不信观音，现在临时上船抱佛脚也来不及了，要保佑还是让她去保佑一直信她的阿爷阿娘吧。

我艰难地郑重其事地回头一瞥，只看见阿爷阿娘似乎有点模糊的眼睛，除此之外等于什么也没见。我这一瞥至多只有一秒钟，一接触到他们的眼睛，就不敢更多留恋，只怕他们弄错，以为我依依不舍，也不顾一切地动起情来，破坏了好不容易构筑起来的吉利的气氛。我回身重又向前走去，母亲在我前面开门。阿爷阿娘一直把我送到楼梯口。为怕吵醒邻居，多是用眼光和手势示意，只在我将要从楼梯拐角处消失时，阿爷才喊了一句：“一到就写信来！”阿娘马上补充了一句：“钞票不要太省，身体第一！”

我和母亲走到马路上。天漆黑。“冲破黎明前的黑暗”，我想起了一出话剧的名字。此刻才四点五十五分，这是从母亲腕上那只短三针的瑞士女表上显示出来的。这只表比我的年龄还大五岁，是我家里惟一的一只流动计时器。夜色有股冰的清香，提神醒脑，味道还不错。我生性最怕起早，最喜睡晚，当年下乡劳动八点熄灯，五点起身，是我觉得最苦的一件事。而今这清凉夜气给了我一种信心，只要坚持一段时间，我能习惯的。从现在起，我就正式踏上社会了，我要从外到里焕然一新。我的条件再好也没有了，没有一个人认识我，真正的一切从零开始。流氓阿飞什么的暂且不去想它，我要咬紧牙关冲过去，这可是关系到一辈子的事。

我在这段路上就开始咬起牙关来了。我与母亲一前一后走着，几乎没说什么话。我突然发现，我以前一直跟母亲说得很少。不光是跟母亲，就是跟阿爷阿娘，我的话也不多。除了一些非说不可的事，像金老师住院、跟洪流去农场之类，其余的我都不高兴说，问了才不得不说。我在家里原来是个沉默寡言的人，这个发现叫我有些慌乱。后来想想，也不至于，我跟弟弟妹妹的话还不少。不知怎的，我总觉得“沉默寡言”是种要不得的性格，也许我把它和“落落寡合”搅在一起了。但我是什么时候变得与大人们话不多的呢？也许是从妹妹上小学的那年开始的吧。她上一年级，我上五年级了，我总觉得她回家来啼啼哆哆地很烦，学校里什么鸡毛蒜皮的都要说，跟阿娘说了还要跟母亲说，弄得阿娘和母亲对她的几个同学了解得比人事干部还透彻。会不会在这之前我就变怪了呢？会不会我生性就孤僻呢？这样不好，我应该跟母亲说几句。但是，我一下子找不出话来。要没话找话还真不容易。奇怪，母亲为什么也一言不发？我回头看看她的脸，一对略黄的瞳仁在浓重的夜色的背景上，像两盏灯似的放着光，很认真的样子，很有信心的样子，我放心了。她的不说话，是因为对我十分信任，知道我决不会在农场这口染缸里染上流氓习气。至于怎么努力去争取前途，她自忖不比我更有数，就主动放弃了谆谆教导的权利。母亲这种现实主义态度叫我感动，比千叮万嘱对我更有益，更有鼓动性。我又回望了她一眼。她弄错了，带紧几步，又看了看表说：“还早呢，慢点走好了。”我说：“好的。我不是要走快，我是看我是不是走得太快了。”“不快，”她说，“我跟得上。要不要和你一起拎？”“不要，”我说，“我背着好。”这后面又忘台词了。

到大达码头才五点一刻，路灯还亮着。散蛋黄似的灯光，鱼脊似的潮涩涩的水泥地，鸡鸭乱鸣似的人声，叫人觉得好像到了小菜场。小菜场我只在小学四年级时跟阿娘去过一次，帮阿娘在买肉的队伍里看篮子。这回给我的印象非常深刻。从此以后，我觉得，一个男子，要是成年以后得自己拎篮子上小菜场去，就是莫大的失败。阿爷再潦倒，还从来不用到菜场去。我的奋斗至少有一小半是为了能不上菜场。而今我踏上社会的第一步就要从这个类似菜场的地方跨出，这似乎是个隐喻。

大达码头没有张红结绿、挂横幅、刷标语什么的。与黑龙江、云南什么的相比，去崇明简直算不得上山下乡，上面也犯不着为这劳民伤财。我一向对敲锣打鼓的不以为然，觉得就像相声里说的，新娘子上轿还要干嚎几声。但是，真依我心思没了这些繁文缛节，又觉得冷冷落落地像遗失了什么。中国的文人，自从诸葛亮之后，就把毛遂、冯驩等先辈创造的实事求是、爽爽快快的健康风气给败坏了，一个个矫势作态，好像都等得着冤大头来三顾茅庐似的。三国戏里像毛遂那样作为的蒋干，变成了一个白鼻头。此风浸染了一千多年，虚伪渗透到了文人的毛细血管里。像我这个不过当了两年语文课代表的，已经有这许多曲折隐晦的心思，可见其为害之烈。

候船室里还空得很，第一排末尾上还有几只空位子。我安顿下后，就催母亲回去。母亲摇摇头，在我对面坐下。还是没词，越想找话就越找不到话。崇明话开始向我耳朵里灌进来，像海浪拍打着岩石。以前我有关崇明话的知识，只是从滑稽戏里来，只知道崇明人说话都带“蟹”字，所以叫崇明蟹，其实崇明是“呒得蟹来勿有蟹”。我记不得在十八年的生涯中曾碰到过一个崇明人。但是，踏进候船室，我惊异，原来世界上还有那么多的崇明人，一片声的这种重油糖醋般的乡谈。并且，我留心周围人的谈话内容，发现，一、一个崇明人在外乡(包括上海)遇见另一个崇明人，都一见如故，非常热络。那乡谈中就有像麦芽糖一样的东西，把彼此粘在一起，越嚼越有味道。以后我听到崇明人叫说话为“嚼”，觉得真是妥帖极了。二、一个崇明人不管走南闯北、参军、支援三线、在北方求学工作，几十年都改不了一口乡音。崇明人说普通话，一听就是崇明腔。后来我在这岛上呆了四年，没有碰见过一个能说一口标准普通话的崇明人。以上两点，都说明崇明话是一种相当顽固的方言，比上海话要顽固得多，好像比宁波话、苏州话也有过之而无不及。这种方言的冥顽性，正反映了这一方土著的内聚性与封闭性。一种不安从我横膈膜处升起。我看见一层以前一直忽略的威胁，一种由地域、方言造成的心理障碍。我能不能取得这一方土著对我的支持，对我来说，也许比能不能同流氓阿飞和平共处更为重要。崇明人，在农场里就是贫下中农，他们是代表正统的。要是我被流氓阿飞欺负得走投无路，惟有他们能够救我；要是我今后想有所作为，也只有他们能撑我的腰。但是，我要去投奔依靠的贫下中农是崇明人。崇明人，虽然我第一次遇到，然而那种方言叫我听了总不舒服，有种女人搔首弄姿的媚态。我想反过来也一样。崇明人一定认为他们的乡音是全中国最动听、最朴实的方言，上海话在他们听来或许也有许许多多引起反感的地方。再加上上海人这些年在外地的声誉江河日下，我秀才不出门，尽知天下议论纷纷，都说上海人门槛精，避之惟恐不及。崇明虽然划在上海的版图内，但它自有很强的独立性，不像其他郊县的人士都以上海本地土著自居。崇明人与上海人的心理隔阂，不一定就比欧洲人同亚洲人的隔阂更小。我能够冲破这一重障碍吗？我能够克服对他们的先天的反感，也使他们克服对我的先天的反感吗？我想着，好像吃了过分油腻的东西，胃里直馋酸水①。我一定要闯过这一关去，我命令自己。我想立即加入他们的交谈。母亲在，我就不便跟陌生人去说话，于是我再一次坚决地要求母亲回去，母亲同意了。

她一走，我立刻挑了坐在我旁边的一个穿蓝灰色军便服的年轻崇明人做谈话对象。我从崇明船晃得厉害不厉害问起，这确实也是我最关心的问题。我的脑袋天生有点毛病，翻前滚翻有时会突然晕起来，非大吐不得安宁；人一累又要晕车。昨夜我一直似醒非醒的，我真怕在“老精”等一群陌生人面前当众出彩。这个年轻的崇明人很热情。后来我发现，崇明人待人都很客气，在他们的客气中，有着很深的自卑感，表现出来或为一种小小的狡黠。崇明人给我的总的印象，根本不像横行无忌的蟹，也不像有些人说的“崇刁”什么的，刁滑如同狐狸。崇明人总有点像兔子，温顺、机敏，但总带着些许怯懦。据说崇明历史上当海盗的人不少，不知为

① 馋：音如 gǎi，动词。打嗝；泛酸。见《简明吴方言词典》第 285 页。

什么，我总觉得他们是天生的良民百姓。都说苏州人懦弱，我觉得崇明人比苏州人还要忠厚本分得多。

我坐在候船室里与第一个崇明青年开始交谈，只为自己能迅速地与贫下中农同类项进行滔滔的对话而高兴。说到后来，我发现自己的腔调里已不知不觉地掺进了崇明腔，这不是那种调侃式的学样，而是一种亲切的迎合，似乎我的亲缘关系里早就埋有崇明的成分。这个发现叫我内心欣喜若狂。这是一个良好的开端。这的确是个良好的开端。后来四年的实践证明，我在候船室里为自己选择的主攻方向完全对头。正因为方向对头，所以尽管遭到不少挫折，出了不少洋相，最后还是较早地达到了目的，又彻底离开崇明杀回上海。正当我说得兴起，那位新朋友突然走神，眼睛向我身后看去。我以为是他见到了熟人，这时，我听见母亲的声音："来，来，快点来接一接！"我的头才转过一半，眼角上只见一个铁灰色的油亮的团团向我胸口掷来，接着两掌心里一阵火辣辣的灼痛叫我差点撒手。母亲的慌叫声又像乱鼓点似的渲染着紧张气氛："不要捏，不要捏，里面有汤的！"

一纸包刚起锅的生煎馒头。

我双手像玩球似的把纸包在两手间迅速地来回倒动，听母亲说着："这生煎老好的，排队人老多的，我听排队的人讲，这爿店里的生煎老有名的，咬出来一包汤。我想刚刚的蛋恐怕不耐饥。排了多少辰光，我还怕来不及。喔唷，烫是烫得咪，我奔来的，你趁热吃，冷了汤要呒没的。"

我好像头一次体会到母亲是那么的爱我，我不知道该怎么来表达我的感激之情。爱发泄不出就转化为恨，我恨她使我在贫下中农同类项面前显得像暖房里的花朵似的。我的恨只能倾注到那些生煎馒头上。等吃到最后两只，我发觉自己早突破了饱的极限，而母亲几乎可以肯定是一只也没尝过，还要等会回家去搲泡饭①。但已经只剩下最后两只，我也不好意思再跟她客气。

---

① 搲：音如ō，动词，用手或工具抓取、钩取、扒取。见《简明吴方言词典》第327页。

母亲仗送生煎的这点功劳，又坐下不肯走了。

到六点缺十分，候船室里开始骚动起来，一批批的人拎着大包小包经我面前往里走去。我站起来东张西望，在人丛中找“老精”。正六点，开始放客。服务员来把第一排的铁门闩住了，坐着的人都站起来提着包往前涌。我死心了。临动身子前，我又跳上凳去望一望。服务员看见忙哇啦哇啦地向我指出。正在这时，我见到在第三排栏口向里探头探脑的“老精”。我就不顾服务员的哇啦哇啦，顾自己更哇啦哇啦地直叫。“老精”看到高高在上的我，就从人群中挤过来。服务员对我刚才的态度耿耿于怀。那时还不兴罚款，就绝对不肯通融开门，并谢绝“老精”的敬烟。我只能将“老精”隔着铁门介绍给了母亲。母亲对“老精”恭维了几句，“老精”也对母亲回报了几句。然后他同母亲握了握手，又跟我握了握手，约好到船上来找我，就转身走了。我和母亲紧往前赶，这时第一排已快放空了。一出候船室，我就闻到黄浦江水那股沤烂的稻草腥味，满胃的生煎皮肉开始翻腾起来。上海显出她的一切丑态来，要使我对她毫不留恋，就像茶花女对待阿芒似的。可惜我早就看透了她这套爱情的把戏，在即将离开她时，对她发誓说，啊，我会回来的，你等着我，我对你海枯石烂心不变。哪怕黄浦江臭得像咸鱼汤一样，我还是要回来。为了表示我的忠贞，我大大地吸了一口这种腥臭的空气。

离开浮码头栅栏门只有二三十步了，母亲突然说：“我对‘老精’的印象不大好。”“怎么了？”“讲不出，好像老嘎嘎的。”我“啧”了一声。我没料到母亲也从阿爷那里继承了一点洞烛人生的特殊感觉，有点后悔把“老精”叫过来。母亲又说：“你当心一点。”我说：“知道了。不过第一眼印象也很难说。”母亲点点头，然后再说：“你当心点。”

这时，栅栏门到了，送客到这儿为止，我向她挥了挥手。

我被冲上了船。

一转眼，我又冲进底舱里。后来那个地方被我的潜意识歪曲成一个阴暗狰狞的山洞，经常在我的噩梦结尾处出现。

乘过船的人都知道，底舱相当于五等舱位，是最差的档子。崇明是短途，船又小，就不分舱级售票。候船室里的骚动，大多为了能抢个好一些的舱位，惟有我除外。我冲进底舱觉得很得意，那里只有我一个人，我尽可以舒舒服服地占据最好的地方。头顶上的铁板在无数双脚的践踏下咚咚作响，像敲“赤道战鼓”似的，我深为他们遗憾。那些人在奔忙些什么，为什么不到这里来？我有些不对头吗？想了一下，没有，不对头的是他们。第一，根据几何原理，越接近船的底部，摇晃度越小。第二，根据物理原理，底舱里保暖，温度肯定要比甲板上的舱房高。“知识就是力量”，这话真是一点也不错。

我只希望“老精”快点来，不然有人要来交涉反对多占位子，我一个人不好对付。我靠在舱壁上，静听着头顶上的鼓声阵雨般地响个不停。好久，才有一双脚从铁梯上下来。以后又陆陆续续地来了些人，但来人总不踊跃，舱里的位子总还有富裕，没有人来和我费口舌。我开始不安起来，虽然说真理往往掌握在少数人手里，但这少数人还是希望有许许多多的人来追随他，孤独永远是一个有野心的人最难容忍的境况，因而也是野心家最可贵的品质。又等了好久，还不见“老精”来。我问周围人时间，没一个有表的。这其实是很自然的事，那时一块上海牌男表还常作为女方结婚前向男方索要的彩礼。其实即使问到了时间也于事无补，我还是只能干等着。但失去了时间这个参照物，我忽然觉得自己的存在也受到了一种巨大的莫名的威胁，再也不能安然地坐着。我看见舱壁上有一个个圆形的窗洞。我走过去看，窗洞外大半是灰黄色的混浊的江水，溅起来在暗蓝色的玻璃上留下一条条蚯蚓似的水痕。我强烈地意识到此身已没在水底下了。我记起阿娘说的合扑睡的人忌水的话，一种不祥的预感像蛇一样地游上心头。

“老精”又在我几乎绝望的时候出现了。他老远见我就高声地说，你怎么在这里啊，我在上面到处找你。我说，这儿好，然后把几何与物理的道理告诉他。他听了很佩服似地笑了笑，又说，他们都在上面，郑国梅他们都在那边，你搬上去吗？我说，上面有位子吗？他说，位子没有，不过可以挤一挤，包上也可以坐人。我说，还是你搬下来吧，我这里宽舒。那我搬下来，他说，等开船以后。接着他又要往上走，说是码头上有很多同学来送行。他问我是不是要上去看看，我说我不上去。我叫他快把行李搬下来，不然位子太空我一个人看不住。

“老精”果然一转眼把行李搬来了。他还带来一个人，人中那里有撮较黑的茸毛，还不是硬须，但“老精”已提前叫他“小胡子”。他对我说“小胡子”是他们派里另一个红卫兵排长王灵的同班要好同学，王灵与郑国梅在一起，等会儿要带我去跟他们见面。“小胡子”在上面没有位子，就叫他跟下来了。介绍后，“小胡子”也主动伸出手来跟我握了握。我发觉他们都喜欢同人握手，看来市面上正新流行这个规矩，我记下了。“老精”又问我要不要到上面去看看，我还说不去，他就带着“小胡子”上去了。

“老精”这一去时间好长，我一个人坐在一堆包中间，像罗丹雕塑的思想者那么个姿势，但我的头脑里一点思想也没有。我觉得周围世界还不肯醒来，像舱里的灯光一样昏昏沉沉的。就这么坐着很好，没什么可想，什么也不需要想。我睁着眼睡着了。

“老精”又出现了。他一到，就对我兴高采烈地嚷嚷，你怎么不上去，你妈妈一直站在码头上望你。怎么？我问，她现在还在吗？现在，现在船已经开过外白渡桥了。什么，船已经开了？早就开了，你不知道？你没有听见拉汽笛吗，没有觉得船动吗？没有，我一点也没有感觉到。你听，嗡嗡嗡嗡，发动机的声音不是很响吗？这是发动机的声音吗？好像到舱里就听见在响了。她站在哪里呢？我妈妈站在哪里呢？不是不能到码头里面来吗？送的人都站在岸上的水泥胸墙那里。她看见你了吗？看见的。她说什么吗？隔开这么远，说话怎么听得到？她向我招招手，我也向她招招手。

我真有点恼恨“老精”。我母亲在寒冬腊月的江风中久久地伫立着，就是为了跟他招招手吗？我不上去，是因为我不知道母亲还痴痴地站在那里。为什么见到了不下来叫我一声，怕跑铁梯，只消到舱口叫一声就得了，只消一分钟！

“你为什么不上去看看呢？”“老精”依然笑嘻嘻地问我。

“我能走开吗？我走开这些包谁看？”

“包有什么要紧？里面又没什么东西。再说，在船上也不怕偷，都到崇明，半路上谁也逃不走。”

接着，“老精”提出要带我上去同郑国梅与王灵会晤，我还是不同意弃包离开。他见我这么固执，答应去把“小胡子”找来替换我。

母亲站在水泥胸墙前，眼巴巴地望着船甲板，她始终没有看见我的人影。汽笛响了，船慢慢地离开了码头。在她身边的人，一边拼命地挥手拼命地喊，一边哗哗地流泪，像红卫兵见到了毛主席一样。她独自一个人寂然站着，穿着一件与夜色一样浓的黑呢两用衫，双手交叠垂在小腹上，指甲上还留着生煎馒头的黄黄的油斑。眼窝是干的，像两口枯井，眼睫毛像井边上摇曳的荒草。

我觉得鼻根处有些酸，连忙张大嘴，伸出舌头来舔了舔下唇。这个自发的动作还真灵验，我想，唾液腺与泪腺一定有条神秘的通道。

“小胡子”在舱口出现了，他迫不及待地喊：“喂，你上来，我来。”我与他在铁梯上交臂而过。到洞口，我忽然想起，转身问：“他们在哪里？”“前面，你一看就能看到。”我不知道哪一面才算是他指的前面，但也不好再问。

我走到船舷边，一股峭洌的江风像豹子一样迎面扑来。我看看岸上，一幢幢方方正正的水泥房子，我知道这都是仓库，我到港区劳动过。不知道现在船驶到上港几区了，不过反正这一带除了仓库还是仓库，毫无景致可言。我又走到船的另一侧，浦东那边已经没有什么高大的建筑，只是一长条浅褐色的带子。想不到堂堂繁华的大上海，这么快就消失了，真经不起瞧啊！然后，我到船头那边的舱房去找，没有。再向船尾的舱房找去，好不容易让我找到了。

“老精”指着一个高高的女人对我说：“这就是郑国梅。”

她就是洪流爱慕的女性吗？我暗暗吃了一惊。她给我的第一个印象就是像个中年妇女，而不像个少女。仔细分析一下，一是因为她的高，二是因为她的丰满。她也许有一米六八，而洪流只有一米七〇。况且洪流的一米七〇是“拿破仑高度”，加进不少虚头的。即使不计虚头，分开看她的身高也绝对要超过洪流。其次是她的丰腴。不能说胖，她还不显得臃肿，没有比例失调。她就是结实，手臂、腰部、大腿，紧紧裹在衣服里，像藕节似的圆滚滚的。后来，我曾听她说自己是囥肉。可惜这肉囥得还不够，发出一股饱满的胀力，我好像可以听见她衣服的线脚在嗞嗞地呻吟。她梳着两根短辫子，但并不能给她带来什么少女的妩媚，倒好像硬要系住青春不让走似的。我不顾第一次见面，细到地打量她的脸。我希望能从她的脸上找到洪流爱她的根据。洪流曾说过她是鹅蛋脸，而且是很标准的鹅蛋，但我看来看去看不出鹅蛋来。不过我从未曾见过一只鹅蛋，也许鹅蛋比鸡蛋鸭蛋要扁要圆也说不定。我倒看出“汤婆子”这个外号与她的脸型不无关系，不知道对不对。她的五官很端正，没有一样有明显缺陷，但也很平常，合在一起没有什么耀眼夺目的地方。脸上惟一夺目的是左眼睑下一颗很大的黑痣。后来我才知道，洪流对这颗痣评价很高。这叫美人痣，巴尔扎克写的《贝姨》中那个风流娘儿华莱丽，脸上没痣还特地用黑绸剪了贴上去。不过我那时有眼不识金镶玉，只觉得那痣把仅存的一点淡泊的韵味也破坏了。总之，我对郑国梅的容貌估计不足。这样，我就更有点佩服洪流，因为他这么早就超越到了不以貌取人的境界。古往今来，能达到这种境界的男人并不多，英雄难逃美女关嘛。

“老精”又给我介绍了王灵。他是惟一没有伸出手来跟我握的朋友。他的脸有点阴沉，配上那翻到黄军服外面来的藏青的厚绒大翻领，要是他的模子再大一号，我一定以为他是个打手。日后我才知道，他其实倒是个很老实的人。因为老实，就特别要把自己裹得像粽子一样。

郑国梅也许被我打量得有些不快，因此她没说几句，就突然问：“你怎么会想到跟‘阿花’走的？”我一下子被她问瘪了。她见我嘴含胡桃，开心地笑起来，说：“现在‘阿花’不去，你一个人觉得难过吗？”我想不到她会这么单刀直入。她能这么说话，我能这么回敬她吗？她更乐了，单眼皮眯成一条缝：“不要紧的，‘阿花’把你托给我们了，你跟我们在一起，就和跟他在一起一样的。”

这个“托”字鲠在我的胸口上总咽不下去。“老精”在一旁嘻嘻笑着，好像郑国梅比他更有权威些。我站了一会，就告辞回底舱去，那个“托”字还没消化。

“小胡子”已经不知跑到哪里去了。

一股无名火在我心窝里直窜，我克制住了。我知道没有谁可以让我对他发脾气。我的耳边响起歌声来：“天大地大不如党的恩情大，爹亲娘亲不如毛主席亲……”

我从旅行包里掏出一本《唐诗三百首》来。光阴宝贵，从今天起我要厉行节约，发扬钉子精神。我翻看了几页，句子却总印不进脑子里去。我突然想到，我何不用它卜算卜算自己的命运。我把书合上，将右手放在封面上，心中念念有词：“我敬告老天爷，不管这个老天爷是耶和华释迦牟尼玉皇大帝安拉观音太上老君宙斯朱庇特，等等等等，只要真有那么个安排决定人的命运的神，我祈求您给我一个明示，通过唐诗来展示我的前途。”祷告毕，我决定随便将书翻开，看右边书页上的第一首诗。我翻到72页，上面只有杜甫《古柏行》的头四句：“孔明庙前有老柏，柯如青铜根如石。霜皮溜雨四十围，黛色参天三千丈。”我看里面有“孔明”，有“老柏”，有“根如石”，有“三千丈”，好像兆头不错。我决定再翻一次，这回看左边书页上的第一首。205页，杜荀鹤的《春宫怨》：“早被婵娟误，欲妆临镜慵……”题目、开首都不祥，“婵娟”指女的我知道，难道东伊人还能称“婵娟”？“作意”说：“要说它是诗人自况，也未尝不可……立意大概是寄怨写恨。”跟我目前的处境正契合，但我不希望一辈子怨恨下去，决定再重来。这回再看右页，若有两首的看后面一首。180页，果然有两首，但后面一首是杜甫的《别房太尉墓》：“他乡复行役，驻马别孤坟……”真是一蟹不如一蟹。我不甘心，又一次一次地翻。在这一段时间里翻动书页的总次数，超过历史上翻动次数的总和，翻出来总是凶多吉少。后来我恍然大悟，原来自己算命找错了一本书。唐朝诗人好的反映人民疾苦，差的抒发离情别愁，逃不脱调子低沉。他们看不到光明前途，没有充沛的无产阶级激情，怎么能期望他们写出色彩绚丽的诗句来呢？他们的诗不灿烂，我的命又何从算得辉煌？要算命应该用《红太阳照亮安源山》什么的，可惜我没有。

这时，我的膀胱开始发胀。“老精”和“小胡子”总没有来的迹象，我也就横下心来把包托给旁边的生人。我从厕所出来，想到应该看一看海的风光。我毕竟是头一回坐船远航，而且这次是我一生中非同小可的航程。将来老了，我也许要对孙子说些什么。看看吧，管它那些瓶子与破衣服。我向船的两边都望了望。现在西边也已经是一片农田了，只有零零星星的几幢房子。东边连那条浅褐色的带子也没有了，茫茫的一片水。我确信船已入海。海水虽然也黄，但与江水毕竟不同。我伏在栏杆上往下看，只见水波在船舷旁翻出一片雪白的浪花，像剖开的猪肚皮上一层厚厚的板油。水的颜色深多了，又很粘很厚，像调得很薄的炒面粉糊。我想，这一定是因为海水比重大的缘故。我正看着，“小胡子”过来了，嘴里叼着一支烟。他看见我，好像有点不好意思，从袋里挖出包“飞马”来，抽出一支敬我。我连忙谢绝。他问我现在下面由谁看着包，我觉得他问得奇怪，就说，没人，我要上厕所就上来了。他说，不要紧，让它去好了。我说，这海水很厚，大概是比重关系吧？他说，什么海水，还没出吴淞口呢！说实话，吴淞口的概念我本来并没有，但凭我的聪明，马上理解了他的意思。我看见他的脸一下子从多云转晴，我真恨不得对着自己的舌尖咬上一口。

我又回进底舱，陷在包堆里检讨问题的严重性。

不知隔了多少时间，我听见了周围的声音。坐在我旁边的几个知青，正在向一个中年妇女讨教人生经验。那妇女剪齐耳短发，发梢有些枯黄，穿一件洗得发白的列宁装罩衫，脸也跟衣服差不多的颜色。她一只手支在下巴上，好像在牙齿痛。声音幽幽的，在那持续地响个不停的轮机轰鸣声中像片白帆时沉时浮，两只眼睛像围着桅杆翅膀一动不动地滑翔着的两只鹰。有一股雾一样的气息从她的身上散发出来，这种气息，叫我感到压在我身上的混浊的黑灰色的空气的重量，把我的注意力吸引到她的身上。

她在回答一个问题，住集体寝室，是睡上铺好，还是睡下铺好。她说，这个问题要具体情况具体分析。睡上铺，爬高爬低要麻烦些，但干净些，帐门一封自成一个天地。低铺方便些，但别人要来坐，床单容易弄脏。你不能把帐子老下着。宿舍里没有凳子，你不让别人坐，别人就会同你疏远。在他们干校里，有的特地铺一块床沿，但毕竟不够谨慎。她缓缓地说着，分析得非常地道。我越听心里越虚，心越虚就越要听，就像听鬼故事一样。真是的，睡一张铺就有那么大的学问，在那片陌生的广漠的土地上，该有多少严峻的问题在等着我啊！

我直觉得头皮一阵阵地生疼，头发一根根地要离我那可怜的脑袋飞去。等我意识到，我的右手已经像犁一样插进我的一头浓密的乌发里翻了几遍。我把手掌举到眼前一看，指缝间躺着一条条枯焦的尸体，尸体上洒着一星星白色的雪花。

这时，有人跑下来喊，出吴淞口了，出吴淞口了。讨教学问的人都纷纷奔到甲板上去。刚才我托他照管包的那个人，现在倒过来托我，我只能为他尽责。那位女干部失去了听众，就在空出来的长凳上躺下，头枕着包打起瞌睆来。我还有一肚皮的问题，但想想还是不问的好。

好久好久，看海的人尽兴下舱来了，我接他们的班到甲板上去。啊，那才真是海啊！四面望不到边，水天苍茫，混沌一片。除了一排排无穷尽的浪脊，什么东西也没有，只有我们这条船在中间走。如果不是船舷下有那么些白沫翻出来，连船是不是在走都不知道。

我觉得心情又豪迈起来。

大海啊，我来了！生活啊，我来了！

后来我才知道，我所见的还不是海，只不过是长江。崇明称海岛，但从上海去崇明是见不到海的。

下　　部

一

一个问题使我困惑，倘若阿娘活到今天，知道我要在长篇小说里郑重地写到炉子，她将作何表示。我却清晰地记得这样一幅图画，穿着士林蓝布大襟罩衫的阿娘，一只小脚踏在门槛上，一只小脚踮起在门槛里，右手被母亲在后牵住，左手冲破门框像杆枪似的直插出去；整个身子侧转着显得扁平，就像草把上的糖人；满面通红，几绺青丝从后脑勺的发髻里飘散出来。这是我五岁那年，也就是我家刚搬进这幢石库门的第二年，我家与隔壁丰家爆发的一场战争，为了确定在二楼公用走道上能放两只炉子还是一只炉子。我记事很晚，上小学前的日子几乎是一片空白，这幕与炉子有关的景象却偏偏记住了。但是，在我将近四十年的生涯中，我一个人独立生旺一只炉子，肯定不会满十次，平均四年一次，其中百分之七十以上集中在我结婚后的四五年里。不过，虽然阿娘与炉子打的交道不知是我的多少倍，倘若要写炉子却不能说比我更有资格，因为我悟到了炉子与文明人的人格深层结构有某种要命的联系，这就是有文化的好处。

自从那次战争后，我家的炉子就主动撤进居室的后间，与那张伟大的桌子默默对峙着。底楼有公用灶间，但阿娘小脚伶仃地上下楼梯不方便。我家并没有从此笼罩在失败或复仇的气氛中。阿娘还是心安理得地扮演整幢房子妇女精神领袖的角色，在我家的南窗下举办晒太阳或乘风凉沙龙。缠绕在阿娘的膝间，看着一团绒线在她的粽子小脚边像小狗似的蹦蹦跳跳，听着她以劈毛竹似的爽脆的笑语评论东家长、西家短，我在悄悄地培养自己好为人师的习性。久而久之，炉子还成了我家的一项自豪。哪家有这样的气魄、这样的条件，能在房间里拦出一块来烧饭？不必在烧饭时分到灶间里去一边闻着油烟一边接踵擦臂一边应酬那些闲言碎语，就显出我家的身价来。过春节前，总有一两个邻居庄重地上门来，这回她们代表居委会。她们看看炉子与板壁间隔着的锈铁皮，又看看前间自霜降以来就很少开启的窗户，关照火烛小心，防止煤气中毒，样子口软答答的。

阿娘阿爷相继谢世后，母亲决定把炉子降到楼下灶间去。凭着我家是除了二房东之外最老的房客，我们手中还持有一张二房东亲笔写的“灶间公用”的房契，到那年持有这种房契的老住户已只剩下三家——虽然灶间已瓜分完毕，我家还是在紧挨着水斗的墙角里，取得了刚放得下一只底面积0．25平方米的煤饼箱与一只炉子的地盘。但下楼不到一个月，炉子又自觉回升上楼，原因是焐在封掉的炉子上的旧水壶与旧钢精锅先后不翼而飞。别家不缺，独缺躲在角落里的我家。对付这种明显的阴谋，最有效的办法是搞阳谋，拉开嗓门把做贼的祖坟骂个兜底翻，可惜我家谁也没有这种本领。我主张一要顶住，二要构思个办法让小偷落网；母亲则认为还是忍让为上，而且烧顿饭至少跑两回楼梯她也吃不消。

转眼又过了五六年，我终于要结婚了。房间重新分割，堆杂物与烧饭的后间将不复存在，这回炉子是非下楼不可了。这年形势自然要比五六年前严峻得多。一幢房子里，与我年龄上下两三岁的就有七条汉子(姑娘一律打算嫁出去，都不计)。他们都要在比我家小得多的空间里变出一间像样的新房来，不得不把许多有用的东西堆放到有限的公用部位里。公用部位的平衡极其脆弱，每家的权益既不明确又不稳定，因此弄得大家神经都很紧张，一有风吹草动就准备跳起来战斗。这种气氛也反映到灶间里。原先占领了灶间的那几家，先后在煤炉外面砌起方方正正的灶台来，抹上石灰水，新的时候像一幢幢大楼，旧了像一座座古堡，摆出了凛然不可侵犯的架势，对任何可能提出重新划分灶间要求的新来者都是最好的威慑。也并非没有可引起争议的地盘，唐家就在进门的地方摆着一张八仙桌。但我家绝不会直接去向唐家提出领土要求，虽然母亲给他家大儿子介绍了对象。一年前房屋大修时唐家姆妈的精彩亮相我记忆犹新。那天正是星期日，几个邻居在晒台上看着楼下半条弄堂层层叠叠的粗毛竹，不禁构筑起对大修的期盼来。有人提到唐家的那张桌子以及他家在过道里占了五六平方米堆得满满尖尖的杂物，希望趁大修能有所调整。唐家姆妈的头颅从楼梯口冒出来时，话题已转向别处，因此谁也没有留意到她的脸色。她突然插进来说："我家是从来不惹别人家的，别人家也不要来惹我们。我们向来对邻居是客客气气的，你们看我家搬进来跟谁红过脸没有？说笑话，要是打的话，我家有五个儿子。邻居之间总是和和气气的好，对不对？几十年的老邻居了！也不要当我们好吃吃的。"她的两颊泛出朝霞般鲜嫩的红色。她说话好脸红，还带着川沙口音，鼻音很浓重。再加上她的俊俏的鹅蛋脸总是黑黑的，不熟悉的人还会以为她是到城里来串亲戚的农家妇人。这八仙桌并不比砌死的灶台更容易移动。

经过一番周折，母亲还是把炉子在紧挨水斗的老地方安顿下来，但所有制的性质已经改变。这块地方安排给半年前搬来的章家了。谁安排的不知道，好像是出于一项公议，但后来考查起来谁都说不清楚。没有来征求过我家的同意，我家也没取得该项权利。当初母亲撤退时搬得太干净，而章家却在那个角落里放了几块砖与一只盛了五六个蒙满灰尘的煤饼的破脸盆。母亲走捷径，跟老章去协商。他单身一人在上海，并不烧饭，只是留条后路。（不知是否有人留意过这种现象，乡下人或带乡气的上海人，往往比正宗的洋派的上海人更适应上海的生活。）老章答应借。

母亲的省事给我们种下了麻烦。一年后的一个傍晚，我下班刚跨进家门，妻子就神色严重地把我拉到一边说，老章来讨还烧饭地方了！他提前退休，让常熟农村的儿子出来顶替，把儿子的生活安排妥当后他就要回乡下去。其时家里已改由妻子掌勺，而且她与母亲之间还是发生了百分之九十的婆媳间通常会有的那种不愉快。母亲一天三顿吃在食堂，妻子生小孩拿八折工资在家休一年。她娘家也是石库门，但住底楼，天井里有独用水斗，又烧煤气，因此对我家的煤炉，十二户合用的折得断腰的大水斗，矿井一样黑的楼梯（这比喻正来自她姐姐），有一种与日俱增的敌意。这件事更让她有理由觉得是受到了人为的捉弄，大有“不鸣则已，一鸣惊人”之势。我问母亲，母亲说：“这地方本来是我烧的，后来我不烧，章家搬来，就算他了。后来我要下去烧，没地方，我就跟老章商量，仍然给我烧。”这话客观到家了。母亲又说：“现在他说要烧，总要让他烧。烧饭总是要让人烧的。”母亲明确表示她不再过问这件事。我脑子清醒得很。看到妻子站在门边，绞着腿，眸子在睫毛下几次一亮一亮，像裹在云层里的闪电，我赶紧以十分激烈的语调说：“操那！我们最早搬来，难道连个烧饭地方也没有？我们从来不占公用地方，现在连个炉子也没着落，岂有此理！”妻子看我动了火，就来劝我：“你声音轻点，不要让给章家就可以了。”我说：“不，章家要烧饭是不错的，欺软怕硬的事我是不做的。这件事应该大家坐下来讨论，把灶间重新合理安排划分。”“讨论？谁肯出来讨论？”妻子说，“别人家都有地方，就是你家没有地方！”我说：“那就把炉子抛在灶间中央，走出走进碰伤烫伤，我们概不负责！”

话虽这样说，我去找老章时，还是心存赖账的打算。作为妥协，我可以同意他儿子借我们的炉子烧。我估计这小家伙单身一人不会自己开伙，后来事实证明也是如此。但是，老章夫妻俩，尤其是他那陪儿子从乡下出来的女人，似乎见了城里人有些慌张、有些羞怯的神情，叫我一下子觉得自己很不英雄。我说马上要求召开居民小组会议讨论，他们说乡下秋收在即，想次日至迟后天就赶回去。这时陆家好婆（她家与章家门对门）插进来说：“这块地方当初是你姆妈向老章借的。”我不禁心里十分反感。陆家好婆有充当全幢房子妇女精神领袖的态势，但我觉得她跟阿娘当年的气派相去远了。阿娘是凭着一种爽直与公正，她光凭着年纪与整天待在家里有嗑闲话的余暇。我很怀疑她这么超常地热心是不是受了章家送的常熟土产。于是，我轰地站起身来说，好，我现在就把地方腾给你。接着又发表了炉子居中伤责自负的庄严声明。

我接着去找居民小组长胡阿姨。胡阿姨面有难色，说居民小组没啥作用，开会召集不起来，开起来也不能解决问题，还是你一家家找人好好去商量。我说，我何必去求人！没地方烧饭，我就把炉子抛在灶间中央。胡阿姨说，那你稍许抛得靠边些，我也关照大家走路小心，烫着了首先是自己吃苦。她的沉着完全出乎我的意料。回家后，我才想到刘邦在阵上对项羽说，我父亲就是你父亲，你一定要把我父亲杀了吃，请分给我一杯羹。当然，我不是说胡阿姨的沉着具有帝王风度。

反正，为了防止家里发生内战，那天我是太急于在外部显示强硬了。我被自己幻想出来的义愤与英雄气概所笼罩，使一个需要慎之又慎的方案很不慎重地出了台。我的一位朋友后来向我口述一副四川新都县宝光寺里的楹联："世外人法无定法，然后知非法法也;天下事了犹未了，何妨以不了了之。"可惜真理对我来说总是出现得太迟。

但在炉子的帮助下，我确确实实认识到，我对已经朝夕相处了二十多年的邻居，实在是太不了解。

结婚前，我和他们的接触仅止于见面点头打个招呼。结婚后，我有时要去洗衣服或尿布，才和陆家好婆什么的在水斗边搭腔几句。我从来不到邻居家串门闲聊，要登门必定有事，因此有的人家我一二十年没跨越门槛一步。妻子进门后，我才知道一些周围人家的内务琐事，觉得有些倒可以入小说，但"兔子不吃窝边草"，故而一直没写。我这样的实行自我封闭，决不是瞧不起人。这是祖传。阿爷在世时几乎足不出户，到生命的最后两年，才偶尔去跟二房东太太话话旧，距家门口也只有一步。阿娘的活动范围比阿爷要大得多，但她充当妇女精神领袖的场所也严格限在家里，从不屈尊到别人家去参加沙龙。他们以行为暗示我们下一辈，这样做一定是有道理的。

炉子抛在灶间中央，就像伊朗封锁了波斯湾通道，局势立刻变得动荡不安。第三天，烧晚饭时分，唐家小儿子到水斗上洗菜，水珠溅到我家油锅里，热油立时像放鞭炮一样，一两油爆掉了半两；妻子跟他吵起来，吵得差点油锅着火。不到一星期，陆家好婆在我家炉子前绊了一下，身子歪倒，又扭了脚，只差点撞翻炉子。妻子当即声明，我们有言在先，碰痛烫伤概不负责。这下犯了众怒。胡阿姨派小女儿陪陆家好婆上医院。晚上，我拎了一袋苹果与一包麦乳精去探望陆家好婆，对她说，发生了这样的事我们深表遗憾，但按原则医药费我们一个钱也不能赔，还是尽快开会解决的好。我也向胡阿姨提了口头备忘录。两天后，唐家小儿子的自行车前后胎的气门栓被人拔掉了，他怀疑是我妻子报复，就在灶间里指桑骂槐。妻子又同他比起了喉咙。这回她点到了他家当门的八仙桌，唐家阿姨也卷入了冲突。

吵得乌烟瘴气，最后大家排排坐，说因果。

对这一切的发生我都有足够的思想准备，然而，它们都不曾发生。

一个演员在台上，听不到他以为能听到的笑声，喝彩，唏嘘，那种失落感，请品味一下吧。

绝非太平无事。妻子说，她无时无刻不处在一种敌意的包围之中。冷粥冷饭好咽，冷言冷语难听。她隔三间五地同人呕气或斗嘴后，回家对我哭或发火。但事情都另有因头。妻子说，总根子在炉子。她与母亲的对峙也几度出现高峰，据她说也是邻居在背后挑唆，也是炉子在作怪。我将信将疑。我不明白，倘若邻居中结成了一个神圣同盟，想用迂回、骚扰的办法迫使我们就范，那么他们的目标是什么？让我把炉子再拎回屋里来吗？显然完全没有可能。逼我家换房子搬走吗？难道新来的房客一天三顿就着奶油咖啡啃面包？我自忖，像我这样清高的小市民，目前市面上正紧俏，我想我的邻居们未必一点也不知道行情。没有犯罪动机，据说在国外即使掌握了相当的罪证也不能定案。

但我不得不接受妻子这样的批评："当初我们不让，只得罪章家一家，现在这样得罪了大家。得罪一家最多吵一场，得罪大家吵都没法吵。”

终于有件事发生了。

这天晚上，我一进家门，妻子就压低声音，表情紧张地告诉我，胡阿姨的儿子已经在厂里留职停薪，要拦出半间屋来开饮食店。

据妻子说，那晚我表现得镇定自若、斗志顽强，还说过充满自信与乐观的估计的话。倘是这样，那只是为了安定她的情绪。或许还可以追溯到洪流在农场里给我讲过的一个故事。华盛顿在独立战争的一次关键的战役中，被英军包围，一筹莫展，于是他就不展一筹。后来援军从天而降，击溃了英军，华盛顿的镇定也从此彪炳青史。

历史上什么都曾有过，有时真叫人觉得自己这一辈子非白活不可。

胡阿姨家的前半间就在我的房间的底下，原来是她儿子的新房。她儿子没用涂了白漆的马粪纸装修新房屋顶之前，从我家的地板缝隙中，可以观察到她家内部的动静。即使经过装修，只要他们说话时喉咙响一点，我们在屋里仍清晰可闻。好在经过几十年各种力量的糅合，我们每户人家都已经养成轻声说话，轻声走路，轻声听收音机电视，轻声做爱等良好习惯。整幢房子最喧闹的时刻是从傍晚五时起到晚上九点，在这段时间里人和物发出的响声可以放肆到自然的程度。这种集体无意识的自我克制，是我们这幢房子有历史有文明传统的标志。然而饮食店谁不知道，它必须冲击这种传统文明。现代音响对个体饮食店的重要性不亚于灶头，而大灶又能使我们直接承受水汽与煤气的蒸熏。我家将名副其实地生活在水深火热之中。

我暗暗佩服胡阿姨儿子的魄力。他不仅敢毅然从全民工厂里退职（听说他在那里原本混得不差，还是个副科长或副股长什么的），而且敢跟我家连招呼也不打就开饭馆。他好像有什么背景。但我无法在摸清他的背景后再采取行动。听妻子说他已经请人写好店招“楼外楼餐社”，看来是决心不把我们楼上的放眼里了。我去找他，怀着一种义愤感，一种屈辱感，一种被愚弄感，一种紧张感。感觉太丰富，表达就有困难。他们一家正在吃饭，看见我似乎一愣。我说：“听说你们要开饮食店？”说这话我喉头干得难受，像感冒刚起时的情形。“是的，是这么打算……”胡阿姨的丈夫，一位退休的工程师，撂下筷子要站起来。“怎么我家一点不知道？”我不能美化自己，我说这话十分缺乏风度，我知道在谈判中潇洒要比冲动有效十倍，但仅仅是知道。“这跟你家是不搭界的，”胡阿姨的儿子说。他马上又叫了一声我的名字，把这句话笑嘻嘻地重复了一遍，以示这话完全是友好的。“你们的灶头安在哪儿？”胡阿姨的儿子放下碗要从里角挤出来，我做个手势表示不急，那是这一回合中我做得最漂亮的一个动作。他还是挤了出来，领我走进他的房间。印花墙面还很新，那套他自制的清水腊克的家具仍像他结婚时那样锃亮地摆着。我忽然有些同情他，当然我马上意识到它的荒谬。我同情他，谁同情我？他指着西南角安放大橱的地方，那儿楼板上我正放着写字台与书橱。他说他一切都考虑周到了，灶上安个拔风，拔风口正好在我家的南窗下。他说，绝不会对你家有任何影响，否则，我会不来打招呼吗？我们是多年的邻居，又是一起长大的。如果我神色和悦的话，他也许还会跟我一起回忆当年玩“官兵捉强盗”的情景。我的表情漠然。是不是我真的有点大惊小怪？类似我们这种结构的房子，楼下开饮食店的也有。我最惊异的是他不知从哪天开始口齿变得伶俐了。他成熟了，而我却不知怎的从少年老成退化了。我蓦地感到恐惧。

回到家，我的脑子才一点点开始管用。我终于想明白，无论如何我不能同意他开饮食店。他可以开百货店什么的。他要发财不能让我们受罪。我反复推敲，确信自己“有理，有利，有节”，立于不败之地，就去打开自结婚来未曾开启过的东窗。（经计算，从那里得到的清风少矣，而从天井里升上来的油烟硫气不可谓不多矣。）我趴在灰尘虬积的窗台上，向下面喊话，请胡阿姨的儿子上楼来谈谈。

下面答应了，但到十点不见来人。第二天我又空候了一个晚上。

我发怒了。再不发怒在老婆及邻居们眼里就得掉价了。我给市、区工商局和区房管所及管养段写了信，声明我家的立场。我对妻子说，开弓没有回头箭，这一招不灵，就要准备从窗口往他店门口撒垃圾，用水冲地板，跺脚摔凳，反正横下一条心了。妻子当即说，好的。过了一会忽然问，会到这一步吗？我说，不知道，有备无患。

我的一位足智多谋的朋友(就是说“不了了之”的)说，如果他领出了营业执照，你就一点办法也没有。你闹，责任在你。中央现在提倡搞活经济，他正在势头上。这家伙那么傲慢，肯定在各条路上使够了钱。

我问他，·真没有办法了？

我想不出什么办法，他说。

我真想冲着他喊，你这小子见死不救！

光写信当然不行，还得自己一趟趟去跑。对我这方面叫“上访”，对机关叫“来访”。你体会一下这用词，跟走亲戚一样。房管所、工商局、街道、居委……平心而论，我受到的接待还是好的。但我已经尝够了打官司的滋味，尝够了把自尊心藏在裤袋里去征求同情的滋味。前两天我看报上说，美国人太喜欢打官司，动不动上法院，即使倾家荡产也在所不惜。美国的有识之士已发出惊呼。倘能让我去治一治这种美国顽症，保证药到病除。只要让美国司法与行政的各级官员轮流到中国来实习三个月。喜讼，在中国历史上是刁民的一个重要标志。

结果是一天胡阿姨上楼来登门拜访我。她嗞嗞笑着，说，她与老头子本来就反对开饮食店，自己又不懂，请个大师傅要出大价钱。但儿子自作主张，把锅碗勺盆、折叠桌椅什么的都买了，已经花了两千多元。现在儿子想通了，决定改营百货。请帮帮忙，在这张纸上写个同意。我接过那份给房管所的报告看了两遍，又琢磨了一阵，本想说“留下研究研究”，觉得不好意思，就提笔不厌其烦地写道："对开百货店本人没有意见。"胡阿姨说，谢谢，谢谢。我说，有什么要帮忙的吗？她说，没什么，没什么。我们就白天营业，决不会影响大家，有什么意见随时跟我们提。我说，我们都是多年的邻居，他辞职干个体户，这种魄力我是很佩服的。我听说百货业的执照卡得最紧。所以我们这样顶一把，实际上对你们也有利。开百货店利润肯定要比饮食店高，人也省力。胡阿姨说，就是，就是，我们是老邻居了，几十年没伤和气，什么事都好商量。

妻子回来，自然喜出望外。如果我是个蹩脚的小说家，就要说那天晚上特地打了酒来庆祝，打酒中还能加些热闹的小插曲。但我编小说时那种着意发掘一件事与另一件事的内在联系的习惯，已经潜移默化了妻子。她一下子把它与炉子挂起钩来。以后几天，她不断地向我报道陆家好婆、唐家姆妈、丰家姆妈等等对这件事的述评。据她说，她们都认为这件事上我表现得十分"大将"，人家招牌都写好了，活生生地被我斩了。她们说作家到底是作家。我一定有路，而且路子比胡阿姨与她的儿子粗得多。妻子认为这一举使我在邻里间重新建立了威信，而那威信本来随着阿娘阿爷的去世已式微日久了。靠着这威信，炉子问题的解决指日可待。这是万里长征走出了第一步。

她那么得意，我就更不敢向她透露有关内幕消息。

在胡阿姨让我签名后的第三天，管养段管理员将我找去，说是纸上没有我图章，她怕有差池，要核实一下。这样认真负责的态度叫我动了无妄之念。况且她跟我差不多年纪，离更年期还远，模样周正，说话还略带点笑容。于是，我就提出炉子问题。不料她毫不犹豫地回答说："这种事我们不管的，以前怎么样，现在怎么样，要改变只有你们自己去协商。"骤然的失望使我忘了把自尊心藏掖好，"房租不是你们收的吗？划分公用部位你们怎么可以不管？""公用部位的问题最复杂，叫我们怎么管？我们只知道照以前的样子。""以前我们在房间里烧，""那你现在还是到房间里烧。""房间里怎么可以烧？……安全，煤气……""这我们不管，你们自己去协商。”“你们不管，我还是把炉子抛在中间，碰伤烫伤概不负责。”“如果邻居同意你抛在中间烧，你就在中间烧，碰伤烫伤你当然要负责。”“你这种态度，我要向你们所里反映。”她瞟了我一眼，又看一眼她手中我刚盖上图章的那纸报告，满脸的不屑。喜讼，刁民也。

这以后直到我搬走的一年多里，炉子始终抛在那里，像中流砥柱。但妻子的情绪已明显好转，不断地向我重复陆家好婆唐家姆妈丰家姆妈等等的述评。生活中有了希望真是好。

后来，我与妻子儿子搬入新居，独用灶间与卫生间。虽然有一年多时间还是生炉子，但此炉子非比那炉子，我与妻子都觉得像是升了天似的。我看到报上有人撰文，说搬入新工房怅然若失，耐不了独门独户的冷清，十分留恋老房子里邻居们吃饭时端着碗串来串去的那种交流；我认定作者是故作姿态，作“有根”状。

在我搬迁半年后的一天，我回老房子去看望母亲。踏进灶间眼前豁然一亮。通道被廓清了！仔细一看，我家的炉子已俨然靠在西墙上，离水斗有二尺远。那堵墙后面是陆家好婆的房间。当初她家竭力反对我家炉子靠边，理由是大热天几只炉子把墙烘得可以摊饼了。我真佩服母亲的手段，她使一件日常琐事有了神秘感。

我佩服得不敢去问她。但我不禁产生了形而上的疑惑：我是个正常人吗？什么是正常人呢？后者正是不少朋友与读者来询问我的。

二

这样的奇景，在农场四年里，我只见过一次。

奇景只是对我而言，并不像峨眉的佛光，或者二百多年一遇的日环食，是举世公认的。但日环食再稀奇，却有无数的人同时瞻仰到，包括我才上幼儿园的儿子。而这样的景象，我一直希望全世界只有我一人有幸看见。

这是冬天一个极普通的下午。崇明岛的冬天，这样的天气太多了。既不放晴，又不下雨，天空均匀地涂着一层薄薄的云膜，要费心寻找，才能找到太阳——一个油迹似的光晕。阳光透过云膜，把大气层染成新鲜鸡蛋似的颜色，表面似乎还蒙着层粉质的白霜。我在四面望不到头的黑褐色的旷野里行走，蛋壳黄色的苍穹压在我的头顶上。苍穹压顶，并不是天低云垂，给我以透不过气来的感觉，像雷雨前那样。天上看不出有云团。说“压”，是因为我的眼球不敢往上抬。我的内耳平衡器有毛病。在大自然里，我发现只要受冷，眼球就不能随便往上抬。这种天气我本不该出门，焐在被窝里读书，我又带了一旅行袋的好书下来。但是，难得一个场休日，不出来走走总觉得是白白浪费了。据报道，如今的国内旅游业务已经大大超过接待国际旅客的业务。好不容易有几天休假，许多人还是愿意花钱到路上去买罪来受。但与我那时靠两条腿在西北风中往返走五六个小时相比，到底不及我悲壮。崇明岛的西北风，在天气预报只有“风力四到五级，阵风六级”的日子，你将铁锹柄往地上一戳，它也能吹得竹柄像洞箫似的发出呜呜的鬼叫。

暖烘烘的胃在冷却下来，正宗的泰康厂的苏打饼干、光明牌麦乳精、红烧肉，正化成一团酸气在那里懒懒地拱动。我感慨地回想刚才在“五七”九连的情景。我估计他们见到我会表示高兴，我们毕竟是同班同学，没想到他们竟待我如此热情。而两个月前我却是以跟他们合不拢为理由，跨学校随一群陌生人来到农场。话没挑明，但他们不会毫不知觉。然而他们那么宽容大度，竟劝我把关系转过去。但要是真转过去，真的天天厮混在一起，他们待我会比“老精”他们更好吗？人为什么要等疏远了才会客气呢？我边走边想，想到后来发觉这问题其实没意思。

风裹掖着我。不能说朔风呼啸，天地间充塞着风。风已经不是一阵一阵，而是无始无终的一片。阵发的呼啸已然化为持续的高频振荡。这声音不仅通过耳膜，而且通过脑神经渗透到你的体内。这种高频振荡有催眠作用。内和外的界限正在消失，我和风在融为一体。整个人体只有小腿以下的部分让你感到最实在。每一步踏下去，脚底下硬邦邦的触觉反馈上来，使你不致忘记自己正指挥着两条腿搬动全身的重量往前走。不仅身上的绒线衫、厚绒球衫、海虎绒夹里的大衣像是镂空的，就是皮肉骨头也像是镂空的。现在你不敢作任何这样的想象，否则你将听到风把你的五脏六腑吹得呜呜直响。我两眼平视，一心一意地赶路。一无遮拦的荒野，被一条条支渠与明沟隔成很宽很宽、长里见不到头的大田块。土被深翻过，鱼鳞似的一片盖着一片，冻得像石头一样坚硬。据说经过一冬的严冻，来春就会松酥。现在我和这些泥土一起在经冻。我挑过泥，知道这样一片“鳞”少说有一二百斤。机耕路边间隔着有几蓬发黄的枯草，它们是旷野脸颊上的泪痕。有了它们，雄浑无言的大自然暴露出纤弱的一面。我听见了大地深处的呜咽。

这时，在距我约二百米远处，有一个黑点，从右上方的天空中，向左下角斜着飘落。紧接着，几乎从右上方的同一点(我不敢抬眼细看)一个接一个的黑点，依次斜射而下，落成一条东西向的轴线。第一条线站满后，黑点在其后平行地排出第二条横线。接着第三条线、第四条线……一点接着一点，都是前一点着地，后一点从空中的同一位置射出。很快排成一个方阵。那么有条不紊，按部就班，简直令人不可思议！我们从小学起就练队列操，直到农场的民兵训练还是队列操，但要我们这么迅速整齐地列成方队，还未必能够做到。这一切，鸟儿在一两分钟里干净利落地完成，几百只鸟！我看不清鸟儿的体形、面目，只觉得它们都面对着我。我想它们大概是野鸭子。听说崇明岛上冬天有很多的野鸭子，有的老职工半夜到沟渠里去撒些拌了农药的稻谷，第二天凌晨往往能拎一两只回来。想不到成群的野鸭子是那么的训练有素，气势不凡。它们也许到田里觅食遗落的稻谷，但我不见它们移动位置。它们静静地匍伏着，好不容易才能将它们与黑土区分开来。天阴，能见度低，而我又戴着不够度数的近视眼镜。

我满怀着对它们的亲切感向前继续走着。这个寒风充塞的孤寂的世界因为它们的降临一下子变得生趣盎然。我想，如果我写诗的话，该怎么描绘这番景象。我大约向前走了六七十米，那只头鸟，突然踮起腿，翅膀一拍，斜着冲天而起，飞向空中那个点——那个刚才由此降落的点。其余的鸟，依着降落时的顺序，一只接一只地腾空，飞向那个点。飞到空中的黑点，随即排成“一”字队形，向着东方进发。不断腾空的黑点与空中逐渐延伸的队形，组成一个立体的倒“V”字。我目光追踪着这群飞鸟。只见它们飞了一段路，忽而又排成了“人”字形。大雁！我小学一年级就知道有它们，没想到直至今天才有缘见到。但是，它们到崇明岛来干什么？这儿的冬天未必比北方暖。它们一定飞岔了道。我发现自己已不知不觉抬头眺望了一阵。刚这么一想，立刻有一阵眩晕从天外向薄薄的脑壳袭来。我连忙低眉垂眼。大雁的去踪再不能关注了，但我觉得应该有所反应，这样也能排遣对眩晕的恐惧。我一下子强烈意识到自己并不是曹植、李白那样的天才，我张开口只能对着一片昏昏沉睡的天空与莽原喊两声：“好！好极了！”我尽可以发疯似的狂吼乱唱，极目之处再没有一个人影。但我喊了两声已觉得足够了，觉得有些酸溜溜的怪味。我没想到喊“美”、“美极了”。“美”是个准违禁的字眼，我一点也没想到要用它来形容大自然的魅力。我使自己挺起胸，尽管这样风能够更自由地从大衣领口的窟窿往里灌。那些大雁（也许还是野鸭子）的出现应该是有某种意义的。惟其如此，那一幕情景就值得被记住，甚至值得被载入史册。我在书本里还没见到过对大雁的起落有这样的描绘。这比苏格兰王见到的蜘蛛织网要壮观得多。

余下的路程，我就觉得好对付多了。

我的阳历生日对应的西学星宿是天秤座。关于天秤座，一张贺年卡上这么写：

> 男性：天性仁慈、大方、忠心、有吸引力，有时很容易就生气，有时则非常有耐心。他们很不高兴琐屑的事和不公平。除了感情之外，其他方面似乎都很聪明。是天生的寻梦者，对自个儿脑中的小构想常欣欣自喜。

我不知道这些话对其他的天秤座男性是否确切，对我，则好像是百分之百。如果让我对自己的性格作一番描述，未必能有它那么全面与中肯。最绝的是“天生的寻梦者”，第一眼看到我就像被一道光照亮。以后反复寻味，越来越觉得它可以成为我整个人格的概括，整个人生的写照。寻梦！知梦为何要寻，梦向何处去寻？个中奥秘，匪夷所思，但我深深知道。

那些十多年来一直在我心头列队起降的大雁或野鸭子，其实不就是个梦境？一个邂逅的梦。

从到农场的第一天起，我一直在寻找一个梦，寻找……父亲——

三

箱子等大件行李，是在我们抵达农场的次日傍晚运到的，卸在食堂里，各人自己去背回寝室。我看见一个梳大背头穿大翻领的大个子掮着一只箱子，侧着橄榄形脑袋，嘴里发出“喔唷，喔唷唷”的唱歌似的叫声，像跳舞一样从水凼间曲曲折折地走来。突然他脚下一滑，屁股很响地敲在泥地上。

这个大个子后来跟我在一个寝室里住了一年多。他的外号叫“阿跷”，因为他曾被铁锨砍伤过一次脚皮。但要是铁锨伤脚就能叫“阿跷”的话，我们连至少有三四十人可以获得该项称号，包括我，而结果却让他捷足先登了。他就是这样的人，很平凡并且一点也不想不平凡，却能不时从冷镬子里爆个热栗子出来。他令人难忘。那个蹲在中百公司门口的阴沟盖边看莫须有的“白老鼠”的故事，就是他说的。据他说是他亲自去的，引来一大群围观者后他与另外几个始作俑者溜出人圈，过一个小时再兜回现场去考察效果，听到黑压压的人群中心发出“喔唷，出来了！”“头出来了！”的惊呼，反把他也搞糊涂了。后来我将这故事改写成微型小说时，为了主题的明确与集中，把这最精彩的部分忍痛割爱了，他要是知道了也许会表示遗憾，好在他已与世长辞，不会再知道了。他又是寝室里练哑铃最勤、胸肌和肱肌最发达的一个，但他的性格根本就没有侵略性，酷似他母亲遗传给他的软侬吴音，然而我们这群人中后来却偏偏只有他能算得上“出道”——有了蹲班房和被正式称为流氓阿飞的经历，实在叫人觉得一切所谓性格逻辑的理论都是胡诌。他的反逻辑的潜力还表现在喝酒上：他初到农场比我还不能喝酒。我和他合饮过一瓶啤酒，我喝得比他多，他晃得比我厉害。两年半后，我上调前夕，偶尔看到他同人对酌，就着几爿油氽豆瓣，将一瓶“小爆仗”（二两半装的六十度土烧）三口两口灌进肚里，脸色如常，吓得我赶紧离开，不敢再看他表演下去。不过最令我难忘的还是他的弥留。他在一天半夜里突然发烧呕吐，翌日早晨就人事不省。等我闻讯到医院去看他时，他已一动不动地躺了两个月，只有病床边“呼哧啦，呼哧啦”的机器声证明他还活着。脸像一块鞋匠用旧的白蜡，剃光的头皮青青的一层。我根本认不出他就是那个喜欢文质彬彬地说些“画地图”之类的笑话，喜欢尖着嘴怪叫起哄的“阿跷”，我也不敢走近前去细认。我对死历来抱有一种惟物主义的惊悸，但当生命外化成一种“呼哧啦，呼哧啦”的机械的声音，连这种惊悸也凝固了，麻木了。从医院出来我就怕晚上梦见这种景象，结果没有，至今没有，但那景象我随时可以清晰地唤到眼前来。

那天，看见一个活生生的梳大背头穿大翻领的大个子迎面走来，突然滑了一跤，我心里一乐，笑出声来。正笑着，我迈动着的双脚也急速地向前滑去。虽然我两足迅疾换位，踏了几个漂亮的绞花步，终究臀部还是“叭”地着地，带着泥土微粒的水珠飞落到我的嘴唇上。

一片“嗡嗡”的哄笑声罩住了我的脑袋。我没敢抬起头来。我想起小学二年级时有次穿马路，只听脑后“喂喂”一阵急喊，等我再睁开眼睛，发现自己躺在地上，头枕在上街沿上，眼前是许多大人小孩的脸。我看见身旁一只黑乎乎的车轮，才想起刚才是怎么回事。我听见那踏黄鱼车的在哇啦哇啦地说：“他硬穿过来，我已经刹车了……”我站起来。旁边的人问我，你痛不痛？哪里痛？又有人说，你走走看。我转身往家里方向走。背后有人喊，你回来，不要走！我就跑起来。后面也是一片笑声。

后来我常想起这件事，因为我意识到我有片刻丧失了知觉——我昏迷过！这对我是个难得的经验，迄今为止我还没有获得第二次机会。我究竟昏迷了多少时间？昏迷与瞌睆有什么不同？我一遍遍地回忆、体味。而在这次滑跤时我想到这件事，则不是学术性的而是功利性的。我多么希望此刻能昏迷一下。

我撑起了身子，习惯性地去拍拍屁股。手掌刚接触到湿裤子，我已意识到自己的愚蠢。但为了维护尊严，我还是将拍灰改成了擦手。我仍然听到又响起的笑声。我不去看那些脸，毫无意义，刚才我也笑过人家。这时我的臀部皮肤感到了透过厚厚几层裤子渗进来的湿意，也许是我手擦得太重了。于是我返身回寝室去。

我进门就直扑我铺头上的蓝帆布旅行包。铁床来不及运到，我们都睡地铺。泥地上铺着三四寸厚的稻草，白天我们把被子被褥像蛋筒似的卷拢着。我的铺是靠门第一张。但尽管我动作迅捷，还是被眼尖的“老精”逮住了。“小四眼，你干啥？”我一愣。他出言吐语那么自然，好像我们早就有约在先。实际上他从未照会过要赠我这样一个雅号，而我也没有表示过同意。但在这种非同寻常的情况下，我不同意也得同意。“不小心滑了一跤。”他很有分寸地笑了两声，没再说什么。这时，我的心思已经从湿裤子转移到了“小四眼”上。凭我以往的经验，这个可恶的绰号从此就要像影子一样跟住我了。这回我的直觉没有出错。在农场的四年里，不管后来我觉得自己是怎样的春风得意，出人头地，我还是没法不被人称为“小四眼”。又一尊偶像在我心目中轰然倒塌。这回的偶像却是我自己。我原以为凭着洪流对我的推崇，凭着我的一肚皮学问和跟他们完全的陌生，我可以使自己高大起来，光彩照人。我对自我偶像的设计还没有明确的目标，但他裹在一团五彩的云霓中。现在，一个滑跤，一个绰号，就把这团云气撕破了，露出来的还是那张烂污泥底牌。但那时我并不恨“老精”，我在他面前并没像对洪流那样宣布过我对绰号的深恶痛绝。因此，我后来越来越感到同他格格不入。他无意中泄露了对我的真实看法。他从来没把我看成是个人物。就在这个瞬间，我的潜意识已经决定不把他当朋友看待。故而我一直对他非常客气，一直在意识里把他引为朋友。

也就在这个瞬间里，我知道什么叫想家了，同时也意识到想家是很要不得的。

四

就在“老精”封我为“小四眼”的那天晚上，他又给我们领来了一位大师兄。“这是‘眼镜蛇’，是这里撑市面的。”“老精”笑眯着眼向我们介绍道。同时，“眼镜蛇”却把两颗小眼睛尽可能睁得滴溜圆地把我们扫视了一遍。他长着颗黑黑的桃核脑袋，人精瘦，很宽的一字肩，大翻领角刷平地一直摊到肩窝处，整个前胸像一面盾牌。他扫视完毕，就一屁股坐在“蛇皮”（社会青年）“霍乱”的铁床上。这是寝室里惟一的一张床。他这么一坐，我们（“老精”、王灵、“小胡子”和我）只能站着围住他，像四颗小星拱着一颗大星。他也像山大王接受朝拜似的，把两条腿脲得几乎成一百八十度，两手各搭在一个膝盖上，整个身子威风如同大雄宝殿前的铁香炉。“老精”给他递烟，点烟，他把右手划了一个很有气派的弧度说：“好，你们以后有事尽管找我，一句话！刚才那个阿乌也是你们学校的？”“老精”向王灵他们解释说：“三班的一个戆兄，差点吃拳头，被我拉开了。”他又对“眼镜蛇”说，“我们学校一个年级有十二个班级，五六百人，也不是人人都认识的。”“眼镜蛇”说：“不是看你面上，我老早一拳把他打到印度角去了。到啥人面前摆镖劲？真是看错人头吃错药了。你们是他——”“老精”忙自报家门：“汪铭全，”“你们是汪铭全，小汪的兄弟，也是我的兄弟。不要说这里，就是出去，只要说是我‘眼镜蛇’的兄弟，一句话！”

“眼镜蛇”走后，“老精”向我们详细介绍他接关系的经过。他有理由夸耀，我很佩服他。才两天工夫，就跟队里撑市面的人物挂上了钩。这样一来，不管是在朝的还是在野的，我们两头都保了险。昨天下午，我们到寝室里才解开被包把铺位安排好，两个到南门港来接我们的交通中学高中生“迷糊”和“白腊克”就上门来找“老精”，要望庐中学选派几名代表到连队办公室碰个头。“老精”叫上我一起去找郑国梅。郑国梅站在宿舍门口表示她不愿抛头露面，这样“老精”就让我充当代表和他一起去。“老精”对我说，他要把我送进政宣组去。办公室里厢拦出很小的一间，只能放下一张写字桌和一把椅子，那是会计室。“迷糊”坐在椅子上，“白腊克”半个屁股搭在写字桌角上，这样，会计室里就只能容“老精”一个人站进去。我在门外靠墙站着。从我这儿看去，那道纤维板遮去了“白腊克”的半边脸与一只眼睛。我发现那只眼睛不时地趯我一眼，弄得我有些不舒服。“迷糊”先介绍了连队概况，接着就让“老精”介绍队伍情况。“老精”说得不太连贯，但我也帮不上忙，就转头去看窗玻璃上一条条蚯蚓似的乳白色的水流。这时，一个老农推门进来。个子矮矮的只及我眉额，赤脚，腿肚子上都是泥星子。他脱下天蓝色的塑料雨衣，反折了捏在手中。他看见里面在开会，就知趣地在我身边站下。又轮到“迷糊”说了。他表示连队各方面的建制还不全，大批判组、治保组都有待建立，希望望庐中学能把出色的人才推荐上来。我悄声地问身边的老农，说话的是连队什么干部。他摇摇头说：“不是。”我不禁大为惊讶。这时，“白腊克”探出整个脑袋来叫道：“古书记，你来说两句。”屁股随之从写字桌上滑下来，似乎要把这宝座让给他。古书记把手乱摇，我看他鼻子尖也红了起来。我又惊又喜。我在小说里见识过不少被误认为普通老百姓的领导干部，这样的干部都是天大的好人。我觉得是个好兆头。才隔一夜，“老精”又同“眼镜蛇”称兄道弟，往后我们真是左右逢源了。

庆幸了没几天，我就感到事情有些不对头了。官方那里没有进一步跟我们联络的任何表示，我进政宣组看来一时渺茫得很，“老精”、王灵、“小胡子”等对我的期望似乎在明显地退潮。而撑市面的朋友又来得过于频繁。不仅“眼镜蛇”自己来，还带来了一大帮兄弟，“开口笑”、“三角头”、“太平洋”、“炸药包”，光他们的大号就能叫你如雷贯耳。跟他们相比，“眼镜蛇”还算是比较有修养，比较沉默寡言的，所以他能做他们的头。他们一来，就要烟抽，要酒喝，从我们的瓶里刮几勺菜或炒酱吃，或者咬几块饼干也行。这方面我所受的侵扰倒不大。我不抽烟，也没饼干，瓶里装的又是正宗的川湘辣酱。但是，他们造成的声势叫我惶惶不可终日。他们在那里一站，即使不开口，我也觉得好像有十吋喇叭贴着耳朵在吼。对他们不要说控制，利用，就是应付也叫我头皮发麻。他们喜欢用崇明话的谐音讨便宜，或者讲一套套带生殖器的笑话。这些玩笑他们可以像说绕口令似的重复几十次、上百次，感觉上还像刚摘下的黄瓜那么新鲜。他们一边说一边笑，我意识里想讨好地附和着笑，脸上的肌肉却总是化不开。我想，我在他们眼里一定是个彻头彻尾的傻瓜，他们那蒲扇般的带厚茧的大手所以没有随随便便地撸到我后脑勺上来，完全是看在“老精”的面上。

“老精”，“老精”，我不得不一天天把头越抬越高来仰视他，仰得头晕脖根酸。我心怀怨恨，但还是充分正视现实。我将他当作一个对徒弟处处留一手的师傅，最好的报复就是把他的绝招偷学来。好在我不笨，不久就看出些门道——他常跟“眼镜蛇”摆谱。原来撑市面的朋友里也有这么一张关系错综、等级森严的网络。“眼镜蛇”说自己是上海哪只角的，跟某甲一起“白相”的，某甲又是某乙带“出道”的，某乙跟撑市面的某丙又是怎么一层关系；“老精”也按此格式报出自己的联络图来。他们在彼此的谱中找共同点。一俟找到双方都认识或知道的某某人，他们就仪式般地放开喉咙叫一阵，表示他们的关系更“有数”了一层。摆谱不是一次完成的，而是要多次进行、不断地进行。这种探讨本身充满了感情色彩，就像妈妈们探讨各自的孩子，也是他们的一种消遣。

这样摆谱自然而然地深入到发布各自朋友的出道经历与业绩上。与妈妈们发布孩子的可爱事例所不同的是，他们的发布不仅有炫耀、有乐趣，而且还带有一种验证的性质。他们笑嘻嘻地暗藏着一种机警与狡黠，审视对方捏着什么牌。这种习惯也许还是从年代久远的帮会中遗传下来的。因此，指出对方话中的一个小纰漏，就有特别的意义。而如果在重大问题上失误，譬如阿三第一次进“庙”（公安局）是因为“捅刀子”，而你说成是“开怪”（扒窃），那你就立刻掉价，弄不好皮肉还要出点血。我曾想听一点，编一点，也给自己创作一套“朋友谱”当护身符。一旦悟到这一点，我也就死了这条心。我这才进一步理解什么是阿爷说的“半吊子”。

我有大祸临头的感觉。

直到蒯虎出现，我才知道自己的神经原来是太娇贵了。本来我们寝室里就住着个“霍乱”，年纪比我们还小两三岁，是小学毕业没考进中学，一九六六年春报名到崇明来的。他正在发育抽个，头大身子细，像根火柴棒，整天睡不醒似的耷拉着眼皮。他是八小队的，我们是四小队的，我们搬进寝室时就发现他的床孤零零地搭在门边。他大概是在带走廊盖瓦片的老宿舍里争不到一席之地。我们那时住的新盖的砖房，顶上铺着稻草与油毛毡，下雨时总有两三处同时滴漏；新泥的纸筋石灰内墙还散布着腥味，手指一戳一个洞。他一见我们就说，你们要我走我可以走。“老精”没叫他搬走，一则是他在介绍“眼镜蛇”上立了功，二则是看中他的双层床空着的上铺，可以给我们搁箱子。在“眼镜蛇”他们扰得我心惊肉跳时，“霍乱”相形之下文静得犹如偎灶猫。他在“蛇皮”圈里也是个小三子。我甚至想在他身上寻找同病相怜的情愫，而他却在一天天悄悄地坐大。那天下午，“霍乱”跟蒯虎一起走进寝室时，那神气已俨然是这屋子的主人，不像第一天见了我们有些怕冷似的。名叫蒯虎想来肯定属虎，那就跟我同岁。他爹妈给他起名时那么漫不经心，创造他时大概也同样如此。他的面容粗率得惊人，像城隍庙里的小鬼。他楞着额角，搭着厚唇，说话的每个字里都掺杂着重感冒似的瓮瓮的鼻音。他把铺盖卷往“霍乱”的上铺一摔，回头目光散神像中风似的望了我们一眼："操那，这么多人……"就拍拍屁股出去了。我们都悄然无声。我向"老精"瞧了又瞧。"老精"终于过去拖住"霍乱"的胳膊，问："怎么一回事？"这床本来是他的，""霍乱"给上铺绑着撑帐子的竹竿，还是那副似醒非醒很超然的样子，"他一直在上海，半年多了。本来说不回来，现在回来了。""老精"捏住"霍乱"的胳膊，噘起嘴看了他一会儿，说："那我们的箱子怎么办？""搬下来，没有办法。""霍乱"难得地将眉头挑了挑，似乎觉得这话问得很奇怪。我从认识"老精"的第一天起，就发现他说话前喜欢先噘起嘴，那模样很能博得别人的好感。但那回他的嘴噘得太厉害了些，便损失了不少美感。他放开"霍乱"的胳膊，对着我们耸动了一阵脸部肌肉，才说："搬箱子吧。"

当晚，"老精"又用白子弹来对付蒯虎，并跟他摆摆谱。摆了不一会儿，蒯虎就腻味了，把手一挥说："这帮垃圾，我在上海是不理他们的。他们又没工作，我是有工作的。他们现在都要分出去，学校里都把他们分到老远，他们要撑市面只有到那边去撑，到那边看他们去撑卵市面！嘎嘎嘎嘎……"我看蒯虎也许是学座山雕，有意笑得那么"嘎"气，不过这么笑他的嗓子先天本钱也不错。"老精"在嘎笑声中又把嘴用力噘了好久。我一时有些幸灾乐祸。

蒯虎来了。

我立刻就体会到，"眼镜蛇"他们来得再频繁，毕竟是客人，毕竟要离开，而蒯虎加上"霍乱"才是日夜悬在我头顶上的达摩克利斯剑。"霍乱"仍然静如处子，却日益显示出他内心的想象力非常丰富。譬如在当门口挖一个一锹深的圆洞，上面用一小片芦扉盖住，再蒙上土，他说是用来藏蟹。蟹没见他提来藏里面，倒是洞壁上慢慢地渗出不少水来。有时半夜里他以为我们都睡着了，就往洞里撒尿。我和"阿跷"一人一次不留神把脚踩进洞里，弄得鞋袜裤管上都是"蟹"水。蒯虎吐字不清，却尤其喜欢攀谈。别人不搭腔，他可以一个人中气十足地演讲半天，临了还强邀你同他对话，为此还揪过“阿跷”两回耳朵。揪的是“阿跷”的耳朵，痛却痛在我心里。不是我那么重义气，我是设想蒯虎若来揪我耳朵我该怎么办。“阿跷”是糯性十足，被揪了耳朵还笑嘻嘻地讨饶叫“爷叔”，当然耳朵释放后他立刻叫蒯虎“孙子”，我想我绝学不到这份幽默。尽管阿爷轻描淡写地说流氓没什么可怕，但实际上他们比我想象中的还要凶恶得多。

自从蒯虎进了寝室，我真心希望白天都能到大田里去出工。偏偏我们刚下乡的几个月里，阴雨连绵，地里除了几颗烂剩的绿肥大麦籽，就是烂不掉的枯草，毋需人去照管，“外国礼拜”特别地多。碰到这样的日子，我就钻在被窝里，把帐子放下，遮得严严实实，期望蒯虎能够忘记我。放下帐子光线就暗得多，好在有蒯虎那粗嗓门叽叽嘎嘎不停地在叫唤，本来也看不进什么书。但是，让一天外快休息白白地这么坐耗殆尽，我倍感痛惜，因为这并非出于我自愿。对摆脱目前困境越是毫无办法，对美好未来的向往就越强烈。为了这个“人上人”的未来，我计划要在两三年里自修完大学的全部课程。幸运之鸟一定会飞来，我得提前抓紧编好鸟笼子。七分努力三分机会，这是我当时给予命运的公式。我意识到蒯虎他们其实是在杀害我，但我没有勇气在内心里诅咒他死。诅咒是没有用的，也是邪恶的。

“小四眼，出来，打饭去！”蒯虎突然向我吼道。我一听，窗外已有人叮叮咚咚敲着碗边走过去。本来，“外国礼拜”，大家不愿穿上套鞋出门去，除了“办公”（上厕所）不能请人代劳外，买饭泡开水什么都是轮流派代表去的。我自认为在这些公益事务上还比较勤快，很注意在新朋友中树立个好印象。但谁也没有像蒯虎那样神气活现地命令过我！他怎么找到我头上来，他凭什么敢用这样的口气对我说话？“操那，你听见哦？小四眼！”我坚决地不理他。阿爷说过，人自重别人才会敬重你，但他没教我自重了别人还不敬重又该怎么办。我只感到愤怒。蒯虎这种人根本不能算是人，因为他毫不懂做人的道理，但我还是没有办法。我听见他从铁床上下来，铁床管似乎在他熊一样的身子下发出“嗡嗡”的回声。他趿着鞋皮“叭啦叭啦”地朝我的床边走来。“你哪能介老卵的啊？”他的身影黑黑地投射在帐子上，一只手捏住了帐门。我两拳攥紧，胸口憋气，脑子在缺氧的状态下胡乱地思考着，是等他一掀起帐门，就对着他的面门一个冲拳，还是后发制人，在招架他来拳的时候，偷袭他的下三路？“你哪能介老卵的啊？”头顶上忽然响起“阿跷”的声音，他睡在我的上铺。“哪能，你出来帮他忙？”“垃圾瘪三，啥地方来介神气的？穿个线衫平脚裤，你卖膏药？”“你管我神气不神气？有种下来对开。”“对开？没空。”“你没空我有空，下来！”蒯虎去拉“阿跷”的被子，两人打打闹闹一阵。我坐在摇摇晃晃的床上像坐在救生艇里一样。后来“老精”出来收拾残局，承担去食堂买饭的重任。他来问我买什么饭菜，我说等会我自己去。

到下一个场休日，我特地请“阿跷”到镇上去吃了一顿。我们走了一小时零四十分，足有二十里地。场休日到镇上逛逛商店，解解馋，这是知青中一项普通的娱乐活动，但以往我对此跟对想家一样的看不起。不是说我不馋。按说农场每月定粮四十二斤，菜也不怎么少盐没油，但馋起来就像脚癣痒一样地钻心。有一回一个女生休假后回场走得匆忙，觉得带的食品太少，就在吴淞码头外买了些大饼油条，想不到带到队里转眼间一抢而空。我也抢到了半根油条半爿大饼，啃得津津有味。然而馋无论如何强烈，如何合理，也不能成为可以放纵的高贵情感。克制卑下的情欲，也能转化为一种乐趣。

镇上惟一的饭店里既卖“面疙瘩塞肉”（馄饨），也卖酒与卤菜。一般从农场赶来的就光吃一碗馄饨。我不光买馄饨，还买了一瓶啤酒与一碟猪头肉、一碟酱门腔、一碟盐水花生、一碟煎带鱼，这样，就花去了我近两元钱。“阿跷”见我这么破费也明显有些感动。那时我月收入十八元，一拿工资就给家里寄去五元，加上一角钱汇费与一封八分钱的“祖父母、母亲大人膝下：我在农场一切均好”云云的电报式家信，实剩十二元八角二分，饭票四十二斤共六元七角二分，菜金以每天二角计，每月六元，这样零用钱就只剩下一角。菜金二角一天似乎不能再少。红烧肉一角三分一两，连汤也难以对付半斤白饭，哪怕是珠润糯滑的新米。但如果一顿吃了一两肉，另一顿只能吃五分钱一盆的烂糊肉丝或肺头汤；剩下两分，早餐时一分买两个淡馒头，一分买酱菜。但回想起来，我好像并没有吃得那么艰苦。这样算起来，每月零用钱无论如何超不过一角，而这一角要剃头，买牙膏肥皂草纸，买雪饼（崇明土特产，面上蒙一层糖粉的光饼）与大瓶柠檬汽水——这是发工资那天必须要开的洋荤，买大号电池，还要添双袜子什么的，还要积攒起来做回来的路费，这笔账我今天怎么也轧不平了。我只能说，两元钱是我月工资的九分之一，是笔不小的支出。因此，当我甩出这两元钱去，我脑子里想到了孟尝君、信陵君、秦叔宝、宋公明，实在不怎么过分。

我耳廓很快就烫了，“阿跷”的眼角眉梢也在鲜亮起来。我们的脑袋往一块儿凑，像对煮熟的龙虾。我发现时机成熟，就装作漫不经心地问：“喂，到底什么叫懂经？”

“呣？”“阿跷”立时把两眼瞪得像石狮子似的，方才流溢在瞳仁里的亲切的醉意一下子消失得干干净净。

我坐直身子。我检讨自己，这样重大的问题本不该用这样的口吻提出。孔子不是说要“不耻下问”吗？你要向别人请教，先得充分尊重别人，要将心换心。于是，我十分诚恳地说：“请你教教我，我真的不懂。”

“你不懂？你不懂？”他笑起来，笑得模样很古怪，“我也不懂。”

我不禁有些生气。我到底是走了二十里路，花了两元钱的。但我想到张良圯桥进履，就十二分诚恳地说：“我真的不懂。我们是兄弟，我也不怕坍招势，我承认我一点不懂经。你是很懂经的……”

“你懂经，你懂经！”他几乎要叫起来，“你怎么不懂经？你是老懂经！”

看他那激动的样子，好像我侮辱了他，实在令人百思不解。平时，他总喜欢说："你懂经哦？你又不懂经的啰！""懂经"分明是种为人的境界，哪怕这是江湖上的标准。怎么我一本正经地恭维他"懂经"，他却要跳起来？

这个世界真是变了，变得我一点也不认得了。我坐在帐子里，两手抱膝，膝上摊着本书，懊恼地想。的确，我参加学校里的运动太少，但是，我也并不是一点没见过世面呀！我也曾一个人出去闯过一番，虽然只有个把月。那顶圆帐已让我用许多木夹子改造成了方帐，顶部从中心那个圆向四角伸出一条条优美的弧线，像一座张灯结彩举行节日晚会的大厅。当我坐在这一隅属于我自己的天地里心灰意懒，茫然四顾时，我就看到徐闵公路上那个没月亮的寒夜。包着红袖章的手电筒……"停车！停车！"……"呜哇——"卡车发出撕裂胸膛的巨响，向着人群直冲过来……

五

回想起来也觉得够刺激，我与一群学生在徐闵公路上拦卡车。那是一九六六年十二月廿九日晚上九点半到十点。周围的学生我一个也不认识，但我知道我们是为着一个共同的革命目标走到一起来的。这天早上我七点离家，沿途见一家厂问一家厂，都说学生已经招够了，又都说来厂干活是不给一分钱的。我不相信，跟我一样赶来询问的学生没一个相信。阿爷、阿娘与母亲对我出门去大串联百般阻挠，对我去“工学串联”却非常支持。母亲还同意把古老的短三针瑞士女表借给我。他们估计，干活不仅可以赚钱，而且干着干着说不定就转正当工人了。确有这样的先例，一批社会青年造反成功进工厂去了，迟一步的就没能占到这份便宜。晚上七点，我走到漕河泾的天平仪器厂，实在走不动了，就在门房间里磨了两个多小时，结果磨到门卫赠予的一碗菜汤与两只淡馒头，交换条件是我答应听从劝告回家。我灰心丧气地踏上公路，遇见了那群拦车往闵行去的学生。我当即决定把命运交给老天安排，往哪边的车先来就上哪边。往上海方向的末班公交车来了，在最后一秒钟我改变了原先的决定。这样，我就为自己创造了一个有生以来第一次在没有征得家长同意的情况下不回家过夜的机会。我体会到一种把灵魂出卖给魔鬼的快感。

结果成全我们的是迟到了近一个小时的从徐家汇开出的末班

车，原因是起点站上车的一大批出来“工学串联”的学生都不肯买票，串联不买票。车厢里很热闹，像包车去春游似的，学生们都在兴奋地交流碰壁的经验，展望此去前景。售票员与为数不多的几个工人，颇为优越地收缩起成年人的眉头与耳孔，悲天悯人地将目光越过我们漆黑的头顶望着车窗外同样漆黑的夜景。我抓紧时间结交新朋友。我认识了四个王杰中学的初三学生，比我高一级。他们每个人都比我高，比我壮实，比我灵活。他们后来敢于撕掉贴在空关着的团委办公室门上保护毛玻璃的毛主席像，砸碎玻璃进去，将这间屋子占为我们的宿舍，说明他们个个是有勇有谋之辈，但从认识后，他们自始至终跟随着我。

下车后，这支队伍浩浩荡荡地沿着空敞的一号路向西涌去。闵行一见面就以它的六车道带绿化分隔带的标准马路与路两旁积木式的整整齐齐的公房点燃了我们的希望。青春的燃着希望的眼睛第一个见到的是汽轮机厂。高大的牌楼下两扇大铁门紧闭着，门上爬着不少学生，吵吵嚷嚷的下面浮动着更多的黑头颅。那样子极像电影《星星之火》或《燎原》里的罢工场面。身后有流过去的声音：“到前面去，吊死在这里做啥？前面厂多的是！”“到电机厂去！”“电机厂在哪里？”“就在隔壁，拐进去，一直朝里！”穿宝蓝色棉大衣的汽轮机厂门卫殷勤地加以指点。

一股祸水分流向电机厂。从一号路到电机厂一号门要经过一条很长很长的甬道。甬道比上海的一些小马路还宽。以后我向人说起电机厂厂区里开小火车，也觉得很自豪。路两边都是围墙。从汽轮机厂的围墙上望过去，可以看见黑魆魆的行车钢架。夜空阴冷冷的靛蓝，像无数个鬼故事。靠电机厂的围墙有几个口子，后来知道是职工子弟学校什么的，门口没有牌子，里面黑咕隆咚的，没人敢贸然闯进去。骂骂咧咧的声音渐渐地静下来，只听见鞋底下发出“嚓啦”“嚓啦”的响。有粒细石子钻进我鞋里来，针尖大的刺痛游移不定。

我心里沉静得出奇。那是饿过了头。这一整天我没有好好吃过东西。自出娘胎我还头一遭尝到这滋味，因此不是焦躁和痛苦，而是脑贫血造成的飘飘然很超脱的感觉。我听见我的声音在脑子里说："你对得起了，你对得起了……"

以后我常听见这声音。

看见"上海电机厂"的白底黑字的木牌了。没有铁门，没有门岗。一个大花坛，傲岸的孤零零的雪松，几棵柏树，这里那里一盏盏宁静寒寂的灯光。远处夜空中一团银白色的光。面对一座空城，大家都有点着慌。我们悄无声息地往前走去，比刚才更沉闷。刚才的静默是因为倦怠，现在则有些如履薄冰似的。

终于见到了第一道门岗，但两个门卫神情漠然，对我们既不欢迎也不坚决阻拦。我们这伙人又活跃起来。这时，我们迎面碰上一个高个子，穿一套军装，臂上戴一只足有半尺宽的"红卫军"袖章，美中不足是短舌头。他舌头虽短，却是我见到的工人中对学生态度最热情的一个。他嚷着："操那！相信哦？跟我来，都跟我来！"把几十个学生带到一号门旁一间大大的简易铁皮房里。他把我们安顿下来，就说去搞进厂证明去。房间中央有个炉子，两个穿棉大衣的老工人（四十多岁）坐在火炉旁。我上前去和他们搭讪。我从小养成的老嘎作风到这时才帮上了我的忙。我的外交风度奠定了我在四个新朋友心目中的地位，这种地位一直维持到一个多月后我们恋恋不舍地分手。我了解到白天电机厂已经发出了近千张证明；还了解到我们所在的地方只是生活区，只有些职工宿舍与生活设施。只有进了二号门才能算进了厂，厂部办公室与车间都在那里面，但二号门是进不去的。那个"短舌头"算什么人，他有办法吗？他们笑笑，他算什么？他叫你们等着，你们就等着吧。我和四个朋友合计一阵，决定到二号门去探探虚实。二号门前还有二三十个学生，两个门卫，一胖一瘦，都在五十岁朝外，但没人敢往里冲。瘦门卫说，里面有军工车间，不能随便放人进去的，你们快回去吧。我上前去设法感动那两个老头，终于把他们说得神气黯然。最后，他们表示承认我们学生并不是发痴，而我表示相信深更半夜进去办公楼里找不到一个领导，因此就不进去。在他俩的指点下，我们找到生活区的第一职工食堂，在那里我又说动食堂的老师傅同意卖给我们每人一碗热气腾腾的阳春面。一碗面吞下去，始觉得肚子确实有些饿了。凌晨四点我们回到那简易房，我看见铁皮瓦楞顶上白花花的一层。我问，这是什么？一个朋友说，是霜吧？我说，肯定是霜，《千字文》上说“露结为霜”。露水在几个月前的下乡劳动中见识了，现在又见到了霜，我的心情愉快起来。我继续同那两个值夜的老工人攀谈。屋子里许多人蜷作一团在睡觉，四个朋友也靠在墙上要瞌睆一会。我继续说服那两位老工人不要认为我们是发痴。我发觉要动之以情必须说小道理而不能说大道理。他们问我，你为什么不睡一会儿？我说，这样我睡不着，不睡在床上我睡不着。他们说，以前你都睡床上吗？我说，是的。他们问，那你怎么知道不睡床上睡不着？我说，我知道，我知道这样睡不着。他们笑了。我说，睡床上我有时也睡不着，我失眠！你失眠？他们笑得更厉害了，你失眠，你想什么心事？

七点，“短舌头”来了，把我们这批学生带着往厂外跑，带到一号路对面的瑞丽小学（电机厂职工子弟小学）里。我们被集中到楼下一个教室里，编成一个组。另外还有七八个教室里早已被安置了学生，都编了组。最早来的已经在这所小学里呆了三十六个小时。他们骂“短舌头”是骗子。组里要选个组长，我们一伙五个是这群人中最大的一个团体，他们四个一致推举我，其他人当然没有意见。我让组里的每个人把名字、学校登记在一张纸上，这是从排队买火车票的人那里学来的。“短舌头”从下午二时起开始发放进厂证明。不过是一张长宽七八公分的白纸，边也裁得不齐，上面用圆珠笔写着“1 月 5 日报到”，盖了个电机厂的大红印。这样的证明，“短舌头”拿来也不多，一次只够发一个教室多一点，一去又要隔两三个小时。我的任务就是稳定组内的军心，不让组里的人在发证明时到别的教室去乱窜。四个朋友为我把门。我捏着这张名单，看见“短舌头”就去跟他交涉，表示我们组的秩序非常好，希望他能把证明先发给我们。我说，谁的秩序好就先发给谁，这样才能有效地维持瑞丽小学里有序的气氛。“短舌头”接过我提出的口号向每个教室的学生宣布，但他还是没有优先照顾我们组。

“短舌头”最后一次来是晚上九点半，这回他带来了一厚叠证明。在十一点之前，我的维持秩序的努力不断地受到考验。坏消息一个接一个地传来。一会儿说楼上教室秩序混乱，“短舌头”动怒说不发了；一会儿又说证明发完了。我捏住名单，把住门口，四个朋友护卫着我的权威。我的信念是从上海人排队买东西的生活经验中来的。我能维持住小组的秩序，而且在以后没有受到任何抱怨，归根结底还是靠的小组里的每个人都有这种潜移默化的影响。对每个安分守己的市民来说，秩序的破坏必定给他们的生活带来灾难。“害群之马”就是那些强行霸道、排队插档的家伙。让生活像钟表一样按规则的循环运转，这是成熟的上海人的最基本的生活理想。其他的理想目标都建筑在这一点上，就像钟表可以有音乐闹钟、全自动日历表等等无穷的花样。

十一点，“短舌头”手舞足蹈地从楼梯上下来，嚷着：“没有了！没有了！”我上去交涉，你不能这样对待我们，我们等了一天一夜，我们一切都按你的话办……他只是双手乱挥，嚷：“没有了！没有了！杀掉我也没有了！……”我很伤心，我明白他是个彻底的无赖。四个朋友拉着我再奔厂里去。我们又冲到二号门前。还是一胖一瘦两个门卫。子夜，门口没有其他人。我上前继续打动他们。一个朋友带头闯了进去，瘦门卫喝住。我说，我们不硬来，但是我们两天两夜忍饥挨冻，没有睡觉，你们就一点不同情我们？我们一定要进去，我们非进去不可。你们也是有子女的。胖门卫说，你们进去找不到人的。我说，让我们进去，找不到人我们也死心了。胖门卫沉默了，我带着四个朋友往里走。我几乎倒退着走，眼睛盯着两个门卫的脸看。瘦门卫扬起一只手来，我喉咙里立刻紧张得像鲠了鱼骨头。“那边，”他说，“办公楼是那边一幢！”我转身飞奔起来，四个朋友在后面笑着说你怎么啦怎么啦。办公楼里墨黑一片，每扇门都紧闭着。我们上上下下搜了三遍。我们又回到二号门口。胖门卫问，没有吧？我说，没有。我站在木岗亭前，真不敢相信一切就这么完了。两天两夜！大串联没走成，想工学串联攒点钱明春步行去北京又不成，我想哭。胖门卫突然压低声音，周围没人，但他压低了声音对我说：“那边，办公室主任！”我看到一个穿藏青卡其短大衣的人，海虎绒领子竖着，黑呢帽拉得低低的，贴着墙一闪进了办公楼。“他有权吗？”“办公室主任？”胖门卫对我直笑，“他是办公室主任！”我们立刻向办公楼冲去。我们在一间透出些许灯光的屋子里把他堵住。他说他毫无办法。我说，你不满足我们的要求我们决不会放你走。我又说我们两天两夜的遭遇。我还说良心。一个朋友说，现在只有我们五个，等会儿人来多了，你更走不了。他终于拔出钢笔给我们每人写了一张证明。走到大楼出口处，我发觉不对头，再踅回去找他。他已经走到办公楼的另一个出口，又被我们逮住。我说，这条子有用吗？怎么没用，他说，没用你们找我干什么？我说，上面没有公章。他说，我拿不到公章。我说，那你盖上你的私章。他看了我一眼，说，不盖章这样就行了，我保证。我说，到时候接待站不认账我们上哪儿去找你？我们已经被骗了一次，不能再被骗第二次。我骗你们？他火了，我说有用，到时候肯定有用！他这样子叫我有些害怕，我就想他那像老鼠似的躲来躲去的样子，坚持说，你为什么不肯盖章？他很不情愿地从中山装胸袋里掏出颗木头图章来，拼命地呵气，总算对付了我们那五张纸。临走时他对我们说，一分钱也没有的，我跟你们说清楚，不要到时候又来造反。一分钱也没有的！

凭他的条子，我们跟其他拿到证明的学生一样，可以搭早晨九点的厂车回上海。厂车本来有徐家汇与人民广场两个站，那天只放到徐家汇。从徐家汇到市中心什么公交车也没有，那天是岁末，也是“康平路事件”发生之日。我走着回去。马路上没有车就显得很安静。行人也很少。走一段路看见人行道上站着蹲着坐着一堆戴红袖章的工人，有赤卫队也有造反队，也都很平静，像在绿化地带看人打拳下棋。也许是我神志迷糊，看出去的景物人物都和和气气，太太平平的。我边走边做梦。是本来意义上的梦而不是引申义或者象征义的。眼皮不知怎么就搭上了，在搭上的刹那间幻象就浮现出来。然后我睁开眼睛，知道自己已经做了个梦。两条腿还在走着，好像不是我的，是属于一台机器的。我想这样要出危险，要撞电线杆或者撞车。我看见一辆车突然冲上人行道来，天蓝色的，跟我撞了一下。“卟”的一声，软软的——我睁开眼睛，又做了一个梦，我又担心。我发现抹一下脸可以清醒片刻。后来这清醒的片刻越来越短促，我就频频地抹脸，弄得像猫似的。到威海路成都路那里，我看见一辆49路车刚开走，站上还有不少的人。这是我看见的第一辆公交车。我不等。已经走到这里了，干脆就走到家，说来也响，我是从徐家汇走回来的。我觉得好奇。如果我想走，我的腿怎么能不一步一步地跨出去？我想象不出极限是什么样子——我想走，腿却指挥不动是怎么一种情形？我嘲笑死等在站上的那些人，在现实的间断与梦的碎片的交织中。我终于跨进了家门。我说了三句话：“找到了，闵行，电机厂。”“两天两夜没睡。”“我不要吃，要睡。”我睡着了。水浦蛋端来时阿娘发现我已经睡着了，给我脱衣服我也没醒。我一口气睡了十六个小时。说梦话。阿爷说，只听见什么对得起对不起，你出去跟人吵架了？

眼下我怎么啦？我是个等闲之辈吗？我可是要干大事的呀！

六

洪流要来了，一月廿二日。他的信是给我们大家的。我喜出望外，好像掉了的皮夹子又有人送回来似的。回头一看，那段漫长的岁月原来才不过一个月零几天，我不禁为自己的脆弱而惭愧。我宣布要到南门港去接洪流。郑国梅在田头听了我的决定，当即就嗤笑我："你好像要去接蛮爷一样。"郑国梅说完就低下头去一个劲地挥锄头，据此推测，也许我的脸色有些可怕。她大概不知道我为什么这样地开不起玩笑，而我也不知道洪流有没有把我已有个蛮爷的情况透露给她。倘若她了解我的底细，那就太恶毒了。我不愿把她想得那么坏。再说，要是她真那么坏，我又能怎么样？寄人篱下。那天是在麦田里开排水沟。老职工打锹挖泥，我们新来的把整块泥敲碎，耙开。泥有点湿，锄头敲上去像打在面团上，有时又一大团泥包在锄头上，有力使不出。没有风，太阳光暖洋洋地有些发粘。我觉得胳膊里发软，一会儿左手中指根部火辣辣的，磨出了黄豆大一粒水泡。这是我生平的第一个水泡，我看着有些奇怪。对着太阳照照，粉红色晶莹透明。用手指轻按，痒痒的像有条鱼在里面打滚。我有点高兴，这样我就将有老茧了，老茧是值得自豪的东西。一切都得靠我自己，"事不求人品自高"。不管洪流对我的态度怎么样，在"老精"和郑国梅眼里，我总是来依附他的。他们才和洪流是平起平坐的。郑国梅还明明白白地暗示我，你别狐假虎威，他跟你算不了什么。

但我还是要去接他，大丈夫一言驷马难追。

我向小队长“歪嘴”请了一天假。我二十一日就走，那天是场休，不用请假。我要在南门港住一宿。为了这事我很费了一番周折。本来凭服务证可以住到县城的农场招待所去，但那时我们的证件还没发下来。后来“小胡子”给我打听来了他们六小队队长老沙在县城的老家的地址。我跟老沙下过几盘象棋，估计去住问题不大。这样一些不大不小的闹腾，使我的心情又好起来。我要让周围的人看看，我这人对朋友有一腔热情，办事情又有股不折不挠的精神。第二天我六点动身，三个小时后走到车站，正是乘车高峰。我头一回见到这样壮观、激烈的场面。打听下来，周围两个农场三个公社的人都要到这儿来乘车。长途车一小时一班。我挤了两班车没能挤上去。一来我缺乏挤车的经验，二来我不是去赶船，拼劲不足。我想我这回牺牲更大了，于是心情更加开朗。我去和候车的陌生人搭讪交朋友。三人行必有我师，果然有人教我车来时怎么注意站位抢车门。我凭着这方法挤上了第三班车，这时已下午一时多，站上的人也见少了。到县城两点半，我到食品店买了一包雪饼一卷葱油桃酥填饥，又买了一条云片糕和一盒香草饼干，作为送老沙的礼物。这也是候车时向人讨教来的，崇明人最爱云片糕，结婚死人生孩子都派得上用场。我找到老沙家，一间黑瓦白墙的平房，没想到他中午已经骑车回农场去了。老沙的爹妈看我尴尬的样子，忙一口答应夜里替我安排住宿。老沙不在，不能按原计划用下棋来消磨时间，我坐了一会就提出去街上逛逛。老沙妈要我早点回来吃晚饭。我送了礼物本来就打算要吃晚饭的，被他们这么郑重一提，我条件反射地踌躇了一下。沙老爹说，没什么菜，家常便饭，外面吃很费钱。我也就答应下来，心里还生出一些感动来。贫下中农真淳朴，我走在县城大街上想，同时发现脑子里的声音有两种，一种是从里面发出来的，一种是从外面传进去的。灌输，所以要灌输，要改造世界观，要把外面传进去的改造成里面发出来的。我觉得这可以写成一篇小评论给报纸投稿。写稿没有稿费但有名气。我突然发现一条新的途径。我的背脊开始发热，感到太阳透过一层层衣服渗进来的暖意。见到洪流以后要跟他说说，他一定会赞成。他会说，你来事的，你小学四年级写的作文就拿到六年级去讲评，我知道你笔头呱呱叫的！最好他在“老精”、“阿跷”、郑国梅等面前说这话。洪流来了，一切都会改观，我这趟来肯定是值得的。

我五点不到回老沙家，他们已经在等我吃饭了。我这才意识到农村人家睡得早，虽然他家还在县城里。在农场还部分保留着城市习惯，五点半开晚饭，熄灯没有限制，一般总在九点以后。农场毕竟还不完全是农村，农业工人也不完全是农民。心情好了，一些好的想法就像春草一样油然而生。揭开饭锅盖，面上金灿灿的一层，我禁不住一阵惊喜叫了一声“呵”。“这是大米粞饭，”沙老爹说，“就是珍珠米粉烧饭，你吃不惯盛底下的。”我说：“真好看，很香，我还以为是蛋炒饭。”他们笑了。玉米饭的确很美很香，可惜吃口太粗。也真没什么菜。一碗红烧肉，肥得像萝卜一样，我很喜欢，但除了他们夹给我的，我不好意思将筷主动伸那碗里去。我专攻咸瓜。咸瓜倒是崇明土产，但很不好吃，咸得发苦，但它能下饭。就这样我也扒下两大碗饭下去。天很快擦黑了。沙老爹点着一盏煤油灯，引我到离他们家不远的一间孤零零的小屋去。这小屋仅放得下一张单人床和一小桌一方凳，是分给一个投亲插队的知青的。他回上海去了。我在他的枕头下发现一册《巴金文集》。巴金我见过，和弟弟到作家协会去串联时，他在揩玻璃窗。我知道这是本禁书。我这人其他犯法的事没胆量干，却偏爱读禁书。我曾挨过母亲一个耳光，就为我不肯不读《大红袍》。读禁书有种特别的快感。原来巴金还到过法兰西！马拉躺在浴缸里，心口插着柄刀子，滴着血，一条手臂垂在盆外。这个外国平民的儿子从此印进了我这个中国平民儿子的心坎。法国大革命好像比我们的文化大革命还要五光十色，乱七八糟。今天他砍别人的头，明天别人砍他的头。想不到这个佝佝缩缩的小老头写出的文字那么滚烫炽热。他也有过年轻的时候，他年轻的时候似乎比我现在意气风发得多。不，我不相信！我近期内不会去法兰西，也用不着去法兰西，现在中国是世界革命的中心，外国人都要到中国来。我要在中国这块土地上创造出比他更美好的青春，我要写出比他更漂亮的文章。洪流来了，我要跟他说说，我们一起来奋斗。一本文集差不多都被我翻完了。也不知几点了。我出门撒尿，四周都是房子，我像在一个很大的井底里。当空没有月亮，但天也不是很黑，暗蓝色的，像海军呢大衣的蓝色，不知道是不是因为天快亮了。我赶紧熄灯，想到明天沙老爹发现灯油点去了那么多，我心里有些发毛。我不知睡了多久，但我做了个梦。梦见我到一个地方，那里一片焦黄色的黄土，我问这里是什么地方，没人回答我。面对大片黄土只有我一个人。我看见一块青青的石碑，像公路里程碑似的仅露出短短一截，上面刻着两个字："平阳"。

"啊呀，你还来接我？"

在码头长长的水泥引桥上，洪流跟我匆匆地握了握手，就被人叫走了。我只能形影不离地跟着他跑，怕他把我丢了。洪流似乎黑多了，不知他在上海怎么也能晒那么黑。两只本来裸凸着的近视眼，也好像大了一圈。他头发更见蓬乱，东矗西翘像一条条火舌。他见到我有些惊喜，但不像我想的那么热烈。他甚至问我是不是搭来接他们的卡车一起走，这叫我一时有些伤心，但我很快就想开了。

到卡车上我们才捞到说话的机会。卡车到六连，望庐中学的第二批都安排在那里。农场那时对学生实行分而治之的政策，一个学校分几批下来，配到不同的连队，一个连队安顿几个学校的学生，这样学生不宜抱团形成势力。那你也是分在六连？我问。我会调过来的，洪流说，我的朋友都在你那里，我不会呆在六连的。你在上海办好调队手续了吗？不要紧的，我肯定能调过来的。你应该在上海就办好。你不要急，洪流笑了，看我的神气似乎我像个孩子，我又想起郑国梅那句可恶的玩笑，不禁满心酸楚。我觉得自己怎么有点像林妹妹了，就很坦然地扭头去看风景。洪流说，你的心情我理解，你来接我，其实我肯定要调过来的。我说，到了农场再调就没那么容易，我们队里就有个知青要调连队，三个月了还没解决。洪流说，不会的，这次马师傅跟我一起下来，她亲自来帮我办。那你在六连一天也不要住，我说，马上跟我走，我们寝室里有张空铺。不急，不急，等会儿再商量。不，住下再调就麻烦了，一天也不能住。洪流又笑了。我想，到了这地步，我也顾不得什么自尊心。狐假虎威就狐假虎威吧，先把老虎拖来再说。

在六连吃罢晚饭，老虎终于答应跟我动身。一起走的还有马师傅和三个跟洪流到农场里来玩的一派里的战友。我们五个小青年轮流背洪流的铺盖卷和随身的包。从六连到我们连有二十里地。我们在旧大堤上走，没有月亮，只靠马师傅的一只小手电。两边树影在黑夜里膨胀开来，张牙舞爪有些吓人，我教他们怎么分辨泥地和水凼。洪流的三个战友都是六六届的，身坯都明显比洪流与我要大一号，长相更老得多，好像都是做了阿爸的人，但样子倒都很斯文。然而洪流向我介绍说他们全是身手不凡的英雄好汉。那个长得最斯文的，戴一副眼镜，人中上黑黑的一丛软须，模样有点像刁德一的，据说脱光膀子都是栗子肉，校内武斗时一个人守住楼梯口，赤手空拳打得对立派七八个拿角铁刮刀的屁滚尿流。还有个姓李，叫他“大李子”，听起来跟香烟“大联珠”差不多，是派里的军师，一张嘴比诸葛亮还来得，能把死的说成活的。另一个最漂亮，一条米黄色围巾照三十年代样子很潇洒地装饰着脖子，中装棉袄，一派余永泽的风采。洪流说他是个正宗的“木壳”。我还不知道“木壳”的确切含义，本来听人说起“木壳”好像都含贬义，经洪流这么带褒扬地一提，似乎这也是一门学问或艺术。这三位英雄的去向俱不佳，“大李子”去云南兵团，“刁德一”去黑龙江，“余永泽”目的地未定，倾向于到江西去觅宝。他们到崇明来似有些实地考察、未雨绸缪的意思。但他们都显得很快活，对千里之外的那个完全陌生的环境好像一点也不放在心上。由此我相信他们真是好汉，这种气派激起我内心巨大的尊敬。这种敬仰的光经折射反射又都聚集到洪流身上。我觉得自己太小气。我不该坐井观天，妄自尊大，斤斤计较。洪流确实已不是小学时代的洪流，我不能在他面前放不下架子。我要有甘当小学生的精神。

在六连时已和“老精”通过电话，他们早恭候着了。空铺上的箱子已经搬走，撑帐子的竹竿也绑好了。马师傅安排在郑国梅寝室里，“小胡子”和“阿跷”到别的宿舍去找铺睡，让出床来给“刁德一”和“余永泽”，“大李子”和洪流睡一床。寝室里洋溢着过节似的喜气洋洋感。老虎来了，谁也不能再装出若无其事的样子。我暗暗有些高兴，“老精”、郑国梅其实跟洪流还不是平起平坐的。他还是他们的头，尽管已经没有了校革会委员的头衔，他还是八面威风。寝室里顿顿摆宴。没有餐桌，把王灵的大樟木箱搬出来搁在两张床的中间，又到崇明老职工宿舍里去借来几条长凳。酒是老白酒，菜就从食堂里买，饭用脸盆去装来。蒯虎和“霍乱”很少在寝室里露面，“眼镜蛇”他们也不登门了。马师傅第二天就陪洪流去拜访古书记。据洪流回来说，古书记一口答应把洪流的关系转来，并希望他能出来担任些连队工作，而他则以自己身体不好，小学里生过一场肝炎为理由婉辞了。马师傅住了三天就动身走了。这是个朴实无华的中年妇女，扁平的满月脸盘，有几颗淡淡的白麻子。她临走时对我们说，你们大家要团结一条心，你们是有前途的。这话她翻来覆去说过好几遍，除了这话她没发过别的什么指示。她的话不多。她还送给洪流一张照片，背后题着字：“革命友谊长青”。字很稚气，像个小学生写的。照片上的她没有白麻子，洪流说那是照不出的，因此显得比人更年轻漂亮些。洪流在她面前似乎无所顾忌，强劝她饮酒，灌得她面若桃花。这时她看洪流的神情像个大姐姐对待淘气的小弟弟，其实论年龄她够得上做洪流的母亲。他们的这种关系令我神往，我就希望有人能这样既关怀又敬重我。我不能说生活中没有得到过疼爱，也可以说有时曾感到过些许别人对我的尊重，但这种两者同时兼而有之的感情，我却没有机会品尝过。这是何等的幸福！后来我由此得出一条我的人生哲学，一个人活着最大的幸福莫过于受到别人的尊敬与爱戴，财富、权势最终都要求转化为这种精神的满足。在没有财富和权势的情况下，我也同样可以追求这种精神享受，就像不经过资本主义阶段也同样可以直接进入社会主义。

马师傅这么快就走，我觉得有些不踏实。洪流说调队的事情不会出问题，要我宽心。果然古书记没有食言，一个星期内就派牛车到六连去把洪流的大件行李拉来了。

三个火枪手仍留着，寝室里照旧顿顿开宴。但蒯虎与“霍乱”露面的时间一点点长起来，而洪流显然没有趁热打铁把他们撵走的打算。洪流到的次日就问“老精”，这两个人怎么让他们住这里？“老精”说，没有办法，他们本来就住这里。洪流说，别的寝室都搭配的吗？“老精”摊摊手。洪流说，要找机会叫他们搬走，这种人住在一起太讨厌了。然而洪流好像又改变了初衷。他甚至主动邀请蒯虎来入席。蒯虎最初忸怩了一下，一刻钟不到他就故态复萌。接着，“眼镜蛇”也闻腥而来，洪流竟主动向他递烟。“眼镜蛇”也很快摆出撑市面的样子。眼看洪流一步步又重蹈“老精”的覆辙，我十分伤心。但我深知自己对乱世人情知道太少，不敢贸然向洪流进言，待考虑成熟了再说。

这天晚上宴罢，蒯虎嚷着要洪流说个故事，“大李子”主动出来代劳。说的是七星岩上十个受骗的小伙子怎么联合起来对一个借恋爱诈骗钱财的女阿飞进行报复。说到次日清晨看林老头发现赤身裸体冻得半死的女子，将她背到公安局去报案，蒯虎、“眼镜蛇”、“阿跷”等都双脚猛踏，嗷嗷乱叫，“懂经懂经”，震耳欲聋。一时间寝室里像地震似的。这是我有生以来听到的第一个黄色故事。可耻的是我的神经系统一点也经不起考验，裤门襟旁顶起一个小金字塔，几层厚裤子也无济于事。我连忙用手遮住，发现一只手太欲盖弥彰就再按一只手上去。我羞愧万分。谁也顾不上注意我，一个个只顾自己快活得手舞足蹈。蒯虎词不达意结结巴巴地表达着他的感想，好像他就是那个刚从公安局回来的乐不可支的看林老头。洪流也在放肆地笑着，尽管在这群欢乐的人中算是比较文雅的。不笑的惟有我和“大李子”。“大李子”脸上带有滑稽演员似的职业的沉静。他像在嘲笑每一个人，我也在被嘲笑之列。虽然我没有笑，但我也被剥夺了鄙视那些人的权利。我跟他们没什么两样，即使有也只是假正经。这就是洪流的军师？我把那个小金字塔按平了。

还是顿顿宴会，但它已不再让我兴奋。我怕再坐到那只大樟木箱边上去，它已构成对我的威胁。它首先威胁到我的饭菜票。我的饭菜票是有计划的，一旦超支，家里不会寄钱来给我，工作了向家里讨钱也是可耻的。我也不想向别人借，家里大人整天念叨着“债”、“债”，给我留下很深的印象。在这点上我跟政府一样，认为既无外债又无内债是种莫大的骄傲。这样，我只有严格执行计划经济。那些宴席由洪流、“老精”、王灵轮流做东，他们没有要我出份子。我曾向洪流表示我应该出一点，洪流说，怎么可以要你出钱呢？我不明白为什么不可以要我出钱，这样我心里更不踏实。阿爷阿娘常说，人穷要穷得有志气，我也不要吃白食。也许我应该像“阿跷”、“小胡子”一样到开饭时自己去买饭，但这样我就把自己降到了他们的地位上，我不甘心。我不能自贬身价，自暴自弃。但是，坐到这餐桌边上，我越来越感到自己是硬挤进来的，我是个异己分子。也许洪流说不能要我出钱就在暗示我要我知趣退出，但我又怕我理解错了，洪流会认为我是个捧不起的阿斗。宴会的气氛我越来越不习惯，干杯，敬酒，我觉得是受罪。不仅因为我本来烟酒不沾，我更受不了的是那种强加于人的姿态。“你不干这一杯，就是看不起我！”“这是敬酒，你一定要干掉！”起初我还以为宴席上真有一套套传统的规矩，后来我发现所谓规矩都是随口胡诌的。谁的威信高谁说的话就是规矩。敬酒、劝酒就是在客客气气的背后相互较劲，比着高下。谁能把谁灌醉了谁就赢了这一局。一旦看透这一点，我就感到很没劲。每当我不肯遵守规矩时，洪流就对着我皱眉头撇嘴。于是我就拼命想，我太不懂人情世故了，他在带我出道，我要脱胎换骨。毛主席说脱胎换骨是个痛苦的过程。但我坚守着决不肯破戒吸烟。阿娘在最后决定让我跟洪流走之前曾经严肃地问过我：“洪流吃香烟哦？”我说：“他不吃的。”而眼前，洪流却在逼迫我：“你吸一支，你无论如何要吸一支！”他有点恶狠狠地说，“我们平时也不吸烟，但现在是高兴，你不能让大家扫兴，你一定要给我面子。”他的那股热情就好像要破坏我的童贞。“那你们点吧。”我右手夹着烟，“老精”划着火凑上来。“喂，你吸呀，”“老精”说，“你不吸怎么点得着？”四座都笑起来，他们这才相信我真是从来没抽过一支烟，我真是个少有的童男子。我吸了一口，立刻将烟吐出，然后假意咳嗽了两声，没有引起谁的注意，话题已经转向。我就将烟搁下。我已经学得一点新知识，不吸烟就会熄灭。没有人再提出要我把这支烟吸完，我既然已经吸了一口，他们就对我失去了兴趣。

我更坚定了我的看法，宴席是人生战场的延续，还是强权政治，我只希望它能早日有个完。

这天，洪流把我叫到门外：“你借我十元钱有没有？”我不由自主地说：“有，但这是阿娘给我，要我备而不用……”“我下个月发工资就还你。”我立刻进屋开箱子从蓝布兜里掏出十元钱。

我早预感到有这一天，但有预感与没预感并无区别。

十元钱借掉，三个火枪手不日也告辞了，宴席也散了。

从二月五日发工资那天开始，我就等着洪流来还钱，但他却毫无动静，好像根本就没发生过这件事。三五天过去了，七八天过去了，睡在床上我要不想也办不到。十元钱不是个小数，虽然眼前没有打仗的迹象，但要一点一滴从牙齿缝里再省出这笔钱来，也不是一个月两个月就能办到的事。洪流他不可能忘了，他一时还不出也应该来打个招呼。也许他叫“老精”或其他人把钱还我，那人答应了没给我，而他以为事情已经了结。也许他想叫我出些招待费，以前说过不要我出不好意思改口，就用这办法来让我自己明白。也许他真是忘记了，他派头大，这点钱根本没放在他心上……种种猜测每夜折磨着我，我很痛苦，觉得自己心胸太小，这点事也搁不下，将来怎么成大气候？但我就是搁不下，任凭我左想右想好想歹想就是搁不下。

这天我把洪流叫到门外，我鼓足勇气要让这事有个了结。我说：“你借我的十元钱不要还我了，你的朋友也是我的朋友，我也应该……”“不，钱我会还你的，”洪流满面恼怒地对我说，“不过我一时没有。我本来以为多拿半个月工资够开销，结果大大豁边了。我已经写信去叫家里寄来了，还没寄到。”我忙分辩说：“不，我真的不是向你讨钱，我真的是想……”“我不会不还你的，我说还你一定会还你的，你不要急！”洪流说完撇下我就走。我一个人孤零零地靠在宅墙上，脑子像被掏空一样。

许久，我才注意到，日光把我的身子碾成扁扁的、薄薄的一片影子，折过来贴在红砖墙上，实在有点怕人。

七

开门出来，对面站着个陌生的小伙子，这并不使我奇怪；奇怪的是他伸出手来说：“你好，我是匡吉。”看他的神气，好像是我写信约他来的，并且他还见过我。我连忙说：“你好，请进。”我的脑子超负荷运转，是不是哪个朋友曾有信介绍一个姓“匡”或“况”或“邝”的人来？记不起。这是件很糟糕的事。那小伙子已经站停了脚近乎喊叫地说：“哎呀，你就这么一间，房子不大嘛。”说完，他就一屁股坐在沙发上。我想，坏了！看这架势，岂但是哪个朋友介绍来，而且那个朋友跟我一定是知交，跟他的关系又非同一般。我说：“马马虎虎，比上不足比下有余吧。”他说：“那你怎么写作呢？工作室也没有。”我说：“我现在请创作假，白天儿子送托儿所，家里就我一个人。”“晚上呢？”他说，“你主要在白天写吗？”我说：“我还是习惯晚上写。”“那怎么办呢？”“九点钟以后，等儿子睡下了。”“写到几点？”“十二点到一点吧。”我忽然想到，他会不会是进行作家创作情况调查的某大学中文系学生，但我还是记不起收到过类似的通知。这要命的脑子，还是先去倒杯茶吧。磨蹭了几分钟，我对自己的记忆力是绝望了。将茶递上去时，我下定决心要冒昧地请教他的来历。他似乎看出了我内心的紧张，说：“我来，是想请你给我指教指教。”他从上衣袋里掏出一本深蓝封面的油印小册子。题目是几个空心美术字《晃晃悠悠集》，右下角两个扁宋黑体字："踽踽"，大概是他的笔名。我翻开一看，都是诗。我更迷惑。我的朋友，尤其是我的知交，都应该知道，我跟诗已经绝缘快十年了。我说："请问是谁让你来找我的？"

他哈哈笑了起来。笑得很夸张，杯里的水泼出一点溅在他的手指上。他放下杯子，揉着手指说："没有谁介绍，我自己找来的。你不认识我，我们是初次见面，请多关照。"

我有点恼火，当然我不将它在脸上显露出来。世界小，文化圈更小，能不得罪人就不得罪，我是吃过不少暗苦头的。

我说："你是怎么知道我的地址的？"

他说："这很容易，打电话到你单位里去一问就知道了。你的单位在你发表的小说屁股后的作者小传里有。"

我拖过藤椅在他对面坐下，这样可以使气氛和谐些。并且他坐着，我站着，我不像审问他就像侍候他。

我说："这我不相信。我们机关是不会在电话里随便把地址告诉人的。"

"你不相信？"他说，"我就是这样问来的，真的。其实这很容易，只要耍点小花招。我打电话去，说你请创作假在家。我说，我是他的老同学，请问他是不是还在原来地方住？这样，就把地址告诉我了，还告诉我怎么个找法。"

他太得意了。我有点喜欢他了。我说："那要是我没搬家呢？你怎么知道我搬家了呢？"

"如果你没搬，我就说，我好多年没跟他联系了，我从外地来，麻烦你把地址再告诉我一遍。一般人都说打电话找人，对方接电话的都很凶。其实，只要你自己嘴甜一点，说一些'请'、'麻烦'、'谢谢'、'对不起'等等礼貌用语，对方多数会热心地回答你的，除非他跟你要找的人是冤家对头或者他出门前刚跟老婆吵过架。"

"你可以用这个例子去演讲，宣传'五讲四美'……"

"还有，男的打电话女的接，女的打电话男的接，成功率更会提高。”

我不由得笑了：“你倒是事先计划得很周密，先弄个是不是搬家的帽子……”

“不信你试试，很灵的。不过，也不完全是帽子。我估计你搬家了。你要是没搬出那个石库门，你敢对它作这样的描写吗？”

我愣了一下。“为什么我不敢呢？”

“你是个正常人嘛。”

我跟他一起笑了。这小伙子很有一套，他已经消解了我的反感。但是他显得太主动了，我不能让他一直这么牵着鼻子跑。看起来我要比他至少年长七八岁。我说：“我早不写诗了，就是写过的诗都是标语口号式的，对新潮诗我一窍不通。”

他一点也没表现出失望什么的，这又使我大为失望。他说：“凭你这句话，我就知道今天我来对了。我钦佩你的坦率。我今天不怕声明自己不懂诗的，就怕自以为懂诗的。你只要看看作品就知道了，你是一定能够理解我的。”

“为什么呢？”我说，“坦率地说，到目前为止，你让我感到新奇。新奇就是不理解。我还从来没跟像你这样的人打过交道。不是说像你这样的年龄，是像你这样的……方式。你凭什么说我能够理解你，能够欣赏你的诗呢？”

“凭你的作品。”

“我的小说？我觉得我的小说并没有什么诗意，我这个人并不是个诗情洋溢的人……”

“那什么叫诗呢？你认为，什么叫诗意呢？”他咄咄逼人地看着我，第一次露出焦躁来，“诗一定是花前月下，感时伤怀吗？一定要忸忸怩怩、浅斟低唱才是诗意吗？当然，你可以说，诗还有‘大江东去’，还有‘金戈铁马’，但是，诗一定要摆开一副‘啊啊啊’的抒情的架势吗？诗的功能要是那么有限，诗的天地要是那么狭小，唐诗以后为什么还要有诗呢？我认为，诗意就是美，高浓度的美就是诗。人对美的认识、追求是无穷的，所以诗也是无穷的。你不该说这样的话。要不是我看过你的作品，听到这样的话，我就走了。我辛辛苦苦地找来，是来找一个知音、一个老师的，你不能这样使我失望。”

我愕然。他像是从哪出表现现代生活的话剧中走出来的。他像在模仿哪个人，这个人我总觉得应该是外国人。我不知道该怎么和我以前一直认为在中国土地上只以艺术虚构而存在的当代青年对话。我想起了葛朗台老头，在这样的时刻他该装结巴了。我又想起《约翰·克利斯朵夫》里的一个情节，血气方刚而又非常孤独的克利斯朵夫去找老态龙钟的大音乐家哈斯莱。他是不是克利斯朵夫我吃不准，我总感到自己有扮演哈斯莱的危险。

“你为什么挑上我呢？”我有些绝望地说，“你说我作品中的诗意在哪里呢？”

他看着我。我看出他也有点吃不准我。也许在他看来，我谦虚得不像个作家了。他怕我在要弄他。发觉这一点，我稍有点高兴。他说：“我追求诗的质朴和幽默感。讲究质朴的诗还有，讲究幽默的诗几乎没有。幽默历来被认为是跟诗无缘的。二十四诗品里就没有‘幽默’这一品，当然那时没有‘幽默’这个词，但可以用‘诙谐’嘛。打油诗在诗里是下品，讽刺诗也被认为不登大雅之堂。我认为幽默诗跟打油诗、讽刺诗是两回事。现在新潮诗已经走过头了，新生代，新新生代，新新新生代，鬼知道写的什么，只有自己懂，甚至连自己也不懂。我要另辟蹊径。我要在没有人走过的地方走出一条路来。我要开拓诗的新的审美领域——幽默诗。在诗坛上我是孤军奋战，我要在其他方面寻找同盟军。我从你的小说里发现有与我相类似的品性，我希望得到你的援助。”

我看看手中的油印小册子。《晃晃悠悠集》，“踽踽”，似乎有点幽默感，但我还是信心不足。他的话太激昂，像一架缺少润滑油而“咥咥”运转的老爷机床。这样一本正经地发表幽默宣言，本身倒构成一个幽默。而且，看他那劲头，如果被缠上了，也许很难摆脱。

“你先翻开来看两首嘛，”他说，“这是诗的新品种。它对传统的诗的审美方式提出了挑战。你不要从诗的角度看，你就从幽默的角度看。你看看这是不是诗化的幽默，高浓度的幽默？”

第一首，《初吻》：“每人都有特洛伊/我和你/电击来自上帝/我们将双唇奉为圣殿/从我们学会念‘主义’/就盼着这一刻/上帝战栗地揉进心灵里/我主宰自己/精神的闪电轰击肉体/宇宙哑了/惟有你大理石般的呼吸。”

“为什么是‘大理石般’呢？”我问。

“这就是幽默效果。”他凑拢来，嘴里有股洋葱味，“你想大理石，底色是白的，也有黑的，多数是白的，反正看上去很纯洁，很庄重，还有点冷冰冰的。但它的花纹，像云，像山，像浪潮，像飞禽走兽，都是动态的，热烈的。动寓于静，热寓于冷，我用‘大理石’来把它具象化。而石头往往形容一个人感情冰冷，反应迟钝，这就构成了一种反讽。”

我又看一首，《十二月的街景》：“每个车门前都在比赛迪斯科/公园里到处为老头老太办训练班/谁都说没钱/恨死了茶叶蛋摊/彩电票黑市五百元/母亲称一只香蕉剥给孩子/孩子昂起小脑袋/宾馆，妈妈真好看/少男少女挤进咖啡店/小老板说/快结冰了，别把杯底搅穿/没关系，反正心里暖/会算计的开始留意/清仓处理蚊香汗衫/冬天过去是春天/夏天不会远/特大新闻：二〇〇〇年/水淹上海/早着呢，到时候/拿个塑料盆当船/做船，做船/儿子把报纸撕了，折成/一个大兵舰/天总不肯冷/新买的狗皮大衣没法穿。”

“这首诗比较典型地显示了我的风格追求，”这回他不等我问就解释说，“用最明白的口语，最普通的场景，通过蒙太奇的组接，来表现一种深层的幽默。像最后一句，‘天总不肯冷’，这是因为人类破坏了自然环境，使大气层变暖的结果。它的严重后果就是冰山溶解，像上海、东京、鹿特丹这样的沿海大城市到二〇〇〇年都会被淹没。要是地球上所有的冰山都消溶，海水就会吞没全部陆地，又会进入神话传说中的大洪水时代，又要诺亚方舟。二〇〇〇年并不遥远，但人们却不感到忧虑，他们担心的是狗皮大衣没法穿。我用幽默的笔调来揭示人类对自己的困境漠然无知，并且还在一步步更深地陷入困境。”

我觉得他似乎太有点小觑我了。我沉吟了一会儿，说："我不能说已经能懂你的诗了，但我感到它并不太好。"

"为什么？"

"你是不是听说过这样一首民歌，现代的：队长一条裤，只花二毛五，后面是'日本'，前面是'尿素'。"

他张大嘴倒吸了一口气，右手的大拇指在下唇上拨了几下，他的表情总像演戏似的有些夸张。"没听说过，有这么首民歌，我没听见过。"

"我觉得你追求的诗意它里面都有，但它比你的诗强烈、明快得多。"

"好吧，"他摊开手说，"你把诗集还给我吧。我回去再琢磨一下，我不信比不过它。"

"还有，"我说，"我国古代诗歌里幽默感强的不多，我记得有首古乐府《陌上桑》，好像有点幽默感。但是，在对联里，有许多很富于幽默感，也不流于粗鄙。譬如像戏台的对联：'世界大舞台，舞台小世界'；'或为君子小人，或为才子佳人，登场便见；有时欢天喜地，有时惊天动地，转眼皆空'；'凡事莫争高，做戏何如看戏好；为人须顾后，上台终有下台时'。还有解放战争时期四川乡下土地庙前的对联：'夫人莫抹摩登红，免得特务打主意；老爷休夸胡子长，谨防保甲抓壮丁。'你既然有志于在这方面探索，是不是可以到那里边去寻寻根？"

"有道理，有道理！"他站起来说，"我知道我这一次不会白来。你到底是懂门道的。我们交个朋友怎么样？你肯不肯跟一个还没有发表过诗的诗人交朋友？"

"哪里，哪里，我很高兴跟你交个朋友。"我说的是真话。我对他的诗的评价也许不太公正，因为归根结底我并不懂诗。他虽然有些夸夸其谈，但他追求还是认真的，不是哗众取宠之辈。也许，他是为了怕我瞧不起他，才搭足了架子。也许，他们这一代的青年就是这样，敢把我们这一代郁结在肚子里的话端出来。反正，我喜欢上他了，因为到底还是我把他降服了。

他走后，我的心情总不能平静。我忽然发现，十年二十年之前，绝对不会有人认为我有幽默感。我怎么会变成今天这样子的？骨子里我到底变了没有？还是我的幽默感跟匡吉的幽默诗一样，只是一种良好的自我感觉？

毫无幽默感的我站在我的眼前，种种往事就像发生在昨天似的。真是，十年廿年一眨眼，人人回首是神仙。我以后写不出小说了，也写幽默诗去。

八

当洪流从他的箱子里取出一百支光的大灯泡，并且庄严地宣布“我要读书”时，我有拨开乌云见青天的欣喜感。洪流迷途知返了。或者是我对他误解了，他还是原来的他。

表面上看不出有将发生什么事的迹象。洪流的决定立刻得到全体的赞同。为此床铺进行了重新的组合调整。我换到上铺去，洪流也睡上铺，我们的床拼接在一起。那只灯泡用绳子牵过来，悬挂在结合部的上方。在他的左上方，我的右上方，我们头顶着头睡。从我们的头颅（平躺着）到那灯泡的距离不足两尺。要不是隔层纱帐，这样的强光眼睛一定受不了。用绳子把灯拉过来的建议是“老精”提的。“老精”对床的重新安排非常起劲。后来，在他的推动下，床又调动过几回，他能在这样的变化中找到创造的乐趣。他提了不少很好的建议，但他提建议时有些快乐过分，说：“啊呀，这还不容易吗？”“让开让开，看我来！”这便招来了洪流明显的不快。我觉得洪流也有些过分，但又觉得对“老精”恐怕只有以这种居高临下的姿态才能驾驭。反正周瑜打黄盖——一个愿打，一个愿挨。能这样百无禁忌地随意表露自己心情的资格也是洪流自己争得的，他要争得这资格也不容易。蒯虎、“霍乱”在这样的阵势面前，也变得只有惟惟诺诺的份。我想起当初蒯虎闯进来把铺盖一摔的情景，不禁有扬眉吐气之感，我看“老精”、“阿跷”也一样。寝室里又洋溢着过节似的气氛，这本来随着三个火枪手的离开已经渐渐冷却下来。惟有王灵反应不热烈。他始终阴着脸，但也不袖手旁观。由于他平日也是少言寡欢，因此也没引起注意。

直到换灯泡后的第三天晚上，隐伏的危机才突然爆发出来。那是深夜十一点，这个时刻是王灵指出来的，他是我们寝室里惟一戴表的。

“‘阿花’，你知道现在几点了？”

“几点了？”

“十一点。”

“啊，时间过得真快，啧。”

“可以睡了。”

“好，马上，这一节看完，我马上……”

“你精神好唻。你不是生过肝炎吗？身体要自己当心。”

“灯开着你睡不着吗？”

“你看睡得着吗？一百支光。”

“好，好。”

洪流从上铺爬下去。我以为他出门去撒尿，却听见启锁开箱盖，索落索落地一阵响。他又爬上床来。我的床也连带晃了起来，灯光一亮一暗，像戏台上的暴风雨来临。我从被窝里探出头去。这之前，我蒙着被子努力睡了一个钟点，睡得枕头发烫后脑勺冰凉，神志却越来越清醒。洪流穿平脚裤跪在床沿上，手拿一张八开的白纸，一只木夹子，正在给灯泡加个罩。他重心外倾，大腿肌肉不知是冷还是过于用力，像拖拉机引擎一样突突地抖动，床的低频振荡即由此而来。我忙伸手在他腰间搭了一把。他怕痒似的扭了一下，抖动随之沉稳下来。罩子终于完工，喇叭口朝上，把灯光全部揽了过来，照出他太阳穴里爬起的几条青筋。他钻进帐子里，牙齿格楞楞地对我说：“吵醒你了吗？你没睡着？这样你睡得着吗？”我说：“没关系。”王灵在下面说：“‘阿花’，你自己也可以早点睡了。你明天也要出工的，早上起来急吼吼……”洪流说：

“你不要说了。现在光照不到你了，你快睡吧。”王灵果然不说了。这晚洪流不知几点关的灯。次日他起得比任何日子都早，眼角膜红红的，像兔子。那些日子他为了博得郑国梅好感坚持不戴眼镜，因此红得也比较明显。上午干活时，我找了个机会想劝劝他。刚提到王灵，他就说：“这个人呀，独苗，被家里宠坏了。他什么也不懂，以为到外面还跟在家里一样，都要听他的。不过他人本质很好，你不要把它放在心上。”我立时无话可说。之后一整天我都在费神苦恼：王灵哪里得罪了我？洪流都已替他向我打招呼了，我怎么还木知木觉？这是怎么搞的？

那个灯泡，那个灯泡……

又隔了两天，我们去挑支渠。挑支渠是农场里的轻活，但对刚来乍到的我们则不然，八九十斤的担子我们尚不能等闲视之。“老精”和王灵已学会了打锹，我和洪流不会，“阿跷”虽会却轮不上他，我们只能跟女的一起挑。昨晚下过小雨，泥还带湿，担子分量就格外沉些。挑支渠是挑的人吃力，打锹的以逸待劳。“老精”是个爱热闹的人，他又有迅速掌握了一项安身立命技能的优越感，于是就想制造些许喜剧。他逗洪流：“还要再加点哦？”洪流说：“加好了，啰嗦什么。”我排在洪流后面等担，就说：“百步无轻担，算了。”“老精”问：“到底要加哦？”洪流说：“我说你加好了，加！”“老精”往簸箕里加了半锹泥：“对，锻炼嘛，就是要这样，自己给自己压担子。严是爱，宽是害。”洪流向“老精”翻了下眼皮。那像金鱼般鼓凸的眼珠，任何动作，都让人觉得很有力度和厚度。接着，他几乎将眼睛闭起，用足吃奶力气去跟那担子较量。簸箕底下的湿泥对担子除了地心引力外又增加了一股吸力，使洪流起担时把脊梁弓得像猫似的，扁担简直是斜搁在背上，后半段搭到了腰部。周围许多人都笑了起来，我出于义气与自怜则没笑。笑声中洪流满面通红像只煮熟的龙虾，他呻吟般地喊了一声，身子突然急速地晃出去，人连同担子似乎被龙卷风裹着。在另一处打锹的“歪嘴”发觉不好，叫了起来：“当心，洪流，当心！”洪流的腰来不及扭伤，一大块泥从前面的簸箕里卸了出来，像小孩乘滑梯似的；担子失去平衡，扁担顺理成章地从肩头（其实是背上）跳开。“歪嘴”说：“不要开玩笑，干活不要开玩笑！大家量力而行，蹩伤弄伤是一辈子的事。”“老精”笑着说：“问你要不要加，你说加加加，加了你就倒在这里？”洪流脲开腿站在那里，两拳紧握，两眼鼓突，风猎猎地吹动着他那显得肥大的衣襟与蓬蓬乱发，说不出的可歌可泣。忽然，他蹲下身去，把那块滑落跌碎的泥无一遗漏地拾进簸箕。然后，他抱着簸箕站起身来，蹬蹬蹬地朝支渠那边跑去。回来又抱起另一只簸箕如法炮制。接着，他一手提一根扁担（手上沾泥，他将手掌悬空着，兰花指还高高翘起），一手拎两只簸箕，神情严肃像在思考着国家头等大事似的走过来。他把扁担与一只簸箕搁一边去，拎着另一只簸箕摔到“老精”跟前说：“装！”“老精”说：“你端做啥？别人都挑，少挑点嘛。你看你衣服！”洪流不容置辩地重申：“装！”这天下午，洪流一直端到天黑收工，衣服前襟和袖管都沾满了泥。第二天，“歪嘴”在“天天读”时特地说：“一个人能力有大小，只要肯尽力。像洪流这样，挑不动就端，这种精神值得我们大家学习，一不怕苦，二不怕脏！”

我一下子感到和洪流亲近了许多，可以说自从决定投奔他以来还没有这样地亲近过。我本来以为永远无法参透洪流之成为强者的秘密，跟他两年不见，再见面他已经是个强者。他一直以强者的方式行事，这方式我作为弱者只能望洋兴叹。原来强者并不是一劳永逸的，他还是无时无刻要应付挑战。我们还是难兄难弟。他的本领在善于变弱为强，这本领正是我目前最迫切需要的。

那只簸箕，那只簸箕……

九

我回上海休假，看见母亲新买了一只搪瓷碗，钵形，蓝灰色，一次可以盛二三斤饭。这碗是母亲从日用品调剂商店买来的处理品。我问："是碗吗？会不会是痰盂？"母亲说："当然是碗，买的人很多的。"我就向母亲讨了来。食堂里本砌有几只吃饭用的水泥长桌，但我们都喜欢买了饭菜端回寝室里去，后来老职工也跟着学样，那些长桌只能给炊事班利用来拣菜斩菜，或让女的在上面刷被单。把碗端着跑五六十米回宿舍去，当然是少拿一只碗比多拿一只为好；况且碗大了，掌勺打菜的也许会凭感觉多给一点菜或汤。谁知我把那碗取出一亮相，立刻遭到周围的人无一例外的猛烈攻击和嘲笑。关键还在形状，大家一致公认它是痰盂。尤其是洪流的反对最使我伤心。我横下了一条心，说，就算有这种形状的痰盂，但我从新的时候就把它当碗用，为什么不可以呢？洪流说，那你敢把一只腰鼓形的新痰盂当碗用吗？我说，问题就在腰鼓形的只有痰盂，而钵形的有痰盂也有碗——当痰盂的都是白的，我这一只是蓝的。洪流说，人家一眼看见就觉得是痰盂，你总不见得一个一个跟人去解释。我说，用什么碗吃饭是我自己的事，用不着跟别人去解释。洪流说，那好，你要硬撑，你就试试吧。他摇摇脑袋走开去，摆出一副"不听老人言，吃苦在眼前"的架势。我心里酸溜溜的，认为他是十足的假洋鬼子。凭什么允许你端簸箕而不允许我用这个碗？你反对也好，我正可以让大家看看我是个有独立主见的人，我谁也不买账！我把原来的碗都收了起来，只用这一只。到食堂去买饭，所有的窃窃私语，我都置若罔闻。有人大胆地问上来，我板着脸不予回答。我发现我的知名度一下子提高了许多，不少人开始注意到我。舆论其实并不太可怕，没有人要来认真地干涉我用碗自由。我原准备可能会有人因此来向我挑衅，譬如蒯虎，我是做好了为坚持真理而作出牺牲的准备的，结果倒没有。我感到庆幸，同时也感到寂寞。别人其实没像我那样把这事看得多么了不起，我的惊世骇俗之举仍没有叫芸芸众生对我刮目相看。

我什么时候才能被人觉得是个强者呢？

机会不期而至。

那是个悠闲的下午，我们在棉花田里间苗锄草。这是农场里最轻松最有趣的一种活。每人一张小凳子，一把小鐔，正是吹牛聊天的大好时机。在这样的时刻，常常能使我们想起在轰鸣的机器旁从事重复呆板劳动的工人，感到我们也有些优越性。那天我跟洪流有些小龃龉，反正不是大事，因此我就在脸上将它十足地流露出来。这些日子下来，我已学会掌握分寸。我常会为一点小事怄气，但大事却能够容忍和装糊涂。我一个人闷着头落在后面，小鐔在泥地上七砍八砍。洪流回头问了我几声，我表示没什么，他就随大流嘻嘻哈哈地往前挪去了。我作着怏怏不乐状，其实心里倒一片恬静。思想自由自在地飞来飞去，像地上飘过的云影。在农场里，视野开阔，可以看见一大片云影很快地从田野里推移过去，这样壮观的气象在上海狭窄的街道上就无法看到。我很满意，为自己能克制住说话的欲望，能耐一个下午的寂寞。我是从洪流身上研究出这种品质的可贵的。他可以像下雷阵雨似的穷讲一通，又可以结冰似的长时间的一言不发。这点现在我也办到了，并不太难。天渐渐地暗下来，我甚至没有感到，我被融化在一片广袤的和谐中。前面的人收工往回走了，杂乱的裤腿在我眼前掠过。我埋头锄着咫尺间的最后几棵草（再前面的已被人拦接了去），突然听到一个叫过小英的女生说：“‘小四眼’做得又慢又不灵！”我心尖上一抽搐，浑身立时发起抖来。

我说浑身发抖一点也没夸张，周围的男生立刻看出我的这种反应，尽管是在暮色中，又在赶回去吃饭的时刻。于是，归途与整个晚上，我耳朵里听到的都是对这件事的评论。“老精”说得最高兴：“这下你算数了。给女的讲，讲这种话，太气人了，台型一点点也没了。”洪流也跟着起哄：“给女人这么讲是要倒霉的，这跟被女的掴耳光差不多。”事态严重到连沪东中学几个高中生也加入了进来。我们小队里的知青，沪东中学的五个男高中生是一帮，望庐中学的五个男初中生与三个女初中生是另一帮，其余的都是散兵游勇。“沪东帮”与“望庐帮”当时的关系是外松内紧，有点像一九四一年开战前的德国与苏联。过小英是“望庐帮”的三女性之一，我不是望庐中学的，但当然也算“望庐帮”成员。对于纯属内政的纠纷，“沪东帮”一般是不予加入的。这回，连他们也幸灾乐祸，这又说明了什么？我恨！我恨的其实已经不是过小英，而是“老精”之流(包括洪流，但我对他与“老精”还有所区别)。篱笆扎得紧，野狗钻不进。自己一派里的兄弟，说起来动不动两肋插刀的朋友，不能尊重我，不能在平时自觉地维护我这个朋友的威信，出了事跟着起哄，这算什么朋友？

翌日清晨，小队“天天读”结束，一屋子的人正要起身，我抢在大家之前轰地窜起，指着坐在芦扉门边的过小英大喝一声：“过小英，你留下来！”这句台词我在脑子里操练了一宵，想不到还是抖得比隔天傍晚更厉害。我看见过小英的脸顿然红透，两只本来就大的眼睛更是惊恐地瞪圆像铜铃，侧着身子扶着门站起来，嘴里说：“做啥？做啥？”我坐在屋子的尽里边，隔开她有三四米远，我的手掌根本够不到她的脸颊，我也没有打她的计划，但事后洪流咬定说我要扑上去打她而被他拦住了。我确实看见他、“老精”与“沪东帮”的那几个真正神色紧张地站起来，像屏风一样拦在我与她之间。我看见“歪嘴”疑惑地翕动着嘴唇，脸上那种含着嘲讽的精明相荡然无存。我听见自己在说：“你下次正经点！”我听见过小英感情丰富地叫着：“‘小四眼’，‘小四眼’！”

被人簇拥着退出屋去。“沪东帮”的核心，总是斜眼看人的“白脸”，这回正视着我一本正经地叫我名字而不叫“小四眼”，说：“你怎么当真了？我们是跟你开开玩笑的，你怎么当真了？”洪流像哄孩子似的夸张地笑着：“你怎么搞的，怎么钻到牛角尖里去了？”他又对“白脸”说，“不要紧，不要紧，没事，没事。”我板着脸，心里却很有些快感。我想起小时候跟弟弟争夺一只乒乓球，我宁可把它从窗口扔出去。为此我屁股上挨了几下，抹着泪听阿娘说：“犟！死犟！”

当晚，“望庐帮”的三个女生在崇明老职工顾阿香家里摆臊蜞宴。臊蜞跟蟛蜞相似，身体更厚，有一股膻味。据说崇明人除了三年自然灾害，从来不吃，上海来的社会青年首开吃臊蜞之风，惟多加些姜而已。洪流拉我去赴宴。我不肯去，洪流好歹劝我，叫我给人个下台阶。一进门，只见过小英端坐在灶膛前烧火，映得脸红喷喷的如琥珀，偶尔用眼角瞅我一下。郑国梅做主招待，张罗着分碗筷。一脸盆臊蜞端上桌来，过小英还坐在灶膛前。我忍不住悄声对洪流说：“你去叫她。”洪流大声说：“你自己叫。”大家笑起来。郑国梅说：“过小英只是开开玩笑，你不要听别人瞎说。”“老精”说：“‘小四眼’是大丈夫主义，老夫子，所以我们跟他寻寻开心。”洪流又说臊蜞，说第一个吃蟹的是英雄，第一个吃臊蜞的是馋痨虫。过小英很斯文地过来，坐在角落里，似笑非笑，全不似平日泼辣爽利的样子。一脸盆臊蜞很快变成了桌上的一堆壳与嘴里的几个泡。

我与洪流、“老精”先回宿舍去，三个女生留在那里打扫战场。月儿正圆，银光泻地。我第一次发现月亮光这么强，人在月亮底下走竟然也有黑黑的影子。后来我在一首题为《明月》的诗里写到：“自小我在闹市里长成，/夜幕将临，满目便是璀璨的电灯。/直等到打起背包下农村，/才结识了你那皎洁的光明……”这是我在农场里写的最像诗的一首诗，因此未获发表。这一节是诗里惟一的流露真情的一节。我清楚地记得是那天晚上的月亮给了我灵感与冲动，因为我当时对洪流说：“到今天我才明白月亮为什么要叫月亮……”话未说完，我已经一滑跌坐在地。灌渠脚下有一摊水，我光顾赏月没留意。洪流与“老精”有隔宿之教训，没敢充分发挥地笑。我觉得鼻根一酸，眼睫上挂起了十七八个月亮。幸好这一切在夜幕的遮盖下，月亮再亮毕竟比不上太阳。

十

那天我上匡吉家去，匡吉不在，他的妻子磊磊一见我就说：“你说他戆不戆，昨天跟人好好地讨论问题，一个不对劲，就叫人家滚出去。”我说：“那人是谁？”她说：“是一个朋友介绍来的朋友，外语学院的研究生，第一次上我们家来。他们开始在一起讨论一个英国哲学家，不知怎么就吵起来了。这样怎么行呢？等会你好好劝劝他。”

不多一会儿匡吉回来了。还没等我考虑好怎么跟他提及那回事，他先跟我说：“你听磊磊说了吗？昨天我把一个小子从家里赶了出去，后来磊磊把我穷骂了一通。我这个人，冲动起来就控制不住自己。”

我说：“你的幽默感呢？”

“别提他妈的幽默感了，”他说，“我发现自己本质上没什么幽默感。磊磊也跟我说了，叫我别写那些破幽默诗了。幽默诗肯定是条路子，我到今天还坚信这一点，但我不行。我把专利无偿地让给你了，你接受不接受？”

我说：“我还没考虑过这问题，你要让我想一想。”

“你骨子里不相信我的艺术探索，”他说，“你好好考虑考虑，我相信你会转变立场的。”

他笑了笑。但匡吉总的说来情绪不高。他情绪不高就说普通话，或者谈论严肃的话题就说普通话。他的普通话是那种高干子弟式或大学生式的普通话，很流利，很自信，并不讲究字正腔圆，甚至有意追求那种似乎乡音难改的韵味。他父亲是个离休的局级干部。

“昨天，”他说，“那个人姓郝，他是研究维特根斯坦的……”

“是那个介绍来的朋友不好，”磊磊插进来说，“先说那人怎么怎么厉害，要斩的，弄得匡吉很紧张……”

“我倒并没要去斩他，”匡吉说，“维特根斯坦我一窍不通，我倒是存心想听他说说。”

“维特根斯坦是什么人？”我说。

“你也不知道维特根斯坦？”匡吉显得有点高兴起来，“毛姆的《刀锋》你看过吗？据说里面的主人公就是以他为模特儿，绝对是个怪才。”

磊磊说：“搞创作的人又不一定要知道什么维特根斯坦，搞了满肚子的哲学，东西反倒写不出来了。”

我理解磊磊的话有一半是为了不使我太难堪，就表态说：“知道多一点还是好的，只要能钻进去跳出来。我也很想多看点哲学、美学书，就是书太多来不及看。”

匡吉说：“其实不知道维特根斯坦真没什么。”他说这话显然不是客气了，“我刚到一个朋友家里去过，我把我们昨天的争论跟他说了。他啃过很多书，他说昨天晚上其实我的观点是维特根斯坦的，那个姓郝的说的恰恰不是维特根斯坦。他一上来就摆学院派的架势，先跟我说这个流派、那个流派，接着又对概念作这样的界定、那样的界定，对概念的界定再界定，搞得我稀里糊涂，晕头转向。我说，你能不能用一两句简明扼要的话，说说你的维特根斯坦到底对人类文化作出了些什么新的贡献，他比前人高明在哪一点上。他支支吾吾地又开始跟我绕圈子，绕了半天，什么感性、理性、悟性，什么只有到达理性境界后才能进入悟性境界，什么我这样还停留在感性，连理性境界还不到。我被他说得火了。我说人类制造的文化垃圾已经够多了。人类一天到晚在不停地说、说、说，他们的行动能力已经越来越萎缩了。现在世界上每天都有多少吨书、刊物、杂志在印出来，总有一天这些印刷品在地球上要无处存放，人类不得不为他们自己制造出来的文化垃圾让出生存空间。哲学家就是要把本来明明白白的事情弄得玄而又玄，给他们自己混口饭吃。你看哪些哲学家解决了人类生存的实际问题？我看了维特根斯坦的书我就不怕死了吗？哲学家充其量是个卖‘生发灵’的秃头推销员，你那个维特根斯坦最多不过戴一顶式样时髦的假发套罢了……”

“匡吉发起火来这张嘴特别刻薄！”磊磊说。

匡吉喜形于色地说：“我是顶刻薄的。那小子也被我激怒了。他说我没有追求真理之心，是学术上的无赖，根本没有哲学细胞。维特根斯坦对我就像贝多芬的交响乐对一个聋子。”

磊磊说：“他们两个谁也不让谁，面红耳赤像斗鸡一样。后来匡吉说咱们出去练练……”

匡吉说：“我没说‘练练’。我也忘了我说什么了，他听成是‘练练’，站起来说，好，练就练！是他先站起来。我也站起来跟着他出去。我们俩走到门口，我一想不对，我们是智力的较量，如果打一架，不就降低到体力较量的层次了……”

“你头脑还挺清醒呢！”磊磊在他太阳穴里点了一下。

“别闹，”他对磊磊说，又对我接着说，“我当时就对他说：‘你给我滚出去！’”

“你看匡吉这个人，”磊磊说，“人家总是上门来的客人！他像发神经病一样。”

“他走了以后我也很后悔，”匡吉真诚地说，“当时两个人干脆打一架倒好了。”

我一下子听不懂这句中国话了，但我没让自己的惊讶在脸上显露出来，我是个作家嘛。

磊磊说：“真打你不定打得过他，他的身坯很闷的。”

匡吉说：“今天那个朋友告诉我，其实维特根斯坦的书就是我说的那意思。他认为人类创造的文明异化了，反过来又异化人类。他的哲学就是要使一切简单化。你看这场争论本身有没有意思？”

我说：“说你没有追求真理之心是说错了。你这人其实是太认真。不过你无论如何不该把人赶出去，你缺乏宽容精神。但我觉得你很可爱，他也很可爱。他居然在别人家里骂主人是无赖，你们两个倒是一路货。”

接着匡吉就向我大谈他刚贩卖来的维特根斯坦。他说他已经直觉到一点东西，朦朦胧胧的，是哲学与文学的相互渗透，但不是哲理诗。他仍然坚持说服我接受他的幽默诗的衣钵。他说他甚至可以放弃将来在文学史上记载是他首先发明了这一种样式，他可以让我当这一派的鼻祖。

一个月以后，我又到匡吉那里去。那天正好有个朋友在他家玩。两人坐在深棕色尼龙面的转角沙发上，一人膝上放着一把吉他。玻璃茶几上放着两只酒杯，杯里是鲜红的葡萄酒。烟缸里的烟蒂已经堆了起来，屋里全是烟味。匡吉向我介绍：“我的朋友，姓郝，外语学院的研究生。”

我一愣，不好意思问，是不是上回吵架的那个？这时，匡吉又说：“说起来我们两个相识非常有趣，第一回见面还差点打起来。”

我连忙说：“我听你讲过。”然后向小郝伸出手去，“我见到你很高兴。”

我坐下后按捺不住好奇心又问：“你们两个怎么又好起来的呢？是不是本来介绍的朋友又从中调解？”

小郝说：“不，是我主动又上门来的。”

我不由得瞧了他一眼，我真佩服这个年轻人的气度。

匡吉说：“他不来找我我本来也准备去找他了，我已经打听到了他的地址。”

小郝说：“那天晚上我们两个谈得都不到位，这样就撞上了。第二次我上这儿来对匡吉说，我们应该心平气和地好好谈谈。这一谈，我们发现彼此并没有原则的分歧。”

匡吉说："我们现在是好朋友了。他把他自己译的维特根斯坦的研究资料也借给了我，这些资料国内现在还没出版。我看完了可以借给你，郝明，行不行？"

我说："我对你们的这一段友谊比维特根斯坦更感兴趣。哪天我采访采访，你们把具体过程都给我说说。"

匡吉说："这有什么？这在我们是很常见的。你看到这盆花了吗？上次我骑车在路上跟一个人的车擦了一下，这小子跳下车就一把揪住我的领子。我说，你放不放？他嘴里不三不四地还骂人。我说你要打架还是怎么的？他说打你怎么了？朝我肩窝里就是一拳。我一个勾拳打在他左耳根上，打得他原地三百六十度转了一圈，倒在地上。我练过几下拳击，知道这小子不会打。我说，怎么啦？你起来呀！他赖在地上要同我去见警察，要我赔医药费。我说医药费可以赔你，见警察你没好处，大家都看见是你先动的手。你要赔钱跟我上家里去，我身边没带。他跟我骑车到家，我给他脑袋磕破的地方涂了红药水，给他冲了一杯咖啡，又给了他十元钱。我说，不打不相识，我们就交个朋友吧。后来我们真成了朋友，他还给我送了盆花来。他在苗圃里做。"

郝明补充说："那天晚上我们要是打一架倒好了，（一样的中国话！）打完架我们就坐在一起喝酒了。我们都是为了追求真理，讨论学术问题，这是我们的共同点。"

匡吉说："你们老三届年轻的时候不是这样吗？"

我笑笑。我不记得我这么生活过，但我无权代表老三届来回答。我脑子里想的是，再过十年，也许我不知道该怎么和我的儿子对话了。我们真赶上了个好时代。

匡吉问我："你老兄也来一点怎么样？这酒不错，干红葡萄酒。"

我说："不，我不喝酒，我生过肝炎。"

十一

一个“外国礼拜”的下午，我们都钻在湿漉漉的被筒里，匍得人像发芽豆一样。我忽然心血来潮，马上凭着一张年历片演算起来，很快得出了一个前无古人的卓绝发现。我撩开帐子宣布，在每二十八年中，有四年可以享受六十天休假，也就是那年的元旦是星期天。“发芽豆”们果然一阵亢奋，纷纷从帐门里探出酸叽叽的脑袋来。我继续宣布，这四个令人神往的年份分布并不均匀，若以一个元旦是星期天同时又是闰年的年份作周期的开端，它们的分布是相隔五年、六年、十一年与六年；一九六八年，正处在从一九五六年开始的那个周期中最长的一段间隔的顶头上。我们必须盼望十一年，方能沾到老天爷恩赐的二十四个小时的外快。“十一年啊，你会弄错吗？”“倒霉，怎么刚刚挤在这一档里？”他们七嘴八舌要我再算一遍。我说，我已经做过严格的推敲、验算，这个结论就像地球围绕太阳一样确凿。“呃——”从四面八方高高低低的帐子里不约而同地发出一声混杂着失望与希望的喟叹，叫我听了十分受用。我的智商总算为我赚来了一点威信，这是那段黯淡日子里的一线曙光。

过了将近一个小时，由一年六十天休假引起的喧嚣与骚动已经平息。大家正进入晚饭前的养精蓄锐期，准备到时候再为派谁拿脸盆到食堂去打饭买菜热热闹闹地辩论一场。暮色苍茫，寝室里显得更暗，从黑黝黝的泥地中蒸腾起来的潮气，散发着一股烂苹果似的甜味。洪流突然隔着帐子推推我的肩膀说，“喂，出去走走，透透新鲜空气。”我听见周围的帐子里发出来的一阵压抑的笑声。在这样的时刻一套上长裤，为集体买饭的差使就有一半落到了你的头上。靠着刚才非凡的演算，我本来十有八九可以逃过这一次。我还是跟着他出了门。空中飘着肉松那样疏细的雨丝。我们必须十分留神脚下，烂泥不是粘得要拔掉鞋跟，就是滑得像香蕉皮一样。靠近男宿舍的宅边，还有一摊摊来不及被泥地吸收的尿。我们一前一后佝头耸肩地走着，看见的人一定以为我们是搭档上厕所去，但我们是在散步。

我们从坐落在住宅区西头的厕所面前经过，登上了大堤。大堤是传统的叫法，如今的海在离它几十里外的地方，它只是一条高出地面约莫两公尺的土路，被“东方红”拖拉机的履带碾得疮痍满目。我们小心翼翼地在那辙印里走，这里面的泥既不粘也不滑，只要留神不踩进水凼或蹩了脚踝。

“啊，外面的空气多么新鲜，”洪流在前面突然做了两下扩胸动作，“在寝室里闷死了，你说呢？”

在堤上离天近了两公尺，雨丝似乎更密，打在发尖上有些痒痒的。

“他们还笑我们，以为我们戆，”洪流说，“他们才是真正的戆。没办法，只能跟他们打交道，还要迁就他们。”

我笑笑。我心里在直冒泡，像泥塘里的沼气。他怎么能对我说这样的话？我肯为这样的话去赴汤蹈火。

“他们不能理解我们，”洪流站住了，转过身来对着我，“他们从你的计算结果里能够领会到什么呢？他们只知道哪一年可以外快多休息一天。难道我们会为了这点点蝇头小利去研究，你说对不对？”

我连忙点点头。

“但是你不得不迎合他们，好像我们也只关心这一点。”

我更大幅度地点了点头。

"你来事的！我知道你是聪明的，你已经懂得怎么跟这些人打交道了。"

我望着他，肃然地。

"你说，你是怎么会想到的？"

我慌乱起来。他打量着我，笑吟吟的，那两片带有女性气息的薄嚣嚣的红唇弯成一个优美的弧形。他好像在诱惑我，使我不致对他也有所保留。

"我是想，"我想着，"一年可不可能有六十天假期呢？可能的。而且要是没有闰年的话，应该每隔七年出现一次。有了四年一次的闰年，还可能不可能呢？现在算下来是二十八年，正好是四乘以七，在这个周期里，平均……"

"周期，对，周期！"他突然叫起来，像看到了一只老鼠，"我就是要说周期，你发明了一个周期！周期是了不起的东西。《三国演义》里说，天下大势，分久必合，合久必分，这也是一种周期。恩格斯说历史是螺旋形发展的，螺旋就是周期。还有海洋的潮汐，花开花落，还有门啥人的元素周期表，都是周期。你这个二十八年的周期，我刚才仔细想想，里面奥妙无穷，你说对不对？"

"是的，"我说，"里面很奥妙，但一时又说不清楚。"

"就是，一眼看得清楚的东西也就不希奇了。门——噢，想起来了，门捷列夫，苏联人，肯定是苏联人！门捷列夫搞了多少年？搞了一辈子。牛顿的万有引力也一样。"

"还有哥德巴赫猜想、费尔马大定理，许多数学家搞了一辈子也搞不出来。"洪流的眼珠子急速地一转，他肯定没看过《十万个为什么》第八册，我放心了。

"四七二十八，还是逃不掉'四'和'七'，这'二十八'就是一个定数，跟命运一样。其实平均还是七年一次，但它偏偏不平均，不变中有变，变中又有不变。内中最长的间隔是十一年吧，其余是五年和六年，十一是五加六，有意思！你看有意思吗？十一正好是五加六！为什么它偏偏是五加六？为什么一九六八年正好是十一年的头一年。这里面有种启示，启示！你感觉到了吗？”

我点点头。我有些害怕起来。

（不久我再演算了一遍，便发现了错误。我没有考虑到元旦是星期六的闰年，譬如一九七二年。这样，二十八年中不是四年而是五年可以有六十天休假；那段最长的十一年间隔被腰斩成两截，一九六八年也就失去了受难的色彩。这发现我对谁也没说。）

“好，好！你钻下去，你一定要钻下去！这个周期跟人的命运一定有关系。对，肯定有关系！”我发觉他的眼睛似乎在红起来，周围好像有火堆照耀着他，“过去说，六十年风水轮流转，三十年河东，三十年河西。六十年一个甲子，我总觉得这个周期不是对一个人讲的，是对一个大家族、一个团体、一种势力。一个人，六十年转一转，有多少人轮得到？人生七十古来稀。二十八年差不多。还有五年、六年、十一年，高潮、低潮，差不多。我说你不要放弃，研究下去，这里面肯定有很深的学问。”

“怎么研究呢？”

“怎么研究怎么问我呢？我要是知道，我就自己搞了。我的大脑有你那么发达就好了。我的直觉很好，我有预感。你刚才这么一说，我心里好像被什么东西照亮了。你放心好了，你应该相信我的预感。”

“是的，我不是不相信，我想到的时候心里也一亮……”

“就是，就是这种感觉。外国小说里写到这样的情形就是上帝的启示，这不是瞎来来的！”

“不过，不过你能不能启发启发？就像下象棋，当局者迷，旁观者清……”

“这个我是不能代替你的。我的研究能力不及你，这我知道。上帝派给每个人一定的天赋去完成一定的任务。”若干年后，他告诉我，当时他正在偷偷地啃圣经，一本袖珍本的圣经是他从抄家物资中拣来的，藏在他的枕头芯里。

他庄严地向我伸过手来，好像我立刻要去抢夺泸定桥似的。我不敢去握他的手。“那么，研究出来又有什么意思？”

“没有意思？怎么会没有意思呢？”他那张开的手掌倏地一变成为一根戳出的食指，我恍惚看见阿爷的长指甲向我额角点来，“你呀你呀，你不研究这个，又研究什么有意思呢？你说呢？”

一片叮叮咣咣的搪瓷碗交响曲从食堂那边传来，我这才发觉十来步外的树干已被吸入铁锈色的夜气中去了，亮晶晶的雨丝像飞蠓一样围着脑袋嗡嗡地转。我想提出回去，但洪流却又转身朝着住宅区相反的方向继续前行。我跟着。走了一程，他站停，转身，蹙眉看了我一会，说：“‘歪嘴’通过‘老精’带口信过来，要我当政治小队长，你看怎么样？”

我恍然大悟。看他这吃力的样子，倘若刚才我不是那样地显露了天才，他还不一定会同我来商量。好吧，看我的！但我实在摸不透他希望从我这里听到些什么。“你的意思呢？”我问。

“我是不想再当什么官，我只想隐姓埋名太太平平读点书，这你是知道的。我想让‘老精’出来挑。”

“‘老精’的意见呢？”

“他还是听我的，”洪流说，“最终我能叫他听我的。”

“他本人愿意吗？”

“我想他是愿意的。”

“你怎么知道他愿意呢？”

“你的意见还是让我来干？”

我一愣，我不知道他从哪点听出我有这种意思。

他突然扭过半个脸去笑了起来。我被他笑得莫名其妙，因此也有些恼火，当然我不形于色。他笑着说：“我当队长跟‘老精’当其实是一样的，真的，真的是一样的。”

我辨出他话里的味道来了，他以为我希望他当小队长是出于对自身利益的考虑。我还没自私到这种程度，一个朋友来跟我商量大事，我却把自己的利益放在第一位。再说，虽然我跟他自然要更亲密些，但我根本就没想到“老精”当队长对我有什么不好。我们是朋友，是一派的，哪个当队长都好，我都衷心拥护，尽力相帮。我正考虑怎么把我的意思明白地告诉他，又不致让他认为我这个人修养不够，这时，洪流又说：“你说为什么我出来比‘老精’合适？你客观地讲。”

“我当然是客观的，”我克服着内心的战栗，“‘歪嘴’是提出要你当，不是要‘老精’。（这算什么话？我要说的根本不是这话！）‘歪嘴’对你是很服帖的。（又是‘歪嘴’！洪流说过，‘歪嘴’是很容易就捏在手心里的。）他跟我说过，洪流这人看上去不像二十岁，像有四十岁的经历。”

“喔？他跟你这么说？四十岁的经历，好笑，好笑。”

“他这是捧你，”我说，“我当时也想，四十岁的经历又算什么？二十岁有四十岁经历，在二十岁的人当中鹤立鸡群，到四十岁的人里面不是又变得很一般了吗？所以我想到，要在社会上出人头地，摆在我们面前的路确实很长。”

“不错，不错，”洪流点点头，又扳着手指数起来，“十年幼，廿年冠，三十壮，四十强……十五学，三十立，四十不惑……四十倒正好是人一生中最能干出一番事业的时候——你的话很对，很对！”

我不知道他说我哪句话对，但他已不想散步，说：“我们回去吧。”

这回我在前，他在后，快到下坡路口，忽听他在我背后长叹一声，说：“你只了解我的一半。”

我一愣，连忙转过身去。

“你不要生气，”他含笑地眯缝着鼓凸的眼珠，“我只能让你了解我的一半。‘老精’也只了解我的一半，另外的一半，一半还不到。郑国梅也只有一半，至多一半。你了解的比他们了解的还更多一些。我需要有人了解我，能够跟我谈谈，但我不能让别人了解我的全部。有的人一半，有的人三分之一，有的人四分之一。再好的朋友也不能让他了解全部。人总要有点东西不能让人了解，你也一样。”

“是吗？”

“你呀，你太老实了！”他冲我咧嘴一笑。

一阵恐怖。我是不是露出了张"烂污泥"底牌？他今后还会再让我了解他的一半吗？

"我知道，"我捩着头颈说，"害人之心不可有，防人之心不可无……"

"不是，我不是这个意思，不是！"他摆出一副要跟我辩论的样子，但又哧哧笑起来，侧转身子，仰脸朝天，高声背诵："庆历四年春，滕子京谪守巴陵郡，越明年，政通人和，百废俱兴……"他背得像唱歌一样。他正在猛攻古文。他要用毛泽东的读书法，集中力量打歼灭战，三个月里把借来的《古文观止》全部背完。他要我一起背。后来我们背出三篇：《岳阳楼记》、《醉翁亭记》与《为徐敬业讨武曌檄》。末一篇，我们就喜欢它最后两句："请看今日之域中，竟是谁家之天下！"现在背得出的也只有这两句。

十二

我跟老马的相识，本身就像出于命运的安排。

第一回上他家是为了裱幅字，由一位姓孙的朋友陪去。一幢旧式公寓，进门便见一个大天井，四周都是带走廊的三层楼平顶房子，东南两面的房子背后又遮着高楼。这房子更像是职工宿舍或简易的校舍，如果四面顶上架起铁丝网，又有点像监狱。但它的条石门楣上有凿剩的“公寓”两字。后来老马又一再告诉我，在旧社会要在这样的地段住上这样的公寓，可不是等闲之辈。他住朝南那幢的三楼，有两间。他住的那间二十来平方米，看来还兼带会客室的功能。老马满头硬扎扎的灰白头发往后梳起，露出个皱纹深密的宽脑门；双目下垂着厚厚的眼囊，像火鸡脖子上的肉袋似的，看上去有六十多岁，其实他才五十七。但他气宇不凡，不像个裱画匠人，倒像个离休干部。他将条幅拿着离眼一尺多远，端详了半晌，问：“多大年纪了？”裱画还要问年纪？“三十七，虚岁。”“不是你，那个人，写字的。”“跟我差不多，也许大一两岁。”“朋友？”“朋友。”“干什么用？”“我最近搬家，他写了送我。”“《陋室铭》是你叫他写的？”“是的，不，是他自己写的，他知道我喜欢。”“你急不急？”“不急。”“好吧，你放这里，一星期后来取。”接着，他就跟小孙聊天，看来他们也好久没见了。他说的是带上海腔的山东话，很健谈。他只字不提工价，看这架势，钱恐怕不会少。一出公寓大门，我就问："我来取时带多少钱？""哟，我倒忘记了"小孙说，"他没提，大概不要钱吧。"我一定要小孙回去问明白，隔了一会儿他笑着跑来对我说："我跟你说多此一举，他真的不要你钱。""没这种道理，"我说，"你老兄不要在中间把钱垫了，这种冤枉人情我是不会领的。"他说："我不会做这种戆事情，不信你自己去问。"见了老马，我先说了一通请他不要客气之类的话，他听了笑笑说："你朋友是不是取法《爨宝子碑》，又掺了点'张猛龙'在里面？"我不懂书法，只能愣看着他。"他不是什么书法家协会会员吧？"我连忙点头，"但他的字曾经在'朵云轩'的橱窗里挂过。"老马朗声笑了起来："就凭这两条，我赞助你。"他看我还是不明白，又说："上海书画界我了如指掌，中青年中哪几个名声大的我都数得过来。他的字不俗，因此也不大容易走红。你能喜欢，我看你欣赏水平不低。你们是朋友之间冶情赏玩，我们以后也可以交个朋友。"我说："能跟您交个朋友很荣幸。对书法我是个门外汉，我只觉得这字很古朴。但钱您还是应该收，不然我就太不好意思了。"他摇摇头说："你别看我是靠这吃饭的，这点钱我还不在眼里。我裱一幅中堂什么的可不便宜。请我来裱的多是古字画或名人墨宝，有的要带到国外去，有的挂在家里摆身架，藏进箱底传子孙。他们不在乎，我也不客气。我的裱工在上海滩不说数一数二吧，也是出类拔萃的。有的古字画硬是成碎片了，让我给起死回生。经我一裱，身价百倍。这是生意。我这人还好结交斯文，但讨厌假斯文，附庸风雅。话也说到底了，你看这样好不好？"

一星期后我一个人上他家去取立轴。我在离他家不远的食品店里买了瓶"可口可乐"，我想他对这么点饮料不至于太固执。他正一个人关在家里看电视，十二吋黑白的，看京戏。他对我的礼品只微微皱了下眉头，没说什么，起身关了电视机，给我泡来一杯茶。茶叶相当好，水绿莹莹的。我仔细打量他的居室。除了床与大橱外，只有式样古旧的独脚圆木桌与几张式样同样古旧的靠背椅。大橱对面的空墙上，居中挂一只紫檀色老式木壳钟，两边是一副对联。那纸质已经发黄，边也略有些卷起。对联用篆文写，我不识。后来老马告诉我，是“非关因果方为善，不计功名始读书”，他父亲的遗墨。对联右侧上端的墙角里有一个洞，洞里嵌着小小一段白铁管。我琢磨不透这洞作什么用，后来想明白了，大概是冬天用来在室内生炉子接烟囱的。屋内只有一张航空背的三人沙发看来最新，但外面严严地罩着深棕色的布套。我在这屋子里闻到了一股熟悉的气息，衰落大家的气息。虽然我家的墙上从来没挂过什么字画，但衰落的气息是一样的。我妻子头一回上我家来(其时还不是我妻子)，她觉得板壁与老家俱的缝隙里似乎爬满了白蚂蚁。就是这种气息。

我向老马请教一些字画印章方面的知识，正说着，一个二十来岁的男青年推门进来，手提着两瓶人参酒。见我在酒瓶往独脚圆桌上一放，拖了张靠背椅在我们对面坐下。我猜他也许是老马的毛脚女婿，却听见老马说：“你这算什么意思呢？贿赂我吗？我早跟你说了，只此一遭，下不为例。你拿去。”

那青年说：“马伯伯，你陪客人，我等会跟你说。”

我好生奇怪，一个裱画的怎么有人要向他行贿？但礼貌上我必须起身告辞。老马说：“没事，你坐，他是我邻居。”他又问那青年说：“怎么样？”

“真奇了。玲玲在我旁边看，她说，真是有鬼了。坐下去就和。七点钟开始还和些小牌，九点以后，这牌像长眼睛一样，我要什么它来什么。我听你的，往大牌里做，一口气和了五副，不，六副。”

“到十一点歇手？”

“没有，到十二点。”

“你怎么不听我的话？”

“我听你的话。你说不能多赢，翻了本稍赢一点就可以了。到十一点我一数共赢了一百多，抵去以前输的还赢了六七张分。我想，这太多了，不好，应该输掉一点。你不是说过了十一点就不行吗？我也想试试。”

“结果呢？”

“我服帖你。这牌霉下来就像漏气一样。一个钟点不到，去了三四张，我连忙刹车。”

“那你现在还赢了二三十元？”

“就是。这点钱吃掉花掉，大家高兴高兴。”

“我跟你说，你可要说到做到，下回再也不能来了。你别以为找到靠山了，今后有紧急情况反正呼救一下。照理说，我是不能用这一招术来帮你的，但你声明翻了本从此就洗手不干，再说我也想试试这一套灵不灵，所以不妨违例一次，但绝不能贪。以后我再干就是明知故犯，是伤阴鹭的。我还要明哲保身呢。我丑话说前头了。酒你拿回去，送你玲玲家去，送不送我是一样的，以后可别对我抱任何幻想。”

那青年尴尬着脸说：“马伯伯，这是高兴高兴，我怎么能不听你的？我别人的话敢不听，你的话我不敢不听。你们谈，我走了。再见，我走了。”他屁股撞在独脚桌上，差点把两瓶酒碰倒。

“搓麻将。”老马过去掩上门回来对我说，“他们小青年来的台面大，这就不大好了。”

我问：“您教他一些搓麻将的诀窍？”

“不是，”老马说，“我是替他看看八字。”

我恍然大悟。怪不得说“十一点”什么的，那是子时。

“八字能看麻将的输赢？”

“这是看赌禄。有的人命局里赌禄犯冲，他一辈子不论赌什么总输，但他的性情就喜赌。一般的人都是某个日子易输，某个日子能赢。这个我也是头一回实验一下。”

我们又聊了一会字画印章，我心里动了几次，终于抑制不住，问：“您能不能给我看看八字？”

他没有任何反应，似乎陷在沉思中没听见我的话，突然转过脸来对我挑起眉毛笑了笑：“你也信这个？”

“玩玩嘛……”我说，“这也是一门学问，人生是个谜……”

“那你也许要失望的，”他说，“算命主要是在江湖上混饭吃，一直是属于下九流的。”

我说：“所以我从来不肯出钱请人算命，哪怕他算得很准。但要是排除了功利目的，一个素不相识的人能算准我过去发生的事，哪怕十件里只说对一件，但这一件非常准，这就要触及我整个世界观。我一直在想，命运到底有没有？还有灵魂，上帝……”

“你是基督徒吗？”

“不是。”

“几年前有个基督徒来求我替他算命，后来回去他父母、妻子都说他是受了魔鬼的诱惑，和他一起祷告，请求上帝的宽恕。”

“基督教反对算命？”

“不反对。这是一种浅薄的理解。也是让走江湖的算命先生把名声给败坏了。任何东西，书画也一样，只要跟钱沾了边，就俗气，就腐败。算命本来可以说是一门学问，也讲阴阳五行，去留疏配，跟周易八卦、黄帝内经，同出一理。易经本来是中国读书人必修的一门学问。孔子学易韦编三绝，董仲舒、朱熹、沈括，都是些大儒吧，都精通八卦。诸葛亮夜观星象，立马前科，古代宫里都专设观星象的官。八字就是跟天上的星宫对应。算命本来就分江湖派与学士派。但读书人早就对这门学问失去了兴趣，现在研究的是科学，代数几何物理化学，这些是今天时代的学问，看得见摸得着。还抱着算命的只有江湖一派，但他们关心研究的不是命理，而是怎么察言观色，投其所好。解放后把江湖算命也取缔了。如果说是学问，也是过去时代的学问了，你的目的恐怕达不到。”

“那依你看，命运到底有没有？看八字能不能算得准？”

“命运当然是有的，”老马说，“但能不能算准很难说。有时我能算准百分之三四十，那已经相当不错了，一般只有一二成。因素太多了，还要看我那天的心境怎么样。”

“那你有没有碰到过算得很准的？”

“我的水平跟那些世代相传的命相家比起来当然要差那么一截，但要说百分之百，我看谁也办不到。天机不可泄漏。算八字是很累人的，非常累的，详细看得要几个钟点。”

他这么说，我就不好再说什么。

“因素真的是太多了，”片刻沉默后他似乎自言自语地说，“你听说过周益甫去算命的故事吗？他是清末江西一个赫赫有名的大盐商，外号叫‘蹲坑百万’。有回他在上茅房，管家来请示他一笔生意，他也没听清，只管自己努力拉屎，嘴里‘嗯嗯嗯’的，管家以为他同意了，就吩咐去做，结果赚了一百万。你看他有多大的家当！但他平时很节俭，出门穿件普通的布大褂。有回在街上走，看见一个算命摊，挂着块牌子叫‘金铁口’。算命、看热闹的人很多，他挤进去报了生辰八字，那算命先生掐指一算，说，这位仁兄命中见财破财，一世受穷，这份相金也就免了。周百万笑笑，从袋里掏出一叠银元，往相桌上一放，转身便走。周围看的人都笑话那算命先生，还金铁口，这样的敌国首富你说他是穷光蛋！算命先生摘了牌子回去，把那八字横看竖看看了一宵，看不出自己说错在哪里，不服气。第二天他跑去请教他先生。他先生对他说，你再去问他，他是不是私生子？还有他是不是生在野地里？倘若有这两条，他就是巨富。‘金铁口’上门去问周老板，周老板一听脸色大变。原来他母亲是个农家女，跟一个盐商苟合生下了他，生在海滩上。他长到十五岁时，母亲实在养不活他，打发他到城里去找那盐商，没告诉他那人是他的父亲。他父亲知道来人是自己的儿子，也不便挑明，安排在手下当一名伙计。年节前夕他父亲派他出门到四乡去讨账，临行叮嘱他不要收旧盐票。那年老皇帝驾崩，新皇帝登基，照惯例一过年就要换盐票，旧盐票等于一张废纸。可他是穷苦出身，心肠软，经不起穷人苦苦哀告，就把盐票收下抵账，结果收回一船的旧盐票。管家见了大发雷霆，来禀告老板。老板也没奈何，就吩咐歇了他的生意，将这一船盐票送给他带走。哪里知道来年盐票不换，周益甫一夜之间成为巨富。所以八字不能只看命局，还要看五年、十年的行运，还有流年，还有父母运，像这个故事还有什么婚生私生，出生地，也许还有阳宅阴宅的风水，等等等等，哪里能考虑到这么多？”

我不住地点头，在该惊异的地方尽量多表现一二分惊异。他这么认真地向我解释，说明他很希望得到我的理解，我应该让他觉得心安。但老实说，我是越听越吃不准他不肯算命的真实动机到底是什么。

就在我基本吃准他不肯算命的时候，他忽然又说：“我们只能试着玩玩。我反正看出什么说什么，你呢，哪些对哪些不对也要毫不隐瞒，因为我是研究。”

我一下子竟有些慌乱起来：“我说不准出生的时辰。我母亲说是在吃晚饭的时候，不知道是五点到七点，还是七点到九点。”

他说：“这个没关系，我可以给你倒轧账。”

他起身去拿万年历和老花镜。我的背肌不知怎的抽紧拢来，身子不觉像小学生上课似的挺得笔直。

他把我的八字记在一张白纸上，划算一阵，突然问：“你是七六年还是七七年遇到过一件大事？”

我一惊，忙说：“七六年，那是……”

“好，”他拦住我的话头，“让我来告诉你这件事是怎么个性质。……这件事不是小人挑唆，就是小人陷害，或者是你自己强出头多事，反正是件冤枉官司。但这件事又不是坏到底的，带有一点点因祸得福的成分，或者说是坏事在某种意义上变成了好事，对不对？”

“对，”我激动得有点喘起来，“你说的都对。你是怎么看出来的？”

“如果是这样，那么你就是戌时生的。那年辰戌犯冲。‘戌’在时支上，关系到你的事业。‘戌’又代表小人，因此说你有小人口舌之虞。但‘戌’又是‘丙火’之‘墓库’。‘丙火’是你的‘煞神’。‘官煞’入‘墓’并不好，希望能有所冲开。但辰来冲戌又太厉害。就像炸掉旧大楼造新房，没有搞定向爆破，结果炸了一大片，甚至还有流血伤亡，但以后房子还是能造。”

“噢，这么复杂。”我听见自己傻乎乎地说。

“我再来跟你核对一下。”跟刚才的沉着相比，老马的语调似乎年轻了好几岁，“你的性格是说话很尖锐，不留情面，理由十足，但往往叫对方下不了台，还是你虽然得理不让人，但能够比较委婉地让对方接受？还有，你是不是跟有的人一见如故，来往非常密切，而对有的人，你就是格格不入，哪怕从利害上说你应该跟他搞好关系，这种情况有没有？”

我说：“你说的前面一条，我想自己是属于后一种。至于后面一条，我确实是这样。我这人走到哪儿都有好朋友，我也喜欢交朋友，但总免不了结冤家。”

他笑了笑：“对了，那你是戌时。”

“为什么？”

“‘酉’是你的‘羊刃’。若带‘羊刃’则性刚烈，魄力大。而‘戌’是‘偏印’。‘偏印’是个不知进退之神，爱则欲其生，恨则欲其死。但它又是‘墓库’，因此外面表现出来比较含蓄，外柔而内刚。”

“您说的‘墓库’，是不是人们常说的交‘墓库运’的‘墓库’？”

“对，就是。我再问你，你以前干事，是不是常常柳暗花明？这事眼看要成了，意外来个转折。这事你已经不抱什么希望了，它却又忽然成功了？”

“对，就是这样！这样的事我碰到过太多了，大事情几乎都是这样。”

“那好，”老马说，“我们基本上可以肯定你是戌时生的。‘墓库不发少年运’，‘墓库运’就是这个特点。”

后来，母亲经过认真地回忆，也肯定我生在戌时。而且不光是我，弟弟和妹妹，甚至连她在内，都是戌时。再后来，我在报上看到一篇短文，说婴儿诞生的时刻大多数在晚上七到九点。

我也是因为亲身经历才迷上了算命，老马给我算罢命后回忆道，按说我跟这玩意儿是无缘的。我父亲是个早年留洋的新派知识分子，后来在洋行干事。他爱好书画，是家学渊源。我祖父是清末秀才，那时，县里要写什么匾额、楹联，县太爷就派人用轿子把他抬去，也算是名士吧。我母亲是虔诚的基督徒，她凡事向上帝祷告。他们从不相信算命、卜卦、跳大神什么的。但引我走上这条路的偏偏是我父亲的一位世交。那年，一九五八年的冬天，我和我的前妻回山东老家去看我母亲。我妻子那年刚生了第二胎，二十六岁，年轻活泼，进进出出嘴里有时还哼哼歌子。我父亲那位朋友姓祖，那时我父亲在香港，他还常来串串门。他看见我妻子总是暗暗摇头叹息，不是一回两回。我纳闷，就单独去问他。他说，你把她八字拿来我看看。“可惜了，福大命浅啊，”他说，“能逃得了三十这一关，也绝逃不过四十五。”他跟我家是世交，否则这话也不肯说。临回上海，他又对我说，你夫人的命我仔仔细细看过了，三十岁那年十月有天医星来救，能救的话，还有十五年阳寿。救不了，十一月你趁早准备后事，要见红而亡。到一九六二年，她生第三个孩子后，皮下出现不少乌青块，一查，是原发性血小板减少症，住进了曙光医院。阴历十月，一天，她到下面院子里去蹓跶，碰到一个洗被单的老太婆。老太婆问，你生的什么病呀？看你样子挺精神，怎么住了好长时间？我妻子就把袖管与裤管捋起给她看。老太婆说，哟，这病你怎么还在这儿治呀！这儿是治不好这个病的，我亲眼看见过多少生这病的给抬出去。你赶快走！我有个亲戚的小姑娘，也生这病，找到一个乡下老中医，祖传秘方，吃三回药就好了。我妻子请她帮忙打听，她说，打听可以，你可不能让医生知道是我告诉你的。妻子跟我商量，我按着老太婆给的地址去找那医生，在吴江县。那医生住在一间旧瓦房里，门口一块小小的木牌，人精瘦，山羊胡子稀稀落落的，还有哮喘。他给了我三粒丸药，要了五元钱。五元钱不是个小数。他关照服药后被子不能盖没眼睛，否则汗流到眼睛里会瞎掉。他说如果三粒丸药吃下去病好了，来年春天再服一丸，病就可以断根了。我有点吃不准。我妻子主张还是问问医生。医生跟我们也有点转弯抹角的交情。他说，这丸药是什么成分我们不清楚，被子不能盖没眼睛的说法我们也是头一回听说。我们这儿是中医学院的附属医院，有不少名家，也正在给以积极治疗。我们并没说已经束手无策了。是不是再等等？如果病情隔一段时间还不见好转，或者有加重，你们希望服这药，我们再商量。到时候也得你们自己拿主意，我们无法给出主意。事情就这么拖了下来。到阴历十一月初七的晚上，她突然颅内出血，无法抢救……

“现在那位祖老先生呢？”我临起身告辞时又问。

“早过世了。‘文革’中，他的那些命相书，还有他几十年作的笔记资料，统统付之一炬。听我母亲说，他从此变了模样，几乎足不出户，人缩成一团，像虾米一样。他本来六十多岁还喜欢唱京戏，唱铜锤的。没到一年就死了。”

“他算到自己有这一场灾难吗？”

“没有，没听他说过。‘文革’后我好些年没回山东，说句笑话，那时连张船票钱也掏不出。我没跟他见上面。依我的想法，他算不到。这是劫难。就像唐山大地震，一夜之间死了几十万人，难道这里面命好的一个也没有？难道这几十万人命中注定都在那一个晚上死？命理只能推测平常生活中人的命运。劫难是天数，在劫者难逃。”

我得走了，窗外天已经黑透了。我走出公寓大门，走到马路上。一辆电车驶过，高压线上洒下一串无声的火花。平日在我印象中终日喧闹不堪的城市，好像一下子显得有些寂寥。

人们沉着脸从一头向另一头奔去，很匆忙地。

十三

这天晚上我到老贫农四和尚住的茅屋去串门。那间茅屋距离我的寝室只有三四十步路，但这毕竟也是一种社交活动，是一项娱乐。其实我去那里不是奔四和尚去的，而是奔跟他同住在一个屋顶下的管俊去的。这点和尚伯与我都明白，也许他比我还更明白些。我有些自欺欺人，以为吸引我去的不是管俊那个人，而是他订的那几份报纸。前几次我坐在那里，一本正经地看报，看了“文汇”看“造反”，看了“造反”看“人民”，顺便端起管俊那茶垢很厚的搪瓷杯喝几口喷香的花茶，跟管俊几乎没什么交谈，因为管俊是个坏分子。

这天我推开芦扉，见到屋里已有个捷足先登者。他戴着一顶软塌塌的土黄色的棉军帽，披一件同样颜色的坦克棉袄。他吸着烟屁股，那样子就像小孩吮吸着快烊掉的棒冰，显得很吃力。他唻一口烟说两三句话，又唻一口烟又说两三句，管俊则侧身靠在床架上，腰板笔直，一条腿悬空，一条腿搁在床沿边，咬着烟斗，默默地听着。看那人的样子一时难以分清他是知青还是“蛇皮”。打听下来原来他是五小队的知青，而且还是望庐中学的，姓花。以后我才知道，这位花兄还有个很响亮的外号，叫“噜伯伯”。他是知青中较早知道聊天乃人生第一自然乐事者，只可惜他的口才有些欠缺。他说起话来一个词一个词像瓜子壳似的吐出来，颇似因年迈而脑血管硬化者。他另一个显著的特点就是不喜欢擦拭他的近视眼镜片，以后有人据此出了道智力测验题：“谁的玻璃窗上污垢最多？”也许是这个缘故，那天晚上我觉得他望着管俊的目光有些朦胧迷醉。那种目光，更重要的是他的军帽和军棉袄，对我触动很大。虽然红卫兵的鼎盛时期其实已经过去，但一顶正宗的军帽和一套正宗的军装在我眼里还是一种权威的象征。况且此人把一顶军帽揉得像乱草窝似的，坦克棉袄的前襟和袖口上积起一层黑黑的油垢，那种不修边幅的势派，一定有点来头。一问，果然他父母都是二军大的。二军大与七军大换防，父母都到西安去了。按档子他绝对该去插队，凭这一条照顾来了农场。他是响当当的“红五类”。一个“红五类”，又是外小队的，也毫无顾忌地敢来和管俊聊天，我又怕什么呢？再装模作样地看报我就太对不起管俊了，于是我就加入到他们的谈话中去。我很快就忘乎所以，因为我发现管俊也不再只是洗耳恭听，变得积极活跃起来，话越来越多。显然他刚才的缄默不是听得津津有味，而是一种居高临下的姿态。而我将他也拖下了水，他觉得我才是他值得认真进行对话的人。我的价值得到了认可，尽管认可我价值的人多戴着一顶帽子。“哟，十点了！”老花亮出腕上的旧表，有点大惊小怪地叫起来，“我要走了。”他要走，我也只能随之告辞。我伸了个懒腰说：“怎么新闻联播也没听见？只顾说话报纸也没看。”“你把今天的报纸拿去看。”管俊迅速地从枕头里侧抽出一叠报纸塞过来。“这……”我猝不及防，“那你看什么？”“我有东西看，我看隔夜的。”他说，“报纸拿到，我都先看一下标题，随后一篇篇文章细细琢磨。别人问我借，我是不借的。报纸我都要保存起来，都是资料。你是读书人，我相信你。”老花看着我，我不便再推让，推来推去反更显得热火。我收下了报纸。这样我就被他收买了。

不是我这个人太经不起引诱拉拢，管俊的报纸的确非同小可。他一向显出把它看得比钞票更贵重。他一个人订了三份报纸：《文汇报》、《人民日报》和《工人造反报》。那时候，连队为每个小队公费订一份《解放日报》，供政治学习用。古书记才有资格订《参考消息》。《红旗》杂志的订阅对象是党员与要求入党的积极分子。当然，订《红旗》不像订《参考消息》控制那么严，但管俊还是不能订。为这一条他还闹过，连队专门召开了一次批判会。会上，“眼镜蛇”，当时是连队“垦反会”的一个小头目，操着官话说：“你这家伙，还想削尖脑袋混进党内吗？”管俊一挺胸，以三十年代电影演员说的那种过于标准的国语，语调铿锵地回答说：“你们可以迫害我，可以打死我，但我热爱党的一颗红心永不变！”“眼镜蛇”一下子被这架势吓慌了，露出了本相，把右手的食指塞到管俊的鼻子底下：“卵喏！”一时传为美谈。这事发生在一九六八年上半年，知青尚未进场。但管俊显得对此事一直耿耿于怀。他处处要表现出惟有他最珍惜报纸，最懂得报纸的价值。他在一张报纸上至少要框出一两篇重要文章，一篇重要文章里至少要划出七八句警句。他把报纸都按日期折好叠齐，当月的放在帐子顶上，隔月的捆起来堆在屋角。有人敢向他借钱借饭菜票，却没人敢向他借张报纸包包东西。因此当他主动提出要把报纸借给我，我怎能不受宠若惊呢？

从此以后，我三天两头到管俊那里去，去了很少看报，主要是聊天。和尚伯始终笑眯眯地在一旁用赞许的目光望着我，这使我越来越大胆。我还把洪流、“老精”也引去，后来“阿跷”也主动地参加了进来。王灵始终没有加入这串门的行列，但他不是对我们这样投靠坏分子有看法，而是他对任何串门都毫无兴趣。看到洪流、“老精”对着管俊就像在四号爷叔面前一样，我很快活。我越来越肯定我没有犯错误。倘若这是丧失阶级立场的话，不会这么多人一齐头脑发昏，尤其是洪流。管俊的那间小茅屋渐渐热闹起来，如今常常不是我一个人，而是两三个、三四个集体来串门，人多时还把和尚伯挤到别处串门去。“噜伯伯”露面越来越少，对此我毫不在意，他已经完成了他的历史作用。“噜伯伯”两年后入了党，派到一个新建连队去当了个第二把手。在我离开农场的第二年，他又调回老家来当了第一把手。直至听到那消息我才想起这个人，想起他一边像啉棒冰似的吸着烟屁股，一边隔着灰尘厚厚的近视镜片目醉神迷地望着管俊的样子。不知他当了第一把手后遇到仍戴着帽子的管俊又是怎么副神态。

后来我悟出，管俊乃是个最善于做广告的人。

他的名字就是个出色的广告，当然这也许要归功于他的父母。

这是个青春常在的名字。哪怕他到了七八十岁，光看名字不看人，你脑子里首先会浮现出一个风流倜傥的小生形象来。即使在大革命时代，革命群众也只能给你一顶纸糊的帽子，或者将你的名字颠来倒去打个红叉，却没法像雍正皇帝一样给谁赐个“阿其那（狗）”和“塞思黑（猪）”。但“管俊”这名字与他头上的帽子的鲜明对比，恰恰又构成了一种强烈的广告效果。广告也有雅俗之分，最像广告的广告是最俗的广告，而最雅的广告就是看上去一点也没有广告味。管俊他有这方面的天赋，他的天赋大到叫头上那顶帽子不仅奈何他不得，而且变成他吸引人的一样道具。他常常会在一些引人注目的场合，用语言或用动作向人显示：“你们看，我这个坏分子也这么干了……”他这种姿态往往比“歪嘴”声嘶力竭的吆喝更为有效。那顶曾叫多少英才变得人不像人，鬼不像鬼的帽子啊！管俊常年穿一套染成深藏青色的军便服，腿上打着绑带，一年四季有三季穿一双土黄色的翻毛军用大头牛皮鞋，咬着烟斗，处处提请你注意他曾经是个军人，但你又抓不住他的把柄。我问过他，你为什么扎绑腿？因为我看他扎绑腿非常的艰难。他的腰部肌肉据说由于干活劳损和戴帽后的刑伤已经结成了毫无感觉的死疙瘩。他也许不用担心到老年背会弓起来。他的腰将永远挺得笔直，一点也不能弯曲。他要弯腰拿东西必须用下蹲动作来替代。他是迄今为止我见到过的腰伤最严重的一个。他穿的大头皮鞋是抽掉鞋带的，但是他偏偏要扎绑腿。扎绑腿时他把一条腿搁在凳上，另一条腿弯曲，将身子降低，这样两手才能勉强地够到搁着的那条腿的脚踝。看他扎绑腿也许比他本人更吃力。我问他为了什么，他有滋有味地抽搐了一下嘴角——这是笑，然后说，你不扎过是不知道的；起初扎的时候两条腿胀得难受，后来扎惯了不扎也难受。我劝你也扎了试试，走路轻啊！接着他提出要送我一副绑腿布，我赶紧谢绝了。

同样，他的严重的腰肌劳损也被他巧妙地转换成了广告。他不能挑担，但遇到两个人扛百十来斤的东西，他那抢在前面的行动就非常引人注目。他有专门的铁锆与铁耙，竹柄与铁器头几乎成了直角。这样的铁锆，全要靠两臂的力量去挥舞；锄地时，右手要平举到与肩齐。我试用过他的工具，干五分钟就受不了。但他总是显出举重若轻的样子，这又是多么好的广告。在我们去插秧、拔水草时，他一个人扛着铁锆去锄棉花田，旱田活是多么令人神往，但没有人想到要嫉妒他。我们不会因为病痛而宽容同情一个人，因为我们都年轻力壮，没有真正尝到过病痛的滋味。我们小队还有个“牛鬼”，叫胡理卿，因为干吸精的勾当，一九六九年被戴上了地主分子的帽子。此人一眼就让人生厌，扭扭捏捏，死样怪气。小老头一个，还天天对着一面小圆镜梳头，出工时腰里总兜着块花袋布当围裙。有回挑稻，半途上别人不歇他歇下了，说是小肠气发了，第二天早上政治学习，我们把他狠狠批了一通，批得他以后小肠气不敢再乱发作。当时，从连队赤脚医生“江猪”手中能开到病假的病是发烧（平时38℃以上，大忙39℃以上）、菌痢、肠炎（上吐下泻或一天拉稀不少于五次）、外伤（大忙时必须够得上缝针与注射破伤风疫苗的条件）、心动过速（每分钟120次以上）、高血压（130／90）等等。“心动过速”与“高血压”能开到病假还因为“江猪”自己有这种病。因此，这两种病号还是历次农忙连队领导要求医务室从严掌握的对象。“江猪”也由于这一点越来越不被连队领导信任，终于找到个借口把他撤了。就我们的经验来说，这些官方承认的病所带来的痛苦，远不如牙齿痛、插秧的腰痛与开河的手臂酸痛。谁在插秧与开河热火朝天的当口甩出一张病假条来，会受到人们一致的发自心底的不满。管俊正是利用这种心理，不失时机地为自己大做广告。有一次开河，遇到流沙，他拿起一把锹就下到河底来。本来开河不要他使锹。他在平地上使锹还可以，两腿一蹲一蹲地动作也很快。但河底泥软，也让他这么一蹲一蹲，会把泥都踩烂了。但遇到流沙则又当别论。泥已烂透，而且要抢挖，人多多益善，所以他的加入很合人意。挖到后来，只听见他轻声地喊：

“帮帮忙，拉我一把。”我们回头一看，泥淖已经没到他的肚脐那儿。他嘴唇发紫，眼白发青。“老精”与“阿跷”两个大“模子”连忙去拔他。花了九牛二虎之力，溅得三个人头上脸上都是泥星子，才把他拔了出来。他稍回过神来，又拖着半截泥身子爬上岸坡去，拿着一只军用绿水壶又爬下来，一定要“老精”与“阿跷”喝两口壶里的烧酒。到这境地，谁也不能说这烧酒是糖衣炮弹。

他对我就不用烧酒，用报纸。

跟管俊往来多了，不由你不生出遗憾，要是他不是个坏分子该多好。我终于鼓足勇气触及他的那块冻疮疤。他既不回避，也不焦躁，而是一点一点地很有层次地分好几回把他的翻案言论灌输给我们。一方面满足了我们的好奇心，一方面又不让我们觉得他在鸣冤叫屈而生畏惧之心。他首先强调他的帽子是在“四清”后期带上的，而按有关中央文件这是资产阶级反动路线的产物。时间界限对一个人政治生命的重大意义，我们这一代人都有切身体验，因此最易接受。其次他说明给他戴帽是前任大队党支部书记迫害他，所以要迫害他是因为他揭发了那个支部书记及其亲属、亲信的贪污腐化问题。第三层次他宣扬自己的光荣历史。他一九四七年被国民党抓去当壮丁，开汽车，上海解放后就被整编到解放军炮兵部队，仍然开汽车。由于他技术超群，提升很快。一九五五年他就被选送到北京参加一部军事条令的编写工作，其中炮兵一节就是由他执笔撰写的。那时他住在新北京。新北京你们知道不知道？他眉飞色舞地说。我没到过北京，被他说得云里雾里。洪流、“老精”串联到过北京，也被他说得一愣一愣。他后来又调到教导团，负责军官的培训。经他培养出来的军官，现在有当师长、团长的。他报了五六个名字与他们的职务、部队番号，好像他昨天刚收到他们的来信。他那时的职务相当于副营长。他驾驶汽车的技术是超一流的。那时他考核学员的课目就是让他们驾着解放牌汽车在两条悬空的钢轨上开。有一年他带着十几辆卡车去运送救灾物资，道路都被水淹了，白茫茫一片泽国，分不清哪是公路哪是河。水没掉了汽车轮子，发动机一停就熄火。他驾驶头一辆车，全凭着感觉开道，随时都有前后轮腾空栽进河里的可能。说到这里，他双目炯炯，像开讲评话一样。他的眼睛长得很漂亮，双眼皮，极秀气，非常有神，就是有一点不好，眼珠子太喜欢骨碌碌地转。阿爷告诉我，目无定睛，这是很坏的相。说明其人心术不正，且没有好结果。但那时我并不相信这类话。第四层次，他解释一些他不得不解释的问题。他离开部队分配到国营农场来是因为盗卖仓库里的空汽油桶而被军事法庭判刑两年。他说他偷盗的目的本来只是为了退役。那时他一心想复员回家，但因为技术好，部队总不放，他一时头脑发热便出此下策。他的罪行里还有一条是与人通奸。他说，那女的是大队里有名的破鞋，三年困难时期一斤粮票就可以跟她睡一觉，他怎么会去勾搭这种女人？这是一个圈套，内中之复杂难以道清，反正欲加之罪，何患无词。他还有一条罪行是组织“海中地”歌咏团，唱黄色歌曲。他说，他没有组织什么歌咏团。只是因为他歌唱得好，一些复员军人与崇明人经常到他宿舍里来听他唱歌，后来大家又一起唱歌，有人开玩笑说我们这算是个歌咏团吧。至于“海中地”，也是一句玩笑话，说世界上有地中海，我们崇明岛是海中地，后来硬把两者扯在一起。所谓黄色歌曲，都是《外国名歌200首》里的。第五层次，他指出革命群众都是了解他、同情他、支持他的，只是敢怒不敢言，譬如四和尚。他本人从来没有低头认过罪，为此他吃了不少苦头。还有他的老婆坚决不肯跟他离婚，因为这点受到了劝其退党的处分。这最后一条对我特别有说服力。

于是我在心中就自说自话地替他平反了。不光是我，洪流、“老精”、“阿跷”，包括不参加串门的王灵，在对待管俊的态度上，我们是真正的完全一致。洪流甚至走得比我更远。在重新调整寝室的时候，他提出要管俊搬来跟我们一起住，对他的提议没有任何反对意见。值得回味的是，在我们与“沪东帮”的对立越来越明显的情况下，他们不敢在我们和管俊的关系上作任何文章。他们不敢不像是因为忌惮我们，倒像是因为怕管俊。他们还显出要讨好他、拉拢他的样子来。一个坏分子神气到这种地步，可以说是无愧于“牛鬼蛇神”的称号了。

管俊搬来了，一切像是水到渠成。现在关系理顺了，我们再不用像上课似的三天两头地到小茅屋去串门，他也自觉地日夜置于革命小将的严密监督之下，不再过那种世外桃源的生活。然而，我很快发现我忽略了一个很重要的问题：失去了串门的乐趣。现在管俊就睡在我的对面，两张铺之间只隔开一步路的走道，天天晚上我听着他咬盐炒豆似的磨牙声慢慢入睡。而今我跟他固然是更亲密了，但再也提不起串门时的那种兴奋。我预感到正在离开他。对这种感情变化我毫无经验，我因此而内疚、害怕。

于是我寻找新的串门对象。还是一间孤零零的小茅屋，还是跟和尚伯合住在一个屋顶下的不算单身的单身汉，这回的单身汉是古书记。

十四

管俊开始显露他的影响，这年夏天，我和洪流都赤膊了。

管俊本人并不赤膊，他穿一件汗背心，一条西装短裤。四肢大块裸露的肌肤晒得乌溜滴水像红木雕成似的，那副样子已够炫人眼目了。别的人，无论男女老少，无论白天黑夜，无论崇明土著上海知青，夏天都规规矩矩地穿长裤和长袖衣衫。倒不是出于文明的考虑，完全由自然因素决定，虽然反过来又显得很有文化积淀似的。这么穿，白天为了抵御毒辣的阳光；风掠过表皮的一阵快意远不能中和日晒经久的灼痛。夜里为了抵御成群结队的蚊子；农场的蚊子个不大，却蠢笨，吸起血来有股舍生忘死的劲头，隔着衣裤锥进针来常常执着地不肯拔走，宁可在巴掌下献出一腔热血。像我这样怕蚊子咬而蚊子又格外喜欢光顾的人，穿袜子不够还往往要套上高统农田靴。因此，管俊那油亮的肌肤对我不仅有审美价值，更有实用价值。他诱我去闻他那黑皮肤上散发出来的草木灰似的香味。他说蚊子闻到那芳香会躲开。只要不怕晒蜕三层皮，皮肤就会变得像软缎一样滑爽。雨点打在皮肤上像珍珠一样往下滚，寒气不能侵入到已经改变的毛孔里去。晚上睡在帐子里，静静的一滴汗也没有，在草席上滑打滑地实在是说不出的舒服。我被他说得心里痒痒的——外国人还专门到海滩上去晒日光浴呢！说到底这并不要花什么本钱，还能节约衣裤。想来想去，此举有百利而无一弊，那我为什么不实行呢？我一旦决定了做哪件事，就希望别人能刮目相看。我要比管俊做得更彻底。我赤膊，没有西装短裤，干脆单穿一条平脚裤。当我第一天几乎赤条条地走出寝室去，我感到男的女的许多道目光比阳光更为强烈地射向我那两颗小小的奶头，那两点上也特别地敏感，有点发硬发麻。管俊也在一边望着我不住地笑，笑里含意丰富。我担心两腿间的宝贝在众目睽睽之下会像奶头一样不老实，才一转念，它果然在空荡荡的平脚裤里似乎要蠢动起来。我连忙目空一切地转眼去望远方白晃晃的天际，赤脚“叭嗒叭嗒”地踏在泥地上，一会儿就遥遥领先地走到了出工队伍的最前头。因为曾有坚持用“痰盂”吃饭的先例，对我这次的出格行为，我与群众两方面都有较充分的心理准备，故而我没有受到舆论多大的压力。我觉得许多人是在等我心血退潮后再来嘲笑我，他们在期望我自己打退堂鼓，所以我坚持就是胜利。事情的发展果然一如我的估计。当我以挑战的姿态去迎接阳光，阳光也显得比平日要温和得多。不到一个钟点，我已觉得日光不再那么烫人，表皮温度似在一点点下降，我感到了风嬉弄着毫毛的体贴入微的惬意。但是当天晚上，晒焦的皮肤就起了反应，尤其是两肩与背部。那里的皮肤在持续地收缩，又在不断地减薄，结果薄得像一层纸，薄得近乎透明，又像舌头一样尝得出咸淡。这“舌头”在厚厚的一层盐壳上贪婪地舔着，盐分闪耀着星星点点地从万千毛孔里渗进来，直渗到血液里。我只有细细地体味着，我庆幸地感到这种灼痛越体味就变得越能忍受，而且慢慢地那里面还生出一丝丝甜津津的凉意来，就像吃咸橄榄。我辗转了半夜，终于在一种初战告捷的心满意足中跌入梦乡。第二天我还是赤膊平脚裤出工，洪流问我晒的滋味怎么样，他顺手从我背上掀下一条豆荚大小的蜕皮来。蜕皮是烟熏黄色，薄如蝉翼。我将它在手心里摊开卷拢。这跟卷一张纸不同，它尽管已脱离了我的身体，但与我的血肉有种亲切神秘的联系。在一星期里我就完成了三次蜕皮。我凑到手臂上闻闻，皮肤果然喷香。这香好像比管俊身上的香气更好闻，犹如刚出笼的馒头，又像沟渠边上草花香。这天晚上开全连大会，我有意试试这身换新的皮肤怕不怕蚊子，上身就只穿了件汗背心去。因为天热，会安排在食堂门前的空场上开。我坐在食堂檐下靠近电灯的地方。不时有一只只舞着两只大钳的蝼蛄从灯泡那里掉下来，“啪”地落在泥地上。每当蝼蛄落地，女生们都要抽搐一下身子，男的不好意思表露他们的惊恐，就厌恶地皱起眉头转开脸。惟有我很英勇地伸出脚去将它踩扁。后来我又玩出新花样。将蝼蛄捉到手里，很耐心地摘去它一只大钳，又摘去一只大钳，然后再将它的头摘下，看着虫豸的脑袋和躯壳由一丝乳白色的浆液牵连着分别在扭动，我感到很满足。蚊子果然不来叮我。我把一只只肢解的蝼蛄整整齐齐地摆列在我的脚跟前，像下棋似的。我沉浸在这个适度残酷的游戏里。我渐渐地忘了周围的人，也听不见古书记激动地在说些什么。我飞升起来，自由自在地在众人头上的夜气里飘浮。晚风激灵着皮肤，荡开一圈圈涟漪般的快感。蝼蛄的头在与躯干分离时发出轻轻的“卟”的一声，好像鱼在水面上吐泡。点点星光溅落在我周围，发出玐瑢之妙音。蚊蚋再也奈何我不得，众人的目光也不能来困扰我。我飞越霏霏淫雨，密密彤云，高空是一片碧澄的蓝天，阳光明艳地照耀着。这天临上床前，洪流突然问我，你这么晒真的没什么？我说，真的没什么。他大喝一声，好，明朝我也赤膊！他又动员“老精”赤膊。“老精”最后答允先穿件汗背心晒了试试。“阿跷”坚决反对我们这样作践自己的皮肤。“你们还嫌海风吹得不够黑？晒得像乌贼鱼一样哪能回上海去？人家不要问就晓得你是阿乡。”而我在洪流赤膊的那天，干脆把头上的草帽也甩了。

十多年后，我在一次旅游中即兴发表议论：“上海人出门，只要看到房屋、街道、集镇、人群，他的自信力就高涨。如果一个人在深山里，走半天只见树木，不见人影，他的自信心即刻消失得无影无踪。上海人对大自然没有亲切感，没有感情交流。上海人只属于城市。”这话立刻得到同行的人的一片喝彩，惟有我知道这是一份投降声明，一股莫大的悲哀袭上我的心头。

我曾经想全身心地去拥抱大自然——

我和洪流曾一次次地到大堤上去讨论这个题目。这个话题对我俩来说是一种秘密，这秘密才使我们同周围的人显出区别来。“燕雀安知鸿鹄之志”，哪怕“老精”听到我们的话也会在心中暗笑，洪流说，我们必须善于保护自己。他分析说，种种的神经过敏，看来极其自尊，实质出于自卑，根源在于我们对农场繁重的体力劳动不能适应。但弱者被环境所改造，强者则要改造环境，难道我们能甘心做个弱者吗？因此我们要利用我们思想上的优势，化被动为主动，去热爱、去拥抱大自然。洪流还自我检讨说，当初学校里的派仗搞得他心灰意懒，他一度只想读读书混混日子；现在他对当官搞政治还是不感兴趣，然而这种人生态度却是错误的。人生就是逆水行舟，不进则退。我们已经开始书写自己的历史了，青春年华过去了就不会再回来。“种瓜得瓜，种豆得豆”，如果连一个农民也当不好，还讲什么干一番轰轰烈烈的大事？每进行一次这样的谈话，我们的精神上就像洗了一个澡。因此，当我们觉得心里面世俗的污垢积得多了，就要到大堤上去重复一次这样的长谈。有一次，我们谈着走过我们小队在大堤靠河坡上的一小块玉米地，发现新苗已经破土而出，绿油油的。我蓦地欣喜万分。我跑过去蹲在一棵新苗前。前不久我们刚把金黄的玉米粒撒进地里，是七天前还是十天前我已经记不清了，但我还记得“歪嘴”跟在我们屁股后面吆喝着：“不要光图快，泥还𫔰盖没，雨一落要烂掉的。”然而眼前尖尖的叶子却一下子舒展开有两寸多长。从一粒小小的种子，到两片两寸多长的绿叶，真是不可思议，比变戏法还神奇。虽然我学过植物学，知道胚芽胚体，知道黑黑的泥土中有氮磷钾，知道种子生长的几个条件，但是，干巴巴的科学语言怎么能描绘、能穷尽这两片挺立在春风中的鲜嫩的绿叶。这两片绿叶像按在大地琴弦上的两根纤纤的玉葱，微微地一撩拨，一片悠远、活跃、无所不在的和鸣淹没了我，一派生机淹没了我。我用食指尖在叶片上轻轻按了按，叶片富有弹性，仿佛婴孩怕痒似的“格勒”扭动了一下。叶片上有一层短短的茸毛，阳光下闪着一层金色一层银色。我回头看了一眼洪流，他也正看着我，表情有些茫然。我想告诉他我为什么这样兴奋，但我说不出来，我甚至觉得很难为情。但同时，我又明白我这下是真的拥抱了大自然，而他没有。他提出要拥抱，但他却无动于衷。

以后，我又以更热烈的姿态去跟大自然拥抱了多次，包括赤膊。

但是——

我在大自然里最终还是水中的一粒沙子。可以一忽儿沉下，一忽儿泛起，却始终不能消融。我在大自然的眼中永远是粒沙子。尽管我千方百计地去讨好她，向她献媚，她有时也似乎向我现出粲然一笑，但只要我稍有些熏熏然骄纵之色，以为得到了她的青睐，她立刻给我恶狠狠的一瞥，让我领教她对我的满腹的仇视与鄙夷。

一九七〇年的冬天，我们到离队一个半小时路程的地方去开河。那天傍晚收工的时候，突然天降鹅毛大雪。我扛着一把锹，一副泥络担，一把塑料长柄勺，想抄近路走，谁知走到半途路被挖断了，出现了一条新河。也许是我走岔了道，我只得踅回来。黑天白雪，路上只有我孤零零的一个人。这天正巧遇到流沙，泥水一直陷到大腿根部，连里面的平脚裤也浸湿了。这水是从富有腐殖质的河泥里渗出来的，散发着一股焦臭。风刮在光光的脚杆上，尽管那上面糊着一层河泥，还是像刀割似的痛。平日几个人走在一起，说说话唱唱歌，漫漫长途还容易打发，此刻我实在没有兴致放开喉咙唱什么。我还从来没有这样地害怕孤独。远处的灯光仿佛永远也走不近了。我只能想。烧老虎灶的和尚伯一定会另外给我留一盆热水。开水规定每人每天配给一瓶，洗脸刷牙喝茶泡饭全靠它，但我总还能有些富裕。王灵有只煤油炉，今天回去晚了，我有理由把冷饭冷菜烧一烧，这样我反可以比平日吃得更为舒服。我浑浑噩噩地挨到一座独木桥前。从这儿到连队还有三里路，平日已可算胜利在望。我突然觉得浑身一点力气也没有，大脑指挥不了两腿，我再也没办法过桥去。桥面上的积雪已被踩成了滑溜溜的冰。我本来就怕走独木桥，怕过跳板，经过两年的锻炼已经克服了这种恐惧心理，这时我却比以前更怕。我看看桥下在夜色中泛出来泔水那样的灰白的河水，我想起阿娘说的合扑困要像父亲那样死在水里。我看见自己从桥上一滑栽下去，立刻昏厥，到第二天才在某处被发现，尸体外面包着一层冰壳，像睡在水晶棺材里。我侧过身子，像蟹那样横行着，用锹当拐杖，在桥面的冰上凿下一道又一道白森森的月牙印。挪步到桥中央时，我怕极了，真想跪下来，手脚并用爬过这剩下的半段桥。没人看见，我为什么不爬呢？但是，我没有跪下。尽管没人可能看见；尽管被人看见了，我这横移寸步的样子实在不比爬美观多少，但是我没有爬。过桥后，背上冰冷凝起了一层汗，我心里恨得要死——恨东伊人，恨我父亲，恨自己，恨稀里糊涂像一锅粥似的跟我作对的东西。我扛起锹，擦去眼角上不知何时渗出的酸泪，想想幸亏掉队，这副狼狈样只有天知地知与我知，这才有了继续挪步的力气。

还没推开寝室的门，一股浓郁的香气就钻进了我的鼻腔。王灵他们正在煤油炉上烧一条今天从河底冻土里掘出来的河鳗。王灵一见我就说："你落到哪里去了？食堂已经关门了，快去买点饭来。你吃福倒蛮好，我们烧了半天刚烧好。"我明白他是好心，而且他说话也总是这副腔调，但今天却怎么也觉得刺耳。我说："你们吃吧，我不要吃。""干啥？"他朝我眉毛往斜里一挑，"你是客气？不要心里想吃嘴上假客气，你闻闻这河鳗多香？不要以后说我们有好东西吃不叫你。"我知道他是以此炫耀他的得意，然而鼻根里却不听控制地有些酸汪汪。我连忙拿了碗筷去叩食堂的门。冷饭冷菜是不能热了，但我也坚决不去理睬他们的鳗肉。幸好"老精"给了我一封弟弟的来信。我可以边扒饭边看信，把我内心的恓惶掩饰过去。弟弟难得给我写信。他在信中说了两件事。一件是他下乡两个月就用金针使一个哑巴开口说话，因此他现在已是县积代会的代表。弟弟扎金针是跟我学的，我扎金针是下乡前专门到地段医院去实习了一个星期。但我到目前为止只敢在四肢多肉的穴位上扎，像膻中、中脘、肾俞、腰俞这些胸腹部夹脊处的穴位都不太敢碰，而他却敢去扎有性命进出的哑门穴，我不禁非常惭愧。真是胆大有官做，阿爷的眼光一点不错，我实在枉为“大阿哥”。另一件是他的一件草绿军便装被集体户的一个知青借穿去赶集，结果背上勾豁一个半尺长的大口子。那知青口称要赔，却迟迟不见掏钱出来。弟弟就找个机会在他的箱子里自取了一条涤棉长裤。这裤子在那边他不便穿，他想跟我换舅公的那件中山装。他在信上问我是直接邮寄交换，还是春节回家过年时换。我的心别别地跳了两下。这裤子是不是贼赃呢？对弟弟的这种大胆，我吃不准是该赞同还是该指责。按我一向信奉的准则是该反对的，但我已经知道我的那套准则是太迂了。弟弟的大胆既然已经使他当上了积代会代表，也许在另一件事上表现的大胆也正是一种识时务的反应。识时务者为俊杰。但这种作风我却永远学不来，我连想也不敢想。我想听听洪流的意见，犹豫了几下，结果还是没有找他。一个人总得有些事不该让人知道。我做不出这样的事，但我又何必要反对弟弟这样干，我又有什么资格在这样的事情上指导他？我发现我内心里实在很钦佩弟弟的勇气，甚至有点嫉妒他。他在作出这一决定时没有任何人可以商量，他也不想征求谁的意见，他想怎么干就怎么干了。他觉得以物易物，心安理得。是啊，做人为什么不能这样子做？完全按照我的本性去做，管别人怎么说！我自信我的本性不坏，那就没有必要遮遮盖盖，没有必要顾忌别人的议论，没有必要前怕狼后怕虎，没有必要活得那么拘谨，像刚才过独木桥似的。我把弟弟的信又从头看了一遍，寥寥数语，却看得出他充满着自信。胆大有官做，从此我何不放胆去做人？我觉得浑身一轻松，这也是胃里添加了食物的缘故。

但那裤子我还是不能要。只要一想起它的来历我肯定会感到不舒服的。我睡在床上又想到，给弟弟回信也不便提起这件事，这信万一落到别人手里不安全。我要他在荣誉面前格外谨慎，他是个鬼机灵，会理解我的弦外之音的。

十五

自从那一夜的彻悟后，我在人生舞台上的表演，就开始纳入斯坦尼斯拉夫斯基“体验派”的范畴。因此，当十多年后我忽然见到一个人以科克兰“表现派”信徒神采飞扬、潇洒豪放的姿态出现在我面前，我一时又乱了方寸。幸亏那时我离“不惑”已经不太远，所以乱也不过几条泥鳅掀起的微澜。

我是在据说落差世界第一的大龙湫瀑布下正式感到来自他的挑战的。

那天的大龙湫实在不够争气，隔夜还下了一场不大不小的雨，但仰起脸来，勉强才可以看见一股细流从半空中挂下来，不像龙，像带鱼。到下面已飘飘忽忽散作牛毛细雨般。没有什么宏大的水声，像李孝光在《大龙湫记》里说的：“或盘桓久不下，忽迸落如雷霆……渤渤如苍烟，乍小乍大，鸣渐壮急，水落潭上洼石，石被激射，反红如丹砂。”不知道是李先生过于妙笔生花，还是六百八十多年来自然地貌已发生无可挽回的改变。大龙湫还能让人感到它大的，是从瀑布下水潭里发出来的一股森然寒气。潭水清澈，似乎不深。潭中有两只狭长的竹筏，三角钱乘一次，供人到潭中兜一圈，可以到石壁上镂刻的字下用闪光灯拍几张照。去乘的人还不少，我们这一行作家都没有这份雅兴。我们就分散开来在潭边自由活动。一位女士从包里取出塑料雨披来套在身上，我觉得她极为英明。身上越来越冷，我真想离开水潭到那边亭子里去。但想到这辈子也许不会再来，又有点舍不得。那女士跟我一样心情。她性喜旅游，依照她的理论，风景无所谓好坏，关键在于体味。于是我们在潭边徘徊、体味，她套在雨披里，我两手插裤袋里。我忽然发觉不见老龙的身影。他是个很显眼的人，并不是衣着显眼，而是整个的人不知怎的就显眼。这时潭那边突发一阵呼声。有许多是来游玩的温州市的女中学生，温州话不好听，少女叫起来一样好听，云雀似的。呼声中，老龙精赤条条的，一身白肉在阴暗的山影里像日光灯一样的耀眼，叭嗒叭嗒往水边跑来。这老兄怎么搞的，四十五六的人了，也算是我们这一行中最年长的，怎么做事这么不考虑后果？别说出什么意外，就是有个头痛脑热，异乡客地的怎么办？但我知道这时再叫太陪衬了他，干脆不叫，看着他一步一步向潭中走去。我蓦地想起电影《秋瑾》里陈天华去蹈海，我好像才认识他。

认真回忆起来，在上海到温州的客轮上，我应该已有这样的感觉。老龙迪斯科跳得大汗淋漓，到盥洗室用冷水擦洗一下身子，回舱就用预备好的两个棉花球塞住耳朵，捧起一本英文书，坐到舷窗下，一个人咕噜咕噜猫打呼似的念。由于他跳迪斯科时那种跑步式的动作体现出来的认真与狂热，由于他高高的个子天然的卷发及弧线漂亮的瘪嘴，由于他的那条自行设计制造的前片、臀部及裤管上有七八个口袋的咸菜色灯芯绒直统裤，由于他作品中那种奇特的想象与浓得像血似的感情色彩，由于他的辞职去办公司又失败的传奇经历，我们这一行好歹也是作家的男男女女都想跟他随便聊聊。因此，他是不该这样拒人于千里之外的。他已经早过了按照严格的作息时间表来安排自己生活的学生时代，况且今天的学生也不再这么生活，而我们又在参观游览途中。

我问他，“听说你在搞自费留学？”

“嗯。”

“差不多了吧？”

“差不多了。”

“我看你真不容易。”

“没什么。”

“你也休息一下，放松放松。”

“这就是休息。两种活动交替，就是调剂。”

他又低下头去咕噜咕噜地念他的英文。

说起来，我跟老龙认识也有年头了。一九七八年，上海的一家文艺刊物召开作者座谈会，他那组贴在大学校园里的小说中有一篇为这家刊物选用，因此他也来了。我早听人转述过他的那组小说，对他桀骜不驯的想象力有很深的印象。开会间隙，我主动去找他，并请他当晚到我家吃了顿蛋炒饭，这样我们便成了朋友。我到他家去过几次，感触最强烈的自然是那扇开在地板上的门，关于它他已不止一次地在小说与散文里描写过。他的作品最后誊清在很薄的白纸上。所谓白纸指的是纸上没有方格或线格，并非说纸质一定很白。他在一张厚些也更白些的纸上用红色圆珠笔划上线格，誊抄时衬在那很薄的白纸下。我说我可以送他一些格子稿纸，他连忙说，不要，不要，我这样不是也很好吗？他说这话时特地操的普通话，像念话剧台词似的。这样，我觉得自己干了件冒犯别人自尊心的蠢事。那时，有一些翻译小说可看了，我已经知道有的外国人觉得受到别人的怜悯是一种耻辱，但对于中国人身上也有这种“外国脾气”的感性认识，第一个好像是他给我的。他誊清稿件后总不忘加上一句：“未经同意，不得删改。”我始终不敢像他那样去开罪编辑。我们相互看作品，提意见。我们一致认为，我们的目标是要使我们的作品今后能选进中小学课本里去，因为凡是选到教科书里去的文字都是最规范最精美的。我们彼此提意见都毫不留情。他说，他有许多病态的想象。看见鲜花插在玻璃瓶里，他就觉得那花的裸露在清水里的根部在滴血，这么一想，他浑身就会痛起来。他认为自己更适合写诗，诗就是病态。他也确实写过一些诗。也许他总以为自己的诗写得比小说好，就像爱因斯坦认为自己拉小提琴比研究物理更有天才。但是，我总感到他没有向我全部敞开心扉。他说他写那组小说是第一次写小说，而这之前他只读过一本小说《青春之歌》。这我始终不能相信。倘真是这样，则证明我写小说太没天赋了。但我这个人是爱才的。哪个有才华的人能成为我的朋友，我能为他才华的发挥帮上点忙，我就觉得很对得起自己了。我想，我不能让我的嫉妒心披上各种各样的外衣，来把我这点难能可贵的优点给毁了。他也很愿意拿作品来征求我的意见。他说我一直是那么的中庸、不偏激，这点对他很有帮助。后来他辞职去开公司了，我们就基本没了来往。关于他的趣闻轶事有时还能听到。譬如他穿着雪白的平脚裤在广州的大街上公然地走。譬如他这个分公司经理，与几个雇员一起，代表劳方，向总公司经理——跟他一起辞职去经商的作家朋友闹劳资矛盾。他天生是个新闻人物。当他在龙潭里沉浮时，我忽然悟到。

在灵岩，又差点爆出一条新闻——作家斗殴。我们乘摩托拖斗车到灵岩是下午两点，正赶上那里要开始表演什么空中飞人，票价自动上涨了三角。老龙火了，挺身上前，我们不要看你们什么鸟飞人不飞人的，我们是来看风景的！售票亭里三女一男，温州人操普通话也许有些困难，因此表达得乱七八糟。这飞人你们不看也得看。你们现在进去就是要看，你们怎么能不看！你们……那男青年说急了，推了他一把，说，你别耍流氓！什么？他把外衣一脱，露出里面紫红色的高领羊毛衫，你要打人吗？你耍流氓还是谁耍流氓？逼得那男青年躲进售票亭里，三个温州老阿姨惶惶然赶快把平价门票卖给我们。他昂然领头，我们这一行大摇大摆地往里去。到景点中心那个小小的庙宇前，只见廊下台阶上坐满站满了游客，一个个像癞蛤蟆似的向天上抬着脑袋，我这才明白“你们不看也得看”是什么意思。原来空中飞人就是在两座大山间走钢索。他显然也明白了，说，这样残酷的把戏，有什么好看？我连忙附和，说，对，把大自然的美都破坏了。我俩领着头急急地穿过那些没有审美情趣的芸芸众生，我们这一行人也都一个不落地跟着。这里关系到一个人的格调问题，谁也不含糊。空中响起了爆竹，我很想抬头看一下。我说，可笑！他若有所思地颔首赞同。我想我们这一行人中大概没有一个去看那“不可能不看”的空中飞人。但灵岩除了空中飞人，确实没什么可看，一刻钟不到我们就往外走。快到门口时，我悄悄地问在某大报当记者的女士，记者证是否带在身边。出门时，那三女一男漠无表情地望着我们。他们没把警察什么的叫来，我这才想起，售票亭里并没有电话，这是在雁荡山。

老龙不是不合群的人，也并非要把他的意志强加给团体。他对团体的热忱超过我们其余的任何一个人。在船上，有人提议到雁荡山最好能搞顿野餐，大家一致通过，并一致推举他为野餐的总管。老实说，我对野餐并不太热心。我没有野餐过，但想象得出准备的麻烦一定远胜过用餐的乐趣。在这方面我信奉老庄哲学，无为无不为，因此，我私心里还有点希望这件事黄了。后来我发现，把事情交给他，你想黄也黄不了。到温州有一个下午自由活动，他到晚上八点还没回旅馆。虽说事先并没有约定至迟几点回来，但天断黑了别人都回转了就是他不回转，总叫人怨声冲天的。八点半他出现了，背着鼓鼓的一个帆布行囊。里面都是野餐用品，从肉脯、大蒜酱，一直到瓷匙，应有尽有。他为买这些东西跑遍了温州的大街小巷。原先跟我一样嘴巴上凑凑热闹的男士女士们，也都认真起来，出谋献策。你无法嫉妒他在一个团体中迅速建立起来的威信。你觉得他的一举一动都像是在演戏，同时，你又觉得这感觉不太光彩。

在灵峰的观音洞里，我们每个人都抽了个签，有的还抽了两支，惟独他不抽。许多人还按正规的仪式，先磕头，然后拼命地摇签筒。我没磕头，就随手往签筒中抽出一支。我这样自有小算盘：如果抽得好签，我就承认，如果签不好，我就可以否认，因为我并没有照规定去抽。尽管这样，我承认自己还是犹豫了很久，而把手伸向签筒时胸口有些发闷。因此，我对老龙的不抽签十分敏感。他热心地为人解签语，又怂恿人去上香磕头，热心地帮着拍磕头照。我问他，你为什么不抽呢，你不信吗？他说，不，我很相信。因为我相信，所以我不敢抽。我不要知道我的命运，我怕它影响我的奋斗。在回来的船上，他给我念了一首英语短诗：

I do,and God judge.
But God's judge,
always before my doing.
我努力,上帝裁决。
但是上帝的裁决,
却总先于我的努力。

现在老龙到美国去了。虽然我没去过那里，但觉得美国是很适合他的。他这样子到美国也许就正常了。而中国还是十分适合我的。我越来越感到我离不得生我养我的中国。匡吉说得好：“所谓文化，就是让上帝看了生气，一脚把亚当与夏娃从伊甸园里踢出来的那块遮羞布。”谁戴上了属于他的那块遮羞布，他也属于了它，人只能跟他的遮羞布共存亡。

十六

古书记站在水泥打场的中央大喝一声。真理从他的口中喷出来，周围镶着一圈闪耀着七彩毫光的唾沫星子。

这天天气极好，阳光明媚，平展展的打场像面镜子，反出一片白糊糊的光。古书记身后的大堤上，一棵棵刺槐已抽出碧绿的嫩条。天空中弥漫着一片浅紫色的氤氲。多么恬静宜人的景色，这样的天气很适合打仗。一架铁灰色的轰炸机从这片紫气中钻出来，欢叫着撒下一串串银光闪闪的炸弹，催开一朵朵红艳艳的巨大的火牡丹，像在苏联的卫国战争的影片里一样。

古书记孤零零地站在泛着白光的水泥打场中心，像一堆指引投弹的篝火。

他的脑袋像个陶罐。

我突然发现这一点，不禁紧张起来。

从额头到耳根，他的皮肤是深赭色的油光锃亮，像涂了一层釉。颈部没有涂到釉，呈土黄色，且布满了一条条纵横交错渔网般的细纹。他的两颗眼珠在釉色的皮肤中特别的发亮，跟他的浅红色唇边的唾沫星子一样地闪闪发光。他的细长的曲线优美的希腊式鼻子，他的有点像鸟喙似的尖尖的嘴，他的秃顶与后脑勺上一圈很有风度的列宁式的天然卷曲的黑头发，都显示出一派刚健的美。他的一米六十的身躯从宽松的蓝卡其中山装里勃发出一股精悍之气。他整个地像是换了个人，如同一盆炒青菜加了一勺鲜红的川湘辣酱。他用最大的激情把真理喊出来，似乎为了拔高嗓门而踮了踮脚尖。凡真理的表述总是极为简明的——古书记站在水泥打场的中央大喝一声：“把黄连生押上来！”

黄连生者，“眼镜蛇”也。

那天我做了回十足道地的杞人。我为古书记攥了把汗，虽然那时我跟他还没有面对面地说过五分钟的话。这之前的一星期，“眼镜蛇”与他的小队里的一个知青吵架，抄起小鏵伤了对方的小臂，这以后也不见有什么动静。前一晚“眼镜蛇”又在我们寝室里露面。“老精”说：“你动刀动枪做啥？你又不是打不过他，弄得名气响咪啥意思？”“眼镜蛇”说：“这乌虫，我又不是存心去斩他，他会用手臂凑上来，也算我倒霉。”“老精”说：“这回你有点啰嗦的。”“眼镜蛇”说：“没啥，大不了赔点医药费。”“老精”说：“他一直病假下去开销也蛮厉害的。”“眼镜蛇”说：“他敢装死？我还管他病假工资？打相打，他也有责任。一只碗不响，两只碗叮当。我赔点医药费了不得了。”“老精”说：“医药费倒不用你赔，有公费医疗。”“眼镜蛇”说：“听说打相打的医药费不报销。”“开口笑”说：“你这乌虫，这事情不会介太平让你过去的。古秃头佝叽佝叽，你要当心点。”“古秃头怎么了？”“眼镜蛇”说，“他敢神智糊智，敲碎他的电灯泡！”

没想到古书记竟然叫“把黄连生押上来”。谁来押？“眼镜蛇”肯让人押吗？万一“眼镜蛇”发起野来，叫他手下的那帮兄弟一哄而上，闹出个劫法场来，保不定古书记的陶罐脑袋会开花。

在场的人未必都有我这样的忡忡忧心，但大家不约而同地转动脑袋寻找目标。“眼镜蛇”从人堆里站起来，仍穿着那件大翻领。与他同时站起的还有戴眼镜的“迷糊”与另一个戴眼镜的崇明会计阿炳。“眼镜蛇”的右嘴角耷拉着，肩膀也往右倾斜。他的神情似乎带着些讥嘲，站在他身后的两员押他的“四眼”也的确显得有些滑稽。他开步往前走，坐在水泥坪上的人们自觉地挪动屁股让出一条路来。我心稍安。看样子“眼镜蛇”事先已经知道有这一出戏，也许古书记已私下同他达成默契。我又转而吃不准“眼镜蛇”，他怎么就轻易地同意与古书记妥协？他昨晚的豪言壮语是怎么回事？

“眼镜蛇”站到空地上，岔开着腿。古书记喝道：“站好！”他斜睨了古书记一眼，依然故我。“站好！”古书记更严厉地喊道，“老实点，头低下！”我看见“眼镜蛇”的脸膛开始发紫，像是没有默契？！“迷糊”上前去用脚敲敲他的腿，又去压他的头颅。“眼镜蛇”的头颈像装了弹簧，压下去弹起来，又压下去又弹起来。我心里紧张，直想喊，马马虎虎吧，当心翻船，当心！我也真佩服“迷糊”，他怎么就敢往太岁头上动土。“你还不老实！”古书记的脸也涨成茄皮色，把喉咙提到最高限度，像公鸡打鸣似的，“把他扎起来！”我真正地吃了一惊，脑袋里立刻什么想法也没有了。“迷糊”与阿炳上去扭“眼镜蛇”的胳膊。“眼镜蛇”足蹲马步，两臂运足劲，如弓形，就是不让扭。“迷糊”与阿炳拉扯着他的两条胳膊，将他拨来拨去，弄得自己的眼镜架在鼻梁上滑上滑下。古书记在一旁背剪着手，一副超然物外的样子，把没什么弧度的肚子往外腆出；只是脑袋不时地转来转去，像只蹲在秋千架上的鹦鹉。

又有两个人跳了出来，都是崇明汉子，一个是民兵连副老宋，一个是下台的原队革会三把手老龚。他们一脸正气，替下了文质彬彬的“迷糊”与阿炳。老宋上去就往“眼镜蛇”背上一掌：“老实点！”老龚跟着给了一个响亮的头拓。这两位我都曾看见笑嘻嘻地让“眼镜蛇”撸过脑壳。我估计“眼镜蛇”此时肯定会振臂一呼：“弟兄们，造反有理！”我右手撑地，准备一乱赶快跳起。“眼镜蛇”没喊，他只相信自己的膂力。但他的两条胳膊毕竟敌不过四只握锹的大手，眼看着三下五除二地被背剪过去，然后由一根麻绳给捆紧。抽绳时，“眼镜蛇”“喔唷”叫了一声。老宋问：“还老实不老实？”老龚笑着说：“乌虫，越犟末越紧呀。”“眼镜蛇”低声说：“操那，松一点！”老宋喝道：“站好，头低下去！”然后在绳结处摸弄了一下。这时，“迷糊”领头喊起口号来：“黄连生不老实就叫他灭亡！”“无产阶级专政万岁！”我听见前两排蒯虎的声音特别响，嗡咙嗡咙像对着一只甏在叫，有点兴高采烈似的。我像做了一场梦。

那天以后，我渐渐领悟到，古书记就是那真理的化身。

平时，他就如我第一天见到的——一个不起眼的老农。他的不起眼不仅仅在于他的外表，特别地由于他的生性。他像一个农村小姑娘那样的怕羞，那样的农村小姑娘还得是没有到上海来做过卖蛋生意的。看一个小老头子（其实那时他才四十出头）跟你没说几句就脸红耳热起来，你不禁觉得自己也非得跟着不好意思不可。他尽量地避开人，从不到知青的宿舍来深入深入，也难得到崇明老职工家里去坐坐。从知青的宿舍那里经过，他总是习惯地伛下身子。他个子本来不高，再一伛，脑袋就在窗台之下。有次某知青要找他，看他远远地朝这边来，就坐在宿舍门口等，可一转眼，他已经老鼠似的从后面窗台下溜过去了。万不得已要找个知青干部商量工作，他总是站在宿舍门口往里急急地一招手，然后两手插在裤袋里，一副“此地无银三百两”的神情，企鹅似的迈开大步，目不斜视地往自己的茅屋赶去，让被召者跟在后面紧追。他一直住在宅区东首一间孤零零的茅屋里，与整个宅区隔开一条灌渠。本来在他这间茅屋的前面还有两排茅屋，比他的居室要高大宽敞，住着几个崇明单身汉与社会青年小家户。后来让火烧了一排屋，又拆迁了一排屋，只剩下他那间茅屋硕果仅存地矗立着，直到我离开农场。四年里有三年半我是这间茅屋的惟一的常客。一次偶然的机会，他让我感到他很喜欢听我说东道西，而那个时候我就像两千多年前的孟老夫子一样，最需要有人耐心虚心地听取我的高见，何况这个人是连队的第一把手。我隔三间五地到他的茅屋里去，一谈就是两三个小时。他是单身一人在农场，妻儿都在公社里。我上他那儿去一点也没觉得自己是去拍马屁。两人相对时，他让我感到我们完全是朋友。两三个钟点里，他很少插言。他的目光像条清澈见底的小河，我的思绪像蝌蚪，在那里游过来游过去，摇头摆尾，自由自在。我记不得在成百上千个钟点里我向那老头说了些什么，但他喜欢听，不嫌烦是肯定的。从我的角度看，他决不是个生性孤僻的人。但是，像我这样跟他交往那么多的知青又有几个？所以，他在一般人的眼里就显得很古怪。他到开会发言时总会一下子判若两人。临发言前，他还坐在小凳子上，双手紧夹住两腿，膝盖并拢，胸口磕在膝盖上，眼睛一动不动地盯着鞋尖看，样子像在胃气痛。一听到“古书记发言”，他蓦地站起身来，拉一拉衣襟，像公鸡抖一抖羽毛。眼看着他的精神面貌像气球一样越吹越大。他开始捏着一本工作手册看，后来工作手册成为他手中挥舞的一面小旗。他说得声嘶力竭，唾沫横飞。他说得眼白发蓝，秃顶上热气蒸腾。连队里没有麦克风，他的声音却能传到二百多平方米的每一个角落里。连队里开会，人们习惯贴墙坐，往角落里挤。有人打比方说，就像养在陶钵里的螺蛳，自然而然地都吸附在钵壁上。古书记吼出来的报告很具有威慑力，嘈嘈杂杂的人声一点点地在他的声音的压力下静下来。这种奇异的现象，慢慢地人们也就习以为常，熟视无睹了。

真理往往就隐藏在熟视无睹的事物背后，就像那只从树上掉下来的了不起的苹果。

开完会后，“眼镜蛇”便由场里派来的卡车接去游街，然后送到场集训班去。后来才知道这是刮第一次“红色台风”，崇明岛比市区晚了两天。半年后，我参加了另一次游街，当然我是押人的，被押的却是“阿跷”。他犯的也是持刀行凶罪。那天有个外队的朋友来访他，他招待喝了点老白酒，然后两人红光满面地去逛大堤。在大堤上与河对岸“五七”二连的三个人肩膀擦了一下。大堤那么宽，可以并排开六七辆拖拉机，他们这两伙人竟会肩膀跟肩膀擦着，于是问题就严重了。那三个都是“眼镜蛇”一流的人物，对仨打俩的游戏兴趣盎然，立时叫“阿跷”的左眼发青，又叫他朋友把老白酒变成血从鼻子里淌出来。“阿跷”退下来时，照例喊道：“有种的等着！”那三人一阵狂笑加恶骂，一点台阶也不给。也许“阿跷”是多喝了一点酒，也许这个朋友同他特别要好，反正这回他是失常了。他当着朋友的面开箱子取出一把包着油纸的新菜刀，这是他妈让他带下来改善伙食的，他还没机会启用过。我那时坐在帐子里看书，听见他们在靠门口的地方窸窸窣窣，又压低声音说什么要与不要，还以为“阿跷”要送他朋友什么东西，没去留意。后来听见门“砰”地一响，我隔着帐子望出去，“阿跷”和他朋友都不见了。寝室里没有其他的人，王灵回上海休假去了，洪流和“老精”都出去串门了。我又看书。看了才几行，“老精”闯进门来，大叫“阿花，阿花”。我撩起帐子问干什么，“老精”说，“阿跷”拿着菜刀冲出去了你知道不知道？我一看，“阿跷”的朋友战栗着站在“老精”的身后。我连忙套上裤子起来，与“老精”一起去找洪流。洪流正在管俊的小茅屋里看报聊天，听到这情况脸色大变，跺脚道：“你们怎么不赶快追上去拉他回来？事情都给你们耽误了。”他说着就要走，管俊叫住说，事情要出现在已经出了，“五七”二连一帮社青是很野的，你们现在去找要多叫些人一起去，最好能叫个把连队干部去。洪流说，万一没什么事情，这样兴师动众影响不好，对“阿跷”不好。管俊说，你听我这句话不会错。果然管俊的话不错，等我们跑上大堤，局面已经不堪收拾，幸亏我们叫上了“白腊克”。据后来“阿跷”的交代，他一个人高举着菜刀冲上大堤，那三个果然气概不凡地等着。他老远呐喊着冲过去，那三人也不跑，站成三角鼎立之势，看样子准备夺刀。“阿跷”到这时不发疯也得发疯，举刀狠命向最近的一个脑瓜上砍去。居然一刀就着，像剖西瓜似的“卟”的一声。那三人见血拔腿就逃。“阿跷”追上去。据说他最初只是想去拔出那把刀，拔出刀后因为惯性又稀里糊涂追了一阵。后来那两个没伤着的逃得不见了踪影，受伤的捂着脑袋跌跌撞撞样子很惨，他突然惊醒，拨过身子往回走。一路上他只想着自己闯祸了，看着手上袖口上鲜红的血，思索着怎么把这些血处理掉。他正蹲在大堤脚下菜园旁边的水沟里洗手洗刀，那边七八条汉子手持扁担赶到，一下把他打倒在地。我们还算到得及时，“白腊克”哇哇大叫：“我是连队干部，我是连队干部！”总算把“阿跷”救了下来。但已经惨不忍睹，脸盘肿得像铜锣。搀到医务室里脱开验伤，满身都是乌青。他躺在床上白昼黑夜哼唧了几天，连拉屎撒尿憋口气都痛得不行。躺了五天他就硬撑着起来出工。挑担打锹都不行，洪流安排他跟管俊一起到棉花田去锄苗，也让他有机会表示一下戴罪立功的决心。这些日子除了他忍不住的呻吟，再也听不见他说话。我们也怕跟他交谈。倒不是他犯了错误就躲开他，我觉得不好意思。安慰他也不好意思，指责他当然更不好意思。事发半月后，洪流来对我说要写篇批判稿，明天要开“阿跷”的批判会。我说，这批判稿叫我怎么写？他说，你动动脑筋还会写不出吗？你就批“自由主义”、“江湖义气”，或者别的什么，反正这批判稿由我们朋友来写对他有好处。我为这批判稿煞费苦心了大半夜，我感受得到“阿跷”在我的下铺卷在被筒里翻来翻去。但尽管我的发言竭尽虚张声势、避重就轻之能事，“阿跷”还是被五花大绑了送去游街。他正赶上了又一次“红色台风”。他的罪行比“眼镜蛇”严重。“眼镜蛇”是随手抄起小鐸，他是从箱底翻出事先准备着的凶器。因此，“眼镜蛇”送场集训班，群众专政;他送县看守所，无产阶级专政。不过据“眼镜蛇”说，集训班比看守所要难熬得多。看守所里毕竟有政策。俗话说，阎王好见，小鬼难过。

那天我们是六个人押他一个。“白腊克”，我，还有四个连队治保组的。“白腊克”让我去，也许一来因为我已是连队大批判组的成员，正在他麾下效力，他让我出去见见世面，就像今天领导照顾某人出国似的；二来他刚调来我们小队蹲点不久，表示“阿跷”事件不会影响我们之间的友好关系。“阿跷”除了五花大绑，脖子上还挂着块大木牌，是临时借用食堂写菜单的小黑板。木牌从敞篷车车斗前的挡板上挂出去，挂在司机室的旁侧。“阿跷”的脑袋几乎磕在前挡板上。他的头乖乖地低着，车到公路边某连队住宿区前停下时，又被人揪住头发仰起脸来亮相，我们就跟着振臂高呼口号。一辆车上两个罪犯，每个罪犯身后站两个押解的，我们连由四个治保组的轮流。“白腊克”和我开始也一起站在车斗里。车开两分钟，发觉这威风凛凛的滋味并不好受，“白腊克”一屁股席地而坐，我也跟着坐下。我不由得想，换了我这样被游一次街，不知以后怎么活法。站在“阿跷”背后的治保组副组长“小毛头”突然叫起来：“干什么？老实点！”“阿跷”轻声说：“手麻。”“麻什么？老实点！”“白腊克”说：“给他松一松。”“小毛头”不解地扭过头来。“白腊克”接着说：“扎得太紧，血液长期不流通，手要残废的。”我一下子对“白腊克”生出百倍好感。

卡车沿公路在全场绕了一圈，然后直开南门港。县看守所是座不起眼的灰砖房，两道黑漆大门紧闭着，人从旁侧的小门进出。进门就是个小间，角上有个银行柜台似的登记处。犯人在这里松绑，掏出口袋里所有的东西，然后在逮捕证上签名。“阿跷”笔也捏不住，“白腊克”捧起他的胳膊搓了一阵。分手前，“白腊克”对“阿跷”说：“我们回去了。你在这里好好改造，好好认罪，争取早点出来。”他说时充满温情，就像是“阿跷”的兄长。“阿跷”抽了两下鼻子。我鼻根也有点酸。这话应该是我说的。但我不知道允许不允许说以及该怎么说，我甚至没有想到临别时要说几句，我感到很对不起“阿跷”，又非常感激“白腊克”。但既然“白腊克”已经说了，我就不好意思附和着重复一遍。加上我鼻根酸得厉害起来，我赶紧从小门那里溜出看守所。我看着外面灰不溜秋的天空，生出一种类似感恩的心情。那辆已被取下车斗两边红色横幅的卡车，停在街对面像只赤膊鸡。转角上有两个老头在下棋。一个拼命撸着像电灯泡似的光脑袋，一个悠悠地把炒蚕豆的壳吐出来让脚边的两只母鸡去啄掉。

因为那天“眼镜蛇”游街我没跟去，所以好长时间我总担心他回来后要报仇、闹事。“老精”与蒯虎、“霍乱”、“太平洋”等也都认为这小子不会善罢甘休的。我听着他们的议论真有点提心吊胆。我已经提高了认识。“眼镜蛇”是不是被打翻在地再踏上一只脚，对我的关系比对古书记更大。

三个月后，“眼镜蛇”回来了，皮色白了许多，据说是饿与少见阳光的缘故。回来后他绝少到我们寝室里来。有一回探头进来，见蒯虎和“霍乱”都不在，就缩头要走，被“老精”看见了叫住。“老精”给他一支烟，他坐下两腿还胝得那么开，只是两臂收紧了，紧夹着身子，像练“扑克辛”似的。“老精”问他集训班里的遭遇，他只苦笑笑。“老精”说：“吃一亏，长一智，以后你要耐气些。大丈夫能屈能伸，龙门要跳，狗洞会钻。有些事你就眼开眼闭。”“眼镜蛇”把千言万语并成一句“操那”，再不多说。“老精”又好意劝慰了他一阵。临走时，“眼镜蛇”似乎有些感动，说：“我‘眼镜蛇’哪能，对哦？啥人对我哪能，我对啥人哪能，对哦？有数，你们以后有事情尽管叫我。我掼句话在此地，尽管叫我，有数！”他走后，“老精”笑着说：“喏，一烙铁烫平！”我一下子深深体会到了一种比拳头更厉害的力量。

此后不久，我就参加了连队新成立的大批判组。从那时起，别人就是叫“小四眼”腔调也不同了。

十七

我在参加连队大批判组的第二次活动时，就得到了“歪嘴”要出事的内部情报。

大批判组连“白腊克”在内只有五个人，“白腊克”有点把我们当他的嫡系部队看待，因此说话比较放开。他在总结第一期专栏贴出后的反应说，我们的文章威力很大，一针见血，触到了有问题的人的心筋。他特别提到，有人看见“歪嘴”晚上一个人在食堂里看那篇批判认干亲的文章。我听了心里一怔。那篇文章是“白腊克”亲自执笔写的，由我抄在白报纸上，我抄的时候并没意识到文章是有具体指向的。经“白腊克”一提，我才想到“歪嘴”认了个同姓的上海社会青年做妹妹。听“白腊克”那有点兴高采烈的口气，好像问题还不止是文章所批判的“阶级斗争熄灭论”与“人性论”。我开完会就连忙找洪流商量。“歪嘴”这个崇明人是洪流确定的重点统战对象之一。“歪嘴”总的来说对我们还不错，在我们与“沪东帮”的矛盾中旗帜较为鲜明地站在我们一边，洪流当政治小队长也是他提名的。他要是真出了纰漏，对我们不会没有影响。洪流同意我的忧虑，但他说，“歪嘴”要是真有问题，你要救也救不了他。再说，这也是他自作自受。我们同他的关系跟我同你的关系不一样。我们跟他本质上是相互利用，他利用我们，我们利用他。我们犯不着为他去冒什么风险。他这个人精得很。一个富农子弟，只有廿七岁就有了个四岁的儿子，还能当生产小队长，没有点噱头是办不到的。这种人你好心去帮他，他说不定根据需要反过来先把你卖出去。这样的苦头，我在运动中吃过多了。我说，那我们就随它去？洪流说，不，我们要想好对策。凡事预则立，不预则废。你要抓紧跟“白腊克”搞好关系。你请他到我们寝室里来玩，看他有什么反应。

于是，第二天我就去请“白腊克”，我这人做事一向性急。“白腊克”倒是一请便到。这天晚上，他跟洪流坐在寝室的中央举行秘密会谈，其余的人都回避了，包括我。（那时蒯虎与“霍乱”都参军走了，床铺又在“老精”的推动下重新布局。新的摆法是将四张双人铺两两拼起横摆，这样遮住了门口与窗口两边人的视线，在中间的那块用两边帐子拦出的空间里吃饭、擦身、商量什么事情都很隐蔽。）两个小时后我们回来，看见当烟灰缸的搪瓷碗里有六七个烟蒂，我就知道事情成了。我在第一期专栏里写了篇从思想革命化角度分析青年吸烟危害性的文章，“白腊克”大为赞赏。因为这文章很难做通，毛主席有好几张像片是指间夹着香烟的。如今洪流能叫“白腊克”一起吞云吐雾，说明他已经成功地叫“白腊克”把一本正经的连队干部的外套给脱下来了。果然，洪流很高兴地对我说，他们是一拍即合，一见如故。他已经听出，“白腊克”跟“迷糊”及他们交通中学的同学有些小疙瘩，迫切希望开创新局面，这跟他原先的估计差不多。于是，他邀请“白腊克”如果可能的话，到我们小队来蹲点，“望庐中学”保证全力支持他。

这次谈话后的第三天，“歪嘴”就到连部自首，交代他同那女青年已超越了兄妹关系。“歪嘴”果然噱头不错，这样严重的问题，处理结果却仅是撤掉小队长职务，调出去烧窑。“歪嘴”被免职后一个星期，“白腊克”就到我们小队来蹲点了。

尽管洪流早就充分估计到“沪东帮”会有所动作，但当“白腊克”来对他说“沪东帮”提出要开团结会议跟我们交换意见时，他的内心还是有点紧张。他的内心紧张从他动员王灵等人去开会时的恶狠狠的眼神里透露出来。那眼神叫我想起他一个人在寒风中咬紧牙关端着簸箕来回跑的情形。那时，“沪东帮”的四员大将已从我们寝室的门前经过往新任生产小队长顾阿香家里去了。洪流叫王灵去，王灵坚决不答应。洪流说，怎么这么不上台面？王灵说，对，我就是不上台面。洪流说，这是缺点，你要改。王灵说，我知道这是缺点，但要改总得慢慢来是不是？洪流说，你去锻炼锻炼不好吗？就去坐坐，见见世面。王灵说，“阿花”，一个人能力有大小，才能跟才能不同，对不对？要讲话的地方你去，要出力的时候我来。洪流笑了笑，你是说我只会讲不会做吗？王灵脸红了，说话结巴起来，说，你怎么这么说，这么说？我没这么说。你要这样理解，我没办法，我没办法。“老精”去拉“阿跷”，“阿跷”一屁股坐在床上，两腿并拢像炮筒似的笔直翘起，双手乱摇。洪流又问“小胡子”，你去吗？“小胡子”说，算了，你们三个人去够了。又不是去打架，人多人少有什么关系？我觉得洪流如果再请“小胡子”一下，“小胡子”是会跟去的。但洪流气冲冲地说，都是不上台面的家伙！说完他又匆匆咧嘴补上一笑，也不管他们看没看清，叫着“老精”与我出了门。

会议除了双方七个人，还有“白腊克”与顾阿香，把一间小茅屋塞得满满的。顾阿香已经把三岁的女儿早早安排睡下。也许事先严厉地吓唬过她，那小女孩躺在被窝里一动不动，只是会开到一半她抽抽泣泣地哭了起来，一问是小便憋急了。开这样的会照例该有片刻冷场，这回却省略了。“白脸”颇为主动地第一个发言。他说听到外面传说“沪东中学”与“望庐中学”有矛盾，觉得很惊讶。我们之间并没有什么矛盾，我们对“望庐中学”没有什么意见，“望庐中学”如果对我们有意见可以摆到桌面上来谈。我们应该加强团结。他定下了调子，他的几个同伴也跟着这样说，看来他们有充分的准备。他们都发言后，才出现了冷场。洪流不做声，两手插在裤袋里，耸起肩膀，低头专注地研究着本色的桌面上一条条一圈圈黑色的木纹。我以为他还在为刚才的事生气。事后他告诉我，开会时他突然意识到，他的身份是政治小队长，他不能以“望庐中学”一员的身份发言，否则就会中了“沪东帮”的圈套。他们可能进而以两派要团结摆平为理由，提出分享小队的权力。在学校大联合成立革委会的两派谈判中，他积累了这方面的丰富的斗争经验。但我们无法跟上他的复杂迅捷的思维，我们还等着他也定个音随后跟着唱。洪流坚持不开口，担子自然落到“老精”的肩头。他是正宗的“望庐”，我是非正宗的。“老精”终于不得不开口了，但他越说我心里越犯愁。没想到他口才有那么好，毛主席语录被他引了一条又一条，融会贯通，像捏橡皮泥似的捏成了又掰开，掰开了又捏在一起，翻来覆去，能用的差不多都被他用完了，也不留下几条照顾我用。要是他发言完了洪流还不开口，叫我怎么办？

“沪东帮”没有提到实质性问题，“老精”也没有。我们跟“沪东帮”的矛盾由来已久，是一点点积累到今天双方都心照不宣的地步的。我清楚地记得，第一年冬天开明沟的那天，洪流已英明地预见到，我们跟他们的矛盾今后将会上升为主要矛盾。那天是零下五度，“歪嘴”已经挽起裤管赤脚下沟了，崇明老职工“张聋聋”与和尚伯也赤脚下去了。“歪嘴”在沟底叫：“不要等了，等啥呢？早点下来做做好么回去了。开头冷，牙齿咬一咬就不冷了。挨又挨不过的。这点活这许多人快煞的。下来呀，咬咬牙。”“张聋聋”一脸的讥讽，“刷刷”几锹，起出一块泥，“叭”地甩到沟沿上，然后拄着锹对着我们看。沪东中学那几个说：“开玩笑了，今朝是什么气温，不能明朝吗？”“今朝明朝一样冷的，”“歪嘴”说，“朝后去天还有得冷呢！”“到明年开春再干嘛。”“开春有开春的活，春天一到田里就来不及了，水利都是冬天干的。”“‘歪嘴’，你把我们弄出毛病来要负责的，”剃板刷头的小阮说，“毛主席把知识青年交到农村来，你们贫下中农要爱护的。我们是祖国的花朵啊！”“瞎话喏！”“歪嘴”说，“我们大家不是一样的人吗？我好做，你为啥不好做？你要出毛病，我也要出毛病。”“我们怎么跟你一样呢？”“白脸”说，“你是从小赤脚惯的，我们是从小穿鞋子的。这要有个过程。”小阮说：“今天干这样的活，你应该带瓶烧酒来，让大家喝一口活活血。”“歪嘴”说：“不要开玩笑了。快点下来吧。动动手身上脚上就热了。我们站在下面冷死了，不要等了。”小阮说：“我今天休息一天，回去了。”“歪嘴”连忙大叫：“不可以回去！”“我休假不可以吗？”“休假也要批假条，否则算旷工。”“喏喏，”小阮说，“弄弄又要一本正经了，又要把‘再教育’面孔摆出来了。”洪流这时对我们说：“下去吧。”他蹲下身子去挽裤管，我也硬着头皮跟着脱鞋袜。当赤脚沾到了泥地，那“烫”的滋味实在无法形容。我一瘸一拐地挪到沟边，小心翼翼地向沟坡探出脚去。我听见芦根荆棘在脚底下“啪啪”地爆裂折断，我一点也没觉得痛。芦根荆棘擦在小腿肚上甚至有些痒痒的。我胆子大起来。我不再择处落脚。我很快地冲到沟底。只听见“劈劈啪啪”的一片声响，像放爆竹一样。洪流、“老精”、王灵、“阿跷”、“小胡子”等都下来了，沪东中学的也只能赤了脚下沟来。这天收工回来，洪流就对“老精”和我说，今天我们是迫不得已表明态度了。“沪东帮”一向没把我们放在眼里，从今以后他们会盯住我们的，我们也要早作准备。“沪东帮”这个词就是从那天起在我们中间开始使用的。但是这一切显然不宜在这样的场合说。这是底牌。

“老精”说了十来分钟，终于告一段落。洪流还是固执地盯着桌面，神情严肃得像便秘似的，非我发言不可了。我很绝望。因为我还非得把“老精”比下去不可，我是连队大批判组的！我只能一边说一边想：“无产阶级革命派之间的大团结、大联合是非常必要的，‘九大’就是一个团结的大会、胜利的大会。但是，我们讲团结不是无原则的团结，不是和稀泥。我们应该在毛泽东思想的基础上团结起来……”

没想到，会议结束后，“白腊克”与洪流对我的发言反应非常热烈。“没想到，没想到，”“白腊克”说，“‘小四眼’这么会说，一下子点到了要害上。我看这下他们闷掉了！”“白腊克”为了表示他的兴奋，还上身躺倒，两脚跷起，在床上翻了半个后滚翻。洪流也笑得合不拢嘴，跟开会前判若两人。他后来对我说，他原来对形势的估计是比较悲观的。作出这样的估计，并不是因为觉得“沪东帮”的实力比我们强。洪流从来就没有承认过沪东中学那几个有什么了不起，高中生未见得一定比初中生高明在什么地方。但是，当时连队的大形势是高中生撑市面，高中生压制初中生。“白腊克”虽然表示倾向我们，但我们跟他毕竟是新交，而他又比“歪嘴”的城府要深得多。况且他还有那帮交通中学的同学，要是他们同情沪东中学，他不能完全不听他们的意见。“沪东帮”在这个时机提出团结问题，也有把我们跟“歪嘴”扯在一起的意思，暗示我们是由“歪嘴”捧出来的。总之，洪流原估计我们还处在战略防御阶段。在这阶段过早地暴露实力进行决战，是一件很危险的事。没想到我们赢得那么漂亮，而这胜利的得来却是因为我瞎猫捉死老鼠似的一锤定音。从“白腊克”在我们寝室里拍手拍脚、无所顾忌得有些夸张的样子看，他是决心绑在我们的战车上了。

那次会议后，洪流宣布进入战略相持阶段。可是只相持了几个月，我们来不及意识到战略反攻，“沪东帮”已经跟顾阿香一起支援新队去了。到那边没半年，“白脸”就当上了连副。消息传来，我们又是得意又有些后怕。不过后来我跟他们偶然相遇，彼此倒很热络。我想这大概就是“费厄泼赖”。

解决了“沪东帮”这个主要矛盾后，洪流与“白腊克”的关系迅速热火起来，热火到使我也不禁暗暗生了些醋意。这天晚上，我从古书记的小茅屋里回来，约摸九点了，这在农场已经很晚，洪流与“白腊克”还坐在他的铺上喝酒。洪流睡上铺，帐子下着。王灵与“阿跷”已经睡下，“老精”正在飞针走线地补一件外衣。我过去撩了一下帐门。我看见两双腿盘坐着，中间隔着一幢叠起的被子，被子上铺块木板，板上放着碗盏。我撩了一下就放下帐门，听见洪流在里面问：“你回来了？”又听见“白腊克”说：“哟，不早了，我要走了。”洪流说：“急什么，再喝一会儿，尽兴，尽兴。”“白腊克”说：“我今天喝得很高兴。我从来没喝过那么多酒。下回，下次有机会。”“白腊克”与洪流一先一后从帐门里钻出来。洪流下地后，看我在解鞋带，就说：“你这么早就睡了？”说完，他送“白腊克”出门去。我把解开的鞋带又结起，坐在“老精”旁边等他。一会儿，洪流回来了，脸上油光光、红彤彤的，像涂了胭脂。我问他：“有什么事吗？”他说：“没什么事。我喝得多了，头有点晕，你陪我到外面去逛逛吧。”我说：“酒喝醉了吹冷风不好。”他说：“我没醉，不要紧的，你高兴陪我吗？”我们出门往东，上了灌渠，往大堤上走。渠里正在灌水，水波泛着粼光。我们一路过去，不时有青蛙“扑通扑通”从脚跟前跃入水中。一天繁星，没有月亮。已经入秋了，夜风吹在脸上有些凉。洪流说：“那条银河里我只认得北斗星，你呢？”我说：“我也是。”“喂，《莫斯科郊外的晚上》你会唱吗？”“不会。”“《鸽子》呢？”“也不会。”“哈哈，你比我还糟糕。一句也不会吗？我还会哼两句。我真羡慕你，你一直没有烦心的事。”“我怎么会没有呢？”我有点不好意思，“各人肚里一本账。”“你有什么账？”他笑着回过头来，“你说出来听听，你有什么账？”“说不清楚。”我说，“我到农场里来了，弟弟插队去了，家里只有一个妹妹，没有男人了，你是知道的。我空下来心里就烦。”洪流在前面叹了口气，不再说什么。

到了大堤上，洪流两手叉腰，仰脸朝天地嘘气，似乎在吸倒挂下来的银河里的水似的。

我说：“你和‘白腊克’现在关系不错嘛，你今天跟他谈了些什么？”

洪流低下头来，盯着我看了一会，然后说：“‘白腊克’给你看过他女朋友的照片吗？”

“没有。”我说。

“他刚才给我看了。”洪流说，“他女朋友长得不错，有点像王丹凤。”

“‘白腊克’自己长得也不错，”我说，“这很好。他能把照片给你看，说明……”

洪流突然“啪”的一掌劈在近旁一棵碗口粗的刺槐树干上，痛得他龇牙咧嘴的：“你知道吗？‘白腊克’在跟郑国梅谈朋友！”

“啊？”

“杀父夺妻之仇，不共戴天。这仇我是一定要报的！”他念台词似的一口气很快地说完这几句话，然后凝视着我，像准备接受宣誓的烈士雕像。

我打了个寒战。天上的星星像雨点似的纷纷抖落。

从这天起我就等着他去报仇，他报仇我当然非帮忙不可，但这回怕不能再像对付“沪东帮”那样的侥幸。

我准备着。

十八

十年二十年过去了，洪流并没有去报仇。我跟他回忆起当日情景，他说："是哦，我是这么说的？好笑，好笑。"

"也许你那时刚看了《基度山恩仇记》。"我说。

"是呀。你知道我把这书带到乡下去的？"

"我不知道，我是开玩笑。"

"嘿嘿，这件事谁也不知道。我把它们藏在帐子顶上。等你们都睡下了，我从靠墙一边掀起帐子来拿，你们一定以为我在打蚊子。抄书那天，这四本书就在那里。《圣经》在枕头芯里，也没有谁知道……"

"这你告诉过我。"

"是呀，我就只对你一个人说过，《圣经》抄出来还要不得了。我非常镇静。我这人去当间谍其实是可以的，可惜是遗传的近视眼。我猜想'白腊克'想借抄书来整我一下。郑国梅知道我有书，不知道是什么书，她事先一点风也不透。"

"或许'白腊克'连她也一起瞒住了。"

"也有可能。当时我也想到这种可能性。我盯着'白腊克'看。他有点慌，不敢看我，笑嘻嘻的。'小毛头'在我箱子里抄到一本《猎人笔记》。我说，这是列宁说过的好书。'小毛头'说，你就这么本书？我瞪了他一眼，说，你说我还有什么书？他看看‘白腊克’，‘白腊克’说，这本书先放着。我听说郑国梅在跟‘白腊克’谈朋友，我首先倒不是气愤，我没有心思再谈什么恋爱。”

“是因为你感到不能适应农场环境，悲观绝望？”

“是呀，农场是‘老精’这样的人的用武之地。这个消息也是‘老精’来告诉我的。他对郑国梅一向有意思，他常常往郑国梅那里跑，我倒是不大跑她寝室的。我那时也想过是不是成全他们。”

“我听‘老精’说你是很喜欢郑国梅的。刚到农场，你还没来，他就跟我说过。‘白腊克’的事发生后他又说过。他说郑国梅甩了你是不应该的。最初分配时你可以争取留在上海，为了她，你放弃竞争到农场来的。”

“是吗？他是这样对你说的？你相信吗？这是郑国梅抬高自己身价，女的都这样。女的都喜欢有一群男人追求她。你想这怎么可能呢？我会不会为了一个女人牺牲自己的前途？郑国梅是不是值得我作出这样的牺牲？你怎么会相信这样的话。”

“我无法作出判断，那时我毫无恋爱经验。但你当时向我很推崇《少年维特之烦恼》、《欧根·奥涅金》、《当代英雄》，你当时还坚持了一年多不戴眼镜……”

“不戴眼镜是因为我相信自己是假性近视眼，多看绿色视力会进步。当时我看到一篇文章说过早戴眼镜不好。有一阶段我的视力确实有进步。这跟郑国梅是不搭界的，你怎么把它们扯在一起的？我那时是对爱情有一种向往，这是人之常情。也许我还笑过你的不开化，但我向往的是理想的爱情，真正的爱情。我那时如果真要追求郑国梅，我还是有可能赢的。她至少有点怕我，但我觉得没意思，不值得。我去找她，问她有没有这回事，你老实说。她说，‘白腊克’好像有这种意思。我说，你们谈朋友很好，我衷心祝愿你们成功、幸福。我说我这是真心话。过去我们之间的热情是很幼稚的。没有‘白腊克’，我也几次考虑提出中止关系，因为我觉得自己在这方面还很不成熟。但是，我过去总的来说对你不错，你不能出卖我们。我们曾经有议论‘白腊克’的话，你绝对不能传。她说，我无论如何不会做不利于你的事。我说，你要用人格担保！冲突起来双方都没有好处。我首先想到堵漏洞，我从来没想过要报什么仇。真好笑，我当时会这么说。”

“那天晚上也许你有些醉了？”

“是呀，不过这是轻度的醉。我喝酒很注意，我生过肝炎。我从来不让自己真正的醉，我从来没有真醉过。我后来觉得自己是卸掉了一个包袱。我不明白自己是怎么会爱上她的。她长得并不好看，当然我也不能说她难看，也许在女人中显得比较老成，通情达理些。在组织里我们叫她‘管家婆’。跟她在一起，我总觉得她年龄比我大，实际上也比我大几个月。有段时间，我一直喜欢比我年龄大些的女人，后来我喜欢年龄小的。这大概是我自己的年龄大了。女人总是在那么一段年龄里显得可爱，有魅力。”

“但有些是先天气质决定的，年龄的作用就不大，岁月只能改变性格表层的东西。”

“就是，后来我热烈信仰基督教。我到教堂里去做礼拜，那种气氛，让我很感动。我发狂地研究基督教教义，比一个家传的虔诚的信徒还要虔诚。我追求完美。我的性格深处有一种追求完美的本能要求。我希望灵魂得到安宁。宗教能够给灵魂一种安宁。”

“但我看你无法得到这种安宁。”

“我们这种人骨子里都太理性了。我们无法彻底地‘信’，不能盲目地无条件地追随一种东西。没有永恒的东西！对人来说，永恒的只有死。现在我比任何时候都更加实惠，我首先要解决眼前的问题。我第一要争取活得好。所以中国人是没有宗教倾向的。”说到这里他有些宽慰地一笑，他终于把自己跟中国人扯在一起了。

知道我打算把他写到我的长篇小说里去，他很宽容达观地表示同意。“你不要把我写得太坏，”他说，想了一会又补充说，“不过你随便写，反正那里面的洪流并不是我。”

另一个对宿命问题深有研究的中国人，却对我讲了一个怎么掐着指头算日子准备报复的故事。

研究命理主要是为了避凶就吉，老马说，一九六九年，是我最倒霉的日子。又是大劫难，那一年流年我又有“官非”。这三百多天我可实在是小心谨慎啊，忍而又忍。生活也是苦到底了，一块乳腐一家五口要对付一天。三年自然灾害我还没这么苦过，那时有我父亲寄钱来，可以买侨汇油、侨汇肉。我炒的蛋炒饭，隔壁邻居的老太说，我真恨不得舔一口，油多。“文化大革命”开始，钱路都断了。我父亲一九六六年十月在马来西亚也死了，不死钱也寄不进来。谁还来找你裱画刻章？刻公章我没这资格，惟一能发挥作用的是给里弄里贴贴大批判专栏，但那没钱。没钱也高兴，还怕不来叫我。可贴的时候又怕别人以为我是监督劳动。我只能指靠女人过日子了。还有几个孩子，嗷嗷待哺。这种时候再加上“官非”——所谓“官非”，就是挨着了吃官司的边，弄不好就吃官司，能避过去也总有些小麻烦，譬如隔离审查之类就不是真正的官司，也够你受的。命犯“官非”，不说“人在家里坐，祸从天上来”，也至少动辄得咎。

那一年就是奇怪，事情会找上门来。里弄里搞工宣队，我们对面朝北那幢房子的一楼，有个姓江的，在哪个厂当工人，过去见面也不大打招呼，当上里弄工宣队员一下子抖了起来，耀武扬威，三天两头晚上到我家里来。一个星期来三天是官定的，还经常要加班。一坐下来就是两三个小时，一脸的是来进行教育的，不训话的训话。那时我弟弟还没结婚，跟我住一起。他气得不得了。他在一所美术专科学校当教师。他说，这家伙算什么玩意儿？我们怎么啦？我们又没戴帽子，大不了有海外关系，算“小开”，那又怎么样？我劝他，忍下吧，退一步海阔天空。这是我的“官非”，你看我哥哥的份上，忍这一口气。你忍不住就出去蹓蹓。后来这一年他蹓蹓，蹓蹓，蹓上了个女朋友。姓江的来，随时随地，门上“嗵”的一脚，他就闯了进来。我总是笑脸相迎，敬烟，倒茶。我那时没上好的烟，上好的茶，填饱肚子还成问题呢，反正尽力而为吧。我想，譬如给菩萨烧香上供。要忍还真不好忍。忍字头上一把刀，刀尖抵在心口上，你还要笑嘻嘻的，真他妈的！那年我才三十几，还没你现在这点年纪，血气方刚。有一回他们在天井里斗楼里的一个扒手。这小青年住二楼，有时也到我家里来玩玩。我在这楼里大人、小孩人缘都不错。那姓江的问，你经常到谁家去串门？那小青年回答了一家又一家，说了四五家，姓江的还不罢休，还追问，他要把祸水往我身上引。那青年被逼不过，说，还到过三楼马家。姓江的起劲了，你到那儿去干什么？小青年说，他喜欢医学，我也喜欢，我上他那儿去借医学书。你知道他是什么人吗？那小伙子回答得很妙，他是有工会会员证的失业职工。姓江的这才没有办法。我没到楼下去参加批判会，这是别人来说给我听的。到这年的十月国庆节前，那天下午我出去了，他又闯来，见我不在，问我老婆。还对我老婆说，国庆节要到了，你关照他老老实实呆在家里，别到外面去瞎跑瞎跑的。我回来，一听这话，那个火啊，真恨不得抄起家伙去跟他拼了。这小子欺人太甚，把我当什么了？当四类分子了？我提醒自己，“官非”，那是“官非”！一定要忍，忍过去就好了。我坐在小板凳上，像练气功似的，两手搭在膝上，硬把那火气从头顶慢慢地往脚底下压。我觉得自己没人味了，我想，那好，成佛了。

我弟弟，还有楼里的几个青年，总问我，大哥，你说忍忍，忍到哪一天才是出头之日？这天他们又问。那是庚戌年（一九七〇年）的三月初一。我说，你们不提醒我倒差点忘了，今天就是！今天就出头了，“官非”解除了。今天他要来，叫他进得来出不去。你们听我号令一起上，只要不动手。刚交待好，门上又“嗵”的一声，他报到来了。那几个青年袖着手等看戏。我弟弟去到窗台上拿了一只玻璃杯，是他画水彩画蘸笔用的，好久不用，都是颜料和灰尘。他往里倒了一杯白开水，往姓江的手里一塞。我坐在椅子上，也不起来，也不递烟，说：“江师傅，你刚才这么踹门可不大好啊。这门是公共财物，要都是这样你一脚我一脚，不就容易损坏吗？爱护公物是人人有责。”他进门发觉气氛不对，脸上露出了笑，显得特别客气，就自个儿往床上坐了下去。我又说：

“你这样还引起了我的回忆。”“喔，还有回忆？啥回忆？啥回忆？”他这么两肩耸着，身子扭着，咋咋呼呼地带着笑。我说：“你使我想起旧社会国民党警察查户口就是这副样子。”他坐不住了，站起来：“你怎么这么说话？”我说：“你要怎么对你说话？毛主席不是说，要摆事实，讲道理吗？”他看苗头不对，找个台阶要溜。我能这么便宜他？我这气储蓄了一年多。我把他骂个狗血喷头。我拉开门，站到走廊里骂。隔壁邻居都探出头来问，什么事，什么事？本来，见他常上我家来指手画脚的，邻居们以为我可能真有什么问题，都有些避嫌。见我这么一骂，他们心里也去了疙瘩。有几家男的想上来劝，被女的拉拉衣角回屋里去了。那天他真是威风扫地，抱头鼠窜。他从楼梯上下去，两级当一级踩，差点扭了脚。他临走还硬撑：“你想一想吧，想想就通了。”我说：“在你这样的领导下，我越想越不会通。奉劝你再去好好学习主席的教导，否则你一个跟头会摔得很惨的。”从此以后，他跟我照面就躲得远远的。命理就那么希奇，到这一天“官非”自然烟消云散。

我沉吟了片刻。我想问，你怎么知道在这天之前吵就一定会惹麻烦呢？但我问出来的是：“你怎么计算出到三月初一‘官非’就熬出头了？”

他说：“那天是我的生日。”

十九

连队里死了一个人。死者是八小队的一个女社青。

她死了之后，“老精”他们谈论起来，似乎对她都有些印象，我却说不出在她生前是不是看见过她。那天中午她是去河边洗衣服，她落水后那盆湿衣服留在水泥踏步上。我们连在河边有三个水泥踏步，最大的也是人们最常去的那个在食堂后面。她那天去的是菜园那边，距食堂后面的踏步有五六十米远。那个踏步相对要偏僻些。事后有人说，如果她在食堂后面落水呼救，就不会淹死。而据与她同寝室的女生说，她以往一直是到食堂后面去洗衣服的，那天不知为什么会到菜园后面去。不过后来分管治保的“迷糊”去调查时，这种说法又没能得到确认。她们说她有时去食堂后面，有时去菜园后面，并没有定规。再调查下去，发现与她同寝室的女生其实从没留意过她平时到哪儿去洗衣服，而且甚至没有人同她一起去洗过衣服。后来，她们在“迷糊”的追问下一致哭了起来，痛悼不幸逝世的战友。因为并不存在他杀的可疑性，“迷糊”也就适可而止。然而，这种不能核实的说法却相当正式地散布开来。直到我离场，菜园那边一直没人再敢单独去洗衣服。

她落水的原因一直是个谜。与她一起从水里捞起来的还有一件布衫，很多人倾向于她是去撩一件被河水漂走的布衫时不慎闪失了重心。但是，也不能排除她在漂洗衣服时突发一阵头晕的可能性。

其实，大多数人是相信有落水鬼，只不敢明说。没人想到她是被人推落水的。据我所知，既没有踏勘现场，也没对尸体作过细致的解剖检查。当然，更没有怀疑她是否是自杀。尽管阶级斗争的弦一绷再绷，毕竟民风淳朴，侦探小说之类尚未大举入侵，早先侵入的福尔摩斯也被锁在书库与抄家物资仓库里受蠹虫的蛀蚀，人们还不喜欢把简单的事推理得十分复杂。倘她死在今天，恐怕就没有那么安宁。首先，那条河浅得很，虽然可以航水泥船，最深处才二米多一点，两岸都有很长一段缓坡，离岸五米的地方她踮起脚头就能冒出水面。河面才二十五米宽，也就是说哪怕她落在河心，只要往边上游七八米，她就能自救。其次，她是被“太平洋”从河里捞起来的。据他说，他在食堂后面的踏步上洗衣服，看见她在菜园后面的踏步上。后来，他听到“扑通”一声，抬头一看，那边人没有了，他就脱了衣服跳下河往那边游去。他在离踏步三五米远的河坡那里摸到了她，她的头像鸵鸟似的朝下埋在泥里。他把她抱出水，放在踏步上，然后光着湿淋淋的身子跑回来叫人。熟读克里斯蒂小说的人，一眼可以看出这段话里有许多可供发掘之处。至少，“太平洋”作为惟一的抢救者与报信人，就理所当然地要被列入第一号怀疑对象。

我这么说一点也不是开玩笑，一九七一年，“太平洋”在另一件事上就吃到了苦头。那年十月，场里组织放映电影《沙家浜》。一个场划为四大片，每片一场轮着放。我们片搭着场部，故而轮为首映。因为已经枪毙过“破坏革命样板戏犯”，场部很重视，放映时场里专门布置了纠察。放映点设在机耕连，离我们连六里地，露天拉的银幕。我那时借在场部文艺小分队写节目，也被派为纠察，纠察的头是场保卫组的翁干事。崇明岛十月夜里已经很冷，再加上《沙家浜》大家毕竟已娴熟于胸，开场时黑压压的来的人不少，到“智斗”完，就有人开始退场。其中有个女的，外号“吉普”，身高一米六七，体重一百三十五斤。她本来是我们连的，一九七〇年底连队一分为二，她就到了新建的战斗八连。战斗八连位于我们连与场部的中点。她是“智斗”一完就走的。半个多钟点后，我们连与战斗八连的一批人一路上唱着“沙老太，你休得要想不开”，经过场部与战斗八连间一条机耕路岔道口，忽然听到里面黑地里传出来呼救声。他们在一条田埂旁找到了“吉普”，她软瘫在地，泪流满面，据说裤子也扯破了。他们把她架到战斗八连的连部办公室，立刻打电话向场保卫组报告。翁干事很快从放映点上赶到，跟他一起到的还有人武部的王副部长。“吉普”的情绪已稳定了些。她说，她一个人走到岔道口，突然面前闪出一个人，对她说，前面在抓特务，不能过去。那人穿棉大衣，戴口罩，说普通话。他把她拦到机耕路上，将她按倒在地，抢走了她腕上的上海牌手表。翁干事问，他穿的大衣什么颜色？蓝色的。蓝色的吗？会不会看错，是黄色的？“吉普”说，好像是黄色的，天黑看不清，是件长大衣。翁干事问，他有多高？“吉普”说，比我高一点，高不了多少。翁干事问，像我那么高吗？“吉普”抬眼看看翁干事，点点头。翁干事又问，你能吃准吗？会不会像他那么高？他指着王副部长，王副部长一米八〇，比翁干事高半个头。“吉普”对王副部长看看，又对翁干事看看，沉下头说，我吃不准，我吓慌了。翁干事笑着说，你慌什么，你这么大个子。这一说，屋里的人都笑了。他拿刀吗？翁干事问。拿刀，“吉普”说。什么刀？没看清。他拿刀威胁你，什么刀你还能没看清？“吉普”低下头，咬着嘴唇，眼泪刷刷地下来了。哎呀，你哭什么呢？翁干事凑下身子去，温和地问，他除了抢你的手表，还干了什么坏事？你不要怕难为情，坏人坏事不要让它掩盖过去。“吉普”大幅度地摇头，泣不成声。翁干事直起身来，叹了口气，然后挥挥手让屋里的群众都出去。

这案子惊动了县里。发生在首映革命样板戏电影的晚上，被害者又是女知青，这两者当时都在风头上，是要从重从严从快处理的。县公安局派来了个姓马的侦察员。此前不久，才放过朝鲜电影《看不见的战线》，那里有个侦察员马科长，于是我们也称他为马科长。“马科长”到底是县级水平，才来没两天，就把侦察范围缩小到我们连。然后天天在我们连开大会，会上的调子天天升高。

罪犯果然被揪出来了，大家都大吃一惊——罪犯就是“太平洋”。

把“太平洋”押上来后，“马科长”向目瞪口呆的全连干部职工介绍了破案的经过。“太平洋”的暴露，全因为那天夜里他过分的积极。他跑到河对岸的“五七”二连去，把已经睡觉的指导员老张从被窝里叫出来，要他马上派人守住桥头，并派人到田里去搜索形迹可疑者。老张还以为他是场里派来的，稀里糊涂地跟着忙乱了一阵，最后发现形迹最属可疑的还是“太平洋”本人。“马科长”得到这一线索，就在暗中对“太平洋”进行调查。查得“太平洋”到月底饭菜票经常亏空；又查得他曾有小偷小摸之嫌；再查到他曾于人前说，女人模子再大也不中用，像“吉普”那样其实是没力气的。最后，惟一的障碍就是群众反映“太平洋”不会说普通话。“马科长”想了个办法，一天半夜把“太平洋”从睡梦中弄醒，叫到连部盘问。盘问中翁干事突然插进来用普通话发问，“太平洋”睡眼惺忪，猝不及防，也操起生硬的普通话来回答。狐狸的尾巴就是这样被夹住的。

当然，凭这点证据，尽管确凿，还不足以把“太平洋”逮捕，对他执行的不过是隔离审查。

又过了几天，听说“太平洋”招供了。于是，就看见专案组成员押着“太平洋”到河里去捞表。先是到大堤北面那条河，也就是两年前“太平洋”下水救人的那条河。后来又到连队南面新开的横河。又到连队东面芦苇丛生的港汊里。后来，“太平洋”又翻供了。折腾了一个多月，“马科长”奉调回县里去，不久，“太平洋”也放回连里来，叫连队继续对他审查监督。古书记说，场里也查不出名堂，叫我们查什么？但“太平洋”是监控对象，放回小队里去混同于普通老百姓又不妥，于是，就把他安排在畜牧场里。畜牧场的活要比大田班轻松得多，除了不能回上海休假，“太平洋”真是因祸得福了。

有一天，我去畜牧场挑猪粪，见到“太平洋”。那时我经常跟场党委、政宣组什么的打交道，胆子大了许多，不怕跟他说话沾腥。我问他，一会儿承认一会儿推翻，到底怎么回事？他说，他一进去就喊冤枉。“他们不给我水喝，不给烟抽；饭是很干的，咽不下去。不让我去小便、大便。我想，好，我承认，反正我没干过。我一承认他们就给我水喝，给我烟抽。”“太平洋”平静地说，两颗分得很开的眼睛里似乎还有些狡黠的笑意。

这个案子又拖了将近半年才真相大白。案犯又使大家吃惊不小，原来就是翁干事。据说他干这种勾当还不是头一次。破案的经过也特别的“柳暗花明”。翁干事家住“五七”十三连，他的老婆与指导员的老婆不和，他起念要给那指导员点颜色看看。一天半夜两点，他突然吹响哨子，说茅坑里发现了一张被打了大叉的毛主席像片。又是一起严重的反革命案件，“马科长”又风尘仆仆地从县里赶来。但这回专案组查来查去，始终不能怀疑到指导员及其家属的头上。翁干事也是气数将尽，在闲聊中说，你们怀疑来怀疑去，怎么就不怀疑我？“马科长”毕竟是“马科长”，送上门来的疑点还知道辨认。留意一查，竟然查出了破绽。那毛主席像片上有一行蝇头小字：“浙江人民美术出版社出版”，而连里别人持有的这种规格的毛主席像片都是上海版，惟有翁干事是从浙江的部队复员的。“马科长”设法到翁干事家取到了物证，场保卫组长老干开始同翁干事接触。翁干事察觉有变，忙给新疆的姐夫发出一信。这信当然给从邮局截获了。信中说，倘农场派人来你处调查上海牌手表的来历，请务必说是你们托人在上海买的。于是，政策攻心，两起大案一齐破获。

翁干事一揪出来，场部的大批判专栏立刻刊长文揭露他是个彻头彻尾的反革命两面派。文中说，他复员不久在场里作了一次讲用，说他每晚睡觉前要进行“九对照”。检查自己头脑有没有用马列主义毛泽东思想武装，眼睛是不是注意阶级斗争新动向，嘴巴是不是宣传毛泽东思想，两腿是不是走在无产阶级革命路线上，屁股是不是坐稳了社会主义的红色江山，等等……“太平洋”一解脱就反攻倒算。他父亲、哥哥及其他们单位里的一大帮人开进连队里来，把古书记吓得神色黯然了好些天。家属方面最动人的理由是，“太平洋”的母亲听到儿子被抓，脑血管爆裂，一命呜呼，“太平洋”还不能去奔丧。结果，这年年底“太平洋”上调，让他回家照顾痛失老伴的父亲。

那天，等我听到消息奔出寝室，人已经被移到食堂前面的空地上。这之前，按照崇明的土办法，她已经在河边肚皮嵌在倒扣的大铁锅上倒了水，但还是没有呼吸与心跳。围了一大圈人，她躺在圈子的中央。她皮肤白白的，胖胖的，像海蜇皮那样。我以前对她毫无印象，不知道这白白胖胖是不是水浸泡的缘故，从时间上算来应该还不至于。“江猪”已经把棉袄脱了，露出咖啡色的厚绒球衫，肘部有个鸡蛋大的洞，额头亮晶晶的，跟卖拳头的一般。我挤进人圈时，正看见他跪倒在她身边，凑上脸去做口对口的人工呼吸。上百个人站着，不说静得能听见缝衣针落地，至少没人窃窃耳语也没人咳嗽。他横吹竖吸捏鼻子拍脸拨弄了好一会儿，直起身来，说：“只有揿心脏啰。”这话他像是对着自己说的。然后，他勒了勒袖管，又跪下去，这回，他的膝盖跪在她的小腹上。他像电影里日本小队长要剖腹自杀似的摆好架势，左掌叠在右掌上，脑袋昂起望着蓝天中的某一点，像是在祈祷。我猜想他是在回忆赤脚医生手册里有关溺水急救的章节。这样大约有一分多钟，他突然一咬牙，低下头，对着她的左乳像揉面团似的狠摁起来。人群中有了窃窃的声音，有人悄悄地担心这样她的肋骨是否吃得消。我断定“江猪”抢救溺水者一定是头一回，我既恨他又可怜他。他摁了有百十来下，突然停住，说：“来一个人，帮帮忙。”我想也没想就跨出一步去。“你来，抓住她两只手。这样，这样，跟我配合好。”我蹲下，抓起她的手。那两只手软得像是豆腐做的。似乎既没有骨头也没有筋肉，似乎皮肤下只有一泡水在流动。“江猪”又摁起来，一副受刑的样子。我抓着她的手一屈一伸。我不知道什么配合不配合，我只听见她手臂的皮肤在泥地上摩擦出沙沙的声音。一个人的两只手，怎么能这样地被人拖曳着？她被脱得上身只穿一件圆领汗衫，领口有条细细的带子，已被解开。她的手臂上沾着泥，她的身下一摊水。她像冰一样在融化。从我接触到她的冷冰冰的手指的那一刻起，我已经明白她死了。因此我在心里一再地对自己说，她会活过来的，她一定会活过来的！她会像睡觉一样从梦中醒来。现在她脑子里会在做梦吗？如果她醒过来，第一是觉得冷，还是觉得痛，还是感到惊讶与羞赧？

她的脑袋突然往旁边一歪，嘴角渗出一丝血水。

“江猪”停了下来，喘着气，说：“没办法了，没办法可想了。”

我蹲着，还捏着她的手。我望着“江猪”。我觉得他真可怕。他怎么说得出这样的话？这样，她就再也没有可能醒过来，这样，她就——死了。

“江猪”看了看我，又说了一遍：“没办法了。”

我站起来。我望着摊开着双手躺在泥地上的她，她跟睡熟了没什么两样。刚才，我还拉着她的手做屈伸动作，我拉着她的手相信她会活过来，一定会活过来。她没有活过来，但我和她好像已经有了一层很深的关系。她好像是我的一个姐妹。我像欠了她什么。当然，我知道，即使九泉之下有灵，她还是应该感激我的。但是，我实实在在感到自己很对不起她。要是我的亲妹妹被这样地宣布丧失生命，我也只能同样的无能为力。我发现我站起来时太仓促，没有将她的两条手臂靠身躯摆好。但如果我再蹲下身去，别人会嘲笑我。我退出了人圈。

我到河边去。

我对自己说，到河边去，到河边去。我发觉自己已经站在河边上。我到的不是她落水的那个踏步，我站在食堂后面的踏步上。这个踏步宽，由五条水泥板拼成。我望望菜园那边，那边的踏步狭，只有两条水泥板。我看不清楚，河面上似乎有一层濛濛的水汽。那边踏步上好像有个黑的凸出物，是她留在河边的那盆衣服，还是嵌在她肚子底下的那口锅？我越是想看清楚，那黑的凸出物越是朦胧，连那伸出在河面上的踏步也飘忽起来，在一片浅栗色的河水中若隐若现。我蹲下，将手插入水里，让河水在指缝间流过。水那么轻柔，那么随意，我甚至感觉不到手指对它的流动所造成的阻力。

我像是体会着使她落水的眩晕。我觉得一股静谧造成的麻木慢慢地从我的脚下升起来。我忽然意识到周围没有一点声音。这一想，我立刻觉得右耳孔里痒痒的，像有条小虫在往里钻；接着，左耳孔又从里向外痒出来。我听到了河水像叹息似的流动声。我听到风吹在身后的电线上发出嗡嗡的响，听到极远处有台拖拉机在突突突地叫。枯黄的芦叶瑟瑟，有看不见的游丝沾到我脸上。已过了立春。世界还活着，而她却死了。但是，当死亡，谁也逃不过的那一刻临头时，以前的一切，一切的梦想、计划、追求，一切的名利、地位、荣耀，一切的痛苦、欢乐、忧愁，对我来说，对每个人来说，都意味着什么呢？意味着一切从来就没有存在过。我死了，等于我根本就没有活过！地球、太阳系、宇宙，在我死的那一刻，它们统统毁灭！而且不仅是毁灭，是从来就没有过。我无法想象！我无法想象！！

“啊——”声音那么尖细、喑哑，像从一只破喇叭里发出。我回头四顾，没有一个人。我叫了吗？我觉得胸口、背脊肌肤抽紧，我发觉眼角有泪水。我擦去泪水。我不能再想。这样的事实，别人不可能没有想到，但是他们照样那么活着，照样在计划、谋算，照样在痛苦、欢乐，照样各人有各人坚定的主张、明确的利益，这里面一定有道理。

我又非常想再嚎叫一声。我已经到了岸上，还是再下到水泥踏步上去。我看清周围没有人，我运足了气，“啊——啊——”这一声长嚎比刚才我听到的要雄壮豪迈得多。我觉得肋骨、背部因痉挛而留下的麻胀，随着这一声嚎叫吐了出去……

二十

一九七〇年春节将临，管俊的翻案活动达到了高潮。那天中午，他从场部回来，满面春风地告诉我们，驻农场的军、工宣队找他谈了，要替他平反。他说他当场流下了滚滚热泪，高呼“毛主席万岁”。我们都为他高兴。我估计他晚上也许会请我们喝酒，庆贺他的翻身。下午出工途中，我跟洪流商量。洪流说：“没关系。只要我们不咋咋呼呼，关起门来谁知道。”傍晚收工时，洪流把我叫过去，说：“我想了想，还是有点不大妥当。不知道是给他摘帽还是平反，要是摘帽喝酒庆祝就不适宜。我想他不会提出来。假使他提出来，我来跟他说。”到买晚饭的时候，管俊果然没有异常动静，顾自己拿碗上食堂去了。但这天晚上管俊吃饭特别的慢，心事重重的样子，眼珠不时定定地瞅着天花板。吃罢饭，也不像往常那样就去洗碗，而是坐在床沿上用火柴棒细细地剔牙。他的一口牙长得很齐崭，但牙缝很大。他每天晚上从睡着到醒来不间歇地磨牙，这样磨也不过磨出些牙缝，他的牙齿也够坚强的了。剔牙是他每日必做的功课，但往常都是在一切干完，他坐到被窝里，戴上老花镜，拿起一张报纸来看的时候。他把一个单身汉的生活安排得井井有条，也是他使自己在知青心中具有魅力的一项重要努力。他连被子也叠得另有一功。他不是叠成四角方方的一块，而是土布的被里向外，一折四，叠成长长的一条靠里放。他说这是部队里军官被子的叠法。被他一说，看上去果然比四角方方的被包有气派。因为他一举一动都显出有根有据，有板有眼，一点儿反常就格外引人注目，尤其是在这个晚上。洪流走到他跟前问："你想啥？"他笑了笑，似乎有些难为情。隔了一会儿他说："我想，今年春节我提早几天回去，我假期还有许多。我往年都是春节回上海一次，假期用不完我都上交的。今年我假期还是用不完。这几天队里也没啥活，我想……"洪流说："你不要多说了，这是应该的。你准备几时走？"他说："我想再过个三五天……"洪流说："再过三五天走的人就多了，船票就难买了。我看你明天就走吧。""明天？"他显得有些惊慌，"明天走我东西也来不及理。""老精"说："你有多少东西要带？你现在就理嘛。你来不及我们帮你。""明天？让我考虑考虑。明天走，到初五回来要二十几天……""你有假期怕什么？"洪流说，"你也不用初五急着回来，我批你休息到初十，干脆休息一个月。""不，不，"管俊说，"休息到初五足够了。没回去想回去，真的在家里呆的时间长了也不舒服。我还是觉得在这里，跟你们呆在一起有劲。我这不是拍你们马屁。"管俊竟会说出"拍马屁"这样的话来，我听了觉得很不顺耳。洪流说："我批到初十，你愿意几时回来自己决定。"于是，管俊忙着找纸笔，又拿着洪流批好的假条颠颠地跑出门去找主管生产的副连长再批。批完条回来，立即动手收拾东西。收拾到一半，又想起该去洗碗。他理东西时会突然停下手来，神情严肃地抿紧着嘴，转头往两边望望，眼珠骨碌碌地转几圈，然后再埋头继续刚才的动作。有一回他转头时目光正好与"阿跷"撞上。"阿跷"大惊小怪地叫起来："喔唷唷，你这样看着我干啥？""啊？没有。我在想事情。""想事情？想事情你不要盯着我看呀。我吓不起的，人吓人要吓死人的。"管俊现出个难看的笑容："这个'阿跷'！"我们大家都哈哈笑起来。这是那天晚上最轻松的一个片刻。

零碎东西收拾完后，他开始动手拆帐子。帐子是个大件，他腰不能弯，洗起来不容易，每年一次总是带回家里去洗。拆到一半，他突然停下手来，对我说："'小四眼'，这顶帐子我不带回去洗了，送给你吧。"我没有防备，说："怎么？送给我？那你自己呢？"他说："我再买一顶新的。你不要看我这帐子灰不溜秋的，肥皂粉里好好泡一泡，漂白粉漂一漂，还是汰得白的。总比你那顶圆帐子好。没有帐门，钻进钻出很不方便。怎么样？送给你，你不用跟我客气。"我一时辨不清心中是什么滋味。我觉得我受到了侮辱，寝室里的人似乎都在心里笑我。我实在不想在这样的时刻扫管俊的兴。但他有点过分，有点盛气凌人了。我说："我不要，我的圆帐子蛮好。"我站起身来走开去。

寝室里的空气有些凝重。我希望"阿跷"再出来开句玩笑，调节一下气氛，但又怕他拿我没轻没重地插科打诨。我走出门去。时间太晚，到哪儿去串门都不合适，而且我想一个人呆一会儿，于是我向大堤上走去。

我从牛棚前经过，突然从养牛的"老光棍"住的茅屋门里窜出一条黑影来。那黑影还回头向屋内嚷着："来年清明我烧羹饭给你吃！""老光棍"在门里应道："你谋杀亲夫要吃花生米的。"我远远地站定了脚。那人一转脸，发现了我，惊叫一声："啥人？"我听声音就知道是康大为的老婆蒋杏芳。康大为跟康有为名字只差一个字，却是个"少教"出身的惯偷，自我到农场后，半年里看他因扒窃被公安局"请"去了三次。目前他还在县公安局里"受保护"，但这次却是因为烘铁锗柄的热灰处理不当而烧了一排茅屋。这排茅屋都是新结婚户，包括他家在内。蒋杏芳向我走近几步，说："喔唷，是'小四眼'，吓我一大跳。你深更半夜到这里来做啥？"我说："我出来随便走走，散散步。""你心神好咪！"她笑道，"我正巧要找你。你到我屋里去帮我打打金针好哦？我坐骨神经痛发作了。""现在？"我说，"联播节目已经结束了。""怕啥？"她嚷嚷道，"早咪！人家明朝路不好走了。"她说着伸手来抓我臂膊。我连忙后退一步，闻到一股酒气。"太晚了，明朝吧。""触气！你坐在古书记屋里不是常常老晏才走？四和尚讲你把他的坐骨神经痛打好的。人家看得起你，你倒搭架子了。”“什么搭架子？”我只觉得太阳穴里血敲鼓。倘若照我刚来农场时的脾气，我也许会指着她的鼻子像对过小英一样喝道：“你正经点！”现在我毕竟老练多了。但我还是找不出什么有力的话来回击她。好男不同女斗，于是我扭头就走。我糊里糊涂地翻过大堤，来到河畔。月光下粼粼的波光叫我热烘烘的脑袋慢慢地沉静下来。我想到了父亲。我发现我久已把管俊同我的亲生父亲扯在一起了。我是永远无法看到我父亲获得新的政治生命了，他的孩子们将马上获得这份惊喜。尽管我想到父亲时他的面目还模糊一团，但我对他的仇恨的坚冰似乎在消融。他死在水里。我没有理由不相信他是洗澡时不慎被淹死的。验尸报告上这么写着，他在死前一年回上海出差时显得很快活。但我总不能排遣他是自杀身亡这一无端的想法。但这是不对的，这是忘恩负义的，这样的思想实在对不起阿爷、阿娘与母亲。我使自己想起那踢在我屁股上的皮鞋脚，但我又不由自主地联想到他被阿娘骂得狗血喷头的样子。他怎么不太可恶，却有些可怜？——管俊可怜吗？蒋杏芳可怜吗？在我觉得他们可怜的时候，他们并没有看重我，也许他们还想来可怜我呢！“一阔脸就变。”管俊会是个甘居人下的角色吗？如果父亲活着，我愿意他再回家来做我的父亲吗？

我撒了泡尿，往回走。

生活中充满着幽默。管俊走后的第三天，上海某单位有两个外调人员冒着严寒在春节前赶到崇明岛来。他们为了查清本单位一个走资派的材料，到市公安局浩瀚的敌伪档案资料里翻检，查到一张“大上海青年服务团第五纵队第十三别动队”的名单。名单上有管俊，而那位仁兄曾在一份书面材料中提出管俊可以证明他在上海解放前几个月里规规矩矩，清清白白；因为他俩同在一个汽车队里，队伍打散后，又一起逃回上海来做小生意。外调人员是来找管俊了解那人是否也参加了该组织。“大上海青年服务团”，根据《一打三反、清理阶级队伍手册》记载，是蒋经国在上海解放前一手搞的特务组织，性质是很严重的。场专案组得知这一消息后，立即对管俊的问题重新作审慎的研究。场专案组组长，上海下放干部，

“文革”前的某局监委书记老章亲自参加了研究，把管俊的有一尺来高的档案从头至尾查了一遍。查到当年部队审干时的一份旁证材料，有人听说他参加过特务组织。对此，管俊本人有一份申辩。说有邻居来拉他参加某组织，声称可以领两块大洋。后来邻居又来跟他说替他把名报好了，把两块大洋塞给他。他过后才知道那个邻居从中捞取了一块大洋的介绍费。他没有参加过一天活动，也不知道该组织的具体名称。当时部队的结论是政历问题已交代清楚，态度老实，因此这份材料没有引起重视。老章认为，事关重大，不能轻信管俊本人的申辩。特务嫌疑，宁可信其有，不可信其无。本来考虑根据他的表现给予摘帽的决定要推倒。既然不摘帽，就要批判他的翻案活动，但又不能点明是特务嫌疑问题，这样难度就相当高。场部要求连队派得力干部落实抓好这次批判会。结果任务落到了“白腊克”头上。“白腊克”只得放弃春节回上海休假，在连队值班。我和洪流本来就已定下春节留队值班，正好被“白腊克”抓差，我们后悔也来不及。不过参加这临时组成的大批判组也有诱惑力，可以亲眼看一看管俊的档案材料。长这么大，只知道档案袋对一个人是何等要紧，哪怕人死了，他的档案也并不因之而毁灭，却从来没看到过档案是什么样子。更何况这是管俊的档案，我要看看他以前讲的到底哪些是真哪些是假。当管俊的尺把高的档案放到我面前时，我心中有一种说不出的敬畏感。老章在一头一尾参加了大批判组的活动。头是来下指示，尾是来听汇报。老章强调了把死老虎当活老虎打的必要性与重要性。他走后，“白腊克”对洪流与我说，这是场部拆烂污，让我们来揩屁股。反正列个十条八条，分门别类每人写一两篇发言稿对付过去就是了。接着就是看档案。开头我兴趣很浓，两个小时看下来就头昏脑胀。我想，真是看人挑担不吃力，平常看那两个跑外调搞材料的穿得山清水绿，好像很舒服，其实他们的工作是很费神的。我只记得有几起材料是他在回沪休假期间冒充纠察在北站附近对进行无价票证交易的人进行勒索。还有在旅馆里与人奸宿被当场抓获，他在检查里写道是因为怀疑老婆有外遇而存心报复。还有在他被褥底下搜出来的一叠给兰州一个表妹的情书，据他的陈述是根本不存在这样的表妹，表妹是他虚构的，目的也是为了发泄对老婆的不满。这些事我从没听他谈起过，故而印象特别深刻。我由此意识到自己过去对管俊的看法未免太天真了些。我怕自己的一些言行已经在别人眼里造成了为坏分子张目的印象。那天晚上，我对洪流说，看来我们有点太轻信管俊了。洪流说，我从来不认为他是个无辜的好人，也不认为他是个坏人。那些事都是鸡毛蒜皮，要没有“特嫌”这一条，还不给他翻案了？这就是政治。我们对他已经仁至义尽了，现在我们也没办法。

老章听了我们的汇报，感到满意。那是正月初三。初五下午，管俊就回队了。他不是真在家里呆不住自觉归来，而是一清早让人从热被窝里揪出来，戴上铐子给押回来的。我们也没想到会搞得这么严重。批判会早开晚开关系并不大，管俊也不像听到风声会逃走的人。也许场部是有意要煞煞他的威风。也许场部军、工宣队的头头要出一口被骗的恶气。管俊一到寝室，神情就呆呆的，两颗眼珠再不那么活络。洪流对他说，你早点睡吧，明天要开你的批判会，到时候你不要太犟，这对你没好处。他没有反应。隔了好一会儿，他突然说，我这人就是不想要好处，所以才到今天这地步。已经犟了四十多年，这辈子也改不过来了。本来，大家刚从上海休假回来，说说小道新闻，尝尝带来的菜肴与点心，寝室里是很热闹的。看到管俊像罗汉似的端坐着，连“阿跷”也没有了说笑话的兴致。那晚大家都早早睡下，熄了灯。隔着帐子，我看到对面铺上管俊嘴上那烟头的红火。这晚他吸烟卷不抽烟斗。

第二天的批判会放在新建成的水泥仓库里开。水泥仓库比食堂小一半，气氛就能热烈一倍，这是“白腊克”的主意。老章亲临会场，这也是“白腊克”的主意。管俊一上来就摆出一副血战到底的气概，坚决不低头认罪。那天押管俊的有一个是“眼镜蛇”，不知为什么挑上他，也许因为他曾在斗管俊时出过丑，相信他的斗争精神能更彻底更坚决。他那天确实表现积极，一个个头拓打在管俊的后脑勺上啪啪响。管俊咬牙切齿地挺着脖子，像绑在斩妖台上的孙悟空。人群中窃窃有声，这小子犟，真犟！老章及时出来掌握政策："管俊既然要顽抗到底，那么让我们用批判的武器批得他低下头来。下面开始批判！"批判稿念了半个小时，其中我与洪流各念了一篇。老章问："管俊，你服罪不服罪？"管俊又操着三十年代的电影国语回答说："我不服。我想不通。有的人明明知道我是对的，平时也是表示了解我、同情我的，今天一翻面孔来批判我，我更想不通。这是不是毛主席教导我们的'实事求是'的态度？这是不是'做老实人，说老实话，办老实事'的作风？"我的整个脑袋顿时轰轰地烧起来。管俊啊管俊，你这小子就是个道貌岸然的正人君子？我们平时待你这么好，想不到你在公开场合咬我们一口！我不相信他说这话是因为冲动。我看过他档案了，我再也不会那么天真。他不会不知道批判会不过是官样文章，我们也是出于无奈。他这么说是经过精心考虑的，一定的！他为什么要这么说？他要让我们在他面前感到惭愧，他从感情上要控制我们，哼！批判会结束，我就对洪流说，管俊这家伙不是个东西。他要把我们捏在手心里。今后我们有什么事要避开他。洪流说，他不可能捏住我们什么。

管俊回寝室后就摆出要自杀的架势。他不吃饭。为了显示绝食的决心，他端坐在一张小板凳上，面对着床，床底下就摆满了瓶瓶罐罐。酱油、豆油、米醋、辣酱、麻油、红油、食盐、味精、榨菜、乳腐、卷筒面、饼干、火油炉，各色俱全。他在吃的方面历来是不马虎的。他一直对人说，我工资四十二元，在连队里除了古书记就轮到我了。古书记的工资要养家，我老婆不要我贴家里一分钱，全由我自己支配。我主要用来吃。农场干活那么苦，身体第一。他把知青说得个个眼馋。他就有那么点气派，不怕别人眼馋。现在他绝食了。我看着他的背影，不去理他。这天下午他没有出工。傍晚收工回来，他还是那么坐着。我们去买了饭回来，他照样岿然不动。"阿跷"问："管俊，你怎么不去买饭？"他说："我吃不下。"洪流端着碗过来劝他，好说歹说了半天，他无动于衷。后来洪流让"老精"去替他把饭买来，管俊说："不用买，买来我也吃不下。""老精"拿他的碗走了，他也不阻拦。

我认定他又在演戏，抱定宗旨不去凑热闹劝他，管自己看书。到晚上九点左右，洪流来拍拍我的肩膀，我跟他走出寝室。走到灌渠边，洪流说：“他这样不吃饭怎么办？”我说：“不用理他。你越理他他越拿架子，难道他真的要找死？我看他不是这种人。”“不，这回他像是真的，”洪流说，“他刚才在哭。”“是吗？”“眼泪哗哗地流下来。你还记得哦，他跟我们说过，当初知青下乡后把他们几个牛鬼拉出来示众，我们望庐中学有几个人往后缩，悄悄议论说，这是他们的牛鬼，不是我们的。他还有闲心观察，还嘲笑我们。这回他认真了，绝望了。我怕他真要出事情。”我被他说得毛孔全体肃立，说：“要真是这样，我们能有什么办法？”“但我们也不能见死不救呀！”洪流说，“你怎么一下子把他恨成这样？我们应该原谅他，他到这地步头脑是发了昏了。”我这时其实已不再恨他，但也真想不出什么办法。我说：“只有向‘白腊克’汇报。”洪流想了想说：“也只好这样了。”

“白腊克”被我们从床上叫起来。他赶来对管俊说了半天，也是“泥牛入海无消息”。“白腊克”临走把我与洪流叫到门口，叮嘱我们晚上睡觉睁一眼，闭一眼，以防他寻短见。管俊坐了一晚，洪流与我躺在床上陪了一宵。管俊一动不动，甚至没有抽烟，但我总觉得闻到一股烟味。这烟味就像月光下米泔灰色的河水，滞滞粘粘的。天快亮时，我忽然想到，管俊如果要自杀，昨天下午我们都出工去时他尽可以从从容容地了此残生，那时不死，现在也不会死。我发觉上当，这才恨恨睡去。再睁眼，天已大亮。我连忙搜寻管俊，他还泥塑木雕似的坐在那里。他要坐死吗？一样的死，他为什么要选择这样艰苦的死法呢？

出工前，“白腊克”领着老章到我们寝室来。我们都出工去了，老章是怎么进行政策攻心的没有看到。到中午，我们收工回来，已经看见管俊在火油炉上下面条了。管俊吃饭了，我和洪流也放心回上海休假去了。半月后回来，管俊与我们的关系又恢复原样。至少在他这方面是作出了这样的表示。我呢，从此对他再也不能像以前那样真诚。我无法摆脱他要控制我们的想法。

一九七六年上半年，命运安排我亲身体验一下受批判的滋味时，我才明白上帝是何等的煞费苦心。他没有让我白白地跟管俊相交一场。批判会上我沉着地翻开工作手册，把别人批我的话一字一句记下，把我要回答的话先在本子上写好，然后照本宣科，这种姿态不免使批判者的神经大为紧张，使他们的措词不知不觉地拘谨了许多。到后来我竟发现他们对我手中的笔害怕起来，一个最稚嫩也最激烈的批判者忍不住对我喝道："你不要只管记，记，记，你想秋后收账吗？"我也忍不住得意地回敬了他一眼，我使自己的眼神充满迷惘。那时我觉得管俊附在我身上。那套战术并不是从他那儿学来的，管俊的斗争策略还没那么现代化。但管俊教我坚信一条原则："伸头一刀，缩头一刀"，"宁为玉碎，不为瓦全。"没有这种战略思想，再好的战术也发挥不了作用。

一九八二年，我第一次回农场去观光，下午我特地步行六七里地从新场部赶回队里去。队里从鼎盛时期的五百多人走剩下一百多人。这一百多人还是在册的，实际在队里的只有五六十人，偌大的宅区显得冷冷清清的。我们那时候刷的大字标语依然还在墙上，人们懒得用石灰水去将它盖掉。知青连七二届的也几乎都走光了。我主要是来看管俊的，幸好他在。他一头花白的硬发提醒我跟他一别已经快十年了，但其他方面几乎没有什么变化。还是穿着那深藏青色的军便服，还是扎着绑腿，眼睛还是那么贼亮，精力还是那么充沛，笑起来还是嘴角一牵一牵的，只是牵的日子久了，嘴巴似乎有点向右歪。我问他，你好吗？他说，很好，我早就摘帽了，彻底平反。接着他跟我大谈在平反会上他怎么责问老章，说得眉飞色舞，声若洪钟。老章那时是场党委书记。正说着，一个三四岁的小女孩蹒蹒跚跚地滚到他脚边，抱住了他的腿亲昵。他摩挲着她的小脑袋，说："叫'外公'。"他又指着我说，"叫'阿舅'。"他说："你看这是谁的女儿？"我一看她的朝天鼻孔，就想起蒋杏芳来，但一时她的名字和她男人的名字都卡在记忆的黑匣里出不来。我猜得不错。管俊说："康大为半年前又抓进去了。他劣性不改，在外面赌博，输了钱就去偷。杏芳也是苦命人，还要拖带两个女儿。我们就相依为命。”他说这话还是显得很豪迈，一副军人势派，像在大会上作演讲似的。

因为人少，拆掉了原来做仓库的一排茅屋，他住的家属宿舍门前的空场有篮球场那么大。他在场中心摆了一张小方桌，一定要我陪他抿几口。在这么一大片空场的中央和他面对面地坐在小凳子上说话，我有一种很奇怪的感觉。我觉得好像在哪里多次见过这幅景象，我觉得我们正在变成石头。

我没问他的妻子、儿女。

如今，他该是退休了，他还在不在农场里呢？但他还叫管俊，还是那个青春常在的名字。

二十一

古书记一本正经地把我召到他的小茅屋去，这还是第一次，往常都是我主动地逛上门去的。他劈头问我：“你给出版社投过稿吗？”话中似乎含着怒气。我说：“没有呀。”的确没有。他不相信似的审视了我片刻，然后说：“场政宣组来电话，出版社到崇明来招生，要你去，七天，明朝到南门港报到。”我又高兴又疑惑。出版社怎么会挑上我？招生怎么要七天？古书记吭哧吭哧也说不清。反正你去，他说，我内心里是舍不得放你走的，但你们有前途，我不会当绊脚石。我忙说，不可能的，哪能会把我招去？我水平还不够。他说，你去就要全力以赴。你也不要有压力。暂且先不要对别人讲，等有了结果再说。他随即弓起背脊盯着自己的鞋尖看。我陪他默默地坐了一会儿，想跟他聊聊别的话题，脑子里一下子空空如也，只能看着他的精神沿着脊柱一点一点沉入脚底下的泥地里去。我觉得很有点对不起他，但虽说士为知己者死，毕竟我还得为自己打算。我回去就悄悄跟洪流商量。洪流想了好久说，不是没有可能。过去的一批编辑、记者都到干校去了，现在要从工农兵中再招一批新生力量。你要准备准备，有备无患。我也不知道怎么准备好，就躲在帐子里捧着一本空军某部印的《读报手册》翻来覆去背了半宵。第二天我带着《读报手册》与《毛泽东论文艺》上路。在公共汽车上望着路边一块块青里泛黄的稻田，我还在背山有多高河有多长以及十次路线斗争意义多伟大等等。赶到县革会招待所报到后，才知道是知识青年文艺创作学习班。但谁知道这学习班是不是选拔编辑的新方式呢？我这颗心始终不敢完全放下。

学习班报到了十个知青，六男四女，来自五个农场四个公社，基本上一个单位一名。上午十时在第二会议室正式开幕。那是一间朝西的旧平房，外面艳阳当空，屋里却是阴沉沉的。这种灰蒙蒙的色调我很熟悉，我家后间就是这样暗洞洞的，它叫我失望不少，也宽心了许多。我们围着一张乒乓台大小的旧饭桌坐。出版社来的编辑姓李，他是我生平见到的第一个编辑。他身材魁梧，四方脸，狮子鼻，铜铃眼，阔嘴巴，按说应该是很威严的，不知怎的却不感到他威严，反感到有些滑稽。这也许跟他的带苏州腔的普通话有关，听起来好像牙齿有些漏风似的。他说，他是代表出版革命组来的，出版革命组就相当于“文革”前的出版局。他编的《文艺轻骑兵》是出版革命组成立后出的两套丛书之一，已经出了七期，这次他来组织第八期的稿子。“大家都是笔杆子，”他说，“我刚才跟几个同志稍稍聊了一下，都是爱好写诗歌、散文，喜欢看小说的，没有写过文艺演唱材料。也许有人以为写这个要比写诗写小说容易，我看不一定，尤其是在‘文革’中的今天。第七期我到川沙办班，也来了十几个人，水平都不错。有的脑子非常灵活，相当能写。但他们每个人的构思都枪毙了至少两个以上。为什么？路子不对。他们用的都是‘文革’前的老路子。‘文革’前我是编《小世界》的。《小世界》我想你们都听说过，是全国很有名的群众文艺刊物。获得华东戏曲曲艺会演一等奖的《审桌子》，获得全军曲艺歌舞调演二等奖的《弓弦河边》，就首先发在我们刊物上。这次我也带了一九六四、一九六五年两本合订本来，你们有兴趣的话可以翻翻。但是，你们千万不能按照那个路子写，千万千万。”

他说到这里恰到好处地一顿。别人的心思不知道，我已开始感到他的威严了。我想起洪流说的，以力服人不能服人，以理服人才能服人。“路子”这一说我是头一遭听见。原来我以前都是“盲人骑瞎马”，如今才是“拨开乌云见青天”了。

“我给你们举几个例子。”他舒展了一下身子说，“川沙班上有人构思了个小演唱《三岔桥头》。有个地方是三条河的交汇点，那上面架了座有三道坡的桥，叫三岔桥。有个老贫农挎着一篮新鲜鸡蛋来到桥上。往东到国营收购站，往西到集市贸易，老贫农思想斗争了。他已经超额完成鲜蛋的征购任务了，而且女儿国庆要结婚，他要多卖几个钱给她买块灯芯绒做件两用衫。他想了半天决定上集市贸易去。这时他女儿追来了。女儿早晨听阿爸说卖了蛋去给她买衣料，很高兴，但后来一想，阿爸不要为了多赚几个钱到集市贸易去？女儿她们‘铁姑娘’战斗队订了革命公约，要处处当一心为公的先锋。但女儿知道阿爸是有名的‘老牛筋’，发起艮脾气来三部拖拉机也拖不回。这个作者很会写，他把阿爸与女儿的戏处理得妙趣横生。最后，阿爸高高兴兴跟女儿到国营收购站去交售了鸡蛋，卖了蛋以后到隔壁布店去买新到的涤卡。这批涤卡是上海厂里工人老大哥的支农新产品，比灯芯绒既便宜又好。听到这里，大家发觉什么毛病没有？”

老李如炬的目光从一个个人的脸上扫描过去。我的心紧张得咚咚有声。喔唷，真的考试了！一个念头在大脑皮层上一闪，我的右手不觉举了起来。

老李咧嘴一笑，大家跟着笑了起来。该死！我怎么把课堂里的动作露出来了？老李说：“你说说看。”我已经把那灵感忘得干干净净，只能盯着他的阔嘴看。“别紧张，”他说，“你还不习惯吧？在这期学习班上，人人都要习惯，都要谈构思，都要先学会口头表达。文艺演唱材料首先是一种口头文学。你这勇气很可贵。我们其他同志都要向他学习。”

这个开端不错。我一下子想到上小学第一天课桌翻倒砸了脚，第二天却让我捞到了个班主席。福至心灵。我说：“涤卡要比灯芯绒贵。”

老李又笑。他一笑，大家也跟着又笑。“是的，这可以算一个问题。不过如果说是支农产品，出厂价，特别便宜，也可以说得通。”

众人笑得更加放肆。我有些恼火，这样笑我毫无道理。我说：“那么灯芯绒也可以有支农产品，也可以出厂价。”

这话更给笑声火上添油了。“当然，当然。不过根据需要，这点艺术虚构还是允许的。”老李忽然忍住笑，正色说，“我顺便跟大家说说生活真实与艺术真实的关系问题。《红灯记》大家都知道，但你们是不是知道，铁路巡道工平时干活并不提着红灯，红灯也不能拿回家去。这就是‘源于生活，高于生活’。”

这时，来自公社的一个姓倪的高中生说：“是不是集市贸易不能写？”

“为什么不能写？”

“因为集市贸易是走资本主义道路……”

“这恐怕不能这样说。”老李说，“集市贸易在政策上还是允许的。集市贸易跟三年困难时期的自由市场还是有区别的。农民把农副产品拿到集市上互通有无，国家并没有明令禁止，文艺作品应该还是可以反映的。”

“但是文艺作品应该反映典型，”小倪说，“集市贸易是不典型的。它是属于终究要淘汰的旧事物。”

“你说典型问题思路是对头的。”老李说，“但是问题还不在能不能写集市贸易，集市贸易生活中有……”

“生活中有的不一定都能写到作品里去，”小倪顽强地要表现出水平比我高出一截，“生活中现在农村还有自留地，文艺作品能不能写呢？”

“能写。”

“能写？”

“当然能写。我们第六期上就发了一只小戏曲，写公社开河要经过某家自留地而引起的矛盾。”

小倪说：“我有篇小说就写自留地的风波，被《文汇报》退了回来。编辑说文笔很生动，但选材落在自留地上不行。”

“你是怎么写的？”

“我写一家人围绕自留地上种啥引起的矛盾。阿爸要种蔬菜，蔬菜收入高。阿妈要种棉花。棉花收入没有蔬菜高，但阿妈是织布能手，她织的土布花样别致，可以拿到广交会上去。女儿要种水稻。种稻最辛苦，但要贯彻以粮为纲，要多交公粮，支援亚非拉……”

“好了好了，我知道了。”老李连连摆手，“你这样写当然通不过。这种构思在学习班上谈，我立刻枪毙。关键不在自留地能不能写，而要看怎么写。恩格斯不是说，不仅表现做什么，而且表现怎么做吗？如果第六期上的《向阳河》写让地不让地的矛盾，就不可能发表。为什么？这样写和《三岔桥头》有个同样致命的问题，把贫下中农的思想境界写得太低。从表面上看是写贫下中农自觉斗私批修，但实质上是歪曲了贫下中农光辉形象。生活中有没有把蛋拎到集市贸易上去卖的贫下中农？有，肯定有，但写到文艺作品里就不典型。文艺作品中出现的贫下中农，是贫下中农的代表，是典型形象。如果被人说有意往贫下中农脸上抹黑，白纸黑字，这事情就麻烦了。那么是不是反过来，写女儿觉悟低，女儿刚从中学毕业回乡插队，阿爸对她进行再教育，行不行呢？问题没这么简单。从知识青年接受贫下中农再教育角度看好像行得通，但从另一个角度看就不对了。青年是早晨八九点钟的太阳，世界是属于你们的。毛主席还说，青年是整个社会力量中一部分最积极最有生气的力量。把青年写成自私自利，患得患失，也是不典型的——刚才小倪不就说集市贸易必然要淘汰吗？”

老李说着斜了小倪一眼。这一招我知道，鲁迅的文章里把这叫作顺便带一枪。老李这一枪带得真漂亮，真正的大将风度。

“那么怎么办呢？”老李面露得意之色，“我们经过反复的学习，学习毛主席的教导，对照革命样板戏，同志之间不断地进行讨论、辩论，领导也来一起参加。我们现在得出的认识，就是要写先进与更先进的矛盾。这是由工人阶级、贫下中农的阶级性质所决定的。工人阶级是先进阶级，贫下中农是可靠的同盟军，解放军是工农子弟兵，你不首先肯定他们的先进性肯定什么？他们中间也有落后分子，但那是个别的，非主流的，不典型的，文艺作品中出现的工农兵起点一定要高。这是个立场问题，大是大非问题。但是，毛主席又说矛盾是普遍存在的，矛盾的斗争是绝对的，即使在阶级消灭之后，还存在着新与旧、正确与错误之间的斗争。我们的理解就是先进与更先进的矛盾。在《向阳河》里，我们设计了一家三口围绕着让地以后要不要补偿，要补偿怎么样一块自留地的矛盾。在让地上没有矛盾，这是起点，表现了贫下中农‘公’字当头的觉悟。这里还要注意，一定要写公社领导主动关心为他们准备了一块很好的自留地，我们注意宣传不能违反政策，搞‘一平二调’。在《三岔桥头》里，我们把阿爸改为本来就是打算到收购站去的，在桥头上看到女儿急急追来，故意作出往集市那边走的样子，逗逗她，结果跟女儿闹了个小误会，这样改戏剧性一点也不减少。这样你们是不是对路子清楚了些？”

（几年以后，于会泳在一个报告里把“误会法”、写“先进与更先进的矛盾”归结为“无冲突论”，而“无冲突论”则是“阶级斗争熄灭论”在文艺战线上的反映。所幸的是老李与在他指导下写了这类作品的我并没因此而倒霉。）

大多数人，包括县文化馆的几个干部，与我一样以一种如梦初醒的瞠视来默默地向老李表示敬服。也有不买账的，小倪便是一个。那时他有一首诗在《文汇报》、一首诗在《解放日报》备用。在正式开会前的闲谈中，他已让差不多的人知道他有这份光荣的资格。也难怪他这样自命不凡。当时全国只有这两家报纸有每周一版的文艺副刊，有多多少少写小说诗歌散文演唱灯谜游艺材料的作者要挤进这窗口去露脸。据小倪说，从自发来稿中选用的比例万分之一还不到。这样，没发表的稿子也分出了档次来。最次一档的是“铅退”，夹进一张千篇一律的铅印退稿信，开头总是“首先让我们共同祝愿”，结尾总是“此致　革命的敬礼”。我收到的一叠退稿信都在这一档里。第二档是“信退”，编辑动笔在便笺上给你写上几句。第三档是“备用”，十有八九备了一两年后石沉大海。第四档是“留用”，都打成了毛条样挂在墙上，在一年之内有可能登上版面。因此，通知“备用”就变成一项荣誉，就像得到奥斯卡奖的提名似的。小倪有这样的资本，又是县文化馆的创作台柱，他就不肯轻易地在老李这种曲艺编辑面前俯首称臣。他问：“那我们是不是可以写个中农斗私批修呢？”

“不行，”老李毫不犹豫地回答说，“这是‘中间人物论’。”

“我不让他当第一号人物，把他处理成转变人物。”

“也不行。这样的人物会抢戏。他很容易被写得活灵活现，你第一号人物压不过他。《海港》里钱守维只有几句台词，他一开口观众就笑，要动用多少场面、唱段方海珍才把他压住？在一个小小的篇幅里，正面人物很难做到这一点，结果就正不压邪。你一滑就滑过去了，让人家说是黑线回潮，挂羊头卖狗肉。”

“我想试试看。”

“我劝你不要试。你一定要试也可以，成功的希望很小。在这方面我有足够的经验教训。《小世界》上发过多少这样的作品。如果能发这种作品，我也不用乘船跑到崇明来。”

“那么反映阶级斗争呢？”

“阶级斗争当然可以反映，应该反映，但是我们要求写出新形势下阶级斗争的新动向、新特点。在这方面没有扎实的生活功底不行。你还是写杀人、放火、放毒那种老一套不行。第五期上我发了一只小戏曲《一抓就灵》，它写地主破坏，你无论如何猜不到。地主把稗草籽拌到猪饲料里，稗草籽是不消化的，猪吃下去都拉到猪粪里，这种猪粪撒到田里，稗草就长得特别旺，拔都拔不光。这一点没有生活是绝对虚构不出来的。你们说这样的破坏有没有新意？阶级斗争不好写，能写到这样的水平我就要。”

“哟，这哪里想得出来？”小倪说，“这，这……我还是写个对口词算了。”

大家都笑起来。老李看了看表说：“好，见面务虚到此结束。吃了饭休息一会儿，大家考虑一下，下午一点半在这里开始谈构思，晚上接着谈。等大家的构思差不多都通过了再分头写。磨刀不误砍柴工，构思第一，写，我相信大家问题不大。”

在中午的饭桌上，我们十个在老李“枪口”威胁下的少男少女很快就混熟了。要不是上午出了“涤卡”洋相，我会跟他们更熟。跟生人打交道我有些天赋，那天我稍有些闷闷不乐，就让小倪独领风骚。吃罢饭，他就当众朗诵他的那两首备用诗。老李为了工作需要保持着师道尊严，基本不苟言笑。后来等我们十之八九出了作品，他才渐渐活跃起来。我这才发觉他是个很可爱的人。他十八岁时曾是最可爱的人——志愿军文工团团员。他随身带着一副快板。在最后两天的晚上，他都给我们表演几个小段。他的板子耍得极好，会在手里滴溜溜地转，又会抛到半空中，手从背后去接住，像玩杂耍一样。他还给我们念《小世界》合订本里那些精彩的中间人物的说白、唱词，陶醉得情不自禁地摇头晃脑，像戏里的私塾先生念子曰诗云似的，念完后却告诫我们千万别受影响。他还带来理发推子，给几个人剃了头。最后一晚他情绪最高涨，听说县革会招待所原来是个祠堂，我们开会讨论的大屋子是停棺材的偏屋，他就乘兴给我们讲了几个鬼故事。讲得几个女生装腔作势地嗷嗷叫，叫得他心花怒放，也忘了告诫我们肃清影响。越到后来他说话越没遮拦。有一次，他正帮我们破除头脑中的“文化工作危险论”，冷不防话锋一转说，有什么可怕的？我还参加过“四一二”炮打呢。谁还能保证不犯错误？我是复员军人，三代贫农，怕什么？此言一出，不要说我这政治肾亏的心里发毛，就是文化馆的老秦、老郁等人，一时脸上肌肉也活络不开。后来，小倪打听来告诉我们，说老李本来是出版社红卫军的头头，就因为炮打才罚下来做编辑的。这时，我们都怕自己会不会白辛苦了一场。

那天，大家都担心在这样厉害的编辑手里一星期过不了关。他们问我，我胸有成竹地回答：“我写小戏。”他们不禁又对我刮目相看。

到这地步，我基本上可以肯定，这是我一生中的一次重大机会，而这机会来自我半年前的一次大胆的行动。那天上午给油菜追肥，九点半收工，我揣着我写的小话剧《葵花朵朵向太阳》到场部去。这本子我曾呈古书记审阅。他拿去研究了两天，郑重地对我说，你看怎么办呢？连里还没有文艺小分队。我说，那就还给我吧，请您提提意见。他说，我也不懂，我看看蛮好。你是不是给场部小分队去？场文艺小分队的据点在原科研站，去要走一个半钟头，我决定还是上场部。那天政宣组的干部都在参加周四劳动，植树，我一直找到林带里。一个四十开外额头很宽的中年汉子接下了我的剧本，我彬彬有礼地请教他贵姓，他说免贵姓郑，后来我才知道他是政宣组的实际一把手。老郑把剧本转给了场小分队，小分队的编导“长脚”写信来把我请去谈了一次。他说他很喜欢话剧但小分队没有排演的能力，希望我能写些对口词什么的。后来我就写了些对口词、三句半等等寄去，结果就再也没有回音。我原以为这件事就到此为止了。但除了老郑还记得我这个人，谁还可能推荐我到这学习班来？我们农场有一万多人，我是这一万多人的惟一的代表！虽然不像招什么编辑，但我见到了一个编辑。创作简直就像走钢丝一样，又好像穿越迷宫，一步一个陷阱，一条政策一堵屏障。怪不得我以前不断地写，不断地投稿也不断地退稿，没有个向导我怎么摸得到路？只要这次能上了路，我相信我一定能争取到光明的前途。要上路，我就要不怕困难，从难从严，披荆斩棘，不投机取巧。所以我一定要选择最难最复杂的形式——写戏，况且我有个《葵花朵朵向太阳》垫底。

下午一开场我就第一个谈构思，谈完就枪毙。又谈又枪毙，再构思再枪毙。很简单的两条理由：“没戏，撞车。”三天过去，十个人里有七个通过了构思，小倪已经把对口词写出来交了卷，我还在构思。他劝我，马马虎虎写个什么能交账就算了，这种东西没意思，写诗才是真的。我说，我宁可写不出，要写就要写戏。县文化馆的老秦见我倔得要自杀的样子，就拖着老郁一起来帮我。老秦生个酒糟鼻子。他“文革”前在《小世界》上发过两只小演唱，是文化馆里惟一懂戏的。但他解放前在乡公所干过一年文书，所以到学习班上基本是一言不发。他来帮我，实在是我的精神感动了上帝，但他要拉个刚从部队复员的老郁壮壮胆。在他的一个个道具、一个个细节的具体指导下，我终于搭出了一个小戏的架子，反映的是“先进与更先进”、“更先进与更更先进”的矛盾。他立刻乐颠颠地去把老李找来。老李那时已明显地流露出对我的失望。我谈构思，老秦不断地在旁边添油加酱。老李听完，脸上也浮出了喜色，说，这个构思要是能写好，倒是不错的。孝秦得意地摸着红彤彤的鼻子尖问，比以前发的几个小戏怎么样？老李说，不差。

诚如老李所言，搭好架子写起来果然很容易。我一天半就拿出了初稿。老李的脾气，他喜欢越俎代庖地给人大增大删。小倪对口词中最得意的一句：“胳膊上跳荡着红臂章”，就让他朱笔一挥改掉了。老李说，臂章怎么会跳？小倪说，我设想的臂章是像过去少先队队长的标志，不是袖章。老李说，你见过哪个红卫兵戴这样的臂章？小倪说，艺术真实嘛。但他没有再坚持，发表第一，艺术第二。我没有小倪那点世故，对别人改我的心血的结晶很不超脱。于是我就跟他争。我跟他几乎是寸土必争。争到后来，他对我说，我还没见过哪个作者像你这样的。其实还是他自已怂恿了我。要是他对我的抗争恼怒地板下脸来，我想我是不会有勇气再争一句的。这样争争改改花了一天，稿子上已经被朱笔划得遍体鳞伤，惨不忍睹。老李把稿子拿去，第二天上午掷还我说，你把它誊清，昨晚我仔仔细细看了一下，这篇东西还是很不错的。从此老李对我留下了深刻的印象，一年后还把我借到出版社去做了三个月的业余编辑。

命运女神开始向我微笑。

整个学习班只有我一人写出了戏，我的自我感觉顿然变得好起来。我开始注意到，四个女生中有一个别具风韵。老秦在学习班结束前夕对四员女将作了一个归纳性评价。一是动中有静，一是静中有动，一是动中有动，一是静中有静。那个女生是“静中有动”，名唤庄丽。她并不给人以端庄美，而是一种梦幻美。那种梦幻美来自她的一双眼睛。她的眼睛很大，瞳仁很黑，特别是睫毛又密又长，眨动之间，有一股说不清的灵秀之气从那里像雾一样地弥漫出来。当然，那么美的一双眼睛还要有五官、身材的恰到好处的配合。甚至她的嗓音，像饴糖那样淳厚，甜而不腻，也与那双眼睛珠联璧合。我看见她的第一眼，就觉得心里有块什么东西被她的眼睛吸了进去。但是那时我专注于事业，心上少了一小块也无暇顾及。待大功告成，我才向她那双眼睛去寻找我失落的东西。我不是说我已经意识到自己爱上她了。恰恰相反，那时我正意识到自己不可能跟她去谈恋爱。她是高中生，年龄的差距，在我看来相当严重，是个不可逾越的障碍。我那时也没有强烈的要去逾越的愿望。我意识到自己还不到那年纪，“先立业，后成家”嘛。正是知道旁人不会以为我对她不动好脑筋，我才敢放心大胆地走近她。看她的眼睑抬起，眼睫似乎沙沙有声地像孔雀开屏似的展开，听她那沉静恬美的笑语像冬天的阳光一样流淌，我心里很舒坦。她是第一个让我感到那么有观赏价值的女性。我说观赏，就是“亭亭玉立，可远观而不可亵玩也”。她跟来自红旗农场政宣组的一个姓于的高中生在一起谈得比较多。这并没有引起我对小于的任何嫉妒。他们并没有亲密到让人嫉妒的程度。即使他们表现出有谈恋爱的倾向，我也只会为他们高兴。我觉得他们很相配。小于的歌唱得很好，他跟专业声学老师学过。他给我们唱了一回。一间百来平方米的屋子，他站在中央，我们坐在四周的铁床上。他唱到高音舒展的部分，铁床架似乎震得发出嗡嗡的回声。能唱得这么响还不好吗？他们在一起并不谈唱歌，而是谈诗。他们谈贺敬之、郭小川、田间、闻捷、芦芒、李瑛，当时我对这些大诗人一个也没听说过。那时我就暗暗下了决心，我非要学会写诗不可。

不到一年，我又如愿以偿，我的一首二十几行的诗在报上发表了。对当时盛行的四句民歌体来说，那无疑是首长诗了。

幽默诗人匡吉说：“当每个人都起来嘲笑自己的幼稚，这个世界要完蛋了。”

二十二

在农场四年里我只给家人写过一封超过一张纸的信。那回我一口气密密麻麻写了三张。要不是怕信超重，我还有许多话可写。这封信没有使我达到预期的目的，却让我赢得了一个意想不到的收获。那是在我二十几行的“长”诗发表后的第十天，一个天气晴朗的场休日的下午。

这信是寄给正在干校轮训的母亲的。三天前，我收到她从干校寄来的信。她看到了报纸上刊出的我的名字，欣喜之状溢于言表。她还在信中写了一首贺诗。她的诗自然只是些分行不押韵的豪言壮语，不像我写的豪言壮语讲究格律。她只念过三年小学，以后全靠自学，好像上过一年电大的中文系。但这是她第一次明确地将我作为一个成人对待，我读着她的信，手指便脱力似的哆嗦起来。以后两天，我把她的信揣在短大衣的口袋里，看周围没人时不时地拿出来读一遍。我在酝酿一件大事。既然母亲这样看得起我，我应该利用这个机会就家里的事情向她进谏。那时，阿爷、阿娘与外来人的矛盾已日益表面化、尖锐化。一个月前我回家休假，阿娘向我诉说母亲怎么嫁了男人偏了心；母亲则给我看一件男式短袖白涤棉衬衫，衬衫的前襟上是一串半粒黄豆大小的近似三角形的小洞。她认为这小洞是阿娘半夜起来用剪刀头偷偷戳的。这洞看起来确实像剪刀头钻的洞，但我一口表示不相信，我不能相信阿娘会干这种下流的勾当。我认为这也许是老鼠的脚印或者是什么虫子啃的。母亲对我这种强词夺理的说法很恼火，当场气得两颊通红："你说我没有调查研究，你调查了吗？衬衫是晾在衣架上悬空挂的，老鼠怎么爬得上去？为什么一起晾着的别人的衣服都没洞，就你阿爸的衬衫有洞？"母亲是个脾气石硬的人，比一般男人的脾气还硬。她一生吃亏也许就在那"硬"字上。但她的"硬"脾气对我们三兄妹性格形成的积极影响，怎么估计也不会过分。一九七六年我体验吃冤枉官司那种生活时，她特地到菜场去买了只肥鸡来炖了给我独享，让我补足了元气有精神到批判我的会上去跟人唇枪舌剑。她崇尚真理，从来没有劝过我一句向恶势力低头、妥协以保全自己的话。在她的熏陶下，我们三兄妹都没有叫苦的习惯。当苦成为一个不可更移的现实时，我们就都迎头撞上去，以把苦的厚壁撞个窟窿为自豪。因此我们也都有点自以为是，好为人师，以自己脑门上曾经起过的包作为教育别人的资本。好在我们都扮演着注册登记的"教育者"的社会角色，这样的缺点也就不太明显，甚至对我们的工作有利。但是我们彼此间的关系就再不能十分的亲昵，也许因为我们每个人都拥有自己独立的真理系统，尽管我们相互充满着尊敬与……爱心，然而我们之间不能比知心朋友有更多的情感交流。世上万事，有所得必有所失。也许我们只有等哪个病倒了或者发生了什么急难，才有机会把用理性封闭得好好的感情罐头打开来透透气，或者在对往事的回忆中让感情之潮的涌动投映到脑屏上。我现在想到母亲，就经常看到我十二岁时的那个冬天的晚上。我在黑夜里睁开眼睛，听见床头旁有窸窸窣窣的声音。借着从窗口映进来的路灯的光亮，我看见母亲坐在我的帆布床边上不停地擦眼泪。我半撑起身子问："怎么啦？"母亲的眼泪我是难得见的。她抽泣着说："你要记住……我都希望你们……争气……你们不争气我真是要撞死……店里讨论……补助，有人讲我烫头发……怎么可以……我以后……一个钱也不要……不要这种断命的补助！……"她泣不成声。我慌得连忙去抚拍她的背。她渐渐地平息下来，又说："只要你们今后争气，我当光卖光，苦得还是有名堂的。"这时，阿爷的改良棕绷发出吱吱的声音来。母亲将我按在被窝里，替我掖好被子，站起身来。“不要忘记——”黑暗中突然响彻了阿爷幽幽的声音，“长大以后无论如何要待娘好。阿爷阿娘都是今朝难知明朝的人了，总希望你们以后能过上好日子。三个小人还算是争气的，他们也是有良心的，你以后会享福的。你看着，你福气要比我们好。你去洗个脸，早点睡吧，身体最要紧。”母亲答应着向后房走去，我瞪着眼望着天花板上黑一块白一块的水迹烟痕大气也不敢出。从那以后，母亲真没要过单位的一分钱补助。她从箱子里翻出一件件旧衣服，带着我上寄售商店与当铺去。她轮换着向同事借钱，向某乙借钱来还给某甲，再向某丙借来还给某乙，天知道她是怎么从这复杂的借贷关系中，榨出钱来维持一家生计。但我们三个小孩上学，从没申请减免过一分钱的学费。学费减免人就会被同学看不起。母亲第二次离婚时还不到三十岁，她苦熬着不嫁人，就是为了不让我们被人叫“拖油瓶”。然而等到她一九六七年再度结婚，以为我们已经可以独立去寻求自己的幸福，不会再吃苦头时，我们却觉得非常受不了。这种强烈的自卑感，大半是她身体力行，以牺牲了青春年华的巨大代价灌输给我们的。

但我们一点也没有因为母亲的再婚而怨恨她，她无可指责。她的再婚是那样的偶然而又必然，似乎是由上帝本人出面强行撮合的。我们要恨也只能恨那个恶作剧的上帝。一九六六年的八月间，母亲突然病倒了。发烧，热度不能算太高，徘徊在三十八度左右。就是头疼得厉害，她说像斧头在劈似的，疼得她在床上直呻吟。她是个很熬痛的人。一九六二年患阑尾炎，她一个人走到医院去看病，化验报告出来白血球指数一万二，医生惊讶她怎么还能自己走来，也不叫唤。后来她躺在病床上告诉我们这件事，笑嘻嘻地很得意。这回她疼得“哼啊哼啊”地直叫，后来看病也要我扶着去，我担心事情有些不妙。其时正是那年的第一个“热潮”，医院急诊间的走廊里搭满了帆布床，躺满了中暑吊盐水的病人。预检台已经挪到了大门外的玻璃天棚下，阳光透过绿玻璃瓦把护士和病人的脸都染成出土的铜兽似的。预检台旁放着一只大木盆，里面盛着冷气砭骨的冰水，还有未融化的冰块。据说谁高热不退就丢到里面去浸一浸，这叫物理降温。我想不到载有牛顿、莱布尼茨、法拉第等等伟大名字的美好的物理学竟跟这样残酷的事有联系。在这样的形势下，母亲那点热度还够不上急诊挂号的资格。还是预检台的老护士看母亲脸色可怕（天晓得她怎么从那些青脸中分辨出更可怕的脸色来），给照顾挂号一次。然而那个小医生却没有老护士心慈，眼角一扫病史卡上体温记录就皱着眉头嚷起来："这怎么来看急诊？什么时候还来轧闹猛？我们不要忙死吗！"母亲吃力地说："医生，我头实在痛死了。""头疼？发热头疼是正常的，还有什么不舒服吗？"母亲哼哼着，大概想着怎么来形容自己的痛苦。"鼻子塞吗？喉咙痛不痛？咳嗽吗？想呕吐吗？"他一边问一边拿压舌板、听诊器，问完了也检查完毕，刷刷写好病史与药方，往母亲面前一摔，就喊："下一个。"我暗暗有点高兴，看来母亲没大病。母亲从医院出来精神也似乎好多了，买了两支棒冰，一人一支。

第二天上午我起床，母亲还酣睡着。我轻手轻脚吃了泡饭，就到学校去关心运动。中午回来，家里像被洗劫了一样。物件一点没有遭劫，是阿娘的精神给盗空了。她甚至没有兴致对我嚷嚷。"你娘送医院了，"阿娘说，"阿爷陪去的。""怎么啦？""她说胡话了，不认得人了。背她出门，她小便把人的背脊也弄湿了。"阿娘嚎哭起来。我顾不上吃饭，连忙赶到医院去。急诊间里外找遍，不见人影。我又到住院处去问，没有母亲的名字。我还想办法混进了内科病房，还是找不到人。我绝望了，到急诊间门口看钟，已过了一个钟点，只得回家。一进门就看见阿爷。阿爷说："你冲到哪里去了？你娘住院了，乙型脑炎。"我不知道乙型脑炎是怎么回事，但明白脑子出毛病总是了不得的事。我说："她住哪个病房，我怎么找不到？"阿爷说："她转到专门隔离的医院去了，是不可以去探望的。"我一下子想到也许再也见不到母亲一面，脑袋就跟浸在水里一样。我听见另一个我问："怎么检查出来的？"阿爷在很远的地方说："抽骨水了。""哎哟，"

阿娘叫起来，“抽骨水多少痛呀！”阿爷说：“她已经不知道痛了。就是针戳进去，人勒地佝拢来。”阿娘说：“她讲不出，她怎么不知道痛？她讲不出。这怎弄弄？这怎弄弄？这梁歪倒怎弄弄？”阿爷说：“只有靠菩萨保佑了。逢凶化吉，遇难呈祥。”他又对我说：“你去查查医书看，乙型脑炎到底要紧不要紧？”正说着，门外进来一个陌生的男子，见了阿娘阿爷说：“姆妈、伯伯，人已经送到医院了，医生在抢救。医生说她本来身体好，有希望，现在还没脱离危险期。医院里每个星期一、五下午可以探望。”阿爷、阿娘对他连声说：“辛苦辛苦，亏得你了。”我记不得曾经见过这样的亲戚，有些不祥的预感，但大难当前，也顾不得这些了。阿爷叫我喊伯伯，我就叫伯伯。我立刻上洪流家去找医学书。他父亲喜欢医道，那时所有的图书馆都闭馆整顿。他家中有一本解放前出版的《内科学》，竖排，纸质已经发黄，里面居然有“乙型脑炎”这一条目。据书上说，该病来势凶猛，病者有性命之虞，且无特效药。若高烧昏迷，是为重症，预后不佳。青少年发病较多，预后一般良好，中年则预后不佳。我不知道预后是什么意思，跟洪流一起猜来猜去，估计是“治疗以后”的解释。母亲既是中年又是重症，预后总是不佳为多，就是说哪怕不死，也极有可能得下什么严重的后遗症。我害怕极了。两天后，星期一的下午，洪流陪我上隔离医院去，取探望牌子时说已被人领走了一块，我很诧异。走进病房，只见那个伯伯坐在母亲病床边，床边柜上有一袋苹果。母亲根本不会吃苹果，她还在昏迷中，皮肤失血，呈米灰色。两手两腿都用纱布绑扎在床上，怕她在昏迷中挣扎扭动。盐水针从脚背上扎进去。她紧闭着眼发出一声声呓语般的呻吟。那伯伯默默地坐着，我在他对面站了一会，我与他都注视着痛苦万状的母亲。我觉得屏不过他，就先走了。

直到母亲跟他结婚后我才知道，母亲跟他是在生病前的一星期才见的面，也仅仅见了这么一面。介绍人是邻居顾家的女人。说来他的经济条件并不好，家里上有老下有小，母亲跟他结婚不会给家境带来什么改善。在他之前不知有多少条件比他优越的求婚者被母亲一口拒绝，并不答应见面，鬼使神差叫母亲这次竟然同意了。实在应了一句老话，不是冤家不碰头。而会过一面之后母亲已向顾家女人表示无意再谈，于是一场大病从天而降，这一切排除了老天爷的因素无从解释。阿爷阿娘后来对我说，你们不要怪阿爷阿娘，也不要怪你娘，这是命。我也承认这是命。但我几乎从他住进我家的那天起，就立志要把他从我们的家庭生活中赶出去，这也是命。

我不想以强调我的情感的正义性或真理性来打动人心。我可以说熟谙这种伎俩；应该说每个人都天生善于为自己辩护，而墨客骚人又在这方面受到了专业化的训练。哈姆雷特在知道他父亲被害的真相之前，已经痛恨他的叔父谴责他的母亲，因为他叔父娶了他母亲。而从他母亲的立场来看，嫁给丈夫的兄弟，乃是为了维护国家、王室安定的一种高尚的行为。甚至有的外国戏剧评论家指出，鬼魂出现不过是哈姆雷特制造的一个谣言，否则哈姆雷特用演戏来试探叔父就显得毫无必要并非常愚蠢。但不管怎样，莎士比亚把观众的同情成功地引向哈姆雷特一边，是千古不可更移的。如果我要效学莎士比亚的写法，就要大书特书我恨他的理由。我要写在农场的四年里，有两年春节我没回上海过。我对人声称的原因是可以利用值班期间好好地看些书，等大批人马过了春节从上海回崇明，我再笃悠悠地回上海休假，车也空，船也空，等于捞到了双倍的假期。内中真实的原因是我要逃避每年春节上他家去吃顿饭，这是我家的孩子一年一次上他家的门。从踏进他家所在的那条弄堂开始，我就觉得耳边响彻了“拖油瓶、拖油瓶”的窃窃私语。这原因我对谁也没说。或许我跟弟弟说过，他出去插队的第一年春节就不回家。或许弟弟跟我是心有灵犀一点通。我可以写我头一次在农场吃年夜饭，从食堂买了好几大碗便宜的菜，把个值班的老职工请到我宿舍里来，对饮老白酒。崇明老白酒很好喝，甜甜的像酒酿汤似的，我喝了好几碗，觉得自己值班的主意很英明，心里很快活。哪里知道老白酒后劲十足，不一会儿胃里就翻腾起来，用肉、用菜、用饭去镇压都压不住，结果当场开了“菜橱门”。这是我平生第一次醉酒，但我脑子里清醒得很，我这才发觉自己心里其实很苦。我还能写我头两年几乎每次回上海休假总是背着被包，像解放军野营拉练似的。我对人说被面被里拆洗了我自己不会绗，所以宁愿连棉花胎一起背到上海去让阿娘绗好了再背回来；实在是家里没有多余的棉花胎等我回去盖。我还应该渲染一下长途汽车拥挤的程度与背着被包走二十里路是什么滋味。一九七二年初，母亲写信来，说弟弟也回家来过春节，叫我就不要再留场值班了。我背着被包回家，跟弟弟两个打地铺。那天寒潮降临，母亲看我们垫的褥子薄，就从自己的床上抽了一条薄棉胎给我们。他晚上九点到家，那时我们都已睡下。平时他总是那个时候到，下班后先回自己家去吃饭。我听见他跟母亲在绿色的塑料帐幔背后低声争执，他忽然提高声音说："操那，我不要冷的吗？"我全身战栗起来。这是新兵上阵前的紧张。我等了多少年，好不容易等到这个机会，等到这个可以明目张胆地恨他的机会。不要说这棉胎本来就是我们家的，即便是他买的，他也不能这样冷酷地对待我们两个难得归来的游子。母亲怎么回答我没听清。我鼓足了劲说："这么晚了，不要哇啦哇啦了！"霎时寂静无声。他终于说："你准备哪能？"我立刻顶上去："你准备哪能？"我看见弟弟从我脚跟那头撑起半个身子来，小圆脸上两颗眼珠似乎也在兴奋地闪闪发光。他在绿帐幔后面冷笑，我也冷笑。母亲这时对我点名喝道："不许响！"我睡倒在枕头上，攥紧拳，屏住气。此后静得一点声息也没有。这是那么些年里我惟一一次跟他的正面冲突，后来他向我作出许多亲善的表示，我也作出接受这种亲善的姿态，但我怎么肯让这一点从我的记忆中抹去？我还可以写阿爷最后一次住院，他来探病，阿爷笑嘻嘻地咧着没牙的窟窿跟他应酬，等他一走，阿爷就拉着哭腔对我说："你不要叫他来，他要害死我，你不要让他再来！"这固然是老年人的偏执狂，但阿爷直到临终在其他方面神志都很清晰，为什么独独在这一点上陷入狂乱？更重要的是我怕政治上受他的连累。虽然他是工人，后来又是党员，但他有好事与我无关，申请入团入党上大学调工作政审我仍然不能不在表上填写我的生父；但要是他犯了什么错误，我又少不了要多跟一个父亲划清界限。我不能一座迷宫未出又走进另一座迷宫。一座迷宫是与生俱来的，他却跟我毫无血肉的关联。事实证明我的这种担心并非完全是多余的。如果我将这些事的篇幅增加五倍，我有把握引得一些富于同情心的读者掉下眼泪来，但我不想这么干。这倒不是因为我已经达到了目的，就要显出对敌手的宽容与仁慈。我认为我跟他之间完全是私仇，无论换谁来做我的蛮爷，我跟他总是势不两立的。我们之间的斗争不是阶级斗争，毋须分什么是非善恶。眼下我不是要跟他上法庭。到法庭上去，我当然要利用一切手段来争取人们的同情。我反对把一己的真理上升到伦理的、历史的、哲学的、人类的高度。我现在很怕听到这样的话：为了真理我怎么怎么，你该怎么怎么……；为了朋友我怎么怎么，你该怎么怎么……；为了明天……；为了人类……！在这一点上，我提倡“各人自扫门前雪”。我愿从我做起，当然，我知道自己很可能做不好。

在我与他的关系上，需要为我自己作一点辩护性说明的是，在阿爷死后，我对他施行的报复行动是，我在母亲面前不采取任何行动。我对他的任何言行保持缄默，守口如瓶。我认为阿爷阿娘在关于他的问题上所犯的最大的策略性错误，就是所持的反对态度过于明显过于激烈。这样实际上是把母亲硬推向他这一边。母亲觉得蒙受委屈，就必然要反抗，要反抗就不得不同他结成牢固的联盟。我相信此人本质恶劣，总会暴露出来，只要母亲没让感情色彩糊住了眼睛。像母亲这样自信而又刚毅的人，你指给她看不如耐心地等待她自己去发现。我相信血缘关系必将战胜同他这个外来人的感情关系，只要我不操之过急。如果母亲与他发生了龃龉，而他怀疑是我从中捣鬼，并且在母亲面前表露这种看法，那么他就自搬石头砸了自己的脚。母亲是个爱好真理的人，他会因为这一点在母亲眼中大大地掉价。一切在于要能忍耐并善于忍耐。越到后来我越感到要沉得住气实在不是一件容易的事，这是一种境界。眼看着过了三十虚岁的生日，又过了三十足岁的生日，结婚成家的事想回避也回避不了，我是多么迫切地希望在我结婚的筵席上没有他以及他的子女，那时我就焦躁起来，几次想改变“无为而治”的政策。当后来母亲与他的裂痕已自然发展到足够大的时候，我几次想推波助澜一下，但话到口边，都及时地改成这件事听凭母亲自己感情的裁决；无论他们合也好，分也好，我都毫无保留地站在她一边，支持她；为了不影响她的感情判断，我不向她提供任何关于他的个人意见。我知道我这一招极其虚伪，但也确实非常漂亮，可以告慰于阿爷、阿娘在天之灵，他们的孙子是有出息了。忍耐的学问是我国丰富的文化遗产，而我却是从一本叫《马丁 · 伊登》的美国小说中学来的。那时我认真地把小说当生活教科书来读。

当我把那封厚厚的信投进场部的邮筒时，我已经读过《马丁 · 伊登》，但还没有悟到它的妙处。几天后，我收到母亲一封差不多厚的回信。她以赞扬我的同样的热情，痛痛快快地把我臭骂了一顿。

二十三

我往邮筒里投进了那封信，回过头来，看见金思辰正径直向这边走来，手里也拿着一封厚厚的信。“你也寄信？”他问我，“寄给谁？”“给我妈妈。”“给妈妈的信这么厚？”我高兴起来，他注意到我投进的信的厚薄！我正想跟人聊聊，那个人是金思辰实在是太好了。

我早就有心跟他结交。我和他有工作上的交往已有两年了。我们都是大批判组的成员，在一起抄写专栏也有好多回。但是，我们只能说彼此印象尚可却不能说相知甚深。金思辰是个才华外露的人，初次见面，他在五分钟内就能博得你的好感，倘若他高兴的话。在好多时候，他显得旁若无人，自命不凡；这样，他的魅力就居高临下地作用于你，使你产生要巴结他的愿望。我第一次产生这种愿望并不是在大批判组的活动中，而是在二小队的男生宿舍里听他拉京胡。我是听到琴声一路寻去的。我并不是个爱好音乐的人。琴棋书画，对琴我特别地没缘分。我的顽强毅力帮我学会了写诗，却未能帮我在二胡或提琴上拉出一首《东方红》。而那天我却是纯粹地为琴声所吸引。那琴声与我在半导体收音机里听到的琴声不同，有像春风一般撩人的东西。我寻到那宿舍的窗前，只见金思辰坐在靠窗的床铺上，宽大的背脊弓起，小小的京胡窝在他怀里像一只小猫。随着弓起弓落，他的身子里似有股波涛在翻滚涌动，那头天然的鬈发就像浪尖上飞扬的海鸥的翅膀。他拉的曲子是《我家的表叔》。他特别地强调抑扬顿挫，这样，一首节奏明快起伏不大的乐曲，变得忽而激越忽而调皮，色彩浓烈起来。奏到激越处，他咬牙切齿，肌肉绷紧，来回大幅度地狠狠地拉弓，像在背纤似的，又好像有十几只喇叭跟他同吼；突然柳暗花明，曲调轻柔舒展，略带跳跃，他也把头昂起，眼睛似闭非闭，嘴角含笑不笑，身子像融化的冰雪向四面散漫地淌开去。我似乎有点明白何以他的琴声会别具一格。有两三个人站在他跟前看着。一曲拉完，他说："再拉什么？这琴有点沙。"一个说："来段《打虎上山》吧。"他点点头，然后向窗口这边转过脸来，我赶紧跟他颔首打招呼，但他似乎没看见我，两眼望着远处的什么地方，呆呆地有三五秒钟，猛吸一口气扎下头去，就像潜水似地，弓弦答拉拉拉地抖起来。这一曲比刚才的更加气势宏大，我站着听完，怕他再转过脸来彼此难堪，就走开了。我想，我总有一天要跟他成为朋友，也就是要让他同样的佩服我。

这机会翩然而至。

我把这信的来龙去脉都告诉了他。他听完，说，我也刚投出一封很关键的信。你还记得场部小分队排的《痛说革命家史》里演李奶奶的吗？她姓张，就在河对面的"五七"二连。我抑制不住内心的兴奋，我知道我将听到一个爱情故事，而这只有对一个极亲近的朋友才肯说的。好在金思辰没有注意到我的表情，否则他也许会不说下去，但他跟我一样有向人倾诉的强烈愿望。他在这场戏里演一个请李玉和去赴宴的日本宪兵。论水平他完全可以演李玉和，但形象不行，一头鬈发，又太斯文，只能演演翻译官之类的角色。他并不要靠争演什么角色来表现自己，很快他就得到了小分队里几个女生的青睐。而他挑中体型丰腴的"李奶奶"，也许是出于审美上的互补心理。他们在大堤上、棉田里、拱桥的泄洪洞中幽会了几次，关系正待进一步发展，女方突然于两天前打来电话，约他当晚到防风林带里，泪涟涟地提出了断交。"五七"二连的团总支书记插了一手，把小张找去谈话，严肃地向她指出，组织上都已经掌握了，男方出身不好，父亲是历史反革命，如果执意要跟他谈恋爱，本来考虑马上要发给她的入团志愿书就要被吊销。小张尽管台上演“李奶奶”，在这样的政治风暴面前毕竟还太稚嫩。金思辰那天也乱了方寸。回来后才想到有许多话可以说，于是便写信。一口气洋洋洒洒写了满满五张报告纸，如果大会发言可读半小时。他在念高一时就光荣入团，如今经过整团建团仍然保留着团籍，从没有受过任何处分，怎么跟一个团员谈恋爱会影响入团？这是什么逻辑？他认定这里面有人捣鬼。既然是捣鬼就不用理它，它不可能长久，真理总有一天会战胜歪理。他觉得小张提出的中止恋爱关系，保持兄妹联系的建议是不现实的。他希望小张作出个明确的彻底的抉择。

“你不该逼她立刻表态，”我说，我在兴奋的时候很有灵感，“她要保持兄妹关系就保持兄妹关系。你们算哪一路的兄妹，她难道会不知道？心急吃不得热粥，这件事应该像煨蹄膀似的用文火慢慢地炖。”他一听这话，立刻换了种目光来打量我，以为我在情场上有多少经历。他说，我不想让这事不死不活地拖着，我就是想要逼她表态。她既然爱我，就应该为爱情作出牺牲。就是晚一点入团又怎么啦？我说，你在这样的当口逼她，她只有跟你一刀两断。你们到底认识时间不长。她这么对你表示，说明她舍不得与你割断情丝。而你逼她选择，她会觉得你不爱她，不能体谅她的处境。你接受她的折衷方案，她内心里会很感激你的。金思辰沉吟良久，说，现在信已经投出了，要挽回也来不及了。我说，还来得及。要是她回信表示跟你断，你再去信同意跟她兄妹相称，在这上面出尔反尔是不要紧的。金思辰拍拍我的肩膀说，“小四眼，真看你不出，我过去一直以为你在这方面是木嘘嘘的，你谈过朋友？”我说，“没有。这是人之常情，只要设身处地将心比心就能知道了。”他说，“我一听因为出身问题心里就烦透了。”我说，“这我知道，我亲生父亲也有政历问题。”

此后我就三天两头地上他的寝室去。跟金思辰一样，他寝室里的其他几个人，也在知青中享有某种威信。这种威信不是来自他们的扩张性，恰恰来自他们的封闭性。他们这一伙人抱得很紧，对圈外人常常显示出昂首阔步、不屑一顾的神气。当然，光有小团体主义精神还不够，“沪东帮”与“望庐帮”的小团体意识也很强；除了这点，他们还另有优势。他们经常关起门来哇啦哇啦地唱歌拉琴。金思辰除了唱郭建光、少剑波外，还喜欢唱郭颂的东北民歌。“大鞭来一甩嘎嘎地响哎”，“车上的东西实在是好哎”……他唱歌像他拉琴一样，并不正规，但特别的有滋味。他寝室里还有吹黑管、笛子的，唱马洪亮、《老人河》的。他们完全是自娱。既不把窗外门外驻足围听的人赶开，也不请人到室内坐下来欣赏。这样，能任何时候自然而然地踏进他们的寝室无形中成了一种光荣。去多了，金思辰开始将枕边的书借给我看。他在书上盖了张纸条，上书：“请君自爱，非请莫翻。”后来，他又从箱底里把他以前写的小说拿出来给我看。那是一个爱情故事。一个孤苦无依的学生爱上了关怀他照顾他的“姐姐”，引起了“姐姐”的未婚夫的嫉妒，结果酿成了他俩先后自杀身亡的悲剧。我连洪流也不敢让他知道，那种神秘感更增强了作品的魅力。他听我谈了读后感，说，可见你是没有谈过恋爱，你没有看出这里面有我感情的影子。这是我学工时的一段经历，我把它改头换面移到了解放前。我忙强辩说，我看出来了，但不好意思这么说。

回头来看，金思辰和他的寝室代表着连队的上流社会。上流社会的主要标志不是拥有权力或财富，而是拥有文化。当然权力或财富是人人都喜欢的，只要不使人显得太难堪。因此，他们对我能在古书记面前为他们美言几句很表示感谢；而金思辰则对人说：“你们不要看‘小四眼’是初中生，他有水平改队里任何一个高中生的文章。”这样的评价使我感到特别地受用。

金思辰和洪流在第一年大批上调时就离开农场，比我早了三百六十多天。那年初我借在出版社当业余编辑，在几个月里和他们来往频繁。洪流和他凑巧分在一个厂。小张那年没有上调，金思辰走之前给了她一封信，表示不会人到上海就甩了她。她回了封信，说金思辰这种表态太盛气凌人。但是，她又在一个雨夜跑到金思辰家去。没见到金思辰，这天晚上他正在跟新交的女朋友第二次约会。

这个女朋友是洪流做的介绍人，也是我们农场的，跟他们同时分进那家工厂。他们几个在分配工种前先凑在一起搞个反浪费展览会。金思辰趁机大大地露了一手，这一手当然首先是为了混个好工种而露给领导看的，也不能排除有露给美貌异性看的动机。金思辰与那位女性可以说是彼此一见倾心。本来没有洪流的差使，只是金思辰缺少魄力。洪流去做介绍人时，暗暗希望她不属意金思辰而属意于他，当然他明白这只不过是妄想，于是他又有点迁怒于父母、金思辰与那位女郎，同时觉得自己既高尚又卑鄙。金思辰跟我说起小张空跑一趟时有些幸灾乐祸，而我眼前却清晰地浮现出她站在他家楼梯口的那副落寞的神情。她的身后衬着酱油色的板壁。她手里拿着一柄收拢的黄色油布伞，伞尖朝下滴着水。一绺沾湿的头发粘在她宽宽的苍白的额头上。她似笑非笑，不知怎么为自己的来访找个理由……毕竟她无意中成为我与金思辰沟通的桥梁，我劝金思辰认真考虑一下小张那方面，他是向她许诺过的。洪流说："那个小张跟他现在的女朋友是不能比的，当然不去理她。"我很惊讶，怎么可以这样对待爱情？世上好的女人多得是，难道见好就换一个吗？话我不是这么说，但不满我还是充分地表达了。金思辰毫不介意。他对洪流说："'小四眼'没有尝到过女人的味道。我真有点为他担心，哪个女人把他一花就花倒了。"我心里说，哼，大家走着瞧吧。

二十四

女人。

我看《第三帝国的兴亡》，特别注意到希特勒怕女人。

我怕女人吗?

念书时，我与好几个女生同过桌。虽然也划“三八线”，但我总很谦让。我跟女生同桌都相处得很好，然而我们之间从未发生过儿女私情。小学五年级，上体育课，一个女生从我手里抢走一只羽毛球，我扑上去夺，胳吱她，男女同学都围上来哄笑，我才知道自己犯规了。从此我再也没犯过规。直到我妻子之前，我没敢去触摸一个女人，哪怕她的手指。

也许因为我小时候评弹、沪剧、越剧听得太多。沪剧《庵堂相会》里，女人过桥要男的扶一扶，两个人你来我往要唱好几句。男女授受不亲，好长时间我一直以为是男女传染不清，大概男的女的手什么的一碰，身上就会起变化，就不清、不纯洁了。所幸的是像我这样来理解男女关系，在我们这代人中并不是绝无仅有的。我们厂的团支部书记，我进厂时她已经是两个男孩的妈妈，当年当学徒时，就曾很紧张地凑在她师傅（女）的耳朵上说，师傅，师傅，我老怕的，跟男人坐在一条板凳上，会不会生小孩?比起这位团支书来，我踏上社会时显然要成熟多了，这也许跟我是个男的有关系。我在某一天忽然明白，在男女问题上发生任何坏事，责任无可推卸地总在男的身上，所以“不调戏妇女”要写进《三大纪律八项注意》里。我理解的“调戏”，就是跟女的嬉皮笑脸，打打闹闹。不仅如此，就是让坏女人引诱上钩的男人也为人所不齿，他的下场就是“活捉张三郎”。还有单相思对男的来说也是件很可耻的事。戏里、评弹里，患相思病的少女都招人爱怜，并且结局十有八九很完满，杜丽娘死了还能活过来；但得单相思的男人，多数是高衙内之流的纨袴子弟，鼻子上要画一块粉白。《西厢记》里的张君瑞不能算单相思，但在王实甫笔下这角色不过是个“末”，生旦净末丑，排行第四，只比丑角稍强一点，总不是个替大丈夫争脸的英雄吧？宋江杀惜，武松杀嫂，吴汉杀妻，或者赵匡胤千里送京娘，王金龙风尘救苏三，柳毅传书纳龙女，方卿中魁戏恶姑，在我国历史上顶天立地的男人，文的武的群星灿烂。我单身一人离家去闯天下时，对女人的感性经验虽一无所有，理性知识却是一套又一套。当然没有那么条理分明，但真正是“溶化在血液中，落实在行动上”。怪不得洪流他们都称我为“老夫子”，不大敢在我面前提女人的事。对女人，我就像长期当编辑的动笔写小说，眼高手低。到后来，我竟至于觉得自己有点怕起来。

女人。我还能说些什么呢？

我也许可以说，小学四年级时我本来就能有一段浪漫史，结果让我糟蹋了。我每天要到对门一个同学家去参加温课小组，他有个念六年级的姐姐，长得像个大人，很丰满，辫子又粗又黑。一天，她用炭笔临摹一张宣传画，画一个包头巾、扎围兜的农村妇女在撒稻谷，也跟她一样圆脸大眼睛，我觉得她画得像极了。也许我这天围着她看她画图转得太勤，临走时她塞给我一张小纸条，神秘地关照我一定要到家才能看。我跑到垃圾箱边就打开纸条来看，而且旁边还有另一个同学。纸条上写着：“你很聪明，我们交个朋友好吗？”我和那同学都快活地大笑起来。交朋友就是“结拜兄弟”，一个大人想跟我一个小孩“结拜兄弟”，这事情太希奇了。过了一两个月，她母亲到小学里来，我正很有礼貌地叫应她，她却对我把脸一沉：“你这小孩怎么这么坏？他姐姐没考进中学，你就叫她‘加里敦（家里等）大学’，‘加里敦大学’，你就那么聪明？你再这样我告诉你老师去！”我被训得瞠目结舌。我哪里知道什么“加里敦大学”？是她女儿自己说的，说考不上中学就读“加里敦大学”。我说：“不是我，你可以去问他姐姐！”她说：“就是他姐姐告诉我的。”这下我更糊涂了，于是就连那张条子一起记住了。

到农场后，我亲眼看见一个叫“小黑皮”的男人栽在女人手里。他是社会青年里出类拔萃的一个，我们进场时他就是八小队的政治队长，是“蛇皮”里绝无仅有的当官的。别的男社青不是穿得流里流气，大翻领红线裤；就是弄得邋里邋遢，一件榨得出四两油的老棉袄往身上一披，腰里扎一根草绳。他总是穿一件洗得发白的蓝卡其学生装，戴一顶浅蓝色的海军帽，蹬一双白色田径鞋。他还是连队足球队的左边锋，闲来也能吹吹口琴，就是“眼镜蛇”也敬他三分。有一天他突然萎了，下着帐门一个人在里面呆了一天，吃饭也不见他出来。原来他给我们小队的一个女社青写了封求爱信，她把信在女伴中公开传阅。那女的模样长得很周正，我内心里本来对她评分很高，认为她有一种端庄美，想不到做出事来那么不端庄。从此我替“小黑皮”吸取了教训，立誓不留一点文字把柄在女的手中。在那方面我是动足了脑筋。我曾想对一位女性表达爱慕之情，就在借给她的书中夹进一张狭长的纸条，上书鲁迅的诗：“灵台无计逃神矢，风雨如磐闇故园。寄意寒星荃不察，我以我血荐轩辕。”我是把鲁迅诗中的比喻义翻作原意，这样诗的解释就变为：我的心没法逃避爱神的箭，这里边昏昏闷闷像雷雨前。我的痴情你还不知道，我会像爱国一样爱你到老。我承认要从诗里领会到这么一层意思，是需要相当才智的，但如果她没有那样的一份聪明，又怎能够得上做我的终身伴侣呢？反正我不能再往前跨一步。这样的“情诗”，哪怕她贴到南京路的橱窗里去，也于我无损。习惯成自然，后来我想在信里写几句私房话，笔尖上也流不出来。妻子对我这点最为不满，说我给她的信换个名字可以寄给任何人。天地良心，我的情书比《两地书》感情色彩要浓烈多了。我在跟她热恋时，出差途中每天一封信，每信三四张信笺，密密麻麻，旅程中事无巨细都加以汇报，真正的挥汗如雨，笔耕不辍。临了还咬咬牙关写上个“KY”（英文 Kiss You 的缩写，是我动身前跟她约定了的）。她还要抱怨，说我还算是写小说的，真是！

随着年龄的增长，我对女人的认识还是有所加深。我发现任何年轻的女子到某一天总会发出光彩来。从某个角度或瞬间看去，她会显得楚楚动人。我还发现女人一结婚两颊立刻会红熟，腰往下塌，像在枝头挂不住的苹果。我又发现怀孕的妇女最耐看，表情安详，心满意足，心平气和，通体笼罩着一层圣洁的光辉。我最大的发现是了解到女人的感情方式与男人不大相同。一天，两个炊事班的女生在宅墙边一面晒太阳一面议论超假未归的食堂女出纳，言辞之刻薄，叫偶尔经过的我听了害怕。正巧女出纳这时背着包提着网袋向这边走来。那两个女生看见，老远奔过去从她手中抢过包袋，又蹦又跳，又叫又笑，像动画片里的小白兔和小毛猴。我不禁惊讶万分。我对这件事想了又想，最后认定那两个女生并非两面三刀。女人就是这样，感情比男的夸张一倍。我连带想起五小队的“小阿姨”，初中里是共青团员，学生会副主席，“文革”中是大时鸣钟一带“五朵金花”之一，女阿飞里“一只鼎”。连里开她批判会，她检讨书一口气念了二十分钟。搞文艺会演，她在他们小队的表演唱《不忘阶级苦》里领舞，霎时间叫眼泪像下雷阵雨似的哗哗地淌下来。我本来一直以为这女人是女人里的精怪，到那时我才有些明白，也许她的演技在女人中并不能算怎么的高不可攀。

我可以自豪地说，在农场里我没有谈过一个女朋友。除了从理论上认识到早恋对我事业、对上调的危害外，更重要的是连队里没有哪个女性能叫我一见钟情。这样，更有利于我在对异性关系方面表现我的纯洁与清高。我几乎不踏进女寝室的门槛，有事要找郑国梅等，就把她叫到门口来说几句。后来我当了连队政宣组副组长，到女寝室去向小队通讯员收稿子也这样。在农场的最后一年，我听到小队里女生有意见，认为我脱离群众，跟她们的关系太疏远。为了改善形象，我到女寝室里去深入了一次。我选择的女寝室里面住着两个小队长。她们热情地款待我，第一句话就是，今天是什么风把你吹来了？我坐了约摸半小时，这半小时实在漫长。没有话。平时她们到我寝室里来，我拿新写的诗征求她们意见，还是有话可说的，这会儿话题不知躲哪里去了。她们搬出饼干筒来给我吃这个吃那个，我尽量显出吃得津津有味。但她们怎么能把零食藏得那么久呢？我们从上海回来至多一星期就“共产”共完了。我最受不了的是那股异香。我总觉得那香水是洒在痰盂里解溲味的，结果比臭气还叫人反胃。我真弄不懂那些七〇届的男生，瞅空子就往女寝室里钻，在那里又唱又闹，在这股怪味的熏陶下，何乐之有？好不容易出得门来，我展开双臂长长地吸了一口新鲜空气，此后，我就再也没有到女寝室去作过客，并且促使古书记宣布一项规定，男生晚上到女宿舍串门，九点之前必须离开。

就在这样的背景上，庄丽出现了。当我在县知青文艺创作学习班上见到她那双梦幻般的眼睛时，我在心里说，女人，她真是一个女人！

那天下午四点，我穿上不久前新买的湖灰色涤棉长袖衬衫，开始了我在崇明岛的四年中第一次也是惟一一次穿越三个农场的远征，目标——庄丽。这回我一点也不自欺欺人。这主意是在那天上午棉田锄草时突然想到的，一想到我就被它控制住了，糊里糊涂砍伤了两棵棉株。但处于这种被控制的眩晕中是多么的舒服啊，就像蛋被孵在母鸡毛茸茸的翅膀下。为什么我不能去看她呢？去看她就像去看一片优美的风景。既然她是高中生，我是初中生，我不可能越过年龄界限去追求她，我对她只是怀着一种很纯洁的友情，而且没有人会怀疑这一点，包括她，那我为什么不让自己的心得到一次这样的享受？我微微眯起眼睛，睫毛间一片鲜亮的玫瑰红。其实我不用眯起眼睛，她就能从碧绿的棉株间向我走来，披着鲜乳般温馨的阳光。我豁然开朗。一个人的一生中，没有恒常的幸福。幸福就像一株植物，萌芽、拔节、开花、结果。人生的每一个时期，幸福都向人展示她独特的风采。童年时代就应该天真活泼、无忧无虑。我看我的童年，背着“宪兵父亲”的沉重包袱，穿着“重振门庭”的大头铁鞋，架着大智若愚的近视眼镜，套着“老嘎”的紧箍圈，我的黄金时代在哪里？展望不久的将来，我总要恋爱结婚，生儿育女，像崇明人说的“造了房子讨娘子，讨了娘子生儿子，生了儿子造房子，造了房子……”，进入那个人生职责的轮回圈。现在，我还处在那个圈外，我正享受着人生一段非常短促的快乐与自由。我不能再像小时候那么傻，一心只盼望早日长大。李大钊说：“世间最可宝贵的就是‘今’，最易丧失的也是‘今’。”我要抓住“今”。到明天，她有男朋友了，或者我有女朋友了，哪怕我们都很希望保持这种纯粹的友谊，它也必然要渐渐地枯萎。花开总有花落时，惜红何如赶花期。去，为什么不去？如果把人生划成几段，小时候是童话时代，现在是诗的时代，以后谈恋爱、立业成家是小说时代，再下去日复一日就是流水账时代。人在每个时代有每个时代的活法。天真只能在童话时代天真，到诗与小说时代天真就要被人看低，遭人欺负，到老了再天真就是十三点。如今我活在诗的时代不浪漫奔放一下，明朝我又会懊悔不已。诗的时代，就像上海的春秋天，好时光稍纵即逝。去，为什么不去？

其实，这主意在我肚子里至少孕育了半年。

年初，这期创作学习班里的关大姐到我们连来。关大姐是我肚里这么叫她，如果当面称呼她会生气，因为她长得老相，像个山东大娘。关大姐来不是为了看我，而是被她同寝室的女生拉着作伴来看一个女同学的。进了我们连，她想起我跟她说过我们连紧靠场部，就找出通讯录来看，我居然就在此地，她便有种一箭双雕的喜悦。这晚我们聊得很愉快。她是个消息灵通人士，知道许多同班学员的近况，包括庄丽。她到庄丽那里去过，她们离得不远，庄丽回去后当了赤脚医生，跟庄丽同一农场的小童也调到场部小书店当了个经理兼营业员。告辞关大姐回来，我像喝了浓茶一样兴奋，学习班的一幕幕异常生动地在眼前迭现，而且都是有声电影。估计时间已过零点，看来不消耗点精神这一夜都要被白白烧掉。我打开电筒，趴在枕头上，往活页簿上写诗。其时我正在看《裴多菲诗选》，我就依照他的歌谣叠句方式写，题目叫《因为我们是年轻人》。

第二天一早出工前我把诗交给了关大姐，两个月后收到她的一封信。她说这首诗她很喜欢，就夹在枕头边的一本书里，后来让别人发现，竞争相传抄，现在已传遍整个连队，正向外队蔓延。“因为我们是年轻人”，在他们连里成了句口头语，许多人想见见我这个诗人。她建议我将这首诗投到报社去，并给学习班的每一个同窗寄一份去。我没有照她的建议办，那里面似乎有点东西我舍不得拿去发表或随便送人。我很想给庄丽寄一份去。我把信封也写好了，结果没敢寄。只怕她与关大姐之外的同窗遇见，说起此事，她会以为我有“司马昭之心”，女人的心思都说比头发还细，比雷达还敏感。又隔了几个月，我的正儿八经的创作诗见报了，在诗歌方面我再不比她矮一截。我期望着天赐良机，让我能看到那双脉脉流波的眼睛向我投来景慕的一瞥。

老天爷不给我提供这样的机会，我自己创造！

我上路了。

我称它为一次闪电式的滚雪球旅行，行程是这样安排的：当晚先乘车到红旗农场场部找小于，在那里住一宵；第二天拉他一起去毗邻的五星农场关大姐那儿；中午赶到新民农场场部小书店小童那儿吃饭；下午去看庄丽，傍晚乘车回连队。旅程从一开始就充满了曲折。我赶到长途汽车站不见一个候车的人。我自觉行走速度比平时至少加快了二成，怎么搞的？怎么搞的？红日已经西沉，把站牌照得像金子般的耀眼。我把站牌摇了又摇，第一次深感到没表的痛苦。好不容易见到公路上有个农民模样的青年骑车而来，我迎上去老远就问讯：“末班车过去了吗？”“过去了吧。”“不是五点半吗？”“现在几点了？”他在我面前一擦而过。完了。现在我面前只有两条路，一条打道回府，一条顺着公路走到头，走到小于那里去。走去！我想，红旗农场是个几千人的小场，到那儿不会比踅回去更远，怕什么？我努力使自己精神振作起来，但脑子里总是浮现出杜甫的两句诗：“出师未捷身先死，长使英雄泪满襟。”为了战胜杜甫，我唱起了“雄赳赳，气昂昂，跨过鸭绿江……”我刚跨过河上的水闸，离车站不过百来米远，只听见背后“吱——”的一声，一看，末班车刚靠站，几个人背着大包小包从车上下来。我回身拼命地奔了几十步，眼看着汽车“砰”地关门起动。我站在路边向司机直招手，司机回赠我一头一脸的土灰。这回我是真正知道末班车开过去了。我恨那个骑车人，无冤无仇地凭什么捉弄我？后来想想，也许他说“现在几点了”只是个一般疑问句，他跟我一样没表，是我自己把它理解为反诘句了。但这是不是命运在暗示我，叫我趁早死了去旅行的心。管它呢？我想，“谋事在人，成事在天”，不谋一下谁知道命运是什么意思？我继续前进，也不唱歌了。既然下定决心一条道上走到黑，重要的就是保持体力，像被埋在地下坑道里的人一样。肚子已经提前在叫了。走了好久看到一座松柏搭成的牌楼，上面正中有两块红底白字的木牌，上书“旗”“农”，掉了“红”“场”。我对命运说，哼，多此一举，你吓不倒我！走啊走。走生路感觉上特别地长，到场部天已墨黑。大院里几排平房差不多都黑灯瞎火的，只有第二排顶头一间从白纸糊满的玻璃窗里透出亮光来。我叩开门，原来是场广播台。女广播员回答说：“小于回上海休假去了，还没回来。”我闭了闭眼。命运命运，你太小心眼了！我挖出服务证，说：“我是从外场来的，是他的好朋友，今天晚上能不能让我在场部招待所住一夜？”她说：“我现在跑不开，你进来坐一会，等广播结束了我给你安排。”广播结束要到九点。我轻轻地撸撸胃，今夜看来要对不起你了。不多会儿，又有人来敲门。女广播员对来人说：“你来正好，你带他去招待所。他是来找小于的，小于还没回来。”“小于？”那人说，“他回来了，在寝室里。”“他什么时候回来的？我没见他人。”“末班车刚到。”“他怎么不明天回来？”“他说场休天回来车、船太挤。”我已经跳起来，第一件事是默默地向命运女神请求原谅。

找到小于不啻是云开日出，他敲开食堂门为我买来了饭菜，在火油炉上煮得滚烫，又往汤里倒进了大量的鲜辣粉，吃得我汗流浃背。尽管天热，还是热汤热饭吃了舒服。洗脚的时候，命运女神又对我扮了个鬼脸。临出门前，为了漂亮，我在脚上套了双新的锦纶丝夹底的纱袜，不知什么时候袜头上磨出了个洞。本来我穿水陆两栖塑料凉鞋是从来不穿袜子的。心疼袜子倒还在其次，明天叫我穿什么去见庄丽？我两脚泡在热水里出了会神。小于也许以为我在尽情享受消除疲劳的快感，其实我是在同虚荣心作斗争。最后我的理性得胜。我把袜子往裤子的后贴袋里一塞，决心不再另买一双。

小于真是个大好人。尽管他刚从上海回来，原计划在场里好好歇一天，把箱子里的衣服翻出来晒晒霉，但还是答应陪我去旅行。第二天五点半我们就起了床，要实现我的全部计划非那么赶早不可。七点钟我们已经登上了“红旗”与“五星”两个农场交界处的拱桥。从桥上望去是白茫茫的一片湖泊。我在诗里写到那个湖，湖面上蒙着一层轻纱似的薄雾。小于不无歉意地说，如果没有雾，湖面是很辽阔、很壮观的，有时凑巧还能看到仙鹤，不过对此他只是耳闻。我连忙安慰他，这样也很好看。我有点对不起他，跟他撒了个小谎，说此行的目的之一是为了亲眼见识见识那片湖。否则我们不用起那么早，可以搭班车到五星农场去。但搭班车最早要九点才能到，那天我们到关大姐所在的果园连才八点二十分。关大姐见到我们突然降临喜出望外。我怕她热情过头，见面便说，中午我们要赶到新民农场去。关大姐说，为啥这么急？你写信跟她们约好了吗？我说，没有。那就在这里玩一天吧，关大姐说，新民农场你下次可以从水闸乘车直接去。我说，下次不一定再有这样的机会。而且我的目的就是要大家一起聚一聚，我们聚在一起不容易。关大姐说，那在这里吃了中饭再走。我说，时间怕来不及，还要去看庄丽。要是小童不在呢？关大姐说。小于说，“新民”场广播台我也有人认识，解决顿饭问题不大。关大姐说，场部医院我也有同学，那就去吧，不过实在太急促了。我笑着说，这就叫闪电式。关大姐出去张罗，一会儿回来说，已经查了时刻表，十点零五分有往“新民”场部的班车。她又对小于说，你们还是来得晚了一步，连里的人上镇的上镇，回上海的回上海，差不多都走空了。大部分人要过了中午才回来。许多人要听你唱歌，上次我回来一说他们都起劲得不得了，再三怂恿我写信请你来。你今天来了，但是没法安排。小于说，这两天我扁桃腺发炎，本来就不能唱。我见关大姐不提起我的诗，心里有些不平，我也可以算是她写信请来的嘛。我说，我的诗很想请小于谱个曲。小于问，什么诗？关大姐就从枕头边的书中抽出那张诗笺来。小于看了一遍，说，诗写得很好，谱曲有点难度，我要带回去仔细琢磨琢磨。我向关大姐讨了纸笔，给小于抄了一份，又给庄丽和小童各抄了一份。正抄着，关大姐引来了我的两个崇拜者。一个就是跟关大姐一起上我们连来的女生。另一个姓伍，这姓很少见，一记就记住了。小伍在充分肯定我的诗作的前提下，跟我探讨格律问题。他问我为什么最后一句不依旧用“因为我们是年轻人”，而用“因为我们是有志的年轻人”。我说这是为了把调子翻上去，更上一层楼。他认为用“因为我们是年轻人，/因为我们是年轻人！”的叠句，甚至排成马雅可夫斯基式的楼梯，气势更大，更强烈。倘不是惦着庄丽，我很愿意跟他深入探讨。

九点三刻我就催大家动身。还有二十分钟呢，关大姐说，离车站最多只有五分钟的路。我说，我们可以慢慢地逛过去。而且站牌上明明写着前后五分钟都算是准点的，还得考虑到司机的表是不是对准了北京时间。我们顺利抵达“新民”场部，小童居然在。她见到我们，赶紧把小店打烊，拿着两只钢精锅子去给我们买饭买菜。我说，吃了饭我们就到庄丽那边去。小童说，不急，我打个电话把她叫来，就不知她在不在。吃罢饭，小童还没去打电话的意思，我又催她。她说，我已经叫别人代打了。这么重要的事怎么能处理得这么草率？难道我从昨天傍晚四点出发，跑破了一双袜子，是冲你来的吗？我又忍耐了半个多小时，正想提出无论如何要去见一见庄丽，忽然听到有人敲门。我透过小童挡在门口的背脊，听到了庄丽那甜润的嗓音：“什么事呀？”我的心尖上一颤，像一滴水“咚——”地滴进瓶口里。我又看到了那双期待已久的明眸。我按捺住不让自己表现得太兴奋。那双眼睛，被我在想象中描摹了千百次，并没有因此减弱一丝魅力。从那茂密的睫毛下闪出的光波，像纯净透明的音乐和声。“啊，这么多人。”她快活地将两只手握在胸前，好像准备唱歌似的。我又有新的发现。我发现她一对深深的酒靥是又一双明亮的眼睛。一张脸上有两双眼睛，怪不得那么熠熠生辉。我至此不想再说什么，我只想象观赏一幅世界名画似的静静地端详她，爱看多久就多久。因为这样，我更大声热烈地说话。我们不知怎的排起年龄来。小于与关大姐最大，都属狗，小童属猪，庄丽属牛，我最小，属虎。“呀，你只比我大一岁？”庄丽笑道：“我早读一年书，小学又是五年制，所以我六七届高中只相当于六六届初中生的年龄。”“你只比我大一岁！”我又情不自禁地重复道。我说不清心中是什么感受，我只觉得这是此行最大的收获，这一切像是冥冥中早就安排好的。我不是说在这一刻就决定爱她了。在农场我决不谈恋爱。我是个理智很坚强的人，哪怕在眩晕的时刻，我的理智依然相当清醒。“你只比我大一岁！”

上调以后，我才正式决定从谈恋爱角度对庄丽进行试探。我先去找关大姐，然后由她带我上庄丽家去。我的借口是要写一部反映农场知青生活的小说，向她们搜集素材。我一进庄丽的家就留意观察，捕捉到的信息并非对我很有利。她家的居住条件虽然并不比我家好到哪里——正屋是新式里弄房子朝南的一间三层阁，楼梯下还有朝北的七八平方米一小间是庄丽的卧室。她的父母看上去都很年轻，保养得很好，看气质都像是知识分子。我无论何时上她家去，他们总能端出一盒糖果与一只苹果或橘子什么的来招待我，这让我感觉到阶级的差异。但是这点差异还不足以摧毁我的自信心，相反倒能刺激出一点我的冒险精神。于是我撇开关大姐独自上她家去。只跟她单独谈了一回，我突然收到她的一封来信。那天我正做夜班，中午醒来见到她的信。我很支持你写反映农场生活的小说，她写道，但是，我觉得你应该首先把本职工作做好。你说你的理想是将来搞写作，这点我不大同意。我是主张干一行爱一行的。连队要我当卫生员，我很怕见血，但我还是努力把这项工作做好。现在上调了要我当教师，我并不喜欢教学生，现在的学生很调皮，但我还是下决心要热爱这项工作，干好这项工作。我们应该踏踏实实地做好一颗螺丝钉。读罢信我睡意顿消。一股类似愤懑的情绪在我胸腔中回荡，但并不是恨她。被一个我希望她爱慕我的女性批评，这事态是很严重的。我反正豁出去了，我要是驳不倒她，事情也算是完了。我披衣起床，奋笔疾书，一口气写了八张信纸。我的中心论点是靠自己的努力去争取实现自己的理想完全是正当的。写完读一遍，觉得措词很愤激，有的地方有为刘少奇的观点翻案的嫌疑。但我不想把它改得冠冕堂皇。改得像社论一样，就显不出我把她当作知音的热忱。考虑再三，我在信末添上一句："阅后请务必将原信退回，并直告你的意见。盼回信。"这办法万无一失，比请她阅后烧毁更保险。三天后，我收到她厚厚的回信。回信中将近百分之九十是我的去信，她的信只有薄薄的一张："读了你的信，我一时说不出什么意见。这个问题是需要认真思索的，并主要通过我们今后的实践来探讨。欢迎你经常来玩。"我把这短简揣摩了几遍，最后理解为我打赢了这一仗。"认真思索"云云，无非体面的撤退。既然欢迎，我就经常去吧。

以后我平均一个月上她家去一次。开始还准备些借口，后来发现准备也是白准备，也就干脆免了。我没有发现她对我冷淡，也没有发现对我更为热情，这叫我始终不敢突破。知己知彼，方能百战百胜。我怕糊里糊涂地向纵深推进，结果落入"单相思"的陷阱。如果我恋爱的第一战役就是个"单相思"，将会对我今后的生活带来严重的阴影，甚至会造成变态心理。有几次我在上她家的电车上向上苍祈祷，如果我今天去能有所突破，请您让面前坐着的那个人在我下车前下车。我的祈祷常常能如愿以偿，但对我采取行动毫无帮助。我并非没有机会。冬天有时她让我坐到她的朝北小间里去，夏天有时我俩每人各端张小凳坐到小晒台上去。但我始终鼓不起勇气向她当面吐露真情，她的眼睛有股叫人不敢亵渎的魔力。求爱信我是绝对不写的，这是原则，哪怕她在我心目中是多么的纯洁与高尚。而且我也写不来情书，今天也写不来。我也许能替朋友或替小说中的人物起草一封情书，叫我写签上我的名字的情书可不行。我的名字必须保持一种庄严，它不能向任何人露出一点献殷勤的媚态。这比档案还要紧，这是“风骨”。我一直在突破口边徘徊，我还有一层也许很特殊的顾虑：如果不捅破那层窗户纸，我们之间纯洁的同志关系就可以永远地保持下去。当然她结婚后我要主动避嫌，但哪一天我想见她，我就能堂堂正正毫无愧色地去见她。如果捅破了那层纸而不成功，我这一辈子就再也没脸去见她。为了保留有朝一日我想见她就能见她的权利，我必须三思而行。

这一天终于到来了。那个周末我上她家去，他们一家人围着八仙桌亲切地在吃饭。她身边坐着个白面书生，一看就比我俊气得多。她弟弟亲热地叫他“哥哥”，她父母热情地给他夹菜。好不容易挨到他们把饭吃完，我跟庄丽说了几句要借一本书的话，然后匆匆告辞。我一点也没失态，这点我知道。我对自己说，我早知道有这样的结局，幸亏我以前没有造次。

以后我就没上她家去。她解决了她的问题，我也要抓紧解决我的问题，青春对我是很宝贵的。因为怀旧去看她，这是年老后的余兴节目。半年后，我突然收到她的一封信，说是她弟弟喜爱写作，希望能得到我的辅导。接信后我的心思又活络起来，是不是她的朋友吹掉了？第二天晚上，我就上她家去。她在朝北小间里接待我。我一见她烫了头发，心就凉了半截。姑娘家剪去辫子烫头发，这是结婚的前兆。我说：“你更像个老师了。”她淡淡一笑：“你说我烫了头发？每天起来梳辫子很麻烦，不过我还是喜欢梳辫子的样子。”她并不去叫她弟弟来见我，我有意问了两次，她到前楼去转了一圈，回来说，他怕生，以后再说吧。这天我跟她聊了两个小时。我总觉得自己的预感不错，但是，她的发式让我心寒。我已经忍到了这一步，可不要前功尽弃。是她先谈了朋友，如果她要跟我谈朋友，她应该会想办法把那件事先澄清了。也许她对男朋友小有不满，她要在我们两者之间作个比较。我可不是让人随便拿去跟谁作比较的。我希望哪个女人对我一见倾心，我身上有那么多突出的优点，值得女人一见倾心的。强扭的瓜不甜。我不食嗟来之食。美貌算什么，美貌我只要能远远欣赏就够了。一个有十分美貌但自恃美貌，一个只有七分姿容却能对我衷心佩服，我宁愿选择后者。我对庄丽看看，你不主动表明心迹，我不会傻乎乎地来上你的圈套。这天晚上就让我这么对付过去了。我是个强理智型的人。

理智也有暂时松懈的时候。一九八三年，我乘车经过虹口区工人文化宫，忽然想到她的学校就离那儿不远。我非常强烈地想去看看她。我对自己说，我这并不是对妻子的不忠。我没有任何邪念，我去看她，就像看一件青春时期的纪念物，那里面凝结着我一段美好的时光。车开过了两站，我下定决心跳下车，这回放纵一下情感了！我记起阿爷说过，一个吝啬鬼看见自己的儿子在外面花天酒地，他决计自己也去享乐一下，出城门看见一个烘山芋摊，他挖出铜板买了大大的两只烘山芋，吃得欢天喜地。我乘回两站去，找到了那所中学。一打听她还在，这么多年了她倒没有调动工作。我进去时她正在上课，我坐在她的办公桌前等她。玻璃台板下压着没有画的年历与课程表，没有她或她家人、孩子的照片。下课铃响后五分钟，她才被男男女女几个学生拥着走进办公室来。她没有看见我，只顾对付着学生叽叽喳喳的问话。她的嗓音有些暗哑。她的脸上没有出现明显的皱纹，但显然少了些什么。后来我看出来了，皮肤少了光泽，那双眼睛里少了流转动人的神采。她终于看见了我，一下子没有认出我来：“你是——”我对她笑了笑。“啊呀，是你呀！”她欢快地叫起来。两手又合到胸前，只是一手拿着备课本，一手拿着粉笔盒，不能像唱歌似的优雅地轻握在一起。但在这一瞬间我看到了十多年前像露珠一般鲜亮的她。同时，我发现她腮帮松弛了，两酒靥也变浅了，鼻尖上似乎有一点点黑黑的毛孔，好像跟东伊人的鼻尖有些相似。我觉得我找到了一个句号，为我，也为她。不管这句号如何让人感到局促、武断，但有了句号句子就完整了。人为地不添个句号上去，只显出我们自己的脆弱或矫揉造作。

我跟她没说上几句，上课铃就响了。我自然不会再坐等她一节课，十年前我会的。

二十五

女人。

她穿着长袖汗衫（袖管捋到肘部）与平脚裤向我们走来。我愣了一下。奇怪的是我并没有反感。在家里我还从来没见过母亲和妹妹穿着平脚裤的样子。她的两条大腿圆滚滚、黑黝黝的很壮实。

那天从她家出来，小岑说，看她在男的面前那么随便，大概是有男朋友了。我说，看她一心想考大学，好像又不像。我心里想，天确实太热，我的汗衫已贴在前胸与后背上水淋淋的近乎透明。而且，各家有各家的习惯，她父母也在屋里坐着，似乎处之泰然。我还不能因此判定她家缺乏教养，我不是因为吃东西发出响声曾被人认为缺少家教吗？

那晚我真是格外的宽宏大度。

这也许跟她家阳台下的苏州河水不无关系。

她让我们坐在阳台上。苏州河水那股沤烂的草腥味源源不断地涌来。它也许使我想到冬夜农场水泥打场上覆盖着一阵薄霜的稻草垛，想到投进积肥坑里去的绒球、小花、杂草。这种既意味着生命又意味着腐烂的自然的气息，使一切脱离实际的理想色彩变得很幼稚可笑。

她问小岑，你怎么今天想到来的？考上大学就忘了老朋友了，快两年了吧？

小岑向她介绍我：这是我的一个朋友，写小说的，在上海滩很有名气，他的小说在全国各地许多杂志上发表过。现在他要写一篇反映医院题材的小说，想来向你请教。

半个小时前，我和小岑在外滩散步。防洪墙边被一对对情侣占得几乎没有空隙。平时我不上这儿来，它使一个超过晚恋年龄的单身汉感受到世俗幸福的巨大的压力。你在那里走，总会觉得迎面遭遇的目光都在怜悯或嘲笑你。同时你又知道这完全是你的心理作用。你顶不住了，你已然开始心理变态。但这回是我把小岑引到那儿去的，它有利于我把话题引到我的个人问题上。

她说："医院有什么好写呀？护士是高级老妈子，比当佣人还要龌龊。医生也比当工人辛苦得多，工资不比工人高，奖金又少。医院里的人都想往外调，最好能调到工厂医务室去，人又轻松，钱又多，责任又小。现在人都讲实惠。"

我含笑打量着她。她的一双眼睛不大，但很灵活，这就使她说话时的样子比乍见面的印象更显得可爱。她不是瞥见一眼就叫我心尖上发颤的女人，但她的五官应该说长得很俊俏，也耐看。她的肤色呈浅黑色，我还是很欣赏这种健康的肤色。离开农场有七八年了，我对女人那种白得像面粉似的肤色已不那么反感，但我更喜欢浅黑色皮肤蕴含的淳朴的风韵。她的下巴方方正正的，显出一种坚毅的美。对这种女性的坚毅美，我不很欣赏，但我很欣赏她说话的爽脆。

我说："在工厂医务室里做的大概很想往医院里调吧？地段医院的想往大医院调，对不对？"

她说："这倒也是，其实真是想不穿。"

"人很难说想得穿想不穿，"我说，"你要是真想穿了，也不用钻在小房间里温什么功课，考什么大学。读大学不带薪，毕业后又是全国分配。听说现在有的家长就让自己的子女考中专不考大学，你说你是不是想得穿呢？"

她对我微微一笑。苏州河上响起拖驳"叶叶叶叶"的马达声，远处有人在喇叭里喊："三号慢一点，慢一点，二号往里档靠，靠里档……”等这一阵喧闹过去了，她说：“青年人嘛，总还要有点上进心。但是你们写小说只欢喜写光明面，大家有多少实际想法你们是不写的。”

我说：“我就是想写得实际一点，所以来找你聊聊。”

小岑说：“今天就不谈小说，下次再说，你功课温得怎样了？”

我再见到她已经隔了将近一个月，这天小岑来约我一起上医院去找她。其间，小岑又找了过去跟他们一起在区工人俱乐部诗歌组里混过的两个朋友，他们都不清楚她到底有没有对象。小岑说，只要你对她印象还不错，就再接触接触怕什么？我再陪你一次，以后你就单独行动了！

她在外宾病房。看来她的人缘不错，跟门卫说是找她，他也不打内线电话，就挥挥手让我们进去了。外宾病房另有一道门，里外都要用钥匙开。门外还有一道铁栅门，门旁有电铃。按规定非医护人员是不得入内的，但她说过，晚上没人来管。因此我们进门时有种偷越国境的快感。进了门就是一大间休息室，铺着地毯，配置着成套的沙发与很稀罕的二十二吋彩电。我们到时是八点半，病员已经进房间去睡了。那时是淡季，一共两个病员。一个是日本老太婆，到中国来用中医针灸治疗关节炎。一个是作为外宾对待的国内的高干，刚动了前列腺手术。夜班护士仍配备了两个，医生历来是由总值班医师兼带的。另一名护士见她有客来就跑去洗澡了。我们坐在沙发上，吹着电风扇，随手翻翻外文画报，觉得比在她家里要自在快活多了。那天她刚打听到高考的分数，数学考砸了，历史也不理想，看来前景渺茫，她很有些懊丧。这情形正有利于我施展口才。我启发她看到护士工作对搞创作的极为有利的一面。我雄辩地向她指出，她是身在宝山不识宝。只有把自己的工作视作观察生活的窗口，这样八小时才不成其为负担而成其为乐趣，这样生活才能进入良性循环的轨道。人的惰性使他天然地把职业劳动看成是一种负担，而很难设想把一天的三分之一看成纯粹付出的人会生活得幸福。要幸福不在于调换工作，很难说世界上有一种十全十美永远不会叫人厌倦的职业，重要的是调换对工作的看法。她脸上一点点漾开了笑颜。十点半，我们不得不告辞了。我说，今天主要是我谈，来不及听你谈，下回再来听你的。她告诉我她的排班推算方法。小岑对我说，老兄，我看苗头差不多了。我要他继续探听她到底有没有男朋友，同时恳切希望他不要急于引退，帮我敲敲边鼓。

以后两个月我这方面进展神速。首先要归功于小岑的热心。为了造成声势，他把原来俱乐部诗歌组里的文友，男的女的一个又一个给我引见，同时向他们说明战略意图，由他部署、指挥了一次又一次的大兵团作战。到十月底，我们这群人已经组织了两次集体郊游活动，又为了庆祝我在《人民日报》上发表了一篇一千五百字的散文而在小岑家举行了一次酒宴。我拿出十五元钱来买酒菜，一九八〇年这笔钱还不算是个小数目。这也可以说是我有生以来对爱情作出的最大一笔投资。十五元钱也有鸡有肉而且每人能摊上一只二两左右的大闸蟹。酒宴上那些男士们频频使用双关语。我看她的脸红得厉害，皮肤似乎胀满胀圆了，下巴的线条也柔和了许多。她的酒量本来据说是很不错的。

酒宴后的两天是星期日，她跟我约好了下午上我家来。她背着一只军绿色的帆布书包，上面还有红漆剥落的“韶山留念”四个字。我与她坐在南窗下，中间隔着一张假红木的桌几，书包就放在那茶几上。十二年前阿爷阿娘就是坐在这个位子上，对我说，好的，坏事可以变好事，阿爷阿娘希望早点看见你抱儿子。窗敞开着，南风吹在后颈上轻柔宜人。我希望阿爷阿娘在天有灵能助我一臂之力，他们的骨灰盒就在原来放佛像的搁板上，我感觉得到他们照片上的眼睛慈爱地注视着我。这毕竟是我活了三十岁第一次开口要向一个女的讨终身。她是来谈构思的。构思很快就谈完了，我觉得她也有些心不在焉。沉默了片刻，我提起心说：“下个星期天去看桂花，我们两个，到桂林公园，好吗？”

她垂下眼睑，不吭声。沉默不是坏事，我想，至少说明她无法回避了。

"好不好？"

"下星期天不行，"她说，"我家里有事。"

"那么再下个星期天呢？"

"我……我老怕的。"

"你怕什么？"我笑笑，面颊上肉有些重，"怎么啦？"

"我不知道你是不是这个意思……"

"我是这个意思。"

"你是什么意思？"

无谓的狡黠。"你说的是什么意思？"

她咽了口唾液，好像喉咙很干，我想对她说茶几上有茶，幽默不起来。"你是不是想，想跟我谈朋友？"

"是的，我确实是想……"

"我一直怕这一点。"她的头沉得更低，不看我，看着自己放在膝盖上的手，"我有朋友了。我跟他已经有三年。"

"呃——"我说。

我听见胸腔深处透出一阵冷笑，我的煞神……

"横挑竖拣，拣个跷脚烂眼。"我就怕"单相思"，结果费尽心机还是落到这口陷阱里。我是早有预感，就在酒宴上那批朋友的人为的哄笑中与她碰杯时，我的心总觉得有一角被一条棉线牵着。我想我的煞星不会那么轻易地放过我，事情发展得太顺当了。但我不是容易被击倒的。我想起苏联的《普通心理学》中写到，感情的品质不在于它表面的热烈度，而在于它化为行动的内驱力。我要让她在一个男子的处变不惊的沉着镇定面前趴下。

"呃——"我说。

"你没有想到吗？"她用眼角匆匆地向我一瞥。

"没有想到。"

"我想你应该是能看出来的。"

"我没看出来，"我忽然想到她话里可能还有另一层意思，"我要是察觉你已经有朋友，是绝不会向你作这种表示的。"

"请你原谅。我感到你很好……"

“没什么。既然这样，我们就保持一般的朋友关系吧。我想我能处理好这一点。”

“我也希望这样。我希望仍然像过去一样，不要有影响……”她又咽了口唾液，“其实，我跟他已经没有什么感情了，但是没办法，断不掉了。”

我警觉起来。“为什么断不掉？你想断怎么会断不掉呢？”

“你不要问了，”她对我凄然一笑，“确实是断不掉。我们也算是青梅竹马。毕竟又谈了三年。”

又要花招了！好吧，让我来装下戆吧。“你这话是自相矛盾的。既然你现在想到青梅竹马，还有三年的交情，就不能说跟他没有感情了。真跟他没有感情，你就不可能这么说。”

“是的，我是矛盾的。”她在苦恼时显得更妩媚，“应该说不是对他没有一点感情……但我一年前就想跟他断过，断不掉。很痛苦……”

“为什么呢？”

“他坚决不同意。他对我哭。我看他这么伤心受不了。”

“我决不会对一个女的去哭。”我将身子往椅背上仰靠上去，“我决不会这样做，哪怕我再爱她。”

她向我转过脸来。“男的都不是轻易会哭的，”她说，“我不喜欢那种动不动掉眼泪的男人。他不是那种男人，所以我觉得对不起他。他待我应该说是很不错的。”

“那你为什么要跟他吹呢？”

“他不理解我。他没有上进心，变得越来越庸俗了。他反对我去考大学。在他看来我在外宾病房当护士已经很不错了。他说，你不要不知足，工作多么轻松，这不是一般人能进得去的。我参加区里诗歌组活动，单位里排节目，学写小说，他都反对。他对我管头管脚。他只要我将来做个贤妻良母。”

我心惝恍。我也只要她将来做个贤妻良母。

“你把你的想法跟他说了吗？”

“说了，有什么用呢？”她笑了笑，“跟他吵一吵，他放宽些，慢慢又来你耳边唠叨。他总是说，你到外面去寻寻看，像我这样的男人很不错了，天下男人都是一样的。”

他说的倒是大实话。“那你现在怎么办呢？”

“有啥办法？算了。”她说，“一年前，业余中学里有个男的拼命追求我。他对我说，你这样下去是不行的。你不应该跟这样的人过一辈子，我一定要把你夺过来！”

“那个男的几岁？”

“跟我一样年龄，属猴子的。”

“所以他敢这么说，换了我绝不会这么说。”

她又看了我一眼，似瞟似瞋。然后她低头望着自己的手指，像是把本来要说的话忘记了。

我一下子觉得自己气量太小。但是，现在不是彷徨的时候，当务之急是要从泥淖里走出来，出淤泥而不染。

“我不敢轻易地给人下结论，说某人庸俗。”我说，“我看小说《公开的情书》，最反感的就是男主人公对女主人公说，你应该毫不留恋地跟那个庸俗的人分手，你跟我的结合才是真正的爱情，才是符合道德的。这篇小说文字很美，也很有激情，但正因为这样，它迷惑住了我们，以为它宣扬的就是真理。它宣扬的是尼采的超人意识。我反对超人哲学。我认为超人是一种对别人施加侵犯与奴役的名义。你有什么权利说别人是庸俗，有什么办法证明自己是超人？一个真正高尚的人，应该是要求自己为别人作出牺牲，而不是要求别人为自己作出牺牲。现在谈恋爱，发生三角关系，经常能听到这样一句话：‘爱情是自私的！’好像非常理直气壮。声明自己是自私的有什么值得骄傲的呢？这一点任何人都有资格声明。自私绝不会成为一种道德。道德总是要提倡些什么或要人克制些什么。提倡的东西总是人本性中所缺少的，而要克制的东西人本性中又太多。古时候有副对联：‘百善孝为先，论心不论迹，论迹贫家无孝子；万恶淫为首，论迹不论心，论心自古无完人。’‘孝’是提倡的，所以论‘心’；‘淫’是要克制的，所以论‘迹’。自私是要克制的，现在打出来作为一面旗帜，其实是很可笑的。而指责别人庸俗，比起宣布自己自私，还要显得虚伪。”

“照你说就没有庸俗了，不能讲人家庸俗了？”

“庸俗当然是有的，庸俗本来的意思就是指大多数。大多数人总是随大流的，只有少数人有追求。所以庸俗首先应该对自己说，要求自己不要庸俗。你不能容忍你的男朋友庸俗也是可以的，因为你们要共同生活，你中有我，我中有你，两个人志不同道不合就不可能幸福。但作为一个第三者，他没有权利去攻击情敌的庸俗。这个结论只有你自己去得出。”

“结论当然是我自己得出的，但他为什么不可以支持我的观点？事实总是事实，真理只有一条。”

“话是不错，事实、真理，但实际上真理不是那么可以找到的。你们两个人的矛盾，你认为他庸俗，他认为你不切实际，旁边人很难说谁是真理。”

“那么他不说什么庸俗不庸俗，他就说爱我，对我感情很深呢？”

“感情深不深只有你能衡量。你的男朋友当初追求你的时候我想感情也很真诚，也很热烈。他听到你要想同他分手，痛哭流涕，你自己也承认这点打动了你。问题是你们在一起相处的日子太长了，感情不新鲜了，慢慢地冷却了，所以当有个人热烈地来追求你……”

“不，我不是见异思迁的人。那个人追求我，我从一开始就拒绝他，从来没有答应过他。我想跟他断确实是感到他变得庸俗了，共同语言越来越少……”

“我不是来指责你，”我说，“我已经说过，你完全有权利进行选择，哪怕说不出道理，感情上有时候是讲不出多少理由的。我既不劝你断，也不劝你不要断，我只想从旁观者的立场客观地来帮你分析一下。我的意见是，都不该勉强。实在没有感情，不要勉强自己跟他好下去。决定要好下去，就应该想办法消除疙瘩，不要抱着没有办法得过且过的态度。我不是说他没有责任。他反对你上大学，调工作，也许有他的理由，但他没有耐心地来说服你。我估计他还怕你读书去或者去参加一些活动，跟别的男的接触多了会飞掉……”

“是的，他有这种想法。”

“他犯了一个很大的错误。人不可能十全十美。他不会写诗，写小说，不喜欢文艺，这也是正常的。但他不应该来限制你的活动。人总希奇他得不到的东西，越得不到越希奇。我看你到底不是想靠写诗、写小说吃饭，只不过是想使自己的精神生活丰富一点。它不是你生活中第一位重要的东西。他限制你，你反抗，这样它就变成第一位重要了，你就觉得非要搬开他这块绊脚石不可。如果他让你自由活动，而且还非常支持，主动为你创造一些条件，你从他身上得不到的精神满足能在别人身上得到，你就不会想到要摆脱他，也不会觉得他缺少文化修养；相反你会相当感激他，会为他自豪。”

“你说得很对，”她抬起头来，脸色开朗多了。女的都是吃花功的，我稍一捧她，她就乖乖就范了。我已经成功地完成了角色转换，使自己的形象在她心目中毫不受损，甚至更加高大。但这又有什么意思呢？从此我们就要形同陌路，咫尺天涯。我可以成功地扮演她的师长，但不能成为她的情人。我需要的是为自己觅一个妻子，而不是找一个女学生！我不能赢得女人的爱而不是尊敬吗？

“这有什么办法呢？”她在问。

“我劝你跟他开诚布公地谈一次。”我继续进入我的角色，“你就把我对你说的道理告诉他。你先向他表明你的心迹，你对他是有感情的，不会变心的，让他吃颗定心丸。然后你告诉他不要做蠢事伤害感情。”

“他不会听的。他这个人主观性很强。”

“他凶不凶？”

“不凶，你为什么问这个？”

“我觉得你有些怕他。”

“我不怕他，他不凶，但很艮，不会改变的。你跟他发火也没用。他不跟你吵，软拖。弄到后来总是我让步。”

“所以你这次就不要发火。发火是虚弱的表现。你也跟他来软功。俗话说，稻柴好缚硬柴，硬柴不好缚稻柴。一次不行，就说两次，两次不行三次。女的应该比男的更柔，更有韧性。凭他对你的感情，我相信他会听的。你也可以把我介绍给他，我来对他说。”

“我自己来说。我听你的话，去试试看。”她神色自然地面向着我，“你能这样，我也放心了。”

我显得很坦然地笑了笑：“我毕竟要比你大五六岁，我不会像那个男的那样冲动，感情用事。”

临走前她说：“我希望以后我来跟你学习写作你不要拒绝我，我是真心想跟你学学。”

我说：“好的。”

我回头瞅了一眼那只高高在上的供着阿爷阿娘骨灰盒的搁板，我似乎听见他们在对我摇头叹气，哎，教来曲子唱不响……

你这老兄啊！

两天后小岑听完我原原本本说了事情的经过，沉吟片刻，突然叫了起来。你这老兄，她不是明明白白表示要跟她男朋友断了来跟你好么？怎么关键时刻你打退堂鼓了呢？你真是太窝囊了，她是多么失望！

我怎么窝囊呢？我说，我当然知道她是这个意思（其实我是在他这么说了以后才敢肯定），但我不想介入到这漩涡里去。跟她的男朋友相比，我的条件要优越一点；但是，世界上比我条件优越的男人有的是，要是以后她又碰到一个各方面比我更好的人呢？

小岑说，你要是这样想你就不要谈朋友结婚了。谈恋爱挑对方条件好是人之常情，结婚以后情况就变了。轧姘头、闹离婚毕竟是少数，而且轧姘头找的不一定比家里的条件好。

我说，我总觉得这样做要受惩罚的。如果对方条件比我好，我敢于同他争一争。这样争来的女的，她看重我的是我本身的优点而不是身外之物。

小岑说，你老兄又比她男朋友优越在哪里，你还不是在厂里三班倒做工人吗？她看中你能写小说，有才华，这还不是你的身内之物？

我说，才华也还不能完全算是身内之物。也许她以为写小说今后能够怎么怎么，我知道这话是很难说的。写小说不像画家，达到一定的水平可以不断地复制。他今天画一只这样的鸡，明天还可以照样画一只，十年、二十年后他照样不变画出来也许更值钱。作家不能把写过的小说再写一遍。今年我能发表作品，明年、后年就也许一篇也发不出。就算她喜欢的是文学本身，很可能是因为她隔着一段距离，雾里看花，有种神秘感。哪一天她对文学的兴趣淡薄了呢？人总想得到得不到的东西，一旦到手又厾厾①掼掼不珍惜了。人都是有缺点的。今天她用她的男朋友的缺点来比我的优点，明天她也可能用我的缺点去比他的优点。一旦出现这种情况，我是受不了的。

小岑说，你说的道理也有。青梅竹马，又谈了三年，谁知道他们之间发生过什么。只要你能够想得开就好了。

我说，这有什么可以想不开呢？

没法再往下讨论了。没有人可以和我讨论。我找不到一个人去讨论。我，一个人，讨论。

一个低沉的声音，在我内心深处，说……，说……，像很钝的锯齿，折磨着我。这声音像上帝一样的森严，但我知道，它不是上帝，不是的。当那个声音每次在人间出现时，它都是孤独与桀骜不驯的。它像狼嚎一样带着荒野的凄厉，带着对山坳里庄户人家温暖的灯光与用粗木条筑起的结实的栅栏的威胁。历史的长河洗去了这嚣声里的野性，它变得温敦、通达，强悍而不失忠诚。狼变成狗，从野山丛林走进了寻常的百姓家，成为人的伙伴。人对它的评价越来越高，甚至觉得同类不及这异类可信赖，可以寄托感情。人

---

① 厾：音如 dò，动词。丢；扔。参见《简明吴方言辞典》第 110 页。

们与这声音慢慢地同化了。发出这声音的人在几十年或几百年后变成了先觉，变成了导师，变成了神明。这是撒旦的声音。但是，上帝的声音是什么呢？哪个宗教的创始人，耶稣、释迦牟尼、穆罕默德、老聃，不是世俗生活的叛逆者，不向世俗的道德、价值观发出猛烈的抨击，不受到当时世人、权贵的压迫、围攻？如果有上帝，人能够认识上帝吗？人怎么能够分辨这反常规的声音是来自上帝的启示还是魔鬼的诱惑？

上帝说，人，不能骄傲。但我不骄傲，我还是无法从这困惑中自拔。

我极其虚心地把易卜生的《群鬼》从书橱里请出来。

曼德牧师："你应该感谢上帝，亏得那时候我主意拿得稳，劝你丢掉了原来的荒唐的计划，并且上帝保佑我，使我终于把你重新带上正路去尽义务，去找你自己的丈夫。"

我闭了闭眼睛。

我是曼德牧师吗？我是那个可鄙又可悲的家伙吗？我在亲手毁掉我自己的幸福与一个爱我的女性的幸福吗？

做个好人——

我一直以为对我来说这是件容易的事，这是不是就是我的骄傲？一位数学家说，题目做错了，人们总是反复验算演算过程，而从来不会去怀疑依据的定理本身。我该怀疑定理了吗？也许我自以为恪守道德而这种道德早已陈腐？也许我一下子把她推得老远并不是高尚而只是要掩盖我的罗亭式的懦怯？也许我对她大谈宽容谅解，是因为我骨子里同她的男朋友一样庸俗；我不想改变自己的庸俗，而是用机智漂亮的言辞使这种庸俗合法化，把她窒息在这种庸俗里？也许不是我该不该向她伸出手去，而是我愚蠢地推开了她向我伸来的援救之手？

我不知道，我无从知道。

曼德牧师还有他的上帝，我有什么？什么是共产主义的恋爱观？雷锋没来得及谈恋爱，他不能告诉我；保尔·柯察金也不能告诉我，她既不像冬妮亚，也不像丽达；晚恋晚婚；要有共同的理想、共同的事业、共同的追求……统统都套不上。“反对本本主义”，“我们讨论问题，应当从实际出发，不是从定义出发”，实际是什么？实际就是在我无法选择的时候要逼我选择！实际就是我知道得太多，比盲目还要糟糕！实际就是事情并没有完，她给我送来了一张电影票，又拿了一篇她写的小说来。我进电影院，发现旁边坐的是她父亲与母亲，他们看我的神态似乎有些异样……

我必须考虑到这样一种可能性，她并没有把我的话当真，她把我开导她的话看作是种姿态（我明白这里面多多少少确实含有这种成分）；她甚至可能以为我是以退为进，世故很深。她完全有理由认为一个会写小说的一定洞明世态，处事练达。她也许以为我想以这一点博得她的好感，而她也乐意作出响应。她也要表现出同样的耐心以求配得上我。她先做好父母的工作，解除后顾之忧。她把同我保持交往理解为我的默许。她跟我比耐心。有朝一日她也有充分的理由失去耐心，如果我那时再表示不愿加入情场角逐，她又有充分的理由可以指责我玩弄了她的感情。如果我欣然接受她的安排，她又会在达到目的的欢愉的同时，把我以往的一切正人君子的行为作为“伪善”埋进她的黑暗的潜意识……

我知道得太多了！太多了！我真恨自己是个写小说的，我真恨自己看过那么多的小说！

但我必须进一步回答。

我又问自己，我是曼德牧师吗？我是罗亭吗？不，我没有强行把她推向她不爱的人。她若真不爱他，没有我，她也应该跟他分手。我只是不想让自己成为使她的感情天平发生倾斜的一块砝码。顺序应该是，她先跟他断了，然后我再考虑是否同她谈朋友。我事先不能给她任何许诺。在她与他的关系中，我不想参与。我不想夺人所爱，也不强人去爱。

我再问自己，我爱她吗？我爱她决不及她的男朋友，我目前至少还不想哭。我所有的苦恼只是我该做个怎样的人，还不是怎样能得到她的爱。我跟她交往毕竟只有几个月。她让我喜欢，我认为她可能成为我的爱人。一旦她向我奉献爱情，我一定会跟她白头偕老，只要她愿意。

综合以上两点，我给她写了一封措词经过周密考虑的信："鉴于我们之间目前的情况，我经过反复考虑，认为保持这样的接触对我们彼此都不甚有利。我希望我们还是隔离一段时间，待我们的感情能够现实地处理好这一问题时再恢复联系。目前你要请我看作品可以写信给我或请小岑转达。望能充分理解我的一片真诚。"

我以为遣词造句都模棱两可到家了。我要的就是这种效果。我把球踢给她，逼她表态。

她那边毫无反应。

一个月后，我又忍不住跑到医院去找她。我只是要知道一个结果，我对自己说，生活中的谜太多了，不要自己再去制造出一些谜。她开门见到我，并不显出惊讶，也没有露出责备的怨艾的神色，甚至连"你来了"这样见面的废话也没有，就让我进去，好像我昨天跟她打电话约好了似的。我感到窘迫，又不能流露出窘迫来。我格外积极地跟她说东道西，心里总有个冷冷的笑声像老鼠牙齿似的在啃我。半个小时对付过去了，我实在忍不住，说："看来你现在的感情是平复了……我一直担心你经受不住这个打击，但我也是没有办法。"

她沉下头去，啃着嘴唇，说："是的，现在好多了，没什么了。看到你的信我哭了好几次，后来想想，你也是好意，也只有这样。"

混蛋！我心里骂道，不是骂自己，我不知道骂谁。也有我，也有她！

我说："你不会恨我吧？"

她说："我怎么会恨你呢？"

我说，我并不是劝你一定要跟他好，我只是劝你要实际地全面地历史地分析地考虑问题。她说，我知道。算了，都到这一步了。我说，你这种想法还是不对的。你不能抱有马马虎虎将就的思想，这样你以后会后悔的。你要跟他好，就要使自己真心爱他，而爱他就要自觉自愿地多想他的好处、多发现他的优点、多体谅他的心情。爱不是被动的，爱是要主动去创造的。罗丹说，美在于发现爱，也在于发现……她嗯着点头，不住地点头。我说着说着不停地说……我有这个权利，因为我是对的。我没有被感情迷惑，我没有自私自利，我弥补了一对情人的裂痕，我作出了难能可贵的牺牲。我是高尚的，我是清醒的，我过了英雄难过的美女关。老人说，交桃花运不迷女色，日后必大贵。我比她本人更了解她，她并没有超凡脱俗，她只想追求点小小的浪漫蒂克，她只配做个小家碧玉、贤妻良母。她的痛苦只是一种模仿的痛苦，一种闲来无聊的痛苦，一种赶时髦的痛苦……

“你不要说了，”她突然像呻吟似的低声说，“我承认你是上帝好不好？”

以后我们就恢复了正常的来往，这些来往中表现出来的友谊很纯粹，就像看维纳斯雕像时情感那么恬静。如果将来要评模范第三者的话，我想我可以独占鳌头。惟一遗憾的是她没有跟她的男友结婚。她在外宾病房结识了一个加拿大的老太太，后来猛攻一年英语，到那边留学去了。临行前给我来过一封电报似的告别信，去后头一年寄来过一张圣诞卡。现在不知下落如何。我忘了她是一九八三年还是一九八四年走的。

二十六

女人。

那天我正在场政宣组里跟老郑讨论文艺小分队的节目，小林从门外进来听见，说，我这里有一份种子队的材料，一个女的从装麦的拖拉机上摔下来，摔断了好几根肋骨，新入了党，好像事迹很感人。你可以下去摸摸看，说不定能写个小戏。

第二天我就上种子队去。种子队在西南片，是场里有名的标兵连队，但我还是头一回上那儿去，因为离得远。从场部到那里要二三十里地。我到那边是上午十点，住宅区里静悄悄地不见人影，场地上打扫得干干净净，宿舍门前都砌有一个个窨井口，拉着晾晒衣服的铁丝，地面上没有那种滑溜溜的来历可疑的青苔，也不见鸡鸭在悠闲地散步，这一切都表明这里确实是个货真价实、纪律严明、有人检查与没人检查一个样的先进单位。原来的党支部书记老郑，是个“老围垦”，那时已是县党代会代表、场党委委员，不久前调到八连去当工作组组长，解决“老大难”去了，接替他的是一九六九年从上海下放的干部老钱。老钱指派团总支书记小钱负责接待我。小钱与我在场部通讯员学习班上有过一面之交。他听我简略地说明来意，就说，你是要采访端木吗？你们早就该来了。我一下子没听清，只觉得那女的名字有些怪，就请他写给我看。他对我竟然还不知道她的名字似乎有些不满。材料我们已经送了好几份了，他说，场政宣组真有点高高在上。我连忙说，是我有意不向小林要材料看。一张白纸，可以画最新最美的图画，啃别人嚼过的馍没意思。他写给我看，端木云，并告诉我端木是双姓，他们都习惯只称她姓。他问我打算怎么采访，我说想先开座谈会。英雄人物一般都很谦虚，只有掌握了大量生动的外围材料，才能有的放矢地从本人那里去挖思想，这叫“剥笋法”，是上海有名的老记者到县通讯员学习班上来传授的真经。他问我要不要先看些现成的材料，我坚持不看。

中午吃饭的时候，我又一次体会到种子队的先进性。食堂的小黑板上，菜名写了十几个。这顿饭是小钱挖饭菜票请客。我要付他钱，他坚决不答应。不要说我们本来认识，他说，就因为你是来采访端木的，我也心甘情愿请你。这话我有些反感。都是同道中人，先进谁还没宣传过，何必跟我来这一套。我说，我是为写节目来采访的，有些很生动的事迹不一定能搬上舞台。他说，这我知道，但端木的事迹一定能搬上舞台，不信你下午听。他还告诉我，端木当过食堂的班长。食堂就是在她当班长期间打的翻身仗，现在是全农场系统的一面红旗。端木的事迹比于红珠要突出多了，他说，我们连里的青年都这么说。

于红珠那时不仅是我们农场，也是所有的市属农场中最红的一个标兵，市委候补委员，崇明县革会常委。小钱的话无意中提醒我，使我心里一直不那么踏实的正是那个于红珠。

座谈会定在一点开，十二点五十分人都到齐了。小钱通知了八个人，连同我们十个。端木到连队后换过三个班，每个班来两名代表，一个班长一个群众，还有两名：一个是过去跟她同寝室的，一个是现在跟她同寝室的。我要求与会者既要熟悉情况，又要善于表达。我刚说明来意，他们就异口同声地说，采访端木，你们早就该下来了！这样的先进人物不报道报道谁？我们连的群众不论男女老少都一致公认她是活着的雷锋、王杰……那架势就像小钱事先跟他们串通好的。我将身子往后微仰，摆出一副见过许多大场面的架势，含笑说，我今天来采访不是写通讯报道，而是搞文艺创作。文艺采访要求比通讯更详细、更形象。我希望你们给我讲一些故事，越生动越具体越好。什么埋头苦干，三天三夜不睡觉什么的话，对写节目是没用的。因为文艺作品可以虚构，不要说三天三夜不睡，十天十夜不睡我也能写，关键是能不能让人体会到三天三夜不睡是怎么个滋味。总之要具体，不要空话，大家准备一下，谁开头炮，希望不要冷场。

并没有出现我估计会出现的冷场。我刚说完，一个黑黑瘦瘦眼睛往里眍得很深的男青年就说，我先说。我就谈谈端木受伤那天的情形。

小钱介绍说，这是小周，六班的班长。端木受伤时是六班的生产班长，他是政治班长。

我怕小钱说错了，问一句，端木是生产班长？

是生产班长，小周说。

我说，女的担任生产班长，这不容易。

小周说，她干活跟男的一样，有的男的还比不过她。她人并不高，身体也不怎么好，但她肯吃苦，干活拼命。

小钱说，我们连干活普遍是很厉害的，但到目前为止，女的当生产班长的只有她一个。

小周说，去年“三夏”，那天是五月廿三日，她大概早晨三点钟就起来了。隔天晚上她大概是十一二点睡的。她总是这样，别人睡了她还要打着手电筒看一会“毛选”，记记日记，同寝室的人也不知她是什么时候睡下的。（过去跟她同寝室的女生插言，大忙季节我们把政治学习调到晚上。六七点钟收工，吃了饭，洗洗脸和脚，参加一个钟点的政治学习，回来再洗衣服，睡下至少要十点。端木睡下、起来都是轻手轻脚的，我们都不知道。）等我们四点半出早工赶到田里，她已经整好了一块地。早上六点，大家回去吃早饭，她又是第一个赶回到田里插秧。中午十二点她招呼大家收工。别人走了，她拿起铁耙去整旁边的一块地。我们拉她一起回去，她说下午要等地用的，怎么也不肯走。等大家吃完饭赶出来换她，她已经把地整好了。一会儿，她又边啃着冷馒头边走到田头来了。大家也看惯了，心里很感动，但也不去说她，说也没用。那天我们六点钟收工，插了十五亩地。端木是最后一个踏进寝室的。她刚端起饭碗，连里来通知，天气要变，每班抽两个人突击把田里的小麦运进场里来。（同寝室的女生插言，端木听到门外拖拉机的声音，她把碗一放，怎么现在来拖拉机？就奔到门外去了。）连里通知是我接到的，我已经安排了两个男生，这时候端木已抢在前头爬上了车斗。副连长喊，女的到打场去卸麦，装麦男生去。端木就是不肯下来，她的犟脾气是有名的，谁也拗不过她。那天一共装了三车，到开始装第三车的时候已经九点一刻了。天开始淅淅沥沥下小雨了，田里的麦子还有一车多，我们就把它全部装了上去，堆得比前面两车要高得多。装完车已经十点了。麦堆离地有五六公尺高。端木装车就坐在麦堆顶上，顶上还有一个男生。拖拉机开的时候，她还跟我们下面人挥挥手，打场上再见！谁知道车子刚开出不远，在路上一颠，麦堆倒了下来，就把她压在下面了。（另一个班的群众插言，我们听到出事了，有人跌伤了，都从寝室里奔出去。那时还不知道谁受伤了，但当时我就想到会不会是端木。现在跟她同寝室的女生也说，我也闪过这个念头；事后，很多人说听到消息都不约而同地想到是端木，因为最艰苦最危险的场合她总是冲在前面。）我们当时跟在拖拉机后面，一看麦堆倒了连忙奔过去。麦堆不是往两边而是往车前斜出去的。端木人从车顶上翻出去，再被麦子埋上。另一个男生坐在靠后一点，他是跟麦子一起滑下去的，只伤了腿。那男生痛得哇哇乱叫，我们先找到了他。一时找不到端木的人，听不见她的声音，我们都吓坏了，以为她死了。后来在麦堆下发觉了她露出的头。我们把压在她身上的麦子扒开，她还是一声不吭。我去把她背起来。我不知道她的肋骨已经断了九根，心急慌忙手脚重了一点，这时候她才“阿哼”吭了一声，接着吐出了一口鲜血和麦粒。旁边的人叫，放下放下，我连忙把她仰面朝天放下。她的脸色发青，汗，真像黄豆那么大的一串串地挂下来。（过去跟她同寝室的女生插言，医生说，肋骨骨折刺破了肺泡，气胸，是非常痛的。她躺在病床上，手臂的皮肤下都可以看到会游动的气泡。她就是一声不吭。医生说这样硬的姑娘还从来没看见过。小钱说，医院里的事迹等会再说，当天晚上抢救她的事例也是很动人的。）端木平时在连队里群众关系非常好，许多人听到端木受伤都当场哭了起来；不光是女的，也有个别男的；不光是知青，也有老职工。有的老职工听到端木送医院要睡担架，就把自己床上盖的新棉被捧来了。这是不容易的，老职工一般是不肯把家里的东西拿出来的。不少人送来了塑料布、雨衣。我们向场里打电话，场里马上派卡车把端木送南门港中心医院。但卡车只能开到公路口，从我们连到公路要走一刻钟。那天雨下得很大，还打雷。队里选了八个男的抬担架，许多人自告奋勇要去。我选上了。这段路一步一滑，我们都非常小心，尽量不让担架震动。她把被子咬在嘴里，不叫。（我问，她的神志始终是清醒的？）她神志始终清醒。她不说话，但她眼睛始终看着我们，好像在对我们说话。到卡车上，我们怕车子颠，八个人就轮流跪着，扛着担架，一直到送进医院。后来连里的人一批批到南门港去看她。大忙季节，有时我们收工了赶末班车到城里去，回来就走回来。（过去同寝室的女生插言，有一次我们一早赶到南门港医院去看她，中午回来过了开饭时间，老郑下命令食堂不准卖饭给我们，我们都饿了一顿。小钱说，老郑也是没有办法。连里去看她的人太多，不制定纪律要影响生产。那女生说，那次我们去已经“大忙”结束了。小钱说，“大忙”以后还要加强田间管理。老郑让各班派代表去，其他人去后果自己负责。那女生说，虽然饿了一顿，但我们没有一个人有怨言。我们觉得还是值得的。）大家对端木的阶级感情有多么深，可以看出端木平时在群众中的影响怎么样。我可以说，你跑到我们队下面去问，没有一个人说端木不好！

接着，他们又一个个争先恐后地说端木怎么在病床上坚持学习“毛选”，身子不能动就叫人把书吊着让她看，念给她听。说她怎么忍着剧痛口述给队里的战友回信，鼓励人打入团报告。说她怎么耐心地帮助一个外号叫“大妈”的落后青年转变：“大妈”是个女社青，才二十四岁，已经有了两个孩子，过去懒得骨头生蛆，浇肥的时候，别人有的挑，有的浇，她只是站着往一桶水里捧两把肥田粉，现在她已经光荣入团。说端木六月十二日就要求出院归队，也不回上海养伤；她在队里怎么也不肯好好休息，夜班脱粒不让她去，她就在深夜两点一手拎着热水瓶，一手捧着“麦乳精”，到打场上慰问战友……

整整四个小时，我笔不停地记，差不多记满了一本《工作手册》。小钱问，怎么样，材料够不够？我说，我要找她本人谈谈，我要了解她的思想是怎么发展到这一步的。她是不是肯谈？

他们又异口同声说，端木跟人谈话从来不一本正经，她对自己要求很严，但她对别人是很通情达理的。我们很尊敬她，但从来不觉得她是高不可攀的。

我又庆幸又疑虑，我一直想找活雷锋，难道真的给我碰上了？

她长得并不漂亮（按照我的标准），但也绝不丑陋。次日下午我在她寝室里看见她时，第一眼突出的印象就是黄黄的有些蓬乱的软发与跟男人一样粗壮的脖子。她的脖子也许并不粗，是因为长年扁担压出了肩上厚厚的疙瘩肉，使她的脖子向前伸出，转动似乎有些艰难。她的前胸也很厚，不是那种乳峰高耸的曲线美，仿佛跟男人一样有着很发达的胸肌。那时天气很热，她单穿着一件浅红印条的府绸衬衫，下摆宽松，还是掩盖不住胸部的厚实。后来我想，也许她肋伤并未完全痊愈，胸部还敷着药膏纱布什么的。相形之下，她的头就显得有点小，两只单眼皮的眼睛就更小，看人还有眯缝的习惯，很明显的是近视眼。这天是阴天，欲雨不雨，寝室里很暗。她坐在两张床中间的空当里，看去就更暗。她坐在小方凳上，一边跟我谈话一边修理膝上的坏簸箕。她已经是连队副指导员，专管后勤。这些簸箕是她原来班里的，她喜欢经常回到原来班里干半天一天的活，这是她离班前跟大家的约法三章之一。她说这是怕自己一脱离艰苦的劳动人就会变懒。她的话中透露出她不喜欢后勤的婆婆妈妈的事。因为光线暗，我就不拿出本子来记，这样做同时也是为了减轻被采访对象的心理压力，造成一种聊天式的亲切感。

我不是什么英雄，她说，我会抽烟，你相信不相信？我是到农场以后学会抽烟的，一个人苦闷的时候就抽烟。我这个人喜欢想，喜欢自己跟自己过不去。我苦闷的时候很多。这些他们是不会告诉你的。我在队里养伤，她们在寝室里排节目，耳边都是“端木、端木”，我实在难过死了。后来我想，这不是我个人的事，需要宣传先进，这是党的事业的需要，我个人要正确对待荣誉。我开始总对他们说，你们不要把我从你们身边推开呀！我只希望跟大家开开心心地呆在一起。后来我想，关键是我不要脱离群众。荣誉对我是个考验，毛主席说，人怕出名猪怕壮，我现在才有些理解了。

我说，抽烟的事他们没说，但你经常进行激烈的思想斗争他们说了。他们说，有时你会在窗前呆呆地坐几个钟点，他们都替你害怕了。

她说，是的。我思想斗争时样子大概是很怕人的。我这个人想不通憋住了就一定要想通，我喜欢一个人在那里想，别人不要来管我。寝室里的人怕我想出精神病，一会儿来劝我吃饭，一会儿跟我说什么，我最恨了。有时我就对她们发火，有时我就跑出寝室去。

我说，她们倒没说你会发脾气，她们都说你待人很和气、很关心。

群众是很好的，她说，他们能够体谅我。当然我是难得发火的，但是发起火来是很不讲道理的。他们把这些都忘了，他们只记住我对他们好的地方。

他们说你半夜里捧着麦乳精去慰问……

这件事他们已经说过多次了，先进事迹材料里也写了，我说，其实这不是实事求是的。第一，他们并没有吃，我出去得太晚，他们已经从打场上回来了，我是在机耕路上碰见他们的。第二，这麦乳精也不能说是我的。我养病的时候，大家送了许多吃的东西给我，有的根本没有名字，不知道是谁送的，没法退。我受了群众不少东西，我只不过想把群众的东西让群众分享。要宣传应该宣传群众。

我问，你能不能把你思想斗争的具体内容，举几个例子告诉我呢？

她说，有一次，老郑严厉地批评我。他要把我调到食堂里去，我不肯。别人都羡慕食堂，轻松，可以不要赤脚下田，我不喜欢。我喜欢艰苦，喜欢大田班干活爽气。我跟老郑顶了起来。老郑发火了，拍桌子说，你这样发展下去是很危险的，你好好考虑考虑后果。我想不通。很危险，难道我会变反革命吗？老郑为什么要这么说？那天晚上后来我出去了。我到南横河边上去走走。我想着想着一个人就哭了起来。我这个人还喜欢哭。中学里，我有个很要好的女同学，我是她入团介绍人。她入团时我买了本日记本题了词送给她。后来文化大革命开始了，她是红五类，我父亲是小业主，祖父是个破落地主，开始我不能加入红卫兵，她叫人把那本日记本还给我。我那时哭啊，不停地哭，后来我自己心里明白不能再哭了，但还是止不住。直到我妈妈吓坏了把我送到精神病医院去看。我心里都明白，吃了点药就好了。那天晚上我也哭了，哭一阵我心里就觉得松快了。这跟呕吐一样，呕掉人就舒服了。我一吃力就要呕吐，这些他们肯定跟你说了。我的体质差，在家里我是最小的，我妈妈生了八个小孩。但是我平时没有什么大毛病。我一边哭一边走，突然发觉后面有人跟着我。我以为是坏人。坏人我倒不怕，我力气很大，我可以跟他打。我就折到一条支渠上去，看他是不是跟过来。他真的跟过来了。我就一跳跳到支渠对面去，等着他上来。我问他，你为什么盯着我？他说，你为什么这么晚一个人在外边走？你是几队的？我说，你是几队的？他说，我是十一连的。我说，我是十四连的。我不愿意让他知道我是种子队的，十一连就在我们队对面，传出去说我一个人在河边哭很烦的。他说，你可以回去了，碰到一点事不要想不通。我说，我不要你管。他说，我看见了就是要管。我说，你有什么资格管我，谁知道你是好人坏人？他说，我是复员军人，我可以给你看服务证，我是十一连的基干民兵排长。我不理他，只管往前面走。他就一路跟着我，一边走一边劝我回去，说我不回去他决不会放开我。我就拣稻田里的田埂走，有的地方埂岸泥还没干，有的地方很狭，不小心就一脚滑到稻田里。我这个人也是很坏的。我想，让你跟，看你跟不跟？他倒是始终紧盯住不放。我跟他兜圈子走了有一个小时，实在甩不掉他。我走到我们连队路口，我说，我到了，你现在可以回去了。他说，你不是说是十四连的吗？我说，我是种子队的。他不相信，要跟我进队。我不让他进来。我指给他看，我的寝室就在第一排第二间。他就站在路口看我踏进寝室门才回去。我要他保证不把这事对任何人说，以后也不要来找我，他答应了。他后来果然没来找过我。世界上好人真不少。

我问，你的思想是怎么发展到今天这种境界的呢？你那么不怕艰苦动机是什么？

她说，我要赎罪。开始要我跟祖父和父亲划清界限，我想不通。祖父解放前就破产了，父亲从小到上海来学生意。在我的印象里，我没有过上一天剥削阶级奢侈糜烂的生活，我们家一直很穷。我小时候穿的衣服都是哥哥姐姐的旧衣服改的，裤子短了接上一段，衣服破了打个补丁。我一直穿得很朴素，不像其他女同学要打扮，要穿新衣服。后来通过学习，我逐渐认识到，祖父虽然破产了，父亲虽然没有发大财，但并不说明他们的剥削阶级的思想就不存在了，他们的思想对我就没有影响。他们曾经剥削过劳动人民，他们对劳动人民是犯了罪的。我在他们思想的影响下，也有"惟有读书高"的思想。有的工农子弟学习成绩不好，我虽然也帮助他们，但心里却觉得他们笨。我就没有看到他们在劳动方面不怕脏不怕累的优秀品质。我这个人，想通了就坚决去做，我对自己要求还是很严格的。毕业分配时，我就写血书要求到黑龙江生产建设兵团去。后来把我分来崇明，开始我还想不通，认为崇明没有黑龙江艰苦。后来我想通了，苦是要自己去找的。环境再苦，你也可以想办法逃避。环境再好，你总是能自己给自己压担子。我们国家总的是一穷二白，只要你肯吃苦，你到哪里都能找到锻炼自己的机会。

那么你对上调是怎么看的呢？我问。

她说，我个人不想上调。许多人想上调，跟我来谈思想，我也能理解，我不反对。我只要求大家不要去争上调名额，服从革命的需要，服从国家的安排。每个人都有具体困难，可以向组织反映，让组织考虑，自己不要一心想上调。一心想上调走不了思想上就会受到很大打击。我不想上调是因为我个人确实喜欢农场。我觉得工厂没什么好，干活不像农场那么自由，有劲。农场干活是艰苦一点，待遇差一点，但十几个人嘻嘻哈哈在一起，比赛比赛，这在厂里是办不到的。我姐姐是纺织厂的，一个人管七八台机器，八小时机器声音响得不得了，走出车间耳朵里嗡嗡叫，翻三班，恒温车间一会儿热一会儿冷，许多人有关节炎，人也是很辛苦的，面黄肌瘦，比农场有什么好呢？我还喜欢过集体生活，我觉得差不多年龄的在一起共同语言多，很开心。我就不大愿意回上海，呆在家里跟父亲母亲没什么话可说，兄弟姐妹各人有各人的事，也没有多少共同语言。有的人上海家里很小，回去要睡地铺，也拼命想上调，我觉得是想不穿。在农场结婚可以分配二十几平方米的一间房子，在上海无论如何办不到，但这只是我自己的想法，别人有别人的想法，我不去强加于人。上调是党的政策，宣传扎根农场也是党的需要，关键要你自己正确对待。我并不认为我要扎根是毫无自私自利之心，但我说扎根农场一辈子，就是一辈子，我这人说出话是算数的。

不知道这样问是不是可以，我说，你是不是打算在农场里成家？你的恋爱问题……

她说，我还没有具体想过。谈恋爱、成家这是每个人都要走的路，但是，我的观点是一定要志同道合。我认为在这样的问题上是一点也不能勉强的。为了成家而成家，完成任务，这是要吃苦头的。我的三姐姐跟姐夫是同学，自己认识的，已经有了个五岁的孩子，现在闹离婚。我对他们说，你们这是不负责任，这对孩子是很痛苦的。他们也很痛苦。与其这样痛苦，我还宁愿独身。我想我一个人也能过一辈子。

我又问了她目前的身体情况。她觉得受伤后体力等各方面大不如前了，目前伤处还经常隐隐作痛。她确实感到在大田班当生产班长力不能胜，所以同意退到二线抓后勤。但她还是要跟伤痛作斗争。她向我纠正说，她是断了六根肋骨，不是九根。

临走时我向她借了两本日记。她有些为难，我问是不是内中有什么秘密。她说秘密倒并没有，但她写日记只是给自己看的，有许多思想并不成熟，她希望我引用时要客观些，实事求是些。她希望最好不要引用她的日记。她把日记从箱子底里取出来交给了我。

她的日记里还是有秘密的。我没有看出来，小林看出来了。小林对我说，她的日记是真的，里面谈朋友的内容也有，这个女的不容易，是真的。被他这么一说，我就再去研读她的日记。我看出来，日记里她对一个称之为“弟弟”的男生感情有些缠绵。“弟弟”在第一批上调时走了，日记里就记载了她要不要去南门港送他的思想斗争，结果她还是没有去。但即使让小林点破了，我还是觉得不能吃准这就是恋爱。日记里关于“弟弟”没有一个充满感情的字眼，都是关心帮助他怎样在政治上要求上进的话。但我相信小林，他是过来人。因为这一点，我也更爱戴端木。她的襟怀多么坦白，竟把自己的内心秘密毫无保留地托出在一个只有一面之交的人面前。我觉得自己非要写她不可，这样好的人，我一定要把她捧出来。

我对她的热情还因为我对于红珠的潜在的反感。于红珠其实并不碍我，我第一次到场部礼堂听她“讲用”还很感动。但后来我多次听说她的事迹有待推敲。场文艺小分队根据她的事迹编了个小话剧，巡回演遍全场，惟独不敢演到她过去所在的连队去，据说经她帮助转变的对象不承认有这回事。她的一只肺已经烂成豆腐花了，场政宣组的干部议论起这件事感叹地说，还有人不能体谅她，树个标兵真难啊！

现在端木云无论从哪方面来说都比于红珠过硬。她的思想起点本来跟我也差不多，只是她严于律己，刻苦改造世界观，终于攀上了共产主义战士的思想高峰。她的道路也有可能成为我的道路。宣传这样的英雄，群众心服口服，对我们的事业是大大的有利。

老郑听了我汇报也激动起来。上海电台新辟市郊农场专辑，正发来组稿信，他要我后写节目，先写通讯。我五天里改了三稿，最后定稿一万三千字，一个导言三大部分，气势磅礴，完全参照《党的好儿女焦裕禄》、《小车不倒只管推》这样的优秀通讯的格局来构建。稿子寄出不到一星期就得到回音，被改编为长篇配乐通讯安排播出。

我的火热的心情还是冷不下来。回上海休假，我又跑到报社去找发我诗歌的副刊责任编辑老谢，在他的办公室里开了个端木云先进事迹报告会，对象是老谢与两位借来的工农兵编辑。老谢四十多岁，像弥勒佛似的，外表看来心气平和，却是个容易动感情的人。听到后来他的激动简直不亚于我。这时，正好有个跟我差不多年纪的小青年来他办公室串门，被他一把拖住，对我说，这是《革命青年》版的编辑，你把端木云的事再给他说说。我就坐在沙发里对他又重新开讲，说到一半，那青年说，慢点，这么生动的事，我叫我们组的人都来听。他走了。一会儿他回来，对我说，你到我们办公室去讲行不行？我就跟他到四楼《革命青年》组的办公室里，那里还有两个人，一男一女，年纪都很轻，女的还梳着小辫。他们给我倒了杯白开水，让我讲，又拿出本子来记。我说，你们不用记，我有现成的稿子。我又开始演讲，讲得他们都兴奋起来。这天下午我从一点进报社，五点离开，足足讲了四个小时，讲了两遍半。他们约我第二天上午再去，把稿子也带去。

第二天上午接待我的人又多了一个男的，也是青年，但头发往后梳，显得更老成些。他们又让我讲了一遍，又翻阅了稿子，然后说，这稿子电台已经用了，事迹很生动，我们想组织人再到农场去采访。我怕他们不肯报道，就说，端木的事迹非常多，你们下去肯定能采访到更生动的材料。他们对我表示感谢，送了我两本通讯员手册与一本日记本，把我送到楼下报社门口，与我握手道别。我走在马路上，心满意足，甚至有点趾高气扬，我为中国人民的革命事业又贡献了一个雷锋式的英雄。

后来端木云的事迹在第三版上发了整整的一版，还配了照片。我等待着她去当市委委员、全国党代会代表、全国人大代表，结果她还是在连队里当个副指导员，只是后来调了个连队。我又一次领教到社会并不像我想的“一加一等于二”那么简单。谋事在人，成事在天。

在我上调的半年后，我给她写了一封信。信的第一句是：“不知你是否还记得我，我就是那个来采访你的曾借在场文艺小分队写节目的人。”我确实怕她记不得我。关于她的节目后来并没有写成功，电台播放的通讯是不署名的，署名她也不一定知道，我没把自己的名字留给她；报社去采访她也不会说是我介绍的。我在信上表达了对她的景仰之情，我希望跟她保持一定的联系，跟踪了解她现在与今后的思想发展过程，为我的创作积累素材。她很快给我来了回信，练习簿纸正反面密密麻麻写了三张。她的信跟她说话一样，既充满政治热情、政治术语，又非常实在，非常坦率。我与她通了几封信后，知道她回上海来休假，就赶到她家里去看她。到了她家，我才明白她说的她家里穷是什么意思。她家住的地方一条弄堂合用一个给水站的水。她家的房子与周围的棚户相比还算是比较高大宽敞的，但比起崇明公社里一般农户的房子来却还要简陋些。纸筋石灰泥的墙已有多处开裂剥落，露出里面的小木条子与灰砖。房间里很暗，窗本来就小，窗对面不过二三米远又是邻居的房子。灰蒙蒙的水泥地，也抹得高低不平很粗糙。家具很少，又旧，像童养媳似的往壁角里躲，使面积不大的房间显得很空旷。这家确实不比农场的寝室更值得留恋，但“金窠银窠不及家里的草窠”，要看穿这点也不容易，也就是脱俗了。

这次谈话不像我们第一次对话那么充实，因为没有太多的内容。我忽然记起她是有过恋爱经验的，她会不会曲解我的动机？我可是一点也不准备同她发展这样的关系。崇敬是一回事，爱又是另一回事。第一我不想两地分居；第二我不愿我的老婆思想境界比我高，事事处处像老师一样来教导我；第三她不漂亮，在容貌上不能叫我心旌摇荡。但是，要是她对我的误解有所发展怎么办？我实在不想伤害她的心，这样纯洁的心，我怎么能刺伤叫它滴血，这是莫大的犯罪。为了确保安全，在临走前，我用很沉着很客观的语调向她询问她的个人问题。她还是那么坦率地说，连里有个高中生追求她，她也觉得这个人很好，但是他们在队里从来没有单独在一起谈过一次话。因为心里有这层想法，反而不敢接近。那男的上调后，给她来了一封信。信上说，我知道你是决心一辈子扎根农场的，你是会说到做到的。对于一江之隔，我也不那么在乎。她回了一封信，谢绝了他的要求。

为什么呢？我问。

我不愿意别人为我作出牺牲，她说，两地分居，麻烦的事情是很多的。我接到他的信，第一次认真考虑要不要上调。思想斗争的结果我还是胜利了，我要扎根农场，我不能做个半截子革命派。

我放心了，我也为自己这样地以小人之心去度君子之腹感到惭愧。

后来我有机会便向人宣传，生活中我遇到过一个“活雷锋”。我承认我的思想没有她好，但我真心地宣传过她。一九七七年我生肝炎，在隔离病房里也现身说法，说得那些病友们个个瞠目结舌，因而增强了战胜病魔的信心。

就在我出院后不久，我收到了她的一封信，信中她第一次流露出惆怅的情绪。当年的战友差不多都上调了，下面几届的学生像隔着一代似的，很少共同语言，本来那种“团结、紧张、严肃、活泼”的气氛已不复存在，她一个人孤孤单单地很冷清很苦闷。“上山下乡”运动又否定了，她的思想很混乱……

一九八二年，我随上海一家报社组织的访问团回农场去，我第一个要找的就是她。我在场部附近的家属宿舍里找到了她。她已经有了个两岁的女儿。她的爱人也是个留场干部。她告诉我，她跟他第一次约会，她对他的第一句话就是，我是抽烟的，然后她从裤袋里摸出一支烟来点上。

二十七

女人。

一九八一年六月六日星期六。六、六、六……六六顺溜……

从新雅饭店出来，我就处心积虑地找机会图谋不轨。那天是我与她的第三次约会。我终于放下架子向已经谈了朋友或已经结婚的兄弟们请教，他们一致说，朋友轧到一定火候，就非得要在那方面打开缺口。女的如果真心向你，她就期待着温情的抚摸，期待着接吻、拥抱。采取主动进攻的姿态，是上帝赋予男的权利。女的只能消极被动，只能引而不发。男的要是在行使这项权利上犹疑不决，畏葸不前，女的就要失望，就会心生暗怨，甚至会疑神疑鬼，以为你是脚踩着两条船。听他们这么说，我有点怀念起父亲来。我怀念的不是具体的父亲，而是抽象的父亲。要是我有个父亲，他也许早就会在这方面对我加以指导，用不着我费好大的劲到朋友面前去不耻下问。我渐渐相信他们的话具有真理性，因为我在卢梭的《爱弥尔》中得到了印证。《爱弥尔》当然不是一本诲淫诲盗的书，但它对一颗无知的年轻的（我将三十一岁）心能够提供所需的信息。可惜我读到这本著作时太晚了。但也许不能说晚，一切都是老天爷事先安排好的。“有缘千里来相会，无缘对面不相逢。”我觉得我和她就是有缘的。从一听到她的名字，我就预感到这回能成功。果然，在安排好的第一次约会的前一天，她突然上我家来。我不在，母亲接待了她。她对母亲说，她父母不同意，她想算了。母亲说，你最好还是自己跟他说。她等不到我，留了个单位电话。我回家看见留条，头皮一阵发麻。但麻过后我立刻异常清醒，就像一阵雷雨后空气格外新鲜。既然我经历的事没有一件能够一帆风顺，那么要是一开头就遇上小波折，也许反倒能消灾弭祸，预示前景一片光明。但预测归预测，我到底有些沉不住气。我在前不久已经谢绝了两三个介绍人，礼节性的约会也不答应，一心一意准备同她缔结秦晋之好。次日上午打电话时，我自己也觉得口气特别地强硬："你怎么可以这样呢？无论如何，你要出来一次。你出来，我们当面把话谈谈清楚！"我知道自己很不讲理，但一下子竟控制不住。不明情由的人若在旁边听到，会以为我在跟一个恋爱多年突然变心的女朋友下最后通牒。而她居然让我这气势给慑住了，这不是缘分又是什么呢？第一次约会，我就取得了有生以来在对异性外交方面最大的成功。这要归功于我将会谈地点选择得好。她一见面就提出晚上要去业余中学读书，六点半开课，希望不要走得离学校太远。但是她的家与同事、同学又都住在这一带，其时正值下班的时候，她很怕在路上被熟人撞见。我想了一下，出色地解开了这道智力测验题。我引她折入东安路，从边门往东进入第一医学院的教育区。那时已经下课，这里显得空荡荡地非常幽静，只有少数几个学生在打篮球、羽毛球或散步。我们到一块大草坪的边缘找一条石凳坐下，谁也不会猜到我们在那里不是切磋学问而是探讨爱情。我的这项发明一下子博得了她的高度崇敬，这大概就是"福至心灵"吧。据她后来坦白，她在坐下时把她的包隔在我俩中间。其实她是多此一举。我要是有那份胆量的话，也许那时我的儿子已经在幼儿园老师的带领下，唱着："幸福的花儿心中开放，爱情的歌儿随风飘荡……"我只记得那天我的话儿把她深深地吸引住了。她主动提出放弃第一节课，半小时后又提出放弃第二节课，最后在八点钟恋恋不舍地赶去上第三节课。我跟她说了些什么呢？我只记得跟她说了我新写的小说，又向她老实说明写小说并不是没有危险的。我当然努力争取好的结果，但说不定哪天会让我去受批判甚至蹲监牢。

我要求做我妻子的先有探监的思想准备。我进天堂保证与她携手共进，我下地狱希望她也能矢志不渝。她被我说得两眼一眨不眨地看了我好半天，大概看出我是严肃的，不是恶作剧，说：“你自己要当心，能不犯错误尽量不要犯错误。”我说：“我怎么会有意要去犯错误呢？但有时候强加到你头上的你逃也逃不掉。欲加之罪，何患无辞，这种滋味我是尝过的。文化大革命一来，有多少人一夜之间变成牛鬼蛇神。今后几十年里，很难保证不再来一次文化大革命。我是忧心忡忡的。”她说：“真的要来文化大革命，那当然是没有办法的。你放心，我爹一直说，做人第一要讲良心。”我听了这话，心头一阵滚烫，觉得自己太过分，不该危言耸听去吓那个天真的小妹妹。我连忙安慰她：“这种可能性是不大会有的，就是文化大革命再来也不一定轮上我。我总的来说是个温和派，我写的东西都是不出格的。我喜欢深沉，不喜欢偏激。”这就是我奉献给一个初次约会的比我小八岁的姑娘的情话。她居然被我这情话攫住了，自觉自愿地逃了两节课，这还不是缘分是什么？第二次见面是五月二十八日，星期四，下午四点约好在漕溪公园。星期四下午她脱产半天读书，她又早退了一节课。这回她在包里带来了两只鲜肉粽子，准备好了跟我打持久战。这天晚上果然到七点我们才分的手。公园六点关门，我送她上车站。42 路车直到她家门口，但我们走到 42 路终点站都觉得意犹未尽。放走了七八辆车以后，我提出送她到东安新村去乘 49 路。从裕德路到东安新村不是一站两站的路程。我问她行不行，我的两条腿是在农场里逛大堤练出来的，边走边说两三个小时不在话下。她说走到那边近得很，当年她刚进单位时每天上班就是从家里走去的。这一带她熟悉，由她带路。我们在万体馆那里拐弯，走着走着，天渐渐黑下来，路两边的房子越来越少，菜地越来越多。她依然信心十足，我有些疑惑起来。终于向着迎面而来的一个骑车人发问，果然是走岔了道，再走下去要到龙华了。她仍然兴致勃勃，甚至建议走到龙华去乘 41 路，乘到东安新村再换 49 路。我怕时间太晚，过早在她父母面前暴露目标于事不利，建议还是往回走。要是依了她，八点钟我俩还未必能分手。真亏有那两只粽子垫底。这不是缘分又是什么呢？

缘分，缘分，要真是缘分的话，我希望迎面过来的人流从两边把我们往一块儿挤；或者过马路时横刺里飞出一辆车来。这样我就能自然而然地握住她的手，甚至搭住她的腰。要是她能积极响应，顺水推舟地挽住我的手臂，那就是天赐良缘确凿无疑了。

夏夜的凉风，似有若无。南京东路上路灯才开，高压钠灯初启时只是一团朦胧的光晕，像薄薄的云翳裹着的一轮圆月。一个又一个的月亮，从梧桐树黑黑的枝叶间探出半张一张脸来，淡淡的是羞赧的眼波，亮起来的是银铃般的笑声。她已经把那件红白大方格的薄绒两用衫脱下搭在左臂弯里，她的脸在雪白的衬衫的映衬下更显得艳若桃花。她的乳峰高耸，她微微地喘着气。这是半瓶啤酒的作用。我与她合饮了一瓶啤酒。新雅饭店的小梁真是大大地为我争了面子。他把我们安排在凤凰厅的一个原先堆放空饮料瓶的方桌上。方桌为界，两边各有一桌婚宴在热热闹闹地举行，像唱戏似的。我们闹中取静。既能充分感受到那种欢乐幸福的气氛，又能进行我俩间宝贵的呢喃低语。我们是春天花丛中的两只蝴蝶，是辽阔的湖面上的一叶小舟。我心荡漾。但我的心只是轻轻地荡漾，像摇篮似的。我多么想象荡秋千似的猛烈地荡起来，一下子飞到半空中，听风声在耳边呼啸，看高楼像不倒翁似的摇摆。

我们走进人民公园。公园里人很多，不久前才开放的夜公园，来的十有八九是成双结对的。我们路过大草坪，大草坪上已经一簇一簇地坐了许多对情侣。天色已经很暗了，呈现冷却的钢锭那种景泰蓝色。大草坪上越往中间似乎人坐得越密集，远远望去黑影幢幢的像一片灌木丛。她碰了碰我的胳膊，我朝那边望去，只见一男一女正在草坪上铺开一块塑料布，然后挨着躺下来。突然，她的手勾住了我的左臂，刹那间我的生命钟停摆了，就像电影里的停格画面。也许我的动作并没有出现停顿，但这一瞬间在我心中是凝固了，凝固了一个世纪。待我苏醒过来，整个世界已经大大地变了样，原来刀耕火种的土地上小型飞机正在喷洒化肥……她是那样地轻盈自然，毫不做作，她的右肩轻轻地接触着我的左臂，我觉得我臂上的汗毛舒张开来，轻轻地顶起薄薄的衣袖，像电视机天线那样，捕捉着那神秘的信息。她的呼吸像一浪一浪的脉冲从她的肩头传来。“你怎么样？”我问，“头晕吗？”“还好，刚才脚下有点飘，现在风一吹好多了。我的脚趾很痛，我今天穿了双新皮鞋。”我心荡漾。我忽然想起金思辰说的，“小四眼”只要女人一花肯定被花倒。管它呢，我愿意。她可贵就在天真，不忸怩作态。成熟的女人身上的那层壳，我讨厌。我的青春活力已经被冻得太久了，我需要那股春阳般的热情来融化它。

我们想找一个可以坐下歇脚的地方，但凡是凳子都被占满了。我还不敢引她进入大草坪那暧昧的人丛中去。我觉得这地方还太暴露。周围的人眼光像萤火虫那样一闪一闪，这要干扰我全心全意地做我将要从事的神圣的工作。

公园里的人是那么的多。半年前刚颁布了新《婚姻法》。虽然从纸面上看最低婚龄比原来提高了两岁，从女十八、男二十变成了女二十、男廿二；但实际上，是把原来单位开具结婚证明的女廿五、男廿七的界限大大地突破了。正在宣传贯彻新《婚姻法》，大批本来要偷偷摸摸谈恋爱的少男少女们，如今堂而皇之勾肩搭背地招摇过市，看不惯的也无可奈何，有法在那边嘛。这一大群正当妙龄的热情奔放的青年加入恋爱的大军，立刻使恋爱风尚发生悄悄的然而是急剧的变化。报章杂志上开始出现抨击“文攻武卫”战士野蛮干涉热恋中青年的小说之类的文字，当然更多的文章是呼吁社会公德，呼吁青年提高精神文明水准，自尊自爱；然而巡逻的纠察对公共场合出现的不堪入目的亲昵现象还是睁一只眼闭一只眼，除非有明显的搞腐化的嫌疑（男女年龄都老大不小，举动太过猥亵并鬼鬼祟祟），一般都不上前干涉。手电筒光不再往并肩而坐的男女脸上乱扫。这是“文革”结束以来，也许是建国以来在恋爱社交方面政策最宽松的时期。我赶上了那个好时期，又遇上了一个纯情少女，得天时、地利、人和，真有枯木逢春之感。

我们终于找到了一个好地方。那是人民公园的西南角一座小土山的里侧斜坡。前面是一道铁丝网，铁丝网后面是黑魆魆的一堵矮墙。斜坡上是几条台阶似的石沿，砌得高低不平，种着几棵夹竹桃与冬青黄杨之类的树木。我与她从山顶亭子上下来，沿着盘山路慢慢走着，偶尔向那侧斜坡瞥去，只见浓黑的树影里露出暗暗的背影，我就对她说："这里怎么样？"她迟疑了一下，点点头说："下去看看。"我先从路上跳下去，然后伸手把她搀下来。我们往下跳了三四次，铁丝网就在跟前了。下面的空间比从上面看下来要宽敞得多。已经有几对把较好的位置占了，但是坐的地方也还是有，就是坐下去腿不能伸得那么舒服罢了。在这里还有个好处，相互之间有树丛像屏风似的挡着，对初学恋爱者来说，动作起来心理压力可以小些。我们拣了块比较平整的大石头坐下，那块石头的一边像乌龟头似的翘起。我坐在那尖尖的龟头上，让她坐平滑些的龟背。我们背后就是一棵营养不良枝条无力地弯得很低的夹竹桃，一不小心尖尖的叶子就会擦到头顶与后颈。石头不大，我们不想挨也只得挨在一起。坐定下来，静心敛气，忽然觉得已经有好长时间没有说话，而且也不想再说话。我有点紧张起来。我不说话，我心里有鬼，她呢？她在等待？我抬起左臂越过她的秀美的象牙色的脖颈，搭住了她的左边圆鼓鼓的肩头。她转过脸来，大睁着两只眼睛望着我，瞳仁里有几个小小的亮点。我把她的身子扳过来，她似乎惊恐地闭起了眼睛。我坚定不移地把嘴唇按上她的嘴唇，似乎在什么证明文件上盖上一颗图章。我觉得她的嘴唇很干，我好像触到了那上面一道道皲裂的细纹。我放开了她。我的手还是搭住她的肩头。她的身子一动不动，像变成了一块石头。我后悔不迭。我想她一定在怨恨我，我滥用了她的信任，我太心急了！

许久，我开口问道："喂，你怎么啦？"

她抬起头来，两手擦着脸颊，好一会儿放下手说："你的手老重的，像根铁棍一样。"

这句话她后来不知重复了多少遍，也许等我孙子到了谈恋爱的年龄，她还会告诉他，你爷爷的手重得像铁棍一样。

我宽心地笑起来："是吗？这大概是我打太极拳练出来的。太极拳讲柔中带刚。我的手碰到你皮肤不会痛，但分量重得不得了。”

她也笑了：“你轻一点，谁吃得消你这样？”

我问：“怎么样？味道怎么样？”

“没啥。”她说，“我心里慌也慌死了。你心跳吗？”

我并没听到自己心跳。我说：“也有一点。”

隔了一会儿，她问：“你怎么会到这儿来？”

“唔？”

“你以前到这个地方来过吗？”

女人。我真想跟她开个玩笑，说自己在这个地方不止一次地跟不止一个女人接过吻。结果我还是老老实实地回答：“没有。”

“你不能骗我。”

“你真好玩，你怎么突然乱七八糟地瞎猜想？我不是早跟你说了吗，要说真正谈恋爱，你是第一个。”

“我是相信你的，”她两手搭在我膝头上，身子软软地斜依过来，“这么快，第三次，我自己也不敢相信。我原来想相互了解至少要有半年。都是你今天灌了我酒，你是有预谋的，是不是？老实交代。”

我说：“我本来也是这么想，但我第一次见到你，我就觉得不需要再了解什么了。对你我好像早已经清清楚楚。你还要了解我什么呢？”

“我也说不出什么，”她说，“反正现在也来不及了。”

“你后悔了？”我忍不住用手指梳理她的鬓发。

“这要看你以后待我怎么样了。你猜我现在想啥？”

“你想啥？”

“三年自然灾害，我家里小孩多，粮食不够吃，就烧粥。我的小阿哥正在发育头上，食仓特别大，他就趴到桌面上，对着盛了粥的碗，每只碗面上舔一口。我现在觉得自己好像一碗粥被你舔过了一口。你以后假若对我不好，我要很懊悔的。”

我怦然心动。我说：“我最近看到一篇小说，里面有个农民对他的情人说：‘我亲过你了，我就一辈子要你。’我也要这样对你说。今后，不管结婚还是不结婚，只有你有权利提出同我分手，我决不会提出同你分手。我说话是算数的。”

她说：“我也不会要跟你分手。”

我说：“我当然希望跟你好下去，但我只能要求我自己，我不能给你约束力，也不想给你约束力。你始终是自由的，我没有要用手段把你牵住的意思。”

“你已经知道把我牵住了，还说不想把我牵住。你老奸巨滑。人家说年纪大的男人门槛贼精。”

“你跟谁去说了？”

“我没有跟谁去说！”她搡了我一下，“这是我听别人说人家的事。”

“我从来没听见过这种话，”我说，“我只听说年纪大的男人会体贴。”

“还体贴呢？像铁棍一样。”

她伸出双手轻柔地勾住了我的脖子。我装傻。她哆起了嘴：“刚才只顾害怕，啥滋味也不知道。再来一次，反正让你舔过了……”

我突然堵住她的嘴让她说不下去。接着，我觉得她的两片嘴唇融化了，她的整个身子融化了。我一点点地弯下腰去。现在轮到我害怕了。我听见自己的脊柱似乎一节节在咔嚓咔嚓地作响。我害怕的是我依然故我，我没有同样的消融。我的顽强的理智还是那样的清醒。我在接吻，但我的周身血液没有加快循环，没有升温沸腾。我没有驾着爱情的祥云飞升。我已经老了吗？我的青春血液已经冷却了吗？哪怕有这样的少女的热情温暖着，它也再不能燃烧起来了吗？我曾经为钟情的女子战栗过，走到她的面前就面红耳赤，结结巴巴，看见与她相似的姑娘的背影就两腿颤抖；这样的激情，难道就一去不复返了吗？我这是在演戏吗？我这是不是在欺骗她的感情？我觉得自己一下子欠了她好多好多。我害怕，对一个女人负下这么一笔感情重债，哪怕这个女人今后会成为我的妻子，我是不是给自己套上了一具车轭？我听见自己心里像贺老六似的一遍遍地对她说："我会待你好的，我会待你好的……"

她松开了手，心满意足地躺在我怀里。她的绵绵的呼吸像退潮一样渐渐平缓。她的小指甲轻轻地搔着我的手背，我的心似乎开始颤栗起来。她问："你猜我现在在想什么？"

"你想什么？"

"我有个女同学，她老是喜欢笑，一点点事就笑个不停。后来她谈朋友了。另一个同学来问我，你猜她谈朋友时会怎么样？我说，她一定格格乱笑。那同学说，你不懂的，你没谈过朋友！我说，那她怎么样？她说，她怎么会笑呢？她酥——掉——了……"

我突然来了冲动，想俯下身去再亲吻她。她在朦胧的灯光下恬静得像童话里的睡美人，我不敢去惊扰她。来日方长。我得感谢她唤醒了我沉睡的青春热情。但我毕竟不年轻了。要配得上她那朝霞般的情怀，我还得养精蓄锐，还得艺术地使用。

她的小指甲伸进我衬衣的袖管，搔到了我的臂弯。那样地情细韵长，宛如秋夜草丛中蟋蟀的吟唱。我在蜕皮。以前认识我的人见到这般情景一定会大吃一惊。每个人都有一次机会重塑自我，那就是恋爱。这么说，我还是恋爱过的？

后来她成了我的妻子，为我生了儿子。如今我也是父亲了！

二十八

“眼镜蛇”终于熬到上调了。

那是我离场的后一年，也就是市郊农场的第三批大规模上调。凭良心说，古书记并没有歧视他。这老头虽然在我的游说影响下宣布坚持实行“放好的走”的方针，但害群之马他也不愿意都留在身边给自己凑热闹。况且“眼镜蛇”从集训班回来是收心多了，不再以队里“撑市面”的老大自居，“不给出路的政策不是无产阶级的政策”。因此前两次上调，“眼镜蛇”的名字都报了上去，但招工单位一看他厚厚一叠的档案，连连摇手，没人肯接，场部又把材料退回队里来换人。这情况古书记也向“眼镜蛇”通报了。但“眼镜蛇”到第三年上调前夕放出话来，要是队里真心放他走，怎么就会走不掉？假如这回还是门缝里看人，他就要横下心来拆牛棚了。古书记怕矛盾激化，为了他的事专程到场部跑了几趟，总算用“搭配供应”的办法，把“眼镜蛇”搭给了一个建筑公司。“眼镜蛇”得到消息，蛰伏了多年的英雄血又沸腾起来。他在寝室里大摆宴席，请那些小兄弟们。一瓶“小爆仗”下肚，世界晃悠起来，人在那个世界里就像在航天飞机里一样飘来荡去，失去了好不容易才固定下来的位置。他不知怎的与一个七〇届的外号叫“西瓜皮”的小子发生了口角。“西瓜皮”本也是亡命之徒，又同样的灌饱了酒，看“眼镜蛇”的拳头伸到他鼻子底下，他随手就从窗台上抓起一把小锝。“眼镜蛇”看见“西瓜皮”动家伙，就窜到床边抄起他的崇明锹。“眼镜蛇”平时干活还是肯卖力气的，他自己挑中了一把锹，专管专用，用完擦得铿亮不沾一点泥，就靠在他的床边，跟解放军的步枪似的。“西瓜皮”还算没十分醉，看见雪亮的锹口立即转身往寝室外逃。“眼镜蛇”持锹追上去。“西瓜皮”后脚还没来得及跨出门槛，屁股上就觉得凉飕飕一下，接着两股热溜溜的细流顺着大腿一直流到腿弯处。“眼镜蛇”把锹保养得太好了，真是削铁如泥，哪里在乎几层布裤子与一层皮。一见了血，两个人就都一下子失去了勇气和力气。“眼镜蛇”拄着锹，弯着腰，像个衰弱的老头，瞪着眼嘴里含糊不清地骂着。次日下午，场保卫组的一个干事由民兵副连长等几个陪着，踏进“眼镜蛇”的寝室。“眼镜蛇”一见他们进来，立刻笔直地站在屋中央，两只手神经质地拉着上衣的下摆。场保卫干事庄严宣布：“黄连生酗酒斗殴，持械行凶，情节恶劣，后果严重，经场党委研究，取消上调资格，留队察看一年，以观后效。”说到“取消上调资格”，“眼镜蛇”一下子蹲到地上，双手捂脸，泪水像喷泉一样从指缝间无声地冒出来。眼看着他的血肉都似乎化成了水，整个身子像太阳下的雪人一样越缩越小。周围的人大大地开了眼界，粗糙的生铁也会哭。

这就是上调。

我的上调也充满了戏剧性。在决定最后名单的前一晚，我的名字被剔了出来。反对我的理由是我跟人说古书记这回答应放我走。那时我正在县革会大礼堂里看我写的小戏向市里领导及本县群众作汇报演出。我在关键时刻远离竞争激烈的现场是因为我做了一个梦。梦中我被一条几百尺长卷起来有两人高的带鱼拖到海里，我又拖住它的尾巴奋力把它拉到木船上。醒来后我回味这个梦，觉得上调可能不会一帆风顺而最终我能够走得成。因此我选择了离开连队也算是避风头。第二天也就是决定最后名单的那天上午十时，我小队里的小忻把我从县革会会议室里叫出来，告诉我这一消息。小忻当即骑车回队，我乘下午一点多的班车赶回去。通过几个小时紧张的幕后活动，总算使我重新挤上了名单。

我回来了！“阿爷、阿娘——”

我一边用钥匙打开家门，一边高喊。家门钥匙四年来我一直随身带着，今天我才真正拥有了它。为让家里人喜出望外，我克制着一个星期里不给家里一封信。到这个时候，我再也克制不住了。我冲进前间，阿爷正坐在窗下的靠背椅上。他闻声站起来，穿着那件棕黄色粗花呢的中式对襟夹袄。这本来是他出客的礼服，他好像知道我今天回来似的。三点钟的太阳明晃晃地从南窗里照进来。前间显得很宽敞，地板拖得干干净净。阿娘不在，她没有躺在那张大床上。她瘫痪在床已经有一年多了。我发觉事情有些不对头。“阿娘呢？”阿爷笑着说：“你回来了？上调了？”“上调了，”我说：“阿娘呢？”“上调了就好，上调了就好，”阿爷说：“你总算回来了，什么单位？”我说：“化工厂。阿娘人呢？”“阿娘过了。”阿爷说：“十天前过的。为了不影响你上调，阿爷做主不叫你回来，也没有把你阿弟叫回来。骨灰盒就在搁板上，你平平气，等歇上支香，拜一拜，也是养育之恩。”阿爷说得那么和颜悦色，我也难过不起来了。我这人本来就在该哭的时候不会哭。我问：“阿娘生什么病？”阿爷说：“还是中风，脑溢血。在床上昏昏懵懵有十多天。阿娘也念叨你的名字，念叨你阿弟的名字。但阿爷想，叫你们赶回来也徒然，还是你们前途要紧。回来好，阿爷总算看到你回来了。这样阿爷也好放心去了。”我心里有点难过，但还是哭不出来。我真惭愧，就沉下脑袋。

那天，直到半夜里，我躺在四尺半的大床上，反复想象阿娘那十多天在这张床上翻来覆去非常痛苦的样子，才突然来了情绪，一股泪水终于从冥顽的泪囊里奔突而出。我嚎起来。这一嚎，我失去了控制，浑身发抖，头皮像撕裂似的生痛，哭声卡在喉咙口出不来，出来的声音就像剧烈的哮喘一样。床在我身下发出咯吱咯吱的响声。母亲拉亮了灯，起床为我绞来了热毛巾。阿爷说：“不要难过。人死不能复生。阿爷阿娘不能跟你们一辈子，总要到来的路上去的，你们要自力更生，自力更生……”他咳了起来，咳得死去活来，结果不得不用异丙嗪气雾剂。我平静下来，脑壳上一圈发麻，耳腔里像盛着一汪水，横膈膜那儿如同刚解开捆得很紧的绳索。我总算是对得起阿娘了。

回想起来，命运还是非常照顾我的。她没安排我亲眼看见过一个人死去的情景，她也没让我亲眼看见过一场正在发生的灾难。我们连发生火灾时，我正巧在上海休假。阿爷弥留时我也不在他跟前。我是应该在的，但命运把我遣开了。阿爷死在家里。他死于严重脱水、心力衰竭，是名副其实的老死。他死之前一个月硬吵着要从医院回家，他是因为股骨胫骨折而住院的。过世那天，他突然气急。他对我说他不行了。我不相信。他气急的样子一如他平日哮喘，看上去还不及哮喘严重。正是大伏天，好人也带三分气闷。在这一个月里，他多次说自己离死期已经不远，我对他的话已经麻木。但我还是赶到我熟悉的周医生家里去，把他叫来。那天是星期天。周医生听诊后，给阿爷注射了一针ATP与辅酶A，然后叫我马上到医院去取两支强心针剂。他走到门外关照我要注意，说恐怕过不了今天晚上。我还是不相信。我觉得他不了解阿爷的生命力有多么顽强。阿爷骨折住院时，医生们就表现出极度的惊讶，那样的高龄、那样的皮包骨头，怎么还活着？他既然能活到今天，也一定能活到明天。我对母亲说要到医院去取强心针，阿爷听见了，伸出鸡爪一样瘦骨嶙嶙的手来抓我：“你不要走，阿爷不来事了，你不要走，不要离开！”我推开他的手，说：“阿爷，你不要紧的，我马上就回来，你放心，我马上就回来，周医生讲你不要紧的。”据周医生说，一针能量合剂估计能维持三四个钟点。我一个小时里就从医院回来了。我刚踏进灶间，邻居们就忙不迭地对我说，你到哪里去了？阿爷不来事了。我说，不要紧，不要紧。我冲到阿爷床前。母亲和妹妹眼泡通红。我说：“赶快打强心针。”母亲说：“没用了，人也冷了。”我把手伸到阿爷的鼻子底下试了试，又摸摸他的额头，果然冰凉。阳历八月。阿爷的皮肤白得透明，像凉粉。他的那条没接好的伤腿怎么也摆不平。我看见阿爷的眼皮半开着，就用手去阖上。阿爷的嘴也翕开着，我怎么捏也捏不拢，他嘴里没一颗牙齿，撑不住两爿嘴唇。我在邻居们的众目睽睽之下，又是一滴悲痛的泪水也挤不出来。

因为是星期天，尸体殡仪馆要到第二天一早才来车。当晚我仍然睡在大床上，睡在阿爷的旁边，阿爷到死都睡那张改良棕绷床。阿爷的脚后点着香。他给自己留了一盒印度奇南线香。我三支、三支不断地点，直到我睡着。本来母亲要我搭帆布床睡到后间去，妹妹到母亲床上睡。“阿爸”这晚不来，怕死人。我说，我不怕。阿爷活着的时候我都不怕，死了我又怕什么？

我睡不着。

睡不着我也克制着少翻身，怕发出声音来引起不必要的惊惶，至少母亲会认为我其实心里在害怕。我确实一点也不怕。那张大床实在老得半点也动不得。我眼睁睁地望着天花板，想阿爷。阿爷离我去了，奇怪的是我怎么一点也感觉不到事态的严重性。好像阿爷随时会剧烈咳嗽着坐起来，我明知这是绝对不可能的。我无法排斥这种虚伪的幻觉，也就不能把心房腾空给阿爷设一个灵堂。阿爷离去了，我要懊悔的话，就是没能陪他多说说话。在我也是出于无奈，外面的世界有那么多事等着我去做，我要为自己博一个远大前程，这也是他寄希望于我的，但他早已不能给我什么忠告与帮助。虽然他还是每天看报，但讲出来的话却是越来越落伍，偏偏他还要评论时事政治，有时真叫人替他担心。他只是极偶然地还能叫我心中一凛。我慕名托人好不容易借来两厚本郭沫若译的《浮士德》，看了不到四分之一，实在读不下去，就搁在那里。一天，我无意中发现阿爷将鼻子凑在书页中专心致志地啃这本外国名著。我不记得阿爷曾对哪一本外国小说发生过兴趣。我问他：“你喜欢这本书？”他抬起头来，很严肃地对我说：“这本书好，这是经，句句都是箴言。”他见我没有反应，又埋下头去啃书，我惶惶然站着看了他好久。然而，我还是舍不得抽出时间来陪他说话。外面繁花筒似的世界与他深藏在心底的那点东西比起来，当然是前者更为重要。对阿爷我还有件遗憾的事，就是没能让他亲眼看到我儿子的诞生。这是他一再表示希望能实现的心愿，在他的催促下我已转而采取积极的态度，只是他等不及了。

直到做了父亲我才知道，其实最需要一个儿子的还是我自己。

我永远忘不了这一幕情景。那晚我与妻子为了她跟邻居的一点磨擦而怄气。我知道她也是借机要发泄一些积郁心头的愤懑。她还未能完成从一个纯情少女到贤妻良母的角色转换。对这种状况，我曾向她譬喻说是“蹲下去看满地都是蚂蚁”。她的神经又是看见蚂蚁就觉得蚂蚁都爬到了身上，不像我已经到了虱多不痒的境界。我很能理解她，但又不能放任她发脾气。那时家里的空气中如同充满了甲烷，星星之火便会燎原，我不能不十分小心又十分严厉。既要小心又要严厉，经研究，我觉得最好的办法就是在适当的时候往外一走。那晚我又实行这个办法。出门去逛了两三个小时回家，妻子还坐着，儿子已经睡在我的被筒里。那年他已三岁。从产院回来，我就让他独自睡小床，这是我在育儿方面惟一吸取的西洋经验。因而能够在大床上睡一会儿，对他来说是一种享乐。他为此从能够用语言表达意愿之时起就盼望我开夜车或者干脆去出差。这天晚上他又捞到了一次机会。我看到妻子的背影与睡在我被筒里的儿子，一时有些紧张。不知道那场风波是否已经过去，不知道睡在大床上的儿子是不是妻子埋下的一颗地雷。这时，“地雷”动了，儿子主动地从我被筒里爬了出来，爬向他的小床。他一边爬，一边回过头来看看我的脸色。那眼神可怜巴巴的，似乎做了什么错事。我的心颤栗起来。我跟他母亲的怒目相向，不知在他的小小心灵上投下了什么阴影。我真想弯下腰去抱住狠狠地亲亲他，又忍住了。这时，妻子跑过来勾住了我的脖子，我悬着的心全放下了。我想不到这次争吵会有这样完满的结局。儿子已经钻进小被窝里，他谨慎地睁着两只秀气的小眼睛看着我们，猜不透他的小脑袋里在想些什么。

我是这样一个乖得叫人心惊的小生命的父亲！我差点掉下泪来。我不知道是为了他还是为了我，是因为感动、因为喜悦、因为神圣感抑或因为别的什么。

都说女人天生具有母性，结婚后盼望有个孩子，有了孩子她的感情就可以转移到孩子身上；我觉得，实际上一个男人更需要一个儿子。我不讳言，在只能生一个的情况下，我就想要一个儿子，但我其实说不出什么理由，能说的理由都是可笑的。我差不多在结婚的同时就给未来的儿子起好了名字，而同时，我又真心地并不希望妻子一结婚就怀孕。在妻子偏偏立刻就怀孕后，我还发过一通小小的脾气，甚至希望她流产。直到我在产院的门厅里徘徊等候消息之时，比是否生儿子更使我担心的是我会不会喜欢这个孩子。他确实到这个世界上来得太匆忙了。我还有许多小说要写。我更迫切地是希望有作品打响以争取在文学小道上站稳脚跟。我知道我一向讨厌小孩，嫌烦，从来没有要亲亲抱抱哪个小孩的欲望。等出院那天我从一个小窗口里接过儿子的襁褓，我的一切忧虑顿时烟消云散。原来对儿子的爱是不需要作任何思想准备的，它胜过恋人间的一见钟情。一见钟情的恋爱还是有条件的，对方在相貌或气质或谈吐或风度方面要与你的内心期待正相契合。对儿子的爱则是无条件的，无论他是咬着奶头美美吮吸还是蹬着小腿哇哇大哭，都是一幅极美的图画。对恋人的爱需要心理聚焦，需要相当的专注，另一个光彩夺目的异性会使这种爱受到损害。爱的专一同时说明了这种爱的力量的薄弱。但对儿子的爱却使我慢慢地喜欢上了别的毫不相干的小孩，我甚至为银幕上被炸死的孩子流泪，尽管同时我相当清醒地意识到那段情节编得相当拙劣。这种爱有力量通过我的眼睛推而广之，推广的结果反过来更增强了它本身。我一时只能将它称之为天性。在我称它为天性时，其实我还是不知其所以然。

后来我在考察别的现象时发现，男人的本性里有种原始的冲动，就是凌驾；而女人本性里的这种原始冲动则是占有。男人在这点上似乎比女人宽容，因为他一般在更大的范围内思考和处理问题，经验告诉他占有与他的利益相关的一切人与事实际是办不到的。惟有凌驾才能使他扩大自己的力量，有效地达到目的。在社会上取得一个受人尊敬的地位是每个男人所梦寐以求的。权力、财富、学识与操行是达到这种目的的不同的手段。也许这就是谜底：

真正使一个男人感到自己能放心地凌驾于另一个男人之上的，莫过于父亲之于儿子。这里，被凌驾的必须也是一个男人，一个有着同样隐秘的原始冲动的对手，这才是一种平等意义上的较量。一个父亲成功地在儿子身上建立起他的权威，他就可以说在这世界上至少有一个男人完全尊敬他，他的生命有把握地投射到了另一个男人身上。遗憾的是许多父亲未能在儿子身上达到这一目的。而当这些做儿子的自己成为父亲时，就觉得对他们的父亲好像欠了笔债似的。我现在就感到好像欠了我父亲的债，我不知道我儿子将来会不会感到欠了我的债。

一旦明了与儿子的关系的本质，一旦知道我只有理直气壮地凌驾才能对儿子与我双方都带来好处，我却反而要命地困惑起来。当他被幼儿园的小朋友抓破脸以后，我不知道应该教他去告诉老师，还是教他跟欺负他的小朋友悖命打。我不知道应该抓他的早期智力开发教育，还是让他在上学前尽量地享受人生这段最无忧无虑最美好的时光。我不知道应该着重培养他热爱真理、独立思考的品格，还是早早使他惯于服从，善于妥协，长于鉴貌辨色。我甚至不知道是否应严格要求他不说谎。我发现，没有理由要求我们比我们的父母做得更好。一直做着儿子女儿的，几乎没有过渡就做了爸爸妈妈，凭什么这样苛求我们？

于是，我常常看见阿爷带着嘲讽的苦笑对我直摇头，就像在要我去给东伊人送礼的那个晚上。

阿爷的追悼会在西宝兴路殡仪馆的一个小厅里召开，连我们家里人一共来了六个。我仿效阿爷，没有通知在淮北插队的弟弟。阿爷退休已经十多年，早跟原单位没有任何联系，没必要去惊扰他们。母亲单位与我单位的领导、同事跟阿爷也素无往来，我想也没必要通知。妹妹还在读技校，没有单位。我也没有通知邻居，邻居中也没有事先来预约登记的。那时还在大革命中，人们对红白喜事不像今天那么感兴趣。来的三位吊客代表两门亲戚。一是阿娘的亲侄子，一是阿爷的表妹及她的儿子。花圈都是租的。我筹办追悼会，但我没有任何经验。租花圈还是一个邻居提醒我，我觉得这主意既经济又实惠。当然没有写挽联，挂挽帐，连黑布幔上的斗方字“×××追悼会”也没写，我们只带了帧托人匆匆放大的八吋黑白遗像去。没有黑镜框，就在红镜框上用黑纸贴一层。一个穿灰白工作服的服务员把载着阿爷遗体的铁皮担架车辘辘地推了来，停在布幔后面。阿爷直挺挺地躺着，伤腿横着脈开，嘴唇中央一个黑黑的小洞。脸黄得像蜡做的，也许因为他年纪老了，化妆师也懒得给他两颊上抹一点浅红的胭脂。阿爷的表妹，我叫“旧货店外婆”的，拉腔拖调地哭了起来。这哭腔是宁波土产，让滑稽戏学过。我还是哭不出来。母亲与妹妹默默地抹眼泪。两边厢的几个厅里哀乐先后响了起来，就是我们厅里的不响。我去找服务员。服务员说，你们还等人吗？我说，不等人了。她走来把广播喇叭的开关拉线一拉，哀乐就响了。我们六个人把阿爷的遗体团团围住。人少，不用像电视里瞻仰遗体排着队兜圈子。“旧货店外婆”又琅声地哭，哭得我有些恼羞成怒。好像这些人里面就她跟阿爷最亲似的，其实阿爷在世时跟她关系很疏远，阿爷觉得她势利，向她借钱不爽气。我把大家劝回黑布幔前面去。哀乐总是不停。我去把拉线拉一下，哀乐戛然而止。霎时间感到石灰墙、水泥地上有股阴风包围拢来，我立刻调动惟物主义思想将它们驱散。小厅里两边各有两张方方正正的红木太师椅与一只方方正正的红木茶几，都有大理石嵌面，像是抄家物资，或是从豫园、桂林公园什么的调拨过来的。还有两条长凳。母亲陪着来客坐太师椅上，我和妹妹坐长凳上。我们也没有带云片糕与糖来，就这么干坐着。“旧货店外婆”劝母亲不要伤心，母亲劝她不要伤心，又说说人过七十死也算是喜事，家里的日子往下去是要一天天好起来了等等。话都断断续续，像钝刨子刨木头。我一个人到布幔后面去看看阿爷。怎么一口气断绝，皮肉即刻变成泥土一样，没有一点光泽？阿娘在世时惟一的奢望，就是死了能够入土埋葬。烧起来人会勒地佝拢，她总是那么说；阿爷虽说劝她想开些，这是呒办法的，现在宁波乡下都兴火葬了，但他其实也想土葬。如今他即刻就要化为灰烬了。就是这么想，我还是没有哭的情绪。我看坐了半小时，就说，我们再来兜一圈吧。我去拉拉线，哀乐又起。“旧货店外婆”的哭声像哀乐一样召之即来。母亲与妹妹已经没有眼泪。哀乐又止。我们才刚坐下，服务员来推尸车了。我说，时间还没到。她说，你们不是已经放过两遍哀乐了？我说，我们不知道放哀乐还规定遍数。她说，你准备要放几遍？“旧货店外婆”对她说，同志，我们确实是不知道，请你原谅，这是最后一面。服务员偏转脑袋一脸准备恩赐什么的神情，我及时地挥了挥手说，好吧，你推走就推走吧。服务员推起车走了。“旧货店外婆”来不及站起来跟上去嚎两声，也就节省了。我如释重负。母亲对亲戚们说，谢谢你们，叫你们今天这么远跑来。他们说，这是应该的，应该的。我们没办豆腐饭，阿爷的结局我替他张罗得非常革命。

从西宝兴路火葬场出来，刮过一阵风，一股甜腻腻的气味直冲脑门，我想，住在这附近的居民日子怎么过？但我要是住在这儿，这味道我也会闻惯的。

阿爷活了八十五足岁。据算命的老马说，我只能活七十四岁，还是虚的。然后人死过七十，也还是福气了。

二十九

我们去看海，我们去看日出。

我叫“长脚”去叫一声女生，不要再磨磨蹭蹭。听说到外面的海堤要走一个多小时，东方已经微微发白了，等太阳升高了我们还去看什么？“长脚”刚走，“博士”又叫了起来，哎呀，我的“什锦刀”没有了，明明记得挂在钥匙圈上的，怎么没有了？我说，昨天夜里你不是交给我了吗？在我包里呢。“博士”说，我给你了吗？你再查查，否则到时候没法开罐头。我说，我像你那么没头脑？这时，“长脚”又在很远的地方叫：“来了来了！”我“嘘”他们。这次行动是保密的。今天是我们来场一百天的纪念日，对外只说我们全班出早工积青肥去了。“长脚”扛着个椭圆形的大木盆雄赳赳地走在前头，六个女生跟在后面嘻嘻哈哈的。肃静！我说，大家抓紧时间再检查一下，有什么忘了带。女生带梳子了吗？杨丽蓉说，带了，你怎么想到梳子？我说，我想到《列宁在1918》里的卫队长。海风大，等会儿把你们头发吹乱了又要哇哇乱叫。女生又格格地笑，我们出工也带梳子吗？我说，出工是出工，今天不是出工。我下口令，队伍出发，紧紧跟上，不许出声。我们十二个人排成一字纵队向河边走。裤管都卷得高高的，草叶上的露珠擦在脚胫上清凉凉的。河水在熹微的晨光中泛着蓝幽幽的光。“长脚”把木盆放下，我们把背包都放进去，把木盆的底都铺满了。包里装的主要是罐头和大口瓶子。我们十二个人每月的工资都集中起来使用，由我这个当班长的掌管。我发给每个人五元的零用钱，跟当兵的津贴一样。每顿饭我们统一买，在一起吃。我安排得很好，每人每月十八元工资，吃得饱饱的，每顿能见荤，还有节余。这次我就从节余中抽出二十元买罐头，午餐肉、红焖牛肉、凤尾鱼、糖水橘子等等。班里除了我、“博士”、杨丽蓉等四五个过去在家里吃过罐头，其余的还从来没碰过这高级的食品，很神秘的。其实罐头并不贵，午餐肉才一元左右。罐头昨天我派“长脚”骑车到场部商店买来，分给每个人带，他们个个脸上大放光彩。把背包放好后，我们就脱衣服。男的脱剩一条裤衩，女的穿着贴身的衣裤。我领大家做操。“长脚”把脚伸到河水里试了试，喊，“不冷，不要紧。”“回来！”我喊，河水有五六公尺深呢。做完操，我跟“长脚”把木盆抬到水里，我们俩推木盆。河水不太冷，还能挺得住。我们个个会游泳。河面很宽，飘浮着一层白白的水汽。水声哗啦哗啦，显得周围非常的静。静得像吮吸着拇指甜甜地酣睡着的婴孩；静得像一块薄薄的玻璃，脚踩上去就会碎裂。在这样的静谧中游泳，人非常的轻，像鸟张开翅膀在空中滑翔。河对岸是一条旧大堤。河水涨得很满，离开堤面只有两公尺。我们爬上岸坡。湿淋淋地站在大堤上，晨风一无阻挡地吹来，这才觉得有些冷。我派“长脚”与“博士”往两头去找可以隐蔽起来换衣服的地方。其实不用找，站在长堤上放眼望去，两头都是光秃秃的，没树木也没芦苇。女生们都抱在一起，一边叫一边笑，我们冷死了，我们冷死了！赤脚叭嗒叭嗒地踏在泥地上，像在跳非洲舞。我想起父亲说过，行军途中，女兵没法方便，就把男的赶远，几个女的脸朝外围成一圈挡住视线。“长脚”和“博士”都跑回来了。报告，没找到！我喊口令，六个男的排成一列横队，脸向河那边，女的到男的背后去换衣服。女的就是磨蹭，一边换衣服一边还不停地笑。我们六个十七八岁的男子汉顶风立着，虽说是东南风，浑身还是一阵阵地起鸡皮疙瘩。快些，你们快一些！我说了有些后悔。这时，“博士”说，我们唱支歌吧。我说，不，唱什么，在这大堤上！我觉得我们不该在女生面前显得沉不住气，一个男子汉应该像石头一样坚硬稳重。女生换好衣服排成一列，我们男的换。然后我们背起包，继续前进。我们要穿过一片沼泽。我走在第一个，手里拿着一根探路的木棍。这沼泽漂亮极了。沼泽是红色的。原来是一大片海涂，枯水季节筑堤围了进来。滩涂里还有海水，就变成了沼泽，方圆十几万亩。天渐渐地亮起来。映到天光的水面是莹莹的橘红色，没有照亮的水面是玫瑰红与朱红的，一大片望不到头的变幻的流动的红色。水最深的地方没到腿弯处，水底下的沙土板得结结实实的，富有弹性。我们穿着塑料凉鞋，水流在脚丫间像小鱼似的擦来穿去，踩到芦根什么的发出“吧吧”的脆响。我领头唱起歌来：向前向前向前，我们的队伍向太阳……正当梨花开遍了天涯，河上飘着柔曼的轻纱……花儿为什么这样红，为什么这样红？红得好像，红得好像燃烧的火……田野小河边，红莓花儿开，有一位少年真使我心爱……革命军人个个要牢记，三大纪律八项注意……听吧，战斗的号角发出警报，穿好军装，拿起武器……朝霞映在阳澄湖上，芦花放，稻谷香，岸柳成行……橘红色随着歌声在水面上迅速地浸润出来，好像太阳正要从这片沼泽下升起。海堤在望了。迎面一片两层楼高的密密的芦苇。我用木棍拨开芦苇，“长脚”紧跟在我后面。他又把木盆竖起来扛在肩上，在沼泽里我们一路把木盆放在水上拖着走。芦苇青青黄黄的叶子发出“沙啦沙啦”好听的声音，像雨点。我们登上海堤。海堤有五十来米宽，上面还架着两条钢轨。天已大亮，一个火红火红的太阳刚刚跃上海平面。海水是浅灰黄的，隐隐有些蓝，海浪一排一排哗哗地撞击着堤岸，太阳下血红的一条光带。“太阳！太阳！”我们伸出双臂向太阳奔去。我的脚在路轨上绊了一下，向前踉跄几步。我趁势单腿跪倒在地。有的还在往前跑，有的也跟着我跪了下来。我大声地吟诵：“再见吧，自由的元素，／这是你最后一次在我的眼前／滚动着蔚蓝色的波涛，／闪耀着骄傲的美色……”前面的人也站定了。他们都回过头来看着我，我对他们喊：“普希金，这是普希金……”他们又回过头去看太阳。我站起来。“嗽！嗽！”一个人跳起来向太阳挥手，我们都跟着跳呀蹦呀向太阳挥手。“博士”摘下眼镜来用衣角擦玻璃片，我也蓦地滚下了眼泪。我们好多人流出了眼泪。我们像电影里的红卫兵接受毛主席检阅一样。一九六六年我们上小学一年级。

太阳升高了，变白了，变得和往日一样了。我们也跳累了，在海堤的外侧坡面上躺下来。海堤的外面是用一块块大石头砌起来的。海水开始闪耀银光。海看上去跟长江没什么两样，就是一望不见头。长江最宽的地方也是一望不见头。但这儿是海，黄海，出去不远就是公海，那边是日本海。我们这儿是最前哨。台湾的“水鬼”常来放个信号弹什么的骚扰。我们的连队离海最近。我们后面五六里的地方是解放军的一个营。现在我们更是在前哨的前哨。太阳照在身上真舒服，我们都被晒软了。女生们开始梳头发。我们横七竖八地躺在一起，有的女生就把头枕在男生的大腿上。我们十二个人是一个整体，我们还没有分成一对一对的。这共产主义的日子非常快活。我们都是自愿报名要求到这儿来的，这儿是新垦区，最艰苦。我下令开始聚餐。我从包里摸出“博士”的“什锦刀”。这刀有八样家伙，拔瓶塞，开罐头，搓指甲，割电线什么都有，还有个很漂亮的皮套子。我让“博士”开罐头，“博士”说，你来吧。我们摊开一块蓝色的塑料布。我们进餐的时候，“博士”站起来朗诵一首他刚写的诗《黄海日出》，他忘不了我的“普希金”。“蔚蓝色的大海捧出她一颗鲜红的心，人间便充满了无私的光明……”我说，不对，不对，海水不是蓝的。他说，诗里写到的海都是蔚蓝的。我说，你看见是黄的，就应该写黄的，这是黄海。“黄色”的大海？“长脚”问，大家笑得前仰后合。我们吵吵嚷嚷地吃完了，我要大家把罐头上、瓶子上的商标纸都撕下来，放在口袋里带回去，然后把罐头瓶子当手榴弹扔了，让那些巡逻的民兵去费心猜测来了多少偷渡的“水鬼”。我们约定，明年这个时候我们再来，再来看海。我们回头望去，身后的那片沼泽，红得像漫山遍野怒放的杜鹃。“地到尽时天不断，人能来处鸟难过。”杨丽蓉在我耳边轻轻地吟哦，她父亲原来是大学讲师。

匡吉说完了，看着我。

我问，你们去看海是哪一年？

一九七六年。

十月以后？

不，五月。

还在“文革”中。

就是。怎么样？

是啊，不错，那个时候，一股激情。我们寝室里有人为了看《列宁在1918》，吃了晚饭出发步行到县城去，路上要走五六个小时，到那里等到十二点多一场的退票，看完再从南门港赶回来出早工——要比意志与精力，也绝不亚于你们。

你别来这一套，匡吉突然叫起来，这一点也不幽默。

我并不是幽默，我说，我是一本正经的。

屁一本正经！这两者怎么能比呢？

为什么不能比呢？

为什么？算了，你别装腔了。

我告诉你我是一本正经的。我认为两者都是对美的追求，说起来电影是艺术美，日出是自然美，艺术美比自然美还要高出一个层次。

艺术美？我对你说这一点也不幽默。

我对你说幽默是你强加给我的。还有，你刚才说到红卫兵接受检阅，好像有点不以为然。但是，你们在太阳面前跳跳蹦蹦与红卫兵在天安门前跳跳蹦蹦，本质上又有什么不同？

我拒绝回答你的问题。

为什么？

你的问题不是严肃认真的，你的问题是挑衅性的。

凭什么你说我的问题不是严肃认真的。

我希望你不要拿神圣事物开玩笑！

什么是神圣事物？前者还是后者？

老兄，你可有点出格了。我们换个题目吧，否则我要克制不住了。

你也要和我出去对开吗?

你太不堪一击。不跟你打架，不是因为你年长我尊重你，而是因为你是个弱者!

算了算了，我说，看来你真是预备对我动拳头了，你倒真是在向我挑衅了。

喂，难道你在农场这几年里一次也没去看过海吗?

去过，我说，一个场休日，我一个人鼓足勇气去看海。我沿着机耕路一直往北走，翻过一条旧大堤，又翻过一条旧大堤，两边还是连片的稻田。我不知道走了多少时间，我没表。后来我泄气了，就半途回来了。

你半途回来了?

我想前面也许会有河，河上可能没有桥，我不会游泳。

你没走到河边?

没有。走到不走到还不是一样?事实证明我的估计还是很客观的，你们不是也游水过河吗?

但你至少得走到河边，匡吉说，你的想法是跟我不一样。

真走到河边失望就更大了。就是真看见了海又怎么样?近海的景色跟长江一模一样，还是失望。

那依你说该怎么办?

心里永远存着去看海的想往，永远也不去看海。就像吃饭，有句古话说，只可七分饱，常带三分饥。

不，匡吉说，我宁可要实实在在的失望，也不要你那种虚幻的希望。

我告诉你一件事，我说，我有个好朋友，叫洪流，前不久他到珠海闯码头去了。他本来在一家研究所工作，但他不甘寂寞。他说是因为原单位经济效益太差，但我觉得他是感到自己怀才不遇。我认为他完全有理由抱这种想法。虽然二十年过去了，我现在与人的接触面是大大地拓展了，但我还是认为他是个精英分子，他应该在政界或者是商界有一番建树。珠海到上海来招聘技术干部，条件很优厚，月薪是上海的几倍，还给三房一厅，合家可以一起去，老婆的工作负责安排。他去应聘，从内部打听来的消息，他考了个第三名。此后有半年多不见音信。他让我陪到老马那里去算了个命。老马说，你今年是驿马坐空亡，走不成。他一再问，有没有一点希望呢？老马说，要看阴历四月，走成走不成就在这个月定局；但我看能走成也不见得好。他又另找人去占了一卦，卦象是“家人”卦变“遁”卦，也主走不成，或走了不利，并有家人阻挡；但从卦上看要到秋冬才有走的希望。就在占卦后半个月，阳历五月底，珠海方面来了调令，他喜出望外。单位人事科说，不迁户口就不能转关系，他第二天就去迁了户口。这样鲁莽的举动在他的历史上恐怕还是第一回。他来向我辞行，对我说，我相信有命运存在，但我总觉得我身上有一种能战胜命运的奇怪的力量。这很怪，这种力量不知道是什么赋予我的。他走后，我正对人说，算命卜卦并不是很准的，突然他从珠海打来长途电话，说那儿不行，他决定回来了。我听到这消息大吃一惊，前后才不过一星期。跟他见面后，我最关心的问题，是他的决定有没有受到算命卜卦的影响。他对我笑笑说，怎么会呢？那不过是玩玩的，我决不会让它们来左右我的行动。我这次去花了二千元钱，把我这两年来业余时间辛辛苦苦在外面“背猪猡”搞项目赚来的钱都贴进去了。我去就是决心要呆下去的。这地方实在是不能呆，招聘条件完全是骗局……

你要告诉我什么呢？匡吉说，你说他不该去吗？

没有，我并没有说他不该去。

那你要说什么？

我就说这么件事。这件事会引起人各种各样的想法，不同的人有不同的想法。你认为是什么就是什么。

你这是谈禅吧？谢谢你别玩这套好不好？我听见禅就头疼。现在老老小小他妈的一忽儿都谈禅了，一个个做出顿悟的样子，都是蹲在茅坑上拉不出屎的鬼样子。禅那么好悟，禅就不是什么值钱的东西。

我没说什么禅，我就说这么件事。

我认为这纯粹是一种巧合。

我宁可相信他其实还是受了算命卜卦的消极的心理影响，我说，否则命运就太具体了，做人就太没意思了。

我不管有没有命运，做人还是靠自己去做。要不然，等你死了，对你儿子来说是死了一个“父亲”，对你妻子来说是死了一个“丈夫”，对你的同事是死了个“共过事的”，对你的朋友是少了个“吹牛的”，对你自己呢？死了个什么都是什么都不是的肉体。这就是你的“正常人”吧？

但世界是由绝大多数的正常人组成的。你敢宣布你不是个正常人吗？什么是正常呢？

谢谢你别又谈禅好不好？我还是宁可你来点幽默。

一个不成熟的人相信自己能改变一切，一个成熟的人相信时间会改变一切，这就是生而为人的最大的幽默。

还有什么可说的呢？

那就不说了吧。

图书在版编目(CIP)数据

正常人/沈善增著. —上海: 东方出版中心, 2008.1
(白玉兰文学丛书/王安忆,孙颙主编)
ISBN 978-7-80186-787-2

Ⅰ. 正… Ⅱ. 沈… Ⅲ. 长篇小说—中国—当代
Ⅳ. I247.5

中国版本图书馆 CIP 数据核字(2007)第 188877 号

白玉兰文学丛书

主　　编: 王安忆　孙　颙

出 品 人: 祝君波
总 策 划: 新　刚
艺术总监: 陶雪华
印制总监: 孙东平
装帧设计: 张国梁
责任编辑: 刘丽星
责任印制: 尚小平

正常人

出版发行: 东方出版中心
地　　址: 上海市仙霞路 345 号
电　　话: 021-62417400
邮政编码: 200336
经　　销: 全国新华书店经销
印　　刷: 昆山亭林印刷责任有限公司
开　　本: 890×1240 毫米　1/32
字　　数: 382 千字
印　　张: 13.75
插　　页: 2
印　　数: 0,001—3,500
版　　次: 2008 年 1 月第 1 版第 1 次印刷
ISBN　978-7-80186-787-2
定　　价: 36.50 元